普及类古籍整理图书专项资助项目

宋词精品

附历代词精品

吴熊和 主编
肖瑞峰 沈松勤 副主编

时代文艺出版社

图书在版编目（CIP）数据

宋词精品：附历代词精品 / 吴熊和主编．—长春：时代文艺出版社，2018.7

ISBN 978-7-5387-5810-8

Ⅰ．①宋… Ⅱ．①吴… Ⅲ．①宋词－选集②词（文学）－作品集－中国 Ⅳ．①I222.8

中国版本图书馆CIP数据核字（2018）第117336号

出 品 人　陈　琛
产品总监　郭力家
选题策划　邓淑杰
责任编辑　李贺来
装帧设计　李　斌
排版制作　隋淑凤

宋词精品　附历代词精品

吴熊和 主编　肖瑞峰　沈松勤 副主编

出版发行 / 时代文艺出版社
地址 / 长春市泰来街1825号　时代文艺出版社　邮编 / 130011
总编办 / 0431-86012927　发行部 / 0431-86012957　北京开发部 / 010-63108163
官方微博 / weibo.com / tlapress　天猫旗舰店 / sdwycbsgf.tmall.com
印刷 / 三河市万龙印装有限公司
开本 / 850mm × 1168mm　1 / 32　字数 / 621千字　印张 / 20.375
版次 / 2018年7月第1版　印次 / 2018年7月第1次印刷　定价 / 68.00元

图书如有印装错误　请寄回印厂调换

导　论

吴熊和

一

词在唐代兴起以后，走上了与诗（包括五、七言古近体诗）并行发展的道路，一跃而为中国诗歌的两种主要体式之一。词与诗互济互补，共存共荣，各擅胜场。中国诗歌也就由此分为词与诗两大支，两者齐镳并进，但又保持彼此不同的体制和特色，形成各自独立的传统和发展轨迹。词在中国有着千余年的历史。唐五代为词的初盛时期，宋代为词的极盛时期，元、明两代绵延不绝，到了清代则词又复盛，余波嗣响，至今未歇。宋词尤独擅一代之胜，与唐诗、元曲鼎足而立，代表了宋代文学的主要成就。宋诗、宋文与之相比，固然也并无愧色，但仍不能不推宋词为一代绝诣。

从本质上说，词与诗同属于抒情诗体。但历来论者不是强调诗词相同的一面，而是强调诗词相异的一面，突出两者在体制、题材、风格、语言，尤其是内在质性上的差别，把诗词各自的艺术领域分得相当清楚。

词在唐五代时称为“曲子”或“曲子词”，依照乐曲的曲拍而采用长短句，主要用于应歌，本是随同隋唐燕乐的流行而兴起的一种音乐文艺，兼有入乐歌辞与新型抒情诗体的两重性质。词以词调为载体。唐宋两代所用的词调，总数在八百至一千之间。这近千个词调，各有不同的句式、韵律，以及风度声响，绝不相侔。作词需要“按谱填词”。作词所用的谱，有曲谱与词谱之分。曲谱是歌曲谱，是乐曲的音乐形式；词谱则是声调谱，是乐曲的文字形式。凡是“按谱填词”的，当时大都可以入乐歌唱。演唱者多为乐工伶人，主要是公私宴集上擅长歌舞以佐清欢的歌妓，通常以琵琶、笛子、笙箫、筚篥、拍板、小鼓等乐器（以其中一至二种乐器为主）伴奏。这些入乐的词，或“声重于词”，或“词重于声”，其艺术作用是多重性的，并不限于单一。除了它们本身的文学功能，演唱时还具有音乐功能，娱乐功能，甚至社交功能。不过，唐宋词人的创作，并非概以入乐备唱为目的。就唐宋词的多数作品而言，它们是仅有词调而没有音乐的乐章；音乐消失了，然而留下各种文字韵律的词调作为音乐的印记。在唐宋时代原有的乐谱、歌法一概失传之后，情况就更为如此。

合乐与否，固然是“词之所以为词”的一个突出标志，然而却不是惟一的标志。宋词愈到后来，它的音乐性就消失愈多。词同诗一样，具有独立的文学生命与文学价值。词与音乐做伴同行，但词绝不是依附于音乐而存在。从根本上说，唐宋词与燕乐之间的某种亲缘关系，对于词体的形成是重要的；但词所拥有的独特的表现领域、艺术手段、美学规范和审美价值，对于词的文学生命来说，则是更为重要的。词的这种质性，不是出于音乐的赐予，而是由中国诗歌的发展规律所决定的，也是词在长期演进中依靠自身经验与艺术积累不断地丰实完善的。它们才是唐宋词迭经变更而又历久常新的艺术基础和珍贵传统。历代作家对于诗、词两体，往往工拙不齐，独善者多，同能者少，这当然与作家本人的气质才性有关，但更与诗词异体及作家对它们的不同体认有关。

由于词是中国的一种特殊诗体，外语中还没有恰当的传译。英文或译为Ci与Ci、poety（词、诗），或译为Song（歌曲），或译为Lyric Meters（抒情韵律），或译为Length meters（长短韵律），似乎都取其一端，未能包容圆赅。

二

宋代三百余年中，词的发展经历了几个重要阶段。

宋代建国于960年。开头的半个多世纪，中原词坛一直相当沉寂。宋太祖灭西蜀（965），平南唐（975），江南国主李煜，花间词人欧阳炯、孙光宪等相继归宋。从时间上说，李煜后期的词，都已作于入宋之初。不过这类降国群臣之作，仍是五代词的余波，并不是宋词的新声。

宋词的兴盛，始于宋仁宗时期。柳永、张先、晏殊、欧阳修等先后自南入北，开创了以汴京为中心的宋词新局面。柳永浮沉下僚，张先历仕州郡，晏殊、欧阳修则是名公巨卿，他们不但政治地位不同，词风也彼此各异。然而宋词的兴盛，正是各种不同层次的文化群体合力共振的结果。众妙齐奏，汇为巨响。

词作为一种音乐文艺，有别于诗文之类的书面读物。它需要通过声乐传播，尤其需要得到社会各阶层包括中下层的热烈回应，方能传之遐迩，风靡一时。在北宋"急、慢曲子几千数"的乐曲条件和士大夫耽于歌舞宴饮的生活环境中，柳永的词"骫骳从俗，天下咏之"[①]。上自宫廷，下至里巷，传唱殆遍，而且声播域外，远传至西夏、契丹与高丽。柳永词现存二百一十首左右，用了一百二十多个词调，多数是新兴的长调慢曲，开辟了由唐五代小令进入慢词的新阶段。张先亦善于变旧曲为新声，“以歌词闻于天下”[②]。张先词一百六十余首，用了九十八个词调。苏轼就特别推许他“细琢歌词稳称声”的本领[③]，宋本柳永《乐章集》和张先《张子野词》，都按照宫调编排，当时就是作为唱本，因乐曲众多，乐调美听而传开的。晏殊身居显要，好宴宾客，席上每令歌妓“缓板香檀，唱彻伊家新制”[④]。欧阳修“闲居汝阴时，一妓甚韵文，公歌词尽记之”[⑤]，至和二年（1055）出使契丹归朝，路过大名，还听到一次为他演出的“所歌皆其词”的专场[⑥]。宋词的这种盛况，恐怕同时的诗文都难以达到。柳永“为文甚多，皆不传于世，独以乐章脍炙天下”[⑦]。苏轼谓张先“诗笔老妙，歌词乃其余技耳”[⑧]。但张先诗集《安陆集》南宋时即已亡佚。晏殊“末年编集者乃过万篇，唐人以来所未有”[⑨]，然晏殊的多种诗文集久佚不传，清人辑本仅文六篇，诗七首而已。除欧阳修外，柳、张、晏三家诗文俱为词名所掩，这与词的传播特点当不无关系。

柳永的词，有雅、俗两类。应乐工歌妓之请作词，词中主体并非词人本身，往往以女性（多数是歌妓）的身份、口吻抒写闺中情思，自然不免俚俗。柳永羁旅行役诸作，则自抒怀抱，感慨身世，就近乎雅奏。词自唐代初起，本来有着歌词化与诗化两种倾向。北宋时，这两种倾向一直并行不废。柳永的雅、俗两本，无非就是这两种倾向的不同表现。应歌而作，每求谐俗，后来苏轼、周邦彦词亦都如此。但苏轼也赞许柳永有些作品脱俗入雅，“不减唐人高处”[⑩]。北宋词中这雅、俗两类，合乎词体的正常发展，同属于词家正体之一。柳永的词法，宋人称为“屯田蹊径”[⑪]，其特色正是“雅不避俗，俗不伤雅”[⑫]。张先早期小令，亦清隽，亦浓丽。晚年多作长调，则由妍炼转为疏放。张先期颐高寿。他举进士时，晏殊为座主，欧阳修为同年，三人以词相契。七十岁致仕后，则在杭州与初濡词笔的苏轼相唱酬，成为连接北宋前期与中期两代词人与词风嬗变的纽带。晏殊、欧阳修皆取法南唐，专作小令，被称为词中的“西江派”[13]。晏殊的词具有富贵气象，并以真率、温和的心境面对悲欢离合的人生枨触，情既纯至，理亦澄澈，情理圆融，深婉不迫。欧阳修是“一代儒宗，风流自命，词章窈眇，世所矜式”[14]，他的词集《平山集》早已亡佚。现传见于本集的“近体乐府”三卷和闽中坊刻《醉翁琴趣外篇》六卷，前者经罗泌校订，谨于鉴别；后者真赝杂出，且多艳曲。南宋时曾慥、陈振孙对其侧艳之词都曾为之辩白[15]。但宋人诗文笔端庄重，以见道德文章；偶作词曲，则每涉帷幕宴私，别具风情，两者本不相妨，实在无须为之隐讳。北宋不少名臣，如寇准、范仲淹、王安石、司马光等，都以宰执之重，兼擅小词，善于言情，在当时率先起了带动风气的作用。

近人论诗，有“诗莫盛于三元”[16]之说，上元为盛唐的开元（唐玄宗年号），是李白、杜甫的时代；中元为中唐的元和（唐宪宗年号），是韩愈、白居易的时代；下元为北宋的元祐（宋哲宗年号），是苏轼、黄庭坚的时代。所谓“元祐文学”，实际包括了自神宗熙宁（1068—1077）、元丰（1078—1085）至哲宗元祐（1085—1093）这近半个世纪，是北宋文学最为绚烂的时期。诗、文、词三方面作者林立，彩丽竞繁，流派纷呈。苏轼无疑是骚坛盟主。重要的词人，如秦观、黄庭坚、陈师道、晁补之、李之仪、王诜、赵令畤等，几乎都出入于苏门。他们不但互为声党，还彼此慕习，开启了评词论词之风[17]。

苏轼的词，经历了一个渐变渐进的过程。熙宁间通判杭州，裙屐声华，多为小令。北上改知密州、徐州，迈往之气拂拂指端，绮罗香泽为之一洗。“乌台诗案”后贬居黄州，意到笔随，境界独辟，纵横所至，无所不可。苏轼独有的词风，终于臻于自然高妙、不可凑泊的化境。苏词名作，即以作于黄州者居多。《后山诗话》谓“退之以文为诗，子瞻以诗为词，如教坊雷大使（万庆）之舞，虽极天下之工，要非本色”[18]。苏轼提高词品，扩大词境，改变词风，推进词律，“指出向上一路，新天下耳目”[19]。这是从更高层次上对花间以来绮靡词风勇于革新的积极成果，为发轫未久的宋词拓展了新的前景。对于苏轼的“以诗为词”，需要有个正确的了解与评判。“以诗为词”不等于混同诗词。苏轼一方面“以诗为词”，正其本源；一方面又“以词还词”，完其本色。改革的结果不是取消、抹煞了词的特质，而是充实、完善了词的内涵。这就是苏轼“以诗为词”的实质和真正含义。苏诗和苏词，两者体性风貌，自多不同，既不相掩，亦不相让，因而各臻其妙。宋词正是由于不断获得开拓革新，最终形成了多元化和多样化的格局。

“苏门四学士”中，黄庭坚、秦观成就最高，因而有“当代词手，惟秦七黄九”之称。黄庭坚与苏轼并称“苏黄”，宋诗中的“元祐体”，即指苏、黄诗体。黄庭坚的词，高情旷怀，俱见怡心养气之功。然亦颇染时习，除了“当堕泥犁地狱”（宋陈善《扪虱新话》上集卷三：“黄鲁直初作艳歌小词，道人法秀谓其以笔墨诲淫，于我法中当堕泥犁地狱，鲁直自是不复作。”）的艳曲，集中还有不少饮席所用的茶词和汤词（宋时习俗，客至进茶，客散进汤，见朱彧《萍洲可谈》卷一）。秦观的词“专主情致”[20]，情文相生，语工入律，历来奉为婉约词的正宗。明张綖《诗余图谱》提出词有婉约、豪放两体，分别作为婉约、豪放两种词体的典型。秦观少时豪隽，强志盛气。《淮海集》中的许多策论，慷慨论天下事，笔无藏锋。尤好读兵书。论兵之作，亦论说辩伟。黄庭坚故誉为“国士无双”[21]。因此，对于秦观不能只看他风流妩媚的一面，似乎秦观所作，都是“小石调”与“女郎诗”[22]。清姚莹《论诗绝句六十首》有一首论杜牧曰：

“谁从绛蜡银筝底，别识谈兵杜牧之。”这个看法用在秦观身上，亦正适合。

李清照《词论》力主词“别是一家”之说。认为宋初以来众多词人中，真正懂得这一点的，只有晚近的黄庭坚、秦观、晏几道、贺铸四人。晏几道、贺铸的年辈稍后于黄、秦。晏几道是晏殊的第七子，门第清华而仕宦连蹇，尚气磊落而耽于痴情。他的词多写高堂华屋、酒阑人散的伤感，是北宋中后期小令中的上品。黄庭坚为他的《小山集》作序，称其词“清壮顿挫，能动摇人心”。贺铸初为武官，任侠豪纵，后改文职，家富藏书。徽宗时厉行党禁，但他仍与苏门人物多有往来。贺铸长于度曲，“大抵倚声而为之词，皆可歌也”[23]。盛丽、妖冶、幽洁、悲壮，众体皆备。王灼《碧鸡漫志》论及北宋后期的词，推他与周邦彦并能“卓然自立”。

由“熙宁变法”引发的新旧党争，历时半个多世纪，直至北宋灭亡。新旧两党更迭执政，每以“文字讪谤朝政”的名义打击政敌。哲宗绍圣（1095—1097）以后倡导“绍述”，对参与“元祐更化”的臣僚尽行贬谪，投荒万里。苏轼远窜海南，黄庭坚、秦观并死于流放之中。徽宗崇宁元年（1102），立“元祐党人碑”，苏轼及苏门人士，一律定为“奸党”，诏毁三苏、黄庭坚、秦观文集，尽毁苏轼所撰碑刻，收藏元祐党人信札乃至片纸只字，都要受到株连。党祸连结，大狱屡兴。本来蓬勃兴盛的北宋学术文化受到严重摧残，成为中国文化史的重大的厄难之一。

北宋后期的学术文化虽然衰落，但词作为“政（和）、宣（和）风流”的标志之一，继续得到发展。这个时期独步词坛的，则是周邦彦。周邦彦在政治分野上，与苏轼等人不同。早年作《汴都赋》歌颂熙宁、元丰的新政。元祐时期出京为地方官吏，徽宗时回朝，在崇宁、大观制礼作乐的气氛中，任仪礼局检讨详定礼制，又提举大晟府审定乐制，卒时离靖康之变不过五个年头了。周邦彦“负一代词名”[24]。他善于创调，严于持律。《清真集》所用八十余调，新创的凡四十调。清真词调，声情谐婉，律切精严，多为南宋姜夔、吴文英等词家所承袭。其次，博采众长，熔铸得法，融化唐诗而别创词境，是周邦彦词的又一个突出特点。清真词富艳精工，明丽秀洁，用语典雅，字面雕润，“下字运意，皆有法度”[25]。南宋后期词人，就多师承清真，精研词法。作为北宋词的殿军，周邦彦起着“结北开南”的作用，是南北宋之间词脉传递交替的关键人物。由于周邦彦流风可仰，沾溉多方，历来被推为词中“集大成者”（秦观《韩愈论》以韩愈为文中集大成者，杜甫为诗中集大成者，周济《宋四家词选序》则以周邦彦为词中集大成者）。王国维《清真先生遗事》称周邦彦为“词中老杜”，亦承此而来，或许失之过誉。

崇宁四年（1105），宋徽宗采用魏汉津乐律之议，铸鼎定乐，设大晟府作为朝廷音乐机构，大晟府制定的乐律、乐舞是属于雅乐系统的复古模式，与宋代流行的俗乐趣尚不同。大晟府所撰乐曲，仅有数曲用作词调，此后无人继作。后人每以大晟府与唐玄宗所立教坊相提并论，并以周邦彦所用词调出于大晟曲，这是不了解大晟曲性质所导致的误解，周邦彦词大都作于他六十二岁提举大晟府之前。《清真集》中，几乎没有一首词可定为大晟曲的。供职于大晟府的，另有徐伸、田为、姚公立、晁冲之、江汉、万俟咏、晁端礼等数人，被称为“大晟词人”。万俟咏的《大声集》由周邦彦作序，集中词分应制、风月脂粉、雪月风花、脂粉才情、杂类等五体。这种分类内容正反映了北宋末年的词坛风尚。

1126年的靖康之变，划分了南北宋两个时代。身丁其运的词人中，涌现了不少背负着时代苦难的杰出歌手。他们的词从汴京旧唱转为楚奏吴歌，反映了辇下承平到中原沦陷又到南渡乱离的沧桑变故，前后词风明显更化。向子諲词集《酒边词》，就分为“江南新词”与

"江北旧词"两个部分，体现了南北宋之际的词风交替。张元幹为向子諲之甥。他作于北宋末年的词，肩随秦观，清丽婉转；南渡后一变而为慷慨悲凉，抑塞不平。《芦川词》二卷，以赠胡寅、李纲的二首《贺新郎》压卷。垂暮之年不惜获罪除名以抗击秦桧的投降政策，代表了爱国者的正义之声。朱敦儒的词集原名《太平樵唱》，然而回荡着凄怆的乱世之音。朱敦儒一面放浪江湖，笑傲尘世，颇有潇洒出尘之姿；一面又以"一双新泪眼，千里旧关山"的故国之思，在词中构筑他的"东京梦华录"。南宋后期的江湖派词人，就没有类似的心情，远不及朱敦儒的沉博厚重。把朱敦儒看作超然世外的隐逸词人，显然对他的内心悲苦缺少了解。陈与义南渡后官至参知政事，卒谥文正。方回《瀛奎律髓》以他追配黄庭坚、陈师道，列为江西诗派祖述杜甫的三宗之一。但是经过了战火的洗礼，陈与义的《无住词》中，就找不到昔日黄、陈乐府那种柳亸莺娇的影子，清婉之思出之以苍劲之笔，透露出对旧京词坛的一种反省。

李清照的词同样说明了时代剧变所留下的深刻烙印。由于门第家世和闺阁身份，李清照早年优游于浓郁的学术和艺术气氛中，她的词具有优雅的林下风范。接着经受国破家亡的浩劫，为金人铁骑所驱赶，飘泊东南，流离失所，最后竟莫知所终。她所遭遇的巨大灾难和精神打击，在这之前是难以想象的。李清照才华出众，诗、文、词三者俱工。残存的若干诗篇与引起争议的《词论》，都表现出过人的胆识和锋芒。可惜晁公武《郡斋读书志》著录的《李易安集》十二卷，未见传世。据后人所辑的四十余首词来看，李清照固然不屑于以词作长短不葺之诗，也没有横放排奡、违反自己的论词宗旨，她的词始终保持着传统的婉约风格。然而这种传统的婉约风格，在李清照手里也得到了新的提高和深化。李清照的前期词以空灵飞动的笔触自写闺阁情怀，洗尽铅华，自然高雅，本与小晏秦郎的笔致不同；她的后期词虽然仍以个人不幸为主，但这种个人不幸是和时代不幸紧紧融合在一起的，因而格外地深沉厚实，艺术上也更有动人的力量。词所应有的时代特色，和李清照个人独创的艺术特色，得到了完美的统一。这是李清照对推进和充实传统词风所做的贡献。

反映南渡初期词风变化的，还有李纲、赵鼎、李光、岳飞等一些名相名将的词。李纲在北宋末南宋初两度为相，是名望很高的抗战派旗帜。赵鼎、李光在宋高宗时担任过正、副丞相，都因反对秦桧和议而被罢黜放逐。岳飞为“中兴四大将”之一，屡立奇功，终因遭高宗、秦桧之忌，被害于大理寺风波亭。这几个人的词数量不多，他们也不以词名家，然而或凛凛生气，或忧愤深广，同是在民族存亡的历史背景下，词中出现的新的因素，使南宋词有个光辉的开端。

词至北宋而始极其工，至南宋而始极其变。南宋词是北宋词的继续。在北宋词已经盛极难继的情况下，“不有新变，何以代雄?”南宋词的再盛，就不是单一的，而是多向的；不是因袭的，而是多变的。南宋一个半世纪中，词人众多，名家辈出。嘉定间长沙刘氏书坊刻《百家词》，北宋二十三家，南宋六十六家。淳祐九年（1249）黄昇编集《唐宋诸贤绝妙词选》《中兴以来绝妙词选》各十卷。其《中兴以来绝妙词选序》云：“中兴以来，作者继出。及乎近世，人各有词，词各有体。知之而未见，见之而未尽者，不胜算也。暇日裒集，得数百家。”东坡词一变而为稼轩词，清真词一变而为白石词，再变而为梦窗词，同样是南宋词多向而多变的证明。后世不断有作词须宗北宋还是须宗南宋之争，说明南宋词的成就足以向北宋词挑战。

南宋词的再盛，大体集中在两个时期。周密《武林旧事自序》认为：“乾道、淳熙间，三朝授受，两宫奉亲，古昔所无。一时声名文物之盛，号‘小元祐’，丰亨豫大，至宝祐、景定，则几乎政、宣矣。”乾道（1165—1173）、淳熙（1174—1189）是宋孝宗的年号。宋孝宗是南宋较有作为的君主，即位后起用抗战派而为岳飞平反，一度支持张浚北伐，政局一新。陆游、韩元吉、范成大、杨万里、张孝祥、辛弃疾、姜夔等相继而起，士气峥嵘，创作旺盛。这个时期的文学成就，确实可以和北宋的元祐文学分庭抗礼。称之为“小元祐”，还说明了他们之间的渊源关系。宝祐（1253—1258）、景定（1260—1264）是宋理宗的年号，下距南宋之亡不过十余年。然而文期酒会，红字香词，依然是歌舞升平的景象。这个时期的主要词人，有刘克庄、吴潜、吴文英、杨缵、周密等人。他们的词，在风流俊赏之余，也隐约透露了南宋末年的时局危机与忧患心情，与北宋政和、宣和间的风尚已经有所不同。此外，宋亡以后的遗民词为数众多，也有其重要地位。张炎、王沂孙、刘辰翁、汪元量等都由宋入元。这些词人处于宋元之际，所作已多在元初。但他们的词历来被作为宋词的一部分，是南宋词最后的光焰与尾声。

辛弃疾在南宋是领袖一代的大家。南宋的爱国词派，由辛弃疾执其牛耳，张孝祥、陆游、陈亮为其羽翼，刘过、黄机、刘克庄以及宋末的文天祥、刘辰翁等为之后继，阵营壮大，相承不绝，成为南宋词的主流。

辛弃疾不是传统意义上的文人。他是以恢复中原自任、气节功名自许的“一世之豪”。从他的《美芹十论》以及治军、治狱、办理荒政等出处大节中，都可以看出他的英雄才略。王士祯《倚声初集序》把唐宋词人分为四类，“有诗人之词，唐、蜀、五代诸人是也；有文人之词，欧、秦、李诸君子是也；有词人之词，柳永、周美成、康与之之属是也；有英雄之词，苏、陆、辛、刘是也。”在中国文学史上，辛弃疾像曹操一样能文能武，胆略过人，他的词确实称得上“英雄之词”。刘过《沁园春》“寄辛稼轩”：“中原事，纵匈奴未灭，毕竟男儿。”谢枋得《祭辛稼轩先生墓记》：“公有英雄之才，忠义之心，刚大之气。”这些都是读稼轩词首先令人强烈地感受到的。陈亮《辛稼轩画像赞》致慨于“真虎不用，真鼠枉用”的朝廷政局，则是辛弃疾壮志未酬的莫大悲哀。

王国维《人间词话》谓“东坡之词旷，稼轩之词豪”。词中的苏、辛派，既维护词的本体，又致力于词的改革。辛弃疾以炽烈的爱国热情和饱满的斗争精神倾注于词，把国家民族的命运这样重大的主题带进了词，词的艺术容量和抒情功能达到了一个新的高度。

辛弃疾南归四十余年中，有二十年投闲置散。即使流转于各地任上，亦用非所长，有违本志。因此辛弃疾的词，有的英声壮慨，喑呜沉雄；有的摧刚为柔，缠绵悱恻；有的英气内敛，郁怒清扬；卷舒自如，不主故常。像《摸鱼儿》（更能消几番风雨）这类的词，肝肠似火，色笑如花，含刚吐茹，侠骨柔肠，艺术上臻于上乘，更是后来词家所难造之境。

姜夔词的创作年代，与辛弃疾相若，但两家词趋尚不同。姜夔于稼轩词酣畅淋漓之外，另立一宗，向风慕义者一时蜂起，形成了南宋后期左右词坛的又一重要词派，其影响一直下及于清初的浙派词。朱彝尊《黑蝶斋诗余序》曾述姜夔一派的大略：“词莫善于姜夔，宗之者张辑，卢祖皋，史达祖，吴文英，蒋捷，王沂孙，张炎，周密，陈允平，张翥，杨基，皆具夔之一体。”

张炎《词源》指出姜夔词的特点，“不惟清空，又且骚雅，读之使人神观飞越。”南宋词人鉴于北宋词尤多俗艳，倡导“复雅”，不少词集遂以“雅词”为名。姜夔的骚雅正是南宋许多词人追求的一个目标。清初的浙派词，即因姜夔“句琢字炼，归于醇雅”而奉为宗师。姜夔的词，韵度胜绝，意趣高远，为宋词带来了新的意境和格调。《白石道人歌曲》中，还有十七首词旁注音谱，是宋代流传至今惟一完整的词乐文献，经过不少学者的努力，已经可以解读而仍无法演唱。

吴文英的词重在研练。“词家之有吴文英，如诗家之有李商隐”[26]。沈义父《乐府指迷》记载吴文英讲论作词之法，认为“词之作难于诗”，词须协于音律，用字典雅，还要有“深长之味”与“柔婉之意”。姜夔的清空，吴文英的密丽，同前此的婉约、豪放诸体一样，都是宋词中重要的风格流派。密指其立意深远，用笔幽邃；丽指其隽句艳字，芳悱铿丽，沉思翰藻，瑰丽奇谲。其实梦窗词除了密丽的一面，还有疏快空灵的一面。自清周济《宋四家词选》推选吴文英为“领袖一代”的四家之一后，晚清以来崇尚梦窗词的风气愈来愈盛。朱孝臧《宋词三百首》选梦窗词二十五首，超过柳、周、苏、辛，所选密丽为多；郑文焯《宋十二家词选》则特选其空灵诸作，二家着眼点各有不同。

宋元之际的词，主要有两派。文天祥、刘辰翁发扬苏、辛词风，周密、王沂孙、张炎谨持周、姜衣钵。文天祥的词，如同他的《正气歌》，风骨甚高，亦有境界。刘辰翁于宋亡后，隐居庐陵山中。他的词胎息苏、辛，间有轻灵婉丽之作，下开元词。周密的《蘋洲渔笛谱》，都作于宋亡之前，入元后的词，保存不多。他所选的《绝妙好词》七卷，则是南宋词的一个有名的选本，选录了不少宋元之际的词人词作。张炎卒时，离宋亡已四十余年。姜夔一派通过张炎影响及于元初的陆文圭、张翥等人。清代的浙派则以姜、张并称，出现过“家白石而户玉田”的盛况。张炎还著有《词源》一书，以为词出于乐，指示了研究南宋词乐的门径。王沂孙以咏物词著名，借物言志，重在寄托。辑周密、王沂孙十四人所作的《乐府补题》一卷，则是遗民们的一部咏物专集。咏物词北宋不多，南宋姜夔以后创作遂盛，宋末则大畅其风，反映了当时的词风趋向。借助咏物用以表达遗民心情，不失为抒情词的一种辅助手段。

三

选录宋词，自宋人始。北宋已有《兰畹》《聚兰》诸集。南宋编集的《乐府雅词》《草堂诗余》《花庵词选》《绝妙好词》等选本，各有其文献价值。然而大都门庭未广，不足以观通变。清代的著名词选，朱彝尊《词综》备而不精，张惠言《词选》精而不备。按照现代观点精选一个宋词读本，就很必要。新中国成立以来，有关唐宋词的选本，不下数十种，大都取精用宏，具有通识。本书从二万多首宋词中选录四百余首，历代传诵与诸家所选的名作，尽可能囊括在内。入选的名家名作，不但出类拔萃，艺术精湛，还可借此看出词在两宋各个阶段的发展脉络，附录部分，上起于唐，下迄于清，以便从中了解千年词史的大致轮廓和总体面貌。其中金词与南宋词，一行于北，一行于南，本是属于同一历史时代的作品。南宋有些选本已将宋金词合选，是个可取的做法。清词超轶元明，直逼两宋，号称词的“复兴”。叶恭绰《全清词钞》所收，已达三千余家。目录正在编纂的《全清词》，涉及词人则已逾万。清词的一些大家名家，艺术成就并不逊于宋人。对于清词的研究，现正日渐开展。本书选录清词较多，希望引起读者的重视和研究兴趣。

又，研究生傅明善君曾参与本书的撰写工作，特此说明。

一九九五年三月于杭州大学

注释：

①陈师道《后山诗话》。

②苏轼《书游垂虹亭》。

③苏轼《和致仕张郎中春昼》。

④张先《碧牡丹》词。

⑤赵令畤《侯鲭录》卷一。

⑥陈师道《后山谈丛》卷三。

⑦周辉《清波杂志》卷八。

⑧苏轼《书张子野诗集后》。

⑨宋祁《宋景文笔记》卷上。

⑩赵令畤《侯鲭录》卷七。

⑪况周颐《蕙风词话》卷三："柳屯田《乐章集》为词家正体之一，又为金元已还乐语所自出。"

⑫杨湜《古今词话》。

⑬冯煦《宋六十家词选例言》。

⑭曾慥《乐府雅词序》。

⑮曾慥《乐府雅词序》："当时小人或作艳曲，缪为公词，今悉为删除。"陈振孙《直斋书录解题》卷二一："亦有鄙亵之语一二厕其中，当是仇人无名子所为也。"

⑯陈衍《石遗室诗话》卷一。

⑰如黄庭坚《小山词序》，张耒《东山词序》，晁补之《评本朝乐章》，李之仪《跋吴思道小词》。

⑱《后山诗话》原题陈师道作，郭绍虞《宋诗话考》疑为依托。《四库全书总目提要》就以这一条为例说："谓苏轼词如教坊雷大使舞，极天下之工而终非本色。案蔡絛《铁围山丛谈》称雷万庆宣和中（1119—1125）以善舞隶教坊，轼卒于建中靖国元年（1101）六月，师道亦卒于是年十一月，安能预知宣和中有雷大使借为譬况。"

⑲王灼《碧鸡漫志》卷二。

⑳李清照《词论》。

㉑黄庭坚《送少章从翰林苏公余杭》："东南淮海惟扬州，国士无双秦少游。欲攀天关守九虎，但有笔力回万牛。"

㉒胡仔《苕溪渔隐丛话》前集卷五十一引《王直方诗话》，秦观《西城宴集》诗有“帘幕千家锦绣垂”句，王仲至曰：“此语又待入小石调也。”元好问《论诗绝句》论秦观诗：“拈出退之山石句，始知渠是女郎诗。”

㉓张耒《东山词序》。

㉔张炎《词源》卷下。

㉕沈义父《乐府指迷》。

㉖《四库总目·梦窗词提要》。

目　录

宋词精品

晏 殊

李 冠

宋 祁

欧阳修

历代词精品

·宋词精品·

王禹偁（954—1001）

字元之，巨野（今属山东）人。家世清寒。宋太宗太平兴国八年（983）进士，官至翰林学士知制诰。因直言敢谏，三度被贬外任，而仍刚正不阿。晚年知黄州，故人称王黄州。诗文俱独步于宋初。作文崇韩、柳，简古晓畅；为诗崇李、杜，而效法白居易者尤多，诗风淡雅平易。为宋初倡导诗文革新的先驱者之一。有《小畜集》三十卷、《小畜外集》二十卷。存词一首，见《唐宋诸贤绝妙词选》卷一。

点 绛 唇

感 兴

雨恨云愁[1]，江南依旧称佳丽[2]。水村渔市，一缕孤烟细。　　天际征鸿，遥认行如缀[3]。平生事，此时凝睇[4]，谁会凭栏意。

【题解】

宋初作家大多属意于诗文，于“小道”之词不过偶尔着力。王禹偁亦是如此。但他仅存的这首小词，却以秀淡自然的风格，显示了迥异于《花间词》的艺术趣尚，而这正是对宋初文坛“秉笔多艳冶”的风气的一种反拨。词题曰“感兴”，表明这是一首即景抒怀之作。起笔谓苦雨愁云，无损于江南佳丽的天然秀色。但接下来作者并未以浓墨重彩多方渲染其繁华与“佳丽”，而是别具匠心地聚焦于最富地方色彩的水村渔市，着力凸现其恬淡与宁馨，借以烘托游子的客愁乡思。然后再将视野拓展至天际，将缀连成行、奋飞不已的大雁攫入笔端，并由此触发出渴望建功立业的平生心事。结以“此时凝睇”二句则见出心事无人解会的憾恨。全词情景交炼，而略无浮艳气息。

【注释】

①雨恨云愁：谓江南一带烟雨迷蒙，容易使人感到愁闷。　②佳丽：谓景色秀美。南齐谢朓《入朝曲》有“江南佳丽地，金陵帝王州”句。　③行（háng）如缀：指群雁在空中排列成行，连接不断。　④凝睇（dì）：凝视。

寇　准（961—1023）

字平仲，华州下邽（今陕西渭南）人。太平兴国五年（980）进士，除巴东令。淳化五年（994），擢为参知政事。真宗朝，累官同中书门下平章事、尚书右仆射、集贤殿大学士，封莱国令。因澶渊之盟时力促真宗御驾亲征，为王钦若所谮而罢相。乾兴元年（1022），复为丁谓所构，贬雷州司户，徙衡州司马，卒于贬所。追谥忠愍。有《寇莱公集》七卷。《全宋词》存其词四首。

踏　莎　行

春色将阑①，莺声渐老②。红英落尽青梅小③。画堂人静雨濛濛，屏山半掩余香袅④。　密约沉沉，离情杳杳⑤。菱花尘满慵将照⑥。倚楼无语欲销魂⑦，长空黯淡连芳草。

【题解】

这是一首以伤时惜别为主旨的闺怨词。上片先描绘暮春残景，通过物候的变化，传达出一种衰残、迟暮之感。然后移笔室内，渲染空闺之寂寥，折射出女主人公的落寞心态。“画堂人静”“屏山半掩”，景象已极幽独，而作者复将其笼罩在蒙蒙细雨和袅袅余香中，则又平添了几许凄迷、几许悲凉。下片切入“离情”，逼出一篇之正意。檀郎一去，鱼沉雁杳，“密约”虽在，渺无践期。这怎能不使女主人公终日恹恹，慵于梳妆？歇拍二句以景结情。“倚楼无语”的造型已揭示出女主人公的断肠情怀，芳草连天的画面更是对女主人公的离愁别恨的一种生动写照。全词情思缠绵，绰有晚唐之致。

【注释】

①阑：晚，尽。 ②莺声渐老：谓黄莺啼声渐渐老涩，无复清脆圆润。 ③红英：红花。 ④屏山：屏风。 ⑤杳（yǎo）杳：幽远。 ⑥菱花：指背面铸有菱形图案的铜镜。 ⑦销魂：暗用江淹《别赋》“黯然销魂者，唯别而已矣”句意，形容悲伤愁苦情状。

钱惟演（962—1034）

字希圣，临安（今浙江杭州）人，吴越王钱俶之子。少补牙门将，后随父归附宋朝，为右屯卫将军。真宗时，为太仆少卿。景德间，与杨亿、刘筠等相酬唱，编成《西昆酬唱集》，为宋初西昆体的代表作家之一。仁宗时，拜枢密使，罢为镇国军节度观察留后，改保大军节度使，知河阳。入朝加同中书门下平章事，坐事落职。官终崇信军节度使，谥曰思。有《家王故事》一卷、《金坡遗事》一卷。《全宋词》录其词二首。

木　兰　花

城上风光莺语乱，城下烟波春拍岸。绿杨芳草几时休？泪眼愁肠先已断。　情怀渐觉成衰晚，鸾镜朱颜惊暗换①。昔年多病厌芳尊②，今日芳尊惟恐浅。

【题解】

黄昇《花庵词选》认为此词乃钱氏“暮年之作”，故而“词极凄惋。”所见甚是。作者晚居被贬落职，壮志成空，这是他面对明媚春光而自伤迟暮的主要缘由。黄莺巧啭，碧水轻漾，垂杨沁绿，芳草扬芬。作者绘就的春光图不可不谓清新秀丽，但它所撩拨起的却不是作者的心旷神怡、宠辱偕忘之感，而是“渐觉成衰晚”“朱颜惊暗换”的悲恸情怀。这种笔法，即王夫之《姜斋诗话》所谓“以乐景写哀”。篇末谓昔日不近酒杯，今日唯恐杯浅，暗示其愁闷已极，非凭借酒力难以消释。看似旷放，而实颓唐。李攀龙评曰：“妙处俱在末结语传神。”（见《草堂诗余隽》）沈际飞则以为：“芳尊恐浅，正断肠处，情尤真笃！”（见《草堂诗余正集》）

【注释】

①鸾镜：镜的美称。古代铜镜常饰有鸾鸟图案。朱颜：红颜。　②芳尊：酒杯。

潘　阆（? —1009）

字逍遥，大名（今属河北）人。宋太宗至道元年（995）以诗名被荐举，赐进士及第，授四门国子博士。后获罪去官，飘泊多年。真宗时任滁州（今安徽滁州）参军。晚年寓居杭州，今杭州尚有潘阆巷。与寇准、王禹偁、林逋等为文字之交。有《潘逍遥诗》三卷、《逍遥词》一卷。今仅存《酒泉子》十首。

酒　泉　子

长忆西湖，尽日凭栏楼上望。三三两两钓鱼舟，岛屿正清秋[①]。　笛声依约芦花里[②]，白鸟成行忽惊起。别来闲整钓鱼竿，思入水云寒。

【题解】

潘阆为宋初名士，素负狂放不羁之名。寓居杭州时，终日吟啸于西湖山水之间，颇得隐逸之趣。离开杭州后，他对湖山胜景犹自魂牵梦萦，因赋《酒泉子》词十首回忆旧游。此词为其中之一，总写西湖风光。首云“长忆西湖”，说明时间的流逝始终未能冲淡作者对西湖风光的深情忆念，而这又正可见出西湖风光的引人入胜。作者选取凭栏远眺的角度，将西湖风光一一驱遣入词。渔舟，笛声，芦花，飞鸟，构成极具隐逸色彩的环境氛围，召唤着作者翩然归去。于是逗出歇拍“别来”二句，暗示作者有意退隐湖上，做一钓叟。显然，作者在描绘西湖风光时，采用的是隐逸者的观赏目光，而着力凸现了其深契己意的某一侧面。全词托意高妙，写景如画。杨湜《古今词话》记云："石曼卿见此词，使画工彩绘之，作小景图。"当是鉴于此词所深蕴的诗情画意。

【注释】

①岛屿（yǔ）：指湖中小洲。 ②依约：隐约。

酒 泉 子

长忆观潮，满郭人争江上望。来疑沧海尽成空，万面鼓声中①。 弄潮儿向涛头立②，手把红旗旗不湿。别来几向梦中看③，梦觉尚心寒。

【题解】

此词追忆钱江观潮之所见所感，而突出观潮场景之盛、潮水声势之壮和弄潮儿之既勇且能，景象雄阔，笔力劲健。其中，上片三四句分别从视觉与听觉入手，为钱江潮传神写照："来疑"句示潮势之大，"万面"句状涛声之雄，形神兼备，声容俱壮。过片后"弄潮"二句，转写令人目眩神迷的弄潮场面：弄潮儿都是生长于江边的游泳能手，他们各持红旗，竞逞技艺，踏浪而上，随波起伏。观者但见白浪如山，红旗出没，蔚为又一奇伟景观。这一奇伟景观同样给作者留下了无法磨灭的印象。"别来"二句说明作者离杭后不仅多少回情不自禁地在梦中重温那惊心动魄的一幕，甚至梦醒之后仍不免心寒胆颤，而这又恰好反照出弄潮儿笑傲惊涛骇浪的奇肝异胆和英风豪气。

【注释】

①鼓声：喻潮声。 ②弄潮儿：宋时杭州风俗，钱江大潮来时，善泅者数百，手持彩旗，浮游江中，以旗不沾湿为能。 ③别来：别后。

林 逋 (967—1028)

字君复，钱塘（今浙江杭州）人。早岁放游江、淮间，后归杭州，隐居西湖孤山二十年，种梅养鹤，终身不娶，世称其“梅妻鹤子”。卒谥和靖先生。诗宗晚唐，以咏梅著称，名句“疏影横斜水清浅，暗香浮动月黄昏”，曲尽梅花神态风致，号为绝唱。有《和靖集》。《全宋词》录其词三首。

相 思 令

吴山青①，越山青②。两岸青山相送迎，谁知离别情？　　君泪盈，妾泪盈。罗带同心结未成③，江头潮已平。

【题解】

此词托为女子声口，描写江上送别场面，即景生情，含思宛转。词以“吴山青，越山青”对举而起，濡染出钱塘江两岸郁郁葱葱的自然风光，而女主人公就在这青山绿水的怀抱里与其心上人款款惜别。这是起兴，意在引发抒情主人公的离愁别恨。“两岸青山”句顺势而下，将夹水而立的青山人格化：它们多少回送往迎来，得睹生离死别的人间惨剧。但“谁知离别情”句却又一笔捩转，感叹青山未能察知其内心诀别情侣的痛苦。下片“君泪盈”二句改用赋法，正面刻画女主人公及其情侣伤离怨别的凄婉情态。“罗带同心”句则揭示了这对情侣分袂之际悲痛欲绝的深层原因：结缡无望，将一别永诀。末句“江头潮已平”，暗示启航在即、分袂在即。那么，船行之后，女主人公又该如何江岸久伫，目送征棹，感伤无已？对此，作者概不涉及，而只拓出一片空茫的境界来诱发读者的想象力。

【注释】

①吴山：泛指钱塘江北岸的山。因其地古时属吴国，故称之为吴山。 ②越山：泛指钱塘江以南、绍兴市以北的山。因其地古时属越国，故称之为越山。 ③“罗带”句：古时男女定情，常以罗带打成心结，赠送对方作为信物，以示彼此“同心”，至死不渝。

范仲淹（989—1052）

字希文，吴县（今属江苏）人。宋真宗大中祥符八年（1015）进士，官至枢密副使、参知政事。卒谥文正。曾主持庆历改革，因守旧派阻挠而未果。次年罢政，自请外任，出为陕西四路宣抚使，徙邓州、荆州、杭州、青州。经略疆防，守边有功。他不仅是北宋著名的政治家、军事家，文学成就亦粲然可观。晚年作《岳阳楼记》，有“先天下之忧而忧，后天下之乐而乐”之语，为千古名句。词则能突破唐末五代词的绮靡风习。有《范文正公集》二十卷、辑本《范文正公诗余》一卷。

苏幕遮

碧云天，黄叶地，秋色连波，波上寒烟翠。山映斜阳天接水，芳草无情，更在斜阳外。 黯乡魂[①]，追旅思[②]，夜夜除非，好梦留人睡。明月楼高休独倚。酒入愁肠，化作相思泪。

【题解】

此词抒写乡思旅愁，以铁石心肠人作黯然销魂语，尤见深挚。上片写景。“碧云天”二句一高一低，一俯一仰，展现了际天极地的苍莽秋景，为元代王实甫《西厢记》“长亭送别”一折所本。“秋色”二句落笔于高天厚地之间的浓郁秋色和绵邈秋波，以碧云、黄叶及绿波、翠烟构成一幅色彩斑斓的画面。“山映”句，复将青山摄入画面，使天、地、山、水融为一体，交相辉映。“芳草”二句由眼中实景转为意中虚景，而离情别绪则隐寓其中。下片抒情。“夜夜”二句是说只有在美好的梦境中才能暂时泯却乡愁，但天涯孤旅，“好梦”难得，乡愁也就无计可消了。“明月”句顺承上文：登楼远眺，本为排遣愁思，但明月团团，反使他倍感孤独与惆怅，于是发出“休独倚”之叹。歇拍二句写作者试图借饮酒来消释胸中块垒，但这一遣愁的努力也归于失败。全词低回婉转，而又不失沉雄清刚之气，是真情流溢、大笔振迅之作。

【注释】

①黯（àn）：形容心情忧郁。　②追：追随，可引申为纠缠。旅思（sì）：羁旅之思。

渔 家 傲

塞下秋来风景异[①]，衡阳雁去无留意[②]。四面边声连角起[③]。千嶂里[④]，长烟落日孤城闭。　浊酒一杯家万里，燕然未勒归无计[⑤]。羌管悠悠霜满地[⑥]。人不寐，将军白发征夫泪。

【题解】

1038年西夏元昊称帝后，连年侵宋。由于积贫积弱，边防空虚，宋军屡战屡败。1040年。范仲淹自越州改任陕西经略副使兼知延州（今陕西延安）。延州当西夏出入要冲，战后城寨焚掠殆尽，戍兵皆无壁垒，散处城中。此词可能即作于知延州时。原有数阙，皆以“塞下秋来”为首句，欧阳修尝称为“穷塞主之词”（宋魏泰《东轩笔录》第十一）。但流传至今的却只有此词。词的上片着重写景，而景中有情；下片着重抒情，而情中有景。这恰与前词相仿佛。但它的题材与风格却有别于前词。作者着力表现边地的荒寒与将士的劳苦，流露出师老无功、乡关万里的怅恨心声，其情调与唐人建功异域、追亡逐北的边塞诗迥不相同。但作者到延州后，选将练卒，招抚流亡，增设城堡，联络诸羌，深为西夏畏惮，称“小范老子腹中有数万甲兵”。此词慷慨悲凉，同样表现了他抵御外侮、报国立功的壮烈情怀。而更值得重视的则是，范仲淹以其守边的实际经历首创边塞词，一扫花间派柔靡无骨的词风，为苏辛豪放词导夫先路。

【注释】

①塞下：边地。风景异：指景物与江南一带不同。 ②衡阳雁去：“雁去衡阳”的倒文。湖南衡阳有回雁峰，相传雁至此不再南飞。 ③边声：马嘶风号之类的边地荒寒肃杀之声。角：军中的号角。 ④嶂：像屏障一样并列的山峰。 ⑤燕然：山名，即今蒙古境内之杭爱山。勒：刻石记功。东汉窦宪追击北匈奴，出塞三千余里，至燕然山刻石记功而还。燕然未勒：指边患未平、功业未成。 ⑥羌管：羌笛。

御街行

纷纷坠叶飘香砌[①]。夜寂静，寒声碎[②]。真珠帘卷玉楼空[③]，天淡银河垂地。年年今夜，月华如练[④]，长是人千里。　　愁肠已断无由醉。酒未到，先成泪。残灯明灭枕头攲[⑤]，谙尽孤眠滋味[⑥]。都来此事[⑦]，眉间心上，无计相回避。

【题解】

此词抒写秋夜怀人之情思，一本题作“秋日怀旧”。其笔法仍是以景物相烘染：上片先从听觉着笔，刻画坠叶飘砌之秋声；再就视觉落墨，描绘月华如练之秋色，突出环境之寂静、清冷与空旷，从中抽绎出凄寒入骨的秋思与秋愁，而“玉楼空”“人千里”则前后照应，不仅揭示了其秋思与秋愁生成的原因，而且点明其秋思即离思、秋愁即离愁也。下片逐层深入地表现其离思与离愁，既写出其离思之深，离愁之长，又点出其离思离愁之无所不在、无时不存。“酒未到，先成泪”，较之《苏幕遮》中的“酒入愁肠，化作相思泪”，更见愁思深重，用笔亦益加深曲。“都来此事”三句则将抽象的离思离愁具象化，虚实相生，饶有情致。李清照《一剪梅》词中的“此情无计可消除，才下眉头，却上心头”，即脱胎于此。李攀龙评曰：“月光如昼，泪深于酒，情景俱到。”（见《草堂诗余隽》）洵为知言。

【注释】

①香砌：飘有落花的台阶。　②寒声碎：秋风吹动落叶，发出细碎的声响。　③真珠：即珍珠。　④练：素白色的丝绸。　⑤攲（qī）：倾斜的样子。　⑥谙（ān）：熟悉。　⑦都来：算来。王闿运《湘绮楼词选》：

"'都来'即'算来'也。因此处宜平，故用'都'字。"

柳 永（987？—1055？）

字耆卿。初名三变，字景庄。因排行第七，世称柳七。祖籍河东（今属山西），后移居崇安（今属福建）。宋仁宗景祐元年（1034）进士，官至屯田员外郎，因又称柳屯田。卒于润州（今江苏镇江）。由于仕途坎坷，生活潦倒，他由追求功名转而厌倦官场，沉溺于旖旎繁华的都市生活，在"倚红偎翠""浅斟低唱"中寻找寄托。作为北宋第一个专力作词的词人，他不仅开拓了题材领域，而且制作了大量的慢词，发展了铺叙和白描手法，促进了词的通俗化、口语化，在词史上产生了较大的影响，《避暑录话》称"凡有井水处，即能歌柳词"。有《乐章集》三卷。

曲 玉 管

陇首云飞[①]，江边日晚，烟波满目凭阑久[②]。一望关河萧索，千里清秋，忍凝眸[③]？ 杳杳神京，盈盈仙子，别来锦字终难偶[④]。断雁无凭，冉冉飞下汀洲，思悠悠。 暗想当初，有多少幽欢佳会，岂知聚散难期，翻成雨恨云愁。阻追游，每登山临水，惹起平生心事，一场消黯[⑤]，永日无言[⑥]，却下层楼。

【题解】

柳永"工于羁旅行役"，这首慢词所致力表现的正是羁旅之愁与离别之恨，而以情景的错综交织、结构的首尾圆合独擅胜场。全词共三片。上片写登高望远，但见烟波满目，不禁触发起天涯孤旅之感。“忍凝眸”，极言景物萧瑟，不堪久望。中片由“悲秋”转入“伤别”。“别来锦字终难偶”，点出在传统的悲秋之情中，还融合着铭心刻骨的离愁别恨。“断雁无凭”三句，用笔若虚若实，暗示不惟与心上人遇合无期，而且天各一方，锦书难寄。下片以今昔相比照，看似平铺直叙，实则颇具跌宕之致：昔日聚会之乐，正衬出今日别离之悲。作者抚今思昔，益难为怀，于是黯然无语而又悄焉含情地“却下层楼”。刘熙载《艺概·词概》谓柳词“细密而妥溜，明白而家常，善于叙事，有过前人。”此词乃其显例。

【注释】

①陇首：犹言山头。　②凭阑：即凭栏。　③凝眸（móu）：目不转睛。李商隐《闻歌》：“敛笑凝眸意欲歌，高云不动碧嵯峨。”　④锦字：用窦滔、苏蕙故事。苻秦时，窦滔获罪徙流沙，其妻苏蕙作回文诗，织于锦上以寄。难偶：难遇。“偶”作“遇”解。　⑤消黯：黯然消魂。　⑥永日：终日。

雨霖铃

寒蝉凄切，对长亭晚①，骤雨初歇②。都门帐饮无绪③。留恋处④，兰舟催发⑤。执手相看泪眼，竟无语凝噎⑥。念去去、千里烟波⑦，暮霭沉沉楚天阔⑧。　　多情自古伤离别，更那堪冷落清秋节。今宵酒醒何处？杨柳岸、晓风残月。此去经年⑨，应是良辰好景虚设。便纵有千种风情⑩，更与何人说。

【题解】

此词表现作者离京南下时长亭送别的情景。上片纪别，从日暮雨歇，送别都门，设帐饯行，至兰舟催发，泪眼相对，执手告别，依次层层描述离别的场面和双方惜别的情态。这与同样表现离情别绪但出之以比兴的唐五代小令是迥异其趣的。柳词盛行于市井巷陌，同他这种明白晓畅、情事俱显的词风不无关系。下片述怀，承“念”字而来，设想别后情景。刘熙载《艺概·词概》评曰：“词有点有染……上二句点出离别冷落，‘今宵’二句，乃就上二句意染之。”确实，“今宵”二句之所以被推为名句，不仅在于虚中有实，虚景实写，更因为以景“染”情，融情入景，创造出一个凄清冷落的怀人境界。“此去”以下放笔直写，不嫌重拙，由“今宵”想到“经年”，由“千里烟波”想到“千种风情”，由“无语凝噎”想到“更与何人说”，回环往复而又一气贯注地抒写了“相见时难别亦难”的不尽愁思。

【注释】

①长亭：供行人休歇的亭舍。秦汉时十里置亭，谓之长亭；五里置亭，谓之短亭。　②骤雨：阵雨。　③都门帐饮：在京都郊外搭起帐幕设宴饯行。无绪：没有情绪，无精打采。　④留恋处：一作“方留恋处”。　⑤兰舟：据《述异记》载，鲁班曾刻木兰树为舟。后用作船的美称。　⑥凝噎：悲痛气塞，说不出话来。一作“凝咽”。　⑦去去：重复言之，表示行程之远。⑧暮霭（ǎi）：傍晚的云气。沉沉：深厚的样子。楚天：南方的天空。古时长江中下游地区属楚国，故称。　⑨经年：一年又一年。　⑩风情：男女恋情。

蝶 恋 花

伫倚危楼风细细[1]，望极春愁，黯黯生天际[2]。
草色烟光残照里，无言谁会凭栏意。　　拟把疏
狂图一醉[3]，对酒当歌[4]，强乐还无味[5]。衣带渐
宽终不悔[6]，为伊消得人憔悴。

【题解】

这也是一首怀人词。“伫倚危楼”，见出主人公凭栏之久与怀想之深。但“伫倚”的结果却是“望极春愁，黯黯生天际”。不说“春愁”滋潜暗长于心田，反说它从遥远的天际生出，一方面是力避庸常，试图化无形为有形，增加画面的形象性与流动感。另一方面也是因为其“春愁”是由天际的风光景物所触发。结尾“衣带渐宽”二句以健笔写柔情，自誓甘愿为思念伊人而日渐憔悴，表现了主人公的坚毅性格与执着态度，词境也因此而得以升华。贺裳《皱水轩词筌》认为韦庄《思帝乡》中的“陌上谁家年少足风流，妾拟将身嫁与一生休。纵被无情弃，不能羞”诸句，是“作决绝语而妙”者；而此词的末二句乃本乎韦词，不过“气加婉”矣。其实，冯延巳《鹊踏枝》中的“日日花前常病酒，镜里不辞朱颜瘦”，虽然语较颓唐，亦属其类。后来，王国维在《人间词话》中谈到“古今之成大事业、大学问者，必经过三种之境界”，被他借用来形容“第二境”的便是“衣带渐宽终不悔，为伊消得人憔悴”。这大概正是因为柳永的这两句词概括了一种锲而不舍的坚毅性格和执着态度。

【注释】

①危楼：高楼。　②黯黯：迷蒙不明。　③拟把：打算。疏狂：粗疏

狂放，不合时宜。 ④对酒当歌：语出曹操《短歌行》。当，与“对”意同。 ⑤强（qiǎng）乐：强颜欢笑。强，勉强。 ⑥衣带渐宽：指人逐渐消瘦。语本《古诗十九首·其一》：“相去日已远，衣带日已缓。”

二 郎 神

炎光谢[①]，过暮雨、芳尘轻洒。乍露冷风清庭户，爽天如水[②]，玉钩遥挂[③]。应是星娥嗟久阻[④]，叙旧约、飙轮欲驾[⑤]。极目处、微云暗度[⑥]，耿耿银河高泻。 闲雅，须知此景，古今无价。运巧思。穿针楼上女，抬粉面、云鬟相亚。钿合金钗私语处[⑦]，算谁在、回廊影下？愿天上人间，占得欢娱，年年今夜。

【题解】

借牛郎织女的故事，以超人间的方式表现人间的悲欢离合，古已有之，如《古诗十九首》中的“迢迢牵牛星”、曹丕的《燕歌行》、李商隐的《辛未七夕》等等。宋代的欧阳修、张先、苏轼等人也曾吟咏这一题材，虽然遣词造句各异，却都因袭了“欢娱苦短”的传统主题。柳永此词亦然。若就思想意蕴而言，它远不及秦观的《鹊桥仙》发语新警、立意高远。但在艺术上却颇有可称道处：全用白描手法，不敷粉，不着色，而自有情景辗转相生之妙；“占得欢娱，年年今夜”等语浅近俚俗，近于秦楼楚馆之曲，但“钿合金钗私语处”却又巧妙点化白居易《长恨歌》句意，何等雅致，因而堪称俗不伤雅、雅不避俗。不仅如此，作者还别出心裁地将“天上”“人间”贯为一脉，既着笔于天上“嗟久阻”的织女，也落墨于人间“运巧思”的少妇，表现她们所共有的不得与心上人长相厮守的憾恨，从而增加了作品的容量与张力。

【注释】

①炎光：阳光。 ②爽天：高爽的天宇。 ③玉钩：形容弯月。 ④星娥：指织女。 ⑤飙轮：御风以行的车驾。 ⑥极目：纵目远眺。 ⑦“钿合”句：语本白居易《长恨歌》中的“钿合金钗寄将去”“夜半无人私语时”。

采　莲　令

月华收[①]，云淡霜天曙。西征客、此时情苦[②]。翠娥执手送临岐[③]，轧轧开朱户[④]。千娇面、盈盈伫立，无言有泪，断肠争忍回顾[⑤]？　一叶兰舟，便恁急桨凌波去[⑥]。贪行色，岂知离绪。万般方寸，但饮恨、脉脉同谁语[⑦]？更回首、重城不见[⑧]，寒江天外，隐隐两三烟树。

【题解】

此词亦将羁旅之愁与离别之恨融为一体，显示了柳词逐层铺叙、细密尽情而又曲折婉转的特色。开篇描写晓行时的凄寒景色，引逗出一篇之眼：“此时情苦。”接着表现美人执手相送、伤心欲绝的情状，由“轧轧开朱户”的声响起笔，逐一绘示其千娇百媚的面容，“盈盈伫立”的身影和“无言有泪”的神态，极为自然地迸发出“争忍回顾”的断肠心声，用笔灵动而又真切。然后写船行如飞，全不理会离人不忍遽去之意绪，从反面再作烘托。篇末写回头远望，毋论美人倩影，连她所在的京城也已渺不可见，只有浩茫江天与三两烟树落入视网。作者此时心境若何，不言自明。全词以景语起结，而情融其中，含蕴无穷。

【注释】

①月华收：指月光沉没，天色将晓。 ②西征客：西行的游子。 ③翠娥：指作者所深恋的美人。临歧：岔路口。 ④轧（yà）轧：开门声。 ⑤争忍：怎忍，岂忍。 ⑥便恁（nèn）：就这样。 ⑦方寸：指心。饮恨：抱恨。脉脉：含情欲吐。 ⑧重城：形容城郭重叠。

少年游

长安古道马迟迟，高柳乱蝉嘶[1]。夕阳鸟外[2]，秋风原上，目断四天垂[3]。 归云一去无踪迹，何处是前期？狎兴生疏[4]，酒徒萧索[5]，不似去年时。

【题解】

“春女善怀”“秋士易感”，这是唐宋词的两条主要抒情线索，此词无疑致力于后者。作者以一位落魄游子的眼光来观察与再现长安道上的风光景物。“高柳”“乱蝉”“秋风”“夕阳”，无不昭示着其荒芜、衰飒与空旷，而染有作者的感情色彩。这种意境，与元人马致远的《天净沙·秋思》极为相似，无妨认为，柳词已为马曲开启思路。置身在如此情境中，“行道迟迟，载饥载渴”（《诗经·采薇》）的作者怎能不萌生天涯孤旅、归期难卜之感，并进而触发岁月蹉跎、功名无望之恨！全词风格苍凉，气象老成，与香软秾艳的恋情词趣尚迥异。

【注释】

①乱蝉：谓蝉声缭乱。　②夕阳鸟外：谓夕阳隐没在飞鸟之外。“鸟外”，一作“岛外”。　③目断四天垂：谓纵目四望，皆为低垂的苍天。④狎兴：狎玩、冶游之意兴。　⑤酒徒萧索：谓当年一起歌酒流连的“狂朋怪侣”已零落四散。

望 海 潮

东南形胜①，三吴都会②，钱塘自古繁华③。烟柳画桥，风帘翠幕④，参差十万人家⑤。云树绕堤沙⑥，怒涛卷霜雪⑦，天堑无涯⑧。市列珠玑，户盈罗绮，竞豪奢。　　重湖叠巘清嘉⑨，有三秋桂子，十里荷花。羌管弄晴，菱歌泛夜，嬉嬉钓叟莲娃。千骑拥高牙⑩，乘醉听箫鼓，吟赏烟霞。异日图将好景⑪，归去凤池夸⑫。

【题解】

此词描写杭州的繁盛和西湖的佳丽，体现了柳永以赋法为词的优长，可以说是用词体写成的杭州赋。首起三句叙形势之胜；“烟柳”三句状都市之盛；“云树”“怒涛”，言钱江壮阔；“珠玑”“罗绮”，言士民殷富。下片前半段专咏西湖，从湖山全景、四时风光、昼夜笙歌、湖中人物四方面写西湖美景。在慢词兴起之前，若用小令表现同样的内容，像白居易的《忆江南》那样一首一事，必须连赋数首。而使用长调，则可以这样先总后分、经纬严密地组合在同一首词中。就中“有三秋桂子，十里荷花”二句，一写桂子飘香之久，一写荷花种植之广，二者都是西湖的代表性景物，而彼此参错交织，极见匠心。据罗大经《鹤林玉露》卷十三载，“此词流播，金主亮闻歌，欣然有慕于‘三秋桂子，十里荷花’，遂起投鞭渡江之志。”1161年金主完颜亮南侵，当然不仅仅是为了玩赏西湖，但此词在一个多世纪以后还能保持这样广泛的吸引力，倒是值得注意的。

【注释】

①形胜：形势冲要、交通便利、湖山优美的地方。　②三吴：旧以吴兴、吴郡、会稽为三吴，即长江下游地区。　③钱塘：即杭州。　④风帘翠幕：挡风的帘子和翠色的帷幕。　⑤参差（cēncī）：大约，将近。一说形容楼房殿阁高下不齐。　⑥云树：高树。　⑦霜雪：形容浪花。　⑧天堑（qiàn）：天然的壕沟、险阻。旧称长江为天堑。此处指钱塘江。　⑨重湖：西湖分外湖、里湖，故称重湖。叠巘（yǎn）：重叠的山峰。清嘉：秀丽。　⑩千骑（jì）：形容护卫随从之多。高牙：军前大旗。此处指州郡长官出行时的仪仗旗帜。　⑪图将：描绘出来。　⑫凤池：即凤凰池。本是皇帝禁苑中的池沼，后用作中书省代称。此处泛指朝廷。

倾　杯

鹜落霜洲[①]，雁横烟渚，分明画出秋色。暮雨乍歇，小楫夜泊[②]，宿苇村山驿[③]。何人月下临风处，起一声羌笛[④]。离愁万绪，闻岸草、切切蛩吟如织[⑤]。　为忆芳容别后，水遥山远，何计凭鳞翼[⑥]。想绣阁深沉，争知憔悴损、天涯行客。楚峡云归[⑦]，高阳人散[⑧]，寂寞狂踪迹。望京国，空目断、远峰凝碧。

【题解】

羁旅愁与离别恨，是柳词最乐于、同时也最善于表现的主题。但同一主题，在不同的作品中，却各有独到的展衍方式，因而读来并无雷同之感。此词所采用的仍是独在天涯的“断肠人”的视角，所摄取的也仍然是极易惹人愁思的萧瑟秋景，但较之《雨霖铃》《少年游》等词，点缀于其间的意象多已嬗替：“骤雨”易为“暮雨”，“蝉嘶”易为“蛩吟”，“今宵酒醒何处？杨柳岸、晓风残月”的虚拟之景也演变成“小楫夜泊，宿苇村山驿”的实历之境，而“鹜落霜洲，雁横烟渚”，更是未见于他词的全新构图与造型。在表现手法上，同样是即景生情，融情于景，但写景时视觉听觉错用、远景近景间见，移步换形，起落无迹；抒情时或直摅一己愁绪，或悬想对方幽思，腾挪多变，不专一格，这又属于独出机杼了。

【注释】

①鹜：水鸭。　②楫：船桨。此处代船。　③驿：驿馆，古代供外出官员途中歇息的处所。　④羌笛：又名头发管，一种管乐器，相传为羌人（古代西北少数民族）所制。　⑤蛩（qióng）吟：蟋蟀的叫声。　⑥鳞翼：指鲤鱼与鸿雁。相传鲤鱼、鸿雁可以为人传书。　⑦楚峡：巫山的代称。宋玉《高唐赋》载：楚王游高唐，梦中得与神女欢会，神女临别有云：“妾在巫山之阳，高丘之阻。旦为朝云，暮为行雨。朝朝暮暮，阳台之下。”云归：即指佳人已去。　⑧高阳人：指高阳酒徒。《史记·郦生陆贾列传》载：郦生求见汉高祖时自称：“吾高阳酒徒也，非儒人也。”高阳人散，即《少年游》中“酒徒萧索”之意，谓当年一起喝酒的朋友都离散了。

安　公　子

远岸收残雨，雨残稍觉江天暮。拾翠汀洲人寂静①，立双双鸥鹭②。望几点、渔灯隐映蒹葭浦③。停画桡④，两两舟人语。道去程今夜，遥指前村烟树。　　游宦成羁旅，短樯吟倚闲凝伫[5]。万水千山迷远近，想乡关何处。自别后、风亭月榭孤欢聚。刚断肠、惹得离情苦。听杜宇声声[6]，劝人不如归去。

【题解】

柳词常以萧瑟秋景作为离情别绪的触媒，但春景也并未与其相疏离，只不过因长年浪迹江湖，坎廪失意，作者笔下的春景，难得显露出其固有的烂漫与绚丽，而多被涂抹上一层黯淡、迷离的色彩，以致在本质上与秋景极为近似。此词即其一例：首句既以“残雨”煞尾，次句复以“雨残”领起，绝不仅仅是出于修辞的需要，更是为了渲染眼前景色的衰残与萧索，以映现自己春暮怀归，忧伤无已的心绪。值得注意的是，柳词中的“羁旅行役”之作，习用“雨”这一意象来烘托其湿漉漉的情思——或“骤雨”，或“暮雨”，或“残雨”，每每重见迭出。这又颇近于“千首湿”的晚唐诗人许浑了。

【注释】

①拾翠：意本杜甫《秋兴》诗：“佳人拾翠春相间”。 ②双双鸥鹭：借以反衬自己之块然独处。 ③蒹葭（jiānjiā）：芦苇。 ④画桡（ráo）：船桨的美称。 ⑤短樯：船桅。指代小船。 ⑥杜宇：古蜀帝名，化为杜鹃。后人因称杜鹃为杜宇。

八声甘州

对潇潇暮雨洒江天[1]，一番洗清秋。渐霜风凄紧，关河冷落，残照当楼。是处红衰翠减[2]，苒苒物华休[3]。惟有长江水，无语东流。　　不忍登高临远，望故乡渺邈[4]，归思难收。叹年来踪迹，何事苦淹留[5]？想佳人、妆楼颙望[6]，误几回、天际识归舟[7]。争知我[8]，倚阑干处，正恁凝愁[9]。

【题解】

这是一首望乡词，通篇贯串一个"望"字。作者的羁旅之愁、飘泊之恨，尽从"望"中透出。上片是望中所见。无论风光、景物、气氛，都笼罩着悲凉的秋意，触动着抒情主人公的归思。"渐霜风凄紧"三句，在深秋萧瑟寥廓的景象中表现游子的客中情怀，连鄙薄柳词的苏轼也以为"此语于诗句不减唐人高处"（宋赵令畤《侯鲭录》引。《能改斋漫录》作晁补之语）。下片是望中所思，从自己的望乡想到意中人的望归。如此着笔，便把本来的独望变成了双方关山远隔的千里相望，见出两地同心，俱为情苦。结句申诉自己欲归未得、思念不已之情，似乎在遥遥相望中互通款曲，进行心与心的交流，从而暗示读者：其人未归而其心已归。这就更见出归思之切。

【注释】

①潇潇：形容雨声急骤。 ②是处：到处，处处。红衰翠减：红花绿叶凋残零落。李商隐《赠荷花》："翠减红衰愁煞人。" ③苒苒（rǎn）：茂盛的样子。一说同"冉冉"，犹言"渐渐"。物华：美好的景物。 ④渺邈（miǎo）：遥远。 ⑤淹留：久留。 ⑥颙（yóng）望：凝望。 ⑦天际识归舟：语出谢朓《之宣城郡出新林浦向板桥》诗："天际识归舟，云中辨江树。" ⑧争：怎。 ⑨恁（nèn）：如此，这般。凝愁：凝结不解的深愁。

鹤　冲　天

黄金榜上①，偶失龙头望②。明代暂遗贤③，如何向？未遂风云便④，争不恣狂荡，何须论得丧。才子词人，自是白衣卿相⑤。　烟花巷陌⑥，依约丹青屏障。幸有意中人，堪相访。且恁偎红倚翠，风流事、平生畅，青春都一饷⑦。忍把浮名，换了浅斟低唱。

【题解】

此词本事，吴曾《能改斋漫录》卷十六有记："仁宗留意儒雅，务本向道，深斥浮艳虚华之文。初，进士柳三变，好为淫冶讴歌之曲，传播四方。尝有《鹤冲天》词云：'忍把浮名，换了浅斟低唱。'及临轩放榜，特落之，曰：'且去浅斟低唱，何要浮名？'"另据胡仔《苕溪渔隐丛话》引《艺苑雌黄》，柳永"由是不得志，日与儇子纵游娼馆酒楼间，无复检约，自称云'奉圣旨填词柳三变'。"可知此词曾使作者的仕宦生涯平添波折，而这又正为我们提供了寻绎其思想轨迹的线索。词中既有偎红倚翠的颓唐自放之念，更有蹭蹬科场的愤激不平之意。"未遂风云便，争不恣狂荡"，于自我慰藉中深蕴怀才不遇的憾恨和曲折抗争的呐喊。而"忍把浮名，换了浅斟低唱"，又有多少无奈，多少不甘？词的情感脉络回环往复，具有撼人心魄的艺术力量。

【注释】

①黄金榜：揭示进士取录的名单。　②龙头：宋时称状元为"龙头"。王禹偁《寄状元孙学士何》诗："惟爱君家棣华榜，登科记上并龙头。"

③明代：清明盛世。　④遂：成功，实现。风云便：指平步青云，建功立业。　⑤白衣卿相：唐代极重进士，宰相多由进士出身，故将进士称作“白衣卿相”，意谓其身为白衣之士，而有卿相之资。　⑥烟花巷陌：指风尘女子聚居处。亦为作者冶游之地。　⑦一饷（xiǎng）：短暂的时间。饷，意同“晌”。韩愈《刘生》诗：“瞥然一饷成十秋，昔须未生今白头。”

玉蝴蝶

望处雨收云断，凭阑悄悄，目送秋光。晚景萧疏，堪动宋玉悲凉①。水风轻、蘋花渐老，月露冷、梧叶飘黄。遣情伤，故人何在？烟水茫茫。　　难忘，文期酒会②，几辜风月③，屡变星霜④。海阔天遥，未知何处是潇湘⑤。念双燕、难凭远信，指暮天、空识归航。黯相望，断鸿声里⑥，立尽斜阳。

【题解】

许昂霄《词综偶评》谓此词“与《雪梅香》《八声甘州》数首，蹊径仿佛。”这大概是指它们都通过描绘萧疏、索漠的秋景来抒写客中怀远之情。但此词亦有“新变”之处：不仅重新熔铸与组合意象，而且所怀念者也已由心息相通的恋人易为志趣相投的故人，当然，怀念的内容也由温馨、浪漫的闺中风光易为骋才竞艺、兴会淋漓的“文期酒会”。词的上片仍由凭栏远望起笔，用“蘋花渐老”“梧叶飘黄”的秋景烘托自己的悲凉心境。然后顺势一跃，即由悲秋转为怀远。“故人何在？烟水茫茫”二句承上启下，统摄全篇。过片后，以今昔比照之笔，追忆昔日的赏心乐事，感叹今日的独处天涯，将其嘤鸣之情渲染得更为浓烈。结穴“黯相望”三句，以“断鸿”与“斜阳”相映衬，为伫立怅望的抒情主人公传神写照，意境与李白《黄鹤楼送孟浩然之广陵》中的“孤帆远影碧空尽，惟见长江天际流”相似，而更见哀婉忧伤。

【注释】

①宋玉：战国时楚人，著名辞赋家。其《九辩》有句：“悲哉秋之为气也！萧瑟兮草木摇落而变衰，憭慄兮若在远行，登山临水兮送将归”。被视为“千古言秋之祖”。　②文期：文友间约定日期吟诗作文。　③辜：辜负。　④星霜：年岁。星一年一周转，霜每年因时而降，故以星霜指年岁。⑤潇湘：潇水与湘水的合称。此处借指故人栖身处所。　⑥断鸿：孤雁。

夜　半　乐

冻云黯淡天气[1]，扁舟一叶[2]，乘兴离江渚。度万壑千岩，越溪深处[3]。怒涛渐息，樵风乍起[4]，更闻商旅相呼。片帆高举，泛画鹢、翩翩过南浦[5]。　　望中酒旆闪闪[6]，一簇烟村，数行霜树。残日下，渔人鸣榔归去[7]。败荷零落，衰杨掩映。岸边两两三三，浣纱游女，避行客、含羞笑相语。　　到此因念，绣阁轻抛，浪萍难驻[8]。叹后约、丁宁竟何据[9]？惨离怀、空恨岁晚归期阻。凝泪眼，杳杳神京路[10]。断鸿声远长天暮。

【题解】

此词为三叠长调，所抒发的仍是羁旅愁思，而笔势尤见开合跳荡。一叠描写棹发江渚及舟泛江中的情景。“冻云”“怒涛”“樵风”“片帆”，无不暗示着景色的黯淡、旅途的艰辛和客况的孤寂；置身于其间的主人公虽说是“乘兴”而行，却并未表现出些许豪情逸兴。二叠展现途经渔村时的所见所闻。“烟村”“霜树”“败荷”“衰杨”，景色同样令人不堪；但接着推出的浣纱女含羞笑语的画面却又那般温馨、旖旎——惟其如此，才引发主人公对一样娇羞、一样明艳的意中人的忆念。三叠即直诉其“绣阁轻抛，浪萍难驻”的哀婉心声，将去国怀乡之情与伤春恨别之意交织在一起。歇拍仍以景语作结，用笔与前词相若。全词在结构上缓急相宜，疏密有致，颇见章法之妙。

【注释】

①冻云：谓寒云似已冻结。②扁（piān）舟：小船。③越溪：春秋时越国美女西施浣纱的若耶溪，位于今浙江绍兴。此处泛指江浙一带的河流。④樵风：山林中刮起的风。⑤画鹢（yì）：指航船。鹢，水鸟名。古时常画鹢鸟于船头，以畏江神，故名。⑥酒旆（pèi）：悬挂于酒店门前以招徕顾客的旗子。⑦鸣榔（láng）：用木榔敲击船舷。榔，木制工具，渔人用以叩舷惊鱼。⑧浪萍：形容自己浪迹天涯，犹如浮萍随波飘转。⑨丁宁：同“叮咛”。⑩神京：指北宋都城汴京（今河南开封）。

佳人醉

暮景萧萧雨霁[1]，云淡天高风细。正月华如水，金波银汉[2]，潋滟无际[3]。冷浸书帷梦断，却披衣重起，临轩砌[4]。　素光遥指。因念翠蛾[5]，杳隔音尘何处？相望同千里。尽凝睇，厌厌无寐，渐晓雕阑独倚[6]。

【题解】

这是一首月夜怀人之作。雨霁晴展，天高云淡，更兼月华如水，波光潋滟，作者笔下的景色不可不谓宜人。但主人公独自客游他乡，不能与心上人长相依偎，纵有良辰美景，也形同“虚设”。“冷浸”三句写月光穿帘入户，照见无眠，而以一“冷”字领起，正揭示了抒情主人公此时的凄凉心境。“因念翠蛾，杳隔音尘何处”，点出他与心上人天各一方，音信难通，以致不知对方萍踪。这使他益增感伤。“相望同千里”，即张九龄《望月怀远》中的“天涯共此时”、苏轼《水调歌头》中的“千里共婵娟”之意，写主人公对月骋情，希望借月光互通款曲，并想象对方此时也在望月怀远，幽怨无限。结句“渐晓雕阑独倚”，暗示主人公倚栏达旦，通宵未寐，见出其情难抑、其思无已。全词用笔举重若轻，卷舒自如，甚见艺术功力。

【注释】

①霁（jì）：雨止。 ②金波：形容月光。银汉：即银河。 ③潋滟：水波动荡的样子。 ④轩：堂之前沿，周以栏杆。砌：台阶。 ⑤翠蛾：美女的眉毛。因其修长如蛾，以黛点色，故称。此处指代美女。 ⑥雕阑：雕花的栏杆。

戚　氏

晚秋天，一霎微雨洒庭轩①。槛菊萧疏，井梧零乱，惹残烟。凄然，望江关，飞云黯然夕阳间。当时宋玉悲感，向此临水与登山②。远道迢递③，行人凄楚，倦听陇水潺湲④。正蝉吟败叶，蛩响衰草⑤，相应喧喧。　孤馆，度日如年，风露渐变，悄悄至更阑⑥。长天净，绛河清浅⑦，皓月婵娟[8]。思绵绵。夜永对景，那堪屈指，暗想从前。未名未禄，绮陌红楼，往往经岁迁延。　　帝里风光好[9]，当年少日，暮宴朝欢。况有狂朋怪侣，怪当歌对酒竞流连。别来迅景如梭，旧游似梦，烟水程何限！念利名、憔悴长萦伴，追往事、空惨愁颜。漏箭移、稍觉轻寒[10]。渐呜咽、画角数声残。对闲窗畔，停灯向晓，抱影无眠。

【题解】

这是柳词中的“长篇巨制”之一。虽然用笔淋漓恣肆，脉络却极为清晰。李攀龙谓其“首叙悲秋情绪，次叙永夜幽思，末勘破名利关头更透”（见《草堂诗余隽》）。堪称搔着痒处。词的上片由晚秋景物起笔。萧疏的“槛菊”，零乱的“井梧”，迷蒙的“残烟”，黯淡的“夕阳”，构成一幅极易触动“宋玉悲感”的萧瑟画面，而“蝉吟”“蛩响”流水“潺湲”，则是作者给它配上的杂乱而又凄楚的画外音。抒情主人公踽踽独行于其间，纵不言羁旅愁思，羁旅愁思亦昭然可见。中片写主人公独宿孤馆，夜长不寐，忆及“未名未禄”之前的人生旅程。“那堪屈指，暗想从前”，点出往事不堪回首，这或许主要是指困顿场屋与蹭蹬仕途。下片先追记年少时与“狂朋怪侣”一同度过的流连歌酒的欢娱生活，然后以之比照今日的天涯孤旅，从中见出名缰利索对自己的束缚与折磨。通篇对景感怀，枨触百端；纵笔游走，一气旋折，显示了作者驾驭慢词的精深功力与娴熟技巧。

【注释】

①一霎（shà）：一阵，暂时。孟郊《春后雨》“昨夜一霎雨”。 ②临水与登山：语本宋玉《九辩》：“登山临水兮送将归。” ③迢递：遥远的样

子。 ④陇水潺湲：语本汉乐府《陇头歌》：“陇头流水，流离山下，念吾一身，飘然旷野。”潺湲（chányuán），形容流水的声响。 ⑤蛩（qióng）：蟋蟀。 ⑥更阑：更深夜尽。 ⑦绛河：即银河。 ⑧婵娟：形容月色美好。 ⑨帝里：京城。 ⑩漏箭移：指时间推移至深夜。漏箭，古代计时器漏壶的部件，上面刻有节文，随水浮沉以计时。亦用以泛指时间。

卜算子慢

江枫渐老，汀蕙半凋①，满目败红衰翠②。楚客登临③，正是暮秋天气。引疏砧、断续残阳里④。对晚景、伤怀念远，新愁旧恨相继。　　脉脉人千里。念两处风情，万重烟水。雨歇天高，望断翠峰十二⑤。尽无言、谁会凭高意？纵写得、离肠万种，奈归云谁寄？

【题解】

长年的飘泊流离，使柳永对“羁旅行役”这一题材情有独钟，不避重复。此词又是抒写其羁旅之感与离别之情。但题材的不断重复，并没有带来构思、布景及造语的雷同，因为作者虽然一生坎廪，艺术创造力却并不匮乏。词的上片以“楚客登临”为中心铺展笔墨。“江枫”三句为楚客登临所见，“引疏砧”二句为楚客登临所闻，“对晚景”二句则为楚客登临所感——这位“伤怀念远”的楚客无疑就是作者自己。下片就“伤怀念远”四字加以衍化，既揭示其内在涵茹，复展现其外在形态，而中间又穿插以烘染其“新愁旧恨”的景物描写。结句“奈归云谁寄”，仍是感叹音信不通，款曲难诉。全词细针密线，丝丝入扣。即以过片后“脉脉人千里。念两处风情，万重烟水”三句而言，“两处风情”承“脉脉”而来，“万重烟水”承“人千里”而来，词意宛转相生，连翩而下，非名家弄翰，不能为之。

【注释】

①汀蕙（tīnghuì）：植于水边平地的蕙草。 ②败红：指“渐老”的“江枫”。衰翠：指“半凋”的“汀蕙”。 ③楚客：本指宋玉。此处乃作者自谓。 ④疏砧（zhēn）：疏落的捣衣声。砧，捣衣石。 ⑤翠峰十二：作者把意中人喻为“旦为朝云，暮为行雨”的巫山神女，而巫山有十二峰，故云“望断翠峰十二”。

张　先（990—1078）

字子野，吴兴（今浙江湖州）人。宋仁宗天圣八年（1030）进士。曾任吴江令。晏殊知永兴军时，聘为通判。后又知渝州、安州等地，以都官郎中致仕。晚年优游乡里，与苏轼有交。本以诗名，故苏轼称“子野诗笔老，歌词妙乃其余事”（《子野词跋》）。他作词由小令入手，与晏、欧并称；后来多取时调新声作慢词，又与柳永齐名。晁补之认为：“子野与耆卿齐名，而时以子野不及耆卿。然子野韵高，是耆卿所乏处。”（《能改斋漫录》卷十六）他善于锻炼字句，尤工于刻画“影”之动态，人称“张三影”。有《张子野词》二卷，补遗二卷。

一丛花令

伤高怀远几时穷？无物似情浓。离愁正引千丝乱，更东陌、飞絮濛濛[①]。嘶骑渐遥[②]，征尘不断[3]，何处认郎踪？ 双鸳池沼水溶溶，南北小桡通[4]。梯横画阁黄昏后，又还是、斜月帘栊。沉恨细思，不如桃杏，犹解嫁东风[5]。

【题解】

登高怀远，并非柳永所独擅与专骛的寄情方式，张先等人亦精于此道。此词即为明证。其本事，杨湜《古今词话》有记：张先与一女尼相恋；夜深人静时，该女尼每每潜下阁楼，与张先幽会；临别，张先“不胜惓惓，作《一丛花》词以遣其怀”。如果其说无讹，则此词乃作者代恋人道其心曲。上片抒写别后愁怀。虽然一遵“登高怀远”的传统模式，但以柳丝写照愁绪，却有情景相生、虚实互幻之妙。下片追忆当年情事。“双鸳池沼”以下数句写月夜幽会，用笔含蓄而情思缱绻。非亲历其境者，不能刻画得如此真切。歇拍“沉恨细思”三句，羡慕桃杏解嫁东风，实则是倾诉女主人公无法自由择偶成婚的怨愤，发想新奇，无理而妙。据范公偁《过庭录》载，此三句“一时盛传”，欧阳修“尤爱之，恨未识其人”。一日，张先前来拜谒，欧阳修闻报后“倒屣迎之，曰：此乃‘桃杏嫁东风’郎中”。这从侧面说明此词是何等脍炙人口。

【注释】

①濛濛：细雨。此处形容柳絮漫天飞舞。 ②嘶骑（jì）：嘶叫着的马匹。骑，此处作名词用。 ③征尘：旅途风尘。 ④桡（ráo）：船桨。此处指船。 ⑤解：懂得。

千 秋 岁

鹍鸠数声[1]，又报芳菲歇[2]。惜春更把残红折。雨轻风色暴，梅子青时节。永丰柳[3]，无人尽日飞花雪。　　莫把幺纮拨[4]，怨极弦能说。天不老，情难绝。心似双丝网[5]，中有千千结。夜过也，东窗未白凝残月。

【题解】

此词亦以伤春怀人为主旨，情浓意密，笔酣墨饱。上片描绘春景，借以烘染伤春、惜春情怀。首二句由听觉起笔，写数声，报告了春归花谢的消息。“惜春”句直抒胸臆，见出作者情难自抑。“雨轻”二句感叹时令不佳、风雨无情，自己纵然百般呵护，残花也终将被摧折殆尽。下片追怀昔日情事，将“又报芳菲歇”的无奈喟叹化为“天不老，情难绝”的铿锵盟誓。“莫把”二句劝说自己休将哀怨已极的心声诉之幺纮。“天不老”二句指天为誓，宣称此情至死不渝，终老无悔，语气之果决，略同于汉乐府中的《上邪》与敦煌曲子辞中的《菩萨蛮》（枕前发尽千般愿）。“心似”二句以新奇而又贴切的比喻极言心底有千万个无法解开的情结。结尾“夜过也”二句融情于景，用笔空灵：东方未白，残月在天，景色何其凄清！而心境相若的作者当又是长夜无眠，相思达旦。全词就此歇拍，自可造成悠长的余韵。

【注释】

①鶗鴂（tíjué）：鸟名。屈原《离骚》：“恐鶗鴂之先鸣兮，使夫百草为之不芳。”　②歇：衰歇，凋谢。　③永丰柳：泛指杨柳。白居易《杨柳枝词》：“永丰坊里东南角，尽日无人属阿谁。”　④幺（yāo）纮：琵琶的第四根弦。因其最细，故称。　⑤双丝网：用两根丝织成的网。

天 仙 子

时为嘉禾小倅[①]，以病眼，不赴府会。

水调数声持酒听[②]，午醉醒来愁未醒。送春春去几时回？临晚镜，伤流景[③]，往事后期空记省[④]。　　沙上并禽池上暝[⑤]，云破月来花弄影。重重帘幕密遮灯，风不定，人初静，明日落红应满径。

【题解】

这是一首刻意伤春之作。但作者的“春恨”绝不同于少男少女们的那种虽也怅惘，终究轻淡的怀春之情，它糅合了一个年届老暮的失意者的种种人生枨触，而显得分外凝重与深沉。上片突出一个“愁”字：因听《水调歌》而触动愁怀，于是借酒浇愁，但“午醉醒来”，愁怀却依然如故。之所以如此，“送春”句透露了一二消息：原来他担心春天一去不回。然而，作者又绝不仅仅是为“春去”而愁，更使他怅恨的还是自己有限的生命也在随之而消逝。“临晚镜”二句表明，只有步入老境，来日无多的人才会有如此浓不可解的伤时惜逝之感。下片专写晚景。“池上并禽”句意在以鸟之双栖对照自己的块然独处。“云破月来”句深为王国维《人间词话》所称赏：“著一‘弄’字，而境界全出矣。”其实，“破”字也下得十分贴切、灵动。“重重帘幕”以下四句写帘密灯昏，风势不定，引起作者明日落红满径的忧虑，再度揭出伤春之旨，情韵亦极浓郁。

【注释】

①嘉禾：秀州别称，治所在今浙江嘉兴。倅（cuì）：副职。张先当时任秀州判官，为知州佐理文书。 ②水调：歌曲名。 ③流景：如流水般消逝的时光。 ④后期：后约。省（xǐng）：悟，明白。 ⑤并禽：双栖的鸟，指鸳鸯。暝：同“眠”。

木 兰 花

乙卯吴兴寒食[①]

龙头舴艋吴儿竞[②]，笋柱秋千游女并[③]。芳洲拾翠暮忘归[④]，秀野踏青来不定[⑤]。 行云去后遥山暝[⑥]，已放笙歌池院静[⑦]。中庭月色正清明，无数杨花过无影。

【题解】

此词描写江南寒食风俗，为张先八十五岁高龄时所作。上片着笔于白昼的动景，既展示了“吴儿”赛龙舟、“游女”荡秋千的场面，又摄下了“芳洲拾翠”“秀野踏青”等一个个郊游镜头，构成一幅全景式的寒食春游图。下片落墨于入夜的静景。游女散尽，笙歌已歇，庭院中但见月色清明，柳絮轻飞。这种恬静的氛围，正好映照出作者澄澈、淡泊的心境。就中“中庭月色”二句遗貌取神，精当地传写出柳絮的神韵，朱彝尊《静志居诗话》尝叹其工绝。李调元《雨村词话》亦指出：“张三影已胜称人口矣，尚有一词云‘无数杨花过无影’，合之应名‘四影’。”统观全词，一昼一夜，一动一静，物景的转换极为自然。同时，词中既有风景画的描绘，也有风俗画的示观，含蕴丰饶，耐人寻味。

【注释】

①乙卯：宋神宗熙宁八年（1075）。吴兴：今浙江湖州。寒食：节令名。冬至后一百零五天，清明前两天禁火三日，故称寒食。旧有踏青扫墓的风习。　②龙头舴艋（zéměng）：状如蚱蜢的轻便龙船。宋朝寒食节、清明节有龙舟竞渡的风俗。吴儿：泛指江南的青年男子。　③笋柱秋千：用青竹竿做成的秋千架。游女并：指荡秋千的少女双双飞起飞落。　④芳洲：长有芳草的水中小洲。此处泛指水边草地。拾翠：拾取翠鸟落在草间的羽毛，用以点缀首饰。此处泛指采集百草千花。　⑤踏青：旧时称春日郊游为踏青。来不定：人来人往，络绎不绝。　⑥行云：浮云。暗喻游女。　⑦放：停止。

浣　溪　沙

楼倚春江百尺高，烟中还未见归桡[①]，几时期信似江潮[②]？　花片片飞风弄蝶，柳阴阴下水平桥，日长才过又今宵。

【题解】

这是一首闺怨词，写思妇望江怀远，不胜依依。结构上虽无大起大落，情韵却极为隽永。起拍“楼倚”二句写思妇独倚高楼，凝眸春江而不见归舟，取意与温庭筠《望江南》（梳洗罢）相近，看似平直，实多婉曲：“春江”之辽阔，恰可反衬思妇处境之孤单；“烟中”之迷蒙，差可写照思妇心境之怅惘；而“百尺高”与“还未见”，则于呼应之间，点染出思妇登高骋望的急切神情与望而不见的忧伤意态。“几时”句既是即景取喻，又暗用李益《江南曲》“早知潮有信，嫁与弄潮儿”诗意，进一步传写出思妇难以抑制的怨望憾恨。下片转写花飞蝶舞、柳翠水碧的春日景象，从另一角度触发女主人公的伤春情怀。结句“日长才过又今宵”，是发自思妇内心的深长叹息，令人想见其度日如年，且长夜难眠的无尽苦恼。全词在平易晓畅的语言中蕴有浓烈而又哀婉的情思及丰腴而又深永的韵致。

【注释】

①归桡（ráo）：指女主人公心上人乘坐的归舟。 ②期信似江湖：谓心上人像江潮一样信守期约，按时归来。此乃希望之辞，语本李益《江南曲》。

醉垂鞭

双蝶绣罗裙，东池宴，初相见。朱粉不深匀，闲花淡淡春①。 细看诸处好，人人道，柳腰身②。昨日乱山昏，来时衣上云③。

【题解】

此词属筵前赠妓之作，多少带有游戏笔墨的倾向，本无浓情深意可言，但周济《宋四家词选》却以“横绝”二字评之，这当是因为它用笔优雅和婉，既不入俚俗，更不涉狎邪。上片先描绘女主人之服饰：罗裙上绣有双蝶。着意强调“双蝶”，既暗示了其内心欲觅佳偶、比翼齐飞的愿望，又令人想见她如彩蝶般翩然起舞的倩丽姿影。“东池”二句在叙写相见之地、相见之因的同时，点明她“侍宴”“侑酒”的身份。接着展示她的不同凡响处：不着浓妆，淡扫蛾眉，犹如明媚春光中风韵天成的闲花一朵，显得那样超尘拔俗。过片“细看”三句谓其诸般皆好，略无缺憾，而尤令人称赏的则是她的杨柳细腰。篇末“昨日”二句复移笔于其衣着，而暗用宋玉《高唐赋》中巫山神女“旦为朝云”的典故，将其隐喻为一往情深的巫山神女，笔端似真似幻，摇曳生情。

【注释】

①春：双关春色与美女。唐人每以春色喻美女，如元稹即称越州妓刘采春为“鉴湖春色”。 ②柳腰身：谓腰身如杨柳般纤细婀娜。 ③乱山昏、衣上云：谓女主人公衣服上所绣的云彩，似从昏暗的乱山中徐徐飘出。

满 江 红

飘尽寒梅①，笑粉蝶、游蜂未觉。渐迤逦、水明山秀②，暖生帘幕。过雨小桃红未透，舞烟新柳青犹弱。记画桥、深处水边亭，曾偷约。 多少恨，今犹昨；愁和闷，都忘却。拚从前烂醉③，被花迷着。晴鸽试铃风力软，雏莺弄舌春寒薄④。但只愁、锦绣闹妆时⑤，东风恶。

【题解】

张先在北宋词史上居于承先启后、继往开来的地位。这突出表现在形式创新方面：他不仅擅长唐五代以来流行的小令，而且和柳永一同率先创制慢词，促进了词体的演进。此词即为其慢词代表作之一，颇能显示作者在实践过程中所积累的经验和技巧。词的结构方式是新颖而又独到的：在描绘爱情生活的发展历程时，它既没有完全采用顺时叙写的方式，也没有完全采用逆时追忆的方式，而独出机杼地将这两种方式交替运用、错综安排，使今日与昨日、实境与幻境浑然一脉，惝恍难分，全词也就因此既具有浓厚的抒情色彩，又带有一定的叙事意味。与此同时，作者对即景生情和融情于景等手法的运用也堪称娴熟自如，惟其如此，随处可寻绎到情中景或景中情。读罢掩卷，主人公对爱情的执着缠绵，尽在余音袅袅之中。

【注释】

①寒梅：腊梅。 ②迤逦（yǐlǐ）：曲折连绵。 ③拚（pàn）：不惜，甘愿。 ④“晴鸽”二句：谓心上人的歌声美妙动听，犹如晴空中飞翔的鸽子，通过微风传来阵阵悦耳的铃声；又好似调舌的幼莺，透过春寒送来声声宛转娇啼。 ⑤锦绣闹妆：形容明媚、秀丽的春光。

晏 殊 (991—1055)

字同叔，临川（今属江西）人。七岁能文，十四岁以神童召试，赐同进士出身，累迁知制诰、翰林学士。宋仁宗时官至同中书门下平章事兼枢密使。后出知外州，以疾归京。卒谥元献。以文章得时誉，喜延揽宾客，奖掖人才，范仲淹、韩琦、欧阳修等名臣皆出其门下。一生富贵优游，雅爱歌筵酬唱，所作长短句多吟成于舞榭歌台、花前月下，而笔调闲婉，理致深蕴，音律谐适，词语雅丽，为当时词坛耆宿，与欧阳修并称“晏欧”。有《珠玉词》一卷。

浣 溪 沙

一曲新词酒一杯，去年天气旧亭台①，夕阳西下几时回？ 无可奈何花落去，似曾相识燕归来，小园香径独徘徊②。

【题解】

这是晏殊词中最为脍炙人口的篇章。词的上片通过对眼前景物的咏叹，将怀旧之感、伤今之情与惜时之意交织、融合在一起。“去年天气”句点出眼前的阳春烟景既与去年无异，而作者所置身的亭台也恰好是昔日饮酒听歌的场所。这就不免触发景物依旧而人事全非的怀旧之感。“夕阳西下”句不仅是惋惜时光的匆匆流逝，同时也是慨叹昔日与伊人同乐的情景已一去不返。下片仍以融情于景的笔法申发前意。“无可奈何”二句属对工切，声韵和谐，寓意深婉，一向称为名对，因此作者既用于此词，又用于《示张寺丞王校勘》一诗。上句对春光的流逝示惋惜之情，下句对巢燕的归来兴怀旧之感。人间生死，同花开花落一样不由自主，所以说“无可奈何”。旧地重游，前尘影事，若幻若真，所以说“似曾相识”。渗透在句中的是一种混杂着眷恋与怅惘，既似深婉又似冲淡的人生怅触。因此，此词不但以词境胜，还兼以理趣胜。后来苏轼的词，就大畅此风了。

【注释】

①“去年”句：语本郑谷《和知己秋日伤怀》诗：“流水歌声共不回，去年天气旧池台。”　②香径：花园中的小路。

浣　溪　沙

一向年光有限身①，等闲离别易消魂②，酒筵歌席莫辞频。　满目山河空念远，落花风雨更伤春，不如怜取眼前人③。

【题解】

此词以“酒筵歌席”为基点，将笔墨拓展开去，阐发了岁月有限、人生长恨，故当把握当前、及时行乐的题旨，体现了在思考中渐趋成熟、却不免消沉的生命意识。词一开篇即呼出“一向年光有限身”的憾恨心声。既然生命的有限，已使作者深感苦闷与忧患，那么，在有限的生命中，再经受别离的痛苦，当然会使他倍感“消魂”。从某种意义上说，作者对别离的感伤，实际上也是对生命中的缺憾的感伤。过片后又由“满目山河”及“落花风雨”起兴，托出“伤春”“念远”之情，境界空阔而音韵凄婉。最后以“不如怜取眼前人”强自宽慰，以求解脱。虽为小令，却充满深远哲思。

【注释】

①一向：即一晌、一霎，形容时光短暂。 ②等闲：平常。 ③怜取眼前人：元稹《莺莺传》载崔莺莺诗：“还将旧来意，怜取眼前人。”

踏莎行

小径红稀[①]，芳郊绿遍[②]，高台树色阴阴见[③]。春风不解禁杨花，濛濛乱扑行人面。 翠叶藏莺，朱帘隔燕，炉香静逐游丝转[④]。一场愁梦酒醒时，斜阳却照深深院。

【题解】

此词描写晚春景象所触发的淡淡哀愁，《花庵词选》题作“春思”，颇切。《蓼园词选》则以为词中咏及的花、叶、高台、炉香等皆有所寄托，通篇乃表现身居高位的作者的忧谗畏讥之感。其实，细味全词，比兴寄托之意并不明显，还是把它视为伤春之作更为允当。词的主要笔墨都用于写景，直至篇末才揭出一个“愁”字，这本是词家以景传情、移情入景的惯位。难得的是，其用笔灵动多变：上片描绘郊外景色时，由近而远，由低而高；下片刻画院内景色时，则由外而内，由远而近，颇具匠心。同时，对“杨花”“炉香”“游丝”等物象的摹写也极为准确、细腻，见出作者体物入微的观察力与表现力。歇拍二句点出主人公梦醒酒消、愁思萦怀时，正值斜阳残照之际，则其愁思益加难以排遣。不言而喻，这种愁思实际上是对春光流逝的无可奈何之情。

【注释】

①红稀：红花稀少。 ②绿遍：绿草茂盛。 ③阴阴见（xiàn）：暗暗地显露。 ④游丝：飘浮在空中的蛛丝。

蝶 恋 花

槛菊愁烟兰泣露[1]，罗幕轻寒[2]，燕子双飞去。明月不谙离恨苦，斜光到晓穿朱户[3]。 昨夜西风凋碧树，独上高楼，望尽天涯路。欲寄彩笺兼尺素[4]，山长水阔知何处！

【题解】

此词以疏淡的笔墨、温婉的格调，传达出作者的暮秋怀人之情。开篇推出“槛菊愁烟兰泣露”这一亦真亦幻、幽极凄绝的特写镜头，意在写照主人公悲凉、迷离而又孤寂的心态。“燕子双飞去”，不仅是带有鲜明的季节特征的景物，而且燕之“双飞”更衬出人之“孤栖”。“明月”二句又引来明月作进一步的烘托与映衬。前人往往视明月为寄托相思怀抱的多情之物，而作者却嗔怪“明月不谙离恨苦”，当是从另一角度加以生发——月已圆而人未圆，作者对那皓洁的月光羡极生妒，略致微词，亦属情理中事。后来，苏轼在《水调歌头》中的怅问：“不应有恨，何事长向别时圆”，正是从同一方向去发掘明月这一意象的丰饶而又复杂的内蕴。下片写登楼望远。“独上高楼”，正面点出“独”字，与上片的“双飞”遥相照应。“望尽天涯路”，既表明其眺望之远，也见出其凝眸之久，从时空两方面拓展了词境。“山长水阔知何处”，以无可奈何的怅问作结，给人情也悠悠、恨也悠悠之感。

【注释】

①槛：栏杆。 ②罗幕：丝罗的帷幕，富贵人家所用。 ③朱户：犹言朱门，指大户人家。 ④彩笺、尺素：皆为书信之代称。古人写信用素绢，通常长约一尺，故称尺素。彩笺、尺素二词重叠使用，一则是表示寄书意愿之殷切，二则是表示欲书内容之繁复。

破 阵 子

燕子来时新社①，梨花落后清明②。池上碧苔三四点，叶底黄鹂一两声③，日长飞絮轻④。 巧笑东邻女伴，采桑径里逢迎⑤。疑怪昨宵春梦好⑥，元是今朝斗草赢⑦，笑从双脸生。

【题解】

此词画面明媚，情调欢快，风格质朴，或可视为晏殊词中的别调。上片写景，刻画出一幅秀丽的春景图。“燕子”“梨花”，形态一动一静，色彩一黑一白，以之对举开篇，有相映成趣之妙。同时，用“燕子”“梨花”带出“新社”和“清明”，又为下片中少女的登台亮相埋下了伏笔。下片写人，勾勒出一幅美丽的仕女图。“巧笑”二句写女主人公与她的女伴在采摘花草的小路上欣然相逢，逗出下文所描写的斗草游戏。但作者既不对斗草场面稍加展示，也不对斗草规则略作交待，而聚焦于主人公斗草过程中的心理活动，这同样别具匠心。“笑从双脸生”，尤为传神写照之笔：只有涉世未深、全无心机的纯情少女才会因为如此细小的缘由而笑得这般自然、这般天真。

【注释】

①新社：即春社，指立春后第五个戊日，是祭祀土神的日子。张籍《吴楚歌词》："今朝社日停针线"，可知每逢社日，古代女子可以暂辍女工，外出游玩。　②清明：农历二十四节气之一。旧称为三月节，在阳历的四月五日或六日。旧有踏青扫墓的习俗，也是古代女子结伴出门的日子。　③黄鹂：即黄莺，古名仓庚。　④日：白昼。　⑤逢迎：相遇。　⑥疑怪：难怪，怪得。　⑦元：同"原"。斗草：又称斗百草，是一种以采草多少来比赛胜负的游戏。

清　平　乐

红笺小字，说尽平生意。鸿雁在云鱼在水①，惆怅此情难寄。　　斜阳独倚西楼，遥山恰对帘钩。人面不知何处，绿波依旧东流②。

【题解】

此词写思念伊人而款曲难通的惆怅。上片直抒胸臆。"红笺"二句见出主人公对伊人爱恋至深，思念至切：那书写于红笺上的密密麻麻的小字，字字流自心泉，诉说着他的无限情意。但锦书虽成，鱼雁无凭。"鸿雁"二句所倾吐的正是书成难与、心音莫通的忧伤，其意略同于作者《蝶恋花》词中的"欲寄彩笺兼尺素，山长水阔知何处"。及《无题》诗中的"鱼书欲寄何由达，山远水长处处同"，而措辞有异，更见不堪。下片借景传情：主人公倚楼骋望，但见夕阳西沉、绿波东流。其情之愁苦，不言自明。就中"人面"二句虽由唐人诗句化来，却与全篇契合无间，而化用的功效则是既丰富了作品的情感内涵，又拓展了读者的想象空间。

【注释】

①“鸿雁”句：旧说鸿雁及鲤鱼能充任信使，代人传书。此句谓“鸿雁在云鱼在水”，意即雁杳鱼沉，锦书难托。 ②“人面”二句：化用崔护《题都城南庄》诗：“人面不知何处去，桃花依旧笑春风。”

木 兰 花

燕鸿过后莺归去，细算浮生千万绪。长于春梦几多时？散似秋云无觅处[①]。　　闻琴解佩神仙侣[②]，挽断罗衣留不住。劝君莫作独醒人，烂醉花间应有数。

【题解】

燕过莺归，说明春将逝去，这不免使作者感到怅惘。但词的上片并没有滞着于伤春惜时，而是由此扩展为对整个人生的思考与感伤，使感性与理性相互融合。作者以“春梦”喻人生之短，以“秋云”喻人生之幻，显然已品味出人生的苦涩，痛感其难以自主、不可捉摸。比喻本身也生动、精切，容易触发读者的联想。过片后将司马相如与卓文君、郑交甫与江汉神女相知相慕的故事拈来笔底，引出旧日情事。“挽断罗衣留不住”，点明伊人飘然远去。可知他伤春惜时之外，又复怨离恨别。这就难怪他会觉得人生有太多的缺憾，并不像他的词境那样珠圆玉润了。歇拍二句以“烂醉花间”作结，看似旷放，实则哀彻中肠。

【注释】

①“长于”二句：化用白居易《花非花》诗：“来如春梦不多时，去似朝云无觅处。” ②闻琴：用司马相如与卓文君相恋事。卓文君新寡，司马相

如以琴心挑之。文君闻琴而生爱慕之情，遂偕相如私奔。解佩：用郑交甫与江汉神女相恋事。据《列仙传》载，郑交甫游江汉时，见神女“丽服华装，佩两明珠，大如鸡卵”。交甫“悦之”，而神女亦解佩相赠。

山亭柳

赠歌者

家住西秦[1]，赌薄艺随身[2]。花柳上[3]，斗尖新[4]。偶学念奴声调[5]，有时高遏行云[6]。蜀锦缠头无数[7]，不负辛勤。　　数年来往咸京道[8]，残杯冷炙谩消魂[9]。衷肠事，托何人？若有知音见采，不辞遍唱阳春[10]。一曲当筵落泪，重掩罗巾。

【题解】

此词为晏殊《珠玉集》中的别开生面之作。这不仅表现在叙事成分占有较大比重，有别于专主情致的令词，而且情感愤切，声韵激越，不同于其素有的婉曲、温润风格。此外，词中所采用的“借他人酒杯，浇胸中块垒”的抒情方式，也是鲜见于晏殊的其他词作的。词以自述口吻，展示了歌女色艺双绝、红极一时的盛年和色衰见弃、沦落天涯的晚年，并从前后映照中，传达出盛衰无定、知音难求的悲慨。作者此前为李宸妃撰写墓志时，因牵涉宫闱秘闻而被贬外放，所以，在他对歌女的一掬同情之泪外，应当寄寓着某种身世之感。“同是天涯沦落人，相逢何必曾相识。”白居易《琵琶行》所揭示的这一题旨，同样适合于此词。

【注释】

①西秦：秦亡后，项羽三分关中之地，称为三秦。其中西秦在咸阳以西，今陕西中部。曹植《侍太子坐》诗："歌者出西秦。" ②赌薄艺随身：谓身负多种艺能，可与人一试高低。 ③花柳：代指歌舞艺术。 ④斗：竞赛。尖新：新颖别致。 ⑤念奴：唐玄宗时娼女，以善歌著名。 ⑥高遏行云：形容歌声嘹亮，高入云霄。《列子·汤问》称秦青善讴，尝"抚节悲歌，声震林木，响遏行云"。 ⑦蜀锦：蜀地出产的绸缎。缠头：赠给歌伎的锦帛。白居易《琵琶行》："五陵年少争缠头，一曲红绡不知数。" ⑧咸京：指咸阳（今属陕西）。秦建都咸阳，故称咸京。 ⑨残杯冷炙：他人吃剩的酒肉。杜甫《奉赠韦左丞丈二十二韵》："残杯与冷炙，到处潜悲辛。"谩：徒然。 ⑩阳春：难为俗人见赏的高级乐曲，见《文选·宋玉对楚王问》。

采桑子

樱花谢了梨花发[1]，红白相催，燕子归来，几处风帘绣户开。 人生乐事知多少？且酌金杯，管咽弦哀，慢引萧娘舞袖回[2]。

【题解】

这是一首情思宛转而声调流利的春词。上片刻画春景。花事的迭兴与燕子的归来，传达了春到人间、万象更新的消息。（就着色而言，以"红白相催"描绘花事，有浓淡相映之妙。）而那微微敞开的几处"风帘绣户"，不仅点明此时尚属初春，更重要的是披露了世人渴望沐浴春风与拥抱春光的情怀，从而自然过渡到下片。下片抒发春情。由珍惜春光进而珍重人生，期盼与人生乐事相始终。"人生乐事知多少？且酌金杯"，分明是以及时行乐自相期勉。但"管咽弦哀"，却又表明宴饮之欢与丝竹之乐非但未能使其陶醉，反倒拨动了他那敏感而又忧伤的心弦——丝竹本身未必哀咽，盖伤心人别具耳目也。原先幽幽窅窅的春思至此终于演化为弥弥漾漾的春愁。全词似平而实奇，似直而实曲，似浅而实深，颇堪寻味。

【注释】

①樱花：指樱桃花。李商隐《无题》："何处哀筝随急管，樱花永巷垂杨岸。" ②萧娘：代指美女。杨巨源《崔娘》："风流才子多春思，肠断萧娘一纸书。"

李 冠（生卒年不详）

字世英，历城（今山东济南）人。生于北宋初年，以文学称，与王樵、贾同齐名，作品为王安石、陈师道等人所赞许。曾官乾宁（今河北青县）主簿。有《东皋集》，不传。《全宋词》从《唐宋诸贤绝妙词选》《花草粹编》诸书，录存其词五首。

蝶 恋 花

春 暮

遥夜亭皋闲信步[①]，才过清明，渐觉伤春暮。数点雨声风约住[②]，朦胧淡月云来去。 桃杏依稀香暗度，谁在秋千，笑里轻轻语？一寸相思千万绪，人间没个安排处。

【题解】

此词为春夜即景之作。清明已过，春意阑珊，作者夜间信步亭皋，伤春之情油然而兴。这是上片描写的内容，似乎并无新意，但“数点”二句写其耳闻目见之景，却以状物生动、炼字精切而深为后人所爱赏。就中，“风约住”“云去来”，尤为不可移易的神来之语。过片“桃杏”句由听觉、视觉的显现转为嗅觉的描摹，谓空中浮动着桃花杏花的幽约芳香。“香”字双关“伊人”。由此引出“谁在”二句，复就听觉着笔，谓轻风送来荡秋千的女子的欢声笑语，触发了他的相思之情。苏轼同调之作有云：“墙里秋千墙外道，墙外行人，墙里佳人笑。笑渐不闻声渐悄，多情却被无情恼。”似由此脱胎而来。结篇“一寸”二句，极言相思之苦，揭示出伤春的原因，语痴情笃，委婉动人。

【注释】

①遥夜：长夜。亭皋：水边平地。信步：随意行走。 ②约：约束，制止。

宋 祁（998—1061）

字子京，安陆（今属湖北）人，后徙居开封雍丘（今河南杞县）。宋仁宗天圣二年（1024），与兄庠同举进士，时号大小宋。累迁知制诰、工部尚书、翰林学士承旨、龙图阁学士。卒谥景文。曾与欧阳修合修《新唐书》。词多流连光景之作，以善炼字句、意切境新见长，李之仪《姑溪题跋》谓其“风流闲雅，超出意表”。有清人辑本《宋景文集》六十二卷，近代杨万里辑本《宋景公长短句》一卷。

浪淘沙近

少年不管，流光如箭，因循不觉韶光换[1]。至如今，始惜月满、花满、酒满。　扁舟欲解垂杨岸，尚同欢宴。日斜歌阕将分散[2]，倚兰桡[3]，望水远、天远、人远。

【题解】

此词通过对时间与空间的交替描写，抒发了作者的惜时伤别之情。上片惜时，侧重于时间描写，而以今昔相比照，先说当年的轻忽光阴、等闲度日，再说今朝的珍惜岁月、珍重生活。这一变化过程，反映了作者的渐趋成熟。下片伤别，侧重于空间描写，而以情景相交融，由饯饮话别、酒尽歌阑写到解缆远逝、回望依依，通过空间的转换，传达出作者浓不可解的离情别绪。结句“水远、天远、人远”，与上片歇拍“月满、花满、酒满”遥相映衬，不仅点出人生企求圆满却终难避免缺憾，而且启示人们要把握当前，使人生变得更加美好。

【注释】

①因循：指循时而动。韶光：谓美好时光。　②歌阕（què）：歌声终止。　③兰桡：船的美称。

玉楼春

东城渐觉春光好，縠皱波纹迎客棹[1]。绿杨烟外晓寒轻，红杏枝头春意闹。　浮生长恨欢娱少[2]，肯爱千金轻一笑[3]。为君持酒劝斜阳，且向花间留晚照。

【题解】

此词上片描绘明媚、秀丽的春光，下片抒写作者希望春光常在、欢乐常在的情愫，是情景妙合无垠的传世名篇。首句“东城渐觉春光好”，一笔概尽春游的总体印象。“縠皱波纹”三句对风光之“好”进行形象化的演绎。就中“红杏枝头”句，不仅在当时为作者赢得了“红杏枝头春意闹尚书”的雅号（见《遁斋闲览》《苕溪渔隐丛话》等），而且与张先的“云破月来”句一同被王国维《人间词话》标榜为“境界全出”的实例，堪称卓绝千古。其关键在一“闹”字，正是这个俗而不滥的“闹”字，化静为动，化虚为实，将蓬勃的春意、烂漫的春光以及杏花所蕴蓄的无限生机与活力渲染得淋漓尽致。而通观整幅画面，碧波、绿杨、红杏相互映衬，色彩何其明丽！不仅如此，“晓寒轻”“春意闹”，还都巧妙地运用了“通感”的手法，足以启发读者的艺术思维。过片后转为对景抒怀，既为人生如寄、欢娱难得而叹惋，又慨然披露了珍惜春光、及时行乐的真实心声。所谓“欢娱少”，虽然义非一端，但把玩前后语意，似乎主要是指美景不长、良辰无多。歇拍二句恳求斜阳在花间多作逗留，所表达的正是珍惜春光、渴望长与良辰美景相伴的意愿。

【注释】

①縠（hú）皱波纹：谓水面的波纹好似起皱的纱。縠，绉纱一类的丝织品。客棹（zhào）：游船。 ②浮生：即人生。《庄子·刻意》：“其生若浮。”意谓人生在世，虚浮无定。 ③肯：怎肯。爱：吝惜。按：此句极易为人们理解为“千金买笑”，而想象作者乃携妓出游、狎昵为欢。其实，何妨从宽泛的意义上解释为：对此良辰美景，作者深感在虚浮不定、欢娱苦少的一生中，倘得一笑之乐，何必吝惜“千金”！

欧阳修（1007—1072）

字永叔，号醉翁，晚年又号六一居士，庐陵（今江西吉安）人。宋仁宗天圣八年（1030）进士，累擢知制诰、翰林学士。英宗时官至枢密副使、参知政事。神宗朝迁兵部尚书，以太子少师致仕。卒谥文忠。在政治与文学方面都主张革新，既是范仲淹庆历新政的支持者，也是北宋诗文革新运动的领导者。创作实绩亦灿然可观，诗文俱世所矜式，歌词亦擅盛名。冯煦《宋六十一家词选例言》谓其词“疏隽开子瞻，深婉开少游”。又喜奖掖后进，苏轼父子及曾巩、王安石皆出其门下。有《欧阳文忠公集》五十卷，词有《近体乐府》三卷、《醉翁琴趣外编》六卷。

采 桑 子

轻舟短棹西湖好[①]，绿水逶迤。芳草长堤。隐隐笙歌处处随。　　无风水面琉璃滑，不觉船移。微动涟漪。惊起沙禽掠岸飞[②]。

【题解】

欧阳修任颍州（今安徽阜阳）太守时，常泛舟西湖。晚年退居颍州后，作《采桑子》十首，歌咏西湖的春夏景色。每首都以“西湖好”为起句，一首一景，无一重复。此词是其中的第一首，写春日泛舟西湖。首句提示一篇旨意，为总摄之笔。“绿水”二句描写舟中所见，通过对绿水、芳草、长堤的散点透视，展现了西湖景色之秀丽。这是从视觉着笔。“隐隐”句描写舟中所闻，以隐隐约约的歌吹之声，为西湖美景增添了流动的旋律。这是从听觉落墨。过片后收拢笔墨，专绘泛舟湖中之情景：风平浪静，碧水如琉璃般明洁平滑，令人浑然不觉船之移动；惟有船边漾起一脉波纹，惊动了沙洲上的水鸟。画面静中有动，富于神韵，而抒情主人公的闲雅安适意态亦宛然若见。

【注释】

①西湖：此处指颍州西湖，在今安徽阜阳，当颍水与诸水汇流处，长十里，广三里，宋时为颍州的名胜。 ②掠岸：翅膀拂过堤岸。

采 桑 子

群芳过后西湖好，狼藉残红[①]。飞絮濛濛。垂柳阑干尽日风[②]。　笙歌散尽游人去，始觉春空。垂下帘栊[③]。双燕归来细雨中[④]。

【题解】

本篇在组词中原列第四，表现西湖的清静。上片与百花争艳、蝶乱蜂喧的春日相比，写群芳谢后的春末的清静；下片与绿盖红幢、笙歌追逐的白昼相比，写游人散后的傍晚的清静。两句结句都是优美的境界：湖面微风，杨柳飘拂；帘外细雨，双燕飞来，在一番热闹喧哗之后，显得特别清幽安谧。吟咏暮春残景的词作，往往情辞哀婉，甚或溺于感伤。此词虽也隐隐流露出一缕惜春情绪，但基调却是明朗的、恬淡的。凭栏观赏西湖风光的作者，深深地陶醉于“群芳”谢尽，“游人”散尽后那种极为难得的空寂、静谧与安闲，似乎从中获取了一份过去无缘消受的乐趣。当他“垂下帘栊”，准备结束这兴味盎然的观赏时，心境一片澄明，连方才“始觉春空”的那一丝轻柔的惋惜也已化为乌有。篇末那“双燕归来细雨中”的剪影，正映现出作者悠悠自得、恬然自适的情怀。

【注释】

①狼藉：散乱的样子。 ②阑干：即栏杆。 ③帘栊：窗帘。 ④“双燕”句：陆龟蒙《病中秋怀寄袭美》“双燕归来始下帘”，冯延巳《采桑子》“日暮疏钟，双燕归栖画阁中”或为此句所本。

诉衷情

清晨帘幕卷轻霜，呵手试梅妆①。都缘自有离恨②，故画作、远山长。 思往事，惜流芳③，易成伤。拟歌先敛，欲笑还颦④，最断人肠。

【题解】

此词表现一位歌女的惜别情怀和伤心意绪，而由其晨妆画眉、触动离愁起笔，黄昇《唐宋诸贤绝妙词选》题之为“眉意”，差可得其仿佛。上片起二句点出时属暮秋，寒霜已降，以致女主人公梳妆时必须呵气暖手。“梅妆”，见其美貌入时。“都缘”二句谓其将眉毛画得像远山一样细长，以寄托离愁别恨。古人常以远山形容女子眉毛。《飞燕外传》既云：“女弟合德入宫，为薄眉，号远山黛”；《西京杂记》亦云：“文君姣好，眉色如望远山”。这是此词所本。但以远山眉写照与映现离恨，却是作者的灵光独运之笔。换头“思往事”三句写女主人公追忆旧情，自伤韶华易逝。“拟歌”三句再度聚焦于其眉间：身处华宴之中，欲待歌唱，却敛容颦眉，难成笑颜。这令人肠断的情态，折射出她的辛酸身世和痛苦心境。全词巧以“眉意”传情，用笔婉曲而意蕴深厚。

【注释】

①呵手：呵气暖手。梅妆：即梅花妆。据《太平御览》引《杂五行书》，南朝宋武帝之女寿阳公主，一日卧于含章殿檐下，有梅花落于额上，宫女争相仿效，遂名为梅花妆。 ②都缘：全因。 ③流芳：即流光。 ④颦（pín）：皱眉。

朝 中 措

送刘仲原甫出守维扬

平山阑槛倚晴空①，山色有无中②。手种堂前垂柳③，别来几度春风。 文章太守，挥毫万字，一饮千钟。行乐直须年少，尊前看取衰翁④。

【题解】

此词作于宋仁宗嘉祐元年（1056）。是年，友人刘敞（字原甫）离京出守扬州，作者因赋此词赠别兼抒怀。前此八年，作者亦曾由滁州移守扬州，与维扬山水结下不解之缘。因此，词从昔日的游乐胜地起笔，用不胜眷恋的回忆勾起友人的向往。“平山”二句刻画殿阁凌空而起、倚天耸立的气势，同时托出自己当年凭栏极目、四望旷远的感受，一开始即将友人引入胜境。“手种”二句借探询手植垂柳别后的变化，表达了对维扬故地及故人的深情怀念与关切。换头三句转为称善友人之才华、气度，亦属题中应有之义。据《宋史·刘敞传》，刘氏才高学富，下笔不休，“欧阳修每于书有疑”，皆叩于刘氏。因而称其“文章太守”，并非溢美。“一饮千钟”，则极言其气度豪迈，襟怀旷逸。结尾二句现身说法，劝勉友人及时行乐，其中当寓有今昔之慨。全篇颇具摇曳跌宕之致，虽有一二苍凉勃郁之气潜转于其中，总体风格仍可以“清疏隽朗”概之。

【注释】

①平山：即平山堂，欧阳修出守扬州时修建，后成为扬州名胜。叶梦得《避暑录话》卷一：“欧阳文忠公在扬州作平山堂，壮丽为淮南第一。上据蜀冈，下临江南数百里，真、润、金陵三州，隐隐若可见。公每暑时，辄凌晨携客往游。” ②“山色”句：王维《江汉临泛》：“江流天地外，山色有无中。”此处借用其句。 ③“手种”句：张邦基《墨庄漫录》卷二：“扬州蜀冈上大明寺平山堂前，欧阳文忠公手植柳一株，谓之‘欧公柳’。” ④衰翁：作者自谓。

踏 莎 行

候馆梅残①，溪桥柳细，草薰风暖摇征辔②。离愁渐远渐无穷，迢迢不断如春水。　　寸寸柔肠，盈盈粉泪，楼高莫近危栏倚③。平芜尽处是春山④，行人更在春山外。

【题解】

这是欧阳修词中吟咏离愁的名篇佳作。上下片分别就游子与思妇着笔，展开两条互相交汇的情感线索。写游子时，除了用残梅、细柳、薰草、暖风渲染春景之美好，以反衬其情绪之黯淡外，着重通过“春水”这一意象对其离愁进行形象化的写照。离愁之绵绵不绝，恰如春水之迢迢不断。作者便由这一相似点驰骋想象和铺洒笔墨，生动地表现了游子离思之深、离情之浓及离愁之长。写思妇时，则先致力于情态描摹和心理刻画，谓其独倚危栏，因不见游子踪影而柔肠寸断、粉泪双流；然后借景抒情，以“春山”烘托相距空间之远：“平芜尽处是春山，行人更在春山外。”上句为目中之景，下句为意中之景。二者的融合，不仅拓展了作品的艺术空间，而且曲折有致地传写出思妇对游子的寄意之殷与系念之切，使两条情感线索得以交汇。卓人月《词统》认为此二句“不厌百回读”。王世贞《艺苑卮言》则评之为“淡语之有情者”。李攀龙更统全篇而赞曰：“春水写愁，春山骋望，极切极婉。”（见《草堂诗余隽》）

【注释】

①候馆：迎候、接待旅客的馆舍。 ②草薰风暖：语本江淹《别赋》：“闺中风暖，陌上草薰。”征辔（pèi）：代指游子的坐骑。辔，缰绳。③危栏：高楼上的栏杆。 ④平芜：平坦辽阔的草地。

蝶 恋 花①

庭院深深深几许②？杨柳堆烟③，帘幕无重数。玉勒雕鞍游冶处④，楼高不见章台路⑤。 雨横风狂三月暮，门掩黄昏，无计留春住。泪眼问花花不语⑥，乱红飞过秋千去⑦。

【题解】

此词写暮春闺怨，一起一结颇受推赏。“庭院”深深，“帘幕”重重，更兼“杨柳堆烟”，既浓且密——生活在这种内外隔绝的阴森、幽邃环境中，女主人公身心两方面都受到压抑与禁锢。叠用三个“深”字，写出其如遭封锁、形同囚居之苦，不但暗示了女主人公的孤身独处，而且有心事深沉、怨恨莫诉之感。因此，李清照称赏不已，曾拟其语作“庭院深深”数阕。显然，女主人公的物质生活是优裕的，但她精神上的极度空虚与苦闷，也是不言自明的。“玉勒雕鞍”以下诸句，逐层深入地展示了现实的凄风苦雨对其芳心的无情蹂躏：情人薄幸，冶游不归；春光将逝，年华如水。篇末“泪眼问花”，实即含泪自问。花不语，也非回避答案，“乱红飞过秋千去”，不是比语言更清楚地昭示了她面临的命运吗？在泪光莹莹之中，花如人，人如花，最后花、人莫辨，同样难以避免被抛掷遗弃而沦落的命运。这种完全用环境来暗示和烘托人物思绪的笔法，深婉不迫，曲折有致，真切地表现了生活在幽闭状态下的贵族少妇难以明言的内心隐痛。

【注释】

①此词亦见于冯延巳集。李清照同调词序指为欧阳修作，当无误。②几许：多少。 ③堆烟：形容杨柳浓密。 ④玉勒：玉制的马衔。雕鞍：雕花的马鞍，代指华美的车骑。游冶处：指歌楼妓院。游冶：即冶游。原指郊游，后多指嫖妓。 ⑤章台：汉长安街名。《汉书·张敞传》有“走马章台街”语。唐许尧佐《章台柳传》，记妓女柳氏事。后因以章台为歌妓聚居之地。 ⑥“泪眼”句：温庭筠《惜春词》“百舌问花花不语”，严恽《落花》“尽日问花花不语”或为此句所本。 ⑦乱红：落花。

玉 楼 春

别后不知君远近，触目凄凉多少闷。渐行渐远渐无书，水阔鱼沉何处问？ 夜深风竹敲秋韵[①]，万叶千声皆是恨。故攲单枕梦中寻[②]，梦又不成灯又烬[③]。

【题解】

起拍二句直抒别后愁怀，然后逐层深入地烘染离别之恨和相思之苦。“渐行”二句感叹情郎行程日远而音信渐无，欲待寄书传情，却又“水阔鱼沉”，故而只能徒自怅问连连。“夜深”二句写女主人公夜深静卧，但见风摇竹影，不惟“触目凄凉”，而且入耳亦皆含恨之声。“故攲”二句进而写其于百般无奈之中，思入梦境追寻情郎，偏偏连梦也难成。这就不免十分愁苦，又添十分。最后结以“灯又烬”三字，极富于暗示与象征意味。

【注释】

①秋韵：秋声。 ②攲（yǐ）：通“倚”，斜靠。 ③灯又烬：灯芯烧成灰烬。

玉 楼 春

尊前拟把归期说①，欲语春容先惨咽②。人生自是有情痴，此恨不关风与月。 离歌且莫翻新阕③，一曲能教肠寸结。直须看尽洛城花④，始共春风容易别。

【题解】

此词对离愁别恨的抒写颇为深刻、别致。即以发端二句而言：“尊前”，本是欢乐的场合；“春容”，原是美丽的形象。但“尊前”所要陈说的却是别离后苦苦期盼的“归期”，欢乐便烟消云散，美丽也无复意义，取而代之的是动容复伤心的“惨咽”。“拟把”“欲语”，两句连言，有多少不忍道出的婉转的深情？“人生”句以下由眼前情事一笔宕开，引发出对人生离别的诸般反思与慨叹。

虽以议论为主，却深蕴缱绻之情，语语沉着而又挚切。歇拍二句故作豪宕之语，试图以放怀遣兴解脱悲慨，而悲慨仍渗透于字里行间。王国维《人间词话》评曰：“于豪放之中，有沉着之致，所以尤高。”

【注释】

①尊：同“樽”，酒杯。 ②春容：形容女子容颜之艳丽。 ③翻新阕：指依旧曲，谱新词。 ④洛城：指洛阳。洛阳盛产牡丹，为赏花胜地。欧阳修有《洛阳牡丹记》。

浣 溪 沙

堤上游人逐画船，拍堤春水四垂天[①]，绿杨楼外出秋千。 白发戴花君莫笑，六幺催拍盏频传[②]，人生何处似尊前？

【题解】

此词表现春日泛舟的闲情雅兴。上片为舟中所见。随着视点的转移，依次推出堤上欢快的“游人”，湖中澄澈的“春水”，以及绿杨红楼掩映处隐隐闪动的“秋千”，并使其契合为一组互相映发、情趣盎然的连环画面，而“逐”“拍”“垂”“出”等动词点缀其间，则使画面平添了生机与活力。就中，“出”字曾为晁补之所激赏：“只一‘出’字，自是后人道不到处。”（见《能改斋漫录》卷十九）王国维《人间词话》则认为“出秋千”句本于冯延巳《上行杯》中的“柳外秋千出画墙”，但较冯句“尤工”。下片为舟中所感。急管繁弦声中，作者白发簪花，举杯痛饮，风情一似少年，这本不无欢欣。但以“人生何处似尊前”的怅问作结，则又感慨顿生，隐然有借酒消释胸中块垒之意。词情也就因此而波澜起伏，更见跌宕之趣。

【注释】

①四垂天：谓湖水拍岸，四周若与天宇相接。　②六幺：即绿腰，唐代琵琶曲名。催拍：急促的节拍。

生　查　子

去年元夜时[1]，花市灯如昼。月上柳梢头，
人约黄昏后。　　今年元夜时，月与灯依旧。不
见去年人，泪湿春衫袖。

【题解】

此词亦见朱淑真集，南宋曾慥《乐府雅词》指为欧阳修作。其独到之处在于：今与昔、悲与欢在词中互相交织、前后映照，巧妙地传写出作者的物是人非之感。上片追忆去年元夜的欢会。“花市灯如昼”，极写元宵灯火之辉煌。自唐代起，就有元夜张灯、观灯的习俗，至宋而其风益盛（见孟元老《东京梦华录》卷六）。但描写灯市只是为了展示欢会的时空背景，因而一笔带过，不多着力。“月上”二句舍“宾”就“主”，再现欢会情景。值得称道的是，作者没有正面涉笔于相会前的心驰神往、见面后的欢声笑语以及分手时的意乱情迷，而仅用一句“人约黄昏后”加以提示，深得艺术三昧。下片抒写今年元夜重临故地、不见伊人的感伤。同样月光普照，华灯齐放，但风景无殊，人事全异。“不见”二句情绪一落千丈：去年莺俦燕侣，对诉衷肠，今年孤身只影，徒忆前盟。全词的艺术构思近似于唐人崔护的《题都城南庄》诗，却较崔诗更见语言的回环错综之美，也更具民歌风味。

【注释】

①元夜：农历正月十五夜，即元宵节，也称上元节。

苏舜钦（1008—1049）

字子美，绵州盐泉（今四川绵阳）人。宋仁宗景祐元年（1034）进士。曾任大理评事、集贤校理、监进奏院。因力主新政，为人倾陷，罢居苏州，筑沧浪亭以自适。诗与梅尧臣齐名，并称“苏梅”。有《苏学士集》十六卷。《唐宋诸贤绝妙词选》录存其词一首。

水调歌头

沧 浪 亭

潇洒太湖岸[①]，淡伫洞庭山[②]。鱼龙隐处，烟雾深锁渺游间。方念陶朱张翰[③]，忽有扁舟急桨，撇浪载鲈还。落日暴风雨，归路绕汀湾。　丈夫志，当景盛，耻疏闲。壮年何事憔悴，华发改朱颜？拟借寒潭垂钓，又恐鸥鸟相猜[④]，不肯傍青纶[⑤]。刺棹穿芦荻[⑥]，无语看波澜。

【题解】

宋仁宗庆历四年（1044），苏舜钦因“数上疏论朝廷大事，敢道人之所难言”（欧阳修《湖州长史苏君墓志铭》），故忤怒朝中权贵，被诬以“监主自盗”的莫须有罪名，斥逐出京。于是他便退居苏州，放浪林泉，而“时发其愤懑于歌诗”（同上）。此词即为罢官次年赋写的抒愤寄慨之作。上片对景骋情。岸渚潇洒，山峦雅淡，鱼龙潜隐，烟雾渺弥。落入作者视网的景物无不染有一层隐逸色彩。于是他不禁念及曾经归隐于此间的范蠡、张翰，萌生出息影江湖之意。但自己此番乃被迫退隐，有别于范、张的主动归栖，故思之终觉愤慨难平。换头处一改笔调，直抒投闲置散、壮志难酬的悒郁之情。“壮年”二句故作不解之问，益见愁思深重。篇末遥应发端，以游湖收束。“无语看波澜”云云，寓意近似于作者《淮中晚泊犊头》诗的结句“满川风雨看潮生”，令人想见其心潮激荡，情不能已。刘克庄《后村诗话》谓苏舜钦诗“轩昂不羁，如其为人”。其实，苏舜钦词亦复如此。

【注释】

①太湖：湖名。古称震泽、具区，又称五湖、笠泽，跨江苏、浙江二省。　②淡伫：安静地伫立。洞庭山：指洞庭西山，为太湖中最大岛屿。③陶朱：春秋时，范蠡辅佐越王勾践灭吴后，偕西施一同乘扁舟隐于太湖，变名易姓，弃官从商，人称陶朱公。见《史记·货殖列传》。张翰：晋代吴郡人，字季鹰。在洛阳做官时，因思念家乡的菰菜、莼羹和鲈鱼鲙，弃官而归。见《世说新语·识鉴篇》。　④鸥鸟相猜：谓鸥鸟疑人藏有机心而不敢相近。典出《列子·黄帝》。　⑤青纶（lún）：青丝织成的印绶，代指从政为官。　⑥刺棹（zhào）：撑船。

韩　缜（1019—1097）

字玉汝，雍丘（今河南杞县）人。宋仁宗庆历二年（1042）进士。英宗时历任淮南转运使。神宗时累知枢密院事。哲宗时拜尚书右仆射，兼中书侍郎。后出知颍昌府、太原府，以太子太保致仕。卒赠司空、崇国公，谥庄敏。《全宋词》录其词一首。

凤 箫 吟[①]

锁离愁、连绵无际，来时陌上初熏[②]。绣帏人念远[③]，暗垂珠泪，泣送征轮。长亭长在眼，更重重、远水孤云。但望极楼高，尽日目断王孙[④]。　消魂，池塘别后，曾行处、绿妒轻裙。恁时携素手[⑤]，乱花飞絮里，缓步香茵[⑥]。朱颜空自改[⑦]，向年年、芳意长新。遍绿野，嬉游醉眠，莫负青春。

【题解】

此词不仅通篇写草，而且始终把草当作离恨的象征而进行多侧面的刻画，因而被公认为是咏草的典范。作品一开始便揭出别离主题：连绵无际的春草锁住了无际的离愁。接着引出不堪离愁折磨的闺中少妇。“暗垂”二句笔意双关，既是摹写闺中少妇伤别的情态，也是对春草进行艺术造型。然后又用“远水孤云”渲染草天一色的凄迷景色，而以闺中少妇的登楼望远之态收束上片，点出那连绵不绝的春草及其眼中所见。这就难怪它会深染离愁了。过片“消魂”二字承上启下，是通篇精神所在。“池塘”以下数句暗用谢灵运名句“池塘生春草”，仍由春草加以生发：当年，别后重逢，携手漫步于芳径，惹得嫩绿的春草微萌妒意。“朱颜”三句通过“朱颜”衰与“芳意”盛的对比，托出昔欢今哀之感。篇末“遍绿野”三字再度落笔于草。尽管抒情主人公以解脱之语强作宽慰，但绵绵此草，作为离愁的象征却只会无止境地引起她的感伤。通篇“以我观物，故物皆著我之色彩”（王国维《人间词话》），深得意象熔铸之要领。

【注释】

①叶梦得《石林诗话》记此词本事云："元丰初，夏人来议地界，韩丞相玉汝出分画。将行，与爱妾刘氏剧饮通夕，且作词留别。翌日，忽中批步军司遣兵为搬家追送之，初莫测所由，久之方知自乐府发也。" ②熏：即"薰"，指草香。 ③绣帏人：指闺中少妇。 ④王孙：指代游子。暗用《楚辞·招隐士》："王孙游兮不归，春草生兮萋萋。" ⑤恁（nèn）时：那时。 ⑥香茵：草地。 ⑦朱颜：红颜。

王安石（1021—1086）

字介甫，晚号半山，临川（今江西抚州）人。宋仁宗庆历二年（1042）进士。神宗熙宁年间两任同平章事，实施新法，力图改变积贫积弱局面，为宋代著名政治改革家。后罢相退居金陵，封荆国公，世称荆公。卒谥文。崇宁年间追封舒王。曾著《三经新义》颁于学官。诗文俱为北宋大家。词虽不多，却一扫五代绮靡旧习，亦足名世。王灼《碧鸡漫志》赏其"雍容奇特"，刘熙载《艺概》则赞其"瘦削雅素"。有《临川先生文集》一百卷、《临川先生歌曲》一卷。

桂 枝 香

登临送目，正故国晚秋①，天气初肃②。千里澄江似练③，翠峰如簇④。征帆去棹残阳里⑤，背西风、酒旗斜矗⑥。彩舟云淡⑦，星河鹭起⑧，画图难足。　念往昔、繁华竞逐。叹门外楼头⑨，悲恨相续。千古凭高对此，漫嗟荣辱[10]。六朝旧事随流水，但寒烟衰草凝绿。至今商女，时时犹唱，后庭遗曲[11]。

【题解】

此词是王安石晚年退居金陵后所作。据传同时用《桂枝香》调作金陵怀古词的有三十余家，独此词为绝唱，苏轼见后不胜叹服。（《历代诗余》卷一一四引《古今词话》）上片描写长江秋景，视野开阔，景象壮伟，显示出作者立足之高和胸次之广。其中，“千里”二句，一鸟瞰澄澈江流，一遥望葱茏山峦，极写“虎踞龙盘帝王州”的江天胜概。“彩舟”二句刻画江天相连处更为引人入胜的远景，虚实相生，浓淡相映，美不胜收。下片怀古寄慨。“念往昔”三句追叙六朝帝王穷奢极欲而导致亡国的历史往事。“六朝”二句感叹六朝繁华已逝，如今但见烟笼寒水，芳草凝绿。一笔勾通历史与现实，由怀古折至伤今。结穴二句即用杜牧诗意表达伤今之旨，感慨时人尚未从六朝覆亡中吸取教训。统观全词，上片雄健，下片冷峭，在意趣和识度上表现出高人之处。

【注释】

①故国：金陵为东吴、东晋及宋、齐、梁、陈六朝故都，故称故国。黄昇《唐宋诸贤绝妙词选》将此词题作《金陵怀古》，或乃据词意所增。②肃：肃杀。形容秋气。 ③澄江似练：语本谢朓《晚登三山还望京邑》“澄江静如练”。练：白绸。 ④簇（cù）：簇聚。 ⑤征帆去棹（zhào）：来往船只。 ⑥矗（chù）：竖起。斜矗：斜插。 ⑦彩舟；犹言锦帆、兰舟，船的美称。 ⑧星河：银河。此处借指长江。星河鹭起：江中小洲上的白鹭纷纷起舞。金陵西南长江中有白鹭洲，以白鹭多聚于此而得名。 ⑨门外楼头：用杜牧《台城曲》“门外韩擒虎，楼头张丽华”。韩擒虎为隋朝大将，率军伐

陈。兵临城下之际，陈后主仍同贵妃张丽华等在结绮阁上饮酒赋诗。 ⑩漫嗟（jiē）荣辱：徒然感叹历朝的兴亡。荣辱，犹兴亡。 ⑪“至今”三句：用杜牧《泊秦淮》“商女不知亡国恨，隔江犹唱后庭花。”商女：酒楼茶坊的歌女。后庭遗曲：指陈后主所作的艳曲《玉树后庭花》。后人视之为亡国之音。

千秋岁引

别馆寒砧，孤城画角，一派秋声入寥廓。东归燕从海上去，南来雁向沙头落。楚台风[1]，庾楼月[2]，宛如昨。　　无奈被些名利缚，无奈被它情担搁。可惜风流总闲却。当初漫留华表语[3]，而今误我秦楼约[4]。梦阑时，酒醒后，思量着。

【题解】

此词所获得的赞誉并不亚于前篇。李攀龙《草堂诗余隽》既云：“不着一愁语，而寂寂景色，隐隐在目，洵一幅秋光图，最堪把玩。”黄蓼园《蓼园词选》复云：“意致清迥，翛然有出尘之致。”杨慎《词品》、先著《词洁》亦有所称许。词虽以描写秋景秋声起拍，却没有落入“悲秋”的传统窠臼，而是从中生发出具有哲理意蕴的人生感慨。上片“东归”以下数句已于景物绘示中暗寓世事循环而风月永恒之意，见出作者对人生哲理的思考与沉吟。下片更迭用两“无奈”、一“可惜”，托出作者从自己风风雨雨的人生履历中参悟出的理性认识：名利如同缰索，“情缘”总是难结。王安石平素不好女色，亦不喜艳词，曾指责晏殊“为宰相而作小词”（见《东轩笔录》）。因此，词中“秦楼约”云云，似当别有寄托，而非实指艳情。细予品味，词中隐隐流露出看穿人生、窥破功名、厌倦世俗的意念，而这正是一直置身于政治斗争漩涡中的作者思想深处的真实反映。

【注释】

①楚台风：宋玉《风赋》记楚襄王游于兰台之宫，“有风飒然而至，王乃披襟而当之，曰‘快哉此风’。”此处泛指令人快意之风。 ②庾楼月：《世说新语·容止篇》记庾亮在武昌时与友人“乘夜月共上南楼，据胡床咏谑”。此处指昔日与友朋一同赏月之举。 ③华表语：辽东人丁令威学仙得道，化鹤归来，落于城门华表，歌曰：“有鸟有鸟丁令威，去家千日今归来。城郭如故人民非，何不学仙冢累累。”见《搜神后记》。华表：古代立于宫殿、城垣、陵墓前的石柱。因柱身雕有花纹，故称华表。 ④秦楼：此处泛指思妇居所。

王安国（1030—1076）

字平甫，临川（今江西抚州）人，王安石之弟。宋神宗熙宁元年（1068），赐进士及第，除西京国子教授。官终秘阁校理。曾多次谏阻安石变法。有《王校理集》，已佚。《全宋词》录其词三首。

清平乐

留春不住，费尽莺儿语。满地残红宫锦污①，昨夜南园风雨。　　小怜初上琵琶②，晓来思绕天涯。不肯画堂朱户③，春风自在杨花。

【题解】

此词抒写伤春惜花之情。起拍二句是留春不住的无奈喟叹，妙在用拟人化的手法，寄意于莺语，颇见构思新巧。“满地”二句以倒装句式展现风雨过后、落花遍地的衰残景象，将“留春不住”的叹惋演绎为令人伤心惨目的画面。换头二句笔法又变，借歌女小怜的琵琶声声，把伤春惜花之情再度传出。“小怜初上琵琶”，脱化自李贺《冯小怜》诗“湾头见小怜，请上琵琶弦”，本亦无奇，但续以“晓来思绕天涯”，极言琵琶声声将其春思引向海角天涯，却不失新创。歇拍二句转写杨花不肯附丽于画堂朱户，但求自在飞舞，分明是寓托自己的高洁品性，从而使全词于哀婉中深蕴气骨。

【注释】

①宫锦：宫中锦绣。此处喻花。 ②小怜：北朝冯淑妃名小怜。此处泛指歌女。 ③画堂朱户：指代富贵人家。

晏几道（1030？—1106？）

字叔原，号小山，临川（今江西抚州）人。晏殊第七子。父子并工词，人称大小晏。虽出身官门，却不愿趋炎附势，随俗俯仰，固守孤傲耿介之本性，因而仕途偃蹇。熙宁七年（1074），因郑侠上书请罢新法，牵连入狱。元丰五年（1082），监颍昌许田镇。崇宁四年（1105），为开封府推官。后退职家居。词擅小令，多写人生聚散与爱情离合之悲欢，情韵凄婉，文辞清丽。有《小山词》一卷。

临　江　仙

梦后楼台高锁，酒醒帘幕低垂。去年春恨却来时[①]，落花人独立，微雨燕双飞。　　记得小蘋初见[②]，两重心字罗衣[③]。琵琶弦上说相思。当时明月在，曾照彩云归[④]。

【题解】

此词抒写怀念歌女小蘋的缱绻深情。“楼台高锁”“帘幕低垂”，见出环境极度封闭，置身其间，必感寂寥凄清，作者因何而“醉”、所“梦”为何也就不言自明。“去年春恨”句承上启下。“春恨”的内容同样不予说破，而仅仅渲染以景语：“落花”与“微雨”相互烘托，巧藏一个“春”字，景色何其幽美；“人独立”与“燕双飞”相互映照，暗寓一个“恨”字，情感何其凄苦。过片后追忆昔日情事，托出怀人之旨。“记得”以下三句展示当年初见小蘋时的情景。“两重”句明写其服饰之美，暗示其容颜之秀。同时，“两重心字”，似又寓有心心相印之意。因此，用笔仍不失婉曲。“琵琶”句则化婉曲为率直，写小用琵琶倾诉自己的思慕之情与钟爱之意，可知当时二人心音已通。但心音虽通，良缘难结。“当时”二句写小蘋终于如彩云般飘然而去，不可追寻，如今，只有当时照见那别离惨剧的明月依然高悬中天。不言怀人，而对月怀人之情自可于景中觅得。

【注释】

①却来：又来，再来。　②小蘋：据《小山词》自序，小蘋乃作者友人所蓄之歌女。作者另词屡及“小蘋”，如《玉楼春》“小颦微笑尽妖娆”，

《木兰花》“小颦若解愁春暮”，当与“小蘋”为一人。 ③两重心字罗衣：指罗衣的曲领上绣有重叠的心字形图案。 ④彩云：喻指小蘋。李白《宫中行乐词》：“只愁歌舞散，化作彩云飞。”

蝶 恋 花

梦入江南烟水路，行尽江南，不与离人遇[1]。睡里消魂无说处，觉来惆怅消魂误。 欲尽此情书尺素[2]，浮雁沉鱼，终了无凭据。却倚缓弦歌别绪，断肠移破秦筝柱[3]。

【题解】

黄庭坚曾对小晏词着以“清壮顿挫，能动摇人心”（《小山词序》）的评语。验之此词，颇中肯綮。词所表现的是相思之情，可析为入梦、梦醒、寄书、弹筝四层，每层皆可见其转折之妙与顿挫之致。先写盼归未得，只好在梦中追寻“离人”踪迹，但行尽江南，犹未能与之相遇。这是一层顿挫，已见惆怅。接着写梦中固然劳瘁不堪，苦情难诉，梦后同样暌隔如前，黯然魂消。这是二层顿挫，益增惆怅。然后写将一腔情愫寄托于书信之中，欲倩鱼雁传送，但雁浮鱼沉，无由寄达。这是三层顿挫，惆怅更甚。最后写百般无奈，惟有倚弦弹筝，聊遣愁情，岂料弦紧音急，竟将筝柱移破。这是四层顿挫，惆怅至极。如此千回百折，层层翻转，自可波澜迭起，“动摇人心”。

【注释】

①“梦入”三句：自岑参《春梦》诗“枕上片时春梦中，行尽江南数千里”化来。 ②尺素：指书简。 ③移破秦筝柱：古筝有弦、柱各十三根。

柱可左右移动，以调节音高。此指弦急音高，筝柱几乎已移到使弦绷断的位置上。一说，“移破”即移尽、移遍之意。

鹧　鸪　天

醉拍春衫惜旧香，天将离恨恼疏狂①。年年陌上生秋草，日日楼中到夕阳。　云渺渺，水茫茫，征人归路许多长。相思本是无凭语，莫向花笺费泪行②。

【题解】

本篇为忆旧怀人之作。“春衫”为伊人旧物。“醉拍春衫”，暗示主人公曾因不堪相思之苦而痛饮一醉，但醉中非但未能忘却前情，反倒更加思绪遄飞，情难自抑。“旧香”则点出其所怀者为芳香袭人之佳丽。词由此切入题旨。“天将”句把离恨归因于造化弄人，为无奈之辞。“年年”二句以秋草年年生、夕阳日日到为喻，极言离恨纠扰，无计可避。“云渺渺”三句复以云遥水远形容归途漫长，归期难卜。皆有情景交融、虚实相生之妙。歇拍更借自我劝谏语，传导出泪湿笺行而相思难寄的憾恨，使情韵更为悠长。

【注释】

①疏狂：行为萧疏狂放。作者自谓。　②花笺：精致华美的信笺。

鹧　鸪　天

彩袖殷勤捧玉钟①，当年拚却醉颜红②。舞低杨柳楼心月，歌罢桃花扇底风。　从别后，忆相逢[3]，几回魂梦与君同。今宵剩把银釭照，犹恐相逢是梦中[4]。

【题解】

此词所表现的是一对恋人的“爱情”三部曲：初盟，别离，重逢。其中“舞低杨柳”二句描写歌舞场面，渲染欢乐气氛，是对初识、亦即初盟时的情境的精当勾画。不径言伊人舞姿曼妙、歌声婉转，而借时间的推移，从侧面映照出其尽态极妍，是作者的独出机杼之处。这种竟夜歌舞、通宵欢宴的情景，无疑从一个侧面反映出宋代文人阶层的生活情趣。但作者之所以对它历久难忘，却不仅仅是出于对昔日歌舞生涯的眷念，更因为那是他与伊人相识相恋的契机。二句造语精丽，发想新奇，于纤秾绮华中别见韶秀之美，因而深为后代词论家所推赏。下片写别离与重逢，亦极曲折深婉。陈廷焯《白雨斋词话》评曰：“自有艳词，更不得不让伊独步。”

【注释】

①彩袖：指代身穿彩色舞衣的歌女。玉钟：酒杯的美称。 ②拚（pàn）却：不惜，甘愿。此句谓作者开怀畅饮，不惜一醉，以报答对方于己独钟的深情。 ③相逢：词中“相逢”凡二见，前一指初逢，后一指重逢，其意有别。 ④“今宵”二句：由杜甫《羌村》“夜阑更秉烛，相对如梦寐”化出。剩：只管，尽情，再三。釭（gāng）：灯。

木　兰　花

东风又作无情计，艳粉娇红吹满地[1]。碧楼帘影不遮愁，还似去年今日意。　谁知错管春残事，到处登临曾费泪。此时金盏直须深[2]，看尽落花能几醉？

【题解】

花落春残，总是让小晏触目感兴、情不能堪。此词题旨不外乎“伤春惜花”四字，本无新警之处。但其感情深婉沉挚，笔法摇曳顿挫，却又别饶艺术魅力。上片以“又作”“还似”相勾连，点出东风无情，年年如是，而自己亦复岁岁伤春，永无休歇。措语较大晏《浣溪沙》中的“去年天气旧亭台”更见凄婉。“碧楼帘影”句谓碧楼高远，帘影幽深，仍难遮隐春残花落之景和伤春惜花之情，语虽发露而情实哀迫。下片复以“谁知”“直须”相搭配，生动而又曲折地传写出作者的伤春意绪和惜花情怀。“谁知”二句为自悔自责语，用反笔将其愁情又向深处推进一层。“此时”二句则是自慰自勉语，试图以饮美酒、赏落花来排遣愁怀，看似旷远，实则更见沉痛。

【注释】

①艳粉娇红：喻花。 ②金盏：酒杯的美称。直须：就要。

清 平 乐

留人不住，醉解兰舟去。一棹碧涛春水路，过尽晓莺啼处。 渡头杨柳青青，枝枝叶叶离情。此后锦书休寄①，画楼云雨无凭②。

【题解】

这首惜别之作实际上是对欧阳修《玉楼春》中“人生自是有情痴”一句的形象化演绎。作者怀着难以割舍的痴情，对心上人苦苦相留。但痛饮一醉后她却还是解缆而去，作者只能不胜眷恋而又不无沮丧地目送一叶小舟在“碧涛春水”中悠悠飘荡，直到它消失在“晓莺啼处”。人已去，情未了。别后作者又久久地徘徊于渡头。“渡头杨柳青青，枝枝叶叶离情。”究竟是每一条柳枝、每一片柳叶都为作者的离情所浸润，还是柳枝、柳叶自含离情无限，已经无法分清，也无须分清。此情此恨，当然与“风”“月”无关。篇末作决绝之辞，乃所谓爱极生怨，益见情痴。周济《宋四家词选》评曰：“结语殊怨，然不忍割”，正搔着其痒处。

【注释】

①锦书：即情书。用前秦窦滔、苏蕙夫妇故事。 ②云雨：喻心上人。用宋玉《高唐赋》所记巫山神女“旦为朝云，暮为行雨”事。

阮郎归

旧香残粉似当初，人情恨不如。一春犹有数行书，秋来书更疏①。 衾凤冷②，枕鸳孤③，愁肠待酒舒。梦魂纵有也成虚，那堪和梦无。

【题解】

上片怨彼之情薄，下片叹己之愁深。由怨而叹，由彼而我，由昔而今，转折跌宕之间，映现出主人公萦肠绕肚的相思苦和刻骨铭心的苦相思。因而，要其旨归，乃“相思”二字。起拍二句睹物思人，怅恨人不如物——旧物犹存，而人情已变。“一春”二句由抽象概述转为具体描写，谓对方别后书信日疏，将其薄情落到实处。换头三句直叙处境孤冷，愁怀难解，惟求醉梦中与其相见。“梦魂”二句再作跌宕，慨叹梦境本属虚幻，而今却连梦境也无缘得入，则情更难堪、愁益深重。宋徽宗《宴山亭》词有“和梦也新来不做”句，或即由此化出。

【注释】

①疏：稀少。 ②衾凤：即凤衾。绣有凤凰的被子。 ③枕鸳：即鸳枕。绣有鸳鸯的枕头。

阮 郎 归

天边金掌露成霜①，云随雁字长②。绿杯红袖趁重阳③，人情似故乡。 兰佩紫，菊簪黄，殷勤理旧狂。欲将沉醉换悲凉，清歌莫断肠。

【题解】

此词为重阳抒怀之作。霜寒露重，北雁南飞。词一开篇即勾勒出清秋冷落景象，以烘托“独在异乡为异客”的羁旅愁思。“绿杯”二句由景物切入人事，写饮酒听歌之际，深觉此地人情之美一似故乡，惟其如此，才更引发起他对故乡情事的深切忆念。这实际上是从另一角度渲染其乡思旅愁。换头三句移笔于自己重阳日的装束与情状。佩紫兰、簪黄菊，既为切合重阳风俗，也为表现自己的狂放。“殷勤理旧狂”，曲曲道出内心深衷，微见傲物睥世之情。况周颐《蕙风词话》以为：“狂者，所谓一肚皮不合时宜，发见于外者也。”歇拍二句情感转为沉痛悲凉，而沉沦下僚的身世之慨与飘泊他乡的羁旅之愁益趋轩露。

【注释】

①金掌：即仙人掌。汉武帝刘彻曾在长安建章宫前造金铜仙人，手托承露盘以承露水。露成霜：《诗经·秦风·蒹葭》：“蒹葭苍苍，白露为

霜。”　②雁字：指雁群飞行时排列成一字、人字等形状。　③绿杯：指酒杯。红袖：指歌女。趁：陈匪石《宋词举》释云：“本不萦情于‘绿杯红袖’，而姑趁重阳令节，一作欢娱，满腔幽怨，无可奈何，一‘趁’字尽之。”

虞美人

曲阑干外天如水①，昨夜还曾倚。初将明月比佳期，长向月圆时候、望人归。　罗衣著破前香在，旧意谁教改？一春离恨懒调弦，犹有两行闲泪、宝筝前。

【题解】

此词为春日怀人之作。上片望月盼归，下片借筝寄恨。月华皎洁，天宇澄澈，但独倚栏杆的女主人公，心境却非一片空明，而是满盈着离情别绪。“昨夜还曾倚”，点出她夜夜凭栏独眺，可知其怀想之深、盼归之切。“长向月圆时候、望人归”，“长向”二字分明是暗示其以月圆为佳期而又失其所望者，亦已多次。由其希望之殷，正可反照其失望之甚。惟因失望之甚，方逗出下片的哀怨之辞。“罗衣”二句既是自喻痴情未改，也隐然有疑怪对方负心之意。结穴句谓欲待弹筝寄恨，却又意绪慵懒，惟将盈盈珠泪抛洒于筝前。情调哀怨已极，但怨而不怒，仍未失婉曲之致与敦厚之旨。

【注释】

①阑干：即栏杆。天如水：形容夜空澄澈。

生　查　子

金鞭美少年，去跃青骢马①。牵系玉楼人，绣被春寒夜。　　消息未归来，寒食梨花谢。无处说相思，背面秋千下②。

【题解】

本篇亦写闺中念远，但不以意念刻画取胜，而以情态点染见长。上片分叙游子与思妇，而以思妇为中心。“金鞭”“青骢”，衬出游子的英俊豪逸，可知思妇所怀之人非同凡俗。“玉楼”“绣被”除交代思妇身份外，还烘托出闺房氛围。“绣被”后缀以“春寒夜”三字，则意在暗示思妇孤衾独卧，倍感寒沁心脾，长夜耿耿。下片专就思妇着笔。“消息”二句感叹年光悄然流逝，而游子消息杳然。歇拍二句融化唐诗以传写思妇情态，为一篇精神所在。“秋千下”，当是思妇与游子定情之地，而今，思妇背面痴立于此，则其万千心事、无穷怨望，尽在不言之中。

【注释】

①青骢（cōng）马：毛色青白混杂的骏马。　②“背面”句：李商隐《无题》：“十五泣春风，背面秋千下。”

王　观（生卒年不详）

字通叟，如皋（今属江苏）人。宋仁宗朝进士，历任大理寺丞、江都知县等职。神宗时官至翰林学士，因所赋《清平乐》词忤怒太后而被罢职。有《冠柳集》，序者谓其高于柳永，故名。原书已佚，今有辑本一卷。

卜 算 子

送鲍浩然之浙东①

水是眼波横②，山是眉峰聚③。欲问行人去那边，眉眼盈盈处④。　　才始送春归，又送君归去。若到江南赶上春，千万和春住。

【题解】

此词以新巧的构思和轻快的笔调，在送别之作中别具一格。开篇二句匠心独运：前人惯以“眉如春山”“眼如秋水”之类的譬喻来形容女子容颜之美，而作者此处则反用其意，说水是眼波横流、山是眉峰攒聚，其妙处不仅在于推陈出新，发想奇绝，而且在于运用移情手法，化无情为有情，使原本不预人事的山水也介入别离场面，为友人的离去而动容。“欲问”二句仍就“眉眼”加以生发。“眉眼盈盈处”，既是喻指友人故乡的秀丽山水，又令人想见友人妻妾倚栏盼归之际美目传恨、秀眉凝愁的情态。妙语双关，熔铸非易。过片后“才始”二句抒写离情别绪：方才“送春”，已是十分怅恨；今又“送君”，更添怅恨十分。旦夕之间，两谙别苦，情何以堪？“若到”二句再发奇想，叮嘱友人如能赶上江南春光，务必与春光同住。惜春之情既溢于言表，对友人的祝愿之意亦寓于句中。

【注释】

①鲍浩然：生平不详。浙东：今浙江东南部。宋时属浙江东路，简称浙

东。 ②眼波横：形容眼神闪动，状如水波横流。 ③眉峰聚：形容双眉蹙皱，状如二峰并峙。 ④眉眼盈盈处：喻指山水秀丽的地方。盈盈，美好的样子。

张舜民（生卒年不详）

字芸叟，号浮丘居士，邠州（今陕西邠县）人。宋英宗治平二年（1065）进士。元祐初，除监察御史。徽宗时，为吏部侍郎，以龙图阁待制知同州。坐元祐党，贬商州。善画，亦能诗文。有《画墁集》八卷、《画墁词》一卷。

卖 花 声

题岳阳楼[①]

木叶下君山[②]，空水漫漫。十分斟酒敛芳颜[③]。不是渭城西去客，休唱阳关[④]。 醉袖抚危栏，天淡云闲。何人此路得生还？回首夕阳红尽处，应是长安[⑤]。

【题解】

唐宋时期，朝官受黜，多远窜南荒。岳阳“北通巫峡，南极潇湘”，地处南北水陆交通要冲，为南窜官员必经之地。宋神宗元丰六年（1083），张舜民因赋诗讥议边事，为人弹劾，谪监郴州（今湖南郴县）酒税，亦经岳阳南行。而岳阳楼自唐代张说兴建、宋初滕子京重修、范仲淹题记后，即成为骚人墨客登临吟咏、骋怀寄慨的一大名胜。此词当为张舜民行经岳阳，登楼览胜时所作。词以刻画萧瑟秋景起兴，引出迁谪沦落之感。“不是”二句自称并非“西去客”，要歌女“休唱阳关”，乃是因为他满怀惆怅，不堪听断肠之声。曲笔传恨，语淡情浓。“何人此路得生还”，则更道出他无辜被贬，或将老死遐荒的一腔怨愤。结尾二句回望“长安”，见出其思恋京阙、不胜拳拳之意，情感益趋深沉厚重。全篇于哀婉中时见峭拔之气，曲折盘旋而又意脉不断。

【注释】

①岳阳楼：在湖南岳阳城西门，下临洞庭湖，唐代张说所建。 ②君山：在洞庭湖中，正对岳阳楼。 ③“十分”句：谓歌女敛容上前，把酒杯斟满。 ④“不是”二句：反用王维《送元二使安西》诗意。原诗云：“渭城朝雨浥轻尘，客舍青青柳色新。劝君更尽一杯酒，西出阳关无故人。” ⑤“回首”二句：自白居易《题岳阳楼》“夕阳红处是长安”化出。长安：此处借指北宋都城汴京（今河南开封）。

魏夫人（生卒年不详）

名玩，字汝玉，襄阳（今属湖北）人。魏泰之姊，曾布之妻，封鲁国夫人。工诗词。朱熹称其与李清照并为“本朝妇人能文者”。陆游《老学庵笔记》亦及其名。有辑本《鲁国夫人词》一卷。

江城子

别郎容易见郎难，几何般，懒临鸾[1]。憔悴容仪，陡觉缕衣宽。门外红梅将谢也，谁信道、不曾看。　　晓妆楼上望长安，怯轻寒，莫凭阑。嫌怕东风，吹恨上眉端。为报归期须及早，休误妾、一春闲。

【题解】

这首闺中怀人之作，因出自女性词人笔下，尤重心绪描写。起首云“别郎容易”，乃是与“见郎难”相较而言。“别郎”时本亦难免依依不舍，但别后欲谋再见，却难于登天，以致反觉当初“别郎”为易了。这正是思妇盼归既久、失望既深之后的特殊心绪。以下谓懒于揽镜自照，谓自觉容颜憔悴，也都是以深婉之笔表现其百无聊赖而又不无幽怨的心绪。“门外红梅将谢也”，则是借花喻人，暗示自己红颜已老、韶华将逝，更见其心绪纷乱易感。过片后写想要登楼远眺，又怕东风吹恨，故不敢独自凭栏。仍是致力于把握其心绪。歇拍吁请情郎及早告知归期，勿误自己青春时光，对其幽深心绪的抽绎尤为精确、切当。

【注释】

①鸾：指鸾镜，即背面刻有鸾鸟图形的铜镜。

王　诜（生卒年不详）

字晋卿，开封（今属河南）人。熙宁二年（1069）娶英宗女蜀国长公主，拜左卫将军、驸马都尉。元丰二年（1079），以党争坐贬。元祐初，复登州刺史、驸马都尉。卒赠昭化军节度使，谥荣安。能诗善画，与苏门交游甚密。词亦清丽幽远。有辑本《王晋卿词》一卷。

忆 故 人

烛影摇红向夜阑，乍酒醒、心情懒。尊前谁为唱阳关[1]，离恨天涯远。　　无奈云沉雨散，凭阑干、东风泪眼。海棠开后，燕子来时，黄昏庭院。

【题解】

此词为作者自度曲。据吴曾《能改斋漫录》载，宋徽宗“喜其词意，犹以不丰容宛转为恨”，遂令周邦彦增损之，演为慢词，“而以首句为名，谓之《烛影摇红》。”可知此词在当时即以意深语新而为人们所爱赏。调名“忆故人”，正可概括一篇旨意。“烛影摇红”，意象凄丽而情味深浓，以之烘托主人公夜阑酒醒、抱衾独眠时的怅惘心境，极为切当。接着，用一“懒”字形容其情态，也十分传神。“尊前”二句是回忆饯别伊人时的情景，说明那黯然销魂的一幕至今仍映现在他的脑海中，将其离恨牵引至海角天涯。过片后先写泪眼凭栏，只能徒吁无奈。然后移情入景，以景结情。“海棠”三句是对“东风泪眼”的形象化笺释，堪称旨冥言中而情余言外，令人玩味不尽。

【注释】

①阳关：指代送别曲。王维《送元二使安西》诗被谱为送别曲，末句“西出阳关无故人”反复诵唱，谓之“阳关三叠”。

苏 轼（1036—1101）

字子瞻，号东坡居士，眉山（今属四川）人。宋仁宗嘉祐二年（1057）进士。神宗时，因与王安石政见不合，自请外任，历杭州通判，知密、徐、湖三州。以作诗讽刺新法，贬置黄州。哲宗元祐间，任翰林学士、礼部尚书，出知杭、颍、扬、定四州。后又以为文讥斥朝廷，贬居惠州、儋州。一生历尽仕途坎坷，而能旷达自适。卒谥文忠。与父洵、弟辙合称“三苏”。中国文化至北宋极为绚烂成熟，苏轼是其最合适的代表作家，诗、文、词与书法皆独步一时。其词雄奇超旷，横放杰出，于传统的花间词风外别立一宗。又以诗入词，开拓词境，推尊词体，对北宋词坛多所革新。胡寅《酒边词序》谓苏词“一洗绮罗香泽之态，摆脱绸缪婉转之度，使人登高望远，举首高歌，而逸怀浩气，超乎尘垢之外，于是花间为皂隶，而耆卿为舆台矣。”有《东坡全集》一百五十卷、《东坡乐府》三卷。

江 城 子

乙卯正月二十日夜记梦[①]

十年生死两茫茫。不思量，自难忘。千里孤坟，无处话凄凉。纵使相逢应不识，尘满面，鬓如霜。　　夜来幽梦忽还乡。小轩窗，正梳妆。相顾无言，惟有泪千行。料得年年肠断处，明月夜，短松冈[②]。

【题解】

苏轼十九岁与同郡王弗结婚，嗣后出蜀入仕，夫妻琴瑟调和，甘苦与共。十年后王弗亡故，归葬于家乡的祖茔。此词是苏轼在密州一次梦见王弗后写的，距王弗之卒又是十年了。生者与死者虽然幽明永隔，感情的纽带却结而不解，始终存在。“不思量，自难忘”两句，看似平常，却出自肺腑，十分诚挚。读惯了词中常见的那种“一日不思量，也攒眉千度”（柳永）的爱情浓烈的词句，再来读苏轼此词，可以感受到它们写出不同人生阶段的情感类型。前者是青年时代的恋情，热烈浪漫，然而容易消退。后者是进入中年后一起担受着人生忧患的正常的夫妻感情，它像日常生活一样平淡无奇，但却淡而弥永，久而弥笃。苏轼本来欣赏“外枯而中膏，似淡而实美”的艺术风格，此词所表达的感情即是如此。

【注释】

①乙卯：熙宁八年（1075）。 ②“料得”三句：孟棨《本事诗·征异》载张姓妻孔氏赠夫诗：“欲知肠断处，明月照孤坟。”

江 城 子

密州出猎①

老夫聊发少年狂。左牵黄，右擎苍②。锦帽貂裘③，千骑卷平冈。为报倾城随太守④，亲射虎，看孙郎⑤。　　酒酣胸胆尚开张。鬓微霜，又何妨。持节云中，何日遣冯唐⑥？会挽雕弓如满月⑦，西北望，射天狼⑧。

【题解】

出猎，对于苏轼这样的文人来说，或许是偶然的一时豪兴，但他平素报国立功的信念却因这次小试身手而得到鼓舞，以致信心十足地要求奔赴西北疆场弯弓杀敌了。苏轼任密州知州刚四十岁。他是四年前因与王安石政见不合而自愿请求外任，由杭州来到这北方边郡的。当时西北边事紧张。熙宁三年（1070），西夏大举进攻环、庆二州。四年，陷抚宁诸城。“会挽雕弓如满月，西北望，射天狼”，就是指宋与西夏的战事。全词上片出猎，下片请战。不但场面热烈，音节浏亮，而且情豪志壮，顾盼自雄。同苏轼其他豪放词相比，它是一首豪而能壮的壮词，把词中历来软媚无骨的儿女情换成了有胆有识、孔武刚健的英雄气。

【注释】

①密州：今山东诸城。 ②黄：黄犬。苍：苍鹰。围猎时用以追捕猎物。 ③锦帽貂裘：汉羽林军戴锦蒙帽，穿貂鼠裘。此处指代作者的随从。 ④报：告、语。倾城：指全城观猎的士民。 ⑤孙郎：东吴国主孙权。孙权曾亲自射虎于庱亭。此处借以自指。 ⑥“持节”二句：汉时冯唐曾奉文帝之命持节复用魏尚为云中太守。此处以冯唐自比，有不服老迈与甘赴边地两层意思。节：符节。云中：汉代郡名，在今内蒙古境内。 ⑦会：当。满月：弓本为半月形，将其弦拉足则成为满月形。 ⑧天狼：星名。古时以天狼星主侵掠。此处以天狼喻西夏。

水调歌头

丙辰中秋①，欢饮达旦，大醉，作此篇，兼怀子由②。

明月几时有？把酒问青天③。不知天上宫

阙，今夕是何年[4]。我欲乘风归去，又恐琼楼玉宇，高处不胜寒。起舞弄清影，何似在人间。　　转朱阁，低绮户，照无眠。不应有恨，何事长向别时圆[5]。人有悲欢离合，月有阴晴圆缺，此事古难全。但愿人长久，千里共婵娟[6]。

【题解】

上片望月，既怀逸兴壮思，高接混茫，而又脚踏实地，自具雅量高致。开篇四句接连问月问年，一似屈原《天问》，起得奇逸。唐人称李白为"谪仙"，黄庭坚则称苏轼与李白为"两谪仙"，苏轼自己也设想前生是月中人，因而起"乘风归去"之想。但天上和人间，幻想和现实，出世和入世，两方面同时吸引着他。相形之下，他还是立足现实，热恋人世，觉得有兄弟亲朋之爱的人间生活来得温暖亲切。月下起舞、光影清绝的人生境界胜似月地云阶、广寒清虚的天上宫阙。虽在尘凡而胸次超旷，一片光明。下片怀人。人生并非没有憾事，悲欢离合即为其一。但苏轼认为，人有悲欢离合同月有阴晴圆缺一样，两者都是自然常理，无须伤感。终于以理遣情，从共同赏月中互致慰藉。上片执着人生，下片善处人生，表现了苏轼热爱生活、情怀旷达的一面。词中境界高洁，说理通达，情味深厚，并出之以潇洒之笔，一片神行，不假雕琢，卷舒自如，因此千百年来传诵不衰。

【注释】

①丙辰：熙宁九年（1076）。　②子由：苏辙，字子由。苏轼兄弟情谊甚笃。二人自熙宁四年分手于颍州后，已有六年未见。苏轼原任杭州通判，因苏辙在济南掌书记，特地请求北徙。但至密州后，仍无缘相会。　③"明月"二句：李白《把酒问天》："青天有月来几时？我今停杯一问之。"　④今夕是何年：牛僧孺《周秦行纪》："共道人间惆怅事，不知今夕是何

年。” ⑤“不应”二句：司马光《温公诗话》记石曼卿诗：“月如无恨月长圆。” ⑥婵娟：月光美好的样子。

卜 算 子

黄州定慧院寓居作①

缺月挂疏桐，漏断人初静②。谁见幽人独往来③？缥缈孤鸿影。　惊起却回头，有恨无人省。拣尽寒枝不肯栖，寂寞沙洲冷。

【题解】

“乌台诗案”是北宋著名的文字狱。苏轼因诗受祸，系狱一百三十天。事后谪居黄州，罪废之余，灰心杜口，谢绝交往。此词记苏轼月夜漫步沙际，与徘徊不定、未遑栖息的断鸿零雁相值，人伤谪宦，雁悲离群，于是咏物见怀，把孤鸿失群与幽人失志联系起来。词中的幽人有着孤鸿的情态，孤鸿有着幽人的心志。幽人的独往独来与孤鸿的缥缈身影，以及“有恨”情怀与“寂寞”意绪，都可以看作是人、鸿所共同的，两相关合，彼此沟通。不禁令人想起“不知蝴蝶之为庄周，庄周之为蝴蝶”的艺术化境。这样感物吟志，极其自然。不言寄托，人们也会感受到其中的应有寓意。《卜算子》是词中的短调，全词仅八句。此词除开头两句写夜景、第三句提到幽人外，以下就专咏孤鸿。它以上片结句引出下片，写法上别具一格。但上下片并非意不相属，而是断而复续，回环相生。

【注释】

①黄州：今湖北黄冈。定慧院在黄州东南。 ②漏断：夜深。 ③幽：

此处有幽囚与幽居两重意思，切合谪居身份。

定风波

三月七日沙湖道中遇雨[1]，雨具先去[2]，同行皆狼狈，余独不觉。已而遂晴，故作此。

莫听穿林打叶声，何妨吟啸且徐行。竹杖芒鞋轻胜马[3]，谁怕？一蓑烟雨任平生。　料峭春风吹酒醒[4]，微冷，山头斜照却相迎。回首向来萧瑟处[5]，归去，也无风雨也无晴。

【题解】

行路时遇到一阵云头过雨，其他人狼狈不堪，苏轼独不改乎其度，反而觉得雨中竹杖芒鞋，吟啸徐行，别有其趣。这是借眼前经历抒写胸臆怀抱，而笔致轻松诙谐，表现了苏轼一贯持有的豪放通达的人生态度。人生境遇有顺有逆，这是无论谁都难免的。小至阴晴不定的暮春风雨，大至政治风浪中的升沉荣辱，苏轼已经经历了许多。此时他正谪居黄州，政治上极度沉沦。然而，他不让外界环境的变化扰乱自己的心境，改变向来乐观的人生信念。苏轼的政敌也往往由此惊叹“此老倔强犹昔”。词的内容从生活实感出发，它所包含的哲理和生活本身化合无痕，与理学家邵雍“风雨寻常事，人心胡不安”那种由理念推衍而出的诗全然不同。故郑文焯评曰：“此足征是翁坦荡之怀，任天而动。琢句亦瘦逸，能道眼前景。以曲笔直写胸臆，倚声能事尽之矣。”（《手批东坡乐府》）

【注释】

①三月七日：指元丰五年（1082）三月七日。沙湖：在黄冈东南三十里，又名螺师店。 ②雨具：指拿雨具的仆人。 ③芒鞋：草鞋。 ④料峭：形容风寒。 ⑤萧瑟处：指刚才遭遇风雨时树木萧瑟作响的地方。

念奴娇

赤壁怀古[1]

大江东去，浪淘尽、千古风流人物。故垒西边，人道是，三国周郎赤壁[2]。乱石穿空，惊涛拍岸，卷起千堆雪[3]。江山如画，一时多少豪杰。　　遥想公瑾当年，小乔初嫁了[4]，雄姿英发。羽扇纶巾，谈笑间、樯橹灰飞烟灭[5]。故国神游[6]，多情应笑我，早生华发[7]。人生如梦，一樽还酹江月[8]。

【题解】

此词作于元丰五年（1082）七月苏轼谪居黄州时。上片咏赤壁，下片怀周瑜，最后以自身感慨作结。起笔高唱入云，气势足与“黄河之水天上来”相侔。江山、历史、人物一齐涌出，以万古心胸引出怀古思绪。接着借“人道是”疑似之言，把江边故垒和周郎赤壁联系起来。“乱石”三句把眼前景色写得雄奇险峻，渲染出古战场的气氛和声势。对于周瑜，苏轼特别激赏他的少年功名，英气勃勃，故特意插入“小乔初嫁”一句。写战争一点不渲染士马金鼓的战争气氛，只着笔于周瑜的从容潇洒、指挥若定，意在突出其风采与才能。苏轼这一年四十七岁，不但功业未成，反而待罪黄州，同三十左右即功成名就的周瑜相比，不禁深自感愧。故由怀古归到伤己，自叹“人生如梦”，举杯同江上清风、山间明月一醉销愁了。词兼有感奋和感伤两重色彩，但篇末的感伤色彩掩盖不了全词的豪迈气派。词中写江山形胜和英雄伟业，在苏轼之前从未成功地出现过。因此历来将此词视为苏轼豪放词的代表作。不但词的气象境界凌厉无前，而且大声鞺鞳，需要铜琵琶、铁绰板来伴唱。对于原来只宜红牙拍板、女儿歌喉的传统词坛来说，确实是个重大突破。

【注释】

①赤壁：周瑜破曹操的赤壁在今湖北蒲圻市，苏轼所游为黄州赤壁，一名赤鼻矶。　②周郎：周瑜字公瑾，二十四岁为东吴中郎将，人称周郎。③千堆雪：浪花千叠。李煜《渔父》：“浪花有意千重雪。”　④小乔初嫁：东吴乔玄有二女，长名大乔，次名小乔，分别嫁与孙策、周瑜。时在建安三年，为赤壁之战十年前事。　⑤樯橹（qiánglǔ）：这里指曹操的水军。樯，挂帆的桅杆。橹，一种摇船的桨。　⑥故国：指赤壁古战场。　⑦“多情”二句：“应笑我多情早生华发”的倒装。　⑧酹（lèi）：以酒洒地，用以敬月。

临　江　仙

夜归临皋①

夜饮东坡醒复醉②，归来仿佛三更。家童鼻息已雷鸣，敲门都不应，倚杖听江声。　　长恨此身非我有③，何时忘却营营④！夜阑风静縠纹平⑤。小舟从此逝，江海寄余生。

【题解】

苏轼在黄州寓居临皋亭。元丰五年（1082），又在东坡筑屋数间，取名雪堂。此词是该年九月从东坡雪堂夜饮后归临皋作，也是借眼前境遇以寄托人生感触。夜静更深，人间酣梦，谛听江声，大醉顿醒。在荒山大江的自然怀抱中，感到了宇宙的无边安详宁静。白天的忧愁烦恼，平生的得失荣辱，刹那间被一齐摆脱了。苏轼希望自己的"余生"不再为口腹所役、名利所驱，追求一种精神自由的、合乎自然的人生。最末两句并非意在遁世，而是要收拾精神，自作主宰，超尘脱俗。苏轼善于从普通的日常事物中，发掘生活本身的诗意。同时，还善于从寓有诗意的生活中，提炼出某种富于启示的人生哲理。此词及前词都体现了这一特点。

【注释】

①临皋：指临皋亭。本为江驿，在黄州城南长江边。苏轼贬黄州时初寓定慧院，后迁居临皋亭。 ②东坡：元丰四年（1081），苏轼在黄州因"乏食"，求得故营地之东数十亩荒地开垦，名之曰东坡，并自号东坡居士。 ③"长恨"句：指为外物牵累，不能自主，丧失精神自由。 ④营营：纷扰的样子。指为世俗名利奔忙。 ⑤縠（hú）纹：形容波纹之细。縠，纱。

八声甘州

寄参寥子①，时在巽亭②

有情风万里卷潮来，无情送潮归。问钱塘江上，西兴浦口③，几度斜晖？不用思量今古，俯仰昔人非④。谁似东坡老，白首忘机。 记取西湖西畔，正春山好处，空翠烟霏。算诗人相得，如我与君稀。约它年东还海道，愿谢公雅志莫相违⑤。西州路，不应回首，为我沾衣⑥。

【题解】

与时、空二者均为无穷无尽的宇宙相比，人生只不过“俯仰之间，已成陈迹”（王羲之《兰亭集序》）。苏轼晚年对这种宇宙人生之理，已有彻悟，所以说“白首忘机”。对人世的存亡祸福、穷通得失以及自己的进退去留，都抱着超然的态度。然而“白首忘机”并不是忘怀一切。词中言及“诗人相得”与“谢公雅志”，就余恋尚在，情深意厚，蔼然可亲。苏轼与参寥子为方外交，二人交契甚深。此词是元祐六年（1091）三月苏轼在杭州奉召赴京与参寥子留别之作。统观全词，上片就望中的潮生潮落、日出日没纵笔谈论宇宙人生，意态极为超旷。下片则对平生素志和故旧交谊，反复申述拳拳之念，感情诚挚沉厚。这两方面在词中熔铸为一，令人感到进入晚年的苏轼，胸次超然而不失温馨，心情苍老而每多眷恋。苏轼后期作品中常见的出乎其外观照人生、入乎其内执着人生的因素，在此词中得到很好的体现。

【注释】

①参寥子：诗僧道潜，字参寥子，与苏轼初识于徐州。后又从二千里外远访苏轼于黄州，追随经年。 ②巽（xùn）亭：在杭州凤凰山上，可眺望江潮。 ③西兴：钱塘江南岸的渡口。 ④“俯仰”句：王羲之《兰亭集序》：“向之所欣，俯仰之间，已为陈迹。” ⑤“约它”二句：东晋谢安自东山入朝，雅志归隐，欲经略粗定，自海道东还。 ⑥“西州”三句：谢安病危时自西州门入京，因本志未遂，深自慨失。卒后其外甥羊昙过西州门怀念谢安，恸哭而去。

蝶 恋 花

花褪残红青杏小。燕子飞时，绿水人家绕。枝上柳绵吹又少，天涯何处无芳草[①]。 墙里秋千墙外道。墙外行人，墙里佳人笑。笑渐不闻声渐悄，多情却被无情恼[②]。

【题解】

此词写初夏时节发生于一墙之隔的一次极为平常的遭遇，在略表惆怅与嘲讽之余，却引出妙理，发人深省。上片为时令背景。尽管柳绵将尽，春事无多，但燕子低昂，绿水环绕，芳草丛生，却透露出夏日初临的大自然的生机。下片是在如此明丽的环境中一个“多情却被无情恼”的小小插曲。墙里墙外的两种人本不相涉。但一方无情，一方多情，导致了一场感情风波。《诗人玉屑》卷二一引《古今词话》谓此词“极有理趣”，这大概是因为作者借以表达了某种人生哲理：行人与佳人的遭遇因属偶然，“多情却被无情恼”却有其普遍性与必然性，在人与物、主观与客观的两者关系中是经常发生的。由于不了解“物自无情人自多情”，许多烦恼由是而起。全词写景、记事、说理均极自然，佳人行人的插曲如同信手拈来，但一经慧光所照，寓庄于谐，就顿成妙解，发掘出其间的哲理内涵。这真是苏轼作诗词的一大本领。

【注释】

①“天涯”句：屈原《离骚》：“何处所独无芳草兮，尔何怀乎故宇。” ②多情：指行人。无情：指佳人。

蝶　恋　花

密州上元①

灯火钱塘三五夜②，明月如霜，照见人如画。帐底吹笙香吐麝③，此般风味应无价。　寂寞山城人老也，击鼓吹箫，乍入农桑社。火冷灯稀霜露下，昏昏雪意云垂野。

【题解】

此词为元夜抒怀之作。从中可以看出苏轼虽然胸次高旷，善于以理遣情，却终究不能对人生的升沉荣辱完全无动于衷，在特定的时间与场合，强抑于内心的憾恨之情仍不免为外物所触发。上片追忆杭州元夜的清华景象：不仅华灯如星，明月如霜，丽人如画，更有笙歌盈耳，馨香扑鼻，置身其间，能不兴酣神怡，流连忘返！一句“此般风味应无价”，见出作者的极度赞美与神往。下片描写密州元夜的清冷景象：虽有农家“击鼓吹箫”，但“火冷灯稀”、野旷云垂，加上“雪意”昏昏、“霜露”重重，因此整个山城仍然显得十分寂寞。在这种环境氛围中，“人老也”，应当不只是一种生理感觉，更是一种心理感觉。全篇立足于现实中的密州元夜，而寄情于记忆中的杭州元夜，通过今昔比照，不动声色地寄托了昔盛今衰、谪居山城的身世之慨。

【注释】

①上元：农历正月十五日为上元节。十五夜称元夜、元宵。　②钱塘：指杭州。三五：三五相乘为十五。指农历十五日。　③麝（shè）：兽名，似

鹿而小，腹部能分泌香气。此处为麝香的简称。

水　龙　吟

次韵章质夫杨花词①

似花还似非花，也无人惜从教坠②。抛家傍路，思量却是，无情有思③。萦损柔肠④，困酣娇眼，欲开还闭⑤。梦随风万里，寻郎去处，又还被、莺呼起⑥。　不恨此花飞尽，恨西园、落红难缀。晓来雨过，遗踪何在？一池萍碎⑦。春色三分，二分尘土，一分流水⑧。细看来、不是杨花，点点是离人泪⑨。

【题解】

苏轼词以豪放著称，但亦不废婉约。此词即为明证。谭莹《论词绝句》评曰：“海雨天风极壮观，教坊本色复谁看？杨花点点离人泪，却恐周秦下笔难。”以为此词深得婉约之致，连周邦彦、秦观都难以后继。王国维《人间词话》更推崇道：“咏物之作，自以东坡《水龙吟》为最工。”其实，它不仅是一首咏物之作，同时还是一首次韵之作。而次韵之作，局限甚多，很难变化生新，何况章氏原作对物象的刻画颇见传神。但苏轼却以出神入化的艺术创造力，使此词臻于“化工神品”之境，较章氏原作更胜一筹。个中原因便在于：咏杨花时不粘不脱，不即不离，赋予它更多的生命意识和感情色彩，通过一系列奇思妙想，将章氏原作的“以形写神”发展到“离形得似”的地步。首句“似花还似非花”，奠定一篇意脉，作者即从“似”与“非”两个角度加以生发，使杨花与思妇的形象时分时合，思妇的娇态愁容及缠绵情思通过杨花的形象得以曲折映现，从而达到了写花而兼写人、咏物而兼抒情的双重目的，无怪前人推尊之至。

【注释】

①次韵：依原作之韵，并按其先后次序来和作。章质夫：章楶（jié），字质夫，浦城（今属福建）人，官至枢密院事。为苏轼好友。其“杨花词”原作为：“燕忙莺懒芳残，正堤上柳花飘坠。轻飞乱舞，点画青林，全无才思。闲趁游丝，静临深院，日长门闭。傍珠帘散漫，垂垂欲下，依前被、风扶起。　兰帐玉人睡觉，怪春衣、雪沾琼缀。绣床渐满，香毬无数，才圆却碎。时见蜂儿，仰粘轻粉，鱼吞池水。望章台路杳，金鞍游荡，有盈盈泪。”　②从教坠：任凭杨花飘坠。　③“抛家”三句：韩愈《晚春》诗：“杨花榆荚无才思，惟解漫天作雪飞。”此处反用其意，谓杨花从树上飘落路旁，看似无情，而实有愁思。思：作名词用，读去声。　④萦损柔肠：意谓愁思萦回，使柔肠为之损伤。形容柳枝。　⑤“困酣”二句：意谓困倦之意使眼睛睁开又闭合。形容柳叶。　⑥“梦随风”三句：暗用金昌绪《春怨》诗意：“打起黄莺儿，莫教枝上啼。啼时惊妾梦，不得到辽西。”形容杨花随风飘荡、时起时落，犹如思妇梦中追寻情郎。　⑦一池萍碎：苏轼自注：“杨花落水为浮萍，验之信然。”　⑧“春色”三句：意谓杨花二分落地化为尘土，一分落水漂流而去，三分春色也就随之消逝。　⑨“细看”三句：意谓杨花点点，都是离人的眼泪幻化而成。

西　江　月

春夜蕲水中过酒家饮①。酒醉，乘月至一溪桥上，解鞍曲肱少休②。及觉，已晓。乱山葱茏③，不谓尘世也。书此词桥柱。

照野浵浵浅浪[4]，横空隐隐层霄[5]。障泥未解玉骢骄[6]，我欲醉眠芳草。 可惜一溪明月，莫教踏破琼瑶[7]。解鞍攲枕绿杨桥，杜宇一声春晓[8]。

【题解】

此词作于元丰五年（1082）苏轼贬居黄州期间。是年二月，苏轼建雪堂于东坡；三月，又买田于蕲水，作终老之计。此词写作者由蕲水夜归的见闻感受，情趣、笔调都与《临江仙》（夜饮东坡醒复醉）、《定风波》（莫听穿林打叶声）十分相似，而更见含蓄、婉转之致。在结构上，前后片顺势直下，一气贯穿，略去了常见的转折、过渡，亦属"新变"。春夜酣饮，醉不得归，人马露宿于郊野外、寒风中，本是极为狼狈之事，何况作者此时又待罪黄州。但在苏轼笔下，不仅景物清新，境界高旷，而且绝无愁苦之态、伤感之色。郊野遍布"芳草"，月光美如"琼瑶"，马为"玉骢"，桥名"绿杨"，无不赏心悦目，一似仙境。这正是作者"一蓑烟雨任平生"、委运乘化、随遇而安的人生态度的艺术显影。此词与《临江仙》《定风波》同作于黄州，而都有人生哲理的深刻内涵，不以仕途坎坷为意，这恰好说明黄州五年是苏轼思想与创作的转型期。

【注释】

①蕲（qí）水：水名，发源于湖北蕲春县。 ②曲肱（gōng）：指弯起胳膊当枕头。 ③葱茏：形容树木茂盛，一片郁郁葱葱。 ④浵浵：水满潮涨的样子。 ⑤层霄：层云。 ⑥障泥：即马鞯，垫于鞍下垂至马腹，以挡尘土。玉骢（cōng）：马的美称。 ⑦琼瑶：本指美玉。此处借喻月光水色。 ⑧杜宇：即杜鹃鸟。

贺 新 郎

乳燕飞华屋[1]。悄无人、桐阴转午[2]，晚凉新浴。手弄生绡白团扇[3]，扇手一时似玉。渐困倚、孤眠清熟。帘外谁来推绣户？枉教人、梦断瑶台曲[4]。又却是、风敲竹[5]。　石榴半吐红巾蹙[6]。待浮花浪蕊都尽[7]，伴君幽独。秾艳一枝细看取，芳意千重似束。又恐被、西风惊绿[8]。若待得君来向此，花前对酒不忍触。共粉泪，两簌簌[9]。

【题解】

此词本事，历来众说纷纭。杨湜《古今词话》以为是苏轼知杭州时为开脱官妓秀兰“浴后迟到”之罪，于宴席间即兴吟成；曾季狸《艇斋诗话》以为是作者在杭州游万顷寺，见一歌女昼寝于石榴树下，乃作此词；陈鹄《耆旧续闻》则称此词乃苏轼为其爱妾榴花而作。凡此种种，多不足征信，仅可从中推知此词采用了托物寄兴的表现手法，其旨意含蓄蕴藉，非反复寻绎，不能得其仿佛。词的上片精心刻画了一位冰清玉洁、风华绝代而又不胜孤寂的佳人形象。下片从表面上看似已撇开佳人而集中吟咏榴花，实际上是借吟咏榴花，进一步为佳人传神写照。作者赋予榴花的不求荣宠、自甘幽独的品性和芳意重重、若有隐忧的情态，分明也是属于佳人的。歇拍三句谓秋风起时，佳人再来花前把盏，其粉泪将与花瓣一同簌簌下落。这就巧妙点破佳人与榴花都无可避免的悲剧性结局。惟因咏榴花咏佳人始终熔于一炉，《蓼园词选》认为此词“是花是人，婉曲缠绵，令人寻味不尽”。毋庸置疑，在佳人的形象中，又多少寄托了作者自命清高、自伤不遇的志士情怀。

【注释】

①乳燕：幼燕。 ②桐阴转午：意谓随着桐树的阴影的转移，时光悄然流逝，转眼便是午后。 ③生绡（xiāo）：生丝织成的薄绸。 ④枉教人：白白地让人。梦断：梦醒。瑶台曲：瑶台幽深处，指仙境。 ⑤风敲竹：李益《竹窗闻风寄苗发司空曙》：“开门复动竹，疑是故人来。” ⑥“石榴”句：意谓石榴花半开，好似紧束着的有皱纹的红巾。白居易《题孤山寺山石榴花示诸僧众》诗：“山榴花似结红巾。” ⑦浮花浪蕊：指轻浮孟浪，一味斗妍的花卉。韩愈《杏花》诗：“浮花浪蕊镇才有，才开还落瘴雾中。” ⑧西风惊绿：意谓秋风吹落榴花，只剩下满枝绿叶。 ⑨簌簌：纷纷下落的样子。

洞 仙 歌

余七岁时，见眉州老尼，姓朱，忘其名，年九十余。自言尝随其师入蜀主孟昶宫中①。一日大热，蜀主与花蕊夫人夜纳凉摩诃池上②，作一词③，朱具能记之。今四十年，朱已死久矣。人无知此词者，但记其首两句。暇日寻味，岂《洞仙歌令》乎？乃为足之云。

冰肌玉骨，自清凉无汗。水殿风来暗香满④。绣帘开、一点明月窥人，人未寝，欹枕钗横鬓乱。 起来携素手，庭户无声，时见疏星渡河汉⑤。试问夜如何？夜已三更，金波淡、玉绳低转⑥。但屈指、西风几时来，又不道、流年暗中偷换⑦。

【题解】

词有小序，自苏轼始。此词小序旨在叙述缘由和提示词意，可与词作本身互为补充，相得益彰。词所咏为后蜀宫中轶事，从题材看，实未出“宫体”范围。但它不仅脱去了宫体诗词的浮艳气息和庸俗色素，而且在其中寄寓了作者的人生感慨，体现出迥异于传统的宫体诗词的精神境界。上片描绘花蕊夫人的姿容及情态，而着意渲染她的“冰肌玉骨”，突出她的冷艳与清幽，诱导读者进而推想其高雅拔俗的品性。下片以精心构置的景物，烘托与揭示花蕊夫人的复杂心态。在作者笔下，她固然希望长得君王宠幸，故而与孟昶夜半携手，对天私语。但同时她又不无“流年暗中偷换”的忧患与恐惧，担心年华似水，人事无常。这就既显示了她不同凡俗的心理气质，又表现了作者对现实人生的思考与感叹。

【注释】

①孟昶（chǎng）：五代时后蜀国主，在位三十一年（935—965）。知音律，能填词。 ②花蕊夫人：孟昶的妃子，姓徐，别号花蕊夫人，以美艳聪慧称。摩诃池：在后蜀宫苑中，初建于隋代。 ③作一词：指孟昶所作词，今已不传。 ④水殿：建于摩诃池上的殿阁。 ⑤河汉：银河。 ⑥金波：月光。玉绳：星名，在北斗第五星玉衡之北。 ⑦不道：不知不觉。

永 遇 乐

彭城夜宿燕子楼[①]，梦盼盼，因作此词。

明月如霜，好风如水，清景无限。曲港跳鱼，圆荷泻露，寂寞无人见。紞如三鼓[②]，铿然一叶[③]，黯黯梦云惊断[④]。夜茫茫，重寻无处，觉来小园行遍。 天涯倦客，山中归路，望断故园心眼。燕子楼空，佳人何在？空锁楼中燕。古今如梦，何曾梦觉，但有旧欢新怨。异时对、黄楼夜景[5]，为余浩叹。

【题解】

此词为元丰元年（1078）十月苏轼知徐州时所作，通过抒发怀古幽思，托出了“古今如梦”的人生感喟，让读者透见沧桑世事给其心灵之窗抹上的灰色。全词以“梦”为中心线索，衍化为入梦、惊梦、寻梦、解梦、叹梦等层次。开篇描写小园夜景，既以泼墨烘染，复以工笔刻画，创造出极易触发怀古之情的环境氛围，作为入梦的诱因。入梦及惊梦的过程，虽只一笔带过，却以精微的语言为读者拓开广阔的想象空间。梦断夜深，“重寻无处”，作者惟有徒自怅问：“燕子楼空，佳人何在？”并进而由此引出“古今如梦，何曾梦觉”的更为深沉的哲理感悟。这中间显然融入了他的乡国之思、身世之感及今昔之慨。歇拍由今日凭吊古人，设想后人凭吊自己，为忧患人生作一浩叹，益见心事浩茫、哲思幽邃。全词于空灵中含玄远之趣、隽永之旨，极为耐人寻绎。

【注释】

①彭城：今江苏徐州。燕子楼：在徐州郡舍后。白居易《燕子楼诗序》：“徐州故尚书张建封有爱妾曰盼盼，善歌舞，雅多风态。尚书既殁，彭城有旧第，第中有小楼名燕子，盼盼念旧爱而不嫁，居是楼十余年。”据考证，此说有误，盼盼实为张建封之子张愔之侍妾。 ②紞（dǎn）如：击鼓声。 ③铿然：金石声。此处形容落叶声。 ④黯黯：暗淡的样子。形容梦境迷茫。 ⑤黄楼：楼名，在彭城东门，苏轼知徐州时所建。

浣 溪 沙

簌簌衣巾落枣花[1]，村南村北响缫车[2]，牛衣古柳卖黄瓜[3]。　酒困路长惟欲睡，日高人渴漫思茶[4]，敲门试问野人家。

【题解】

宋神宗熙宁十年（1077），苏轼调任徐州知州。次年（即元丰元年），春旱严重，苏轼遂至城东石潭为百姓祈雨。嗣后，旱情得解，苏轼复至石潭谢雨，顺道访察村风民俗。途中即兴吟成《浣溪沙》词五首，从不同角度记录其郊行见闻。这是宋代词史上最早的一组集中描绘农村生活画面的作品。原有小序云："徐门石潭谢雨，道上作五首。潭在城东二十里，常与泗水增减清浊相应。"本篇为组词的第四首。上片对农村景象作散点透视。首句显现生态环境，次句展示生产氛围，三句扫描生活场景，写来历历如绘，而又充满乡土气息。下片为夏日村行感受。"敲门试问野人家"的细节，不仅情趣盎然，同时也暗示作者乃是以普通过路人的身份乞茶于百姓，态度谦和，蔼然可亲，而这与全词清新朴实的风格恰好是一致的。

【注释】

①"簌簌"句：意谓枣花簌簌地掉落在衣巾上。倒装句式。簌簌：此处形容落花声。　②缫（sāo）车：即缫丝车，用于抽取蚕丝的车。　③牛衣：泛指粗布衣。此处指代穿粗布衣的卖瓜人。　④漫：不经意。

浣 溪 沙

软草平莎过雨新[1]，轻沙走马路无尘，何时收拾耦耕身[2]？ 日暖桑麻光似泼，风来蒿艾气如薰，使君元是此中人[3]。

【题解】

本篇为组词的第五首，写作者欣然有慕于农村风光的美好和风俗的淳厚而萌发归耕之意。在结构上，上下片都是两句状景，一句抒情，景为情设，情因景显，二者互相生发，互相烘染，形成令人神往的艺术境界。新雨过后，满眼青翠，陌无纤尘，兼有和风吹薰，丽日送暖，夙具高情远怀的作者策马经行其间，能不顿兴“归去来兮”之思？上片结句自问“何时收拾耦耕身”，下片结句自称“使君元是此中人”，绝非应景文字，而是其真实心音。作者读陶渊明诗“平畴交远风，良苗亦怀新”时，曾深有体会：“非古人偶（耦）耕植杖者，不能道此语；非余之世农，亦不能识此词之妙也”（《题渊明诗》）。可知躬耕陇亩，既是其素志，也是其家风。全篇风格清新，笔调流利，语言质朴，较之陶渊明的田园诗，有异曲同工之妙。

【注释】

①莎：莎草，长于原野沙地。 ②耦耕：两人并耕。《论语·微子》：“长沮、桀溺，耦而耕。” ③使君：作者自称。元是：即原是、本是。

浣　溪　沙

游蕲水清泉寺[①]。寺临兰溪[②]，溪水西流。

山下兰芽短浸溪，松间沙路净无泥[③]，萧萧暮雨子规啼。　　谁道人生无再少，门前流水尚能西，休将白发唱黄鸡[④]。

【题解】

此词作于元丰五年（1082）苏轼谪居黄州期间。其写作背景，《东坡志林》卷一有记：苏轼买田于黄州东南三十里的沙湖，前往“相田”的过程中不幸染恙，“闻麻桥人庞安常善医耳聋，遂往求疗。”治愈后，二人同游清泉寺。即景兴感，遂有此作。上片以“兰溪”为中心，描绘暮春雨后景色。前二句物象清奇，色调明净。后一句写暮雨萧萧、子规声声，则稍见凄凉与哀婉。这多少映射出作者当时的矛盾心态。下片抒写作者从眼前景物中感悟出的人生哲理，精神顿作，境界陡变。在作者看来，溪水尚能西流，人生岂无再少？因此又何必自伤白发、自叹老暮！这充满乐观信念和自强意识的吟唱，使词的情调由抑而扬，成为一曲振奋人心的浩歌。

【注释】

①清泉寺：在蕲（qí）水城外二里许，有王羲之洗笔泉等胜迹。　②兰溪：源出箬竹山，其侧多兰，故名。　③“松间”句：自白居易《三月三日祓禊洛滨》诗“沙路润无泥”化出。　④“休将”句：白居易《醉歌示妓人商玲珑》诗中有“谁道使君不解歌，听唱黄鸡与白日。黄鸡催晓丑时鸣，白日催年酉时没”等句，意谓时光易逝，红颜易老。苏轼此处反用其意，借以自勉。

青　玉　案

和贺方回韵[①]，送伯固归吴中[②]

三年枕上吴中路，遣黄耳、随君去[③]。若到松江呼小渡，莫惊鸳鹭，四桥尽是[④]，老子经行处[⑤]。　　辋川图上看春暮[⑥]，常记高人右丞句[⑦]。作个归期天定许，春衫犹是，小蛮针线[⑧]，曾湿西湖雨。

【题解】

此词为送别而作，却了无一字道及离愁别恨，仅在篇末略致宦游他乡之叹。起笔先悬想伯固思念吴中之情：三年来跟从自己宦居杭州，而故乡吴中夜夜伴其衾枕、牵其梦魂。“遣黄耳”二句则借用黄犬传书的典故，希望伯固归吴中后时通音信，见出作者对其情谊之笃。“若到”四句转以叮咛语言，点出伯固即将返回的吴中，乃是自己昔曾游历及终拟归隐之地。这就既称美了江南水乡风光，又烘托了同道相求之感。过片后“辋川”二句复以王维隐居的辋川拟写吴中风光之美、王维吟咏的佳句喻示伯固诗才之高，将称美其地与赞誉其人绾合为一。歇拍四句谓自己亦已作归乡之计，且以“春衫”犹是旧缝为叹。这就又将送友归乡之情与自身欲归之意融合为一，颇见运思超妙，用笔灵动。

【注释】

①贺方回：贺铸，字方回，为北宋著名词人，与苏轼有交，其《青玉案》（凌波不过横塘路）一词在当时广为传唱。苏轼此词为和其韵之作。

②伯固：苏坚字伯固，吴中人，与苏轼有同姓之谊。此时已在杭州从宦三年。 ③黄耳：西晋陆机有犬名黄耳。陆机在洛阳时曾系书信于犬颈，令其送达松江家中。 ④四桥：姑苏有四桥。此处泛指姑苏松江一带。 ⑤老子：苏轼自称。 ⑥辋川图：唐代诗人王维曾隐逸于辋川（今陕西蓝田境内），并绘有《辋川图》，再现辋川一带的优美景色。 ⑦右丞：指王维。王维曾官尚书右丞，故称。 ⑧小蛮：白居易侍妾。《本事诗》载有白居易诗句“樱桃樊素口，杨柳小蛮腰。”此处以小蛮指代家人。

李之仪（1038—1117）

字端叔，号姑溪居士，沧州无棣（今属山东）人。宋神宗朝进士，曾从苏轼于定州幕府，后迁枢密院编修官。徽宗初年，以文章获罪，编管太平州。官终朝议大夫，年八十余卒。词以小令见长。有《姑溪居士全集》五十卷、《姑溪词》一卷。

卜算子

我住长江头①，君住长江尾②。日日思君不见君，共饮长江水。　　此水何时休？此恨何时已？只愿君心似我心，定不负相思意③。

【题解】

此词的抒情主人公是一位深于情、专于情的女子。其芳心早有所属，但心上人却与她天各一方，别多会少。“我住”二句便揭示了她们之间的地理距离，言外颇有憾恨之意。接着，“日日”句则将这种憾恨之意和盘托出，令人想见女主人公徒自伫立江头、翘首企盼的怨望情态。“共饮”句复作自我慰藉：两地情思，一水相牵；既然同饮长江之水，自必心息相通。跌宕之间，深情毕见。“此水”二句仍旧寄情江水，却又推进一层，以江水之永无竭时，比喻离恨之永无绝期。这是反用《汉乐府·上邪》中的“江水为竭”之意。“只愿”二句是女主人公对心上人的期望——期望他像自己一样心无旁属，守情不移。虽属直抒胸臆之笔，却亦有不尽之意见于言外。全词托为女子声口，发为民歌风调，以滔滔江流写照绵绵情思，不敷粉，不着色，而自成高致。毛晋《姑溪词跋》推许作者“长于淡语、景语、情语”，并称赞此词“真是古乐府俊语矣”，不为无见。

【注释】

①长江头：指长江上游。 ②长江尾：指长江下游。 ③“只愿”二句：用顾敻（xiòng）《诉衷情》“换我心，为你心，始知相忆深”词意。定：词中的衬字。在词调规定的字数外适当增添一二个不太关键的字词，以更好地表情达意，谓之衬字，亦称“添声”。

舒　亶（1041—1103）

字信道，号懒堂，明州慈溪（今属浙江）人。宋英宗治平二年（1065）进士，试礼部第一。元丰中，权监察御史里行，与李定同劾苏轼以诗文讥讪新法。后以罪废罢。徽宗时，起知南康军，累官至龙图阁待制。有辑本《舒懒堂诗文存》三卷、《信道词》一卷。

菩　萨　蛮

画船捶鼓催君去，高楼把酒留君住。去住若

为情[1]？西江潮欲平。　　江潮容易得，只是人南北。今日此尊空，知君何日同[2]？

【题解】

此词虽为送别短章，写来却曲折层深，摇曳多姿。起拍二句，一着笔于催客去的船上鼓声，一落墨于留客住的楼头宴饮，即柳永《雨霖铃》中“都门帐饮无绪，方留恋处，兰舟催发”之意。但以一“催”一“留”相呼应，更能突出欲去未忍、欲留未能的矛盾心理。“去住”二句巧借江潮这一意象，就行者一方再作波澜开合：尽管去留两难，情有不堪，然而江潮已欲平岸，征掉出发在即，除了挥泪而去以外，已经别无选择。“江潮”二句再就送者一方将笔意拓进一层：江潮虽去，犹有来时；离人一去，重逢难必。由将别而料想别后，足见惜别之深。歇拍二句复将笔墨折回眼前情景，写送者举杯劝饮，并将惜别之情与盼归之意寄托在杯中。“知君何日同？”以怅问作结，尤觉情韵深长。

【注释】

①若为情：即何以为情。　②同：指重逢同饮。

黄庭坚（1045—1105）

字鲁直，自号山谷道人，又号涪翁，洪州分宁（今江西修水）人。宋英宗治平四年（1067）进士。曾任国子监助教、国史编修官等职。绍圣初，新党诬其修史失实，贬涪州别驾，安置黔州等地。徽宗初，羁管宜州。卒于贬所。诗与苏轼齐名，世称苏黄。所作宗法杜甫，却又自成面目，为江西诗派创始人。以余事作词，亦擅时名，与秦观并称秦黄。有《山谷集》六十四卷、《山谷词》一卷、《山谷琴趣外编》三卷。

水调歌头

游　览

瑶草一何碧[1]。春入武陵源[2]。溪上桃花无数，花上有黄鹂。我欲穿花寻路，直入白云深处，浩气展虹霓[3]。只恐花深里，红露湿人衣[4]。　坐玉石，欹玉枕，拂金徽[5]。谪仙何处[6]？无人伴我白螺杯[7]。我为灵芝仙草[8]，不为朱唇丹脸[9]，长啸亦何为？[10]醉舞下山去，明月逐人归[11]。

【题解】

此词为春行纪游之作。上片描绘桃源的旖旎风光。“春入武陵源”，除了点明时、境外，还说明了瑶草何以一“碧”至此的原因。就中，“入”字下得精当而又生动——不说“春到”，而说“春入”，是为了避熟就生、避常就奇。“我欲”三句，主人公翩然登场，作流连忘返之态和凭空凌虚之想。“只恐”二句转又担心花深处露水湿衣。这与苏轼《水调歌头》中的“我欲乘风归去，又恐琼楼玉宇，高处不胜寒”，从笔法到意趣都相仿佛。可知作者当时同苏轼一样在仕途受挫后始终无法解决思想深处厌倦现实与执着人生的矛盾，而词中情景交融的描写，正是这种矛盾的艺术反映。下片“不为”二句点出，此行乃求觅遍植灵芝仙草的世外净土，而非出于寻访仙女之绮念。但接云“长啸亦何为”，又表示无意学孙登遗世独居、长啸山中，再次托出“出世”与“入世”的深刻矛盾。全词在大笔健举、一气回旋中极尽开合跌宕、腾挪翻转之能事，体现了作者高华超逸的审美风范。

【注释】

①瑶草：仙草。一何：何其，多么。 ②武陵溪：指桃源仙境。见陶渊明《桃花源记》。武陵：在今湖南常德一带。 ③虹霓：相传虹有雄雌之别，色鲜盛者为雄，色暗淡者为雌；雄曰虹，雌曰霓，亦作“蜺”。此句谓从虹霓中展现出浩然正气。 ④红露：花上的露水。 ⑤金徽：即琴徽，用以定琴声高低。 ⑥谪仙：指李白。李白《对酒忆贺监诗序》：“太子宾客贺公（知章）于长安紫极宫一见余，呼余为谪仙人，因解金龟换酒为乐。” ⑦白螺杯：用白螺壳制成的酒杯。 ⑧灵芝：亦称“木灵芝”或“灵草”。古人以为服之可得长生。 ⑨朱唇丹脸：指美丽的仙女。按：此词记春游桃源，而桃源的典故在后代诗词中往往与刘义庆《幽明录》所记刘晨、阮肇入山得遇仙女的传说混杂在一起。因此，此处的“朱唇丹脸”暗用刘、阮遇仙女事。一说“朱唇丹脸”指热衷名利、随俗媚世的小人。 ⑩长啸：用孙登故事。孙登，三国时魏人，隐居山中，好弹琴，善长啸，曾劝嵇康避世。嵇康死前有“今愧孙登”语（见《幽愤诗》）。此句谓“长啸亦何为”，似无意效法孙登。 ⑪“醉舞”二句：李白《下终南山过斛斯山人宿置酒》：“暮从碧山下，山月随人归。……我醉君复乐，陶然共忘机。”此处化用其意，传写作者的醉归之态。

定 风 波

万里黔中一漏天[①]，屋居终日似乘船。及至重阳天也霁[②]，催醉，鬼门关外蜀江前[③]。 莫笑老翁犹气岸[④]，君看，几人黄菊上华颠[⑤]？戏马台南追两谢[⑥]，驰射，风流犹拍古人肩[⑦]。

【题解】

此词写于作者贬居黔州期间。上片刻画环境，下片抒写襟怀，于清健疏隽的笔调中深蕴气骨。“万里”二句含蓄地点出谪地之荒远、气候之恶劣、环境之湫隘、居所之破陋。情形如此不堪，却仍能发语平和，正表现了一种“不以物喜，不以己悲”，善于圆融人生、消释痛苦的与世态度。“似乘船”，意态安闲，口吻轻淡，令人浑然不觉其中渗透着风雨侵袭、飘摇不定之感。“鬼门”句将人见人厌的“鬼门关”与人见人喜的“蜀江”对举，意在暗示其处境之凶险与心境之恬适，而由处境与心境的背反，又见出作者以理遣情、超然物外的固有立场。“莫笑”三句表现作者的醉态与豪兴，大有“老夫聊发少年狂”之概。“戏马”三句身在黔州，心驰彭城，想象自己跃马张弓于历史胜地，风流堪与古人比肩。豪情胜概，溢于言表。读罢掩卷，不为名场得失、宦海浮沉所动、穷且益坚、老当益壮的抒情主人公形象宛然在目。

【注释】

①黔中：古郡名，辖地甚广。治所黔州，在今四川彭水县。黄庭坚哲宗年间曾贬为黔州安置。一漏天：谓雨水滂沱，犹如天漏了一般。 ②重阳：农历九月九日。古代以九为阳数，故称重阳。旧有佩茱萸登高、饮菊花酒等习俗。霁（jì）：雨止。 ③鬼门关：古关名，在今广西北流、玉林之间。古代为通往交趾等国的咽喉要道，有两石对峙，其阔三十步，俗号鬼门关。多用以泛指凶险之地。 ④气岸：意气傲岸。 ⑤华颠：白头。 ⑥戏马台：在今江苏徐州，相传项羽曾戏马于此。两谢：指南朝诗人谢瞻、谢灵运。宋武帝刘裕北征彭城时，曾在重阳节宴群僚于戏马台，谢瞻、谢灵运均有《九日从宋公戏马台集送孔令诗》记其盛。 ⑦“风流”句：意本郭璞《游仙诗》“左挹浮丘袖，右拍洪崖肩。”“浮丘”“洪崖”皆为古仙人名。

清 平 乐

春归何处？寂寞无行路。若有人知春去处，唤取归来同住。　　春来踪迹谁知？除非问取黄鹂[①]。百啭无人能解，因风飞过蔷薇[②]。

【题解】

黄庭坚词不专一格，有旷达飘逸者，有俚俗鄙野者，有典雅优美者。这首惜春之作当属于典雅优美者。之所以这样说，不仅是因为词中的意象大多具有静穆而柔和的美感，而且因为其用笔委婉曲折，发语含蓄蕴藉。词一开篇便将“春”拟人化，以一声怅问，曲曲传出作者寻春与留春的热切心愿。“寂寞无行路”，点出春行无迹，只有徒感寂寞。“若有”二句凌空一跃，忽发奇想，希望有人唤春归来。以“无理而妙”的痴语，将恋春、惜春之情烘染得更为浓烈。下片承前再作推宕：既然无人能膺寻春之任，那就只有向当初与春同来的黄鹂询问春之去踪了；但黄鹂虽解人意，人却不晓其语，最终仍无答案。用笔若虚若实，时开时合，回环曲折而又淋漓尽致地抒写了作者的恋春、惜春之情。结句写黄鹂“因风飞过蔷薇”，与欧阳修《蝶恋花》中的“乱红飞过秋千去”，同具韵外之旨与象外之致，洵为神来之笔。

【注释】

①问取：问。　②因风：随风，凭风，乘风。

晁端礼（1046—1113）

字次膺，其先澶州清丰（今属河南）人，徙家彭门（今江苏徐州）。宋神宗熙宁六年（1073）进士。两为县令，因忤上落职。擅长慢词，政和年间，除大晟府协律郎，未及就职即去世。有《闲斋琴趣外篇》六卷。

绿　头　鸭

咏　　月

晚云收，淡天一片琉璃。烂银盘、来从海底[①]，皓色千里澄辉。莹无尘、素娥淡伫[②]，静可数、丹桂参差。玉露初零，金风未凛[③]，一年无似此佳时。露坐久、疏萤时度，乌鹊正南飞[④]。瑶台冷[⑤]，栏干凭暖，欲下迟迟。　念佳人、音尘别后，对此应解相思。最关情、漏声正永，暗断肠、花阴偷移。料得来宵，清光未减，阴晴天气又争知？共凝恋、如今别后，还是隔年期。人强健，清尊素影，长愿相随[⑥]。

【题解】

自从南朝诗人谢庄在《月赋》中吟出“美人迈兮音尘阙，隔千里兮共明月”的佳句后，月便成为别离主题赖以生发的意象之一。在宋代借月咏别的词作中，自以苏轼《水调歌头》（明月几时有）最为脍炙人口。但晁端礼此词虽不堪与之相匹，却足以望其项背。胡仔《苕溪渔隐丛话》后集即称："中秋词，自东坡《水调歌头》一出，余词尽废。然其后岂无佳词？如晁次膺《鸭头绿》一词，殊清婉。"确实，较之苏词的旷远，此词以"清婉"另标一格。上片描绘中秋月色。由月出海底写到月升中天，不仅再现了那"千里澄辉"的清丽景象，而且展示了作者望月、赏月之际飞驰的神思。下片抒发对月怀人之情，笔调由"暖"转"寒"，由"晴"转"阴。"其中"最关情"二句搜取"漏声""花影"等意象，通过视听、动静、声色的渲染，曲折有致地传写出作者为中秋月色所触发的离愁别恨。另外，词中多处融化前人诗句，却浑然无迹，宛若己出，亦是其优长。

【注释】

①烂银盘：形容月亮像银盘般灿烂。本于卢仝《月蚀》诗："烂银盘从海底出。" ②素娥：月中嫦娥。 ③金风：秋风。 ④"露坐"二句：脱化于曹操《短歌行》"月明星稀，乌鹊南飞"。 ⑤瑶台：传说中的仙人居所。此处为台榭的美称。 ⑥"人强健"三句：兼融李白《月下独酌》："举杯邀明月，对影成三人"及苏轼《水调歌头》"但愿人长久，千里共婵娟"之意。

朱　服（1048—？）

字行中，乌程（今浙江湖州）人。宋神宗熙宁六年（1073）进士。历知润、泉、婺、宁、庐、寿诸州。哲宗朝，迁中书舍人、礼部侍郎。徽宗时，加集贤殿修撰。后黜袁、蕲等州。《全宋词》录其词一首。

渔 家 傲

小雨纤纤风细细，万家杨柳青烟里。恋树湿花飞不起，愁无际，和春付与东流水。　九十光阴能有几？金龟解尽留无计①。寄语东阳沽酒市②，拚一醉③，而今乐事他年泪。

【题解】

此词以惜春伤逝为主旨。上片描绘暮春景色，而将惜春伤逝之情融入其中。“恋树湿花”一句，用拟人化的笔法，将落花沾雨、偎树不起的无心状态想象成有情举动，从而巧妙地折射出自己对春光的不胜依恋，较之“愁无际，和春付与东流水”二句更见婉曲，也更具神韵。下片先为时光易逝、留春无计而喟然长叹，然后开怀畅饮，试图一醉解愁。但即使在酒酣耳热之际，作者也清醒地意识到“而今乐事他年泪”，即今日短暂的欢乐，必须用他日无尽的泪水作为代价来偿还。这就点出作者虽欲及时行乐，惜春伤逝的痛苦却始终如影随形，挥之不去。以此结篇，看似旷放，实则沉郁。况周颐《蕙风词话》有云：“白石词‘少年情事老来悲’，宋朱服句‘而今乐事他年泪’，二语合参，可悟一意化两之法。”可知此词结句深为后代词论家所推赏。

【注释】

①金龟解尽：唐代诗人贺知章在长安一见李白，即呼为“谪仙人”。因解下随身所佩金龟，换得美酒与之痛饮。此处取其金龟换酒之意。　②东阳：今属浙江。　③拚：不惜，甘愿。

秦 观（1049—1100）

字少游，又字太虚，号淮海居士，扬州高邮（今属江苏）人。宋神宗元丰八年（1085）进士。哲宗时，历任太学博士、秘书省正字、国史院编修官。坐元祐党籍，出为杭州通判，旋又远徙郴州（今湖南郴县）、雷州（今广东海康）等地。徽宗立，诏许放还，卒于道中。少谒苏轼于徐州，苏轼以为有屈、宋才，遂得列门墙，与黄庭坚、张耒、晁补之合称为“苏门四学士”。诗、文、词俱工，而词名尤著。其词淡雅轻柔，情韵兼胜，被誉为婉约之宗。沈雄《古今词话》引蔡伯世语云：“子瞻辞胜乎情，耆卿情胜乎词；辞情相称者，惟少游一人而已。”有《淮海集》四十卷、后集六卷、《淮海居士长短句》三卷。

鹊 桥 仙

纤云弄巧①，飞星传恨②，银汉迢迢暗度③。金风玉露一相逢④，便胜却人间无数。　柔情似水，佳期如梦，忍顾鹊桥归路⑤。两情若是久长时，又岂在朝朝暮暮⑥。

【题解】

在描写牛郎织女故事的作品中，此词堪称独出机杼，立意高远。上片写聚会。“金风”二句借精湛的议论表达了作者的爱情理想：他们虽然难得见面，却心心相印、息息相通，而一旦得以聚会，在那清凉的秋风白露中，他们对诉衷肠，互吐心音，是那样富有诗情画意！

这岂不是远远胜过尘世间那些长相厮守却貌合神离的夫妻？下片写离别。歇拍二句对依依不舍的牛郎织女致以深情的慰勉：只要两情至死不渝，又何必贪求卿卿我我的朝欢暮乐？这一惊世骇俗、振聋发聩之笔，使全词升华到新的思想高度。显然，作者否定的是朝欢暮乐的庸俗生活，歌颂的是天长地久的忠贞爱情。在他的精心提炼和巧妙构思下，古老的题材化为闪光的笔墨，迸发出耀眼的思想火花，从而使所有平庸的言情之作黯然失色。

【注释】

①纤云：纤薄的云彩。弄巧：指云彩在空中幻化成各种巧妙的花样。　②飞星：流星。一说指牵牛、织女二星。　③银汉：银河。迢迢：遥远的样子。暗度：悄悄渡过。　④金风玉露：指秋风白露。李商隐《辛未七夕》："由来碧落银河畔，可要金风玉露时。"　⑤忍顾：怎忍回视。　⑥朝朝暮暮：指朝夕相聚。语出宋玉《高唐赋》。

满　庭　芳

山抹微云，天粘衰草，画角声断谯门①。暂停征棹②，聊共引离尊③。多少蓬莱旧事④，空回首、暮霭纷纷。斜阳外，寒鸦万点，流水绕孤村。　　销魂⑤，当此际，香囊暗解⑥，罗带轻分⑦。谩赢得、青楼薄幸名存⑧。此去何时见也？襟袖上、空惹啼痕⑨。伤情处，高城望断，灯火已黄昏。

【题解】

周济《宋四家词选》认为此词"将身世之感，打并入艳情，又是一法。”这是很有见地的。哲宗绍圣元年（1094），作者于新党得势之际，被外调为杭州通判，不得不满怀忧伤地与他所深情眷恋的心上人挥泪作别。此词即写于其时。因而，词中所抒写的离情别绪实际上是与仕宦失意的身世之感交织、融合在一起的。惟其如此，全词显得婉约而又凝重，绵邈而又深沉。在艺术上，此词则充分体现了淮海词造语工巧和以景传情的特点。如“山抹”二句：从抒情的角度看，浮云缭绕在山顶，枯草蔓延至天边，这一凄迷的景色正象征着作者惘然若有所失的心境，它定下了全词悲怆的基调。从造语的角度看，着一“抹”字，仿佛微云变成了某种流质，可以抹在山上，从而暗示了云、山相依的情景；着一“粘”字，似乎衰草具有了某种黏性，可以粘住天体，从而暗示了草、天相接的情景。难怪这两句一经吟成，便为时人所激赏（见叶梦得《避暑录话》、蔡絛《铁围山丛谈》等）。

【注释】

①画角：彩绘的军中号角。谯（qiáo）门：指城门。 ②征棹（zhào）：远行的船。 ③引离尊：指饯别时连续不断地举杯劝饮。 ④蓬莱：传说中的海外三仙山之一。东汉时以之喻指位于东都洛阳的国家图书馆东观。而秦观曾在宋代的国家图书馆秘阁担任黄本校勘的职务。因此，“蓬莱”实喻指秘阁。 ⑤销魂：用江淹《别赋》“黯然销魂者，惟别而已矣”，暗示离别之际心绪已乱，不能自制。 ⑥香囊暗解：暗暗解下贴身佩戴的香囊送给对方以作留念。 ⑦罗带轻分：轻轻撩起罗带，用它打成同心结，以示此情不移。 ⑧谩：空，徒然。青楼薄幸名：语本杜牧《遣怀》“十年一觉扬州梦，赢得青楼薄幸名。”青楼，妓院。薄幸，薄情。 ⑨啼痕：泪痕。

千 秋 岁①

水边沙外，城郭春寒退②。花影乱，莺声碎③。

飘零疏酒盏[④]，离别宽衣带[⑤]。人不见，碧云暮合空相对[⑥]。　忆昔西池会[⑦]，鹓鹭同飞盖[⑧]。携手处，今谁在？日边清梦断[⑨]，镜里朱颜改。春去也，飞红万点愁如海。

【题解】

此词通过今昔不同处境的鲜明对比，表现了对昔日“鹓鹭同飞盖”的京城生活的无比眷恋和今日“飘零疏酒盏”的贬居生活的不胜厌弃。“花影乱，莺声碎”，不说情乱心碎，而借描摹花影莺声加以暗示，可见其用笔之曲折含蓄。“人不见”“空相对”，感叹同辈师友各个飘零他乡，不复能联镳出游，以致自己只能在蓝天碧云下徒自怅望。“忆昔西池会”，本意虽是为了抚慰孤寂痛苦的心灵，但想到盛会之不可复得，又只能倍感痛苦孤寂。“日边清梦断”，暗用伊尹故事，可知作者理想未泯。但现实若此，理想毕竟已是无法实现了。这样，作者又怎能不将一腔怨愤化为“飞红万点愁如海”的极度伤心语？以海喻愁，足见其愁之深广，无怪时人目之为“挽词”（见曾季狸《艇斋诗话》）。

【注释】

①此词汲古阁本题作“谪虔州日作”，当是编者所妄增。一般认为此词作于处州（今浙江丽水）。　②春寒退：指初春的寒意全消。　③“花影”二句：由杜荀鹤《春宫怨》“风暖鸟声碎，日高花影重”化来。　④飘零：指遭受贬谪而四处飘泊。疏酒盏：久未饮酒。　⑤宽衣带：指人渐消瘦。《古诗》：“相去日已远，衣带日以缓。”柳永《蝶恋花》：“衣带渐宽终不悔，为伊消得人憔悴。”　⑥“碧云”句：化用江淹《休上人怨别》“日暮碧云合，佳人殊未来。”　⑦西池：晋明帝曾筑西池于丹阳，此则指汴京西郊的金明池。西池会：据《西城宴集诗序》，“元祐七年三月上巳，诏赐馆阁官花

酒，以中浣日游金明池、琼林苑，又会于国夫人园。”又，作者《上巳游金明池》诗亦记其事。此次盛会，参加者三十六人，皆为文坛俊彦。　⑧鹓鹭：二鸟名。因其飞行有序，常用以喻指班行有序的朝官。此处则指昔日同赴西池盛会的师友同僚。飞盖：车行如飞。盖，车篷，借以指车。　⑨日边：古人以“日”喻君主、“日边”喻帝都。此指汴京。按此句疑用伊尹故事：伊尹见汤以前，曾梦见自己乘舟过日月之边。

踏莎行

雾失楼台，月迷津渡①，桃源望断无寻处②。可堪孤馆闭春寒③，杜鹃声里斜阳暮④。　驿寄梅花⑤，鱼传尺素⑥，砌成此恨无重数。郴江幸自绕郴山⑦，为谁流下潇湘去⑧？

【题解】

此词写于郴州贬所。雾气弥漫，月色凄迷。这不能不使登楼远眺的作者产生归路茫茫之感。他想遁离这忧患不已的人世，然而，哪里有他所殷殷向往和孜孜以求的世外桃源？“望断”二字，写出了作者对世外桃源的锲而不舍的寻觅、追求以及这种寻觅、追求之徒劳。“可堪孤馆”二句，益见不堪。曰“孤馆”，其孤苦、寂寞之情已见，而“孤馆”为“春寒”所锁，则又添了几多幽冷、几多凄凉！不仅如此，更有那杜鹃啼归，其声哀切；斜阳西沉，其色惨淡。词境若此，难怪王国维会觉得“凄婉”犹难尽其概，而要目之为“凄厉”了（见《人间词话》）。结尾两句于极度愁闷之中忽发奇想，埋怨江水无情，不为愁人而留，稍慰寂寞，沉痛已极。据说苏轼绝爱这两句，尝自书于扇云：“少游已矣，虽万人何赎”（《诗人玉屑》引《冷斋夜话》）。

【注释】

①津：渡口。 ②桃源：指陶渊明《桃花源记》中所描写的理想境界。望断：望尽。无寻处：即无处寻求。 ③可堪：那堪。 ④杜鹃：鸟名。暮春啼叫，其声哀切。 ⑤驿寄梅花：南朝陆凯自江南寄梅花给范晔，并赠诗云："折梅逢驿使，寄与陇头人。江南无所有，聊赠一枝春。"此处指远方朋友寄来了礼品与书信。驿，驿站。 ⑥鱼传尺素：语出《古诗》"客从远方来，遗我双鲤鱼。呼儿烹鲤鱼，中有尺素书。" ⑦郴（chēn）江：在郴州，北流至郴口，与耒水会合后注入湘江。幸自：本自。 ⑧为谁：为何，为甚。潇湘：潇水与湘水的合称。

望 海 潮

梅英疏淡①，冰澌溶泄②，东风暗换年华。金谷俊游③，铜驼巷陌④，新晴细履平沙。长记误随车⑤，正絮翻蝶舞，芳思交加⑥。柳下桃蹊，乱飞春色到人家。 西园夜饮鸣笳⑦，有华灯碍月，飞盖妨花。兰苑未空⑧，行人渐老⑨，重来是事堪嗟⑩。烟暝酒旗斜。但倚楼极目，时见栖鸦。无奈归心，暗随流水到天涯。

【题解】

此词为怀旧而作，因而"暗换年华"是一篇主旨之所在，深蕴物是人非的今昔之感。词的主体部分是追忆旧游。从"金谷俊游"至"飞盖妨花"，极写京华春光之美、夜宴冠盖之盛，使人如闻歌吹沸天之声和华灯映空之色。但"兰苑"以下笔锋一转，由回忆跌入现实，写其倚楼怅望之际但见昏鸦绕树、暮色苍茫，不禁发出无奈喟叹。从结构上看，此词乃由抚今而思昔，因思昔而伤今，用今——

昔——今的错综形式来进行今昔对照。虽不从过片处换意，脉络却一目了然。除写景抒情皆“两两相形，以整见劲”（周济《宋四家词选》）外，上下片收束处各以一“到”字作眼，形成连环回转之势。全词一气贯注，“旋断仍连”，显得空灵荡漾而又摇曳多姿。

【注释】

①梅英疏淡：谓梅花已经稀疏而褪色。 ②冰澌（sī）溶泄：谓冰块已化，随水漂流。冰澌，冰块，流水。 ③金谷：指金谷园，在洛阳城西，晋代石崇所建的别墅。俊游：胜侣良伴。 ④铜驼：汉代洛阳宫门前道口，有二铜驼夹道相对，后称铜驼街。唐人咏洛阳，多以金谷、铜驼对举。 ⑤误随车：错跟上别人家女眷的车子。韩愈《嘲少年》：“只知闲信马，不觉误随车。” ⑥芳思（sì）：春思。 ⑦西园：原为建安时代曹丕、曹植等人的游宴处所。曹植《公宴》“清夜游西园，飞盖相追随。”此处指作者昔日与友人聚会的风景优美的园林。鸣笳：奏乐。 ⑧兰苑：园林，指西园。 ⑨行人：作者自指。 ⑩是事：犹事事。

八 六 子

倚危亭。恨如芳草，萋萋刬尽还生①。念柳外青骢别后②，水边红袂分时③，怆然暗惊。 无端天与娉婷④，夜月一帘幽梦，春风十里柔情。怎奈向、欢娱渐随流水⑤，素弦声断⑥，翠绡香减⑦，那堪片片飞花弄晚，濛濛残雨笼晴。正销凝⑧，黄鹂又啼数声。

【题解】

张炎《词源》曾经称赞此词：“离情当如此作，全在情景交炼，得言外意。”作者先写自己登临送目，触景生情，深觉离愁别恨恰似视野中的萋萋芳草一样易生而难灭。接着追忆旧日情事，以“夜月”“春风”渲染环境，衬出人情之欢娱。意象幽美，用笔含蓄。然后再转入现实，感叹欢娱已随流水东逝，尽管素琴在目，翠巾随身，但其声不复可闻，其香渐已消失，眼下与自己相伴的只有晚风中的落花纷纷和乍晴后的残雨蒙蒙，这已令人黯然魂销，而此时黄鹂又偏在耳边悲啼不已，使其一腔离愁别恨益加难以断绝。全词以情语起，以景语结，而有情中景，景中情，确乎做到了“情融乎内而深且长，景耀乎外而远且大”（谢榛《四溟诗话》）。

【注释】

①“恨如”二句：语本白居易《赋得古原草送别》“离离原上草，一岁一枯荣。野火烧不尽，春风吹又生”，及李煜《清平乐》“离恨恰如春草，更行更远还生”。萋萋：草盛的样子。刬（chǎn）尽：芟除干净。 ②青骢（cōng）：指代骑青马的男子。 ③红袂（mèi）：指代穿红衣的女子。 ④无端：无缘无故。娉婷：指美女。 ⑤怎奈向：怎奈，无奈，奈何。向，语助词。 ⑥素弦：指琴弦。 ⑦翠绡（xiāo）：翠绿色的丝巾。 ⑧销凝：因伤感而凝神。

减字木兰花

天涯旧恨，独自凄凉人不问。欲见回肠，断尽金炉小篆香①。　　黛蛾长敛②，任是春风吹不展。困倚危楼，过尽飞鸿字字愁③。

【题解】

此词满纸愁云，通篇恨雾，词境之“凄厉”一如《踏莎行》《千秋岁》等篇。尤其是上下片结句，皆伤极怨极之语。因而有理由认为它作于秦观被贬南迁的晚年。作者采用“为美人以怨王孙”的笔法，以女主人公的被遗弃，隐喻自己的被贬斥，曲折有致地抒发了沦落天涯的身世之恨。词以“天涯旧恨”起拍，既是为全词张本，也是试图从时空两方面点出其恨之既长且久，既深且广。接着用凝练而又沉重的笔墨逐层深入地观照其处境和心境。“独自凄凉”，写其处境的孤危；“黛蛾长敛”，写其心境的落寞；“困倚危楼，过尽飞鸿字字愁”，则在进一步展示其处境和心境的同时，托出其盼望诏许放还而不可得的无尽愁闷。笔调如泣如诉，哀婉欲绝，而音韵亦平仄交错，抑扬有致。

【注释】

①“欲见”二句：意谓想要知道我的愁肠是如何回环曲折，只要看看铜香炉里燃着的篆香的形状就可以了。回肠：回环曲折的愁肠。篆（zhuàn）香：香烟缭绕，形若篆文。 ②黛蛾：用黛色描画的蛾眉。 ③“过尽”句：意谓大雁排成人字或一字飞过，使人倍感愁苦。

浣溪沙

漠漠轻寒上小楼①，晓阴无赖似穷秋②，淡烟流水画屏幽③。　　自在飞花轻似梦，无边丝雨细如愁，宝帘闲挂小银钩④。

【题解】

这是秦观早期的作品，致力于抒写闺中少妇的离情别绪，用笔细腻委婉，风格淡雅轻柔。“漠漠轻寒”，既是早春的自然症候，也是女主人公的心理感受，以之起拍，有一石二鸟之功用。次句中的“无赖”亦有兼示天气与心情之意，见出女主人公的百无聊赖。而形容“画屏”时着一“幽”字，自也与女主人公此时的心态极为相惬。过片以“飞花”喻梦，“丝雨”喻愁，虚实相生，情景相融，更是妙手偶得之佳句。梁启超既许之为“奇语”（见《艺蘅馆词选》），卓人月亦以为“自在二语，夺南唐席”（《词统》）。当然，词中虽有愁苦之音，却并非铭心刻骨的深哀剧痛，“轻似梦”“细如愁”云云，表明其愁并没有浓到不可消释的地步，因而情调较秦观晚年的作品更见婉丽。

【注释】

①漠漠：弥漫的样子。 ②无赖：此处犹无聊、无奈、无可如何。 ③淡烟流水：指画屏上描绘的景致。 ④“宝帘”句：即李煜《浣溪沙》“手卷珠帘上玉钩”之意。

阮 郎 归

湘天风雨破寒初[1]，深沉庭院虚。丽谯吹罢小单于[2]，迢迢清夜徂[3]。 乡梦断，旅魂孤，峥嵘岁又除[4]。衡阳犹有雁传书，郴阳和雁无[5]。

【题解】

此词抒写羁旅迁谪之愁。从表面看，无一字道及愁；就实质言，无一字不含愁；风雨敲窗，一重愁；庭院空虚，二重愁；闻曲兴感，三重愁；乡梦又断，四重愁；客中除岁，五重愁；无雁传书，六重愁。包裹在这么多的愁里，不求解脱，也无法解脱，作者真可以算得上是“天涯断肠人”了。诚然，淮海词中颇多言愁之作，其愁未必都是仕途的坎坷带来的。但仕途上的坎坷无疑强化了作者愁的烈度，也加快了作者愁的频率。贬谪前的言愁之作，如“自在飞花轻似梦，无边丝雨细如愁”等等，词境还是凄婉的。随着贬谪生涯的开始，作者的愁便渐渐由“细如雨”变成“深如海”，词境也渐渐由“凄婉”一变而为“凄厉”。此词亦属其例。

【注释】

①湘天：指郴州（今湖南郴县）的天气。郴州在湖南，而湖南简称湘，故曰“湘天”。 ②丽谯（qiáo）：绘有彩纹的城楼。小单（chán）于：唐乐曲名。李益《听晓角》：“秋风卷入小单于。” ③迢迢：长久的样子。清夜徂（cú）：清寂的长夜正在逝去。杜甫《倦夜》：“空悲清夜徂。” ④峥嵘：此处形容寒气凛冽。岁又除：又到年终。 ⑤和雁无：连雁也没有。相传衡阳有回雁峰，北雁南飞，至此栖息。而郴阳更在衡阳之南，故有“和雁无”之语。

如 梦 令

遥夜沉沉如水①，风紧驿亭深闭②。梦破鼠窥灯③，霜送晓寒侵被。无寐④，无寐，门外马嘶人起。

【题解】

自四十六岁贬谪处州，至五十二岁病逝于放还途中，秦观流徙南荒六年之久。这使得他晚年的作品多以羁旅行役为题材。由于他既不能像前代的刘禹锡那样以自强不息的气概来蔑视挫折，又不能像当代的苏轼那样以旷达不羁的胸襟来自我解脱，这就不免在作品中流露出彷徨失路、人间何世的悲哀。这首小令写驿亭夜宿的情景，似乎仅仅是在作客观写照，但行役人客况的凄凉和心境的愁苦却于词中深深自见。作者以所见（“鼠窥灯”）表现驿亭的荒凉和破败，所感（“寒侵被”）表现节令的肃杀和严酷，所闻（“马嘶人起”）表现行役的匆迫和忙乱，而其中一以贯之的则是作者辗转流徙的无限怨恨和惆怅。这类作品，之所以特别感人，原因不仅仅在于作者技巧高明，更在于他的羁旅之愁是从身世之恨和沦落之感中派生出来的，因而具有深刻的内涵。

【注释】

①遥夜：长夜。 ②驿亭：旅舍。 ③梦破：梦醒。 ④无寐：难以入眠。

江 城 子

西城杨柳弄春柔[1]，动离忧，泪难收。犹记多情，曾为系归舟。碧野朱桥当日事，人不见，水空流。　　留华不为少年留[2]，恨悠悠，几时休？飞絮落花时候、一登楼。便做春江都是泪，流不尽，许多愁。

【题解】

在唐宋词中，柳往往不仅是送别时约定俗成的赠物，而且是渲染离情别绪的主要意象之一。“柳”者，留也。这一字音上的联系，已足以使它获得唐宋词人的青睐，更何况它那长条依依的体形活脱就是一种款款惜别的天然姿态。这首伤离怨别之作亦以咏柳起兴：那“弄春柔”“系归舟”的丝丝杨柳，勾起作者当年与意中人相会于“碧野朱桥”的温馨回忆。可是，往事已矣！如今，只有碧水空流，再无“惊鸿照影”，于是杨柳丝丝又牵引出作者的一腔愁绪，使他终因

"不见去年人"而"泪湿春衫袖"。歇拍三句以春江写愁，反用李煜"一江春水向东流"之意，而翻进一层，更见构思之奇，夸张之妙。

【注释】

①西城：当年离别之地。弄春柔：春风微拂，柳丝轻袅。 ②韶华：美好的青春。

水 龙 吟

小楼连苑横空[1]，下窥绣毂雕鞍骤[2]。朱帘半卷，单衣初试，清明时候。破暖轻风，弄晴微雨，欲无还有。卖花声过尽，斜阳院落，红成阵，飞鸳甃[3]。 玉佩丁东别后[4]，怅佳期参差难又[5]。名缰利锁[6]，天还知道，和天也瘦[7]。花下重门，柳边深巷，不堪回首。念多情但有，当时明月，向人依旧[8]。

【题解】

这首荡气回肠的相思曲系元祐初年作于蔡州（治所在今河南汝南）。曾慥《高斋诗话》云"秦少游在蔡州，与营妓娄琬字东玉者甚密，赠之词云'小楼连苑横空'。"词的上片在细致入微的景物气候描写中暗寓主人公乍暖还寒、怅惘莫名的心境。首二句曾受到苏轼的善意讥诮，以为"十三个字，只说得一个人骑马楼前过。"（见《高斋诗话》）其实，细加把玩，作者如是措辞，自有其艺术匠心。"小楼"句写作者所在的楼房紧傍园林横空而立，唯因"连苑"，才能将"红成阵，飞鸳甃"的伤心惨目之景一览无余，生发出佳期难再的断肠情怀。这就不仅点明了相思的处所，而且巧妙照应了下文，草蛇灰线，有迹可循。不仅如此，《艇斋诗话》还以为“小楼连苑横空”六字中暗藏“娄琬”之名。至于“下窥”句则写作者闲倚栏杆，俯视通衢，情随车发，思逐马驰，颇欲绝空而去，与心上人重续欢会，却又苦于身不由己。因而此句已暗逗下文“名缰利锁”的感叹，亦无一字虚设。下片过渡到对离情别绪的直接抒发。“名缰”三句揭示佳期错失、欢会难再的原因，并声言自己痛苦之深，足以感天动地。“念多情”三句以明月为传媒，托出物是人非之感，收束全篇，亦极工巧。

【注释】

①“小楼”句：脱化于张籍《节妇吟》“妾家高楼连苑起”。　②绣毂雕鞍：指代华美的车马。骤：疾驰。　③“红成阵”二句：形容落花犹如阵雨一般飘落在井台上。　④玉：指衣带上所系玉饰。丁东：摹拟玉佩相击之声。作者此处运用嵌字法，在“玉佩丁东”中织入了娄琬小字“东玉”。　⑤参差：此处指错失。薛能《下第后春日长安寓居》：“隔年空仰望，临日又参差。”　⑥名缰利锁：意谓自己身在官场，为名利所束缚，不能随心所欲，恣意而行。　⑦“天还”二句：意本李贺《金铜仙人辞汉歌》“天若有情天亦老。”　⑧“念多情”三句：由张泌《寄人》“多情只有春庭月，犹为离人照落花”化来。

贺　铸（1052—1125）

字方回，号庆湖遗老。祖籍江阴（今浙江绍兴），生于卫州（今河南卫辉）。初任武职。元祐六年（1091）以苏轼等荐，改入文资。为人豪侠尚气，不阿权贵，因而一生屈居下僚。致仕后退居苏州，郁郁以终。其词内容与辞藻并重，兼有婉约、豪放二派之长，风格多所变化。因《青玉案》词结句“梅子黄时雨”为时所赏，有“贺梅子”之雅称。

张耒《东山词序》谓其词“妙绝一世，盛丽如游金、张之堂，妖冶如揽嫱、施之祛，幽索如屈、宋，悲壮如苏、李。”亦工诗文。有《庆湖遗老诗集》九卷、《东山词》二卷、《贺方回词》二卷。

鹧鸪天

重过阊门万事非①，同来何事不同归？梧桐半死清霜后②，头白鸳鸯失伴飞。　原上草，露初晞③，旧栖新垄两依依④。空床卧听南窗雨，谁复挑灯夜补衣。

【题解】

这首悼亡词寄情之深、用笔之妙，庶可接肩于苏轼的《江城子·乙卯三十日夜记梦》。起笔直陈故地重临后油然而生的哀痛之感。“万事非”，是说非但人事全异，连景物也已无复故貌。这比“物是人非”的说法更能透见作者因爱妻已逝而万念俱灰的心态。“同来”句以痴语写痴情，多少哀毁、憾恨，尽在其中。“头白鸳鸯”，妙语双关，点出自己已届老境，生意索然。“失伴飞”，孑然蹒跚之状如在目前。换头“原上草”二句复以草上露水易干为喻，痛悼亡妻辞世过速。“空床”二句将抚今思昔、睹物怀人之情推向高潮：夜雨敲窗、空床辗转之际，作者不禁忆起亡妻当年“挑灯夜补衣”的情景。“挑灯夜补衣”，既点出亡妻生前的勤俭持家、夙夜操劳，又暗示他们是相濡以沫、情逾金石的贫贱夫妻。“谁复”云云，是声泪俱下的怅问，也是低回欲绝的叹息。以此作结，余味曲包，哀感顽艳。

【注释】

①阊（chāng）门：苏州的西城门。作者五十八岁致仕后退居苏州。此

前，则曾携眷在苏州暂住，赵氏夫人即卒于其时。 ②梧桐半死：比喻自己丧偶。枚乘《七发》：“龙门之桐……其根半死半生。”白居易《为薛台悼亡》：“半死梧桐老病身。” ③“原上草”二句：本于古乐府《薤露歌》“薤上露，何易晞！露晞明朝更复落，人死一去何时归。”晞（xī）：干。 ④旧栖：指过去同居的寓所。新垄：指亡妻的新坟。

青 玉 案

凌波不过横塘路①，但目送、芳尘去②。锦瑟华年谁与度③？月桥花院，琐窗朱户④，只有春知处。　　碧云冉冉蘅皋暮⑤，彩笔新题断肠句⑥。试问闲情都几许⑦？一川烟草⑧，满城风絮⑨，梅子黄时雨⑩。

【题解】

此词问世后即被誉为“绝唱”，作者且因此获得了“贺梅子”的雅号。这与张先、宋祁分别因“云破月来”和“红杏枝头”句而获誉一样，是当时广为传播的佳话。词所抒写的是“望美人兮不来”的“闲愁”。开篇三句以似真似幻的笔触写作者所倾心的美人凌波而来，却又中道折回，踏尘而去，直如镜中之花、水中之月，令人可望而不可即。“锦瑟”句是作者对美人的无限关切的询问，其中或许寓有自叹盛年不偶之意。“月桥”三句渲染美人住所之幽美、居室之富丽，但旋又点明只有春神才知其去处。这就益增扑朔迷离之感。过片“碧云”句描写眼前景色，而将两情暌隔的怅惘渗透进其中。“试问”以下四句以提问呼起，然后叠用三个精警、新奇、又稍带夸张的复合式比喻，极写“闲愁”之充塞天地、既多且广、不可消释，是化虚为实、灵光独运之笔，宜乎前人赞赏备至。

【注释】

①凌波：形容美人步履轻盈。曹植《洛神赋》："凌波微步，罗袜生尘。"横塘：地名，在苏州西南。　②芳尘：美人经过时扬起的尘土。借指美人。　③锦瑟华年：美好的青春岁月。语出李商隐《锦瑟》"锦瑟无端五十弦，一弦一柱思华年。"谁与度：即"与谁度"。　④琐窗：刻有连琐形花纹的窗子。　⑤冉冉：流动的样子。蘅皋：长有香草的水边高地。蘅，杜蘅，香草名。　⑥"彩笔"句：意谓因不见伊人，昔日之生花妙笔只能写出断肠诗句。彩笔：南朝江淹晚年曾梦见自己将五色彩笔取还郭璞，"尔后为诗，绝无美句。"见《南史·江淹传》。　⑦都几许：共有多少。　⑧一川：遍地。　⑨风絮：随风飘扬的柳絮。　⑩梅子黄时雨：江南一带初夏梅子黄熟之时阴雨连绵，俗称"梅雨"。

六州歌头

少年侠气，交结五都雄①。肝胆洞②，毛发耸。立谈中，死生同，一诺千金重③。推翘勇④，矜豪纵⑤，轻盖拥⑥，联飞鞚⑦，斗城东⑧。轰饮酒垆⑨，春色浮寒瓮⑩，吸海垂虹⑪。闲呼鹰嗾犬⑫，白羽摘雕弓⑬，狡穴俄空⑭。乐匆匆。　似黄粱梦⑮，辞丹凤⑯，明月共，漾孤篷。官冗从⑰，怀倥偬⑱，落尘笼⑲，簿书丛⑳。鹖弁如云众㉑，供粗用，忽奇功。笳鼓动，渔阳弄㉒，思悲翁㉓。不请长缨㉔，系取天骄种㉕，剑吼西风。恨登山临水，手寄七弦桐㉖，目送归鸿㉗。

【题解】

此词写作者少时的豪纵任侠、勇武过人与后来的侘傺（chàchì）

失意、报国无门，既有雄姿壮采，又有悲歌长啸，在北宋词中别开生面。词的上片所集中刻画的那个放浪不羁的“游侠少年”的形象，无疑就是作者自己的化身。尽管这一形象已在唐诗中多次亮相，因而给人似曾相识之感，但在宋词中却是难得一见，因而弥足珍贵。起拍“少年侠气，交结五都雄”二句总领上片，以下便就“侠”“雄”加以濡染，字里行间回荡着豪情侠气，有仗义轻生、犁庭扫穴之概。这当是作者十七岁至二十四岁寄迹京华期间的生活实录。但离京后作者却一直沉沦下僚。下片便抒写作者追求奇功、不甘寂寞的情怀和南北羁宦、壮志难酬的遭际。全词不仅笔力雄健警拔，语言浑灏（hào）流转，而且注意声情的密切配合，以繁音促节、亢爽激昂之声，写其豪纵奔放的壮怀侠气，因而同那些婉转缠绵的词就情味迥异了。

【注释】

①五都：汉时以洛阳、邯郸、临淄、宛、成都为五都。唐代以长安、洛阳、凤翔、江陵、太原为五都。此处泛指名都。　②肝胆洞：肝胆相见。洞，洞开。　③一诺千金：指说话很有信用。《史记·季布列传》：“得黄金百斤，不如得季布一诺。”　④推翘勇：被推为特出的勇士。　⑤矜豪纵：以豪放不羁傲视于人。　⑥轻盖拥：轻车相从。　⑦联飞鞚：并马飞驰。鞚（kòng），有嚼口的马络头。　⑧斗城：汉惠帝时更筑长安城，城南为南斗形，北为北斗形，人称斗城。此处借指宋都汴京。　⑨轰饮：狂饮。　⑩瓮：酒坛。　⑪吸海垂虹：形容豪饮。程俱《贺方回诗序》：“方回少时，侠气盖一座，驰马走狗，饮酒如长鲸。”　⑫嗾（sǒu）：使唤狗的声音。　⑬白羽：箭名。　⑭狡穴：狡兔的巢穴。　⑮黄粱梦：难以实现的美梦。典出唐沈既济《枕中记》。　⑯丹凤：唐长安城有丹凤门。此处指京城。　⑰冗从：侍卫官名。作者二十四岁前为右班殿直，监军器库门。⑱倥偬（kǒngzǒng）：形容事情迫促、匆忙。　⑲尘笼：意同“尘网”，指仕途。　⑳丛：堆集。　㉑鹖弁（hébiàn）：武官的帽子。此处指内廷侍

从。 ㉒渔阳：郡名，今河北蓟县。唐安禄山任平卢、范阳节度使，渔阳为其所属八郡之一。弄：弄兵，发动战争。此处借指边地有警。 ㉓思悲翁：自伤衰老。汉乐府有《思悲翁》曲，此处借用其字面。 ㉔长缨：长绳。西汉终军出使南越，向汉武帝请长缨，称“必羁南越王而致之阙下”。 ㉕天骄：汉时匈奴自称天之骄子。此处是指入侵的外族。 ㉖七弦桐：桐木制的七弦琴。 ㉗目送归鸿：嵇康《赠秀才入军》：“目送归鸿，手挥五弦。”

好女儿

车马匆匆，会国门东①。信人间、自古销魂处②，指红尘北道，碧波南浦③，黄叶西风。 堠馆娟娟新月④，从今夜、与谁同？想深闺、独守空床思，但频占鹊镜⑤，悔分钗燕⑥，长望书鸿。

【题解】

作为“狭深文体”和“心绪文学”，词境比诗境更加精微窈（yǎo）深，也更多地聚焦于离情别绪。有宋一代，从开宗立派的词坛巨擘，到独运灵光的词苑名家，无不“刻意伤春复伤别”。而越是如此，便越难变化生新，后出转精。如果说也有因难见巧者，那么，此词当属其一。词中不仅深刻地抒发了作者的惜别之情，而且别致地表现了作者的悔别之意，仅由上片末三句，也不难窥得其匠心：三句循例作鼎足对。“红”“碧”“黄”为颜色，“北”“南”“西”为方位，都属工对；而“北道”“南浦”“西风”，除相互为对外，又与上文“门东”遥相照应。不仅如此，“碧波南浦”既与冠之于前的“红尘北道”相关合，分别指代水路送别和陆路送别，又与缀之于后的“黄叶西风”相比并，分别指代春日送别和秋日送别。因此，陈廷焯《词则·别调集》称赞此三句及下片末三句“俱有三层意义，不似后人叠床架屋，其病百出也。”

【注释】

①国门：即都门。　②销魂处：即离别处。　③碧波南浦：江淹《别赋》：“春草碧色，春水绿波，送君南浦，伤如之何。”　④堠（hòu）馆：旅舍。　⑤鹊镜：古代铜镜背面多铸飞鹊，故称鹊镜。思妇常用它占卜心上人回归与否及回归日期。　⑥钗燕：即燕钗，指将玉钗雕作燕形。古代情侣分别时，女方常掰钗为两股，一股自留，一股赠予男方为信物。悔分钗燕，即追悔轻别之意。

踏莎行

杨柳回塘①，鸳鸯别浦②，绿萍涨断莲舟路。断无蜂蝶慕幽香，红衣脱尽芳心苦③。　返照迎潮，行云带雨，依依似与骚人语④。当年不肯嫁春风⑤，无端却被秋风误。

【题解】

此词咏荷花，不惟情景交融，而且别有寄托。陈廷焯《〈云韶集〉评》认为：“此词必有所指，特借荷寓言耳。通首如怨如慕，如泣如诉，有多惋惜，有多慨叹！淋漓顿挫，一唱三叹，真能压倒古今。”推赏一至于此。词中那孤高幽洁的荷花，即便不能简单地视之为作者的象征，至少可以说作者将自己一生怀才不遇、坎壈（lǎn）失意的愤慨融入了荷花寂寞独开、无人欣赏的遭际。起拍三句展示荷花的生存环境，而着意强调其地僻静，莲舟难至，游人绝迹。“断无”二句承前再作推宕，写荷花之幽香不为蜂蝶所慕，只能徒自芬芳，笔端充满爱怜之意。过片后“返照”二句渲染夕阳返照之际的荷塘景色，意象幽约迷蒙，富于联想与暗示。结尾三句正面摹写荷花的神态与心声，生动而又深刻地表现了其自尊与自怜，而作者因不阿权贵而抑郁失志的情怀则寓托于其中。

【注释】

①回塘：曲折的池塘。　②别浦：支流汇入主流之处。郑谷《题杭州梓亭诗》：“潮平无别浦。”　③红衣：荷花。　④骚人：作者自指。　⑤“当年”句：化用李贺《南园》：“嫁与春风不用媒。”韩偓《寄恨》：“莲花不肯嫁春风。”张先《一丛花令》：“沉恨细思，不如桃杏，犹解嫁东风。”

减字浣溪沙

闲把琵琶旧谱寻①，四弦声怨却沉吟，燕飞人静画堂深。　倚枕有时成雨梦②，隔帘无处说春心，一从灯夜到如今③。

【题解】

这是一首深情缱绻的闺怨词。开篇二句写女主人公于百无聊赖之际，抱持琵琶弹奏旧曲，试图在熟悉的旋律中重温昔日的温馨，不料弦声却凄怨苦涩，与前迥异。这实际上是暗示：昔日人在一处，琴瑟和谐，故弦音欢快；今日天各一方，劳燕分飞，故弦音哀沉。“燕飞”句用笔亦极婉曲：“燕”因不忍听此哀弦而飞去，“人”亦一曲未终即归于沉寂。个中有多少弦外之音？“倚枕”二句以“雨梦”作进一步渲染，既表现了女主人公春情之热烈，又揭示了其春心之孤寂。作者另词有句：“只凭双燕话春心”（《浣溪沙》），而此词谓“隔帘无处话春心”，更见孤苦无告。结句点明其相思之苦由来已久，从时间的角度使情感得以强化、题旨得以凸现。陈廷焯《白雨斋词话》认为此词“妙处全在结句，开后人无数章法”。

【注释】

①“闲把”句：化用韦庄《谒金门》“闲抱琵琶寻旧曲”。 ②雨梦：指梦中终得如“旦为朝云，暮为行雨”的巫山神女般，飞到心上人身边。③灯夜：即元宵夜。

薄　幸

淡妆多态，更的的频回眄睐[①]。便认得、琴心先许[②]，欲绾合欢双带[③]。记画堂、风月逢迎，轻颦浅笑娇无奈。向睡鸭炉边，翔鸳屏里，羞把香罗暗解。　自过了、烧灯后[④]，都不见、踏青挑菜[⑤]。几回凭双燕，丁宁意深，往来却恨重帘碍。约何时再？正春浓酒困，人闲昼永无聊赖。厌厌睡起，犹有花梢日在。

【题解】

此词上片追记昔日之艳遇，下片抒写今日之离思。追记艳遇时，主要着笔于伊人。从一见倾心到以身相许，依次加以绘示，用笔细腻，风致嫣然。就中，“频回眄睐”“轻颦浅笑”云云，尤见其温柔可人和妩媚多情。而“画堂”“鸭炉”“鸳屏”云云，则属缘情布景，衬垫出幽会时两情之缱绻缠绵。抒写离思时，主要落墨于自身。伊人一去，芳踪无觅；作者几回凭燕寄语，皆为重帘所阻，以致离思莫诉、心音难通；时下唯有借酒浇愁，终日恹恹。可知其对伊人怀想之深、眷念之切。“春浓酒困”“人闲昼永”云云，重在刻画心理，语虽平淡，而情实浓烈。全词在今昔比照中，托出前欢成空、后会难期的感慨。李攀龙谓其“淡而不厌，哀而不伤”，（见《草堂诗余隽》）洵为知言。

【注释】

①“更的的”句：意谓伊人用明亮的眼波频频回望。的的：明亮的样子。眄（miǎn）：斜视。 ②琴心：指爱慕之心。用司马相如琴挑文君故事。 ③“欲绾”句：意谓欲结同心之好。绾（wǎn）：系、结。 ④烧灯：指元宵灯会。 ⑤踏青挑菜：指春日郊游。宋代有踏青节、挑菜节。

天门谣

登采石蛾眉亭①

牛渚天门险，限南北、七雄豪占②。清雾敛，与闲人登览。 待月上潮平波滟滟，塞管清吹新阿滥③。风满槛，历历数、西州更点④。

【题解】

这首登临怀古之作虽是小令短章，却不仅寄寓了深沉的历史兴亡之感，而且发唱警挺，笔力健举，有尺幅千里之概。开篇二句在时空的交错中道尽采石地形之险要与地位之重要，笔下若有历史风云翻腾激荡。“清雾”二句转写雾气散尽，引出“登览”之逸兴，从而化端凝为舒缓，使行文一张一弛，跌宕有致。下片故意将“登览”二字一笔撇开，不言眼前耳畔的江声山色，而想象月上潮平、笛吹风起时细数西州更点的情景。章法奇妙，不落俗套。“月上”云云，虽为虚拟之辞，却形神毕肖，情景俱真，极具美感。不仅如此，“历历数、西州更点”还有其言外之意：“西州”为“七雄豪占”之地，而今唯余暮鼓晨钟供人细数，这不分明是在凭吊六朝兴亡而启发今人引以为鉴？骚人之思，何其深微！

【注释】

①采石：在今安徽马鞍山市，位于长江南岸。其地有牛渚矶，绝壁嵌空，突出江中。矶西南有两山夹江耸立，即天山。其上岚浮翠拂，状若蛾眉。熙宁年间，郡守张环筑亭于牛渚矶，以观赏天门奇景，名其曰蛾眉亭。②七雄：指东吴、东晋、宋、齐、梁、陈六朝及五代的南唐。此句谓建都金陵的“七雄”皆凭恃上游的牛渚、天门之险，遏止强敌来犯。 ③塞管：指笛。阿滥：笛曲名，即“阿滥堆”。相传骊山有鸩雀，俗名“阿滥堆”，唐玄宗曾采其鸣声谱为笛曲，流播遐迩。 ④西州：东晋、刘宋间扬州刺史治所，地在金陵之西，故名。此处代指金陵。更点：古代分一夜为五更，又分一更为五点，皆以钟鼓报时。

陌 上 郎

西津海鹘舟①，径度沧江雨。双舫本无情②，
鸦轧如人语③。 挥金陌上郎④，化石山头妇⑤。
何物系君心，三岁扶床女。

【题解】

此词通过对民间传说的融合、古代轶闻的化用及自然景物的点染，抒写了一位思妇的哀怨心声，表现了“痴心女子负心汉”的传统主题。上片描绘江边送别的情景。不着笔于女主人公的嘤嘤叮咛之状，而落墨于“双舫”，由不为人间别离所动的无情物，听出依依惜别的有情语，这既反映了女主人公的深于情、专于情，也见出她此时

的意乱神迷。下片写女主人公别后的幽怨，叠用秋胡戏妻的古代轶闻和望夫化石的民间传说，在鲜明的比照中，突出游子之薄幸与思妇之坚贞。篇末以家有“扶床女”相讽劝，试图用骨肉亲情打动游子，使其早作归计。情辞宛转，感人至深。

【注释】

①津：渡口。海鹘（hú）舟：一种快船。海鹘，鸟名，即海东青。雕之一种。古人常在船上刻鹘作为装饰。　②双艣：即双橹。　③鸦轧：摇橹声。　④“挥金”句：刘向《列女传》卷五载：鲁人秋胡新婚未久即外出游宦。五年后挟金归省，路遇采桑女子，见色起意，以金钱诱惑之，而遭痛斥。抵家后，秋胡始得知该女子即其结发妻。此句用其事。　⑤“化石”句：刘义庆《幽明录》：“武昌阳新县北山上有望夫石，状如人立。相传昔有贞妇，其夫从役，远赴国难。妇携幼子，饯送此山，立望夫而化为立石，因以为名焉。”

仲　殊（生卒年不详）

俗姓张，名挥，字师利，安州（今湖北安陆）人。曾应进士试，后弃家为僧，居杭州吴山宝月寺。崇宁中自缢卒。能文善词。有辑本《宝月集》一卷。

柳　梢　青

吴　中①

岸草平沙，吴王故苑②，柳袅烟斜。雨后寒轻，风前香软，春在梨花。　行人一棹天涯，酒醒处，残阳乱鸦。门外秋千，墙头红粉[3]，深院谁家。

【题解】

此词描写吴中春景，通过一位浪迹天涯的“行人”的眼目，映射出江南景物及人物的独特韵致。起拍二句便将自然景观与人文景观融为一体。如果说岸草、平沙、垂柳、斜烟所构成的画面显现了吴中景物之优美的话，那么，“吴王故苑”则昭示了吴中历史之悠久，使读者得到多重审美感受。“雨后”三句进一步点染吴中初春风光，以细雨微香等营造出江南水乡所特有的一种缠绵温馨的氛围。换头三句写“行人”乘舟来到吴中时，恰值梦断酒醒。“残阳乱鸦”，为景不无衰飒，却正好能烘托游子的羁旅飘泊之感。歇拍三句复以纤柔之笔，将吴中人物牵引出场。门外秋千，墙头佳人，使原本情绪黯淡的行人眼前为之一亮。“深院谁家”，这一悄然自问，透露了他对佳人顿生爱慕之意的消息。以此结篇，自是余音袅袅。

【注释】

①吴中：今江苏苏州一带。　②吴王故苑：苏州为春秋时吴国故地，存有吴王阖闾的宫苑。　③红粉：指佳人。

晁补之（1053—1110）

字无咎，晚号归来子，济州钜野（今山东巨野）人。宋神宗元丰二年（1079）进士。曾任太学正、秘书省正字、著作佐郎等职。绍圣末，坐党籍，贬监处州、信州酒税。徽宗时，历知湖州、密州、果州、泗州。以文章受知于苏轼，为“苏门四学士”之一。词风受苏轼影响，不作绮艳语、娇娆态。有《鸡肋集》七十卷、《晁氏琴趣外篇》六卷。

摸 鱼 儿

东皋寓居[1]

买陂塘、旋栽杨柳[2]，依稀淮岸湘浦[3]。东皋嘉雨新涨痕，沙嘴鹭来鸥聚[4]。堪爱处，最好是、一川夜月光流渚。无人独舞。任翠幄张天[5]，柔茵藉地[6]，酒尽未能去。 青绫被[7]，莫忆金闺故步[8]。儒冠曾把身误[9]。弓刀千骑成何事[10]？荒了邵平瓜圃[11]。君试觑[12]，满青镜、星星鬓影今如许[13]！功名浪语[14]，便似得班超[15]，封侯万里，归计恐迟暮。

【题解】

此词写作者因仕途受挫而归隐东皋后的生活情趣，表现了对功名的鄙弃、对早年“误入尘网”的追悔，以及对清新、明媚的自然风光的心契神会。上片“无人独舞”以下四句，写作者面对纯净而又迷人的东皋风光，顿觉身心一快，而情不自禁地翩然独舞于柳荫下、草坪中，欢饮已毕而犹流连忘返。这种狂放任兴行为，既反映了作者固有的恢宏气度、高旷胸襟，也是挣脱名缰利锁后对蓄积已久的压抑感的一种自由宣泄。词由此转入抒情寄慨。下片“青绫被”以下五句全是后悔当年追逐功名之语。“儒冠曾把身误”，是痛定思痛时得出的清醒认识。“功名浪语”以下四句又以班超为例，对功名仕途做了彻底否定，借以昭示自己退居田园、以隐逸终老的决心。全词于慷慨之辞中寓傲兀跌宕之气，似旷达而实愤激，与苏轼词同中有异。刘熙载《艺概·词概》称辛弃疾《摸鱼儿》（更能消几番风雨）为此词之“波澜”，或有言过其实之处，却表明此词在词论家心目中占有不可忽视的地位。

【注释】

①东皋：指作者故乡的东山。作者曾在东山修建“归去来园”，作为游息之所。 ②陂（bēi）：池塘。旋：顷刻，不久。 ③依稀：仿佛。淮：淮河。湘：湘江。 ④沙嘴：指突出在水中的沙洲。 ⑤翠幄：绿色的帐幕。 ⑥柔茵：软草。 ⑦青绫被：汉代制度，尚书郎“入直台中”时，官供新青缣白绫被或锦被。此处指代仕宦时的物质享受。 ⑧金闺：即金马门。汉武帝时学士们于此草拟文稿。作者曾任著作佐郎，故云。 ⑨儒冠：指读书人。杜甫《奉赠韦左丞丈二十二韵》：“纨绔不饿死，儒冠多误身。” ⑩弓刀千骑：指地方官手下佩带武器的卫队。此句慨叹自己做地方官时一无所成。 ⑪邵平：秦时人，封东陵侯。秦亡后，隐居长安城东种瓜。瓜有五色，味极甘美，世称东陵瓜。此句为后悔自己过去因出仕而使田园荒芜。 ⑫觑（qù）：看，注视。 ⑬青镜：青铜镜。星星：形容鬓发花白。 ⑭浪语：虚语，废话。 ⑮班超：东汉名臣。曾投笔从戎，出使西域，因功封定远侯，居西域三十余年，回到京城时已七十一岁。所以后句叹曰“归计恐迟暮”。

洞 仙 歌

泗州中秋作①

青烟幂处②，碧海飞金镜③。永夜闲阶卧桂影。露凉时，零乱多少寒螀④，神京远⑤，惟有蓝桥路近⑥。　　水晶帘不下，云母屏开⑦，冷浸佳人淡脂粉。待都将许多明，付与金尊，投晓共、流霞倾尽⑧。更携取胡床上南楼⑨，看玉做人间，素秋千顷。

【题解】

此词赋写于宋徽宗大观四年（1110）作者知泗州时，毛晋《琴趣外编跋》以为它是晁氏的绝笔之作。通篇咏月：上片写月升碧海，下片写月满中天；上片为室外望月，下片为楼内赏月。既有时间的推移，又有空间的转换；首尾呼应，层次井然。故而胡仔、毛晋、李攀龙、黄蓼园等众口一词，备加赞赏。但此词的佳处又不仅仅在于章法之巧和刻画之工，还在于作者借吟咏月色，寄托了其孤寂的志士情怀和高旷的骚人兴会。上片以凉露、寒螀等意象渲染秋气秋声，使月夜的氛围趋于清凉幽寂，以兴发“神京”杳远，心志难酬之叹。下片举杯邀月，开怀畅饮，复又携床登楼，观赏那琉璃乾坤，则表现了其豪情逸兴。惟其如此，从中可以触摸到作者的丰富的情感世界。《蓼园词选》称此词“冰魂玉魄，气象万千”，殆非过誉。

【注释】

①泗州：治所在今江苏泗洪县东南。清康熙时，州城陷于洪泽湖

中。 ②幂（mì）：笼罩、覆盖。 ③金镜：指月亮。李贺《七夕》：“天上飞金镜，人间望玉钩。” ④寒螀（jiāng）：寒蝉。 ⑤神京：指北宋都城汴京。 ⑥蓝桥：在今陕西蓝田县东南。唐人裴航曾在此处得遇仙女云英，并一同仙去。 ⑦云母：一种透明的矿石。云母屏：用云母制成的屏风。李商隐《嫦娥》：“云母屏风烛影深。” ⑧流霞：指仙酒。据王充《论衡·道虚》载，项曼都离家求仙，被仙人带到月边，饮以流霞仙酒一杯，得数月不饥。 ⑨胡床：由西域传入的一种可以折叠的软便坐具。又称“交椅”“绳床”。东晋庾亮曾在南楼踞胡床赏月。见《世说新语·容止》。

陈师道（1053—1102）

字履常，一字无已，号后山居士，彭城（今江苏徐州）人。元祐二年（1087），苏轼荐为徐州教授。后罢归。元符三年（1100），召为秘书省正字，逾年病卒。诗与黄庭坚并称“黄陈”，同为江西诗派开创者。有《后山居士文集》二十卷、《后山词》一卷。

菩 萨 蛮

七 夕

行云过尽星河烂[①]，炉烟未断蛛丝满。想得两眉颦，停针忆远人。 河桥知有路[②]，不解留郎住。天上隔年期，人间长别离！

【题解】

这是一首颇为别致的七夕词。它主要落笔于人间的思妇，而以天上的织女作为陪衬，通过刻画思妇七夕的心理活动，表现了离别相思的传统主题。这也就意味着它基本上撇开了对“牛郎织女”故事的正面吟咏。开篇二句描摹景物。“行云”句为室外之景，暗点七夕；“炉烟”句为室内之景，巧引思妇。炉烟袅袅，蛛丝满室，这正象征着思妇心境的迷惘与杂乱。“想得”二句写思妇的神态与动作。“两眉颦”，见出其若有隐忧；“停针”，见出其心神不宁；“忆远人”，点明其正为相思所苦。下片展示思妇的心理活动。“河桥”二句批评织女“不解留郎”，是无理而妙的痴情语。“天上”二句再作顿挫：织女毕竟每年皆可与牛郎欢会一夕，岂似自己与情郎一别多年，渺无会期？用笔平中见奇，余韵无穷。

【注释】

①烂：灿烂。　②河桥：指银河上的鹊桥。

张　耒（1054—1114）

字文潜，号柯山，楚州淮阴（今属江苏）人。宋神宗熙宁六年（1073）进士，授临淮主簿。元祐间，仕至起居舍人，以直龙图阁知润州。绍圣中，坐党籍，谪监黄州酒税。徽宗初，召为太常少卿。后复坐元祐党，贬房州别驾，黄州安置。工诗赋散文，为“苏门四学士”之一。有《张右史文集》六十卷、《柯山诗余》一卷。

风　流　子

木叶亭皋下①，重阳近，又是捣衣秋②。奈愁入庾肠③，老侵潘鬓④，谩簪黄菊，花也应羞。

楚天晚，白蘋烟尽处，红蓼水边头[5]。芳草有情，夕阳无语，雁横南浦，人倚西楼。　　玉容知安否[6]？香笺共锦字[7]，两处悠悠。空恨碧云离合[8]，青鸟沉浮[9]。向风前懊恼，芳心一点，寸眉两叶，禁甚闲愁？情到不堪言处，分付东流。

【题解】

此词抒写游子思妇的离情别绪。开篇三句借景传情。以“木叶亭皋下”点出时属深秋，景物萧瑟；以“重阳近”点出佳节又至，离思倍增；以“捣衣秋”，点出抒情主人公是为思妇所系念的游子。“奈愁入”三句以“庾肠”“潘鬓”为喻，托出游子飘泊他乡、未老先衰、愁肠百结的无奈喟叹。“楚天晚”以下六句复移情入景，通过“白蘋”“红寥”“芳草”“夕阳”“南浦”等物象的点染，将游子的离别相思之情曲曲传出。“人倚”句补叙游子登眺之处，从而点明“楚云”云云，乃其登眺所见，“奈愁入”云云，则为其登眺所感。这又见出谋篇布局之工巧。换头五句正面表现游子对闺中人的关切与忆念，使上片寓托在景物中的情感趋于明朗。碧云已合，而人未团圆；青鸟已去，而信犹迟滞。“空恨”，毕见游子一腔惆怅。“向风前”四句转以悬想之笔，描写闺中人思念游子时的愁苦情态，揭破“一种相思，两处闲愁”之旨意。歇拍二句以质语绾合全篇，尤觉用笔老到浑成。

【注释】

①“木叶”句：屈原《九歌·湘夫人》：“袅袅兮秋风，洞庭波兮木叶下。”后世常以“木叶下”拟况秋景，兼寄离思。　②捣衣：唐宋诗词常以捣衣喻指闺中人对游子的忆念。李白《子夜吴歌》：“长安一片月，万户捣衣声。”　③庾肠：庾信原为梁臣，后出使西魏，值西魏灭梁，遂羁留北地，

屈仕西魏、北周。暮年所作《哀江南赋》等。多抒写乡关之思。后人因以“庾愁”喻指思乡之情。“庾肠”，即思乡之愁肠。 ④潘鬓：西晋文学家潘岳三十二岁时鬓发初白。后因以“潘鬓”喻指壮年鬓发变白。 ⑤红蓼：水草名，古称辛菜。 ⑥玉容：指代思妇。 ⑦香笺锦字：皆指代书信。 ⑧碧云离合：语本江淹《休上人怨别》“日暮碧云合，佳人殊未来。” ⑨青鸟：传说中为西王母送信的神鸟。此处指代信使。

周邦彦（1056—1121）

字美成，号清真居士，钱塘（今浙江杭州）人。少时落魄不羁。元丰年间，献《汴都赋》，为神宗所赏识，得由太学生擢为太学正。元祐时，出为庐州教授、溧水县令。绍圣初，历仕国子主簿、校书郎。徽宗时，召授大晟府提举。旋又出知顺昌府，晚居明州。精于审音，工于格律，长于创调，集中多自度曲。又善于谋思布局和锻字琢句，每能穷勾勒之致，极顿挫之妙。风格浑厚典雅，富艳精工，被推为北宋婉约词人中的集大成者。陈廷焯《白雨斋词话》称“词至美成，乃有大宗，前收苏、秦之终，后开姜、史之始。自有词人以来，不得不推为巨擘，后之为词者，亦难出其范围。然其妙处，亦不外沉郁、顿挫，顿挫则有姿态，沉郁则极深厚；既有姿态，又极深厚，词中三昧，亦尽于此矣。”有《清真词》二卷、《详注周美成片玉集》十卷。

兰 陵 王

柳

柳阴直[1]，烟里丝丝弄碧[2]。隋堤上、曾见几番③，拂水飘绵送行色④。登临望故国，谁识京华倦客⑤。长亭路⑥，年去岁来，应折柔条过千尺⑦。　闲寻旧踪迹，又酒趁哀弦⑧，灯照离席。梨花榆火催寒食⑨。愁一箭风快⑩，半篙波暖⑪，回头迢递便数驿。望人在天北。　凄恻，恨堆积。渐别浦萦回⑫，津堠岑寂⑬。斜阳冉冉春无极⑭。念月榭携手，露桥闻笛⑮。沉思前事，似梦里，泪暗滴。

【题解】

此词以柳为题，主旨却是抒写离愁别恨。一叠借柳发端，兴起京华倦旅之叹。“烟里丝丝弄碧”，着一“弄”字，似乎是说柳色弄人，自己漫不经意，却使多少人触目伤情，难以为怀。接以“隋堤上”三句，正为申足此意。二叠切入眼前辞别友人（或情侣）的情景。“愁一箭”以下四句，写船行如飞，转瞬之间，便驶过若干驿站；回望友人，已遥在天边。以“愁”字领起，传写出作者此时有悖于一般旅客的特殊心理：惟恐船行过速，使他不能长时间地与友人以目寄意。而这又正映射出依依难舍之情。三叠转写别后的凄凉感受以及对往事的不胜忧伤的回忆。统观全词，不惟布局井然有序，章法错综多变，而且感情沉挚，声调谐美，笔力奇崛。此外，了无痕迹的时空转换技巧亦堪称道。据宋人毛幵（qiān）《樵隐笔录》载，“绍兴初，都下盛行周清真咏柳《兰陵王慢》，西楼南瓦皆歌之，谓之‘渭城三叠’。”可见其影响之一斑。

【注释】

①柳阴直：谓远望中柳荫连缀成直线。　②弄碧：谓柳丝飞舞，闪弄其娇嫩的碧色。　③隋堤：隋代开通济渠，沿渠筑堤植柳，后称隋堤。此处借指

汴京附近的汴堤。 ④飘绵：指柳絮飘飞。 ⑤京华倦客：作者自谓。因久居京城，有厌倦之意，故云。 ⑥长亭路：指代送别地点。古人多于长亭送别。 ⑦折柔条：即折柳条。古人送别，多折柳相赠。 ⑧趁：追随，伴和。哀弦：哀怨的乐声。 ⑨榆火：寒食日禁火禁烟，节后另取新火。唐宋时朝廷在清明日取榆柳之火以赐百官，故有“榆火”之说。寒食：节令名，清明前一日（或二日）。 ⑩一箭风快：顺风行船，其疾如箭。 ⑪半篙波暖：竹篙没入水中，因时近暮春，水波已暖。 ⑫别浦萦回：送别的水滨，水波还在回旋。 ⑬津堠：码头上瞭望和歇宿的处所。岑寂：寂静。 ⑭无极：无边，无际。 ⑮月榭、露桥：泛指两人昔日夜游的幽美场所。

少 年 游

并刀如水[1]，吴盐胜雪[2]，纤手破新橙[3]。锦幄初温[4]，兽香不断[5]，相对坐调笙。 低声问：向谁行宿[6]？城上已三更。马滑霜浓，不如休去，直是少人行。

【题解】

此词以纤笔淡语，表现闺闱中的密意浓情。起拍三句描绘主人公破橙待客的情景，由细微入手写出她的温存体贴。“如水”“胜雪”，固然是形容并刀之快与吴盐之白，但同时也造成一种纯净得近乎透明、柔和得近乎融化的氛围。于是，“纤手破新橙”这一特写，就不仅充满生活气息，而且脱略了世俗的应接成分，显得“柔情似水”，备极温馨了。“锦幄”三句由特写推为全景。默然对坐的男女主人公此时既无语言，也无动作，双双陶醉在悠远的笙曲中，让它说尽一腔深情。这正见出他们相知已深。而女主人公的端庄高雅，也从侧面得到了揭示。下片转写女主人公软语留人，“颠倒重复，层折入妙”（陈廷焯《词则》），益见其情意缠绵、心地纯真。“向谁”二句已有留客之意，却闪烁其词，羞于言明。“马滑”句渲染室外路滑霜寒的景象，意在提醒对方不宜夜归，并勾起他对室内的温香暖玉的留恋。几经转折，歇拍二句终于情溢言表，将挽留之意和盘托出，但仍作商量口吻，极尽柔婉之致。

【注释】

①并刀：并州出产的快刀。此处用以剖切新橙。　②吴盐：吴地出产的细盐。此处用作中和橙酸的佐料。李白《梁园吟》：“吴盐如花皎如雪。”　③破：剖开。　④锦幄：华美的帐帷。　⑤兽香：兽形铜香炉中升起的香烟。　⑥谁行（háng）：谁那里、谁那边。

苏 幕 遮

燎沉香①，消溽暑②。鸟雀呼晴③，侵晓窥檐语④。叶上初阳干宿雨⑤，水面清圆，一一风荷举。　故乡遥，何日去？家住吴门⑥，久作长安旅⑦。五月渔郎相忆否？小楫轻舟⑧，梦入芙蓉浦⑨。

【题解】

这是一首颇为别致的怀乡词。上片所展示的是京城五月的秀丽晨景，而以“叶上”三句最为传神。它们不但表现了荷花的神清骨秀、摇曳生姿，而且还烘染出一个明洁恬静的境界。王国维《人间词话》称许它们“真能得荷花之神理”。前两句犹如静物写生，第三句着一“举”字，把亭亭出水的荷叶随风低昂俯仰的状态，写得形神兼备，整个画面也随之活动起来。同时，初阳微煦，池水轻寒，晨风徐来，令人但觉荷香扑面而全然忘却了周围的“溽暑”。下片抒写赏荷之际油然而生的乡思。唐宋时杭州荷花之盛，远过于汴京。这在白居易《余杭形胜》诗和柳永《望海潮》词中都有所反映。南宋诗人杨万里旅杭时，亦曾吟出“接天莲叶无穷碧，映日荷花别样红”的名句。这种它处难觅的风光，是宦游在外的作者常萦于梦思的。“故乡”四句透露出久客京华、留滞不归的怅恨，表明其乡思早已不可遏止。“小楫”二句便将乡思转化为归梦，梦中的作者已同早年的朋侣，乘舟穿行在碧波绿盖的芰荷深处了。

【注释】

①燎（liáo）：小火烧炙。沉香：香料名。 ②溽（rù）：潮湿的暑气。 ③呼晴：唤晴，旧有鸟鸣可占卜晴雨之说。 ④侵晓：破晓。 ⑤宿雨：隔夜的雨。 ⑥吴门：苏州旧为吴郡治所，称吴门。作者家在钱塘，旧属吴郡。此处乃以吴门借指钱塘。 ⑦长安：汉唐故都。此处借指宋都汴京。 ⑧楫：桨。 ⑨芙蓉：即荷花。

满 庭 芳

夏日溧水无想山作①

风老莺雏②，雨肥梅子③，午阴嘉树清圆④。地卑山近，衣润费炉烟。人静乌鸢自乐⑤，小桥外，新绿溅溅⑥。凭栏久，黄芦苦竹⑦，拟泛九江船⑧。　　年年，如社燕⑨，飘流瀚海⑩，来寄修椽⑪。且莫思身外⑫，长近尊前。憔悴江南倦客⑬，不堪听、急管繁弦。歌筵畔，先安簟枕⑭，容我醉时眠。

【题解】

这是一首刻画入微、形容尽致的即景抒情之作。上片以细密的笔法描绘江南初夏景色。起拍“风老”二句各有所本，但既经作者点化，则不仅比原句更见工巧奇崛，而且平添了画面的动感和景物的活力。仅此二句，初夏光景已直逼眼前。但景色虽极美好，环境实甚恶劣。“地卑”二句转写溧水的地理环境。“费炉烟”，不仅是因为“衣润”的缘故，还与“地卑”“山近”、雨多紧相关联。因而，一个“费”字，实有上下勾连、前后照应之功。下片转写迁谪沦落之恨。“年年”四句以“社燕”自喻，极写天涯飘泊、寄人篱下之苦。“且莫”忽作达观之想，劝说自己敝屣（xǐ）功名富贵，且尽杯中之欢。但“憔悴”二句却又声称，那侑酒的乐曲自己消受不得。这表明他内心愁苦郁结已深，非酒力所能化解——说到底，他还是不能忘情世事、超然物外。其纡曲心态尽见于波澜开合中。歇拍三句复又一笔折回，重作借酒浇愁之努力，看似欢娱词，实亦悲颓语。陈廷焯《白雨斋词话》称此词“沉郁顿挫中，别饶蕴藉”，确是如此。

【注释】

①此词是作者三十九岁任溧（lì）水（今属江苏）县令时作。无想山在溧水县南十八里，山上无想寺中有韩熙载读书堂。　②风老莺雏：幼莺在暖风里长大了。杜牧《赴京初入汴口胜景即事》：“风蒲莺雏老。”　③雨肥梅子：梅子在雨水的滋润下肥大起来。杜甫《游何将军山林十首》其五：“红绽雨肥梅。”　④午阴嘉树清圆：正午时，阳光下的树影既清晰，又圆正。刘禹锡《昼居池上亭独吟》：“日午树阴正。”　⑤乌鸢（yuān）：乌鸦。　⑥溅溅：流水声。　⑦黄芦苦竹：白居易《琵琶行》：“住近盆江地低湿，黄芦苦竹绕宅生。”　⑧九江：即江州。白居易曾贬为江州司马。此句以白氏贬谪江州时的情境自比。　⑨社燕：燕子于春社时节北飞，秋社时节南下，故称社燕。　⑩瀚海：沙漠。此处泛指遥远、荒僻地区。　⑪修椽（chuán）：即

长椽。安在梁上支架屋面和瓦片的长木条。句中为燕子筑巢之所。 ⑫莫思身外：杜甫《绝句漫兴九首》其四：“莫思身外无穷事，且尽生前有限杯。”身外：指身外的功名利禄。 ⑬江南倦客：作者自称。 ⑭簟（diàn）：竹席。

夜飞鹊

河桥送人处，凉夜何其[1]？斜月远堕余辉。铜盘烛泪已流尽[2]，霏霏凉露沾衣。相将散离会[3]，探风前津鼓[4]，树杪参旗[5]。华骢会意，纵扬鞭、亦自行迟。 迢递路回清野，人语渐无闻，空带愁归。何意重经前地，遗钿不见[6]，斜径都迷。兔葵燕麦[7]，向斜阳、欲与人齐。但徘徊班草[8]，欷歔酹酒[9]，极望天西。

【题解】

此词为作者自度曲，故而能因声宛转，随意驰骋。词咏别情，其主体部分由昔日送别和今日忆别两种场景构成。但作者并没有径直落墨于始终萦绕着自己的离愁别恨，而更多地借助景物描写加以烘染。上片再现送别场景时，着力渲染“凉夜”“斜月”及“铜盘烛泪”，意在造成一种凄凉、衰飒的氛围，以引发作者的凄然伤别之情。而“花骢”二句更以拟人化手法，写坐骑不忍登程，曲折传导出自己的惜别情怀。下片中的“兔葵燕麦，向残阳、欲与人齐”，亦是情寓景中的佳句，梁启超曾将它与柳永《雨霖铃》中的“今宵酒醒何处？杨柳岸、晓风残月”相比并，誉为“送别词中双绝”（见《艺蘅馆词选》）。全词采用逆入平出的结构方式，“自将行至远送，又自去后写怀望之情，层次井井而意致绵密，词采秾深，时出浑厚之句，耐人咀嚼”（《蓼园词选》）。

【注释】

①凉夜何其：即凉夜未央。《诗经·小雅·庭燎》："夜如何其？夜未央。" ②烛泪：杜牧《惜别》："蜡烛有心还惜别，替人垂泪到天明。" ③相将：相随。离会：饯别的宴会。 ④探：注意，了解，探听。津鼓：开船的信号。 ⑤树杪（miǎo）参（shēn）旗：悬挂在树梢上的参旗星。树杪，树梢。参旗：星宿名。 ⑥遗钿：女子遗落的首饰。 ⑦兔葵燕麦：路边的野葵、野麦。刘禹锡《再游玄都观诗序》："惟兔葵燕麦，动摇于春风耳。" ⑧班草：铺开野草，藉地而坐。 ⑨欷歔（xīxū）：悲叹声。

六　丑

落　花

正单衣试酒，怅客里、光阴虚掷。愿春暂留，春归如过翼[①]，一去无迹。为问花何在？夜来风雨，葬楚宫倾国[②]。钗钿堕处遗香泽[③]，乱点桃蹊，轻翻柳陌。多情为谁追惜？但蜂媒蝶使[④]，时叩窗槅[⑤]。　　东园岑寂[⑥]，渐蒙笼暗碧[⑦]。静绕珍丛底[⑧]，成叹息。长条故牵行客，似牵衣待话，别情无极[⑨]。残英小、强簪巾帻[⑩]。终不似一朵，钗头颤袅，向人攲侧。漂流处、莫趁潮汐。恐断红、尚有相思字[⑪]，何由见得？

【题解】

此词一题"蔷薇谢后作"，亦为作者自度曲。据周密《浩然斋雅谈》载，宋徽宗曾问"六丑"之义，在座诸臣莫能对之。因召周邦彦以询，对曰："此犯六调，皆声之美者，然绝难歌。"可知此词声调既美，协律亦难，非熟精音律者不能为之。词借吟咏落花，抒写了作者的惜花伤春之情；在这种惜花伤春之情中，又融入了他沦落不遇的身世之感。起笔便托出作客他乡、年华虚度的慨叹，暗示一篇之真实旨意。然后切入花落春残的悲凉景象。“愿春”三句被周济《宋四家词选》评为“千回百折，千锤百炼”，这是因为它们不仅造语工巧，而且字里行间渗透着留春不得的忧郁与感伤。上片中另有两个精心设计的问句，以之领起下文，极见思致灵动，寓托丰厚：“为问”句反衬客子无家可归，“多情”句暗喻客子无人见怜，都是惜花兼以自叹。下片转从落花着笔，想象花亦含思恋人，“别情无极”，用笔婉转曲折，神余言外。歇拍又结以问句，既与上片遥相照应，又将题旨向深处拓进一层。

【注释】

①“春归”句：意谓春归之速，犹如鸟翼掠过。杜甫《夜二首》：“村墟过翼稀。” ②楚宫倾国：楚王宫里的美人。喻指落花。 ③钗钿：首饰。喻指飘落于地的花瓣。 ④蜂媒蝶使：蜂、蝶常飞舞于花丛，故称。 ⑤窗槅：即窗棂。窗户上雕花的格子。 ⑥岑寂：静寂。 ⑦蒙笼暗碧：绿叶茂密，好似笼罩一层幽暗的轻雾。 ⑧珍丛：指花丛。 ⑨“长条”三句：谓花枝勾住行人衣服，似欲倾诉其惜别之情。 ⑩强簪巾帻（zé）：勉强把残花插在帽子上。巾帻，头巾、帽子。 ⑪“恐断红”句：用唐人红叶题诗故事。据范摅《云溪友议》载，唐代诗人卢渥至长安应试，偶由御沟中拾得红叶一片，上有宫女题诗云：“流水何太急？深宫竟日闲。殷勤谢红叶，好去到人间。”后二人巧成婚配。

蝶恋花

月皎惊乌栖不定①，更漏将残②，轳辘牵金井③。

唤起两眸清炯炯[4]，泪花落枕红绵冷[5]。　　执手霜风吹鬓影，去意徊徨[6]，别语愁难听。楼上阑干横斗柄[7]，露寒人远鸡相应。

【题解】

这是清真词中抒写离情别绪的佳作之一。它依循别前、别时、别后的时间线索，将离情别绪渐次导向高潮。景物的构置完全顺应人物情绪的变化，堪称景因情设，情随景迁。开篇即以“惊乌”的栖息无定，暗示了离人的心神不宁、梦魂难安。接着又以辘汲水声再作渲染，点出离人入睡未熟、闻声即醒。“唤起”二句着笔于闺中人的凄苦情态，不言离愁，而离愁自见。结尾二句写离人分袂独去，仍是借景传情：闺中人伫立怅望，但觉星横斗移、霜寒露重，更有晨鸡悲鸣，此起彼应。其情若何，自可于言外得之。戈载《宋七家词选》评此词“其意淡远，其气浑厚，其音节又复清妍和雅”，不为无见。

【注释】

①“月皎”句：意谓月色皎洁明亮，使乌鸦误以为天晓而栖息不定。　②更漏：古时以铜壶滴漏来计时报更，称更漏。阑：尽。　③轫辘（lìlù）：井上的滑车，用来转动水桶上的绳子。金井：井的美称。吴均《行路难》：“玉栏金井牵辘轳。”　④炯炯：形容目光明亮。　⑤红绵：用作枕芯的丝绵或木棉。　⑥徊徨：彷徨。　⑦阑干：横斜的样子。此处指北斗星的斗柄已经低移。

过 秦 楼

水浴清蟾[1]，叶喧凉吹[2]，巷陌马声初断。闲依露井[3]，笑扑流萤，惹破画罗轻扇[4]。人静夜久凭阑，愁不归眠，立残更箭⑤。叹年华一瞬，人今千里，梦沉书远。　空见说、鬓怯琼梳⑥，容消金镜，渐懒趁时匀染⑦。梅风地溽，虹雨苔滋⑧，一架舞红都变⑨。谁信无聊，为伊才减江淹⑩，情伤荀倩⑪。但明河影下，还看稀星数点。

【题解】

如果给此词酌加词题的话，“静夜思”也许可以得其仿佛。上片中的“人静”三句及下片歇拍二句，都点明此词所表现的是作者夜深人静时的所见所闻与所思。而其所思者，乃是天各一方、欢会难期的恋人。“叹年华一瞬，人今千里”云云，揭示了作者“夜久凭阑，愁不归眠”的真实原因。而“谁信无聊，为伊才减江淹，情伤荀倩”云云，则踵事增华，将作者因思念伊人而痛苦不堪的情状渲染到极致。词中仅有的这两处直接抒发感慨的笔墨，不仅都有点睛的妙用，而且真情流溢，感人至深。词中另有两处笔墨为恋人传神写照，亦独具匠心：“闲依露井”三句是追忆她昔日的俏丽姿影，“空见说”三句是想象她如今的憔悴容颜。二者遥相映衬，既见出作者对其怀念、关切之深，又寄寓了今昔之慨。至于词中描写景物的文字，则无论是上片的“水浴清蟾”三句，还是下片的“梅风地溽”三句，都能绘示出秋夜独有的色彩，恰到好处地烘托作者的静夜怀人之思，殆无一语虚设。

【注释】

①清蟾：在神话传说中，嫦娥奔月后化为蟾蜍。故后世以清蟾指代明月。　②凉吹：即凉风。　③露井：没有井亭覆盖的井。　④“笑扑”二句：化用杜牧《秋夕》“银烛秋光冷画屏，轻罗小扇扑流萤。”　⑤更箭：古代计时器铜壶上的指针。　⑥鬓怯琼梳：鬓发日渐稀疏，以致怕用琼玉做

的梳子。 ⑦趁时匀染：入时的梳妆打扮。匀染，指敷粉施朱，亦即梳妆打扮。 ⑧“梅风”二句：意谓时值黄梅天气，地上湿溽生苔，天上则一会儿下雨，一会儿出现彩虹。 ⑨“一架”句：意谓一架红花随风乱舞，终于变色、凋谢了。 ⑩才减江淹：据《南史》本传载，江淹少时得五色彩笔，文思敏捷。后梦见郭璞讨还此笔，才思锐减。时人称为“江郎才尽”。 ⑪情伤荀倩：据《世说新语·惑溺篇》载，荀奉倩妻曹氏美艳绝伦。曹氏病死后，荀因伤情过度，不久亦辞世。

尉迟杯

隋堤路[①]，渐日晚、密霭生烟树[②]。阴阴。淡月笼沙，还宿河桥深处。无情画舸[③]，都不管、烟波隔南浦。等行人、醉拥重衾，载将离恨归去。 因思旧客京华，长偎傍、疏林小槛欢聚。冶叶倡条俱相识[④]，仍惯见、珠歌翠舞。如今向、渔村水驿，夜如岁、焚香独自语。有何人、念我无聊，梦魂凝想鸳侣[⑤]。

【题解】

此词一题“离恨”。陈洵《海绡说词》评曰：“‘隋堤’，一境，‘京华’，一境，‘渔村水驿’，一境，总入‘焚香独自语’一句中。”这就是说，作者是在夜宿水驿、梦香独坐时展开对别离情景的追忆的。虽是追忆中事，却运以实写之笔，一如即目直寻所得，读来亦宛然若见。这正是清真之绝技。同时，从词中还见出清真另一绝技，那就是善于融化前人诗句。如上片“阴阴淡月”一句乃融化杜牧《泊秦淮》“烟笼寒水月笼沙”诗意；“无情画舸”以下数句乃融化郑文宝《柳枝词》“亭亭一舸系寒潭，直待行人酒半酣。不管烟波与风雨，载将离恨过江南”诗意；下片“冶叶倡条”一句乃融化李商隐《燕台》“冶叶倡条遍相识”诗意。但情景俱真，悉如新构。功力之深，令人叹服。

【注释】

①隋堤：隋炀帝时所筑汴河之堤。宋人由水路离京时以其为出发点。 ②密霭：浓重的暮霭。 ③画舸：船的美称。 ④冶叶倡条：喻指歌妓。 ⑤鸳侣：情侣。

瑞 龙 吟

章台路①，还见褪粉梅梢②，试花桃树。愔愔坊陌人家③，定巢燕子，归来旧处。　黯凝伫，因念个人痴小④，乍窥门户⑤。侵晨浅约宫黄⑥，障风映袖⑦，盈盈笑语。　前度刘郎重到⑧，访邻寻里，同时歌舞，惟有旧家秋娘⑨，声价如故。吟笺赋笔，犹记燕台句⑩。知谁伴、名园露饮⑪，东城闲步？事与孤鸿去⑫。探春尽是，伤离意绪。官柳低金缕。归骑晚，纤纤池塘飞雨。断肠院落，一帘风絮。

【题解】

这是清真词中最负盛名的篇章之一，自沈义父《乐府指迷》以来，好评如潮。其内容为“章台感旧”，实未出“侧艳”范围，故而周济《宋四家词选》以为“不过桃花人面，旧曲翻新耳”。但它不仅比一般的艳词更见语言精工富赡、声律和谐流美，而且以腾挪自如、回环往复的笔法穷勾勒之致、极顿挫之妙，显示出精深的艺术功力。

一叠写作者春日重游章台旧地，睹物思人，兴慨无穷。二叠追忆旧日恋人，而落笔于见面之初的印象，轻勾浅勒，看似浑不着力，却使其天真、淡雅而又不无娇羞的音容笑貌活现于纸上。三叠折回现实，表现邻里虽在而伊人远去、不得重续前缘的无限怅恨。“知谁伴”云云，见出其孤独寂寞已甚，几欲仰天长吁。“伤离意绪”云云，亦属直抒心声，为一篇主旨之所在。“归骑晚”句以下铺叙归途中的凄迷景色，使其“伤离意绪”绵延于更为迴远的时空，沈义父《乐府指迷》视之为以景烘情的范例。

【注释】

①章台：代指妓女聚居之处。见前欧阳修《蝶恋花》（庭院深深深几许）注⑤。 ②褪粉梅梢：指枝头梅花快要凋落，故粉色褪减。 ③愔（yīn）愔：寂静的样子。 ④个人：那人，伊人。 ⑤乍窥门户：初次从门缝中向外窥看。 ⑥浅约宫黄：即轻施宫黄。宫黄，宫女用来涂眉的黄粉。 ⑦障风映袖：以扇挡风，以袖掩面。 ⑧前度刘郎：刘禹锡自贬地召回长安，作《再游玄都观绝句》讽刺昔日权贵云：“种桃道士知何处？前度刘郎今又来。”此处用其事，说明自己乃旧地重游。 ⑨秋娘：唐代名妓，屡见于唐人歌咏。此处代指与作者恋人同时的某位歌女。 ⑩燕台句：唐代洛阳少女柳枝，闻人吟李商隐《燕台》诗，遂生爱慕之情。此处用其事。 ⑪露饮：饮酒时脱帽露顶，不拘形迹。一说指露天饮酒。 ⑫“事与”句：形容往事成空。杜牧《题安州浮云寺楼寄湖州张郎中》：“恨如春草多，事与孤鸿去。”

西　河

金陵怀古

佳丽地[①]，南朝盛事谁记？山围故国绕清江，髻鬟对起。怒涛寂寞打孤城[2]，风樯遥度天际[3]。　　断崖树，犹倒倚，莫愁艇子曾系[4]？空余旧迹郁苍苍，雾沉半垒[5]。夜深月过女墙来[6]，伤心东望淮水[7]。　　酒旗戏鼓甚处市[8]？想依稀、王谢邻里。燕子不知何世，向寻常巷陌、人家相对[9]。如说兴亡斜阳里。

【题解】

金陵怀古词，此前已有王安石的《桂枝香》被推为“绝唱”。周邦彦此词如不独出机杼，殆难别开生面，与之相埒。就题旨而言，此词抒写六朝兴废之感慨，略同于王安石所作。但王词主要以秋景相烘托，此词则主要以春光相映衬。这已属另辟蹊径。然而此词更突出的特色还在于，大量隐括前人诗句，却浑然天成，一如己出。词的主干部分乃由刘禹锡《金陵五题》中的《石头城》和《乌衣巷》脱胎而来，但不仅字字锻炼，另铸为参差新句，堪称化合无痕，而且在其中融入了自己的独特思考与感悟。张炎《词源》认为：“美成词只当看他浑成处，于软媚中有气魄，采唐诗融化如己出者。”此词是其明证。全词风格苍劲老成，差可视为清真词中的别调而媲美于王安石的同题之作。

【注释】

①佳丽地：指金陵（今江苏南京）。谢朓《入朝曲》：“江南佳丽地，金陵帝王州。”　②“山围”三句：刘禹锡《金陵五题·石头城》：“山围故国周遭在，潮打空城寂寞回。”髻鬟对起：形容长江两岸山峰对峙。　③“风樯”句：谢朓《之宣城郡出新林浦向板桥》：“天际识归舟，云中辨江树。”风樯：帆船。　④莫愁艇子：古乐府《莫愁乐》：“莫愁在何处？莫愁石城西。艇子打两桨，催送莫愁来。”莫愁，南朝少女名。金陵有莫愁湖。　⑤雾

沉半垒：意谓夜雾深沉，旧日营垒半掩其中。 ⑥“夜深”句：刘禹锡《金陵五题·石头城》：“淮水东边旧时月，夜深还过女墙来。”女墙：城头上的垛口。 ⑦淮水：指秦淮河。 ⑧甚处市：这是什么街市。 ⑨“想依稀”四句：刘禹锡《金陵五题·乌衣巷》：“朱雀桥边野草花，乌衣巷口夕阳斜。旧时王谢堂前燕，飞入寻常百姓家。”王谢：指东晋时王、谢两大望族。

瑞鹤仙

悄郊原带郭①。行路永、客去车尘漠漠②。斜阳映山落，敛余红③，犹恋孤城栏角④。凌波步弱⑤，过短亭、何用素约⑥？有流莺劝我⑦，重解雕鞍，缓引春酌⑧。　不记归时早暮，上马谁扶，醒眠朱阁。惊飙动幕⑨。扶残醉，绕红药。叹西园、已是花深无地，东风何事又恶？任流光过却，犹喜洞天自乐⑩。

【题解】

周邦彦友人王铚之子王明清以为此词是作者梦中所赋，且据以演绎出一段不无附会与夸张的传奇故事（见《玉照新志》），似未足征信。从词意看，作者所咏为送客后的所遇所感，其中或许别有寄托，却很难坐实。起拍二句点明送客之地和客去之状，映带出伫立怅望的情态。接着以“斜阳”犹恋“孤城栏角”，进一步烘托出依依难舍的惜别情怀。“凌波”句以下转入邂逅“流莺”的场景。黯然神伤之际，得与佳人不期而遇，自可稍慰愁怀，加以流莺殷勤劝饮，作者遂至酩酊大醉。换头四句写作者从梦中醒来，回想昨夜归途之事，已觉惘然。“醒眠朱阁”为点睛之语，见出此前的笔墨皆为醒后之追叙。“惊飙”句以下又兴波澜，极言东风肆虐，花事堪虑，怆然作惜花伤春之叹。结穴二句化忧为喜，以求解脱，用笔更见深曲。全篇结构时开时合，顿挫生姿；情感倏起倏落，转换无迹，故而颇堪寻绎。

【注释】

①悄郊原带郭：意谓郊野与外城相连，静悄悄的一片。 ②永：长。 ③余红：余辉。 ④孤墙栏角：孤城的一角栏杆。 ⑤凌波步弱：形容女子步履轻盈而又略显娇弱。语本曹植《洛神赋》：“凌波微步，罗袜生尘。” ⑥素约：预先约定。 ⑦流莺：歌女名。 ⑧春酌：美酒。 ⑨惊飙（biāo）：暴风。 ⑩洞天：本指传说中的仙家福地。此处借指可使作者怡然自乐的去处。

玉 楼 春

桃溪不作从容住①，秋藕绝来无续处②。当时相候赤栏桥③，今日独寻黄叶路。 烟中列岫青无数④，雁背夕阳红欲暮。人如风后入江云，情似雨余粘地絮。

【题解】

此词以刘晨、阮肇天台遇仙的传说起兴，引出对旧日恋情的追忆以及故地重游、不见伊人的无限怅惘。意象优美，语言精工，情致深婉。开篇二句追悔当年未曾“从容”居留于“桃溪”，以致今日伊人远去，前缘难续。“桃溪”“秋藕”，对比鲜明：一为春光，暗示昔日之繁华；一为秋色，暗示今日之萧条。“当时”二句仍为今昔比照之辞：一写昔日相会之欢娱，一写今日独寻之忧伤。“烟中”二句为独寻所见。举头四顾，唯见青山似障、残阳如血。一字不及孤独，而其孤独情状已宛然在目。歇拍二句以比喻作结，亦极工巧：不仅比喻本身形神两似，而且二句还构成彼此之间的比照，益见笔法丰富多变。陈廷焯《白雨斋词话》析曰："上言人不能留，下言情不能已。呆作两譬，别饶姿态，却不病其板，不病其纤，此中消息难言。"

【注释】

①桃溪：据刘义庆《幽明录》载，浙江剡县人刘晨、阮肇同入天台山采药，遥见桃溪边有二女子，姿质绝妙，接谈甚欢，遂留居半年。及还乡，子孙已历七世。　②"秋藕"句：反用孟郊《去妇诗》"妾心藕中丝，虽断犹牵连"之意，谓情缘如同秋藕，一旦折断便无法接续。　③赤栏桥：温庭筠《杨柳枝》："一渠春水赤栏桥"。　④"烟中"句：由谢朓《郡内高斋闲望答吕法曹》"窗中列远岫"化出。

解　连　环

怨怀无托，嗟情人断绝，音信辽邈①。纵妙手、能解连环②，似风散雨收，雾轻云薄。燕子楼空③，暗尘锁、一床弦索④。想移根换叶，尽是旧时，手种红药。　　汀洲渐生杜若⑤。料舟依岸曲，人在天角。谩记得、当日音书，把闲语闲言，待总烧却。水驿春回，望寄我、江南梅萼⑥。拚今生、对花对酒，为伊泪落。

【题解】

起句"怨怀无托"为一篇眼目。"叹情人"二句揭示"怨怀无托"的缘由，即伊人一去，音书断绝。这意味着此词所表现的不是两地同心、俱为情苦的"相思"主题，而是一方痴情，一方薄情的"负心"主题。但它又没有袭用"痴心女子负心汉"的传统模式，而有意造成双方的"错位"，让读者领略一幕"负心女子痴心汉"的爱情悲剧。"纵妙手"句以下逐层深入地描写男主人公无所寄托而又难以排遣的愁怀：纵有妙手解开这连环似的单相思情结，内心仍将不胜怅惘，就像风散雨收之后，还会有轻雾薄云绵延天际；尽管人去楼空，但朱弦犹在，令人触目伤怀；而移步院内，伊人当年手植的芍药花又跃入眼帘，撩起他的怅触百端。下片因思切、怨深而转作决绝之辞：当年的彩笺锦字、海誓山盟，不过是"闲情闲言"而已，应当将其付之一炬。但随即又化刚为柔，软语恳求对方寄赠梅花，以慰其思。可知他终究不能泯却前情。歇拍进一步剖白心迹：甘愿为伊人洒泪终生。这就跌宕往复、一波三折地表现了男主人公情之痴顽、意之缠绵及心之哀苦。

【注释】

①辽邈：遥远。 ②解连环：据《战国策·齐策》载，秦始皇遣人给齐国王后送去一枚玉连环，且谓"齐人聪明，能否将其解开"？群臣均无能为力。王后遂用铁椎将该环击破，对使者曰："谨以解矣。"此处喻指解开情结。 ③燕子楼：见前苏轼《永遇乐》（明月如霜）注①。 ④弦索：指乐器。 ⑤杜若：香草名。《九歌·湘君》："采芳洲兮杜若，将以遗兮下女。" ⑥"水驿"二句：希望得到对方的讯息与关怀。南朝乐府《西洲曲》："忆梅下西洲，折梅寄江北。"又据《荆州记》载，陆凯曾从江南寄梅予范晔，且赠诗云："折梅逢驿使，寄与陇头人。江南无所有，聊赠一枝春。"这是此二句所本。

李 廌（1059—1109）

字方叔，华州（今陕西华县）人。一说阳翟（今河南禹州）人。

苏轼赞赏其文，力荐于朝，未果。后绝意仕进，定居颍昌。有《济南集》八卷、《德隅斋画品》一卷。《全宋词》录其词四首。

虞 美 人

玉阑干外清江浦①，渺渺天涯雨。好风如扇雨如帘，时见岸花汀草、涨痕添。　　青林枕上关山路②，卧想乘鸾处③。碧芜千里信悠悠④，惟有霎时凉梦、到南州。

【题解】

李廌（zhì）为“苏门六君子”之一，与苏氏兄弟及苏门弟子交谊甚笃。绍圣年间，苏氏兄弟及苏门弟子相继贬窜南荒：苏轼于绍圣元年（1094）贬惠州，黄庭坚于同年贬黔州，秦观于绍圣三年（1096）贬郴州，苏辙于绍圣四年（1097）贬雷州。此词即抒写对远贬南荒的苏门师友的怀念之情。结句“惟有霎时凉梦、到南州”，透露了这一消息。关山阻隔，鸿雁不至，生死茫茫，作者思念至极，惟有形诸梦寐，在梦中向自己挚爱的师友一诉款曲了。用笔深情缱绻而又极为含蓄。所忆之人，所念之事，概不言明，点到为止，引人遐想。故而况周颐《蕙风词话》称其“尤极淡远清疏之致”。从结构上看，上片写景，而景中有情；下片抒情，而情中有景。上片为白昼凭栏所见，下片为夜晚卧枕所思。凭栏，是为眺望师友所在之天涯海角；眺望不得，只好转由梦中寻觅。这是一篇意脉。难得的是，上片写景亦多有新创之处。况周颐《蕙风词话》便认为：“‘好风’句绝新，似乎未经人道。”

【注释】

①玉阑干：石栏杆之美称。　②青林枕：即竹枕。　③乘鸾：指仙游。

据《集仙录》载："天使降时，鸾鹤千万，众仙毕至，高者乘鸾，次者乘麒麟，次乘龙。" ④碧芜：绿草。

赵令畤（1061—1134）

字德麟，自号聊复翁，宋宗室。元祐六年（1091），以苏轼荐，签判颍州公事。后受苏轼牵连，被废十年。绍兴初，袭封安定郡王。有《侯鲭录》八卷、辑本《聊复集》一卷。

蝶恋花

欲减罗衣寒未去，不卷珠帘，人在深深处。红杏枝头花几许？啼痕止恨清明雨[①]。　尽日沉烟香一缕[②]，宿酒醒迟[③]，恼破春情绪。飞燕又将归信误，小屏风上西江路。

【题解】

此词抒写闺中少妇的伤春念远之情，用笔婉曲有致，含茹有度。开篇三句揭示女主人公心境的幽独。春寒料峭，罗衣难减，珠帘未卷，而女主人公正在那帘幕深处。无一字直述其心境，而笼罩着其心境的幽独气息，却沉潜于字里行间，稍加体会，即可感触。此时，她在对镜自怜抑或倚枕独伤，作者亦不明言，以留给读者更大的想象余地。"红杏"二句怅问花开几许，恼恨春雨连绵，伤春之意已见端倪。过片三句写女主人公不仅终日独对香炉凝思默想，而且常因饮酒而倦卧晚起，点出其精神之空虚和意绪之慵懒。而这无疑是伤春念远所致。一篇题旨至此已呼之欲出。歇拍二句巧借"飞燕""屏风"将题旨揭破。“小屏风上西江路”，看似与前文了无干涉，实则是暗示其心上人当年乃由“西江路”离去，故而不失为点睛之笔。沈际飞《草堂诗余正集》评曰：“末路情景，若远若近，低徊不能去。”惟其如此，才显得情韵悠远。

【注释】

①止恨：只恨。 ②沉烟香：即沉香，香粉名。 ③宿酒：隔夜喝的酒。

蝶 恋 花

卷絮风头寒欲尽，坠粉飘红，日日香成阵。新酒又添残酒困，今春不减前春恨。 蝶去莺飞无处问，隔水高楼，望断双鱼信①。恼乱横波横一坠②，斜阳只与黄昏近。

【题解】

这也是一首春日怀人之作，改名前词的“姊妹”篇。起笔描绘晚春景象。风劲寒轻，絮卷粉坠，为景尚不甚可叹。但续以“红成阵”，则衰残之感顿见。而作者于“红成阵”前又修饰以“日日”二字，就更加令人触目伤怀。“新酒又添残酒困”，如果饮酒只为浇愁，那么，这实际上是说旧愁未去，新愁又到。“今春不减前春恨”，即晏几道《临江仙》中“去年春恨却来时”之意，暗示她别离已久，故而年年伤春。过片“蝶去莺飞”，既是刻画眼前景物，又有象征与所爱分袂之意，可谓寄兴玄妙。“望断双鱼信”，正面点出怀人之旨，使一篇意脉得以贯通，情韵亦极悠长。李攀龙赞曰：“妙在写情语，语不在多而情更无穷”（见《草堂诗余隽》）。

【注释】

①双鱼：指代信使。 ②横波：形容眼神流动。

晁冲之（生卒年不详）

字叔用，一字用道，钜野（今山东巨野）人。晁补之从弟，宋代藏书家晁公武之父。举进士不第，授承务郎。绍圣时卜居新郑，隐于具茨山下。有辑本《晁叔用词》一卷。

临 江 仙

忆昔西池池上饮[1]，年年多少欢娱。别来不寄一行书。寻常相见了，犹道不如初。　安稳锦衾今夜梦，月明好渡江湖。相思休问定何如[2]。情知春去后[3]，管得落花无？

【题解】

此词怀念汴京旧游。作者及其从兄冲之、咏之，皆与苏门有交，元祐年间，多次在汴京联镳出游。起句中的“西池”，是他们经常履足的胜地。秦观《千秋岁》词中的“忆昔西池会，鹓鹭同飞盖”两句，亦是追记西池盛会。“年年多少欢娱”，赞叹中深见神往之情。“别来”句由温馨的回忆跌入冷酷的现实：一别多年，音讯难通。“寻常”二句设想日后纵有机会重逢，况味亦必与前大不相同。过片转写自身目下境况：闲居自适，夜间尚能安然入梦。这是故作达观之语，以慰友人。“月明好渡江湖”，即李白《梦游天姥吟留别》中“一夜飞渡镜湖月”之意，暗示梦中常越过山水阻隔去与友人相会。“相思”句见出彼此心心相印，无须用语言诉说思念之情。结穴二句以比兴手法感叹昔日同游的友人如同“落花”般纷纷凋零，语虽平淡，情实凄恻。许昂霄《词综偶评》评此词曰：“淡语有深致，咀之无穷。”

【注释】

①西池：指汴京的金明池。　②休问定何如：吴曾《能改斋漫录》：“今世书问往还，必曰：‘不审比来起居何如？’”　③春：喻指元祐年间的政治局面。

毛　滂（1064—？）

字泽民，衢州（今属浙江）人。初任杭州法曹，受知于苏轼。元符二年（1099），知武康县。崇宁初，除删定官。政和中，守嘉禾。有《东堂枭》十卷、《东堂词》一卷。

惜　分　飞

富阳僧舍作别语赠妓琼芳①

泪湿阑干花着露②，愁到眉峰碧聚。此恨平分取，更无言语空相觑③。　断雨残云无意绪，寂寞朝朝暮暮。今夜山深处，断魂分付潮回去。

【题解】

这是一首伤离怨别之作。据黄昇《唐宋诸贤绝妙词选》载，毛滂乃以此词受知于苏轼。这虽属附会，却为此词平添了一段佳话，同时也说明其魅力非凡。起拍二句描绘女方凄然伤别的情态：泪流满面，犹如鲜花沾露、双眉紧锁，好似远山耸翠。“此恨”将镜头由女方的脸部特写拉开，摄下男女双方默然对视的场面，借助其深情的目光，达到感情的双向交流，较之呼天抢地、捶胸顿足，更能传递出双方内心深处的悲凉与无奈，故而沈际飞评曰：“一笔描来，不可思议”（《草堂诗余正集》）。过片二句由此时的哀怨心绪推想别后的孤寂落寞。“断雨残云”，既是暗用宋玉《高唐赋》中“旦为朝云，暮为行雨”句意，隐喻欢期难再，也是以眼前的衰残之景，来进一步烘染离情别绪。歇拍二句运笔入虚，想象今夜独宿深山，这孤独痛苦的离魂将在梦中随江潮回到恋人身边。思奇情苦，令人称绝。周辉《清波杂志》评曰：“语尽而意不尽，意尽而情不尽，何酷似秦少游也。”

【注释】

①富阳：今属浙江杭州，富春江流经其地。琼芳：歌妓名。身世不详。 ②“泪湿”句：白居易《长恨歌》：“玉容寂寞泪阑干，梨花一枝春带雨。”阑干：泪水纵横的样子。 ③相觑：相视。

叶梦得（1077—1148）

字少蕴，号石林居士，吴县（今属江苏）人。宋哲宗绍圣四年（1097）进士，累官中书舍人、翰林学士，帅颍昌府。南渡后，为江东安抚使兼知建康府，徙知福州兼福建安抚使。晚居吴兴弁山。有《建康集》八卷、《石林词》一卷。

水调歌头

九月望日[①]，与客习射西园，余偶病不能射。

霜降碧天静，秋事促西风。寒声隐地初听，中夜入梧桐。起瞰高城回望[②]，寥落关河千里，一醉与君同。叠鼓闹清晓[③]，飞骑引雕弓。　岁将晚，客争笑，问衰翁[④]：平生豪气安在？走马为谁雄？何似当筵虎士[⑤]，挥手弦声响处，双雁落遥空。老矣真堪愧，回首望云中[⑥]。

【题解】

叶梦得前期词“甚婉丽，绰有温、李之风”；后期词则“落其华而实之，能于简淡时出雄杰，合处不减东坡”（关注《题石林词》）。本篇为后期作品，大约作于绍兴八年（1138）知建康府期间。此时南宋王朝与金人隔江而治，建康已成为扼江御敌的战略要地。因而，“习射西园”，自非取以为乐，而是借此较量武艺，待机报国，但作者此番却因染恙在身，不能一试身手。比照部将之骁勇，不禁自伤衰老。上片描写西园夜饮的情景。就中，“起瞰高城”三句分明融入了国土沦丧、金瓯破碎的怅恨之情。报国有心，请缨无路，作者只有借酒浇愁，与客同醉。下片描写西园习射的情景。作者当年走马驰射，争雄侪类，情豪志壮；而今却垂垂老矣，不复能像部将那样百步穿杨、矢无虚发。“问衰翁”以下六句以怅问出之，感慨极为深沉。歇拍二句因年老力衰而自愧，却仍回望云中，希望为国建功。可知他身虽老迈而志节未衰。全词于沉郁悲凉中寓雄杰苍健之气，不失为叶梦得后期代表作之一。

【注释】

①望日：十五日。 ②瞰：居高俯视。 ③叠鼓：指鼓点紧而密。 ④衰翁：作者自称。 ⑤当筵虎士：指部将岳德。曾慥《乐府雅同》录此词，小题中有“将领岳德，弓强二石五斗，连发三中的，观者尽惊，因作此词示坐客”云云。 ⑥云中：指云中郡，为汉代北方边防重镇。魏尚、李广等汉将曾在此抗击匈奴，为国建功。

贺新郎

睡起流莺语。掩青苔、房栊向晚①，乱红无数。吹尽残花无人见，惟有垂杨自舞。渐暖霭、初回轻暑。宝扇重寻明月影②，暗尘侵、上有乘鸾女③。惊旧恨，遽如许④。 江南梦断横江渚。浪粘天，葡萄涨绿⑤，半空烟雨。无限楼前沧波意，谁采蘋花寄取？但怅望、兰舟容与⑥。万里云帆何时到？送孤鸿、目断千山阻。谁为我，唱金缕⑦？

【题解】

此词抒写怀人之思。上片先着笔于午睡醒来后的见闻，通过“流莺”“苍苔”“乱红”“残花”等意象的点染。暗示春尽夏来、轻暑初回，从而自然引出对故物“宝扇”的“重寻”。然后落墨于作者重又寻得宝扇后的情绪变化：因宝扇上绘有乘鸾仙女，顿时触发了他的怀人遐思，勾引起他一直强自压抑的“旧恨”。“惊旧恨，遽如许”二句，语感强烈，足见其内心正波翻浪卷。下片便由“旧恨”二字加以生发，追忆昔日之恋情，感叹今日之暌离。值得注意的是，作者在抒情写意时，始终借助恢阔江景来进行烘染。洲渚横江，象征着两地阻隔；江浪拍天，象征着情潮激荡；而那迷迷蒙蒙阿鹏哥的江雨江烟，则分明可以写照作者心境的怅惘。云帆不到，蘋花难寄，作者唯有目送孤鸿，望断千山。全词风调婉丽，绰有温（庭筠）、李（商隐）之风，当为叶梦得早期的作品。刘昌诗《芦浦笔记》谓其作于叶氏十八岁时，则恐未确。

【注释】

①房栊：窗户。栊：窗上棂木。　②宝扇：团扇。明月影：指团扇的影子如同明月。汉乐府《怨歌行》："裁为合欢扇，团团似明月。"　③乘鸾女：据《龙城录》载，唐明皇曾游月宫，见仙女千余人皆着白衣而乘白鸾。此处指团扇上所绘之仙女图像。　④遽（jù）：骤然。如许：如此。　⑤葡萄涨绿：谓江水上涨，碧如葡萄。李白《襄阳歌》："遥看汉水鸭头绿，恰似葡萄初发醅。"　⑥容与：舒闲的样子。　⑦金缕：即《金缕曲》，为《贺新郎》之别名。一说指唐代杜秋娘所唱的《金缕衣》："劝君莫惜金缕衣，劝君惜取少年时。"

汪　藻（1079—1154）

字彦章，饶州德兴（今属江西）人。宋徽宗崇宁二年（1103）进士。高宗时，累官中书舍人、翰林学士，知徽州、宣州。后夺职，居永州。有《浮溪集》三十二卷、《浮溪词》一卷。

点　绛　唇

新月娟娟[1]，夜寒江静山衔斗[2]。起来搔首，梅影横窗瘦。　好个霜天，闲却传杯手[3]。君知否？乱鸦啼后，归兴浓如酒。

【题解】

此词上片描绘冬夜景色，而将思归之情寄寓于其中。开篇即着笔于“新月”，正好引发读者“举头望明月，低头思故乡”的诗意联想。夜深江静，北斗西移，作者本当沉酣于梦境；而今却“起来搔首”，见出其心有所思，夜长无寐。无限欲言而又难言之情，皆从“搔首”这一细微动作中曲曲传出。而那横映于窗纸的清瘦的梅影，仿佛就是作者形象的写照。下片先写作者因天气寒冷而停杯罢饮；接着用自问自答的形式，将上片未曾明言的思归之情一吐为快。“归兴浓如酒”，遥接“闲却”一句，谓其思归之情远远浓于饮酒之兴，发语幽默、风趣，而真情毕见。全篇意境由新月、北斗、梅影、霜天、鸦声等染有作者感情色彩的物象构成，略近于唐人张继的《枫桥夜泊》。

【注释】

①娟娟：明媚美好的样子。 ②山衔斗：北斗西沉，似被远山衔在口中。 ③闲却传杯手：谓作者停杯罢饮，酒兴索然。

万俟咏（生卒年不详）

字雅言，自号大梁词隐。徽宗朝充大晟府制撰，与周邦彦、晁次膺等按月律进词。绍兴五年（1120），补下州文学。有辑本《大声集》一卷。

诉衷情

一鞭清晓喜还家，宿醉困流霞[①]。夜来小雨新霁，双燕舞风斜。　　山不尽，水无涯，望中赊[②]。送春滋味，念远情怀，分付杨花。

【题解】

黄昇《花庵词选》于词调下题有“送春”二字。但细绎词意，却并非抒写送春情怀，而是表现久客得归的游子的欢乐心境。起拍写游子“清晓”即扬鞭登程，足见其归心似箭。“喜还家”，为一篇精神贯注之处。通篇皆围绕“喜”字着笔。“宿酒困流霞”，暗示昨夜因归家在即而纵饮一醉，令人想见其举杯时的欣喜若压之态。“夜来”二句为归途中所见景色。夜雨新霁，双燕蹁跹，正可烘托作者的喜悦情绪。换头“山不尽”三句回望归程山水，以反照当年离家宦游时跋涉其间的辛苦劳顿。但往日的羁旅愁思如今已荡然无存。“送春”三句意谓：我在客中送春的凄凉滋味，以及家人思念我这远方游子的哀伤情怀，尽可付与那漫天飞舞的杨花。杨花蒙蒙，当是眼前实景，作者由此触发奇思妙想，将久客将归之“喜”渲染得更加浓烈。

【注释】

①流霞：指酒。　②赊（shē）：遥远。李白《扶风豪士歌》：“浮云四塞道路赊。”

陈　克（1081—？）

字子高，自号赤城居士，临海（今属浙江）人。侨寓金陵。有辑本《赤城词》一卷。

谒金门

愁脉脉，目断江南江北。烟树重重芳信隔，小楼山几尺。　　细草孤云斜日，一向弄晴天色。帘外落花飞不得，东风无气力①。

【题解】

陈廷焯《白雨斋词话》评陈克词云："婉雅闲丽，暗合温、韦之旨。"验之此词，信然。词抒写暮春怀人之思，起笔即麾出一个"愁"字。"愁脉脉"者，盖因怀念远人所致也。思见远人而不得，故独登小楼，眺望远人之所在。但结果却是"目断江南江北"。"目断"二字，漾出多少伤心失望之意？换头二句转写"弄晴天色"，而以"细草""孤云""斜日"等意象相烘染，构成含蕴丰富的画面。结穴二句运用移情手法，将"落花"与"东风"人格化。"落花飞不得""东风无气力"，这既是渲染暮春残景，同时也是对作者此时的芳菲情思和衰飒心态的一种巧妙写照。全词虽由"愁"入手，却并不溺于感伤，饶有"婉雅闲丽"之致。

【注释】

①东风无气力：李商隐《无题》："相见时难别亦难，东风无力百花残。"

朱敦儒（1081—1159）

字希真，号岩壑老人，洛阳（今属河南）人。早年以布衣负时望，屡辞征召。宋高宗绍兴年间赐进士出身，历官秘书省正字、兵部郎中、两浙提点刑狱。后被劾罢官，寓居嘉禾（今浙江嘉兴）。晚年出为鸿胪少卿。其词多反映遁世隐逸生活，间亦感时伤世，于北宋南宋间自立一宗。有《樵歌》三卷。

鹧　鸪　天

西　都　作①

我是清都山水郎②，天教懒慢带疏狂③。曾批给露支风敕④，累奏留云借月章⑤。　诗万首，酒千觞⑥，几曾着眼看侯王？玉楼金阙慵归去⑦，且插梅花醉洛阳。

【题解】

此词袒示了作者放浪山水、傲视王侯的情怀。开篇即以“清都山水郎”自命，表明自己爱好山水乃是出于天性，而并非趋奉儒家“仁者乐山，智者乐水”说的矫情之举。接着，“天教”句又进而声称自己的懒散的生活方式和狂放的性格特征亦属天赋，因而无法改变。放笔直陈中，不惟胸臆毕见，而且豪气四溢，直摩东坡壁垒。“曾批”二句仍然假托天意以抒怀抱：既然天帝钦准我管理露、风、云、月，我岂能不与之长相亲和？言外颇见避世远俗、栖心自然之意。换头三句遥接上片中的“疏狂”二字，对之进行形象化的图解。“几曾着眼看侯王”，不仅表现了对功名富贵的鄙夷，而且显露出傲视王侯的铮铮傲骨。较之李白的“安能摧眉折腰事权贵”，愤慨程度有所不及，却更见冷峻与轻蔑。结尾二句重申不愿返回朝廷、争逐名利，只愿诗酒狂放、隐逸终老的心志，其中“慵归去”又与上片中的“懒慢”二字相照应，章法虽具变化，却不失严密。

【注释】

①西都：指洛阳。宋时称洛阳为西京。 ②清都：传说中天帝的居处。山水郎：为天帝管理山水的郎官。 ③疏狂：狂放不羁。 ④敕（chì）：指天帝的诏令。 ⑤累（lěi）：再三。章：指上呈天帝的奏章。 ⑥觞（shāng）：古时盛酒的容器。 ⑦玉楼金阙：指汴京的宫殿。

临 江 仙

直自凤凰城破后①，擘钗破镜分飞②。天涯海角信音稀。梦回辽海北③，魂断玉关西④。 月解团圆星解聚，如何不见人归？今春还听杜鹃啼。年年看塞雁⑤，一十四番回。

【题解】

此词抒写铭心刻骨的家国之恨，情调低回掩抑，迥异于前词之超旷出尘。这表明靖康之变使力图避世隐逸的作者无法对国破家亡的惨痛现实熟视无睹，他不得不调整自己的音色，唱出感时恨别的哀歌，并让它汇入时代的旋律。起拍二句叙写汴京沦陷后家庭破碎、夫妻离散的悲剧性遭遇。“擘钗破镜”，借典言情，既富于历史的积淀，又颇具意象的张力。“辽海北”“玉关西”，泛指北方沦陷区，而作者的亲人正流落、呻唤于彼地。字面上不点出思念的对象，而仅借代以地名，可知作者对北方失地亦是魂牵梦萦。过片后表现作者对重逢的向往与期待，同样情辞凄苦。“月解团圆”二句以空中传恨之笔，写尽作者盼团圆而不得的失望与怨尤。“今春还听杜鹃啼”，着一“还”字，把无望的期待化为一种岁岁如此的历史延续；而在杜鹃啼血这一意象中，则分明可以觅见作者自身的潜影。歇拍二句绾合上文，以貌似平淡的语言，写出作者在别后的十四年中是如何苦苦期盼亲人的消息。而这在当时极具典型性。

【注释】

①直自：自从。凤凰城破：指宋钦宗靖康二年（1127）汴京沦陷事。凤凰城，指汴京。 ②擘（bò）钗：分钗。古代情侣离别时常分钗以作纪念。白居易《长恨歌》：“钗留一股合一扇，钗擘黄金合分钿。”破镜：指南朝陈后主妹乐昌公主在陈亡后打破妆镜，各执其半，分头逃难事。其经过极为曲折。见孟棨《本事诗》。 ③辽海北：泛指东北地区。 ④玉关：玉门关。玉关西：泛指西北地区。 ⑤塞雁：由边塞飞回的鸿雁。

念 奴 娇

插天翠柳，被何人、推上一轮明月？照我藤床凉似水，飞入瑶台琼阙①。雾冷笙箫，风轻环佩②，玉锁无人掣③。闲云收尽，海光天影相接。 谁信有药长生，素娥新炼就、飞霜凝雪④。打碎珊瑚，争似看、仙桂扶疏横绝⑤。洗尽凡心，满身清露，冷浸萧萧发。明朝尘世，记取休向人说⑥。

【题解】

此词咏月。开篇四句展示作者踞床望月的情景。不说月悬中天，而由“月上柳梢头”的既有意象加以推衍，设想不知何人推月上柳，故作一问，不惟运思奇巧，而且造成词情波澜，入手即见不凡。月下纳凉，藤床似水，作者不禁神思飞驰，浮想联翩。“雾冷笙箫”以下便纵笔描述其神游月宫的所见所闻与所感。笙箫齐奏，仙乐风飘；霓裳起舞，玉佩叮当，广宇澄静，海天一碧，仙桂扶疏，光影清绝；此外，更有炼就霜雪的素娥活动于其间。在作者笔下，清丽的月夜景色与优美的神话传说互相融合，从而映现出月下广宇的清凉、恬静、雅洁之美。就中，“打碎”二句且将观赏月夜美景的精神愉悦与世俗的物质享乐相比照，托出自己超尘拔俗的志趣。全篇意象优美，境界清朗，情怀高旷，是咏月词中的佳作之一。

【注释】

①瑶台琼阙：指代月宫。 ②风轻环佩：谓仙女在风中起舞，玉佩叮当作响。 ③玉锁无人掣（chè）：谓无人叩关打扰。 ④“谁信”三句：意谓月宫并没有长生不死之药，有的只是嫦娥炼就的霜雪。素娥：即嫦娥。传说后羿得不死之药，其妻嫦娥窃而奔月。又，古有月中玉兔捣药的传说。 ⑤“打碎”二句：意谓夸豪斗富取乐，何如观赏月中仙桂高雅有趣？打碎珊瑚：据《世说新语·汰侈篇》载，晋武帝赐王恺二尺余高的珊瑚树，“枝柯扶疏，世罕其比”。王恺遂夸示于石崇。石崇看完，“以铁如意击之，应手而碎”，随即令人取出三四尺高的珊瑚树六七株。王恺自愧不如。此处用其事。 ⑥休向人说：意谓不足与俗人道。

好　事　近

渔　父　词

摇首出红尘[①]，醒醉更无时节。活计绿蓑青笠[②]，惯披霜冲雪。　　晚来风定钓丝闲，上下是新月。千里水天一色，看孤鸿明灭。

【题解】

朱敦儒晚年退隐嘉禾鸳鸯湖（今嘉兴南湖），以湖山自适、渔歌自遣，并作《渔父词》六首自明心志。陈廷焯对这组作品备极赞赏，既云："清绝，高绝！真乃看破红尘烟波钓徒之流亚也"（《云韶集》评）；复云："自是高境，虽偶杂微尘，而清气自在，烟波钓徒流亚也"（《词则·大雅集》评）。本篇是组词的第一首，风调闲雅而又旷远，境界澄静而又空灵。开篇二句极写渔父傲然出世、睥睨尘俗的神情和放任自适、摆去拘束的生活。"活计"二句在动静相映中刻画烟波垂钓的渔父形象，而着力突出其纯真、洒脱的天性。下片四句是一幅精心绘就的月下垂钓图。在霁月光风、水天一色的空阔背景下，渔父闲看那"孤鸿明灭"，心境已悠远到极处。神余言外，此之谓也。

【注释】

①红尘：尘世。　②绿蓑青笠：语本张志和《渔父词》"青箬笠，绿蓑衣，斜风细雨不须归。"

赵 佶（1082—1135）

即宋徽宗。元符三年（1100）即位，在位二十六年。宣和七年（1125），金兵南下，传位赵桓（即宋钦宗），自称太上皇。靖康二年，汴京失陷，为金人掳去，囚死于五国城（今黑龙江依兰）。擅书法，工花鸟，能诗词。有辑本《宋徽宗词》一卷。

燕 山 亭

北行见杏花

裁剪冰绡，轻叠数重，淡著脂粉匀注①。新样靓妆，艳溢香融，羞杀蕊珠宫女②。易得凋零，更多少、无情风雨。愁苦。问院落凄凉，几番春暮？　　凭寄离恨重重，这双燕，何曾会人言语？天遥地远，万水千山，知他故宫何处。怎不思量，除梦里、有时曾去。无据，和梦也、新来不做③。

【题解】

此词作于赵佶被掳北行途中。国破家亡，身系囹圄，乃赵佶本人荒淫失政所致。这一惨痛经历，使他在途中得见杏花时枨触百端，发为歌吟。词借杏花之凋落，伤神州之陆沉。后人称其“哀情哽咽，仿佛南唐后主，令人不忍多听”（徐釚《词苑丛谈》）。上片描绘杏花盛开时的娇妍秀美，既以浓墨重彩作正面渲染，又引来蕊珠宫女作侧面烘托，从而全方位地展示了它色艳香浓的绝代风姿。“易得凋零”以下笔势陡转，情境顿变。风雨无情，转瞬便会将杏花摧折殆尽。这是作者内心深处的忧思，其中当融入了“流水落花春去也”的家国之痛。下片由花及人，直抒离恨：尽管被掳北行，心之所系却始终是“千山万水”之外的汴京故宫；想托双燕寄意，双燕却不解人语；转而求之梦境，偏偏梦亦不成。如此层层翻转，步步推进，将一位亡国之君日暮途穷时的伤心绝望之情表现得波澜起伏而又淋漓尽致。

【注释】

①“裁剪”三句：形容杏花秀美，像白绸经过裁剪后，折叠成重重花瓣，又匀称地涂上淡淡的胭脂。冰绡：白绸。 ②“新样”三句：形容杏花如装扮入时的美人，色艳香浓，连天上的仙女也自愧不如。靓（jìng）妆：以粉黛妆饰。蕊珠：道家称天上宫阙为蕊珠。 ③和：连。

周紫芝（1082—1155）

字少隐，自号竹坡居士，宣城（今属安徽）人。绍兴十七年（1147），任敕令所删定官、枢密院编修官。后知兴国军。有《太仓稊米集》七十卷、《竹坡诗话》三卷、《竹坡词》三卷。

踏 莎 行

情似游丝，人如飞絮，泪珠阁定空相觑①。一溪烟柳万丝垂，无因系得兰舟住。 雁过斜阳，草迷烟渚，如今已是愁无数。明朝且做莫思量，如何过得今宵去？

【题解】

此词抒写别情。上片为别时情状，下片为别后情状。两片皆“情景交炼，得言外意”。但上片先情后景，下片先景后情，故意错综其序，以求变化。起笔连用两个比喻，形容情之缱绻缠绵和人之飘泊无定。遣词及造境略同于周邦彦《玉楼春》词中的“人如风后入江云，情似雨余粘地絮”。“泪珠”句聚焦于双方泪水盈眶、默然相视的惜别情态，用笔又与柳永《雨霖铃》词中的“执手相看泪眼，竟无语凝噎”有异曲同工之妙。“一溪”二句借柳寄情，极写客舟难系之无奈，使送者彷徨凄黯的伤别情绪流溢而出。过片专就送者着笔。“雁过”二句不径言其凄恻心意，而先宕开一笔，描绘夕阳苍茫、鸿雁独飞、草色迷离的黄昏景象，借以写照其情怀之迷惘，并引逗出“如今已是愁无数”的慨叹。较之直说，颇见曲折含蓄。结尾二句挺进一层，吐出更加哀婉愁苦的情语：明朝的事且莫去思量；如何挨过今夜，已令人愁绝肝肠！语真情切，饶有余韵。

【注释】

①阁定：噙住。

李　纲（1083—1140）

字伯纪，邵武（今属福建）人。其祖移居无锡（今属江苏）。宋徽宗政和二年（1112）进士。靖康初，授兵部侍郎、尚书左丞，力主抗金。宋高宗建炎元年（1127），拜尚书右仆射兼中书侍郎，受主和派谗间而罢职。绍兴后，历湖广宣抚使、江西安抚使，屡上疏论时事。卒谥忠定。有《梁溪先生文集》一百八十卷、《梁溪词》一卷。

江　城　子

池阳泛舟作[①]

春来江上打头风，吼层空，卷飞蓬。多少云涛，雪浪暮江中。早是客情多感慨，烟漠漠，雨濛濛。　　梁溪只在太湖东[②]，长儿童，学庞翁[③]。谁信家书，三月不曾通[④]。见说浙河金鼓震，何日到，羡归鸿。

【题解】

此词抒发作者的身世之感和家国之思。上片写泛舟春江，兴慨无穷。起拍三句展示“江上打头风”的骇人威势：摧枯拉朽，声震长空。“多少”二句以惊叹口吻，引出汹涌于江中的云涛雪浪。环境若此，泛舟其中，自属不易，稍有差池，便将樯倾楫摧。这既是实写眼前景色，也未尝不是借以隐喻自己风波迭起、险遭不测的仕宦道路。“早是”三句不仅将一腔感慨径直托出，而且以“烟漠漠，雨濛濛”，进一步烘染了其心境的迷茫与怅惘。如果说上片主要寄寓身世之感的话，那么下片则着重表现家国之思。“梁溪”三句遥想故园情事，信手拈来，涉笔成趣。“谁信”二句感叹烽火绵延，音书难通，见出思家情切、念亲意深。“见说”三句转以抗击金兵的“浙河金鼓”勾起对战事的向往，自恨不能如“归鸿”般飞赴前线。这又反映了他的爱国之心和报国之志。

【注释】

①池阳：古县名，故城在今陕西泾阳县西北。汉建池阳宫于此，故名。

此处或指池河，为淮河支流之一。 ②梁溪：水名，流经江苏无锡市。源出惠山，流入太湖。作者曾以“梁溪”名集。 ③庞翁：老翁。古时以“庞眉皓发”形容老翁。“庞眉”，谓眉毛花白。 ④“谁信”二句：杜甫《春望》：“烽火连三月，家书抵万金。”

李清照（1084？—1155？）

自号易安居士，历城（今山东济南）人。幼有才藻，十八岁适金石家赵明诚，夫妇感情甚笃。南渡后，明诚病卒，辗转流离于杭、越、婺诸州，在孤寂中度过晚年。工诗能文，尤擅长短句。前期词多写闺情相思，后期词融入家国之恨与身世之感，风格顿变。李调元《雨村词话》称“易安在宋诸媛中，自卓然一家，不在秦七、黄九之下，词无一首不工，其炼处可夺梦窗之席，其丽处直参片玉之班，盖不徒俯视巾帼，直欲压倒须眉。”有辑本《李清照集》三卷、《漱玉词》一卷。

如 梦 令

常记溪亭日暮[1]，沉醉不知归路。兴尽晚回舟，误入藕花深处[2]。争渡[3]，争渡，惊起一滩鸥鹭。

【题解】

一位天真烂漫的少女，酒后泛舟，兴尽归来，误入荷花丛中，于是用力摇桨，惊动了滩头栖宿的鸥鹭。这一始终镌刻在作者记忆中的生活片断，既经攫入笔底，便化为词中那色调明丽、情趣盎然的画面。而给读者留下最深印象的，则是少女棹舟误入荷花丛中的瞬间动作。之所以“误”，是酒意未消，还是游兴未尽？是暮色迷眼，还是回归心切？抑或这一切兼而有之？不予说破，反而更增添了作品的艺术魅力，令人回味无穷。全篇无一处正面描绘少女的音容笑貌，但读罢掩卷，其天真活泼的神情和清纯中略带野味的形象却宛然在目。

【注释】

①常记：即尝记。溪亭：近水的亭台。 ②藕花：即荷花。 ③争渡：怎渡。一说，竞渡。

如 梦 令

昨夜雨疏风骤，浓睡不消残酒。试问卷帘人①，却道海棠依旧。知否？知否？应是绿肥红瘦②。

【题解】

此词表现了作者对花事和春光的爱惜以及女性特有的关切和敏感。浓睡醒来，宿醉未消，就担心地询问经过一宵风雨，窗前的海棠花怎样了。卷帘人不免粗心，告慰说：幸好，无恙。但凭着敏感的心灵，她已感到经雨之后必然绿叶丰润而红花憔悴了。全词仅三十三个字，却巧妙地设置了同卷帘人的问答；问者情多，答者意淡，因而逼出“知否，知否”二句，写得灵活而多情致。词中造语工巧，“雨疏”“风骤”“浓睡”“残酒”，都是当句对；“绿肥红瘦”句中，以绿代叶，以红代花，虽为过去诗词中所常见（如唐僧齐己诗“红残绿满海棠枝”），但把“红”同“瘦”联系在一起，以“瘦”字状海棠的由繁丽而憔悴零落，显得凄婉，在修辞上亦有所创新。唐韩偓

《懒起》诗云："昨夜三更雨，临明一阵寒。海棠花在否？侧卧卷帘看。"此词或许胎息于韩诗，但结句以对话出之，委曲精工，更胜韩作。

【注释】

①卷帘人：指正在卷帘的侍女。 ②绿肥红瘦：指绿叶繁茂，红花凋零。

醉花阴

薄雾浓云愁永昼[1]，瑞脑消金兽[2]。佳节又重阳，玉枕纱厨[3]，半夜凉初透。 东篱把酒黄昏后[4]，有暗香盈袖[5]。莫道不消魂，帘卷西风[6]，人比黄花瘦[7]。

【题解】

这首重阳怀人词是李清照寄给她丈夫赵明诚的。元伊世珍《瑯嬛记》卷中引《外传》云："易安以重阳《醉花阴》词函致明诚。明诚叹赏，自愧弗逮，务欲胜之。一切谢客，忘食忘寝者三日夜，得五十阕。杂易安作，以示友人陆德夫。夫玩之再三，曰：'只三句绝佳'，明诚诘之，答曰：'莫道不消魂，帘卷西风，人比黄花瘦'。政（正）易安作也。"这则轶闻说明此词歇拍三句极为脍炙人口。它采取自我反观的笔法，用西风吹卷帘幕，露现出比黄花更为憔悴的少妇面容，形象地抒写了相思之苦。其意实同于柳永的"衣带渐宽终不悔，为伊消得人憔悴"。但表达时摒绝浮花浪蕊，而选择不求秾丽、自甘素淡的菊花加以自比，从而衬托出自己不同凡俗的高标逸韵。全词以含蓄蕴藉见长，"莫道"三句固然最为工妙，但其余各句亦堪玩味，如“薄雾浓云愁永昼”，“永昼”多用以形容夏日，而时下已是昼短夜长的深秋季节，可知“永昼”当是一种对时间的心理错觉，作者借此点出她独守空闺时的度日如年之感。凡此，都有玩赏不尽的底蕴。

【注释】

①永昼：悠长的白天。 ②瑞脑：即龙脑，香料名。金兽：兽形的铜香炉。 ③玉枕：瓷枕的美称。纱厨：纱帐，一称碧纱帐。 ④东篱：陶渊明《饮酒》其五：“采菊东篱下，悠然见南山。”后即以东篱指代赏菊之处。 ⑤暗香：幽香。此处指菊花的香气。 ⑥帘卷西风：“西风卷帘”的倒文。 ⑦黄花：指菊花。

凤凰台上忆吹箫

香冷金猊①，被翻红浪②，起来慵自梳头。任宝奁尘满③，日上帘钩。生怕离怀别苦④，多少事、欲说还休。新来瘦，非关病酒⑤，不是悲秋。 休休⑥！这回去也，千万遍阳关⑦，也则难留。念武陵人远⑧，烟锁秦楼⑨。惟有楼前流水，应念我、终日凝眸。凝眸处，从今又添，一段新愁。

【题解】

此词亦抒写离愁别恨。开篇说自己慵于梳妆，似乎与离愁无关。其实，这正是因耽于离愁而百事无心的缘故，其意略同于《诗经·卫风·伯兮》所谓“自伯之东，首如飞蓬。岂无膏沐，谁适为容？”如果不是沉溺于离愁别恨而难以自拔，又如何忍心让“宝奁”积满灰尘呢？虽然作者自道“欲说还休”，但实际上却还是忍不住说出了许多，只不过说得较为含蓄而已。譬如“新来瘦”三句：既然新近消瘦得厉害，却又不是因为“病酒”和“悲秋”，这岂不是暗示她正经受着离愁别恨的折磨吗？它与《醉花阴》的歇拍三句有异曲同工之妙。“凝眸处，从今又添，一段新愁。”词以一个直抒胸臆的“愁”字煞尾，使情感形成由“苦”到“悲”，再由“悲”到“愁”的回环，而词的旋律便在这种回环中变得愈益低沉和哀婉。

【注释】

①金猊（ní）：狮形的铜香炉。　②被翻红浪：被子乱摊在床上，好像红浪翻卷。　③宝奁（lián）：华贵的镜匣。　④生怕：最怕。　⑤非关：不关。病酒：醉酒、中酒。　⑥休休：罢了，罢了。　⑦阳关：指送别曲。王维《送元二使安西》：“劝君更尽一杯酒，西出阳关无故人。”后人将其谱入乐府，反复诵唱，谓之“阳关三叠”。　⑧武陵人远：指丈夫离家远去。后人常将陶渊明《桃花源记》所载武陵人入桃花源事与刘义庆《幽明录》所载刘晨、阮肇天台遇仙事相牵合，称仙境为桃源，称遇仙的刘、阮为武陵人。此处以武陵人喻指赵明诚。　⑨秦楼：借指作者居所。相传秦穆公小女弄玉与萧史成婚后，住在凤台，即秦楼。

玉 楼 春

红酥肯放琼苞碎，探著南枝开遍未①？不知酝藉几多香②，但见包藏无限意。　　道人憔悴春窗底③，闷损阑干愁不倚④。要来小酌便来休⑤，未必明朝风不起。

【题解】

此词以新颖、别致的艺术构思，传达出梅花的神韵和作者惜花的情怀。上片以拟人化的笔墨渲染梅花不同凡俗的外形和内质。“红酥肯放琼苞碎”，状之以“红酥”，已见其秀美；喻之以“琼苞”，更增其清丽；而“肯放”二字，又包孕几多心曲？“探著南枝开遍未”，一个“探”字，惟妙惟肖地表现了梅花执着而又小心翼翼地将奇葩缀上枝头，将春色带给人间的情态。“不知”二句转从审美主体的角度着笔，既托出作者观梅、赏梅的感受，又点出梅花的卓异品性：其香几多，虽难测定；其意无限，却易感知。过片二句由梅及己，点出愁思，情感由赏梅的热烈转为自怜的幽怨。“憔悴”，乃愁思所致。何以遣愁？暂且凭栏。但凭栏远望，又会油然生出新的惆怅，终于连栏杆也不敢凭依。歇拍二句折回梅花，借亲切的晤谈，将怜梅之意与自怜之情糅为一体。“未必明朝风不起”，既是举杯邀饮的劝语，也袒露了作者对梅花及自己未来命运的担心。而作者之所以视梅花为知己，不言而喻，正因为高洁的梅魂与她超尘拔俗的情操两相契合。

【注释】

①南枝：梅树的代称。见朱翌《猗觉寮杂记》卷上。 ②酝藉：此处作“含蓄”解。 ③道人：得道之人，学道之人。此处为作者自称。 ④闷损：犹“闷煞”。 ⑤便来休：犹“快来呵”。休，语气助词。

渔 家 傲

天接云涛连晓雾，星河欲转千帆舞①。仿佛梦魂归帝所②，闻天语，殷勤问我归何处。 我报路长嗟日暮③，学诗谩有惊人句④。

九万里风鹏正举⑤。风休住，蓬舟吹取三山去⑥。

【题解】

雄阔的意境，矫健的笔力，恢宏的气度，豪迈的襟怀，使这首记梦词成为李清照前期作品中引人瞩目的“别调”。黄蓼园以为“无一毫钗粉气，自是北宋风格”（《蓼园词选》）；梁启超亦以为“此绝似苏辛派，不类《漱玉集》中语”。词以想落天外之笔，描绘了一个神奇的梦境：作者在梦中腾云驾雾，飞驶到了天帝的居处，天帝殷勤地问她欲归何处。“我报”以下是作者的回答：她由倾诉现实生活中徒负诗才的不平，进而陈述对理想王国的憧憬与追求，表示要乘长风高飞远举，直发仙山蓬岛。全词不仅具有浓烈的浪漫气息，表现出瑰丽奇幻的特异风格，而且打破上片写景、下片抒情或情景交错的惯常格局，以人神对话为主体，浇铸成带有叙事性的艺术结构，显示了作者的丰富的创造力。

【注释】

①星河：银河，天河。 ②帝所：天帝的居处。 ③报：回答。 ④谩有：空有，徒有。惊人句：杜甫《江上值水如海势聊短述》：“为人性僻耽佳句，语不惊人死不休。” ⑤“九万”句：《庄子·逍遥游》：“鹏之徙于南冥也，水击三千里，抟扶摇而上者九万里。” ⑥三山：传说海外有蓬莱、方丈、瀛洲三座仙山。

一剪梅

红藕香残玉簟秋①。轻解罗裳，独上兰舟。云中谁寄锦书来②？雁字回时③，月满西楼。　花自飘零水自流。一种相思，两处闲愁。此情无计可消除，才下眉头，却上心头。

【题解】

这是李清照前期代表作之一。《瑯嬛记》卷中引《外传》云："易安结褵（lí，结褵即结婚）未久，明诚即负笈远游，易安殊不忍别，觅锦帕书《一剪梅》送之。"词表现的是铭心刻骨的相思之情，用笔真率、大胆，构思新颖、别致。起拍三句写作者独自泛舟湖上。一个"独"字，已揭示出其心境的孤寂，而红藕香残、玉簟透凉，又暗示时值萧瑟易感的清秋季节，构成烘托其离思的特定氛围。"云中"三句转写月夜登楼，仰望长空，雁字成行，不禁渴盼心上人能寄书相慰。倒装句法与诘问语气的采用，使词意骀（dài）荡神骏而又曲折回环。过片三句即景取喻，感叹年华易逝，引出不假雕饰的内心独白。"一种""两处"，兼写自己与对方，见出两情相牵，融洽无间。歇拍三句由范仲淹《御街行》"都来此事，眉间心上，无计相回避"脱化而来，但不仅对偶工整，发语流利，而且"眉头""心头"，内外贯通；"才下""却上"，前后勾连，以独特而又深入的体察，将无计消除的相思之情表现得极为真切、灵动，在艺术上较范词又有所创新。

【注释】

①玉簟（diàn）：光滑如玉的竹席。 ②锦书：书信的美称。 ③雁字：雁群飞行时排列成"一"或"人"字形，称雁字。

念 奴 娇

萧条庭院，又斜风细雨，重门须闭。宠柳娇花寒食近，种种恼人天气。险韵诗成①，扶头酒醒[2]，别是闲滋味。征鸿过尽，万千心事难寄。　　楼上几日春寒，帘垂四面，玉栏杆慵倚。被冷香消新梦觉，不许愁人不起。清露晨流，新桐初引[3]，多少游春意。日高烟敛，更看今日晴未？

【题解】

此词抒写春闺怀人之情，而以寒食节前的“恼人天气”相烘托，使其情感的起伏与天气的变化在作者精心构置的艺术时空中同步进行，造成情景相生的艺术效果。上片先着笔于萧条的庭院、封闭的重门以及“斜风细雨”“宠柳娇花”等足以映现作者心境的物象，将天气之“恼人”点到实处。然后转写作者试图吟诗遣兴、饮酒浇愁，但酒醒后益感寂寞无聊。由此引出“万千心事难寄”的相思情结。下片承前写作者独居小楼而慵倚栏杆，活画出其既闲极复愁极、既无聊复无奈的心态。其中，“春寒”回应“萧条”，“帘垂”绾合“门闭”，“新梦”遥接“心事”，细针密线，颇觉工致。篇末宕开一笔，拓出新境：帘外“清露晨流，新桐初引”，勾起她的游春之意；但随即又担心究竟能否云散天晴。用笔忽远忽近，时开时合，曲尽人物乍悲乍喜、倏阴倏晴的心理变化。《蓼园词选》指出：“只写心绪落寞，近寒食更难遣耳。陡然而起，便尔深邃。至前段云：‘重门须闭’，后段云：‘不许不起’，一开一合，情各戛戛生新。起处雨，结处晴，局法浑成。”堪称的评。

【注释】

①险韵诗：用冷僻难押的字做韵脚的诗。　②扶头酒：易醉的酒。贺铸《南乡子》：“易醉扶头酒，难逢敌手棋。”　③“清露”二句：形容春日的早晨露珠晶莹欲滴，桐树初展嫩芽。语本《世说新语·赏誉》：“于时清露晨

流，新桐初引。”初引：刚刚抽芽。

永 遇 乐

落日熔金①，暮云合璧②，人在何处③？染柳烟浓，吹梅笛怨④，春意知几许？元宵佳节，融和天气，次第岂无风雨⑤？来相召，香车宝马⑥，谢他酒朋诗侣⑦。　中州盛日⑧，闺门多暇，记得偏重三五⑨。铺翠冠儿⑩，撚金雪柳⑪，簇带争济楚⑫。如今憔悴，风鬟霜鬓⑬，怕见夜间出去⑭。不如向、帘儿底下，听人笑语。

【题解】

此词抒写国破家亡的落寞心绪，其中既糅有深沉的故国之思，也融有哀婉的华年之忆。作者巧妙地运用艺术辩证法，在时空的交织中，凸现景之美与情之苦、人之欢与我之悲、昔之盛与今之衰的反差，从而事半功倍地表现了自己独度元宵时的凄凉心境。开篇“落日”二句写晚霞灿烂、暮云纯净，暗示天气晴明。但接以“人在何处”的怅问，却见出其情怀与眼前的美景良辰并不相洽。“元宵”二句，似稍有欢庆之意。然而再度续以“次第岂无风雨”的反诘，则又表明在她多愁善感的词心中满贮着无可名状的忧虑，而造成这种心态的正是国破、家亡、夫死的巨大生活变故。“中州”以下六句抚今思昔，追记当年欢度元宵的情形，而着意描述自己与女伴如何盛妆出游，各存媲美斗艳之心。以“中州盛日”领起，说明作者所深切怀念的不只是早已逝去的一己的幸福生活，而且包括整个北宋承平时代。作品主题的深刻性，正体现在这里。“如今”以下五句转回眼前情景，而侧重展示自己的憔悴容颜和散乱鬓发。今昔盛衰之感，人我悲欢之别，尽皆包蕴于其中。

【注释】

①熔金：形容落日的颜色像熔解的金子一样灿烂夺目。 ②合璧：形容暮云弥漫，犹如璧玉相合。 ③人：作者自指。全句感叹自己飘泊他乡。一说，“人”指亲人，即已故的丈夫赵明诚。 ④吹梅笛怨：笛子吹出《梅花落》的哀怨曲调。 ⑤次第：转眼。 ⑥香车宝马：华美的车马。 ⑦谢：辞谢。 ⑧中州：河南为古豫州，居九州之中，故称中州。此处指北宋都城汴京。盛日：繁荣、兴盛时期。 ⑨三五：农历每月十五日。此处指正月十五元宵节。 ⑩铺翠冠儿：镶有翡翠羽毛的帽子，为宋代妇女元宵出游时的装饰品。 ⑪撚（niǎn）金雪柳：加上金线撚制成的绢花或纸花，亦属妇女装饰物。撚金，金线撚丝。雪柳，绢花或纸花。 ⑫簇带：宋时俗语，插戴满头之意。济楚：整齐、漂亮。 ⑬风鬟霜鬓：头发散乱，且已变白。 ⑭怕见：怕得，懒得。

武 陵 春

风住尘香花已尽，日晚倦梳头。物是人非事事休，欲语泪先流。 闻说双溪春尚好①，也拟泛轻舟②。只恐双溪舴艋舟③，载不动、许多愁。

【题解】

此词写于作者晚年避难金华期间，词情极为悲苦。首句用笔细腻蕴藉：其意不过是说风吹花落，却不从正面着笔，而落墨于“风住”“尘香”“花已尽”的结局。尘土因花落而香，说明落花遍地，而这又反照出风之狂暴。一句中有三层曲折，确是匠心独运。次句写日色已高，而犹“倦”于梳头，从侧面揭示情怀之苦、心绪之乱，笔法略同于早期词作《凤凰台上忆吹箫》中的“起来慵自梳头”，但一为生离之愁，一为死别之恨，巨细深浅均有所不同，作者在遣词上易“慵”为“倦”，正显示了两者之间的差别。三、四句是漱玉词中并不多见的直抒胸臆之笔，说明汹涌澎湃的感情潮水已漫出心堤、无法遏制。过片后“闻说”二句宕开一笔，写自己有意泛舟双溪，观赏春光，精神似稍振起。但“只恐”二句复又折回，跌衬出更趋深重的愁情。“愁”本无形，难以触摸，而今船载不动，则其重可知，其态可想。这是其构思新颖处。此外，下片中“闻说”“也拟”“只恐”六字前后勾连，也是揭示作者内心活动的传神笔墨。

【注释】

①双溪：水名，在今浙江金华城南。 ②拟：准备。 ③舴艋（zéměng）舟：小船。

声 声 慢

寻寻觅觅，冷冷清清，凄凄惨惨戚戚。乍暖还寒时候[①]，最难将息[②]。三杯两盏淡酒，怎敌他、晚来风急？雁过也，正伤心，却是旧时相识。 满地黄花堆积。憔悴损，如今有谁堪摘[③]？守着窗儿，独自怎生得黑[④]？梧桐更兼细雨，到黄昏、点点滴滴。这次第[⑤]，怎一个愁字了得[⑥]？

【题解】

此词亦于篇末托出一个“愁”字，这种“愁”远非李清照前期词中那种轻淡的春愁、离愁可比，它融合了亡国之痛、孀居之悲、沦落之苦，而显得格外深广与厚重。开头连用十四个叠字，细致地描绘了她痛定思痛时“忧从中来，不可断绝”的心理过程。“寻寻觅觅”，包括寻思失坠的记忆，追念如烟的往事。这种寻觅，只能使她更感到现实景况的孤苦。于是，“冷冷清清”，先感于外；“凄凄惨惨戚戚”，后感于内，如此陷入愁境而不得解脱。但全词除结句一语道破外，都没有直接说愁，而是以刻画冷清萧索的环境来烘托凄惨悲切的心境。无论忽寒忽暖容易致病的天气，淡薄的酒味，入夜猛起的秋风，天上的过雁，满地的黄花，窗外的梧桐和黄昏的细雨，无一不是生愁、助愁、牵愁的，简直是触处成愁，成了愁的世界了。在艺术上，此词颇多独到之处。前人一致赞赏作者运用了这么多的叠字，犹如“大珠小珠落玉盘”。后来有不少词曲仿照这种写法，都不如她用得出奇制胜而又生动自然。

【注释】

①乍暖还寒：时而暖和，时而寒冷。②将息：养息，保养。③谁：何。承上文指花。有谁堪摘：犹言无甚可摘。一说，有谁堪与共摘。④怎生得黑：怎样才能挨到天黑。⑤这次第：这光景，这情形。⑥怎一个愁字了得：一个愁字怎么包含得了。

吕本中（1084—1145）

字居仁，号紫薇，人称东莱先生。寿州（今安徽寿县）人。绍兴六年（1136）赐进士出身，官至中书舍人兼侍讲，权直学士院，因忤秦桧而罢官。诗学黄庭坚，曾作《江西诗社宗派图》。亦能词，时人曾季貍《艇斋诗话》评其词“浑然天成，不减《花间》之作”。有《东莱诗集》二十卷，《紫薇诗话》一卷。赵万里辑其词为《紫薇词》一卷。

采桑子

恨君不似江楼月，南北东西，南北东西，只有相随无别离。　恨君却似江楼月，暂满还亏，暂满还亏，待得团圆是几时？

【题解】

这首小词借月设喻，以抒写思妇之离情，上下片均以“恨”字开头，既“恨君”不似江楼月之相随无别，又“恨君”却似江楼月之暂满还亏。抒情主人公眼前的这一轮明月，本是离别诗词中常见的意象之一，但词作者却能“用常得奇”，巧妙地利用这一喻体内蕴的丰富性，准确地抓取其中月圆与月明这两个特性，使之既相互对立，又和谐地统一在同一艺术整体之中，以主体情感的“恨”一线贯穿。既恨夫君不似明月之多情，常相随，少别离；又恨夫君太似明月之寡情，团圆时短，亏缺时多。构思十分巧妙，设喻极为贴切，发想奇绝，无理而妙。作者借比喻之多边，正反设喻，从不同角度揭示出了抒情主人公对心上人思极生恨的特殊心态。另外，作者利用《采桑子》词调复叠的特点，辅之以对比手法的运用，使词更富有浓厚的民歌风味。

踏莎行

雪似梅花，梅花似雪。似和不似都奇绝。恼人风味阿谁知，请君问取南楼月。　记得旧时，探梅时节。老来旧事无人说。为谁醉倒为谁醒，到今犹恨轻离别。

【题解】

据曾季貍《艇斋诗话》记载，吕本中平日喜诵小山词，“以为有思致”。与晏几道十分相近，吕本中也是一位深于情的词人。若将这首《踏莎行》与《浪淘沙》（“柳色过疏篱”）、《采桑子》（“乱红夭绿风吹尽”）等词合读，则分明可以看出吕本中亦属“古之伤心人”。此词以雪中梅花的奇绝之景发端，引出今昔赏梅的不同“风味”的对比：往昔联袂同赏时叹为“奇绝”之景，如今却只觉“恼人”而已。过片仍以对比手法加以营构，而题旨更为显豁。人虽老而“旧事”难忘，千种风情无人可说，惟有一醉以解千愁。“犹恨”二字更突现了主人公痛悔当年“轻离别”的伤感之情。所有这些无不体现出他那“情痴”本色。此词在艺术手法上也是丰富多样的，如开头两句采用蝉联取势法，而歇拍则用同字回互法，以此形成意义上的相承连环，节奏上的一波三折，呈现出民歌所特有的活泼晓畅、生动流走的风味。

赵 鼎（1085—1147）

字元镇，解州闻喜（今属山西）人。自号得全居士。宋徽宗崇宁五年（1106）进士，官开封府士曹。高宗朝，官至尚书左仆射，同中书门下平章事，兼枢密使。以力辟和议，忤秦桧，出知泉州、漳州（皆在今福建），移置潮州（今广东潮安）。再移吉阳军（今广东崖县）。知秦桧欲加害，绝食而死。孝宗时，谥忠简。与宗泽、李纲同为中兴名臣。有《忠正德文集》十卷，《得全居士词》一卷。

满　江　红

丁未九月南渡，泊舟仪真江口作[①]

惨结愁阴，西风送、霏霏雨湿。凄望眼、征鸿几字，暮投沙碛[②]。试问乡关何处是？水云浩荡迷南北。但一抹、寒青有无中，遥山色[③]。　天涯路，江上客。肠欲断，头应白。空搔首兴叹，暮年离拆。须信道消忧除是酒，奈酒行有尽情无极，便挽取、长江入尊罍[④]，浇胸臆。

【题解】

丁未年即宋钦宗靖康二年（1127），是年春，徽、钦二帝被掳，北宋灭亡。夏五月，高宗在南京（今河南商丘）即位，改元建炎。九月，赵鼎自中原南渡，泊舟仪真江口而作此词。全词以描写南方客地的凄迷景物，来抒发怀念北方沦陷中的河山的沉痛心情，是南宋初年一篇出色的豪放词作。上片写泊舟仪真所见。以“惨结”两句总写阴寒凝结的愁惨氛围，亦景亦情，笼括全篇。以下分三层逐层描述。先写雁字成行，投宿有处，反衬第二层所述之飘零无依，乡关难觅。以境之开阔，托现愁之“浩荡”。写景则水云实而乡关虚，言情则水云虚而乡关实，虚实相生。第三层写远山，以似有似无的山色喻示思乡而远不可及的悲痛。下片直接抒情，以四个三字句领起，顿挫有力，使情调转向激扬。篇末突发奇想，欲以长江水入“尊罍”，来浇灭这胸中之愁，足见愁情之无极。

【注释】

①仪真：即仪征，在江苏，位于长江北岸。 ②沙碛（qì）：沙石积成的浅滩。 ③“但一抹”两句：从王维《汉江临眺》诗“山色有无中”，秦观《泗州东城晚望》“林梢一抹青如画，应是淮流转处山”化来。 ④尊罍（léi）：皆为古代酒器。尊，又作“樽”或“罇”，即酒杯。罍，形似壶也似坛。

向子諲（1085—1146）

字伯恭，号芗林居士，临江（今江西清江）人。钦宗靖康元年（1126）任潭州（今长沙）知州。高宗建炎三年（1129）冬，金兵自江西攻入湖南，他“率军民死守”“督兵巷战”。绍兴初年任徽猷阁直学士，户部侍郎，为政清廉。兼知平江（今苏州）府时，金使议和入境，不拜金诏，忤秦桧意，因而免官。卜居清江五柳坊。有《酒边词》一卷，以南渡为界分为“江北旧词”与“江南新词”两部分，前者清丽，后者悲慨。

秦楼月

芳菲歇，故园目断伤心切[①]。伤心切。无边烟水，无穷山色。 可堪更近乾龙节[②]，眼中泪尽空啼血。空啼血。子规声外，晓风残月。

【题解】

这是一首抒写家国之恨的小令，与一般的羁旅思乡之作迥不相犹。山河破碎，故园难归，空自遥望而伤悲。词一开头就给全篇笼上了苍凉的氛围。几经风雨摧残，百花已自凋零，更兼金人铁蹄蹂躏，故园不知已成何等面目。“伤心切”的复叠，更加深了伤心悲切的程度。紧接以“无边烟水”两句，则使抽象的感情转为可感之形象，似乎那远方的山山水水都在悲极而泣。上阕抒望乡之情，只于其间传神写照，下阕进一步深化，发国破之悲。换头两句以一“更”字承上而递进，抒写更为深广的痛苦。钦宗诞辰将近，而他却正被金人禁闭在五国城的土牢中。家园沦丧的悲痛已使人恸哭而泪尽，帝君被掳的国耻更令人泪尽而啼血！这中间着一“空”字，意味深长。小朝廷昏庸无能，不思收复，忠君爱国的臣民们即使“泪尽”“啼血”亦终是枉然，其中包含了无穷的哀怨。歇拍处作者以悲凉的景语作结。杜鹃悲鸣，晓风阵阵，境界十分寂寥而又凄冷。语有尽而意无穷，不乏清空之致。

【注释】

①故园：作者在《西江月》之四小序中曾说：“政和间，余卜筑宛丘，手植众芗（xiāng），自号芗林居士。建炎初，解六路漕事，中原俶（chù）扰，故庐不得返，卜居清江之五柳坊。”可见他虽属清江人，但在中原亦有“故庐”。 ②乾龙节：即四月十三日宋钦宗诞辰纪念日。《东京梦华录》有载。

阮 郎 归

绍兴乙卯大雪行鄱阳道中

江南江北雪漫漫，遥知易水寒。同云深处望三关[①]，断肠山又山。　天可老，海能翻，消除此恨难。频闻遣使问平安[②]，几时鸾辂还[③]？

【题解】

这是一首怀念故国、伤悼旧君之作，写于绍兴五年（1135）。词人艰难地行进在风雪弥漫的鄱阳道上，联想到被囚禁在漠北苦寒之地的徽、钦二帝，一定更难忍受天气的寒冷。这里特点明“易水”，一则说明北方国土的沦陷，二则取荆轲所歌“风萧萧兮易水寒”的句意，强调悲愤之感。作者深情遥望北方，但见阴云密布，关山阻隔，不禁肝肠寸断。下阕换头转写不可抑制的亡国之恨，用“天可老，海能翻”这两件其实根本不可能的事来反衬此恨的难解难消。作者继承汉乐府《上邪》的表现手法，虽似无理，但读来不觉其虚，弥觉其妙，可谓痛入骨髓。最后以盼望徽、钦二帝早日归还之希望作结，而又以问句振起，更能表达含蓄不尽之意。全词篇幅虽小，但写得章法起伏，感情沉挚，纵横捭阖，气势恢宏。

【注释】

①三关：指北方的三个重要关口：宋金交界处信阳军一带的平靖关、武胜关与黄岘（xiàn）关，是北伐必经之隘口。 ②“频闻”句：高宗赵构为了掩人耳目，压制抗金呼声，曾三次派出金国通问使，频繁地向徽、钦二帝问候。 ③鸾辂（luánlù）：天子之车驾。

蒋氏女（生卒年不详）

亡其名，宜兴（今属江苏）人，能诗词。其父蒋兴祖于钦宗靖康年间任阳武令，城破殉国。女被掳北去，题词于雄州（今河北雄县）驿。见韦居安《梅硐诗话》卷下。

减字木兰花

题雄州驿

朝云横度，辘辘车声如水去。白草黄沙，月照孤村三两家。　　飞鸿过也，百结愁肠无昼夜。渐近燕山，回首乡关归路难。

【题解】

这首词借被掳北去途中的所见所闻，表现了对故土的深切眷念。上片概写从早到晚一天的行程，句句都蕴藏着凄恻悲苦之情。开篇两句一写所见，一写所闻，借此渲染了战乱的气氛，表现了作者被掳北上时内心之沉恸。三、四句进一步去写北地风沙弥漫、白草飞卷的荒凉景象，以及月光笼罩下三两家孤村凄清冷寂之景，凸现出一片国破家亡之惨象。下片以大雁的自由南飞反衬自己的身不由己、被掳北去，相形之下，悲苦更甚。深曲之“愁肠”而冠以“百结”，已见愁之难以解除，又加之以“无昼夜”三字，极言此愁苦之无止无休，真可谓一波三折，愈转愈深。直至歇拍写到“渐近”金人之地时，宣告了“归路”的彻底断绝，只能以无可奈何的心情发出绝望的嗟叹。况周颐《蕙风词话》说此词“寥寥数十字，写出了步步留恋，步步凄恻”。确为的评。

韩世忠（1089—1151）

字良臣，晚号清凉居士，延安人。南渡初名将，历太保、封英国公、兼河北诸路招讨使。秦桧收三大将兵权，拜枢密使。孝宗时，封蕲王，谥忠武。《全宋词》录其词二首。

临 江 仙

冬看山林萧疏净，春来地润花浓。少年衰老与山同。世间争名利，富贵与贫穷。　　荣贵非干长生药，清闲不是死门风。劝君识取主人公。单方只一味，尽在不言中。

【题解】

绍兴十一年（1141）春，金兀术以铁骑十余万渡淮南下，攻城略地，直逼长江，宋将刘锜等部大败金兵于柘皋（今安徽巢县西北）。韩世忠与岳飞又及时来援，驱赶金兵渡淮北去。这时，宋高宗、秦桧等人却准备签订和约，恐将帅反对，借口柘皋之捷，密诏韩世忠、张俊、岳飞三大将入朝“论功行赏”。任韩世忠、张俊为枢密使，岳飞为副使。明升官职，实夺兵权。不久，岳飞父子被诬下狱。年底“绍兴和议”成，岳飞父子亦以“莫须有”罪名惨遭杀害。韩世忠竭力反对和议，但迫于时势，也只能消极地杜门谢客，从此绝口不言兵，常纵游西湖以自娱。这首《临江仙》词当作于此一时期。词以自然界的春秋代序，尤其是万物生长的春与万物归寂的冬这两极，来比况人生之盛衰，别具兴味。其中“萧疏净”三字包含了两个方面的意思：面对“萧疏”，未免感慨系之，但萧疏而能无所求，则达到“净”，也即“人到无求品自高”。这一层意义贯下四、五两句，对世间争名利、求富贵给予了否定。换头承上点出“清闲不是死门风”，并进一步劝人们在“荣贵”与“清闲”之间做出正确抉择。最后以“不言”作结，发人深思，饶有余味。

李重元（生卒年不详）

宋徽宗宣和年间（1122前后）人，工词。黄昇《唐宋诸贤绝妙词选》卷七录其《忆王孙》词四首，词题分别为《春词》《夏词》《秋词》《冬词》。

忆　王　孙

春　　词

萋萋芳草忆王孙①，柳外楼高空断魂，杜宇声声不忍闻②。欲黄昏，雨打梨花深闭门。

【题解】

在四首《忆王孙》中，这首《春词》影响最大。词的首句化用《楚辞·招隐士》句意，借王孙以代游子。春草繁生，春色撩人，而心上人却远游未归，“便纵有千种风情，更与何人说”。于是，她登楼伫望，希望心上人能突然来到。然而，烟柳外的高楼却无情地挡住了她的视线，令她又徒然地失望一回。偏偏这时又传来杜鹃鸟那凄厉的叫声，似乎也在向着远方呼唤：“行不得也，哥哥！”可是，她心爱的哥哥还是迟迟不归。不觉已近黄昏，暮春时节的雨敲打着日渐憔悴的梨花，就像打在思妇的心头一般，顿生一种美人迟暮之感。“杜宇声声不忍闻”，“雨打梨花”不忍看，只好“闭门”深居，以免暮春的景象时时地牵动她的愁绪。然而“闭门”推不开深深的寂寞与惆怅。全词写得蕴藉深沉，凄迷之景与哀怨之情水乳交融，极具感人的力量。

【注释】

①《楚辞·招隐士》："王孙游兮不归，春草生兮萋萋。"此句化用其意。 ②杜宇：即杜鹃鸟，鸣声凄厉。

聂胜琼（生卒年不详）

汴京歌妓。质性聪慧，雅善填词，与礼部属官李之问倾心相爱，后终成眷属。《全宋词》录其词一首。

鹧鸪天

寄李之问[①]

玉惨花愁出凤城[②]，莲花楼下柳青青。尊前一唱阳关后，别个人人第五程[③]。 寻好梦，梦难成，有谁知我此时情。枕前泪共帘前雨，隔个窗儿滴到明[④]。

【题解】

此词上片着重表现送别时的离异之痛。起句以"玉""花"自喻其芳洁的品貌，以"惨""愁"自道其哀婉的心绪。四字错互而出，使一位因离别在即而不免玉颜憔悴、花容失色的佳人形象跃然纸上。次句中的"莲花楼"当是饯别之所，"柳青青"则是送别之景，以"柳"谐"留"，暗寓惜别情怀。"尊前"二句进一步渲染离情别绪。饯别之际唱起了流行的送别曲《阳关三叠》，令人不禁离怀缭乱，思绪飞扬。下片着重抒写离别后的思念之苦。一别多日，相见无由。希望能在梦中相见，一叙离怀，但竟连梦也难成，就是这么一点起码的安慰也无法得到，其沉痛之情可知。而作者却以诘问语气出之，发为痛苦的内心独白，感情更显真挚强烈。结尾两句作者慧心独运，化用温庭筠《更漏子》词意而又深翻一层，让泪水与雨水互映，哭声与雨声共鸣，从而将自己的主体感受与夜雨的客观环境融合为一，情景相生，妙合无垠。

【注释】

①李之问赴京师改秩期间与歌妓聂胜琼两情甚笃。李将行，聂为之饯别，歌一词末句曰“无计留君住，奈何无计随君去。”李复留经月始去，别不旬日，聂作一词寄之。李在中路得之，藏于箧间，至家为其妻所得，因问之，具以实告。妻喜其语句清健，遂出妆奁资募，往京师娶归，以礼相待，大和悦焉。详见《宋词纪事》引《古今词话》。　②凤城：指汴京。相传秦穆公之女弄玉，吹箫引凤凰降于京城，后因称京城为“凤城”或“凤凰城”。　③别个人人：犹言离此人儿。　④“枕前”二句：温庭筠《更漏子》有“梧桐树，三更雨，不道离情正苦。一叶叶，一声声，空阶滴到明。”此二句翻用其意。

李弥逊（1089—1153）

字似之，号筠溪翁，连江（今属福建）人，居于吴县（今属江苏）。大观三年（1109）进士。曾任校书郎、起居郎、户部侍郎等职。主张抗金，反对与金议和，忤秦桧意，乞归，遂以徽猷阁直学士知漳州。绍兴十二年（1142）落职。晚岁隐居连江之西山。有《筠溪集》二十四卷、《筠溪词》一卷。

菩 萨 蛮

江城烽火连三月，不堪对酒长亭别。休作断肠声，老来无泪倾。　　风高帆影疾，目送舟痕碧。锦字几时来，薰风无雁回①。

【题解】

这首词写的是战乱年代夫妻伤别的情景。作者以铺叙和白描相结合的手法，描述了送别妻子的全过程。首句采用杜甫《春望》诗的成句入词，点出离别的特定环境。由于金兵大举南下，直逼长江，为情势所迫，夫妻不得不作暂时的生离。而在战争时期这生离几乎就等于死别，因此才说“不堪对酒长亭别。”三、四句是劝慰妻子的话，反照出其妻涕泪交流、哽咽难言的情状，同时也折射出词人自己不堪其悲的难言之痛。换头二句着意铺染目送归舟情景。风高帆疾，船行如飞，他想再仔细地看看自己的爱妻也竟不可再得，只能凝望着船尾翻起的碧浪，一任感情的潮水在胸中汹涌。末二句用“雁足传书”和“织锦回文”的典故，表现词人对妻子深深的牵念与前程未卜的隐忧。这里“无雁回”既是初夏时节特征的实写，也寓托了对战乱年代音讯难通的担忧，实际上是承首句“烽火连三月”而来的“家书抵万金”的感喟。首尾一意贯通，充满了浓郁的悲剧氛围。

【注释】

①薰风：即初夏时节的南风。

陈与义（1090—1138）

字去非，号简斋，洛阳（今属河南）人。政和三年（1113）上舍甲科，任太学博士、符宝郎，后谪监陈留酒税。南渡初，避兵襄、邓间，由湘入桂，辗转至临安，任吏部侍郎，绍兴七年（1137），拜参知政事。为江西诗派后期重要诗人。有《简斋诗集》三十卷、《无住词》一卷。

临 江 仙

高咏楚词酬午日[1]，天涯节序匆匆。榴花不似舞裙红。无人知此意，歌罢满帘风。　　万事一身伤老矣！戎葵凝笑墙东[2]。酒杯深浅去年同。试浇桥下水[3]，今夕到湘东[4]。

【题解】

此词作于词人流落湖湘时期的一个端午节。词以凭吊屈原发端，从“节序匆匆”的感时到“万事一身”的伤老，抒发了怀旧之思与爱国之情。在端午节里，他感怀屈原的高洁品格。因此吟咏楚辞来度过节日。但是当时词人避乱湖湘，远离亲人与故乡，因而自然产生“天涯节序匆匆”之感。“榴花”一句，亦景亦情。榴花触动了他对往日春风得意的生活的怀念，但有谁能理解他此刻的心情呢？长歌之后，满帘生风。在伤时念旧之中，心情激荡。换头之后，感慨愈转深沉。在一声伤老的长叹中已包涵了国家残破，个人不幸的无限怆恨。接着又借蜀葵向日的属性比喻自己始终如一的爱国忠君思想。最后三句，谓酒杯深浅虽与往年一样，但这一杯酒浇于湘江之中，今夜定会流到屈原英灵所在的汨罗江。强烈的爱国感情，在高歌楚辞和酹酒江水的虔诚动作中得到了充分映现。细味此词，在疏放俊拔之语中，深蕴着沉挚悲怆的情思。以此词与苏轼同调之作“夜饮东坡醒复醉”相比，能明显地看到东坡词风的影响。花庵所谓“语意超绝，可摩坡公之垒。”当指此类作品。

【注释】

①午日：即端午节。民俗于此日吃粽子、赛龙舟以纪念屈原。 ②戎葵：指葵花，因其性喜阳光，能随日移而转动，故又名向日葵。 ③“试浇”句：意谓以酒洒于江水中表示祭奠。 ④湘东：这里指屈原当年自沉的所在，即汨罗江。

临　江　仙

夜登小阁忆洛中旧游

忆昔午桥桥上饮①，坐中多是豪英。长沟流月去无声。杏花疏影里，吹笛到天明。　　二十余年如一梦，此身虽在堪惊。闲登小阁看新晴②。古今多少事，渔唱起三更③。

【题解】

此词约作于绍兴五年（1135）前后，词人经过南渡的颠沛流离，此时寓居浙江湖州的青墩镇。本词上片以“忆昔”领起，追忆当年在洛阳时高朋聚饮的豪情逸兴。画面的中心视点是欢饮于午桥之上，指点江山、激扬文字的一群“豪英”；作为欢会背景的则是

“长沟流月”“杏花疏影”这样静谧而幽美的环境。背景与主体相烘托，使桥中豪英与桥下长沟、桥畔杏花、桥上明月构成一幅动静制宜、形神兼备的高人雅士夜饮图，而彻夜竞吹的笛声更平添了几分悠扬缥缈的神韵。“杏花”二句，清婉绮丽而又自然雅正，历来为人所称颂。下片折回现实，以“二十余年如一梦”承上转下，对靖康之变造成的旧游零落、盛会难再深致慨叹，其中更有国土沦丧、时局危殆的忧愤。抚今追昔，恍如一梦，此身虽在，余悸犹存。“闲登小阁”句又以新晴的月色绾合今昔，月色依然而欢会难逢，大有今古兴亡之感。结句写多少兴亡之事尽付之渔唱樵歌，托出超越时空的历史感慨，形成苍凉的氛围和深远的意境。因此，陈廷焯评为“笔意超旷，逼近大苏”。

【注释】

①午桥：在洛阳城南，唐朝裴度曾建别墅于午桥，号绿野堂，用作宴饮吟唱之所，后遂为文人雅士游赏胜地。 ②新晴：指雨后初晴时的月色。③渔唱：指渔歌樵唱。

张元干（1091—1170？）

字仲宗，号芦川老隐，长乐（今属福建）人。徽宗宣和七年（1125）任陈留县丞。靖康元年（1126），为李纲幕府僚属，协助抗金。后李纲被罢，亦因而获罪。绍兴元年（1131），以将作监丞致仕，闲居二十多年。其间因作《贺新郎》送李纲、胡铨，遭秦桧迫害。晚年漫游江南，客死异乡。有《芦川归来集》十卷、《芦川词》二卷。

贺 新 郎

寄李伯纪丞相[①]

曳杖危楼去。斗垂天、沧波万顷，月流烟渚。扫尽浮云风不定，未放扁舟夜渡。宿雁落、寒芦深处。怅望关河空吊影，正人间、鼻息鸣鼍鼓[②]。谁伴我，醉中舞[③]？　　十年一梦扬州路[④]。倚高寒、愁生故国，气吞骄虏。要斩楼兰三尺剑[⑤]，遗恨琵琶旧语[⑥]。漫暗涩、铜华尘土[⑦]。唤取谪仙平章看[⑧]，过苕溪、尚许垂纶否？风浩荡，欲飞举。

【题解】

此词为张元幹的代表作之一，写得慷慨悲凉，风格沉郁。词的开头以曳杖登楼领起，铺叙登楼所见的苍茫夜景，境界阔大，笼罩全篇。接写月光下的水中小洲，大风中的无人渡口，还有芦苇丛里露宿的大雁，组合成一幅凄冷、寂寥的荒郊秋夜图。面对此景，缅思时局，不禁怅恨久之。“怅望”以下四句寄寓了“众人皆醉我独醒”的感慨，并以“闻鸡起舞”一典，抒发了坚持抗金的同调者太少的怅惘孤寂之情。换头之后，化用杜牧《遣怀》诗句，进一步抒发爱国壮志受到压抑的悲愤。作者倚高楼望明月，想起十多年来中原失地未能恢复，而主战派却屡遭迫害，满腔悲愤喷薄而出。接着连用汉代傅介子和王昭君两个典故，借以表示坚定的抗金志向和对小朝廷屈辱求和、抗战派弃置不用的遗恨。最后以一设问煞尾，热忱希望李纲放弃归隐之念，为抗金事业再创功勋。爱憎分明，感情浓烈。

【注释】

①李伯纪：即李纲，南宋主战派主要代表，遭秦桧排挤。 ②鼍（tuó）：水中动物，俗称猪婆龙。《诗·大雅·灵台》句“鼍鼓逢逢。” ③醉中舞：用晋朝祖逖与刘琨夜半同起舞剑的故事。 ④“十年”句：化用杜牧《遣怀》“十年一觉扬州梦”句意。 ⑤“要斩”句：用汉代傅介子出使西域斩楼兰王，以功封侯事。 ⑥“遗恨”句：用昭君出塞和蕃事，这里写宋向金屈辱求和的遗恨。 ⑦铜华尘土：宝剑弃置不用，生了锈蒙上了灰尘，使之失去了应有的光泽。 ⑧谪仙：这里指被贬官谪居的李纲。平章：即评议、筹商。

贺新郎[①]

送胡邦衡谪新州

梦绕神州路[②]。怅秋风、连营画角，故宫离黍[③]。底事昆仑倾砥柱[④]，九地黄流乱注[⑤]！聚万落千村狐兔[⑥]。天意从来高难问，况人情、老易悲难诉[⑦]。更南浦[⑧]，送君去！ 凉生岸柳销残暑。耿斜河、疏星淡月[⑨]，断云微度。万里江山知何处？回首对床夜语。雁不到、书成谁与[⑩]？目尽青天怀今古，肯儿曹恩怨相尔汝[⑪]？举大白[⑫]，听《金缕》。

【题解】

这是张元幹《芦川词》的压卷之作。枢密院编修胡铨因反对秦桧与金议和，被除名编管新州。词人不顾个人安危，作此词相送并与之饯别。词开篇不言离情别绪，却宕开一笔，写梦游中原，盖因收复中原是他们共同的魂牵梦绕的愿望。“怅秋风”三句具体展示梦游中原的所见所闻所感。“底事”三句是作者怅恨之际发出的叱问，各具深层意蕴，且使梦境与现实得以沟通，自然过渡到下文对满腔悲愤的直接抒发。昏君反复无常，居心叵测，为一层悲愤；庸臣未老先衰，尸居余气，为二层悲愤；战友无辜见逐，孤身远去，为三层悲愤。词由此转入对离情别绪的抒写和对胡邦衡的慰勉。过片后“凉生”以下八句即景骋情，稍稍流露出惜别的感伤。但“目尽”二句奋力一跃，便又使词境升华到新的更高的境界：古往今来，有多少爱国者报国无门，却心志不灰；我们既然怀着生死不渝的报国之心，又岂肯像一般的小女子那样计较个人的恩怨得失呢？全词以共吐心音起，以互致慰勉结，情景交融，一气旋折，情辞慷慨，掷地有声，令人在“数百年后，尚想其抑塞磊落之气”（《四库全书总目提要》）。

【注释】

①此调始见苏轼词，原名《贺新凉》，又名《金缕曲》等，本词末句所言即此调。 ②神州：古称中国为“赤县神州”。此指金人占据的中原地区。 ③故宫离黍：周平王东迁后，周大夫经过西周故都，只见“宗室宫庙，尽为禾黍”，遂赋《黍离》诗以志哀。后世即用“黍离”表示亡国之痛。 ④底事：何事。昆仑：山名。传说昆仑山有铜柱，用以撑天。砥柱：亦山名，在黄河中。 ⑤九地：九州。黄流乱注：黄河水泛滥成灾。 ⑥狐兔：喻金兵。 ⑦“天意”二句：语本杜甫《暮春江陵道马大卿公恩命追赴阙下》“天意高难问，人情老易悲。” ⑧南浦：泛指送别之地。江淹《别赋》：“送君南浦，伤如之何！” ⑨斜河：银河斜转，表示夜深。 ⑩雁不到：新州远在岭南，秋雁到衡阳回雁峰而止，无法托带书信。 ⑪肯：意谓岂肯。相尔汝：语本韩愈《听颖师弹琴》“昵昵儿女语，恩怨相尔汝。” ⑫大白：酒杯。左思《吴都赋》“飞觞举白。”刘良注：“大白，杯名。”

石州慢

己酉秋吴兴舟中

雨急云飞，惊散暮鸦，微弄凉月。谁家疏柳低迷，几点流萤明灭。夜帆风驶，满湖烟水苍茫，菰蒲零乱秋声咽[①]。梦断酒醒时，倚危樯清绝[②]。　　心折[③]。长庚光怒[④]，群盗纵横，逆胡猖獗，欲挽天河[⑤]，一洗中原膏血。两宫何处[⑥]？塞垣只隔长江[⑦]，唾壶空击悲歌缺[⑧]。万里想龙沙[⑨]，泣孤臣吴越[⑩]。

【题解】

此词作于宋高宗建炎三年（1129）。这年，金兵又大举攻宋，国事危急，而高宗只顾南逃。先至绍兴，又至宁波。此时，张元幹正在吴兴避难，他满怀忧国悲愤写下了这首动人的词章。上片渲染秋夜行舟的特定环境。前三句即推出秋雨驰骤、乌云翻卷这样动荡不安的景象，接着“谁家疏柳”以下五句进一步描写岸边、湖上那衰飒、凄迷的景物。疏柳间几点明灭不定的萤火，更增添了阴森可怕的气氛。而杂乱的菰蒲在秋风中凄切的声响，不禁令人想起沦陷区人民痛苦的呻吟。下片直抒胸臆。“心折”以下四句揭示忧愁之因：内有叛乱，外敌入侵，太白金星又兆示了不祥，壮怀忧国的词人怎能不为之“心折”！接着以“欲挽”二句大声疾呼，直接抒发了自己的报国壮志。然而，现实是报国有心，请缨无路。因此，情绪又由激昂复归于悲抑。非但徽、钦二帝依然远囚塞外，而且宋金边界也只是一江之隔。词人虽有“一战灭胡尘”的壮志，但也只能是空击唾壶，徒自悲歌，泣下沾襟罢了。全词时而慷慨激昂，时而沉郁悲壮，令人感奋不已。

【注释】

①菰（gū）：俗称茭白。蒲：蒲柳，即水杨。 ②危樯：船上高耸的桅杆。 ③心折：喻伤心至极。江淹《别赋》有“心折骨惊”句，较之所谓“心惊骨折”更见奇巧，后人多本之。 ④长庚：即金星，又名太白星。据《汉书·天文志》，若金星出入反常，则天下将有兵祸。 ⑤天河：即银河。杜甫《洗兵马》：“安得壮士挽天河，尽洗甲兵长不用。” ⑥两宫：指宋徽宗和宋钦宗。靖康元年（1126），金兵攻陷汴京，次年掳徽、钦二帝北去。⑦塞垣（yuán）：指边界。当时宋、金之间以长江为界，故云“塞垣只隔长江”。 ⑧“唾壶”句：语本《世说新语·豪爽篇》，晋人王敦每当酒后，辄咏曹操《龟虽寿》中“老骥伏枥，志在千里；烈士暮年，壮心未已”诸句，并以铁如意击打唾壶，使壶口尽缺。 ⑨龙沙：泛指塞外。这里指代徽、钦二帝被囚禁的地方。 ⑩孤臣：作者自称。吴越：古代国名，在今江苏、浙江一带。作者身在吴兴，而吴兴正属吴越之地。

满 江 红

自豫章阻风吴城山作①

春水迷天，桃花浪、几番风恶②。云乍起、远山遮尽，晚风还作。绿卷芳洲生杜若，数帆带雨烟中落。傍向来、沙嘴共停桡③，伤飘泊。　　寒犹在，衾偏薄。肠欲断，愁难著。倚篷窗无寐，引杯孤酌。寒食清明都过却④，最怜轻负年时约⑤。想小楼、终日望归舟，人如削。

【题解】

《满江红》这一词调，一般较宜于抒写豪放激越的声情，而张元幹的这一首却写得婉约情深，别具一格。上片侧重写景，由景入情。头二句紧扣题意，点明时令气候。着一“恶”字，在阔大景象描述中已带上了鲜明的感情色彩。接着“云乍起”三句，写令人生厌的狂风暴雨又一次遮天盖地而来。着一“还”字，既表明风雨时间之久，又交待了不得已而靠岸停留的原因。再以“绿卷”四句描述行舟受阻靠岸时所见凄迷之景，烘托出自伤飘泊的凄然之情。换头直言愁苦之由。“寒食”二句宕开一笔，由眼下境况勾起“年时约”的记忆，自悔不该失信于佳人之约。最后，进一步驰骋想象，以极为深婉的笔力，化虚为实，从对方落笔，既写出了佳人凝望归舟而瘦损的痴情，又表达了词人思归怀人的一片深情。

【注释】

①此词在各选本中或题作“旅思”，或题作“离恨”，或题作“春晚”。　②桃花浪：指旧历三月，春暖冰消，江水上涨，此时正值桃花盛开。杜甫《春水》诗“三月桃花浪，江流复旧痕。”后人多本之。　③向来：此处犹言适来。　④“寒食”句：说明春天游赏的美好时节都已过去。　⑤最怜：犹言最可惜。

曹　勋（1098—1174）

字功显，阳翟（今河南禹州市）人。曹组子。宣和五年（1123），赐同进士出身。靖康初，从徽宗北迁，遁归。后拜昭信军节度使，加太尉。有《松隐文集》四十卷、《松隐乐府》三卷。

饮 马 歌

边头春未到。雪满交河道。暮沙明残照。塞烽云间小。断鸿悲，陇月低，泪湿征衣悄。岁华老。

【题解】

此腔乃自虏中传至边地，饮牛马时即横笛吹之，不鼓不拍，声甚凄断。作者在与徽、钦二帝一同被囚禁期间，受塞北民风谣谚陶染，习得此腔，遂将内心世界里深沉的家国之恨融入其中，产生了这首苍茫空阔、凄恻悲凉的作品。作者借一金军老兵之口，抒发了对女真贵族穷兵黩武、涂炭生灵的行径的深切痛恨。全词虽仅三十四字，但境界极其阔大，风格雄浑苍凉。开头两句既交待了季节时令，又描写了千里冰封、万里雪飘的北国奇寒之景。“暮沙”二句极写塞北荒漠之浩瀚无边。作者巧妙地采用了映衬、烘托手法，使夕阳与黄沙相映，使本来高耸入云的烽火台缩小以烘托荒漠之广大。接着又以渐渐远去的飞鸿之声，渐渐低沉的明月之色来渲染凄冷的气氛。就在这悲凉的氛围中，终老军营的士兵们只能在这更深夜阑之际悄悄地流下辛酸的泪水。正是这末句的描述，使前面所写之景染上了浓重的感情色彩。

岳 飞（1103—1141）

字鹏举，相州汤阴（今属河南）人。南宋抗金名将，累立奇功。历少保、河南北路招讨使，进枢密副使，封武昌郡开国公。以反对和议为秦桧所陷，殒大理寺狱。淳熙六年（1179），赐谥武穆。嘉定四年（1211），追封鄂王。淳祐六年（1246），改谥忠武。后人编有《岳武穆遗文》一卷。《全宋词》录其词三首。

小 重 山

昨夜寒蛩不住鸣[①]。惊回千里梦，已三更。起来独自绕阶行。人悄悄，帘外月胧明[②]。　白首为功名。旧山松竹老，阻归程。欲将心事付瑶琴，知音少，弦断有谁听[③]？

【题解】

绍兴八年（1138），宋高宗任用秦桧为相，决意求和，岳飞及其他主战派大臣，纷纷上书反对和议。然而，高宗还是接受了称臣纳贡的和议条件，派秦桧代表自己跪受金朝诏书。面对这一切，岳飞抑制不住内心的忧愤，写下了这首《小重山》词。词的上片寓情于景，写作者思念中原、忧虑国事。更深夜阑之际，他正做着收复中原的好梦，却被凄凉的蟋蟀声惊醒，于是怀着无比惆怅的心情，独自徘徊于冷月下的庭院之中。下片写收复失地受阻、心事无人理解的苦闷。词人慨叹岁月如流，家园长期沦陷，欲归不得。“还我河山”的伟大抱负尚未实现，却已“白了少年头”。更令人伤心的是自己处境孤危，知音难觅，深感寂寞。表现了对投降派屈辱求和、阻挠抗金斗争的深切不满和谴责。全词以委婉低沉之笔来抒写爱国情志，情调极为沉郁凄怆，具有很强的艺术感染力。

【注释】

①蛩（qióng）：蟋蟀。　②月胧明：月色明亮。胧明，明亮貌。　③“欲将”三句：用俞伯牙与钟子期的典故，说明主战派受排挤，朝廷上主和派占了

上风。据《吕氏春秋·本味》，春秋时俞伯牙善鼓琴，惟有钟子期能从琴声中体会他的心事，后“钟子期死，伯牙破琴绝弦，终身不复鼓琴”。

满 江 红

写 怀

怒发冲冠[①]，凭栏处、潇潇雨歇。抬望眼、仰天长啸，壮怀激烈。三十功名尘与土[②]，八千里路云和月[③]。莫等闲[④]，白了少年头，空悲切。　　靖康耻[⑤]，犹未雪[⑥]。臣子恨，何时灭？驾长车踏破、贺兰山缺[⑦]。壮志饥餐胡虏肉，笑谈渴饮匈奴血。待从头、收拾旧山河，朝天阙[⑧]。

【题解】

绍兴三年（1133），岳飞负责从江州到江陵的沿江防务，其时金兵及伪齐占领了襄阳六郡，切断了南宋通向川陕的交通。在参知政事赵鼎的支持下，岳飞于次年由鄂州（今湖北武昌）出师，统兵北上，收复了襄阳六郡。这是南宋政权建立以来第一次收复大片失地的胜仗，朝野振奋。岳飞也因功擢升为清远军节度使，置身于中兴名将之列，时年仅三十二岁。这首气壮山河、传颂千古的名篇大约就作于此时。词的上片抒写作者渴望为国杀敌、匡复中原而不辞辛劳，不求功名的高尚情怀。开头四句破空而来，一气贯注。词人独登高楼，遥念中原沦陷，二帝被掳，不禁“怒发冲冠”“仰天长啸”“壮怀激烈”。接着四句激励自己珍惜年华、早成恢复大业。下片抒写雪耻复仇、重整乾坤的豪情壮志，以及大无畏的英雄气概。全词直抒胸臆，情辞慷慨，激昂悲壮，是一篇掷地有声的爱国名篇。陈廷焯《白雨斋词话》评此词“千载读之，凛凛有生气焉”。

【注释】

①怒发冲冠：《史记·廉颇蔺相如列传》：“相如因持璧却立，倚柱，怒发上冲冠。”此用以形容满腔悲愤的情状。 ②尘与土：谓功名犹如尘土，报国壮志未能实现，已有的功名不值一提。 ③“八千”句：谓南北转战几千里，日夜奔驰，不辞辛劳。 ④等闲：即轻易、随便。 ⑤靖康：宋钦宗赵桓年号。靖康元年（1126），金兵攻陷汴京。掳徽、钦二帝北去，北宋灭亡。“靖康耻”即指此。 ⑥雪：刷。常言雪耻，即洗刷耻辱。 ⑦贺兰山：在今宁夏西，当时为西夏统治区。此借指金人所在地。缺：指险要的关口。 ⑧朝天阙：指回京献捷。天阙，宫门。

高　登（生卒年不详）

字彦先，漳浦（今福建漳州）人。绍兴二年（1132）进士。历古田令、潮州试官。曾上万言书痛骂秦桧，桧怒，削其官，徙容州（今广西容县），以教书终其身，人称东溪先生。有《东溪集》二卷，《东溪词》一卷。

好　事　近

富贵本无心，何事故乡轻别？空惹猿惊鹤怨①，误松萝风月②。　　囊锥刚强出头来③，不道甚时节？欲命巾车归去④，恐豺狼当辙⑤！

【题解】

这首词《宋名臣言行录》《挥麈（zhǔ）后录》皆以为胡铨作，但胡铨《澹庵词》未收，而见于《东溪集》，故可定为高登之作。词主要抒写正直士人在权奸当道时的苦闷心情。上片言归隐之志。一开头就自申心志：无心于富贵，但究竟为何要无端轻易地离乡外出而求仕呢？语意充满自责，似乎大有“觉今是而昨非”之感。接着又以家乡的猿、鹤、松萝、秋月等风物的徒然期盼之态，来回映自己的遗憾之意。笔调深婉，不失风人之旨。换头承上，化用毛遂自荐、脱颖而出的典故，说自己总想崭露头角，为国家干一番事业，也不看看这是什么时候！大有不识时务的悔恨之感。末尾两句一转，复又自我激励：豺狼当道，国事危殆，自己又怎能归隐，弃国家社稷于不顾呢？全词在顿挫深婉之中，体现了一个怀才不遇志士的矛盾复杂的心态。

【注释】

①猿惊鹤怨：词人离乡，徒然使猿鹤也为之惊异不满。 ②误松萝风月：意谓耽误了山水风情。 ③“囊锥”句：《史记·平原君虞卿列传》载，战国时，秦围赵都邯郸，平原君欲赴楚求救，门客毛遂自荐同往。平原君说，有才之士如锥在囊中，早该颖露而出。毛遂说：“使遂早得处囊中，乃颖脱而出，非特其末见而已。”这里意谓怀才不遇之士想要崭露头角。 ④巾车：有帷幕的车子。 ⑤豺狼当辙：据《后汉书·张纲传》：东汉顺帝委任宦官，张纲上书切谏，顺帝不听。后奉使调查各地风俗，张纲把车轮埋在土里，不肯起身，说“豺狼当路，安问狐狸！”并上书奏劾大将军梁冀有十五罪状。

康与之（生卒年不详）

字伯可，号顺庵，滑州（今河南省滑县）人。谄事秦桧，为秦门下十客之一，官军器监丞。桧死后，编管钦州。绍兴二十八年（1158），移雷州，复送新州牢城。有《顺庵乐府》五卷，今不传。《全宋词》据赵万里辑本录其词三十八首。

长 相 思

游 西 湖

南高峰，北高峰①，一片湖光烟霭中。春来愁煞侬②。 郎意浓，妾意浓，油壁车轻郎马骢③。相逢九里松④。

【题解】

康与之作为“以文词待诏金马门”的御用文人，当其谄事秦桧而受宠之时，生活圈子十分狭小，不免陷于颂圣谀功而不能自拔。因而今所见三十八首词作中歌功颂德、奉迎权贵之作几占半数。然而，其中也不乏感念时事，悲慨国家残败之作。如《菩萨蛮令》（“龙盘虎踞”）之借怀古以伤今。也有借咏杜鹃以描写游子思乡怀人的凄清哀切之作，如《满江红》（“杜鹃”）。而这首《长相思》“游西湖”则又表现出另一种特殊的风味。词采用南朝民歌的表现手法，描写一个怀春女子面对春天里的西湖美景，触发了满腔的春愁。正当她沉湎于强烈的爱的向往而又没有确定的爱的对象时，她的油壁轻车与迎面而来的青骢白马在九里松边不期而遇了。两颗炽热的心相撞，通过心灵的窗户相互倾吐出浓浓的情意。词于此戛然而止，给读者留下广阔的想象空间。

【注释】

①南高峰、北高峰：皆为西湖附近的旅游名胜。　②侬：即我，吴方言。　③骢：青白色的马。　④九里松：杭州地名。

黄公度（1109—1156）

字师宪，莆田（今属福建）人。绍兴八年（1138）进士第一，签书平海军节度判官。秦桧诬以事，罢归。桧死，复起，仕至尚书考功员外郎。有《知稼翁集》一卷。《全宋词》录其词十五首。

青玉案

邻鸡不管离怀苦，又还是、催人去。回首高城音信阻。霜桥月馆[1]，小村烟市，总是思君处。　裛残别袖燕支雨[2]，谩留得、愁千缕[3]。欲倩归鸿分付与[4]。鸿飞不住，倚栏无语，独立长天暮。

【题解】

此词表面是写男女别愁，而实则寓意深远。上片写别时情态与别后相思。“邻鸡”二句写依依惜别之际对晨鸡啼鸣、催人早行的厌恶。鸡本无情，而词人却要求它能通情。这一写法。于理为荒谬，于情则更为深挚。“回首”以下四句，说离别高城之后，便将音讯隔绝；但不管走到哪里，时时处处都思念着对方。下片写音信难达之悲。“裛残”三句意谓：伤别的泪痕犹在，空留下千缕愁绪缠绕心间。最后四句写她欲托鸿雁传书而它却不予理睬。只好独自倚栏，眼见着天边暮色自远而近，怎能不令人顿生迟暮之感呢！其中隐隐透露了弃官归隐之志，同时也巧妙地传达了“思君”、忠君之情。

【注释】

①霜桥月馆：化用晚唐温庭筠《商山早行》中“鸡声茅店月，人迹板桥霜”诗句，以述途中早行情景。 ②裛（yì）：通“浥”，沾湿。燕支雨：即胭脂雨。整句意谓：分别时爱人的泪水沾湿了他的衣袖，如今也只剩一些痕迹了。 ③谩：空。 ④倩：请。分付：交付，委托。

韩元吉（1118—1187）

字无咎，号南涧，许昌（今属河南）人。徙信州上饶（今属江西）。初为信州幕僚、南剑州主簿。再知建安县，江东转运判官。历中书舍人、守大理寺少卿，除龙图阁学士、吏部侍郎，官至吏部尚书，致仕。有《南涧甲乙稿》二十二卷，《南涧诗余》一卷。

六州歌头

桃 花

东风着意①，先上小桃枝。红粉腻，娇如醉，倚朱扉。记年时，隐映新妆面。临水岸，春将半，云日暖。斜桥转，夹城西。草软莎平②，跋马垂杨渡③，玉勒争嘶④。认蛾眉凝笑，脸薄拂燕支。绣户曾窥，恨依依。 共携手处，香如雾，红随步，怨春迟。消瘦损，凭谁问，只花知，泪空垂。旧日堂前燕，和烟雨，又双飞。人自老，春长好，梦佳期。前度刘郎⑤，几许风流地，花也应悲。但茫茫暮霭，目断武陵溪⑥。往事难追。

【题解】

这是一首咏物怀人之作。作者以拟人化手法写花，又以花喻人，使桃花与美人相互辉映，亦花亦人，浑然一体，确实达到了“人面桃花相映红”的艺术效果。词开头两句谓东风有意，最先安排春光上了这小小的桃枝。发想新奇，将春意写得活灵活现。“记年时”以下十句渲染气氛，为伊人形象提供典型环境。“认蛾眉”五句托出题意，人面与桃花，参互为喻。下片从回忆中跌回现实。那曾经携手共游之地，如今春光依旧而佳人已去，令人悲怨而瘦损。词从开头“先上小桃枝”的初春，写到“春将半”的仲春，再到“怨春迟”的暮春，随着时间的推移，词人的回忆也不断变化。最后，以翘首企盼伊人而竟失望而归告结，使词染上了浓重的伤感色彩。

【注释】

①着意：有意。 ②莎（suō）：莎草，即香附子草，多年生草本植物，大片连生时，软而平。 ③踧马：驰马。 ④玉勒：华贵的马笼头。此借代宝马。 ⑤前度刘郎：唐刘禹锡有《再游玄都观》咏桃花诗“种桃道士归何处？前度刘郎今又来。” ⑥武陵溪：陶渊明《桃花源记》所述武陵溪，为桃花源之出口。

好 事 近

汴京赐宴，闻教坊乐有感

凝碧旧池头，一听管弦凄切[1]。多少梨园声在[2]，总不堪华发。 杏花无处避春愁，也傍野烟发气[3]。惟有御沟声断[4]，似知人呜咽。

【题解】

此词作于宋孝宗乾道九年（1173）三月，当时作者出使金国，路经沦陷已久的汴京，被留住赐宴，席上闻北宋宫廷音乐，百感交集，怆然有怀，写下了这首词篇。词的开头两句用王维故事，借凝碧池旧事以抒怀，极写他来到已沦陷四十六年的赵宋旧都听奏宫廷乐曲时那种深切的哀痛。三、四句承上而生发，言宫廷音乐尚在，而听惯此乐的徽、钦二帝却已北去不得回归。其间凄恻哀痛之情溢于言表。换头两句暗用王维“万户伤心生野烟”诗意，借植根于故都的杏花无所避愁，以言在金人铁蹄之下的中原人民“万户伤心”（王维《菩提寺禁裴迪来相看，说逆贼等凝碧池上作音乐，供奉人等举声，便一时泪下，私成口号诵示裴迪》），千村寥落。结句则以御沟流水的默然无声，烘托词人呜咽难通的悲痛之情。物是人非，睹物伤情，作意略同杜甫《春望》“感时花溅泪”。

【注释】

①“凝碧”两句：据计有功《唐诗纪事》载，天宝末，安禄山陷长安，玄宗奔蜀。王维为贼所获，拘于菩提寺，与左丞裴迪密相往来，裴说贼会蕃汉伪官，大宴于凝碧池，令梨园弟子作乐。王维听后大为喟叹，口吟七绝一首

云："万户伤心生野烟，百官何日再朝天。秋槐叶落深宫里，凝碧池头奏管弦。"韩元吉此时身在故都留宴听乐，处境与心情都与王维相似。②梨园：据《新唐书·礼乐志》，唐玄宗曾选乐工三百人，宫女数百人，教授乐曲于梨园，亲自订正声误，号"皇帝梨园子弟"。作者用此典以寓对徽、钦二帝被掳这一国耻的纪念。③野烟：用上举王维诗"万户伤心生野烟"句意。④御沟：流经皇宫的河道。

朱淑真（生卒年不详）

自号幽栖居士，钱塘（今浙江杭州）人，一说海宁（今安徽休宁）人。从其作品内容看，当为南宋初人。出生于仕宦家庭，幼而警慧，善诗词，工绘画，晓音律，为声名仅次于李清照的宋代女作家。由父母主婚，与一俗吏结合，曾随其夫宦游吴、越、荆楚间，终因情趣不投，愤然离去。后独居母家，抑郁寡欢，抱恨而终。有《断肠诗集》十卷、后集八卷、《断肠词》一卷。

谒金门

春半

春已半，触目此情无限。十二阑干闲倚遍①，
愁来天不管。　　好是风和日暖，输与莺莺燕燕②。
满院落花帘不卷，断肠芳草远。

【题解】

此词是一首伤春之作，其中既有对今日凄凉境况的怨尤，也有

对昔日美好恋情的追怀。起拍“春已半”二句，用笔近似于李煜《清平乐》词中的“别来春半，触目愁肠断”，而稍见含蓄。作者似乎无暇对春光稍加描述，一入手便迫不及待地披露其由春光触发起的怀旧念远之情。这正见出她已情难自抑。“十二阑干”极写阑干之曲折，而作者的心态亦曲折如是。“闲倚遍”点明其凭阑之久。凭阑本为排遣闲愁，但结果却是旧愁未灭，新愁又生，以致她紧接着便从心底迸出“愁来天不管”的痛苦而又无奈的呼号。“好是”二句感叹春天虽好，自己却不能像“莺莺燕燕”那样与心上人比翼齐飞，自由来往。结句“断肠芳草远”，揭破一篇之旨。以“芳草”隐喻离人。“芳草远”，说明其所思远游于他乡，而这正是她始而泣诉“触目此情无限”、继而哀号“愁来天不管”，终而悲鸣“断肠”的原因。着此一笔，犹如画龙点睛，使之通体皆活。全词情调凄婉而吐属清华，是《断肠词》中耐人讽咏的佳作之一。

【注释】

①十二：极言阑干之曲折。其《元夜遇雨》诗云：“危楼十二阑干曲，一曲阑干一曲愁。”可见“十二阑干”，即“十二曲阑干”。 ②输与：比不上，还不如。

菩 萨 蛮

山亭水榭秋方半，凤帏寂寞无人伴。愁闷一番新，双蛾只旧颦。 起来临绣户，时有疏萤度。多谢月相怜，今宵不忍圆。

【题解】

这首小令描摹自己独守闺房的孤独冷寂情貌。起句点明时令。仲秋时节，在那“山亭水榭”间徜徉，自可领略一番清新绝俗的山容水态。然而，孤苦无伴之人却不敢面对大自然，只能将自己深深地锁进凤帏闺阁之中。下接“愁闷”二句，似乎是对这一行为的阐释和自我表白：伤春的眉结尚未舒展，悲秋的新愁又上眉头。其间凄苦已不言而喻。换头“起来”两句更以不时飞过“绣户”的几点“疏萤”来渲染那极度凄清冷寂的氛围。歇拍二句说惟有那高悬于秋空的冷月，似乎尚有一点怜惜之意，不忍在词人孤苦无伴之夜以团圆之象示人。仅此一点纯属词人意设的安慰，也已令她感动不已了。全词境界凄冷，绵渺婉约。

江城子

赏春

斜风细雨作春寒。对尊前，忆前欢。曾把梨花，寂寞泪阑干。芳草断烟南浦路[1]，和别泪，看青山。　昨宵结得梦因缘。水云间，悄无言。争奈醒来[2]，愁恨又依然。展转衾裯空懊恼，天易见，见伊难！

【题解】

此词题为“赏春”，实则“怨春”。词人以极其深沉的笔调，写出了她对恋人刻骨铭心的思念。上片着重写忆旧伤别。起拍先以“斜风细雨”的气候特征来渲染缠绵的忆旧气氛。在春寒料峭时节，借着一尊清酒，回想起当时初恋及分袂的往事，不禁涕泪纵横。“曾把”二句化用白居易《长恨歌》“玉容寂寞泪阑干，梨花一枝春带雨”诗意，来描述抒情主人公悲伤痛哭的情态，颇为传神。下片写梦幻成空的悲愁。欢情难再，只能于梦中相续。然而，梦醒之后却又倍增凄凉，只能在绣衾之中辗转反侧，凄苦悲鸣。全词写得沉痛深挚，哀怨凄婉，令人不忍卒读。

【注释】

①“芳草”句：江淹《别赋》：“春草碧色，春水渌波，送君南浦，伤如之何。”后即以“南浦”或“别浦”表示分别之地。 ②争奈：即怎奈，无奈。争，怎。

姚 宽（？—1162）

字令威，号西溪，嵊（今浙江嵊州市）人。以荫补官，权尚书户部员外郎，枢密院编修官。除“博洽工文”外，兼擅书法及工技等。有《西溪丛语》传于世。《全宋词》录其词五首。

生 查 子

郎如陌上尘，妾似堤边絮。相见两悠扬，踪迹无寻处。　　酒面扑春风，泪眼零秋雨。过了别离时，还解相思否？

【题解】

这是一首代言体的闺情词。词人以一个闺中女子的口吻叙述了对自己心爱的男子的思恋之情。词开篇连用两个比喻，谓男子用情不专，行为卑下，犹如漫天飞扬的尘土；而女子自己由于爱情的不幸，失去了感情上的依托，恰似飘荡无着的柳絮。这就为全词奠定了怨恨的感情基调。三、四句接写这位女子想要与男子相见，但两相隔绝，路途遥远，连他的踪迹都无法探寻。这就自然引发了下片中悲愁的泪水和痴情的悬想。过片处，作者先以两个精心构筑的对句来表现她的愁情。在这两句里作者为了突出强调解忧之酒和伤悲之泪，故意使主宾倒装，造成了类似于杜甫《秋兴八首》“香稻啄余鹦鹉粒，碧梧栖老凤凰枝”式的奇警语势，“语反而意宽”（沈存中语），更能渲染出女主人公愁情之深广，“春风”“秋雨”，长年悲愁俱在言内。歇拍二句写她愁极之后，不免作痴情的悬想。情辞哀切而又流丽，把女主人公内心里爱恨交加，既渴望又失望的复杂心理，表达得淋漓尽致，而又不失委婉工巧。

袁去华（生卒年不详）

字宣卿，豫章奉新（今属江西）人。绍兴十五年（1145）进士。曾任善化（今湖南长沙）知县等职。有《适斋类稿》八卷，《宣卿词》一卷。

瑞鹤仙

郊原初过雨。见败叶零乱，风定犹舞。斜阳挂深树，映浓愁浅黛，遥山眉妩。来时旧路，尚岩花、娇黄半吐。到而今，唯有溪边流水，见人如故。　　无语。邮亭深静[①]，下马还寻，旧曾题处。无聊倦旅，伤离恨，最愁苦。纵收香藏镜[②]，他年重到，人面桃花在否[③]？念沉沉、小阁幽窗，有时梦去。

【题解】

这是一首抒写离恨的词篇。词人与相恋的女子久别之后，旧地重寻而未见，因而惹起一番深切的思念之情。词的上片可分两层，“郊原”以下六句写景，为下文抒情创造气氛。其间秋风、秋雨、飞零的黄叶等动景，与斜阳、深树、远山等静景相互配合，共同渲染出一段“浓愁”的氛围。而“来时旧路”以下五句则在今昔不同情景的对比中，刻画他那深重的失落与惆怅之情。当日两人见面时，岩前的黄花含娇半吐，恰如伊人脉脉含情，欲托芳心。借花写人，正可见其楚楚动人情貌。“到而今”三句折回眼前，人面黄花皆不见，只有那一溪流水如故，一似自己那悠悠的思念。过片处以“无语”二字加以承转，既是承上片流水之无语东流，又是启发下片深沉的思考与感慨。“邮亭深静”三句写他一往情深地探寻当日题赠的旧踪迹。但寻寻觅觅，得到的只是一片空虚。“纵收香”进一步设想，即使能信守前约，他年重访，也未必就有好合之望。篇末寄希望于梦中欢会，以慰此一片痴情。全词写得清新流畅，而又含思委婉。

【注释】

①邮亭：古时设在沿途、供传送文书的人和旅客歇宿的馆舍。 ②收香、藏镜：此句暗用两则典故。前者用晋代韩寿故事：韩寿年少貌美，为贾充之女所爱，暗将御赐西域奇香送他。后贾充觉之，然亦无奈，只得许其嫁之。后者用陈朝徐德言和乐昌公主故事：徐德言娶了陈后主之妹乐昌公主。在陈亡之前，他们把镜子破成两半，各执其一以为信物。陈亡之后，他们终因破镜相合而得以重圆。 ③“人面”句：唐崔护《题都城南庄》“人面不知何处去，桃花依旧笑春风。”

陆　游 (1125—1210)

字务观，号放翁，山阴（今浙江绍兴）人。以荫补登仕郎。绍兴中应礼部试，为秦桧所黜。孝宗即位，赐进士出身。一生志在恢复中原，是南宋杰出的爱国诗人。生平诗作逾万首。四十六岁入蜀任夔州（今四川奉节）通判，其后为四川宣抚使幕僚，远至南郑（今属陕西）前线，从此诗风为之一变。晚知严州，诏同修国史兼秘书监，以宝章阁待制致仕。退居山阴，仍始终保持昂扬的爱国热情，临终仍念念不忘祖国统一。其诗以豪迈雄放为主导风格。词则纤丽处似秦观，雄慨处似东坡，兼具婉约、豪放之长。有《放翁词》二卷。

卜　算　子

咏　梅

驿外断桥边，寂寞开无主。已是黄昏独自愁，更著风和雨[①]。　无意苦争春，一任群芳妒[②]。零落成泥碾作尘[③]，只有香如故。

【题解】

此词咏梅，实际上是借梅花的品格自明心迹，自抒怀抱。上片感遇。“驿外”二句，说梅花流离沦落，所居非地；“已是”二句，说梅花备受风雨摧残，所遇非时，以此突出梅花遭遇的不幸。下片咏志。“无意”二句，表明梅花本性高洁，不为争春而来；“零落”二句，赞赏梅花历尽磨难，留得芳香而去。从中不难看到作者身世与人格的投影。陆游早年因主战言论触犯秦桧被黜，后来又因“力说张浚用兵”免职。他在南宋苟且偷安的环境中，一直颇受时忌，但爱国壮志始终不衰，甚至老而弥笃。此词是他晚年所作，借咏梅以表达其坚定不移的爱国立场和政治节操。虽然不免有自悼自伤的消极成分和孤芳自赏的意味，但主要精神是积极的。他在词中对周围恶浊的环境、“群芳”嫉妒的卑劣行径以及自身遭受的种种迫害，所表现出的高度蔑视，也是令人感佩的。咏物诗词贵在“不离不即”“不粘不脱”，做到托物寄意，物我相融。此词不雕镂梅花形貌，而着重摄取其神韵，借以自我写照，是咏梅的上乘之作。

【注释】

①著：值，遇。　②一任：完全听凭。　③碾：轧碎。

诉 衷 情

当年万里觅封侯①，匹马戍梁州②。关河梦断何处③？尘暗旧貂裘④。　胡未灭，鬓先秋，泪空流。此生谁料，心在天山⑤，身老沧洲⑥！

【题解】

此词抒发国仇未报、壮志未酬的深切悲愤。虽然这本是作者在许多优秀诗篇里反复抒写过的主题，很难有所翻新，但由于作者注意运用和发挥词体自身的特点，所以在表现上与诗作颇不相同。此词上片基本是五七言句式，尽管在时空的交错中，腾挪自如地比照了当年的情豪气雄和今日的落魄潦倒，却未能显出诗词之大别。下片则句式尽变，表现了长短句的某些特长。“胡未灭”说国仇未报；“鬓先秋”叹此身已老；“泪空流”诉壮志难伸。三个短句“一吟悲一事”，并以对句形式组成一韵，九个字说尽了一生心事。篇末两个四言对句，浑无着力痕迹地概括了同样的意思，使理想与现实，报国立功的热望与投闲置散的冷遇，处于尖锐的对立之中，从而揭示了作者悲愤的根由和实质。“心在天山”又与开头的“当年万里觅封侯”相呼应，表明报国初衷始终不渝。“身老沧洲”，并非意在叹老，而是愤恨权臣误国，致使自己请缨无路，白首无成。像这样的进行今昔对比的词作，在结构上，一般都是上片思昔，下片抚今，此词却打破习俗，以更有利于感情的跌宕回旋：上片两句思昔，两句抚今；下片句句抚今，而又句句与思昔相关合。这充分体现了作者的创新精神。

【注释】

①万里觅封侯：东汉班超说过，大丈夫当“立功异域，以取封侯”。后来，他出使西域，使葱岭以东五十国归附汉朝，因功封为定远侯。这里借指立功报国。　②匹马戍梁州：指乾道八年（1172），陆游四十八岁时在汉中任四川宣抚使王炎的幕僚。梁州，即汉中。汉中有梁山，故名。　③关河：泛指边地险要的战守之处。关，关塞。河，河防。　④“尘暗”句：据传苏秦十次游说秦王无成，回家时，“黑貂之裘敝”。这里则是以貂裘积满灰尘，陈旧变色，暗示自己长期闲置而功业未成。　⑤天山：在新疆境内，汉唐时为西北边陲。心在天山：即犹有万里从军之志。　⑥沧洲：水边。陆游晚年退居山阴镜湖边的三山村。

夜　游　宫

记梦，寄师伯浑[①]

雪晓清笳乱起[②]。梦游处、不知何地。铁骑无声望似水。想关河，雁门西[③]，青海际[④]。　　睡觉寒灯里[5]，漏声断、月斜窗纸[6]。自许封侯在万里。有谁知，鬓虽残，心未死。

【题解】

记梦，虽非陆游所独擅，但较之其他诗人，陆游对记梦似乎更为热衷，而其所记又多为铁马冰河的征战情景。个中原因自不难推究：梦是思想的折光，陆游把扫荡强虏、重整金瓯当作自己的理想，但在现实中却无实现的可能，诗人只有把它托之于梦境，借助梦幻的形式，使久遭压抑的情志得到自由驰骋。本词上片写梦中的见闻。“想关河”三句以测度之词揭出此番梦游的地点：作者梦中所游是当时的抗金前线，岂不正说明抗金救国的意念时时萦绕在他的心间，成为其梦魂之所牵？下片写梦后的感慨。“睡觉”二句由梦境跌回现实，情绪陡变：漏声已断，则更见寂寞；冷月映窗，则倍增凄凉。“自许”句暗用班超故事，于高度自信中见出失志之痛。“有谁知”三句再作跌宕。在无人可通心志的感慨和不得用世的忧愤中，渗透着作者固有的奋发精神和昂扬气概。作者不仅精心构置梦境与实景，而且着力凸现二者间的强烈反差：一边是笳鸣雪映，铁骑似水；一边则是灯残漏尽，月斜窗纸。以此来表琛理想与现实的矛盾，在矛盾的回旋中抒写自己不可稍屈的抗金意志。

【注释】

①师伯浑：四川眉山人，志在隐逸，曾谢绝范成大的征辟之意。陆游对其道德文章十分称羡。陆游初识师伯浑为乾道九年（1173），而淳熙四年（1177），师伯浑已去世。可知此词当作于乾道九年至淳熙四年之间。　②雪晓：雪日的早晨。清笳：清亮的胡笳声。乱起：形容胡笳声此起彼伏。　③雁门西：指雁门关（在今山西省境内）以西地区。　④青海际：即青海边，举以指代辽阔的西北边陲。　⑤睡觉：即睡醒。　⑥漏声断：用以计时的漏壶滴水

声已经停止，暗示一夜将尽。

鹧　鸪　天

家住苍烟落照间，丝毫尘事不相关。斟完玉瀣行穿竹[①]，卷罢黄庭卧看山[②]。　贪啸傲，任衰残，不妨随处一开颜。元知造物心肠别[③]，老却英雄似等闲[④]！

【题解】

此词当为作者退居山阴时所作。以表面的任情适性、啸傲湖山来表现深层的怀才不遇、惆怅失意之情。词的开头两句以烟水苍茫、夕照生辉的柔媚宜人之景来夸赞家居的美好。在这样的自然环境中，自可荡涤尘心，忘怀世事。“斟完”二句是其闲逸生活的写照。饮酒、穿竹、读经、看山，四个动作递相连续，给人以悠闲自得、散漫不羁之感。过片三句承上启下。歇拍二句词情陡变：作者以“造物”喻指最高统治集团，以“心肠别”暗示其不恤国计，居心叵测，使自己投闲置散，无所用其才地。前面一路写来，似乎那样宁静平和，而至过片承转处已成潜流回旋之势，至此则已怒潮翻腾，回卷全篇而主旨立显。着此歇拍二句，方知前面“丝毫尘事不相关”云云，盖皆愤激无奈之言。而“穿竹”“看山”亦非等闲之笔了——竹的高标劲节，山的岿然故我，正是词人的人格象征。

【注释】

①玉瀣（xiè）：即玉露，玉液，古代美酒名。　②黄庭：指黄庭经，道教主要经典之一，此泛指道书。　③造物：旧时以为万物是天造的，故称天为造物。此以代指最高统治者。　④等闲：即等闲视之，不重视，不顾惜。

钗头凤[①]

红酥手[②]，黄縢酒[③]，满城春色宫墙柳[④]。东风恶，欢情薄，一怀愁绪，几年离索[⑤]。错，错，错！　春如旧，人空瘦，泪痕红浥鲛绡透[⑥]。桃花落，闲池阁。山盟虽在，锦书难托。莫，莫，莫！

【题解】

一般认为这首词大约写于词人三十岁左右，记录了他与唐婉被迫离异的爱情悲剧，以及不久后沈园相会时的伤感情怀。入笔三句写重逢情景。“红酥手”，写人之美；“黄縢酒”，写酒之美。但美人、美酒都已属他人，正如春意盎然的嫩柳，被一带高墙所圄，词人可望而不可即。和暖的东风能孕育万物，疾风迅雨则又能摧残百花。“东风”而言“恶”显属后者，也即诗人多次提到的“姑恶”。结果致使一对恩爱夫妻无端拆散，欢情苦少，离愁恨多。紧逼出三个“错”字，似乎命运安排的一切全错位了。过片承上接写唐婉悲伤的神情。春色依旧，而伊人却因离愁而枉自瘦损了红颜。如今相见，纵有千言万语也只能相顾凝咽，惟有泪千行。“桃花落”以下转写词人自身的心态。大有风去楼空，人世飘零之感。当日的山盟海誓依然铭记在心，但即使近在咫尺也是音讯难通，怎不令人伤心至极。全词写得凄婉哀怨，悲切动人，其感情真挚而又深厚，令人不能卒读。

【注释】

①此词本事陈鹄《耆旧续闻》、周密《齐东野语》等有载：陆游初娶表妹唐婉，夫妇和美。但陆母不悦，以至听信谗言，逼令休弃。后陆游再娶，唐

氏改嫁。几年后的一个春日，陆游郁郁独行至沈园游览，偶遇偕后夫同游的唐婉。唐氏遣人送酒肴致意，陆游悲情难抑，遂挥毫在园壁上题下这首《钗头凤》。也有部分学者对此持否定意见，吴熊和《陆游〈钗头凤〉词本事质疑》一文就认为，此词作于乾道九年至淳熙五年（1173—1178），陆游寓居成都期间，与这时期的《真珠帘》《风流子》等词性质相近。似亦为客中偶兴的冶游之作，实与唐氏无涉。其根据有三：其一，陈鹄、周密两家之说多抵牾处；其二，词意及词中时地同唐氏不合；其三，《钗头凤》词流行于蜀中，陆游是承蜀中词体而作的。（详见《唐宋词通论》“附录”，浙江古籍出版社1989年3月第二版）②酥：软。　③黄縢（téng）酒：即黄封酒，宋代官家酿造的酒，以黄纸或黄罗绢封瓶口，故名。　④宫墙：南宋以山阴为陪都，故有宫墙。此借指沈园的高墙。一说指作者在成都时经常宴游的故蜀燕王宫。⑤离索：离群索居。此指分手后的孤单寂寞。　⑥浥（yì）：湿润，沾湿。鲛绡（jiāoxiāo）：古代神话中鲛人所织的绢，一名龙纱。见梁任昉《述异记》。

秋波媚

七月十六日晚登高兴亭望长安南山①

秋到边城角声哀②，烽火照高台③。悲歌击筑④，凭高酹酒⑤，此兴悠哉⑥！　多情谁似南山月，特地暮云开。灞桥烟柳⑦，曲江池馆⑧，应待人来。

【题解】

陆游一生以收复中原、抗金救国为己任，他那饱满的爱国热情贯彻一生始终，而大多发之于诗，这首《秋波媚》则是在词中表现这种主题的一篇杰作，雄豪爽朗，不亚于其诗。词的开头两句先写角声烽火，渲染边城的战争气氛。接写词人之豪情逸兴，他面向关中大地，洒酒誓祝，和着击筑声高唱起悲壮的军歌，激发起高昂的兴致。这几句暗点题中“高兴亭”，同时又为下片承转过渡。过片进一步拓展“高兴”境界，去写那照临南山的月，词人赋予它以陆游式的“多情”，它与词人热爱祖国河山之情息息相通，特地拨开云层，在皎洁的月色之下，让词人把他热爱的山河看个够。于是，词人似乎已看到了他早已心驰神往的“灞桥烟柳，曲江池馆”等西京名胜了。并进一步设想：它们肯定也正多情地等待着收复关中的王师的到来吧。全词充满了抗金救国成功在望的乐观气氛和必胜信念，词风雄豪悲壮，足可想见当日南郑时期的放翁风采。

【注释】

①高兴亭：在陕西南郑县。作者《重九无菊有感》诗自注：“高兴亭在南郑子城西北，正对南山。”此南山指中梁山，作者眼望中梁山而意望长安终南山。 ②边城：此指南郑，兴元府所在地，四川宣抚使王炎幕府所在地。 ③烽火：此指西北前线的平安烽火。作者《辛丑正月三日雪》诗自注：“予从戎日，尝大雪中登兴元城上高兴亭，待平安火至。” ④筑：古代的一种乐器，用竹尺击弦。 ⑤酹（lèi）：以酒洒地祭奠或祝誓。 ⑥悠哉：此形容当时兴致很高。 ⑦灞桥：即霸桥，在西安市东。 ⑧曲江：故址在今西安市南门外。

鹊 桥 仙

夜闻杜鹃

茅檐人静，蓬窗灯暗，春晚连江风雨。林莺

巢燕总无声[1]，但月夜、常啼杜宇[2]。 催成清泪，惊残孤梦，又拣深枝飞去。故山犹自不堪听，况半世、飘然羁旅！

【题解】

古代诗词作品中描写杜鹃悲鸣，大多用以抒发羁旅漂泊之感，它那凄厉的鸣叫声被人们模拟成了人类语言的“不如归去”，使本已深感漂泊无依的行人，更感思乡之切。何况杜鹃啼鸣，时在暮春，思家之念再加迟暮之感，使人尤觉不堪。陆游这首词也正是植根于这样一种文化背景上而加以生发。词的上阕写夜闻杜鹃，下阕写闻后感慨。词中以“人静”“灯暗”“春晚”“林莺”“巢燕”，以及月下悲啼之“杜宇”，层层烘托，渲染浓重的悲凉气氛。过片前三句以写杜鹃折射人的情感世界。其中一个“残”字下得深沉，内蕴丰富。旅人凄苦，“孤梦”难成，而梦犹未惬，又被鹃扰，醒后苦况更何以堪！最后又深翻一层：就是在故乡听了这悲凉的杜鹃声也已够让人难受的了，更何况是在外漂泊了半辈子的人呢？一“犹”一“况”，前后关联，将鹃声凄惨之气氛归结到羁旅愁深之感慨，犹如龙睛一点，全篇便自灵动夭矫。

【注释】

①林莺：野外的黄莺。巢燕：室内梁上的燕子，此处两相对举以概百鸟。 ②杜宇：即杜鹃，又名子规，蜀中所产较多。相传为古代蜀国望帝杜宇魂魄所化。杜鹃鸟春末出现，啼声哀怨动人，听来似说“不如归去”。

谢 池 春

壮岁从戎，曾是气吞残虏[1]。阵云高、狼烽夜举[2]。朱颜青鬓[3]，拥雕戈西戍。笑儒冠、自来多误[4]。 功名梦断，却泛扁舟吴楚。漫悲歌、伤怀吊古[5]。烟波无际，望秦关何处。叹流年、又成虚度。

【题解】

陆游四十八岁入王炎幕府，怀着立功报国的雄心壮志来到西北前线。然而，由于朝廷的主和政策，“流年虚度”，一无所成，而人已渐老，发为慨叹，铸成此词。开头两句写当时的壮年气盛，而以“曾是”二字远射下片词意。曾经有过的壮怀激烈，与今日的“梦断”“伤怀”，形成鲜明对照。接着以“阵云”句渲染当时紧张激烈的战争气氛。“朱颜”句呼应首句，描述“壮岁从戎”的豪举。“笑儒冠”句化用杜甫诗句，巧妙安排，金针暗度，引起下片自己的“多误”。在全篇结构上则是以过片“功名梦断”一句承转，“功名”承上，“梦断”启下。“却泛扁舟吴楚”正是梦断后今日的现实情形，与上片生活恰成对照。西望秦关，不可再得，最后只能悲叹年复一年地虚度光阴。本词最鲜明的特色，即在于成功地在今昔对比中抒发了自己的忧愤。其间承转过渡，前后照应，针线十分细密。

【注释】

①残虏：凶猛残忍的敌人。 ②阵云：即战云，战场上飞扬的烟尘。狼烽：即狼烟，意为烽火。古代边疆烧狼粪以报警，故名。段成式《酉阳杂俎·广动植》：“狼粪烟直上，烽火用之。” ③朱颜青鬓：形容正值盛年，身强力壮。青，乌黑。 ④笑儒冠、自来多误：杜甫《奉赠韦左丞丈二十二韵》有“纨袴不饿死，儒冠多误身”句，此处陆游化用其意。 ⑤漫：空、徒然。

好　事　近

秋晓上莲峰，高蹑倚天青壁①。谁与放翁为伴？有天坛轻策②。　铿然忽变赤龙飞，雷雨四山黑。谈笑做成丰岁，笑禅龛榔栗③。

【题解】

《放翁词》中有《好事近》词十二首，览其词意，大抵皆为同一时期所作，而且其中竟有五首言及仙道之事。这是其中的第十二首，借言仙游之事，抒写他神游华山时仍关心人民生活的情怀。上片写华山梦游。作者突发奇想：在一个秋高气爽的清晨，他竟手持天坛的龙头藤杖，飘然来到了华山的莲花峰顶，双脚踩在高入云天的悬崖峭壁之上。这时的他已经摆脱了尘世而又能俯视人间。下片进一步发挥神奇的想象，竟让他手中的龙头杖变成一条赤龙腾身飞起，顿时“雷雨四山黑”，为人间送去久旱后的及时雨。作者按着自己那造福人类的意志，只在从容谈笑之间就为人世间“做成”了五谷丰登的好年成，这时的他自豪地向那些手执栗木拐杖，久居神龛接受八方膜拜的尸位者们，送去鄙夷的一笑。本词设想每特，神思灵动，极富浪漫主义色彩，与李白《古风》（西岳莲花山）有异曲同工之妙。

【注释】

①蹑（niè）：踩，踏。　②策：策杖，即藤杖。　③禅龛（kān）：供奉佛像或神像的石室或柜子。榔栗（jìlì）：木名，即栗木，可做杖。此处用以代指杖。

范成大（1126—1193）

字致能，号石湖居士。吴郡（今江苏苏州）人。绍兴二十四年（1154）进士。孝宗朝，累官吏部尚书，拜参知政事。尝帅蜀，继帅广西，复帅金陵。为中兴四大诗人之一。有《石湖集》三十四卷、《石湖词》一卷。

秦 楼 月

楼阴缺，阑干影卧东厢月。东厢月，一天风露，杏花如雪。　　隔烟催漏金虬咽①，罗帏暗淡灯花结。灯花结，片时春梦，江南天阔②。

【题解】

唐五代词多吟咏本题，随宫造格，缘题而赋。范成大此词也继承这一传统，即用《秦楼月》本事，写女子怀念远方的情人。词的开篇两句直射题意去写楼和月，既渲染了幽美静谧的环境，又暗示了倚栏杆思远之人孤寂落寞的心境。“东厢月”三字的重叠形成结构上的“过渡承转”。“一天”二句展示月色之下的另一番景象：雪白的杏花在风露中竞相开放。融和的春色更惹起了闺中人难耐的春愁。下片转写室内。那计时的漏器上吐水的龙，似乎也因春夜的漫长而不耐烦了，催促着漏器加快出水的速度。这一移情手法的巧妙运用，变无情为有情，起到了深挚婉曲的表情作用。接着又以传统民俗中象征吉祥之兆的“灯花结”来反衬女主人公“春愁”之深长。空自欢喜一阵之后，反而更增添了“送喜何曾有凭据”的懊恼。于是，最后只有求之于千里梦寻。然而，春梦何其短暂，而江南大地又何其广阔，所欢踪迹亦终难觅得。全词意象浑融一体，情致深婉曲折，描写亦细腻空灵，实为不可多得之婉约佳作。

【注释】

①漏：古代以滴水来计算时间的一种器具。金虬（qiú）：即铜制的龙，装置在漏器上的一种饰物，从龙头里往下吐水以计时。 ②“片时”二句：化用岑参《春梦》诗中“枕上片时春梦中，行尽江南数千里”句意。

眼儿媚

萍乡道中乍晴[1]，卧舆中困甚，小憩柳塘。

酣酣日脚紫烟浮，妍暖破轻裘。困人天色，醉人花气，午梦扶头[2]。 春慵恰似春塘水，一片縠纹愁[3]。溶溶泄泄，东风无力，欲皱还休。

【题解】

这是一首途中记感之作，用笔轻灵，发语淡婉，而又略见春思旅愁。上片描写久雨乍晴所带来的阳春气候，以及连日跋涉所造成的旅途劳顿，将序中的纪实文字演绎为形象可感的画面。首二句写景生动，记感真切。以“酣酣”形容和煦而又充裕的阳光，明媚而又艳丽的日色，是创意之辞。“紫烟”则准确地摹写了艳阳映照下呈现出的深紫色的祥瑞气象。而用“浮”字状写阳气初动，紫烟氤氲的态势，也十分贴切。“妍暖”句变换笔墨，展示既妍且暖的阳春气候所引起的生理反应：浑身燥热，急欲脱去冬装。其中一个“破”字有得常用奇，直意曲说之妙。“困人天色”三句进而揭示阳春气候所引起的心理反应，把较难用笔墨形容之“春困”表现得淋漓尽致。下片写春慵时一改赋法，转用比兴，尤为传神：一塘碧水，春波不兴。东风徐来，只能微荡涟漪，而无力搅起波澜。这种“欲皱还休”的中介状态恰似作者那虽然丰富，不免慵怠的春思和尽管哀婉，总是轻淡的旅愁。由这一共通点来设譬取喻，使抽象的情思形象化。沈际飞《草堂诗余别集》认为此词“字字软温，着其气息即醉”。就其格调、情韵而言，可谓搔着了痒处。

【注释】

①萍乡：县名，今属江西。范成大《骖鸾录》：“乾道癸巳岁闰正月二十六日，宿萍乡县，泊萍实驿。”乾道癸巳岁为宋孝宗乾道九年（1173）。是年，范成大赴广西任经略安抚使，途经萍乡时吟成此词。 ②扶头：“扶头酒”的省称，指易醉之酒。姚合《答友人招游》诗：“赌棋招敌手，沽酒自扶头。”李清照《念奴娇》：“险韵诗成，扶头酒醒，别是闲滋味。” ③縠（hú）纹：皱纹。多用以比喻水的波纹。苏轼《临江仙》词：“夜阑风静縠纹平。”

南 柯 子①

怅望梅花驿②，凝情杜若洲。香云低处有高楼。可惜高楼，不近木兰舟③。 缄素双鱼远④，题红片叶秋⑤。欲凭江水寄离愁。江已东流，那肯更西流。

【题解】

本词抒写游子思妇的相思之情，是作者颇引以为自负的佳作之一。上片着笔于游子，以“怅望”发端，揭示他盼望伊人书信而不得的怅惘之情。接着借《九歌·湘君》句“采芳洲兮杜若，将以遗兮下女”，来表达他思念之情深。“香云”以下三句则是“凝情”的结果：他心驰神往，想到了伊人居住的烟云缭绕的高楼。作者巧妙地以云之低来衬托楼之高，楼高则楼中之人的孤独寂苦不言自明，感情十分凝重。下片落墨于思妇。过片两句以“鲤鱼传书”和“红叶题诗”两个典故，写思妇也在深深地思念着游子。结尾三句同样以迫切的主观愿望与无助的客观现实的对立，借用反诘语句表达她想方设法要向离人传情又无奈的痛苦之情。上下片两相对应，互诉衷肠，似直而曲，情韵悠长。

【注释】

①据杨长孺《石湖词跋》，此词作于范成大任四川制置使期间（1174—1176），且是“先生（指成大）之最得意者”。 ②梅花驿：南朝陆凯《赠范晔》诗：“折花逢驿使，寄与陇头人。江南无所有，聊赠一枝春。”此后，“梅花驿”就在诗词作品中常被作为客子憩息之所或远方的消息或书信的代称。 ③木兰舟：据《述异记》载，鲁班曾刻木兰树为舟，后常用作舟船的美称。 ④素：白色生绢，古代常用来写信，后即代称书信。双鱼：指装信的函，以刻有鱼形的两块木板，一盖一底，内装信件系紧邮寄。此处化用汉乐府《饮马长城窟行》“客从远方来，遗我双鲤鱼。呼儿烹鲤鱼，中有尺素书”诗意。 ⑤“题红”句：用唐代范摅的《云溪友议》卷十所记“红叶题诗”故事。

王质（1127—1189）

字景文，号雪山，郓州（今山东东平）人，寓居兴国军（今湖北阳新）。绍兴三十年（1160）进士，曹佐张浚、虞允文幕，入为枢密院编修官，出判荆南府，奉祠山居，不赴。有《雪山集》十六卷，《雪山词》一卷。

鹧鸪天

山　行

空响萧萧似见呼，溪昏树暗觉神孤。微茫山路才通足，行到山深路亦无。　寻草浅，拣林疏。虽疏无奈野藤粗。春衫不管藤挡碎，可惜教花著地铺。

【题解】

此词或当写于作者“奉祠山居”时期，词风有别于他的那些以豪健雄浑见称的作品，而表现为一种清新质朴、流畅明快的特色。全词述写山行过程中的艰难及所见所感，而以入耳的萧萧空响发端。明知为自然之声而曰“似见呼”，暗寓了作者有感于大自然的召唤而欣然神往之意。接写进入山林后的主体感受。“溪昏树暗”，则山深可知；山深则人迹罕至，故“觉神孤”。“微茫”两句，移步换形，写深山更深处的情形：在那似有似无、仅容一足的山路上继续往前走，终于无路可通。换头处两个三字句承上，写无路情况下艰难地探索前进的境况，并由“虽疏无奈野藤粗”一句暗转，宕开行程去写自己惜春的心态：哪怕春衫被勾碎，也在所不惜，只可惜无意间碰落了春花委顿于地，愧对一片大好春光。作者喜用口语入词，且又以山行的行踪为线索来构置全篇，因而，使全词显得平实无华，而读者自可领略那独行春山之中时空旷孤寂的情境。

杨万里 (1127—1206)

字廷秀，号诚斋，吉州吉水（今属江西）人。绍兴二十四年（1154）进士。孝宗时历国子监博士、太常博士。淳熙十四年（1187），出知筠州。光宗即位，召为秘书监，又出为江东转运副使。绍熙中以宝谟阁学士致仕。诗与尤袤、范成大、陆游齐名，称中兴四大家。有《诚斋集》一百三十三卷，《诚斋乐府》一卷。

好事近

七月十三日夜登万花川谷望月作

月未到诚斋，先到万花川谷①。不是诚斋无月，隔一林修竹。　　如今才是十三夜，月色已如玉。未是秋光奇绝，看十五十六。

【题解】

杨万里的词恰如其诗，善用“活法”，心手自如，在极普通的题材中，写出全新的自我感受。这首歌咏月色的词就抛开了一般所谓烘云托月之法，而在有意无意间造成一种蓄势，化生为熟，又平中出奇。上片以谷、斋、竹陪衬月。“月未到诚斋”，似乎不无遗憾；“先到万花川谷”，则又令人欣喜；况且月照幽篁那疏淡的光影，又别具一番风韵。其间有蓄势，有延宕，使词姿态横生，情趣盎然。下片更以平中见奇之法，写出月色的姣好可爱。如果说上片是以物托月，那么下片则是以月自托。作者以“才是”“已”“未是”等词来关联下片各句，使明白晓畅的口语具有了灵动诱人的魅力。十三之夜，月色已是如此皎然如玉了，更何况十五十六那奇绝的月色呢？短短两句波澜再起，跌宕有致。同时又留下一片空白，笔墨未到之处，正是空灵透脱之境，余韵悠然，令人遐想不已。

【注释】

①万花川谷：作者花圃名。圃虽不大，而栽花甚多，故名。

昭　君　怨

咏荷上雨

午梦扁舟花底①，香满西湖烟水。急雨打篷声②，梦初惊。　　却是池荷跳雨，散了真珠还聚。聚作水银窝，泻清波。

【题解】

这首词上片写梦中泛舟西湖花底所见之景。小舟荡漾于荷花丛中，清香徐来，水雾迷蒙，词人正陶醉在西湖那不无神秘色彩的胜境之中。忽然，被一阵“急雨打篷声”惊醒。其中一个“惊”字使安谧恬静的气氛陡然一变，词境也在此暗作承转，以“梦初惊”束上，以“打篷声”逗下，而词人对美妙胜境的流连之意，对急雨惊梦的遗憾之情也已和盘托出。下片写梦醒后观赏雨打荷叶的妙境。以“却是”两字承上，呼应“打篷声”，使原先初醒的遗憾转而为眼下的惊喜，使梦境与实境连通一气。接着开始对“荷上雨”作正面咏写。荷叶上的雨珠迸跳不止，散而复聚，而荷叶则又随风摇曳，致使叶面上的雨珠不断滚动，向叶心汇聚，最后一股清泉泻入池中。“跳”“散”“聚”“泻”四个精炼的动词把雨打荷叶那“稍纵即逝”“转瞬即改”的景象传神地呈现在读者面前。构思之新奇、巧妙，描写之逼真、传神，无不给人以丰富的美感享受。这正是杨万里作词“活法”的特殊功用。

【注释】

①扁（piān）舟：小舟。 ②篷：船篷。

张孝祥（1132—1169）

字安国，号于湖居士，历阳乌江（今属安徽）人。绍兴二十四年（1154）举进士第一，上疏请表岳飞忠义，为之昭雪，为秦桧所忌。历中书舍人、建康留守、广西及荆湖北路安抚使。乾道五年（1169）自江陵请祠归，旋卒。其词骏发踔厉，风格近苏轼。有《于湖文集》四十卷，《于湖居士乐府》四卷。

六州歌头

长淮望断①，关塞莽然平②。征尘暗，霜风劲，悄边声。黯销凝③。追想当年事④，殆天数，非人力，洙泗上⑤，弦歌地⑥，亦膻腥⑦。隔水毡乡[8]，落日牛羊下，区脱纵横[9]。看名王宵猎[10]，骑火一川明，笳鼓悲鸣，遣人惊。 念腰间箭，匣中剑，空埃蠹[11]，竟何成。时易失，心徒壮，岁将零[12]，渺神京[13]。干羽方怀远[14]，静烽燧，且休兵。冠盖使[15]，纷驰骛，若为情[16]。闻道中原遗老，常南望、翠葆霓旌[17]。使行人到此，忠愤气填膺，有泪如倾。

【题解】

此词写于作者入张浚幕府参赞军事期间。宋孝宗隆兴元年（1163），主战派张浚出师江淮，收复宿州。这是南渡三十余年来首次振奋人心的北伐。孝宗曾手书慰勉，但由于将领失和，致使符离战败。孝宗立即动摇，主和派借机排斥主战派，向金人求和。作为张浚北伐的有力赞助者，朝廷弃战求和，词人自然首当其冲地受到巨大打击，遂于酒宴上愤慨而作此词。词写临淮观感。上片说北望中原，举目有山河之异，数千年文化之邦沦为犬羊窟宅。入夜金兵火光照天，无异向南宋军民示威。下片说边疆上冠盖往来，使节不断，朝廷正以放弃收复失地为代价与敌人媾和。这是志士仁人最为痛心的两件大事。前者词人不愿再提，仅以“殆天数，非人力”二句含糊带过；后者却是眼前的突变，因而更感痛心。“干羽”几句虽不明斥，但实含讽刺。词以上片渲染膻腥、毡乡、牛羊、区脱、名王、宵猎、骑火、笳鼓等本属胡地的风光习俗，突出刻画中原沦为异域的印象。下片以壮志无成及中原父老南望王师的悲愤心情与冠盖驰骛的热闹场面相对比，并以边疆不寻常的平静反衬内心的愤懑不平，收到强烈的艺术效果。

【注释】

①长淮望断：绍兴和议后，宋金以淮河为界。此指淮河以北的中原地

区。 ②莽然：草木茂盛的样子。 ③黯销凝：悄然忧思伤神。 ④当年事：指靖康之变。 ⑤洙泗：二水名，流经曲阜，是孔子讲学的地方。 ⑥弦歌：弹琴唱歌，为孔门教学内容之一。 ⑦膻（shān）腥：牛羊的腥臊气。 ⑧毡：毡制帐篷。游牧民族以毡帐为居，故称其住地为毡乡。 ⑨区（ōu）脱：金人在边境所筑供瞭望用的土室。 ⑩名王：指金兵的将帅。宵猎：夜间打猎，以指夜间出营掳掠。 ⑪空埃蠹：指宝剑长期不用，徒然积满灰尘，剑鞘也为蛀蚀。 ⑫零：尽。 ⑬神京：指北宋故都汴京。 ⑭干羽方怀远：不用打仗而以礼乐感化外族归顺。此用以讽刺南宋统治集团放弃抗金而与敌媾和。干，盾牌。羽，雉羽。干羽是禹时文舞之具，传说禹曾以舞干羽使有苗降服。 ⑮冠盖使：指与金议和的南宋使者。 ⑯若为情：何以为情、难以为情。 ⑰翠葆：翠羽装饰的车盖。霓旌：云霓似的彩旗。

念 奴 娇

过 洞 庭

洞庭青草①，近中秋、更无一点风色。玉鉴琼田三万顷②，著我扁舟一叶③。素月分辉，明河共影，表里俱澄澈④。悠然心会，妙处难与君说。 应念岭表经年⑤，孤光自照，肝胆皆冰雪。短发萧骚襟袖冷⑥，稳泛沧溟空阔。尽挹西江⑧，细倾北斗⑨，万象为宾客⑩。扣舷独笑⑪，不知今夕何夕。

【题解】

此词为张孝祥在乾道二年（1166）自桂林北归途中过洞庭湖时所写。上片咏月。一叶扁舟荡漾于万顷碧波之上，更显得水天空阔。

月光湖光，上下交辉，整个空间一片光明澄澈，因而激起壮思逸兴。“尽挹西江”三句恰到好处地运用了夸张手法。对着中秋的湖光山色，他要以西来的长江水当酒，以天上的北斗作酒器慢斟细酌，让自然界的万物作为宾客一起举杯痛饮，而他自己则是主持这月下盛会的主人。想象浪漫，意境阔大，表现了心怀坦荡的豪迈气概。作者曾因反对议和被劾落职。这次在桂林“治有声绩，复以言者罢”（《宋史》本传）。此词无异对那些恶毒的谗言作了光明磊落的回答。全词在物我同化之境和超尘绝俗之想中有着哲理的感悟和升华，因而比一般的情景交融之作更为高远。张孝祥才气超逸，辞章过人。传说他常问别人，其诗文“视东坡何如。”自苏轼《水调歌头》（明月几时有）一词出，词坛作手无不感到难以为继。此词写洞庭中秋，月、湖、人三者都写得光景清绝，表里澄澈，词品、人品俱如冰雪晶莹，不染尘俗，足与苏轼的名作争胜，以致清王闿运《湘绮楼词选》以为它“飘飘有凌云之气，觉东坡《水调》犹有尘心。”

【注释】

①青草：湖名。在洞庭湖之南，二湖相连，总称洞庭湖。　②玉鉴：玉镜。琼田：玉田。此用以形容月光下的洞庭湖空明澄澈。　③著：安放，安置。　④表里：里里外外，这里指湖面上下。　⑤岭表：岭外，五岭以南，指今广东、广西一带。作者曾知静江（今广西桂林）府，兼广南西路经略安抚使。　⑥萧骚：犹萧疏，形容头发稀少。　⑦沧溟：大水弥漫的样子。⑧挹：舀。尽挹西江：把西江水舀来当酒。长江中上游在洞庭湖之西，所以称为西江。　⑨北斗：北斗星座由七星组成，形如酒斗。细倾北斗：以北斗为酒器慢慢倒出来喝。《九歌·东君》：“援北斗兮酌桂浆。”　⑩万象：宇宙间的自然万物。　⑪舷：船的边沿。

水调歌头

闻采石战胜

雪洗虏尘静，风约楚云留。何人为写悲壮，吹角古城楼？湖海平生豪气[①]，关塞如今风景，剪烛看吴钩[②]。剩喜然犀处[③]，骇浪与天浮。　　忆当年，周与谢[④]，富春秋。小乔初嫁，香囊未解[⑤]，勋业故优游。赤壁矶头落照，淝水桥边衰草，渺渺唤人愁。我欲乘风去[⑥]，击楫誓中流[⑦]。

【题解】

采石之战是关系南宋政权安危存亡的重要战役，是一次振奋人心的大捷。消息传来，举国上下无不欢欣鼓舞，词人满怀激情地写下了这首词篇。词以壮辞快语发端，突兀奇警。作者对边疆的战斗生活心向往之，为滞身楚地后方不得参战深感遗憾。因而“何人”二句即借号角声以抒壮怀，进一步申述亟欲一试身手的强烈愿望。但无奈身被“楚云留”，因此只好一任想象驰骋沙场，去领略那“骇浪与天浮”的鏖战盛况。过片以一“忆”字宕开，引发历史的遐想，以周瑜、谢玄都在青壮之时建立奇勋来颂扬虞允文的勋业，并暗写自己亦追慕古人，意欲建功立业的雄心壮志。“赤壁”三句一转，以赤壁落照、淝水衰草暗示淮河以北广大地区尚待收复，又引发一段忧国愁绪与报国豪情。歇拍处连用二典，表示要“乘长风破万里浪”，直奔采石前线，做一个当代祖逖，击楫中流，扫清中原。全词情调激越，踔厉风发，豪放中见沉郁，刚健中含婀娜。其中可以看出苏轼词风的影子。

【注释】

①“湖海”句：《三国志》载许汜语：“陈元龙（登）湖海之士，豪气不除。”此言其平生即以陈登这豪气自负。 ②吴钩：古代兵器。相传吴王命国人制作，后泛称宝剑。杜甫《后出塞》诗：“少年别有赠，含笑看吴钩。” ③剩喜：即甚喜。剩，意即尽，甚。然犀处：指采石矶。《晋书·温峤传》载，温峤奉命平定苏竣之乱，“至牛渚矶（即采石矶），水深不可测，世云其下多怪物。峤遂毁犀角而照之，须臾见水族覆灭，奇形异状。” ④周与谢：三国的周瑜、东晋的谢玄，一个在三十四岁建立赤壁大战奇勋，一个在四十一岁取得淝水大捷。 ⑤“香囊”句：《晋书·谢玄传》：“玄少好佩紫罗香囊，（谢）安患之，而不欲伤其意，因戏赌取，即焚之于地，遂止。”此处用以形容风流儒雅之意。 ⑥乘风：《南史·宗悫传》载宗悫少时胸怀大志，曾向叔父表示：“愿乘长风破万里浪。” ⑦“击楫”句：《晋书·祖逖传》载，祖逖统兵北伐时，渡江至中流，击楫而发誓说：“祖逖不能清中原而复济者，有如大江！”

浣 溪 沙[①]

霜日明霄水蘸空，鸣鞘声里绣旗红[②]，澹烟衰草有无中。 万里中原烽火北，一尊浊酒戍楼东，酒阑挥泪向悲风。

【题解】

此词为孝宗乾道四年（1168）秋在荆州时所作。这年，张孝祥知荆南兼荆湖北路安抚使。在宋金对峙时期，荆州处于南宋的国防前线，词中通过登城观塞的感触，抒发他不忘中原失地的爱国情怀。上片写观塞，下阙抒悲感。首句从登城远眺之景写起。清秋时节，晴空万里，水天空阔，上下辉映，境界十分阔大。次句写视线移近后之景象：鞭声四起，军旗翻动。耳目所触，一片军戎气氛。然而，自隆兴和议以来，“将军不战空临边”（陆游《关山月》），不禁又悲愤难抑，于是借眼前“塞烟衰草”的萧瑟之景以烘托他那悲凉的意绪。由观塞自然联想到沦陷的中原，过片“万里”二句以工稳的对句，写出了万千感慨，无限悲酸。结句寓壮于悲，振起全篇，托现出一位志在复国而又报国无门的志士形象。全词意绪悲凉而又不乏雄健之气，体现了强烈的爱国情怀。

【注释】

①本词调名下，乾道本有题“荆州约马举先登城楼观塞”。②鞘（shāo）：鞭梢。鸣鞘声：用力挥动马鞭发出的声音。

西　江　月

题溧阳三塔寺①

问讯湖边春色，重来又是三年。东风吹我过湖船，杨柳丝丝拂面。　世路如今已惯，此心到处悠然。寒光亭下水连天，飞起沙鸥一片。

【题解】

此词当为绍兴三十二年（1162）春，张孝祥自建康还宣城途经溧阳时所作。三年前，作者在临安兼权中书舍人，后被汪彻所劾罢职。不久知抚州（今江西临川），一年后又罢归。三年之内，两遭罢免，宦海浮沉，颇多感慨，遂着意于自然山水，从中寻求精神慰藉。词以深情的问候发端，视湖边春色为故友。“重来”句说明他之所以如此殷勤的原因。“东风”二句一方面交待词人前往三塔寺的行踪，另一方面又写出了东风吹送、柳丝拂面之盛情：风知人意为助帆力，柳解人情为拂征尘。人情物态，两相映衬，相融无间。照理过片应写入三塔寺后之情景，然而，出人意外地却又宕开一笔，以“世路”二句来刻画此时自己的心态。“已惯”说明曲折之多，“悠然”说明超脱后的感悟。“悠然”之前又着以“到处”，则自然界的山水风物皆已为我所有，包括寒光亭下那连天湖水，还有那水天之间的一片飞鸥。陶渊明“悠然见南山”，而词人此时则是天、水、人、鸟俱皆悠然。以景结情，蕴藉空灵，充分展示了词人恬淡超脱的心境。

【注释】

①厉鹗《绝妙好词笺》引《景定建康志》载此词，题作“题溧阳三塔寺”。证以南宋岳珂《玉楮集》有诗序称“三塔寒光亭，张于湖书词寺柱，吴毅夫命名后轩。”《于湖词》中别无涉及寒光亭者，当即此篇。别本或题“丹阳湖”，或题“洞庭”，皆仅就“湖”字立题，而与“寒光亭”未切。

王　炎（1138—1218）

字晦叔，号双溪，婺源（今属江西）人。乾道五年（1169）进士，尝佐张栻江陵幕，历任崇阳主簿、临湖知县、军器少监等职。有《双溪集》二十七卷，《双溪诗余》一卷。

南　柯　子

山冥云阴重①，天寒雨意浓。数枝幽艳湿啼红。莫为惜花惆怅，对东风。　蓑笠朝朝出，沟塍处处通②。人间辛苦是三农③。要得一犁水足，望年丰。

【题解】

以农家情事入词，这在两宋词坛上尚不多见，而多次担任地方官的王炎却将一般文人雅士的伤春惜花之情转化为对农家及农事的关心，实属难能可贵。本词起拍二句就鲜明地勾勒出春分前后江南雨季的自然风貌：山昏云密，阴雨绵绵，空气中带着浓重的水汽与寒意。在总写环境天气之后，作者收拢词笔，推出“数枝幽艳湿啼红”的特写。那雨中的春花，缀着点点水珠在风中摇曳，犹如少女含悲，珠泪莹莹，楚楚堪怜。“莫为”二句劝告文人雅士莫作惜花之叹，而应该对“当春乃发生”的“好雨”感到由衷的欣慰。下片宕开词笔，伸向田陇阡陌。在春耕时节，“朝朝”“处处”皆可看见农民们冒雨耕作的情景，可见他们对春雨的欣喜和劳作的辛勤。由此又不禁使词人深深喟叹：“人间辛苦是三农！”五谷丰登是他们一年最大的希望，而春天充足的雨水则是丰收的保证，他们哪还有闲情去伤春惜花呢！“惜花惆怅”与“水足”“望年丰”两种态度对比分明。全词语言平实无华，与朴素之情协调一致。有人以“语多直寻”评论它，实非知言。

【注释】

①冥：昏暗。 ②塍（chéng）：田间的土埂，即小路。 ③三农：指农事中三个最繁忙艰苦的阶段：春耕、夏耘、秋收。

辛弃疾（1140—1207）

字幼安，号稼轩，历城（今山东济南）人。二十二岁参加耿京抗金义军，为掌书记，次年率众南归。历任江阴签判，建康通判，江西提点刑狱，湖南、湖北转运使，湖南安抚使等职。后被劾落职，退居江西上饶。一度起为福建安抚使。六十四岁再起为浙东安抚使、镇江知府，不久罢归。六十八岁病逝。一生力主抗金北伐，多次呈献恢复方略。其词与苏轼齐名，多抒写报国雄心及壮志难酬之感慨，豪纵奔放，沉郁悲壮，在南宋爱国词中领袖一代。刘克庄《后村诗话》称其词"大声镗鞳，小声铿鍧，横绝六合，扫空万古。其秾丽绵密处，亦不在小晏、秦郎之下。"今传《稼轩词》四卷本与《稼轩长短句》十二卷本两种，存词六百三十余首。

汉 宫 春

立 春 日

春已归来，看美人头上，袅袅春幡[1]。无端风雨，未肯收尽余寒。年时燕子[2]，料今宵、梦到西园[3]。浑未办、黄柑荐酒，更传青韭堆盘[4]。 却笑东风从此，便薰梅染柳，更没些闲。闲时又来镜里，转变朱颜。清愁不断，问何人、会解连环[5]。生怕见、花开花落[6]，朝来塞雁先还[7]。

【题解】

宋人所作节序词甚多，立春词则始于晏殊《木兰花》（东风昨夜回梁苑），用以迎春。辛弃疾这首《汉宫春》则感岁华而怀故国。或以为这是辛弃疾渡江后的第一首词，其创作风格于此初露端倪。立春日，冬寒未退而春气已动。词以美人头上袅袅春幡的节令风光，作为春已归来的信息。无迹有象，无象有思。起笔空灵飘逸，极富美感。杜甫《春日》诗云："春日春盘细生菜，忽记两京梅发时。""年时”以下，即假托燕梦重归而回忆往昔，将中州盛日“黄柑荐酒”“青韭堆盘”的立春风物，与丧乱之余再无心情打点过节的萧索客况相比，因而也就更怅恨不已了。下片由感时转入伤怀。当大地回春，万物复苏之时，使人又不禁有马齿徒增、华年易逝之感。“却笑”以下五句，由虚转实，以喜写悲，用笔亦从诙谐轻松变为质实深沉。由此引出无限哀愁：塞雁先还而人却不得回归。这种家国之愁恰如一串连环，环环相扣，亦难解开。全词卷舒开合，挥洒自如。以俊爽之气，抒故国之思，表现了他初期词的特色。

【注释】

①春幡（fān）：古时立春风俗，把彩绸剪成花、蝶等形状，为妇女插鬓，称为春幡，也叫幡胜、彩胜。 ②年时：旧时，昔日。此指去年。 ③西园：汉时长安西郊上林苑称西园。北宋汴京城西有琼林苑、金明池、宜春苑、玉津园，谓之四园，皆为皇帝游赏之所。 ④“浑未办”二句：宋时立春日饮黄柑酿成的酒，并以青韭作春盘尝新。浑：全。荐：进，献。 ⑤解连环：据《战国策·齐策》载秦昭王遣使齐国，请齐人解玉连环。齐人终不能解，后以锥撞之，环碎，曰：“解矣。”此以喻清愁如环，环环相连，愁不可解。 ⑥生怕：最怕，只怕。 ⑦塞雁：去年由塞北飞来的大雁。

水龙吟

登建康赏心亭[①]

楚天千里清秋，水随天去秋无际。遥岑远目，献愁供恨，玉簪螺髻[②]。落日楼头，断鸿声里，江南游子，把吴钩看了[③]，栏杆拍遍，无人会，登临意。　　休说鲈鱼堪脍，尽西风、季鹰归未[4]？求田问舍，怕应羞见，刘郎才气[5]。可惜流年，忧愁风雨，树犹如此[6]！倩何人唤取[7]，红巾翠袖，揾英雄泪[8]。

【题解】

本词在辛弃疾早期词中向负盛名，或比之王粲《登楼赋》，认为“仲宣之赋，无此慷慨”。其主要特点是：一、此词起结俱为名句。起调揭响入云，笔力遒劲，不但境界阔大，气象雄伟，而且反映出作者视野之宽，胸次之高。眼底江山与心头抱负融合无间。结拍说英雄失志之余，欲请美人慰藉。豪气温情，一时并集；侠骨柔肠，刚柔相济。这正是词最需要的当行本色。二、“落日”三句，诗中有画。落日、断鸿与楼头游子置于寥廓江天的广漠背景，立体感强，突出了无边的孤独寂寞之感。三、此词旨在述志，以“无人会，登临意”绾合上下片，本意却始终未正面说出。上片“把吴钩看了”，喻以身许国；“栏杆拍遍”，表示内心抑塞不平，都用了侧笔。下片叠用三个典故，前二为宾，后一为主。“休说”六句，先用张翰事说登临非为思乡，次用许汜事亦非为求富贵，则都用了逆笔。“可惜”三句始借桓温语，表露爱国志士饱经忧患而蹉跎岁月的悲哀。辛词以豪放著称，但这首词气度恢宏而笔致委曲，一波三折，愈转愈深，寓刚于柔，益见沉郁，因而才有深沉的艺术力量。

【注释】

①赏心亭：位于建康（今南京）下水门城上，下临秦淮河，为登览胜地。 ②“献愁”二句：用倒装句，言望中远山增愁。玉簪、螺髻皆为摹写峰峦形状。 ③吴钩：古代兵器。相传吴王命国人制作，后泛称宝剑。杜甫《后出塞》诗：“少年别有赠，含笑看吴钩。” ④“休说”三句：《世说新语·识鉴篇》谓西晋张翰在洛阳为官，见秋风起，因思吴中家乡美味的莼羹、

鲈鱼脍，遂弃官南归。 ⑤刘郎：刘备。刘备曾批评名士许汜不能爱国忘家，只知求田问舍，广置私产。事见《三国志·陈登传》。 ⑥“可惜”二句：东晋桓温北征途中，见昔时种的柳皆已十围，慨然曰：“木犹如此，人何以堪。”事见《世说新语·言语篇》。 ⑦倩（qìng）：请。 ⑧揾（wèn）：揩拭。

水 龙 吟

甲辰岁寿韩南涧尚书[①]

渡江天马南来[②]，几人真是经纶手？长安父老[③]，新亭风景[④]，可怜依旧！夷甫诸人，神州沉陆，几曾回首[⑤]！算平戎万里，功名本是、真儒事，公知否？ 况有文章山斗[⑥]，对桐阴、满庭清昼[⑦]。当年堕地，而今试看，风云奔走。绿野风烟[⑧]，平泉草木[⑨]，东山歌酒[⑩]。待他年，整顿乾坤事了，为先生寿。

【题解】

甲辰为宋孝宗淳熙十一年（1184），此时作者退居上饶已三年，原吏部尚书韩元吉罢官居上饶则五年，两人志尚相投，又居地相邻，故而常相唱和。本词为韩元吉祝寿，而以掷地有声的发问开端。从高宗南渡到孝宗淳熙十一年，偏安江左已近六十年，这期间到底几人可称经略天下、治理国家之才？在否定权臣的同时，又隐然有推许韩元吉之意。下接六句，连用了“长安父老”“新亭风景”“神州沉陆”三则典故，说明不能任用真正人才所造成的后果。希望韩元吉能担负起“平戎万里”的重任。过片后称颂韩氏有卓越的文才和清贵的家世；出生已自不凡，壮岁更露头角，而今应为恢复之计大显身手。以上虽属祝颂之辞，但写得意气风发，笔调轩朗。“绿野”三句将韩氏比作裴度、李德裕和谢安三个历史名人，眼下虽退居山野，但将来也同样会像他们一样承担起军国重任。最后表示，等到重新整顿山河之日，再为他举行隆重的祝寿庆典。全词一反故常，只借祝寿之题而去抒发“神州沉陆”之愤慨，运笔布局，峰峦起伏，颇具匠心。使事用典以比拟今人今事，更是妥帖。

【注释】

①韩南涧：名元吉，字无咎，原籍开封，移居江西上饶，所居之前有涧水，因自号南涧。曾任江东运判、吏部尚书，淳熙六年（1179）被劾，罢官家居。　②“渡江”句：《晋书·元帝纪》：“大安之际，童谣云：‘五马浮渡江，一马化为龙。’”又：“王室沦覆，帝与西阳、汝南、南顿、彭城五王获济，而帝竟登大位焉。”　③长安父老：《晋书·桓温传》：“温进至霸上，（苻）健以五千人深沟自固，居人皆安堵复业，持牛酒迎温于路者十八九，耆老感泣曰：‘不图今日复见官军！’”　④新亭风景：《世说新语·言语》载：东晋过江士人，常在新亭聚会，周顗在席间叹息：“风景不殊，正自有山河之异！”众皆相视流泪。　⑤“夷甫”三句：王衍，字夷甫，西晋宰相。他好清谈，不理政事。桓温北伐过淮泗，登楼船眺望中原，慨然说：“遂使中原陆沉，百年丘墟，王夷甫诸人不得不任其责！”　⑥文章山斗：《新唐书·韩愈传》：“自愈之殁，其言大行，学者仰之如泰山北斗云。”　⑦桐阴：韩元吉为北宋韩亿五世孙，著有《桐阴旧话》十卷，“记其家世旧事，以京师第门有桐木，故云。”（《直斋书录解题》卷七）　⑧绿野风烟：据《旧唐书·裴度传》，裴度曾在东都集贤里作别墅，号绿野堂，景物幽胜。　⑨平泉草木：《旧唐书·李德裕传》载：李德裕在东都也曾造有平泉庄，花木台榭，如入仙境。　⑩东山歌酒：《晋书·谢安传》载：“安虽受朝寄，然东山之志，始末不渝。”

菩 萨 蛮

书江西造口壁[①]

郁孤台下清江水[②]，中间多少行人泪。西北望长安，可怜无数山。　　青山遮不住，毕竟东流去。江晚正愁余，山深闻鹧鸪[③]。

【题解】

孝宗淳熙二、三年（1175—1176），辛弃疾提点江西刑狱，驻节赣州，书此词于造口壁。词中运用比兴手法，借眼前景道心上事，达到了意内而言外的极高境界。起拍用唐李勉故事。辛弃疾的时代，中原沦亡，举国南迁，比之唐代李勉时的情况要严重得多，辛弃疾登台的心情因而更为悲凉。因而，作者有意突出江水中流不尽的“行人泪”，用以追溯靖康之变以来国破家亡的民族痛史。北望中原，则已尽陷敌手。“可怜无数山”，寥寥五字，语极沉痛。沈际飞云：“无数山水，无数悲愤。”一个短句中包藏无限曲折。过片“青山”二句，承上片的“清江水”与“无数山”而来。江水东流，终难阻遏。以此比喻自己的望阙之心，恢复之志，亦百折不回，坚定不屈。语言铿锵，掷地有金石之声。结句“闻鹧鸪”，以声写愁，言外寄慨。传说鹧鸪常南飞而不北。辛弃疾是北人，志在北伐，但心虽北向而身独南行，闻鹧鸪啼鸣自然悲怆不已。上片以北望结，下片以南行终，这正是渺渺愁绪之症结所在。此词虽属短调，而容量极大，浩浩江水，莽莽关山，尽收笔底，尺幅千里，发噌吰（chēnghóng）之声，盖以大手笔作小词，才能写得如此苍莽悲壮。

【注释】

①造口：一名皂口，在今江西万安县西南，赣江由此流入鄱阳湖。　②郁孤台：在今江西赣州城西南，因“隆阜郁然，孤起平地数丈”得名。唐李勉为虔州刺史，登临北望，慨然曰：“余虽不及子牟，而心在魏阙一也。”改郁孤为望阙。（《方舆胜览》）　③闻鹧鸪：传说鹧鸪常南飞不北，北人闻之生愁。左思《吴都赋》：“鹧鸪南翥而中留。”白居易《山鹧鸪》诗：“啼到晓，惟能愁北人，南人惯闻如不闻。”

摸　鱼　儿

淳熙己亥，自湖北漕移湖南，同官王正之置酒小山亭，为赋[①]。

更能消几番风雨[②]？匆匆春又归去。惜春长怕花开早，何况落红无数。春且住。见说道、天涯芳草无归路[③]。怨春不语。算只有殷勤，画檐蛛网，尽日惹飞絮。　　长门事，准拟佳期又误。蛾眉曾有人妒[④]。千金纵买相如赋，脉脉此情谁诉？君莫舞。君不见、玉环飞燕皆尘土[⑤]！闲愁最苦。休去倚危栏，斜阳正在、烟柳断肠处。

【题解】

此词上片伤春，痛风雨之无情；下片咏怀，哀时局之可悯，虽自写“闲愁”，而寄托遥深，身世之感与爱国忧时之心，悠悠不尽，蕴藉其中，不能漠然无视。起句喷薄而出。说“更能消”者，其实风雨不作，春事亦尽。词中写惜春心事，万转千回，层层深入。先是怕花早开早谢，继则留“春且住”，终而“怨春不语”。惜春、留春、怨春，包含了一春的苦心。情之所钟，不能自已，可谓忠爱缠绵之至。下片借“长门事”说到蛾眉见妒的遭遇。而“准拟佳期又误”，也就是《离骚》中所说的“初既与余成言兮，后悔遁而有他”。词人南来，虽也受朝廷重视，但谗毁之言亦接踵而至。这次移官湖南，也与谗言不无关系。词中情辞愤切，指斥玉环、飞燕之辈，颇有锋芒。结拍斜阳、烟柳之句，隐指时局日危、寓意尤深。《鹤林玉露》卷四说孝宗“见此词，颇不悦”，当看出了其中讽及国事的内涵。伤春宫怨其表，忧国忧时其里。摧刚为柔，沉郁顿挫。回肠荡气，低回不已。

【注释】

①淳熙六年（1179），辛弃疾从湖北转运副使调任湖南，将从鄂州至潭州主持漕运。小山亭在湖北转运使官署内。 ②消：消受，禁得。 ③见说：听说。 ④“长门事”三句：传说汉武帝时陈皇后失宠，幽居长门宫，以千金请司马相如作《长门赋》以抒悲愁。准拟：约定。蛾眉：《离骚》“众女嫉余之蛾眉兮”。 ⑤玉环：杨贵妃小字玉环。飞燕：汉成帝宠爱的赵后，号飞燕。

丑 奴 儿

书博山道中壁①

少年不识愁滋味，爱上层楼。爱上层楼，为赋新词强说愁②。　　而今识尽愁滋味，欲说还休③。欲说还休，却道天凉好个秋。

【题解】

辛弃疾被劾罢职退居上饶期间（1181—1192），常过博山，虽亦不乏喜人景色，却无心赏玩。眼看国事日非，自己有志报国却被迫闲居，满腹愁绪无处排遣，遂于博山道中壁上题下了此词。这首词以“少年”与“而今”对比，突出渲染一个“愁”字，并以此贯串全篇，表达了一种深刻的人生感受。上片说少年时登高望远，气壮如山，不识愁为何物。无愁说愁，是诗词中常见的文人习气。下片转入“而今”，转折有力，不仅显示时间的跨度，而且反映了不同的人生经历。在涉世既深又饱经忧患之余，进入“识尽愁滋味”的阶段。所谓“识尽”，一是愁多，二是愁深。这些多而且深的愁，有的不能说，有的不便说，而且“识尽”而说不尽，说之亦复何益？只能“却道天凉好个秋”了。比之少时的幼稚，这或许是老练成熟了。其实，“却道”也是一种“强说”，故意说得轻松洒脱，实际上也难以摆脱心头的沉重抑塞。周济说辛词“变温婉，成悲凉”。读此词者，当能辨之。

【注释】

①博山：在今江西广丰县西南三十余里，“南临溪流，远望如庐山之香炉峰”。（《大清一统志·江西广信府》） ②强说愁：无愁而勉强说愁。 ③欲说还休：李清照《凤凰台上忆吹箫》：“多少事，欲说还休。”

青 玉 案

元 夕①

东风夜放花千树。更吹落，星如雨②。宝马雕车香满路。凤箫声动，玉壶光转，一夜鱼龙舞③。 蛾儿雪柳黄金缕④，笑语盈盈暗香去。众里寻他千百度，蓦然回首⑤，那人却在，灯火阑珊处⑥。

【题解】

《诗经·郑风》有《出其东门》一篇，首章曰："出其东门，有女如云。虽则如云，匪我思存。缟衣綦巾，聊乐我云。"在东门游春的众多少女中，独独赞赏后者一身素淡，格调高雅。辛弃疾这首《青玉案》与之类似，但精神境界更高。元夕灯市，犹如星海，吸引了满城仕女，衣香鬓影，喧阗不绝，这是一个由光、色、声组成的繁华热闹的世界。可是，就有人不慕繁华，独立于喧哗热闹之外的"灯火阑珊处"。这不是自伤幽独，而是显示了一种高洁的品性。在人们趋奉竞进之际，耐得冷落，耐得清淡，耐得寂寞。这是辛弃疾屡遭排斥后，借元夕所见以自述怀抱，托意甚高。进则轰轰烈烈，惊天动地；退则斯人独处，自甘淡泊，安于寂寞。这两者同是志士仁人的操守和襟抱，同样都是英雄本色。清彭孙遹《金粟词话》谓此词结尾为"秦、周之佳境也"。见仁见智，并行不悖，可两存之。

【注释】

①元夕：农历正月十五日为上元节，此夜称元夕，或称元宵。因有上灯的习俗，也称灯节。　②"东风"三句：描绘元夕彩灯、焰火之灿烂。宋人《武林旧事》载临安元夕盛况："宫漏既深，始宣放焰火百余架，于是乐声四起，烛影纵横，而驾始还矣。"此言焰火乍放如东风吹开千树火花，落时又如东风吹洒满天星雨。一说"花树""星雨"，指树上彩灯和空中彩球。　③"玉壶"二句：玉壶喻月之冰清玉洁。鱼、龙：指扎成鱼、龙（鸟兽）等形状的灯。　④蛾儿、雪柳：皆为妇女头饰。雪柳饰以金线，称为"捻金雪柳"。　⑤蓦然：突然。　⑥阑珊：灯火零落稀少。

西　江　月

遣　　兴[1]

醉里且贪欢笑，要愁哪得功夫。近来始觉古人书，信着全无是处[2]。　　昨夜松边醉倒，问松“我醉何如”？只疑松动要来扶，以手推松曰：“去！”[3]

【题解】

本词围绕一个“醉”字着笔，借醉以抒愁泄愤。“欢笑”惟在“醉里”，则醒时满怀皆愁可知。“近来”二句从人世阅历和自身经验得来。今日之人全不按圣贤之言行事，“今日事”与“古人书”处处不合，读书又有何用！以孟子的话作为印证，以古例今，十分巧妙。下片承开头醉里而来，满纸醉态醉语、醉眼蒙眬。松边醉倒犹自以为不醉，接着问松、疑松、推松，似乎都是潜意识在起作用。然而，神完气充，依然充满自信，倔强如昔。身倒而心不倒，平素雄风丝毫不减，一个简单的动作（推），一句简单的语言（去），仍有千钧之力。这首词看似近乎游戏笔墨，刻画醉后的神情心态，妙语解颐。但这种“醉中真”恰好显示出英雄本色，闲中着笔，别具风神。上下片结句且都用典，随意点化，毫不费力。“以手推松”，全然散文句法，打破陈规。最后一个“去”字，犹如独立的一字句，读时如闻叱咤之声，威严不可犯。

【注释】

①遣兴：遣发意兴之作。此类作品常寓感时伤世之意。此词即为读书与

人生世态而发。 ②“近来”两句：意出《孟子·尽心下》：“尽信书，不如无书。”孟子以为《尚书·武成》一篇纪事不可尽信。辛词借用，含意曲折。并非妄自菲薄古人，意在言今人全不按圣贤之言行事，是对现实不满的愤激之语。 ③“以手”句：《汉书·龚胜传》记龚胜不接受博士夏侯常的劝说，“以手推常曰：‘去！’”

西 江 月

夜行黄沙道中[1]

明月别枝惊鹊[2]，清风半夜鸣蝉。稻花香里说丰年，听取蛙声一片[3]。 七八个星天外，两三点雨山前。旧时茅店社林边，路转溪桥忽见[4]。

【题解】

这首词是作者闲居带湖期间所作，记其夜行于乡村小道中所见之景及其所感受到的情趣，实为一首别具风味的夏夜小唱。上片写景，其意在表现深夜之静，却以动景出之。皎洁之明月，微拂之清风，正面写出夏夜幽静；而惊起飞啼的乌鹊，振翅长鸣的夏蝉，还有那“稻花香里”的“蛙声一片”，却又融合成一曲优美的交响乐章，从而在这动态和声响中，使人愈加感到夜之静谧，获得了“蝉噪林愈静，鸟鸣山更幽”的艺术效果。上片所写，不独境界迷人，而且还洋溢着丰收在望的欢欣之情，尤其是“稻花”两句，作者以拟人化手法，把“蛙声一片”比拟作对丰年的盛情歌唱，则作者之喜悦亦在其中。下片时转景移。以天外疏星暗示时间推移，而以山前微雨逗起情绪变化：由安闲转为焦躁。结韵就急寻避雨之处而言。先推出“茅店”，再补以“忽见”，则惊喜之态亦跃然纸上。就全篇而言，前六句一路写景，最后才点出夜行之人。用以返照全词，则无一不在夜行人之眼中心中。先藏锋不露，最后龙睛一点，便通体皆活。

【注释】

①黄沙：即黄沙岭。《上饶县志》：“黄沙岭在县西四十四里乾元乡，高约十五丈。” ②“明月”句：皎洁的月光惊飞枝上的乌鹊。按：曹操《短歌行》：“月明星稀，乌鹊南飞。”苏轼《次周令韵送赴阙》：“月明惊鹊未安枝。”周邦彦《蝶恋花》：“月皎惊乌栖不定。”辛词此句与以上诗句景象仿佛。别枝：远枝。方干《寓居郝氏亭》：“蝉曳残声过别枝。”别枝：或解为“离别树枝”，句中意亦通，然与下句“半夜”失偶。 ③“稻花”两句：稻花飘香，蛙声一片，似在歌唱丰年。或谓“说丰年”者为农人，求实而迂，且欠韵味。 ④“旧时”两句：倒装。

永 遇 乐

京口北固亭怀古[①]

千古江山，英雄无觅，孙仲谋处[②]。舞榭歌台，风流总被，雨打风吹去。斜阳草树，寻常巷陌，人道寄奴曾住[③]。想当年、金戈铁马，气吞万里如虎[④]。 元嘉草草，封狼居胥，赢得仓皇北顾[⑤]。四十三年[⑥]，望中犹记，烽火扬州路。可堪回首，佛狸祠下[⑦]，一片神鸦社鼓。凭谁问：廉颇老矣，尚能饭否[⑧]？

【题解】

上片追念起于京口建立功业的孙权、刘裕。孙权坐镇江东，北向抗衡。刘裕北伐一战而复青州，再战而复关中。对此二人辛弃疾都深为仰慕。下片“元嘉草草”数句，针对韩侂胄（tuōzhòu）正在策划的北伐行动。冒险轻敌，必然招致失败，结果反让佛狸饮马长江，血食至今。次年韩侂胄伐金败绩，果为辛弃疾不幸而言中。词人时年六十六岁，篇末以廉颇自比，感叹弃置不用。这首词怀古抚今，以词论政，是其特色。词中提到几次南北战争，全是几万、几十万人的大战，都不过用了三四句，或正面铺张（金戈铁马），或反面衬托（仓皇北顾），或用亲身经历（烽火扬州路），或借前代遗迹（佛狸祠），境界全出而色彩各异，像一幕幕历史场景在我们面前轮转变换。全词情调回旋起伏。上片怀念孙刘，惋惜时光流逝，又赞美功业的不灭。下片回顾历史创伤和个人处境，热切的期待又转为无奈的悲愤。用典虽多，但“以浩气行之”“不嫌其堆垛”（陈廷焯语）。

【注释】

①京口：今江苏镇江。晋蔡谟筑楼北固山上，称北固亭。 ②孙仲谋：孙权，字仲谋。建安十三年（208）孙权迁都京口。“舞榭歌台”指孙权故宫。 ③寄奴：南朝宋武帝刘裕小字寄奴，生于京口，家境贫穷，故云“寻常巷陌”。 ④“想当年”三句：指义熙十二年（416），刘裕督军北伐后秦，收复洛阳、长安之事。 ⑤“元嘉”三句：元嘉二十七年（450），南朝宋文帝刘义隆命王玄谟北伐，为后魏击败。封：筑台祭天。汉霍去病追击匈奴至内蒙古西北之狼居胥山（今蒙古国之肯特山），封山而还。刘义隆尝听王玄谟谈论北伐，感到“使人有封狼居胥意”。“北顾涕交流”，则是他于兵败滑台后写的诗句。 ⑥“四十三年”：开禧元年（1205）辛弃疾出守京口，上距绍兴三十二年率众南归，前后四十三年。 ⑦佛狸（lí）祠：在今江苏六合瓜步山上。佛狸为北魏太武帝拓跋焘小字。元嘉二十七年，他追击宋军至长江北岸的瓜步。 ⑧“凭谁问”三句：廉颇为战国时赵国名将，被谗入魏。赵王有意起用，遣使问讯。廉颇一饭斗米，肉十斤，披甲上马，以示能战。使者返赵时谎

报说："与臣坐，顷之三遗矢（多次拉屎）矣。"赵王以为老，遂罢。

贺 新 郎

别茂嘉十二弟。鹈鴂、杜鹃实两种，见《离骚补注》[1]。

绿树听鹈鴂。更那堪、鹧鸪声住，杜鹃声切[2]。啼到春归无寻处，苦恨芳菲都歇[3]。算未抵、人间离别[4]。马上琵琶关塞黑，更长门翠辇辞金阙[5]。看燕燕，送归妾[6]。　将军百战身名裂。向河梁、回头万里，故人长绝[7]。易水萧萧西风冷，满座衣冠似雪。正壮士、悲歌未彻[8]。啼鸟还知如许恨，料不啼清泪长啼血[9]。谁共我，醉明月？

【题解】

此词约作于嘉泰三年（1203）左右，为送其族弟贬官赴桂林而作。词以啼鸟起兴，连举三种鸟声，以烘染环境气氛；更以花尽春归托意，暗寓家国之悲。鸟鸣的凄厉和芳菲都歇的意象叠印，使眼中之景，身处之境与特定的心情意绪相融合，在个人的身世之感以外，更加进了家国兴亡之慨。"算未抵"句由景入情，转到离别。以下连用四个历史故事曲意传情，前二事薄命女子，后二事失败英雄，都属生离死别，且事关家国命运。三鸟加四事，累如贯珠，层层翻进，构成一个整体的悲剧性境界，揭示了悲剧的时代氛围。接着以"啼鸟"句总缩上文，并遥应篇首，以鸟起，以鸟结，首尾回旋，鸟尚知恨，人何以堪！情境兼胜，沉郁苍凉之至。最后以深沉的问句收篇，集中体现了他那强烈的孤愤。此词隶事之多，文思之广，实属罕见，而能做到旋放旋收，章法井然，非大手笔难臻此境。

【注释】

①茂嘉：稼轩族弟，生平不详。据刘过《沁园春·送辛稼轩弟赴桂林官》词意，当为力主抗金而重忠义节气之士。《离骚补注》：宋人洪兴祖著，谓“子规、鹈鴂二物也”。 ②“绿树”三句：鹈鴂（tíjué）、杜鹃、鹧鸪三种鸟，啼声皆悲，故曰“更那堪”，即不忍闻其悲声。 ③“啼到”两句：鸟啼悲切，恨花尽春去。《广韵》称鹈鴂“春分鸣则众芳生，秋分鸣则众芳歇。” ④“算未抵”句：言啼鸟伤春虽苦，总抵不上人间离别之苦。按：以下叠用四件人间离别之事。 ⑤“马上”两句：此人间离别第一事，言昭君出塞和番。长门：汉武帝曾废陈皇后于长门宫，后泛指失意后妃所居之地。此借言昭君辞汉。翠辇（niǎn）：用翠羽装饰的宫车。金阙：宫殿。 ⑥“看燕燕”两句：此人间离别第二事，言庄姜送归妾。《诗经·邶风》有《燕燕》诗：“燕燕于飞，差池其羽，之子于归，远送于野。”据《左传·隐公三年、四年》：卫庄公妻庄姜无子，以庄公妾戴妫（guī）之子完为子。完即位未久，就在一次政变中被杀，戴妫遂被遣返。庄姜远送于野，作《燕燕》诗以别。 ⑦“将军”三句：此人间离别第三事，言李陵别苏武于河梁。《文选》载李陵《与苏武》诗：“携手上河梁，游子暮何之。”又，《汉书·苏武传》载李陵送别语：“异域之人，一别长绝。”河梁：桥。故人：指苏武。长绝：永别。 ⑧“易水”三句：此人间离别第四事，言荆轲离燕赴秦。易水：在今河北省易县。衣冠似雪：指为荆轲送行的太子丹及众宾客皆白衣素服。壮士：指荆轲。悲歌：即《易水歌》：“风萧萧兮易水寒，壮士一去兮不复还。”未彻：尚未唱完，意谓声犹在耳。 ⑨“啼鸟”两句：谓啼鸟如知人间别离之恨，当由啼泪进而啼血，益发悲哀。如许恨：这么多的离愁别恨。

贺新郎

赋琵琶

凤尾龙香拨[①]，自开元、《霓裳》曲罢，几番风月[②]？最苦浔阳江头客，画舸亭亭待发[③]。记出塞、黄云堆雪。马上离愁三万里，望昭阳宫殿孤鸿没。弦解语，恨难说[④]。 辽阳驿使音尘绝[⑤]，琐窗寒、轻拢慢捻，泪珠盈睫[⑥]。推手含情还却手，一抹《梁州》哀彻[⑦]。千古事、云飞烟灭。贺老定场无消息，想沉香亭北繁华歇[⑧]。弹到此，为呜咽[⑨]。

【题解】

这是一首题咏琵琶的咏物词，借与琵琶相关的历代故实而作生发，述说人生之种种不幸和千古史事的兴亡感慨。从凭吊盛唐之衰落到纪念唐明皇以抒发思乡怀土之情，首尾回环，构成全词完整的框架，中间则穿插贬谪、出塞、征戍等作为铺垫、烘染，使“千古事”的总体概叹，内容更为充实，词境更为阔大，寄寓了词人强烈的时代感受。可见其总体构思并非如前人所说“殆如一团野草”（《艺衡馆词选》）。而是有线索可寻的。如在对唐王朝一代盛衰作一番凭吊之后，以“几番风月”一句反诘引发纵向的历史兴亡的感慨，其中自然也隐含了靖康之耻在内，体现了沉重而又悲怆之情。而在连用四典之后，接以“千古事、云飞烟灭”一句既是对上片“几番风月”的呼应，又是对千百年历史烟云的总束，而且由此还逗引出词人为之“呜咽”的沉痛现实。确实是“大气包举”，贯通古今，既沉郁，又激越，足可想见当年词人之风范。

【注释】

①“凤尾”句：琴槽似凤尾，琴拨以龙香柏木削就。此极言琵琶之精致名贵。《明皇杂录》载：“唐天宝中宦官白秀正使西蜀回，献双凤琵琶，以逻娑檀为槽，以龙香柏为拨，润若圭璧，有金缕红纹蹙成双凤。杨贵妃每自奏于梨园。” ②“自开元”两句：言自开元年间奏《霓裳》一曲以来，这琵琶经历了几多岁月磨蚀。此暗用白居易《长恨歌》“渔阳鼙鼓动地来，惊破《霓裳羽衣曲》”诗意，寓以兴亡之感。风月：风晨月夕，指岁月。 ③“最苦”两句：言浔阳江边，送客舟头，一曲琵琶最足以惹动谪人之离愁。此借用白居易《琵琶行》诗意。浔阳江：指长江在江西九江市北的一段。亭亭：形容画舸高挺秀丽。 ④“记出塞”五句：用王昭君出塞和亲事。参见前《贺新郎》（“绿树听鹈鴂”）注⑤。黄云堆雪：黄沙蔽天，白雪遍地。 ⑤“辽阳”句：言遥望辽阳方向，亲人音讯全无。辽阳驿使：辽阳（今辽宁省辽阳市）驿道中的信使。 ⑥“琐窗寒”两句：言寒窗下，思妇含泪独弹琵琶。琐窗：雕刻花饰的窗，代指女子居处。拢、撚（niǎn）：以手指叩弦、揉弦，皆为弹奏琵琶的指法。 ⑦“推手”两句：言思妇饱含深情，一曲《梁州》弹毕哀痛欲绝。推手、却手：亦皆琵琶指法。手指前弹曰“推手”，后拨曰“却手”。抹：亦琵琶指法之一，即顺手下抹。《梁州》：唐教坊曲调名，亦名《凉州》。 ⑧“千古”三句：千古往事如云飞烟灭，琵琶名师消息全无，想来沉香亭北百花争艳、歌舞繁喧的景象已经消歇。贺老：指开元、天宝间善弹琵琶的著名艺人贺怀智。定场：谓奏乐者技艺高超，使听众无声倾听，俗称能压住场子。元稹《连昌宫词》：“夜半月高弦索鸣，贺老琵琶定场屋。” ⑨“弹到此”两句：谓琵琶弹出千古哀怨之声，令人黯然泣泪。

贺 新 郎

邑中园亭，仆皆为赋此词。一日，独坐停云，水声山色，竞来相娱，意溪山欲援例者，遂作数语，庶几仿佛渊明思亲友之意云①。

甚矣吾衰矣②！怅平生、交游零落，只今余几？白发空垂三千丈③，一笑人间万事。问何物，能令公喜④？我见青山多妩媚⑤，料青山见我应如是。情与貌，略相似。　　一尊搔首东窗里。想渊明、《停云》诗就，此时风味⑥。江左沉酣求名者，岂识浊醪妙理⑦。回首叫、云飞风起⑧。不恨古人吾不见，恨古人不见吾狂耳⑨。知我者，二三子⑩。

【题解】

这是一首述怀词，序中自述此作是仿效陶渊明《停云》诗，表达饮酒思友之意。实则抒发了他从福建再次罢官归来的孤寂烦闷之情。词的上片写交游零落，只得引山水为知音。劈首一声浩叹，用孔子半面之语，而老去不梦周公及其道难行之悲亦在其中。“交游零落”，点出思友题旨。“白发”则应“甚衰”，着一“空”字透露其有志难伸之悲，故而后句那“一笑”亦自含悲凉。接着以青山为知己，曲笔达意，反衬人世之无情，亦皆孤愤之辞。下片写世人已无知己，只能引古人为同调。词人在停云堂对酒赋词，以渊明风味自况，也是“情与貌，略相似”。只因仰慕渊明之高风亮节，故许其为真知酒之妙理者。与之相对，那些自命“清流”的江左群僚，酣醉之中也不忘求名。念及今事，词人不禁悲愤不已，遂有“回首叫、云飞风起”之狂态。结拍以孔子语作结，再次咏叹知音稀少之悲，呼应开头，首尾相合，浑然天成。

【注释】

①此罢居江西铅山瓢泉时所作。仆：作者谦称。此词：指《贺新郎》词调。停云：停云堂。援例：依照前例，指以词赋邑中园亭事。渊明思亲友：陶潜有《停云》诗四首，自谓“思亲友”之作。 ②“甚矣”句：《论语·述而》记孔子语：“甚矣吾衰矣，久矣吾不复梦见周公。” ③“白发”句：李白《秋浦歌》：“白发三千丈，缘愁似个长。” ④“问何物”句：《世说新语·宠礼篇》称王恂、郗超并有奇才，为大司马桓温所赏识，荆州时语谓此二人“能令公喜，能令公怒”。辛词借用此语。 ⑤妩媚：形容青山秀丽美好。按：此句借用唐太宗赞赏魏征语：“人言征举动疏慢，我但见其妩媚耳。”（《新唐书·魏征传》） ⑥“一尊”三句：化用陶潜《停云》诗：“静寄东轩，春醪独抚。良朋悠悠，搔首延伫。” ⑦“江左”两句：当年南朝那些纵酒放浪的名士清流，以酣酒而求名利，哪里真知酒中妙理。浊醪（láo）：浊酒。 ⑧云飞风起：暗用汉高祖刘邦《大风歌》诗句：“大风起兮云飞扬，威加海内兮归故乡，安得猛士兮守四方。” ⑨“不恨”两句：袭用南朝张融语：“不恨我不见古人，恨古人不见我。”（《南史·张融传》）狂：指愤世嫉俗的狂态。 ⑩“知我者”两句：真知我心者，二三子而已。二三子：借用孔子对其学生的称谓，指少数几位知心朋友。

祝英台近

晚　春

宝钗分，桃叶渡，烟柳暗南浦[①]。怕上层楼，十日九风雨。断肠片片飞红，都无人管；更谁劝、流莺声住。　　鬓边觑。试把花卜归期，才簪又重数[2]。罗帐灯昏，哽咽梦中语：是他春带愁来，春归何处？却不解、带将愁去。

【题解】

伤春悲秋，离情别绪，本属唐宋词习见题材。时风所趋，常是即席命篇，或率意挥洒，既无从考其本事，也未必别有寄托。此词即代女子立言，写晚春闺怨。词以忆昔领起，忆当时烟柳水滨、分钗留别情景，以下折回伤春现实。“怕上层楼”句，上承“烟柳”而又引发以下四句写怕之因：怕见风风雨雨，怕见片片飞红，怕听声声啼莺。而着以“无人管”“更谁劝”，则是怨春至极的痴迷之语。春归人不归，自然引发下片闺中人的盼归之情。鬓边觑花上承伤春意绪而来；继而数瓣卜归，更“才簪又重数”。亟盼之情，婉曲深细；动作神态，亦活脱逼真。更为神妙的还在于，把盼归之情写到几乎山重水复之境时，忽又在时间推移上，引出一段“哽咽梦中语”，她不怨春去人不归，却怨春带将愁来，不带将愁去，无理情深，凄婉动人。沈谦《填词杂说》谓“稼轩词以激扬奋厉为工，至‘宝钗分，桃叶渡’一曲，昵押温柔，魂销意尽，才人伎俩，真不可测。”或以为此词有所寄托，谓上片喻国事日非，下片喻恢复无望。不妨但存一说。

【注释】

①“宝钗分”三句：古代女子有分钗赠别的风俗。杜牧《送人》诗：“明镜半边钗一股，此生何处不相逢。”据王明清《玉照新志》，南宋犹盛此风。桃叶渡：南京秦淮河与青溪合流处。《古乐府》注：“王献之爱妾名桃叶，尝渡此，献之作歌送之曰：‘桃叶复桃叶，渡江不用楫。但渡无所苦，我自迎接汝。’后以桃叶渡泛指与恋人分别处。南浦：江淹《别赋》：“送君南

浦，伤如之何！”后即以南浦泛指送别处所。 ②“鬓边”三句：谓思妇以数花瓣占卜行人归期。鬓边觑（qù）：对着镜子审视鬓边之花。簪（zān）：插戴。重数：再数一回，极言盼归心切。

清平乐

村居

茅檐低小，溪上青青草。醉里吴音相媚好，白发谁家翁媪[1]？ 大儿锄豆溪东，中儿正织鸡笼。最喜小儿亡赖，溪头卧剥莲蓬[2]。

【题解】

此词为辛弃疾落职闲居带湖时所作。当时作者不为小朝廷所容，被迫家居，政治上失意的苦闷，在淳朴和谐的乡村生活里得到了一些安慰与排遣，因而创作出了一批格调清新优美的农村词。在此词中，作者并未直接介入情境之中，而是置身局外，静处闲看，摄取特具诗情画意的人物活动镜头，以轻笔淡墨描绘出一幅令人赏心悦目的农家风俗图。茅檐低小，容膝易安，清幽不俗；青草溪边，目涉成趣，生意盎然。耳际所闻，则是甜软的吴音，原来是白发翁媪在相语取悦，先声夺人，亦煞有情趣。大儿锄草，中儿织笼，各司其业。而“溪头卧剥莲蓬”的“小儿亡赖”形象，则是这一组人物群像中最为逼真传神的形象，那调皮的举动，天真的心思，实在逗人喜爱。以上种种，全由词人“醉里”耳闻目睹，信手写来，寓情于景，意趣横生。与其说作者醉于酒，倒不如说是醉于心。

【注释】

①“醉里”两句：作者醉里忽闻吴音悦耳，但见一对白发翁媪在互相逗乐。按：“醉里”，一说是翁媪醉里，似非。吴音：吴地口音，上饶旧属吴地，故称吴音。相媚好：相互取悦逗乐。翁媪（ǎo）：老翁老妇。 ②“大儿”四句：俞平伯先生《唐宋词选释》认为，此四句从汉乐府《相逢行》“大妇织绮罗，中妇织流黄，小妇无所为，挟瑟上高堂”化出，确实慧眼独具。但此类妙手偶得之佳句，仍应是作者深植于现实生活的根基中来。亡赖：原意无聊，此处引申为顽皮。是爱称，并无贬义。亡：音义同“无”。

南 乡 子

登京口北固亭有怀①

何处望神州？满眼风光北固楼②。千古兴亡多少事？悠悠，不尽长江滚滚流③。 年少万兜鍪④，坐断东南战未休⑤。天下英雄谁敌手？曹刘。生子当如孙仲谋⑥。

【题解】

此词与《永遇乐》“千古江山”同为怀古词，同样选取三国时期雄踞江东的孙权作为歌咏对象，对作者所处的也只占有东南半壁之南宋，有着鲜明的针对性。此词以简洁明快、巧设回答、巧用古语为其主要特色。词以三问三答，自相呼应。开头就以倒装句法突发一问：中原何在？沉郁悲怆，足可振聋发聩。紧接着又是一句：“千古兴亡多少事？”而答以长江不尽东流，发为历史往事、悠远难追的慨叹，思接千载，内涵深远。过片就地怀古，切入京口本事，只以平叙之笔，称赞孙权雄踞江东而争霸天下之伟业，以古喻今，激励世人奋力图强。然后发出第三问，并以此振起，借曹、刘以衬托孙权之英雄气概。此词在融化古语入词上几于浑化无迹。先是借杜诗以景结情；而后又将曹操两句话巧妙地安排在下片，自成一问一答，一气而下，对答如流，达到了出神入化的境地。

【注释】

①此词是作者嘉泰四年和开禧元年（1204—1205）知镇江府时所作。京口北固亭：参见《永遇乐》“千古江山”注①。 ②“何处”两句：此用倒装句法，意谓纵目环视，楼头山水风光无限，但中原故国何在？神州：指沦陷的北方。 ③“千古”三句：悠悠：迢迢不断貌。不尽长江滚滚流：杜甫《登高》：“无边落木萧萧下，不尽长江滚滚来。” ④年少：孙权十九岁即继承父兄基业，故言“年少”。兜鍪（dōumóu）：头盔，代指兵士。万兜鍪：犹言千军万马。 ⑤坐断：占据。 ⑥“天下”三句：《三国志·蜀先主传》载，曹操曾与刘备论天下英雄，说：“今天下英雄惟使君（指刘备）与操耳，本初（指袁绍）之徒不足数也。”生子当如孙仲谋：《三国志·孙权传》注引《吴历》云：曹操尝与孙权对垒，“见舟船、器仗、军伍整肃，喟然叹曰：‘生子当如孙仲谋，刘景升儿子（指刘琮）若豚犬（猪狗）耳。’”孙仲谋：孙权字仲谋。

鹧 鸪 天

代 人 赋[①]

陌上柔桑破嫩芽，东邻蚕种已生些。平冈细草鸣黄犊[②]，斜日寒林点暮鸦。 山远近，路横斜，青旗沽酒有人家[③]。城中桃李愁风雨，春在溪头荠菜花[④]。

【题解】

这是辛弃疾农村词系列中的名篇。词写乡村田野初春之景，清新疏淡，生机盎然，极富乡土气息。上片以生动细腻的笔触描绘了夕阳下一片恬静祥和的田家景象，那柔桑、嫩芽、细草、幼蚕、黄犊，都是那样充满生机活力，即使是那斜日、寒林、暮鸦也并不让人有萧瑟之感，反而更增浓烈的生活气息。过片继续写景，但境界拓宽，把笔触延伸至远方，去勾勒这一片浓浓春色的大背景，那远近连绵的群山，那纵横通达的小路，还有那风中飘拂的酒旗，无不展示着春的足迹。由此逼出歇拍两句城中桃李花与乡村野荠花的对比，并揭示题旨。就词人本意言，鄙薄城中桃李而绝爱乡间野花，这是词人脱俗不凡的审美情趣的反映。城中桃李妖艳香浓，似把春光占尽，但它们愁风畏雨，转眼即逝；荠菜花虽朴实无华，却生机无限。或以为结韵两句是对抗战力量的歌颂，对苟安求和思想的讽刺，此说未免有臆测之嫌。若言寓意，则厌弃官场之风雨无准，爱好田园之春意常在，庶几近之。

【注释】

①此词题为“代人赋”，实则为自我抒怀。 ②黄犊（dú）：小黄牛。 ③青旗：即酒招，也称青帘，是卖酒的标志。 ④荠菜：野菜的一种，嫩叶可吃，开白色花。

鹧 鸪 天

有客慨然谈功名，因追念少年时事，戏作[①]

壮岁旌旗拥万夫[②]，锦襜突骑渡江初[③]。燕兵

夜娖银胡䩮[4]，汉箭朝飞金仆姑[5]。　　追往事，
叹今吾，春风不染白髭须[6]。却将万字平戎策[7]，
换得东家种树书[8]。

【题解】

宋高宗绍兴三十一年（1161），金主完颜亮大举南侵。稼轩时年二十二岁，慨然投笔，聚众起义，后归耿京，为掌书记。次年春，奉表归宋，于北返途中，闻叛将张安国杀耿投金，遂率轻骑五十余夜袭金营，捉叛将兼程南归，献俘朝廷，斩安国于市（事见《宋史·辛弃疾传》）。此即词题所云“少年时事”。词的上片便追忆这段富有传奇色彩的历史壮举。这是词人一生最为雄壮、最为难忘的一幕，故而形之于词也是豪情满怀，雄盖万夫。下片首二句抚今追昔，作一承转，“追往事”总上，“叹今吾”束下，一“追”一“叹”，包含了岁月虚度，壮志成空的无限烦恼与悲愤。“春风”句叹壮时不再，但走笔轻灵，情调不显低沉。最后以“平戎策”与“种树书”对举，在诙谐幽默中暗寓了不甘落寞的牢骚与悲愤。

【注释】

①此词作于庆元六年（1200），时稼轩罢居瓢泉。少年时事：指青年时聚众起义，后奉表南归一段豪壮经历。　②壮岁：少壮之时。锦襜（chān）：指锦衣。　③突骑（jì）：指精锐的突击骑兵。　④燕兵：此借指金兵。娖（chuò）：谨慎貌，小心翼翼的样子。银胡䩮（lù）：饰银的箭袋，多用皮革制成。既用以盛箭，也兼用于夜卧之枕，可测听远处声响，以作防备。　⑤金仆姑：箭名。　⑥“春风”句：此用欧阳修《圣无忧》：“春风不染髭须”词句。髭（zī）须：胡须。　⑦平戎策：指作者南归后所上之《美芹十论》《九议》等恢复策略。　⑧东家：东邻家。种树书：研究种植栽培技术的书籍。种、树，皆为动词。《史记·秦始皇本纪》谓始皇焚书“所不去者，

医药、卜筮、种树之书”。此以喻归隐。韩愈《送石洪》诗：“长把种树书，人云避世士。”

破 阵 子

为陈同甫赋壮词以寄[①]

醉里挑灯看剑，梦回吹角连营[②]。八百里分麾下炙[③]，五十弦翻塞外声[④]。沙场秋点兵[⑤]。　马作的卢飞快[⑥]，弓如霹雳弦惊[⑦]。了却君王天下事[⑧]，赢得生前身后名[⑨]。可怜白发生！

【题解】

这首著名的“壮词”，当作于辛、陈唱和《贺新郎》之后，至此，作者南归已届三十年，而他那一腔报国壮志仍无法实现。因此，本词题为“壮词”，实则含悲。起二句写醉里不忘收复大业，挑灯看剑，充溢英豪之气；酒醒梦回，耳际仍回响着连营号角，杀敌立功的渴望，急切而强烈。这里，由“醉”到“梦”，豪壮之中已含悲凉意味，为结句伏笔。中间数句打破上下分片的定格，总以一个梦境贯通。从火热的军营生活到雄壮的阅兵场面，从阵前激战到宏伟抱负，层次井然地抒写了一腔爱国热情。直到歇拍一句才突起逆折，回到现实，以一声浩叹遥应开头，吐出无限悲愤。作者以梦境来反衬现实，梦境是那样的雄豪壮烈，而现实却是如此的冷酷无情。两相对比，更强化了报国有志志难伸的悲哀。因此，梁启超曰：“无限感慨，哀同父，亦自哀也。”（《艺蘅馆词选》）

【注释】

①陈同甫：陈亮（1143—1194），字同父（甫），婺州永康人。南宋杰出思想家。喜谈兵、主抗战，与稼轩志同道合，交往甚密，词风相近。 ②梦回：梦醒。吹角连营：一排排营房中传出接连不断的号角声。 ③八百里：牛名。晋代王恺有牛名“八百里驳（同‘驳’，花牛）”。王济与王恺比射，以此牛为赌物。恺输，于是杀牛作炙（见《世说新语·汰侈篇》）。苏轼《约（李）公择饮，是日大风》诗：“要当啖（dàn，吃）公八百里，豪气一洗儒生酸。”麾（huī）下：部下。炙：烤肉。 ④五十弦：指瑟，古瑟用五十弦。此泛指军中乐器。翻：演奏。塞外声：指雄浑悲壮的军乐。 ⑤点兵：检阅军队。 ⑥作：像。的卢：一种烈性快马。相传刘备在荆州遇危，所骑的卢马一跃三丈，因而脱险（见《三国志·蜀志·先主传》注引《世语》）。⑦霹雳：雷声。此喻射箭时的弓弦声。《南史·曹景宗传》说，曹在乡里，“与年少辈数十骑，拓弓弦作霹雳声，箭如饿鸱叫”。 ⑧天下事：指恢复中原之大业。 ⑨赢得：博得。

程 垓 (生卒年不详)

字正伯，号书舟，眉山（今属四川）人。有《书舟词》一卷。

水 龙 吟

夜来风雨匆匆，故园定是花无几。愁多恨极，等闲孤负[①]，一年芳意。柳困花慵，杏青梅小，对人容易。算好春长在，好花长见，元只是，人憔悴[②]。 回首池南旧事堪重记[③]。如今但有，看花老眼，伤时清泪。不，恨星星、不怕逢花瘦，只愁怕老来风味。待繁红乱处，留云借月[④]，也须拚醉。

【题解】

这是一首触景怀人之作。上片写故园之思，下片写忆旧之情，而贯穿全词的则是词人自身的伤春迟暮之感。开篇以“夜来风雨”起兴，引出一段浓愁深怨。读此二句自然使人想起孟浩然“夜来风雨声，花落知多少”的诗句，但个中况味亦自有异，此间“风雨”非仅自然之物，更应是社会人生之风雨。“柳困”三句说眼下“花褪残红青杏小”（苏轼《蝶恋花》词句），春意已阑珊；“算好春长在”三句则又退一步说，即使春光长在，人也衰残不堪对春光了。词意直射下片“看花老眼”“老来风味”诸句，合成嗟老伤春主题。下片转向忆旧，那朦胧而凄恻的“池南旧事”已不堪回首，几多风雨，年华老去，如今只有洒下一掬伤时的清泪。最后表示为了不再“等闲孤负”，他要“留云借月”，延长一点美好春光，来它个一醉解千怨。全词笔调哀怨，风格婉丽，表达了深沉的嗟老伤时之悲。

【注释】

①孤负：即辜负。 ②“算好春长在”三句：陈廷焯《白雨斋词话》谓：“正伯词，余所赏者，惟《渔家傲》结处云：‘细拾残红书怨泣，流水急。不知那个传消息。’为有深婉之致。其次则《水龙吟》云：‘算好春长在，好花长见，元只是，人憔悴。’” ③池南旧事：苏轼《和王安石题西太一》诗：“从此归耕剑外，何人送我池南。”此借指故乡某一深情忆念之所。又，作者有《鹧鸪天》词：“新画阁，小书舟。”另有《望江南》自注：“家有拟舫名书舟。”则作者眉山老家曾筑有园圃池阁，或即指此池。 ④留云借月：此用朱敦儒《鹧鸪天》“曾批给雨支风敕，累奏留云借月章”成句入词。

陈 亮（1143—1194）

字同父（甫），婺州永康（今属浙江）人。乾道五年（1169），上《中兴五论》，不报；淳熙五年（1178），复伏阙上书，力主抗金。遭人嫉恨，三度入狱。绍熙四年（1193），中进士第一，授签书建康府判官厅公事，未至而卒。创“事功”之学，学者称龙川先生。有《龙川文集》三十卷，原有《长短句》四卷，已佚。今人辑《龙川词》一卷。

水调歌头

送章德茂大卿使虏[1]

不见南师久，漫说北群空[2]。当场只手[3]，毕竟还我万夫雄[4]。自笑堂堂汉使，得似洋洋河水[5]，依旧只流东！且复穹庐拜[6]，会向藁街逢[7]。　尧之都，舜之壤[8]，禹之封[9]。于中应有，一个半个耻臣戎。万里腥膻如许，千古英灵安在[10]？磅礴几时通[11]？胡运何须问，赫日自当中[12]。

【题解】

隆兴和议后，宋金约为叔侄之国。每年金主生辰宋还得卑辞厚币向“叔大金皇帝”祝寿。章森这次正是履行如此屈辱的使命。而且上一年，他奉使祝金正旦（正月初一），正值金世宗回黑龙江旧京巡视，通告南宋“正旦生辰使权止一年”。这使爱国志士们都深以为耻。此词为章森出使壮行，举国家的奇耻大辱以激之，张磅礴的民族之气以励之，希望他能以堂堂汉使的“万夫雄”气概，在屈辱的使命中维护民族尊严。开篇四句，固有对现实的感愤，而更多的则寄寓对章森的期许之意。一结“且复穹庐拜”二句则勉励他把这次出使当作一种以退为进的暂时的让步，坚信总有一天会将敌酋押至京城示众。用心可谓良苦。下片更寄希望于北方人民的奋起。三千年故国“于中应有，一个半个耻臣戎”，这实际上是号召沦陷区人民起来反抗敌寇的奴役。全词纯以气骨胜，其爱国热情郁结于胸，故能喷薄而出，吐气如虹。其中“尧之都”五句二十字作一长句，一气贯注。“自笑”三句、“万里”三句，都用反跌手法，或深心自问，欲扬故抑；或痛切呼号，犹如呼唤千古不灭的民族之魂。这种写法，能使人于沉痛中投袂而起，抑塞而又奋发，沉郁而又雄壮。这样，结尾二句张皇之辞就不是徒作虚语了。

【注释】

①章德茂：章森，字德茂，四川绵竹人。淳熙十二年（1185）十一月，奉诏出使金国，贺金世宗完颜雍诞辰（万春节）。因他这次出使假户部尚书衔，故称之为“大卿”。 ②“漫说”句：意谓别以为中国没有人才。漫说：莫说，休说。北群空：传说伯乐善相马，他一过冀北，所有的良马全被挑选一空。此以良马喻良才。 ③当场只手：当场大事，只手可了。指外交场合临事处置的卓异才能。 ④“毕竟”句：我宋朝到底还拥有万夫之雄的人物，指章森。 ⑤得似：岂得似，怎能似。 ⑥穹庐：北方少数民族居住的圆形帐篷。此指金廷。 ⑦藁（gǎo）街：西汉都城长安的街名，当时是外国使臣居住的地方。《汉书·陈汤传》载，陈汤出使西域，发兵斩郅支单于，奏请“悬头藁街蛮夷邸间，以示万里，明犯强汉者，虽远必诛”。 ⑧壤：土地。⑨封：疆界。 ⑩千古英灵：指尧、舜、禹以来的汉民族英雄。 ⑪“磅礴”

句：意谓民族正气何时才能一无阻隔地通行天地之间，即何时才能实现祖国统一。 ⑫“赫日”句：意谓国家统一的前途正如红日当空，无限光明。赫日：红日。

念 奴 娇

登多景楼①

危楼还望，叹此意，今古几人曾会？鬼设神施②，浑认作、天限南疆北界③。一水横陈，连岗三面，做出争雄势。六朝何事，只成门户私计④。　因笑王谢诸人⑤，登高怀远，也学英雄涕。凭却江山，管不到、河洛腥膻无际⑥。正好长驱，不须反顾，寻取中流誓⑦。小儿破贼⑧，势成宁问强对⑨。

【题解】

以论为词，这是陈亮词的一大特色。叶适《书〈龙川集〉后》说陈亮“每一章就，辄自叹曰：‘平生经济之怀，略已陈矣。’”这种创作倾向，使其词比辛弃疾词更近于词论，而这首登临之作则堪称以论为词的典范，从中足以感知其拔乎流俗的“经济之怀”。淳熙十五年（1188），作者赴建康、京口一带考察山川形势。抵京口后，登多景楼凭眺长江天堑，不禁感慨万分。开篇三句即着力寄慨致叹。他深感长江沿岸地势不仅可以恃险固守，且具战略进攻意义，可借以北取中原。但自古至今竟无几人解会，怎不令人扼腕长叹？“鬼设神施”三句，既叹山川之雄奇，又对小朝廷划江为界，偏安一隅婉言寄讽。继而又以山川“做出争雄势”激发朝野北伐之雄心，更以六朝往事影射南宋朝廷不顾国计民生，只营一己私利，胆识过人，精警有力。过片“因笑王谢”三句，反用“新亭对泣”故事，嘲笑朝中权贵作忧国状之虚伪。“凭却”两句则是词人此番考察的结论：只有江山之险，而无争雄之志，不足以御敌。“正好”三句转为大声疾呼，期望抗金将士效法祖逖，击楫中流，义无反顾。最后拟谢安语气，表达必胜的坚强信念。全词议论风发，气势悍厉，纯以真情至性和睿智卓识运转而成，读来令人感奋。

【注释】

①多景楼：在今江苏镇江北固山上甘露寺内。　②鬼设神施：喻江山形势之险，好似鬼神造就一般。　③“浑认”句：人们都把长江看作划分南北的天然疆界。浑：全，都。　④门户私计：指以长江为门户的自私打算。⑤王谢：王导、谢安，东晋豪门世族。　⑥河洛：黄河、洛水，借指中原地区。　⑦中流誓：据《晋书·祖逖传》载，祖逖率师渡江北伐。中流发誓，不复中原决不回。　⑧小儿破贼：据《资治通鉴》卷一〇五载，谢安闻报淝水大捷，全无喜色，与客下棋不辍。客问，始答道：“小儿辈遂已破贼。”⑨宁：岂，难道。强对：劲敌。

水龙吟

春　恨

闹花深处层楼①，画帘半卷东风软。春归翠陌②，平莎茸嫩③，垂杨金浅④。迟日催花⑤，淡云阁雨⑥，轻寒轻暖。恨芳菲世界，游人未赏，都付与、莺和燕⑥。　寂寞凭高念远，向高楼、一声归雁。金钗斗草⑧，青丝勒马，风流云散。

罗绶分香⑨，翠绡封泪⑩，几多幽怨！正销魂，又是疏烟淡月，子规声断。

【题解】

徐釚《词苑丛谈》谓“陈同父开拓万古之心胸，推倒一世之豪杰，其《水龙吟》词，乃复幽秀”。所指正是此词。可见，作为一个词坛高手，陈亮笔下既有慷慨豪健的一面，也自有婉约绵丽的一面。本词借春日登楼之感，抒发对中原失地思念之情。起韵二句，先以繁闹之春花反衬“层楼”之幽静，又以半卷之帘幕、和软之东风来托现楼中人之感觉与心境。“春归”以下六个四字短句，采用铺陈手法描绘那柳嫩草青、花疏云淡的一派大好春光。接着，笔势陡转，去写“春恨”：“恨芳菲世界，游人未赏，都付与、莺和燕。”以此揭明题面。而当读至换头三句时，读者才恍然大悟，真正的题旨，真正的“恨”之因还在于“一声归雁”引发的“念远”之情。春来大雁北归，词人思绪亦随之飞向那春回大地的中原故土。由此返照上片，则所写皆为心中悬想之景；所言之恨则为中原不见之根。接着“金钗”六句又以男女别情写故国之根。赏心乐事已是烟消云散，如今所余只有无限幽怨。最后三句从“念远”回到现实。那烟月迷蒙，杜鹃悲啼的景色更增人之凄苦。此词以柔婉之笔，抒怨愤之情，在陈亮词中确实别具一格。

【注释】

①闹花：用宋祁“红杏枝头春意闹”句意。　②翠陌：翠绿的田野。　③平莎茸嫩：平铺的嫩草。　④金浅：浅黄色。　⑤迟日催花：春日渐长，催动百花竞放。　⑥阁雨：收住微雨。阁，即“搁”。　⑦“恨芳菲”三句：沈际飞《草堂诗余》谓莺燕是“能赏而不知者”，游人则是“欲赏而不得者”。刘熙载《艺概·词曲概》则评此三句：“言近旨远，直有宗留守（泽）

大呼‘渡河’之意。”抗金名将宗泽临终前仍大呼“渡河！渡河！”时刻想着北伐收复失地的夙愿。　⑧金钗斗草：拔下金钗作斗草之赌注。斗草，又称斗百草，宗懔《荆楚岁时记》：“竞采百药，谓百草以蠲除毒气，故世有斗草之戏。”　⑨罗绶分香：临别以香罗带相赠留念。　⑩翠绡封泪：翠巾裹着眼泪寄予对方，典出《丽情集》记灼灼事。

贺新郎

寄辛幼安，和见怀韵①

老去凭谁说？看几番、神奇臭腐②，夏裘冬葛③！父老长安今余几？后死无仇可雪。犹未燥、当时生发④！二十五弦多少恨⑤，算世间、那有平分月！胡妇弄，汉宫瑟⑥。　树犹如此堪重别！只使君、从来与我，话头多合。行矣置之无足问⑦，谁换妍皮痴骨⑧？但莫使伯牙弦绝⑨！九转丹砂牢拾取，管精金只是寻常铁⑩。龙共虎，应声裂⑪。

【题解】

这是辛、陈以《贺新郎》词调相与唱和的第一首。词开篇即突发一问，感叹壮志未酬而年已老大，除了一二知己，这浩茫心事竟无人可诉！由此引发以下的议论与感慨。“看几番”二句言世事之乖戾反常，借以讥刺南宋统治者在抗金大计上举棋不定，忽战忽和，屡经翻覆。“父老”三句更进一步指出朝廷数十年蜗居江南，不图恢复，造成了人们心理上的麻痹，从而丧失了民族自尊心与抗敌斗志。接着借锦瑟分破、月缺一半抒发了强烈的家国之恨。下片转入抒情。换头先借桓温语抒发自己老大无成而又知音难聚的深沉慨叹。以下在宽慰友人怀恋之情的同时，又表示不怕他人鄙视与误解，有一知己足矣！并借点铁成金的仙道之语，说明只要恒心不变、信念犹存，复国大业必有功成之日。最后，以“龙共虎、应声裂”这铿锵之声煞尾，表明必胜的信念。本词一个鲜明特色就是死事活用，旧典翻新，容量极大。

【注释】

①宋孝宗淳熙十五年（1188）岁末，陈亮冒着风雪严寒，跋涉数百里，从浙江永康赶到江西上饶探访辛弃疾。二人同游鹅湖，共饮瓢泉，“长歌互答，极论世事”（辛弃疾《祭陈同父文》），畅叙弥旬始别，后二人以《贺新郎》互为唱和酬答。此篇即陈亮和词之第一篇。　②神奇臭腐：《庄子·知北游》：“臭腐化为神奇，神奇复化为臭腐。”　③夏裘冬葛：语出《淮南子》：“夏日之裘，冬日之葛。”以喻世事乖戾反常。　④“后死”二句：意谓“靖康之变”时刚出生不久的婴孩，他们从胎毛未干时起就习惯于南北分立，不知何为国仇。　⑤二十五弦：据《史记·封禅书》载：“太帝使素女鼓五十弦瑟，悲，帝禁不止，故破其瑟为二十五弦。”此以喻宋金对峙，国家分裂成南北两半。　⑥“胡妇”两句：金人女子弹奏着宋国宫廷乐器。此以小见大，写故都沦亡之悲。　⑦“行矣”句：据辛词《贺新郎》题下小序记，辛、陈鹅湖之会分别后，辛曾追至鹭鸶林，因雪深路滑无法前行，才怅然而归。此句即针对此事而宽慰对方。　⑧妍皮痴骨：典出《晋书·慕容超载记》：超自以诸父在东，恐为姚氏所录，乃阳狂行乞。秦人贱之，惟姚绍见而异焉，劝兴拘以爵位，召见与语，超深自晦匿，兴大鄙之，谓绍曰：“谚云：‘妍皮不裹痴骨，’妄语耳。”原意喻人虽貌似聪隽，而实则胸无智略。此用以说明遭到误解和鄙视。　⑨伯牙弦绝：用钟子期和俞伯牙故事。此指知心朋友互勉互励。　⑩“九转”两句：历代相传的炼丹术中，有所谓经过九转炼成的丹砂可以点铁成金的说法。比喻只要坚定信念，救国大业必能成功。　⑪“龙共”二句：此借龙虎丹炼成而迸裂出鼎之状，用以表现胜利必将到来的美好愿望。

张 镃（1153—1206）

字功甫，号约斋，西秦（今陕西）人。宋名将张俊之曾孙。曾任司农寺主簿、司农少卿等职。坐事追两官送广德军居住。后又坐扇摇国本，除名，象州（今广西象州市）编管卒。有《南湖集》十卷，《南湖诗余》一卷。

满 庭 芳

促 织 儿①

月洗高梧，露漙幽草②，宝钗楼外秋深。土花沿翠③，萤火坠墙阴。静听寒声断续，微韵转、凄咽悲沉。争求侣④，殷勤劝织⑤，促破晓机心⑥。　　儿时曾记得，呼灯灌穴，敛步随音。任满身花影，犹自追寻。携向花堂戏斗，亭台小，笼巧妆金⑦。今休说，从渠床下，凉夜听孤吟。

【题解】

这首题咏蟋蟀的咏物词，被周密评为“咏物之入神者，”而郑文焯则更以为此词“清隽幽美，实擅词家能事，有观止之叹。”此词之所以博得如此盛誉，其基本特点有二：其一，烘云托月，借声写形。词一开篇先以“月洗高梧”五句去描写蟋蟀生活的环境氛围，上有月光沐浴之高梧，下有露珠凝缀之幽草，更加之墙阴处苔藓片片，萤火点点，以此造成一种特殊氛围。“静听”二句，则转与在这氛围中蟋蟀那断断续续，“凄咽悲沉”的鸣声。两者融合为一，则蟋蟀那鲜活形象已得到成功的展现。其二，缘情而赋，喜忧各异。词之上片着重写“静听”所得“寒声断续”的印象、“凄咽悲沉”的感受，流露出词人伤时之感喟。过片八句却又转写儿时“捉”“斗”蟋蟀的无穷乐趣。最后三句逆转，反跌出现实中深秋夜半“听孤吟”之悲凉，这种忧而喜、喜而忧的起伏回旋，与景物描写得到了有机的结合。此外，词中对人物动作与神态的描写也极为细腻生动。如“呼灯灌穴”时的兴高采烈，“剑步随音”时的紧张神秘，“犹自追寻”时的专注执着，“画堂戏斗”时的怡然自得，都写得童趣十足，呼之欲出。

【注释】

①此词作于宋宁宗庆元二年（1196），作者与姜夔“会饮于张达可之堂，闻屋壁间蟋蟀有声”，作者邀姜夔同赋，遂成此篇（本事见姜夔《齐天乐》词小序） ②漙（tuán）：露多的样子。《诗·郑风·野有蔓草》：“野有蔓草，零露漙兮。”《毛传》：“漙，漙然盛多也。” ③土花沿翠：翠绿的苔藓顺着墙根铺展开去。土花，苔藓。 ④争求侣：这是作者闻声之想象，似乎蟋蟀在争相鸣唱着寻求伴侣的爱情之歌。 ⑤殷勤劝织：陆机《毛诗疏义》谓蟋蟀“幽州人谓之促织，督促之言也。里语曰：‘趣（同“促”）织鸣，懒妇惊。’” ⑥促破晓机心：蟋蟀的鸣声促使织妇纺织到天明。 ⑦笼巧妆金：姜夔《齐天乐》小序说南宋时蟋蟀身价之高，“好事者或以三二十万钱致一枚，镂象齿为楼观以贮之。”

刘 过（1154—1206）

字改之，自号龙洲道人，吉州太和（今江西泰和）人。屡试不第，流落江湖以终。曾上书朝廷，陈述恢复方略，但未被采纳。其词师法辛弃疾，风格豪放，颇多壮语，然狂逸之中时见俊致，足以自成一家。惟效辛体不免粗率之病。有《龙洲词》二卷。

唐 多 令

安远楼小集[1]，侑觞歌板之姬黄其姓者[2]，乞词于龙洲道人，为赋此《唐多令》。同柳阜之、刘去非、石民瞻、周嘉仲、陈孟参、孟容，时八月五日也。

芦叶满汀洲，寒沙带浅流。二十年、重过南楼。柳下系船犹未稳，能几日，又中秋。　　黄鹤断矶头，故人今在否[3]？旧江山、浑是新愁[4]。欲买桂花同载酒，终不似，少年游。

【题解】

这是一首寄慨遥深的登临之作。起拍二句描绘登楼所见之衰飒秋景。“寒沙”“浅流”字面上即带有悲凉色彩；而以一个“满”字状写芦叶纷坠、遍地枯槁的景象，荒寒之意已隐含其中。这样，不待正面着笔，作者的触景伤情之状已宛然在目。“二十年、重过南楼”，语极本色，而意极深痛。二十年中，中原未复，国事日非，自己落魄江湖，报国无门，这使他在旧地重游之际不能不心事浩茫，枨触万端。“柳下”句不仅点出自己抵达武昌未久，而且，“系船犹未稳”，又可令人想见其生活的动荡飘泊。“能几日”二句，明记时令，暗寓流光易逝、晚景无多之叹。下片感慨益深。“黄鹤”二句抒写对当年同游的故人的深切怀念之情。怅问“故人今在否”，正暗示了各自蓬飘他乡、沦落不遇的景况。“旧江山”句为一篇警策，不言

"旧地"，而言"旧江山"，可知其"新愁"不仅是故人星散的感伤，更是一种故国陆沉的忧愤。结韵三句，承上片末句"又中秋"而来，再度烘染今昔悲欢之感。词于此戛然而止，韵味深长，宜乎沈际飞《草堂诗余》许其为"改之得意之笔"。

【注释】

①安远楼：又名南楼，在武昌黄鹤山上。 ②侑觞（yòushāng）：劝酒。 ③"黄鹤"二句：化用唐人崔颢"昔人已乘黄鹤去，此地空余黄鹤楼"句意。黄鹤山，一名黄鹄山。其西北有黄鹤矶，黄鹤楼建于其上。矶：临江的山崖。 ④浑是：全是。

沁园春

寄辛承旨。时承旨招，不赴①

斗酒彘肩②，风雨渡江，岂不快哉？被香山居士，约林和靖，与东坡老，驾勒吾回③。坡谓"西湖，正如西子，浓抹淡妆临镜台"④。二公者，皆掉头不顾，只管衔杯⑤。　白云"天竺去来，图画里峥嵘楼阁开。爱东西双涧，纵横水绕；两峰南北，高下云堆"⑥。逋曰"不然，暗香浮动，争似孤山先探梅"⑦。须晴去，访稼轩未晚，且此徘徊⑧。

【题解】

此词为辞辛弃疾招邀而作，词人有意模仿稼轩对话体，而又有所创新。不仅融写景、叙事、抒情、议论于一体，而且融古人诗句入对话之中，更有甚者，还起三位前代诗人而相与论辩。构思新奇，意趣横生。开篇三句，设想冒着风雨横渡钱塘奔赴绍兴以及到后大吃狂饮的情景，表示向往之至。“被香山居士”四句忽作逆折，说他被白居易、林逋、苏轼三人拉回，未能成行。接着，打破上下片分界，从“坡谓”以下，直到篇末，全由三人盛情邀客的争辩构成，纷纷拿出各自吟咏名胜的佳句以借代三处景点，请词人去游览。至于造访稼轩，且等天晴再去也未为晚。这种超越时空的大胆想象，纯以对话构筑全篇的构思方式，以及概括名句以为议论的行文特色，都充分体现了词人狂放不羁、俊逸洒脱的个性，同时也反映了他文思迅捷的才情。难怪稼轩“得之大喜，致馈数百千，竟邀之去，馆燕弥月”。（《岳珂《桯史》）

【注释】

①这首词写于嘉泰三年（1203），时作者流寓杭州，辛弃疾则在绍兴任浙东安抚使，慕刘过诗名，特邀他前往绍兴共事。刘过因故不及行，便效稼轩体以答。　②斗酒彘肩：用《史记》所载樊哙勇闯鸿门宴，项羽赐与斗酒彘肩一事。此表示两人见面后豪吃痛饮的情景。　③驾勒吾回：勒转我的马缰，拉我回头。　④“坡谓”三句：用东坡题咏西湖的名篇《饮湖上初晴后雨》中“欲把西湖比西子，淡妆浓抹总相宜”两句。　⑤衔杯：即端着酒杯喝酒。　⑥“白云”六句：白居易题咏杭州的名句很多，如“楼殿参差倚夕阳”（《西湖晚归回望孤山寺赠诸客》），“湖上春来似画图”（《春题湖上》），“东涧水流西涧水，南山云起北山云”（《寄韬光禅师》）“白云”六句即化用以上诸诗，而以“爱”字贯穿，描绘天竺胜景。　⑦“逋曰”三句：化用林逋《山园小梅》“疏影横斜水清浅，暗香浮动月黄昏”。　⑧徘徊：即游览观光。

贺新郎

老去相如倦。向文君、说似而今，怎生消遣[①]？衣袂京尘曾染处，空有香红尚软[②]。料彼此、魂销肠断。一枕新凉眠客舍，听梧桐疏雨秋风颤。灯晕冷，记初见。　楼低不放珠帘卷[③]。晚妆残，翠钿狼藉，泪痕凝脸。人道愁来须殢酒[④]，无奈愁深酒浅。但托意、焦琴纨扇[⑤]。莫鼓琵琶江上曲，怕荻花枫叶俱凄怨[⑥]。云万叠，寸心远。

【题解】

此词写贫士失职之悲。作者自跋云："壬子秋，予求牒四明，尝赋《贺新郎》与一老娼。至今天下与禁中皆歌之。"壬子为光宗绍熙三年（1192），当时刘过三十九岁，赴宁波参加举人牒试，又遭黜落。失意中邂逅一位徐娘半老的商女，因作此词相赠，以写共通的沦落之感。开篇三句即以斩绝之笔点出心意之黯然，并以此笼罩全篇。借用文君慧眼识相如故事，以形容穷途邂逅，充满酸辛与凄凉。"衣袂"二句逆插一笔帝京往事的回忆，其意不在叙冶游之乐，而在寄寓"京尘"混迹七年而一事无成之悲，故而才有"料彼此、魂销肠断"之语。接着以"一枕"四句转写眼前实境：两个沦落人就在这凄风苦雨的氛围中，相濡以沫，互慰落寞之情。过片"楼低"四句，以琐细之笔写"初见"情态；"人道"三句则又宕开，以"愁深酒浅"写其处境窘迫凄楚，无奈之下，只能托意"焦琴""纨扇"，以求自慰。词意几经旋折，层层深化。"莫鼓"两句更以《琵琶行》诗意以类比眼下境遇，使事用典，十分贴切，词境又深翻一层。最后，以"云万叠，寸心远”六字收结，使全篇于凄咽之中突然振起，奏出激昂的旋律。一个怀抱远大，不甘沉沦的志士形象由此塑造成功。不仅情景融会，而且意境深远。

【注释】

①消遣：排遣胸中的郁闷。 ②“衣袂”二句：刘过自孝宗淳熙十三年（1186）离家赴试到光宗绍熙三年（1192）已近七年，这期间他曾应试求仕，也曾伏阙上书，几年奔走，一事无成。京城的记忆只不过一身尘垢和衣袂上的残红而已。 ③不放：即不让。可见楼居之寒伧。 ④殢（tì）酒：沉溺于酒。 ⑤焦琴：《后汉书·蔡邕传》：“吴人有烧桐以炊者，邕闻火烈之声，知其为良木，因请而裁为琴，果有美音，其尾犹焦。”后即以“焦琴”或“焦尾琴”喻良材之被毁弃。纨扇：据《后汉书·外戚传》载，班婕妤失宠后，作《怨歌行》云：“新裂齐纨素，皎洁如霜雪。裁为合欢扇，团团似明月。出入君怀袖，动摇微风发。常恐秋节至，凉风夺炎热。弃捐箧笥中，恩情中道绝。” ⑥“莫鼓”二句：用白居易《琵琶行》诗意，以比况自己眼前的穷途邂逅。

姜　夔（1155？—1221？）

字尧章，号白石道人，饶州鄱阳（今江西波阳）人。一生飘泊江湖，依人作客，却绝不曳裾侯门，逢迎取合。他与辛弃疾、杨万里、范成大等为文字交，诗词皆卓然成家。词风清丽典雅，以冷香幽韵和瘦骨逸神独擅胜场。为清代浙派词人所尊奉。深谙音律，集中十七首自度曲，都旁缀音谱，是流传至今的惟一完整的宋代词乐资料。有《白石道人歌曲》六卷，别集一卷。

扬 州 慢

淳熙丙申至日[1]，余过维扬[2]，夜雪初霁，荠麦弥望[3]。入其城则四顾萧条，寒水自碧，暮色渐起，戍角悲吟[4]，予怀怆然，感慨今昔，因自度此曲。千岩老人以为有《黍离》之悲也[5]。

淮左名都[6]，竹西佳处[7]，解鞍少驻初程。过春风十里[8]，尽荠麦青青。自胡马窥江去后[9]，废池乔木[10]，犹厌言兵。渐黄昏，清角吹寒[11]，都在空城。　　杜郎俊赏[12]，算而今，重到须惊。纵豆蔻词工[13]，青楼梦好[14]，难赋深情。二十四桥仍在[15]，波心荡，冷月无声。念桥边红药[16]，年年知为谁生！

【题解】

尽管姜夔布衣终生，但他并非不问时事的世外野老。对南宋朝廷的苟且偷安，不问恢复，他曾痛心疾首、深致慨叹。淳熙三年，他客游扬州，有感于这座历史名城战后的凋敝荒凉，自度此曲，以抒写黍离之悲。词的上片由“名都”“佳处”起笔，却以“空城”作结，其今昔盛衰之感昭然若揭。“过春风”二句，虚处传神，而城池荒芜，屋颓人稀的凄凉情景亦不言自明。这与杜甫《春望》“城春草木深”同一机杼。“胡马窥江”二句写金兵劫掠虽已成过去，而“废池乔木”犹以谈论战事为厌，可见当年战祸兵灾之惨烈。“犹厌言兵”四字，语淡而意浓，其中韵味反倒是某些浓至之语所不及的。“清角”二句，不仅益增凄寂，而且含义深曲：下有雪耻之心，而上无北伐之意，清冷的号角声只能徒然回响于空城之中。下片进一步从怀古中展开联想：杜牧的扬州诗历来脍炙人口，但如果他重临此地，必定再也吟不出深情缱绻的诗句，因为眼下只有一弯冷月、一泓寒水与他徜徉过的二十四桥相伴，桥边的芍药花虽然风姿依旧，却是无主自开，不免落寞。全词冷隽沉痛，尤其是“二十四桥”二句，愈工致，愈惨淡，可谓动魄惊心。萧德藻以为有“黍离之悲”，的确深中肯綮。

【注释】

①淳熙丙申：淳熙三年（1176）。至日：冬至。　②维扬：即扬州。　③荠麦：荠菜和麦子。弥望：满眼。　④戍角：军中号角。　⑤千岩老人：南宋诗人萧德藻，字东夫，自号千岩老人。姜夔曾跟他学诗，又是他的侄女婿。　⑥淮左：淮东。扬州是宋代淮南东路的首府。故称“淮左名都”。　⑦竹西佳处：杜牧《题扬州禅智寺》诗：“谁知竹西路，歌吹是扬州。”宋人于此筑竹西亭，此指扬州。　⑧春风十里：杜牧《赠别》诗：“春风十里扬州路，卷上珠帘总不如。”此借指扬州。　⑨胡马窥江：指1161年金主完颜亮南侵，攻破扬州，直抵长江边的瓜洲渡，至淳熙三年时已十六年。　⑩废池乔木：毁废的池台，残存的古树。二者皆为乱后余物，表明城中荒芜，人烟萧条。　⑪清角：凄清的号角声。　⑫杜郎：晚唐诗人杜牧。俊赏：俊逸清赏。　⑬豆蔻词工：杜牧《赠别》：“娉娉袅袅十三余，豆蔻梢头二月初。”豆蔻，形容少女美艳。　⑭青楼：妓院。青楼梦好：杜牧《遣怀》诗：“十年一觉扬州梦，赢得青楼薄幸名。”　⑮二十四桥：杜牧《寄扬州韩绰判官》诗：“二十四桥明月夜，玉人何处教吹箫。”二十四桥，有二说：一说唐时扬州城内有桥二十四座，皆为可纪之名胜（见沈括《梦溪笔谈·补笔谈》）。一说专指扬州西郊的吴家砖桥（一名红药桥）。“因古之二十四美人吹箫于此，故名。”（见《扬州画舫录》）　⑯红药：芍药花。

暗 香

辛亥之冬[1]，予载雪诣石湖[2]。止既月，授简索句，且征新声[3]。作此两曲，石湖把玩不已，使工妓隶习之[4]，音节谐婉，乃名之曰《暗香》《疏影》。

旧时月色，算几番照我，梅边吹笛。唤起玉人，不管清寒与攀摘[5]。何逊而今渐老[6]，都忘却春风词笔。但怪得、竹外疏花[7]，香冷入瑶席[8]。　江国[9]，正寂寂。叹寄与路遥[10]，夜雪初积。翠尊易泣[11]，红萼无言耿相忆[12]。长记曾携手处，千树压、西湖寒碧[13]。又片片、吹尽也，几时见得？

【题解】

此词与《疏影》皆应范成大之请而创制。首句从调名本意引出，“旧时月色”是指北宋承平时代林逋咏梅之际的月色，隐然有刘禹锡所谓“淮水东边旧时月”之意，开篇即含今昔兴亡之感。“算几番照我”四句便回顾少时赏梅韵事：月下玉人，笛里花香，那是何等情致，何等境界！“何逊而今”四句折回难堪之现实：尽管竹外疏花，暗香如故，而自己垂垂老矣，无复当年风韵与才情。更使作者悲伤的是，南北隔绝，寄情无由，顿生咫尺天涯之感。下片“江国”四句化用典故，抒写北地沦陷，音问难通的忧愤，从而不仅抒发了怀人之情，更寄寓了深沉的故国之思。“翠尊”二句传写梅花心事，特意标出“泣”“忆”二字，仍是眷眷不忘北地故国之意。最后四句落笔于西湖之梅花，既承题意和首句，切合林逋孤山之梅，又接上片所言少年情事，但昔盛今衰，盛时“压千树寒碧”，衰时“片片飞尽”，则又有慨于今，不胜怅然了。细绎全词，其中固然有身世浮沉之感，但更多的却是家国兴亡之慨。当然，由于艺术趣味以醇雅为归，他的这类作品大都寄托无痕，但在曲折深婉的唱叹中，我们仍可看出深深的时代印痕。

【注释】

①辛亥：宋光宗绍熙二年（1191）。　②载雪：即冒雪。诣：前往。石湖：范成大晚年退居苏州西南之石湖，自号石湖居士。　③征新声：征求新的词调。　④隶习：学习，练习。　⑤“唤起”二句：写过去与美人一同冒着清寒攀摘梅花的韵事。贺铸《浣溪沙》：“玉人和月摘梅花，东风寒似夜来些。”玉人：美人、佳人。与：共同。　⑥何逊：南朝梁代诗人，曾在扬州作《咏早梅》诗。这里以何逊自比，感叹年华老大，诗兴衰减。⑦竹外疏花：竹林外稀疏的梅花。苏轼《和秦太虚梅花诗》：“竹外一枝斜更好。”　⑧瑶席：座席的美称。　⑨江国：江乡。　⑩寄与路遥：路途遥远，难以寄赠。暗用南朝陆凯寄范晔诗：“折梅逢驿使，寄与陇头人。”　⑪翠尊：翠绿色的酒杯。此指酒。　⑫红萼：红花。此指红梅。　⑬“千树”句：写梅花盛开时节，千树红梅与一湖碧波相映成趣的景象。

疏　影

苔枝缀玉[①]，有翠禽小小，枝上同宿。客里相逢，篱角黄昏，无言自倚修竹[②]。昭君不惯胡沙远[③]，但暗忆、江南江北。想佩环、月夜归来[④]，化作此花幽独。　犹记深宫旧事[⑤]，那人正睡里[6]，飞近蛾绿[7]。莫似春风，不管盈盈[8]，早与安排金屋[9]。还教一片随波去，又却怨、玉龙哀曲[10]。等恁时、重觅幽香[11]，已入小窗横幅[12]。

【题解】

前词写梅香，此词写梅影，通篇章法亦用今昔对比。“苔枝”三句写翠禽的安适之态和玉梅的雅洁之美，而着力凸现梅禽相并之影，以喻“旧时”。“客里”三句，化用杜甫《佳人》诗意，将玉梅幻作佳人倚竹的凄清孤单之影，以喻“而今”。“昭君”二句，旧典新用，异想天外。宋时称梅花为返魂香，作者由此推想这清怨的梅花，乃是身陷异域的昭君“魂兮归来”所化，从而给这一典故赋予了新的时代内容，凝结着仍在北方流离沦落者的无限怨恨。而“但暗忆、江南江北”便直接托出了故国之思，连“北”字出韵也无所顾忌了。下片先用寿阳公主梅花妆事，又是有关宫廷的梅花故实。“莫似春风”五句，深怪春风太不顾惜梅花，任其飘零，而梅花则只能在一曲《梅花落》中永远倾诉着它的哀怨了。结尾两句说梅花落尽，只有在画里尚留有它的疏枝倩影，亦“画图省识春风面”之意。全篇随感引发，联类托想，用笔超妙空灵。两首咏物词，从梅香、梅影，写出梅魂、梅恨，且家国兴亡之感郁勃其中。因此，周济《介存斋论词杂著》称赞它们“寄意题外，包蕴无穷，可与稼轩伯仲”。后王沂孙作咏物词，多有寄托，即是专学姜夔这种作法。

【注释】

①苔枝缀玉：梅花像玉一般点缀在长满苔须的梅枝上。据范成大《梅谱》载，绍兴、吴兴一带的古梅“苔须垂于枝间，或长数寸，风至，绿丝飘飘可玩。”　②“无言”句：杜甫《佳人》诗：“天寒翠袖薄，日暮倚修竹。”此化用其意，把梅花比作孤独高洁的美人。　③昭君：汉元帝时宫女，后奉

诏远嫁为匈奴单于妻。 ④佩环：女子饰物。此借指王昭君。杜甫《咏怀古迹》之三："画图省识春风面，环佩空归月夜魂。" ⑤深宫旧事：指寿阳公主梅花妆事。《太平御览·时序部》引《杂五行书》："宋武帝女寿阳公主人日卧于含章殿檐下，梅花落公主额上，成五出花，拂之不去，……宫女奇其异，竟效之。今梅花妆是也。" ⑥那人：指寿阳公主。 ⑦蛾绿：即黛眉。⑧盈盈：仪态美好的样子。《古诗》："盈盈楼上女。"此借指梅花。⑨安排金屋：据《汉武故事》载，汉武帝幼时曾对姑母说："若得阿娇作妇，当作金屋贮之也。"此用以表示惜花之意。 ⑩玉龙：笛名。林逋《霜天晓角》词："甚处玉龙三弄，声摇动，枝头月。"笛曲有《梅花落》，其声哀怨。"玉龙哀曲"，指此。 ⑪恁时：那时。 ⑫横幅：画幅。

点绛唇

丁未冬过吴松作①

燕雁无心②，太湖西畔随云去。数峰清苦。商略黄昏雨③。　　第四桥边④，拟共天随住⑤。今何许。凭栏怀古。残柳参差舞。

【题解】

此词虽为小令短章，但其包孕之广，气象之大，实属罕见。词人几与自然同在，与古人尚友，在时间、空间双向上作深广之延伸，正可见其襟膺之洒落，胸怀之高远。上片写景，而自然之景与心中之境融会无痕。燕（yān）雁随云，是雨前景象，引发后句"黄昏雨"。但又何尝不是词人湖海飘零生涯的写照，何尝不是纯任天然之性情的明示？"数峰清苦，商略黄昏雨"，这是历来传诵不衰的名句，岁暮天寒，山容萧瑟，词人却着以"清苦"二字，运用通感手法而使山峰形象更其神似且饶有意味，显然已将作者自己凄凉之客思融入其中。“商略”二字，卓人月评为“诞妙”。雨意酣浓，垂垂欲下，数峰清苦，似有不甘而又无奈。这是江南烟雨之景，又是南宋国运风雨飘摇之写照。参读结处三句此意自明。换头两句正面点题，揭明之所以过吴松而作此词之本意。同样的性情、怀抱与遭际，使作者对陆龟蒙产生了深深的仰慕和心仪。结处三句感时伤世，以“残柳参差舞”五字了之，笔力无限。柳已残，故舞亦参差，但虽残而犹舞，苍凉之中实寓悲壮。上下片结句前呼后应，写出了“凭栏怀古”（亦即伤今）的一番深沉慨叹。全词将身世之感与家国之悲融成一体，且处处以景托情，以景结意，种种寄托尽在虚处，确实有“野云孤飞，去留无迹”之妙。

【注释】

①宋孝宗淳熙十四年（1187），白石自湖州往苏州谒范成大，道经吴松而作此词。吴松：又名松江、松陵、笠泽，即今江苏吴江。②燕（yān）雁：犹言北雁。燕，地名，指北地。③商略：犹言商量、筹划、酝酿。④第四桥：《苏州府志》：“甘泉桥一名第四桥，以泉品居第四也。”⑤天随：唐陆龟蒙自号天随子，隐居松江甫里，有《甫里集》。

踏 莎 行

自沔东来，丁未元日至金陵，江上感梦而作①

燕燕轻盈，莺莺娇软②。分明又向华胥见③。夜长争得薄情知④？春初早被相思染。　别后书辞⑤，别时针线。离魂暗逐郎行远。淮南皓月冷千山，冥冥归去无人管⑥。

【题解】

念别伤离之作，或直抒情怀，痛快淋漓；或从对方落笔，委婉深至。此词紧扣“感梦”主题，以梦见情人起，以情人魂归结，意境浑成。中间五句则从对方落笔，情致缠绵。开头三句借“莺莺”“燕燕”以称意中人，已见其缠绵恩爱情状，又以“轻盈”“娇软”摹其体态声情，都可见出词人眷念之深沉。梦中相见而曰“分明”，则对方音容笑貌记忆犹新亦可见，与又过十年后“梦中未比丹青见”者有别。以下“夜长”五句，纯以梦中情人自述出之，深怨“薄情”郎太不怜惜自己深重的相思之苦。“别时针线”密缝，却仍是迟迟不归；“别后书辞”常寄又怎能排遣我深重的离愁？于是只能遣梦魂远随你到那天涯海角。末二句则写梦醒后作者想象情人梦魂归去的情景：月下千山，冷寂凄清，她就这样归去而无人照管。体现了作者深深的怜惜之情，负疚之感。此二句化用杜甫诸诗意境而做到浑融无迹，因而深受王国维激赏，谓“白石之词，予所最爱者，亦仅二语：‘淮南皓月冷千山，冥冥归去无人管。’”（《人间词话》删稿）

【注释】

①丁未：宋孝宗淳熙十四年（1187）。元日：阴历正月初一。　②燕燕、莺莺：指所恋女子。轻盈：指体态；娇软：指声音。　③华胥：谓梦中。《列子》载，黄帝曾昼寝而梦游于华胥氏之国，后常借华胥以指代梦。　④薄情：少情、寡情。此为昵称。　⑤书辞：书信翰墨。　⑥“淮南”二句：融化杜诗《梦李白》“魂来枫林青，魂返关塞黑”、《咏怀古迹》“画图省识春风面，环佩空归月夜魂”句意。淮南：指安徽合肥，宋时属淮南路。

鹧 鸪 天

元夕有所梦[1]

肥水东流无尽期[2]，当初不合种相思[3]。梦中未比丹青见，暗里忽惊山鸟啼[4]。　春未绿，鬓先丝，人间别久不成悲。谁教岁岁红莲夜[5]，两处沉吟各自知。

【题解】

在白石怀恋合肥情人诸词中，此首最为显豁。首句以肥水起兴，兴中含比。不仅交待了这段情缘的发生地，而且写出了此时词人沉思遥想之状。岁月悠悠，别恨悠悠，故而次句翻怨当初不该种下这段相思情缘。着一“种”字，意蕴丰富，不仅为切合相思树，赋予抽象的相思以形象感，而且还表达了树大根深，与时俱增的离恨。刻骨相思，遂致入梦，故三、四句点明题面“有所梦”而分写梦中与梦醒。只因岁月流逝，梦中所见伊人形象也已朦胧难辨，反不如丹青图画看得真切。平日总觉丹青不如真容，此时又觉梦中未比丹青，待到“忽惊山鸟啼”后，遂使这“未比丹青见”的朦胧形象也消失殆尽，因而更增怅恨。两句之中，三折其意，愈折愈深。换头两句“春未绿”，先给人以春满人间尚有时之希冀，而“鬓先丝”则又给人以老境无多、情怀非昨之悲哀。到了“人间别久不成悲”一句，则将多年的相思之苦、别离之恨高度浓缩，做出哲理性的表达。曰“不成悲”，恰恰是深重悲愁积压沉淀的集中体现，因而才有结拍“两处沉吟”的个中况味。而以“谁教”这样似问似慨语气出之，韵味更见深长。全词以清刚之笔写秾丽之情，别具一种清峭隽永之情韵。

【注释】

①姜夔青年时代在合肥曾有过一段情遇，后因某种原因不得已而分手。在长期飘泊生涯中，他写了一系列深切怀念对方的词篇。宋宁宗庆元三年（1197）元夕之夜，他做了一个重见往日情人的梦，梦醒后写下此词。此时离合肥初遇已有二十余年。 ②肥水：亦作淝水，有东、西两支，此指东流经合肥入巢湖的一支。 ③种相思：红豆名相思子，为相思树之果实，因树故曰种。 ④“山鸟啼”句：谓梦中被啼鸟惊醒，时已从夜到晓。 ⑤红莲：指花灯。欧阳修词有“纤手染香罗，剪红莲满城开遍”。

齐 天 乐

丙辰岁①，与张功父会饮张达可之堂②，闻屋壁间蟋蟀有声，功父约予同赋，以授歌者。功父先成，辞甚美。予徘徊茉莉花间，仰见秋月，顿起幽思，寻亦得此。蟋蟀，中都呼为促织③，善斗，好事者或以三二十万钱致一枚，镂象齿为楼观以贮之④。

庾郎先自吟愁赋⑤，凄凄更闻私语。露湿铜铺⑥，苔侵石井，都是曾听伊处。哀音似诉，正思妇无眠，起寻机杼⑦。曲曲屏山，夜凉独自甚情绪。 西窗又吹暗雨。为谁频断续，相和砧杵⑧。候馆迎秋⑨，离宫吊月⑩，别有伤心无数。豳诗漫与⑪，笑篱落呼灯⑫，世间儿女。写入琴丝，一声声更苦。

【题解】

序中明言，作者与张镃会饮闻蟋蟀之声，因而相约同赋，张词先成，即被郑文焯评为“清隽幽美”“有观止之叹”的《满庭芳·促织儿》。佳作在前，白石只有另辟蹊径，舍其形而咏其声。词以六种声音（吟声、私语声、机杼声、雨声、砧杵声、琴声）来衬托蟋蟀声，突出其哀愁色彩。开篇即从听蟋蟀者切入，以“生平最萧瑟”的庾信作为不得志的骚人代表，入笔便形成浓重的悲愁氛围。“露湿”三句拓宽空间，借以触发更其广泛的人事。先续写思妇念远而起织的机杼声，并由“夜凉”二字暗转，引发过片处窗外的“暗雨”声，又以“雨声”绾合上下片，使机杼声，砧杵声同处于秋风秋雨的萧索凄苦氛围之中，场景也就从室内向溪边转移。“候馆”三句，包举广阔，一切漂泊沦落者对秋月、听虫鸣时各自“别有伤心”之情尽在其中。在将悲情推向极致以后，笔锋陡转，以“豳诗漫与”一句转折，去写小儿女“篱落呼灯”的乐趣，“以无知儿女之乐，反衬出有心人之苦，最为入妙。”（陈廷焯《白雨斋词话》）

【注释】

①丙辰：宋宁宗庆元二年（1196）。 ②张功父：张镃，字功父。张达可：张镃旧字时可，与达可当为弟兄。 ③中都：指已沦陷的中原旧都汴京。李清照《永遇乐》（落日镕金）所说“中州盛日”的中州与此中都所指相同。 ④楼观：楼台，此指镂刻成楼台形状的笼子。 ⑤“庾郎”句：庾郎，指庾信，曾作《哀江南赋》《伤心赋》《愁赋》。《愁赋》今不传。 ⑥铜铺：铜制螺形铺首，安于门上以衔环。 ⑦机杼：织具。机以转轴，杼以持纬。 ⑧砧杵：捣衣石和捣衣棒。 ⑨候馆：客馆。《周礼·地官》“五十里有市，市有候馆。” ⑩离宫：行宫。古帝王出巡时暂住的宫殿。 ⑪豳诗漫与：《诗经·豳风·七月》写蟋蟀“七月在野，八月在宇，九月在户，十月蟋蟀入我床下。” ⑫“篱落呼灯”二句：写儿童夜间捉蟋蟀的活动。

念　奴　娇

余客武陵[1]，湖北宪治在焉[7]。古城野水，乔木参天。余与二三友日荡舟其间，薄荷花而饮[3]，意象幽闲，不类人境[4]。秋水且涸，荷叶出地寻丈[5]，因列坐其下，上不见日，清风徐来，绿云自动。间于疏处窥见游人画船，亦一乐也。揭来吴兴[6]，数得相羊荷花中[7]。又夜泛西湖，光景奇绝。故以此句写之。

闹红一舸，记来时、尝与鸳鸯为侣。三十六陂人未到[8]，水佩风裳无数[9]。翠叶吹凉，玉容销酒[10]，更洒菰蒲雨[11]。嫣然摇动，冷香飞上诗句[12]。　　日暮青盖亭亭，情人不见，争忍凌波去[13]。只恐舞衣寒易落，愁入西风南浦。高柳垂阴，老鱼吹浪，留我花间住。田田多少[14]，几回沙际归路。

【题解】

这首《念奴娇》词在摄取荷花神理的基础上，更将荷花加以人格化，亦花亦人，交融难分。词从荷花盛时写起，“闹红”二字从“红杏枝头春意闹”化出，极写花开盛况。以下便对“闹红”二字作多方面的渲染和摹写：在那人迹罕到的荷花世界里，水波荡漾，绿叶翻飞，对对鸳鸯也在此悠然戏水。境界清幽，确实“不类人境”。荷花仙子则玉脸泛红，嫣然微笑，吐出清冷的幽香。以人喻花，以花喻人，皆于空际传神，意在言外。尤其是“冷香飞上诗句”一句，想象独特，借用通感手段，把荷花那缕缕幽香转化为诗的灵感，竟使诗句亦熏染上了清幽的荷香。下片由盛到衰，写人花依依惜别情怀。“争忍凌波去”，已见一层惜别；“愁入西风南浦”，则更进一层；“留我花间住”，又是一层惜别。如果说上片是以动态之美传荷花之神理，那么，下片则是以人花的情感交流写花之深情了。此词虽不必言寄托也已美不胜收，若定说有何寄托，则词人对荷花的深情爱恋，正寄托着他对“出淤泥而不染”的高洁理想的追求。

【注释】

①武陵：今湖南常德，宋名郎州武陵郡。 ②湖北宪治在焉：宋荆南荆湖北路提点刑狱官署在武陵。 ③薄：迫近。 ④不类：不像。 ⑤寻：八尺。 ⑥揭（hé）来：即来到。揭，发语词，无义。 ⑦相羊：犹“徜徉”，徘徊，游览。 ⑧三十六陂：极言其多、广。陂：水塘。 ⑨水佩风裳：指荷花荷叶。李贺《苏小小歌》“风为裳，水为佩。” ⑩玉容销酒：形容粉红色的荷花，犹如美人玉脸酒晕渐消。 ⑪菰蒲：水草。 ⑫飞上诗句：被写入诗句中。 ⑬争忍凌波去：谓荷花怎忍像洛神那样凌波而去。争，怎。 ⑭田田：荷叶茂盛的样子。《古乐府》：“江南可采莲，莲叶何田田。”

淡 黄 柳

客居合肥城南赤阑桥之西，巷陌凄凉，与江左异①，惟柳色夹道，依依可怜②。因度此阕③，以纾客怀④。

空城晓角，吹入垂杨陌⑤。马上单衣寒恻恻。看尽鹅黄嫩绿，都是江南旧相识。 正岑寂⑥。明朝又寒食⑦。强携酒，小桥宅⑧。怕梨花落尽成秋色[9]。燕燕飞来，问春何在，惟有池塘自碧。

【题解】

张炎曾以“清空骚雅”推许此词，而清空则尤为显著。词的上片写景，景中寄慨，暗寓飘零之感；下片叙事，寓迟暮之悲，而弥漫全篇的则是战后芜城的岑寂荒凉氛围。首句“空城晓角”照应序中“巷陌凄凉”，与《扬州慢》“清角吹寒，都在空城”意境相仿，而更为空灵，以下“垂杨陌”“鹅黄嫩绿”则照应序中“柳色夹道，依依可怜”。由鹅黄到嫩绿柳色的变化，表明时序已从早春度入暮春；“看尽”二字则表明除柳色变换之外，一无可看，故而更增客怀之凄恻。过片“正岑寂”三字束上笼下，既是上片听觉、肤觉、视觉三方面感受的总结，又是以下寂寞之情的引发。只因“怕梨花落尽成秋色”，故“强携酒，小桥宅”。表明他本无意绪而勉强邀情人同游。着一“怕”字，语极委婉。在客怀凄恻的游子看来，无花即是秋了，寓有深沉的迟暮之悲。末三句借燕燕之一问，表现春尽无花之叹，又以“池塘自碧”一句景语作答，收束全篇，韵味悠然，而空寂之感也就更显深沉。

【注释】

①江左：谓长沙以东之地，即今江苏等处。 ②依依可怜：《诗经》：“昔我往矣，杨柳依依。”怜，爱。 ③度此阕：制曲曰度曲。乐终曰阕。 ④纾：解。 ⑤陌：市中街道。 ⑥岑寂：鲍照《舞鹤赋》：“去帝乡之岑寂。”注：“岑寂，犹高静也。” ⑦寒食：清明前二日。相传晋文公焚林求介之推，之推抱木而死。文公哀之，禁止这天用火。后世遂有寒食之俗。 ⑧小桥宅：大桥、小桥为东吴美女。桥，原为姓。见《三国志·吴志·周瑜传》。后来多省作“乔”。此词中“小桥宅”指合肥恋人之宅。以小

桥比恋人，其美可知。白石《解连环》词有“为大乔能拨春风，小乔妙移筝，雁啼秋水”句，有人推测，白石在合肥有情人为姊妹二人。　⑨“怕梨花”句：李贺诗：“梨花落尽成秋苑。”

翠　楼　吟

淳熙丙午冬，武昌安远楼成[①]，与刘去非诸友落之[②]，度曲见志。予去武昌十年，故人有泊舟鹦鹉洲者，闻小姬歌此词[③]，问之，颇能道其事，还吴为予言之[④]。兴怀昔游，且伤今之离索也。

月冷龙沙[⑤]，尘清虎落[⑥]，今年汉酺初赐[⑦]。新翻胡部曲[⑧]，听毡幕[⑨]、元戎歌吹[⑩]。层楼高峙。看槛曲萦红，檐牙飞翠。人姝丽。粉香吹下，夜寒风细。　此地。宜有词仙，拥素云黄鹤[⑪]，与君游戏[⑫]。玉梯凝望久，叹芳草、萋萋千里[⑬]。天涯情味。仗酒祓清愁，花销英气。西山外。晚来还卷，一帘秋霁[⑭]。

【题解】

此词为庆贺安远楼落成而作，故开篇数句即就楼名“安远”二字展开，描绘了一番边境上“月冷”“尘清”的和平安定气氛。楼成之喜，又逢高宗八十大寿，犒赐内外诸军，一派升平气象。词人以静态的环境描绘与动态的人物摹写，生动地表现了文臣武将宴饮狂欢的景象。但在看似颂扬的笔墨背后，却隐含着中原未复而胡曲翻新的深深叹惋。下片由上面的景中含情转为直接的抒情言志，化用神话传说和前人诗意，以虚实相间的笔触抒写自己因仕进无路而漂泊四方、寄食他人的身世之慨。因而，空前盛会亦觉索然无味，反而顿生寂寞惆怅之感与乡关之念，只有靠流连杯酒与光景来消磨曾有过的英豪之气，排遣郁闷无端的闲愁了。最后三句稍作振起，化用唐代王勃《滕王阁序》中“朱帘暮卷西山雨”句，而又改“雨”为“霁”，则境界稍转疏朗。以景作结，寄寓了一种对理想生活的追求，对未来国事的期待。

【注释】

①安远楼：即武昌南楼。 ②刘去非：生平事迹不详。 ③小姬：歌妓。 ④还吴：回到浙江吴兴。 ⑤龙沙：指塞外沙漠之地。 ⑥虎落：遮护城堡或营寨的竹篱，为防边而设。 ⑦汉酺（pú）：《汉书·文帝纪》：“十六年九月，得玉杯，刻曰：‘人主延寿，令天下大酺。’出钱为醵，出食为酺。”《正义》曰：“天下欢乐，大饮酒也。”酺，聚会饮酒。 ⑧胡部曲：北周、隋以来从西域传入的西北各民族的音乐。 ⑨毡幕：北方少数民族用毡幕代屋，军队亦如此。即帐篷。 ⑩元戎歌吹：反映军队生活的歌词乐曲。元戎，兵车。 ⑪素云黄鹤：素云：即白云。黄鹤，《寰宇记》载：费文祎登仙，常乘黄鹤，憩于武昌城楼，故名黄鹤楼。 ⑫与君游戏：意即与参加安远楼盛会诸人同乐。 ⑬“叹芳草”句：化用崔颢《黄鹤楼》诗“芳草萋萋鹦鹉洲。” ⑭“西山外”三句：王勃《滕王阁序》有句云：“虹销雨霁，彩彻云衢。落霞与孤鹜齐飞，秋水共长天一色。”又云：“画栋朝飞南浦云，朱帘暮卷西山雨。”姜词三句隐括其意。

凄 凉 犯

合肥巷陌皆种柳，秋风夕起骚骚然。予客居阖户[1]，时闻马嘶。出城四顾，则荒烟野草，不胜凄黯，乃著此解[②]。琴有凄凉调，假以为名。凡曲言犯者，谓以宫犯商、商犯宫之类，如道调宫“上”字住，双调亦“上”字住，所住字同[③]，故道调曲中犯双调，或于双调曲中犯道调，其他准此。唐人乐书云：“犯有正、旁、偏、侧；宫犯宫为正，宫犯商为旁，宫犯角为偏，宫犯羽为侧。”此说非也。十二宫所住字不同，不容相犯。十二宫特可犯商、角、羽耳。予归行都[④]，以此曲示国工田正德[⑤]，使以哑觱栗角吹之[⑥]，其韵极美。亦曰《瑞鹤仙影》。

绿杨巷陌。秋风起、边城一片离索。马嘶渐远，人归甚处，戍楼吹角。情怀正恶。更衰草、寒烟淡薄。似当时、将军部曲[⑦]。迤逦度沙漠。　　追念西湖上，小舫携歌，晚花行乐。旧游在否，想如今、翠凋红落。漫写羊裙[⑧]，等新雁、来时系著。怕匆匆、不肯寄与误后约。

【题解】

此词大约作于光宗绍熙元年（1190）。这时，淮河已成宋金边界，作为淮南重镇的合肥，屡遭兵燹，已是一片荒凉。多情善感的词人驻足于这“荒烟野草”的凄凉氛围中，感触遥深，“不胜凄黯”，写下了这首自度曲。上片即写边城的荒凉景象。先从听觉角度写边城之离索。作者把秋风中柳树的“骚骚”声，战马的嘶鸣声，以及空中回荡的号角声组合在一起，形成一种肃杀凄凉的气氛。在这样的氛围中，词人已是“情怀正恶”了，更何况眼中所见，又是这么一幅惨淡的图景“衰草寒烟淡薄”。歇拍两句作者又将听觉、视觉两方面的印象化为一个奇特的比喻：走在这座名城里，就像随将军出塞的部卒，行进在荒无人烟的沙漠上。这一妙喻，既丰富了悲慨的内涵，又拓宽了词境。换头入往日西湖冶游的回忆，而以“旧游在否”一问振起词意；问而不答，转写荷花之凋落；又由花到人，最后落到怀人上，怀人心切却又欲见无由，则更增情怀之恶。全词在精健峭拔的情调中，写出了彼时彼地的黍离之悲。

【注释】

①阖（hé）户：闭门。　②解：乐曲以一章为一解。词为配乐文学，故亦称解。　③住字：即杀声，指一个曲子的结尾之音。　④行都：指临安，今浙江杭州。　⑤田正德：南宋著名乐工，隶德寿宫，见周密《武林旧事》卷四。　⑥哑觱（bì）栗角：《中乐寻原》：“哑觱栗即今头管，其制：以竹为管，而无筛式之增音器，软芦为哨，长寸余，音圆而和，下于笛而高于箫。”　⑦部曲：行伍。《续汉书·百官志》云：将军领军，皆有部曲。大将军营五部，部有校尉一人。部下有曲，曲有军候一人。　⑧写羊裙：《南史·羊欣传》：欣年少而工书法，王献之深爱之。羊欣曾穿着新绢裙（古代男子也穿裙）昼寝，王献之在他的裙上挥笔题字而去。羊欣藏裙苦练，由此书法弥善。

程　珌（1164—1242）

字怀古，自号洺水遗民。休宁（今属安徽）人。绍熙四年（1193）进士。历官翰林学士知制诰，进宝文阁学士，出知福州，兼福建路安抚使，封新安郡侯，以端明殿学士致仕。有《洺水集》二十六卷，《洺水词》一卷。

水调歌头

登甘露寺多景楼望淮有感

天地本无际，南北竟谁分。楼前多景，中原一恨杳难论。却似长江万里，忽有孤山两点①，点破水晶盆②。为借鞭霆力③，驱去附昆仑④。　望淮阴，兵冶处⑤，俨然存。看来天意，止欠士雅与刘琨⑥。三拊当时顽石⑦，唤醒隆中一老⑧，细与酌芳尊。孟夏正须雨，一洗北尘昏。

【题解】

这是一首感情饱满，气势豪迈的爱国词章，词人登上多景楼北望淮河，触发起国土破碎的一腔悲愤。起笔二句即望淮兴叹，一淮之隔竟把祖国大地分为南北两半。“竟谁分”这苍茫一问，锋芒直指最高统治者。三、四句以多景楼承接，并由眼前之“多景”引出了疮痍（chuāngyí）满目的中原，抒发满腔家国之恨。“却似”四句，用一比喻揭明金瓯（ōu）有缺，江山失却半壁。表示要用鞭挞雷霆的力量把长江中的金、焦二山赶走，也即驱除鞑虏，收复失地之意。下片仍以望淮发端。作者似乎望见了当年祖逖在淮阴冶铸兵器的故址。“看来”二句，怀古伤今：收复中原是人心所向（天意），只是缺少像祖逖、刘琨那样的民族英雄罢了。“三拊”三句欲唤醒诸葛亮与之商议北伐大计，充分表现了对统一大业的关切。结尾两句既点明时令，又以景结情；既表明了中原人民的渴望，又充满了必胜的信心。全词激昂慷慨，声情激越，给人以奋发的力量。

【注释】

①孤山两点：京口附近的长江中有金、焦二山。 ②水晶盆：喻指长江。 ③鞭霆：鞭挞雷霆。 ④驱去附昆仑：因昆仑山周围万山攒聚，故作者想象那才是山的世界，要把金、焦二山赶回山的老家去。 ⑤兵冶处：晋代祖逖（tì）北伐时，渡江扎营于淮阴，曾在那里冶铸兵器。 ⑥士雅与刘琨：祖逖字士雅，与刘琨友善，素以恢复大业互相勉励，终于功成业就。 ⑦拊：拍。顽石：即指甘露寺内之“恨石”。参见姜夔《永遇乐》“云隔迷楼”注② ⑧隆中一老：指诸葛亮。

戴复古（1167—？）

字式之，号石屏，天台（今属浙江）人。因仕途不通，一生清苦，浪游大半个南中国，最后隐居于故乡南塘石屏山下。以诗鸣于江湖间，亦工词。有《石屏集》十卷，《石屏长短句》一卷。

水调歌头

题李季允侍郎鄂州吞云楼①

轮奂半天上②，胜概压南楼。筹边独坐，岂欲登览快双眸。浪说胸吞云梦③，直把气吞残虏，西北望神州。百载一机会④，人事恨悠悠。 骑黄鹤⑤，赋鹦鹉⑥，谩风流。岳王祠畔⑦，杨柳烟锁古今愁。整顿乾坤手段，指授英雄方略，雅志若为酬⑧。杯酒不在手，双鬓恐惊秋。

【题解】

本词为登楼题咏之作，故上片从楼切入，引出楼之主人。开篇两句突兀而起，直写吞云楼之胜概：它那高耸入云的雄壮气势足以压倒古今驰名的南楼。三、四句突作逆转，以“岂欲”二字对登临游赏之雅兴作了否定，而突出其“筹边独坐”的忧国忧民形象。“浪说”三句，借司马相如《子虚赋》中乌有先生的夸夸之谈，而又更翻进一层：别说是“胸吞云梦”，登上此楼北望中原，简直有“气吞残虏”的气概。至此，词人已是激情高扬。然而，当他反观现实，却又怅恨不已。在宋兵连挫金兵锐气的大好形势下，朝廷却依然不敢北进，只为门户私计而错失良机，因此有“人事恨悠悠”之叹。由此转向下片“古今愁”的抒写。词人楼头送目，缅怀古人。由黄鹤楼而想到仙境理想幻灭之愁；由鹦鹉洲而想到汉代祢衡的“焉如”之叹；还有那岳王祠边如烟的杨柳，仿佛也在说着岳飞的遗恨。“整顿”二句是词人对李侍郎寄予的厚望，但“人事”难问，“雅志”难成，这今愁就显得更为深沉。此词不仅写楼之形，而且传人之神，充满壮怀激烈的豪情。

【注释】

①宋宁宗嘉定十四年（1221），金兵扰黄州、蕲州一带，南宋军队一再击败来犯之敌，民心振奋，造成了一种极为有利的抗金形势。这年李季允（名埴）出任沿江制置副使兼知鄂州（今武昌），修建下吞云楼。此时戴复古正逗留武昌，登高楼而览胜，写下此词。 ②轮奂：借用《礼记·檀弓》中称美宫室落成的话：“美哉轮焉，美哉奂焉。”此用以形容吞云楼之华美、壮观。 ③胸吞云梦：《子虚赋》中齐国的乌有先生对楚国使者子虚夸说齐地之广大：“吞若云梦者八九，于其胸中曾不蒂芥。” ④百载一机会：参见

注①。 ⑤骑黄鹤：用唐崔颢《黄鹤楼》诗意，用以指求仙理想幻灭之愁。 ⑥赋鹦鹉：汉代文学家祢衡曾作《鹦鹉赋》，文采惊人，但却有“颐六翮之残毁，虽奋迅其焉如”之叹息。 ⑦岳王祠：即岳王庙，各地为纪念民族英雄岳飞而建。 ⑧若为：怎样，如何。

史达祖（1163—1220？）

字邦卿，号梅溪，汴（今河南开封）人。曾游幕于扬州及荆江、汉水一带。后为韩侂胄宵堂吏，颇有权势。开禧北伐失败后，韩侂胄被杀，达祖也遭黥刑。其词长于咏物，用笔细腻工巧。间亦抒写家国之恨及身世之感。有《梅溪词》一卷。

绮罗香

咏春雨

做冷欺花[①]，将烟困柳[②]，千里偷催春暮[③]。尽日冥迷，愁里欲飞还住。惊粉重、蝶宿西园，喜泥润、燕归南浦。最妨它、佳约风流，钿车不到杜陵路[④]。 沉沉江上望极[⑤]，还被春潮晚急，难寻官渡[⑥]。隐约遥峰，和泪谢娘眉妩[⑦]。临断岸、新绿生时，是落红、带愁流处。记当日、门掩梨花[⑧]，剪灯深夜语[⑨]。

【题解】

此词以白描手法摹写春雨连绵的景象，通篇并未明白标出“雨”字，却又无一句不与题意紧相关合。起笔“做冷欺花”三句便揭破题意，使用拟人手法，既写春雨之形，又传春雨之神。“尽日”二句正面表现春雨情态。“尽日”与上句中“千里”呼应，一从时间上写春雨绵延之久，一从空间上写春雨散布之广。接写蝶、燕一因“粉重”而惊，一因“泥润”而喜。从而展示了春雨所造成的物理现象和情感效应。“最妨它”二句归结到人事，暗示春雨不仅使物惊物喜，还使人怨人愁。于是自然过渡到下片怀人之情。换头三句写主人公因旱路被阻，情约难践，转而想改走水路，无奈春潮奔涌，渡口也已淹没。“隐约”二句虚实互幻，情景相生。在他看来，远山被雨之态恰如伊人含泪蹙眉之状。“临断岸”二句，收回笔墨，以雨中近景抒发伤春惜花之情。“记当日”二句推开一层，追忆当年情事，以昔日雨夜剪灯共语之乐，反衬今日雨夜独对孤灯之苦，申足怀人之情。全词从多种角度对春雨作了尽态极妍的摹写，“融情景于一家，会句意于两得”（《词品》引姜夔语），以工巧轻圆独标一格。

【注释】

①做冷欺花：意谓春雨添寒，有妨花开。 ②将烟困柳：春雨迷蒙，如烟雾般笼罩着柳树。 ③偷催春暮：意谓沉阴天气容易黄昏。 ④钿车：装饰豪华的车乘。杜陵：汉宣帝坟墓，在今西安市长安区。当时其附近为富贵人家聚居地。故用来借指繁华街道。此句意谓道路泥泞，车子无法驶往杜陵赴约。 ⑤“沉沉”句：极目远望，江上暮霭沉沉，莽无边际。 ⑥官渡：公用的渡船。 ⑦谢娘：唐代歌妓名。后世用来泛指歌女。妩：媚好。 ⑧门掩梨花：李重元《忆王孙》词：“雨打梨花深闭门。” ⑨剪灯深夜语：李商隐《夜雨寄北》：“何当共剪西窗烛，却话巴山夜雨时。”

双 双 燕

咏 燕

过春社了[①]，度帘幕中间[②]，去年尘冷[③]。差池欲住[④]，试入旧巢相并。还相雕梁藻井[⑤]，又软语商量不定。飘然快拂花梢，翠尾分开红影。 芳径，芹泥雨润[⑥]。爱贴地争飞，竞夸轻俊。红楼归晚[⑦]，看足柳昏花暝[⑧]。应自栖香正稳，便忘了、天涯芳信[⑨]。愁损翠黛双蛾[⑩]，日日画栏独凭。

【题解】

这也是一首不出题字而形神俱肖的咏物杰作，向为后人所推崇。开篇三句点明燕子归来的时间和地点。飞去经年，而今重回旧日栖息之地，不免猜想帘幕中的老巢已积满灰尘，冷落不堪。“差池欲住”二句，刻画燕子辨认旧巢时的翻飞迟疑之状。“还相”二句尤堪玩味，写双燕对似曾相识的雕梁藻井细加审视，用笔已见活脱；而“软语商量”更将双燕完全人格化。“飘然”二句一实一虚，既显示了燕子的轻盈、敏捷，又通过翠尾与红影的相互映衬，使其形象更趋鲜明。过片“芳径”四句写双燕衔泥筑巢的“轻俊”风姿。“红楼”二句运思更是出神入化，谓燕子占尽春光，令人艳羡。“应自栖香”二句妙笔一转，想象燕子只顾自己安睡，忘了给闺中人捎去她期盼已久的书信，从而由单纯咏燕过渡到人、燕兼咏。结尾二句以思妇愁眉不展、倚栏翘盼远方佳音的形象作结，丰富了情感内涵，强化了抒情效果。咏物至此，诚如王士禛《花草蒙拾》所誉，“巧极天工矣”。

【注释】

①春社：指立春后第五个戊日，是祭祀土神的日子。每逢春社日，古代女子可以暂时放下女工，外出游玩。 ②度：揣度、猜测。一说，飞度，穿过。 ③尘冷：指旧巢冷落，布满灰尘。 ④差（cī）池：形容燕子飞翔时羽翼参差不齐的样子。《诗经·邶风·燕燕》：“燕燕于飞，差池其羽。” ⑤相：细看。藻井：中国古代木结构建筑中的构件，呈穹庐顶状，一般位于大型建筑内部的梁架上，饰以雕刻花纹、彩画等。 ⑥芹泥：带有芹草的泥。燕子喜衔芹泥筑巢，杜甫《徐步》诗“芹泥随燕嘴”可证。 ⑦红楼：富贵人家的居所。此指燕子巢居之处。 ⑧柳昏花暝：春天黄昏时柳色荫翳、花影迷蒙的景色。 ⑨“便忘了”句：意谓燕子忘了传递从远方带来的书信。晏几道《蝶恋花》：“远信还因归燕误。” ⑩翠黛双蛾：女子翠黛色的双眉。

临 江 仙

愁与西风应有约，年年同赴清秋。旧游帘幕记扬州。一灯人著梦，双燕月当楼①。 罗带鸳鸯尘暗淡②，更须整顿风流③。天涯万一见温柔。瘦应缘此瘦，羞亦为郎羞④。

【题解】

这是一首秋夜怀人之作。上片因秋怀人，借梦寄意；下片则从对方落笔，纯作悬想。起调两句发语奇警，不言因秋生愁，却说西风与愁同约赴秋，无理而妙。以愁与西风之间无端的默契来表现“悲秋”的传统主题，格高意新。“旧游”三句，逆插一笔旧游扬州时的往事，补写今日生愁之因。同是一轮皓月，梦中所见是当日的燕子双栖之状，一觉醒来却仍是孤灯独对。因而，更增醒后之凄凉。下片由上面梦境进而转入悬想之幻境，借对方之闺思来写自己怀人之情深。“罗带”三句刻画对方的心理状态。罗带生尘，可见不用已久；如今“更须整顿”，为了万一重见。其间失望而又希望、希望以至渴望的心理活动极其复杂，皆由一条鸳鸯罗带得到深刻体现。结尾二句尤见缠绵情深。由罗带而感知“瘦”，由万一见而想到“羞”。一片痴情在此得到了艺术的再现。全词感情真挚，蕴藉深沉，深得婉约之致。

【注释】

①“一灯”二句：意谓梦中仿佛又见到了当年皓月当空，双燕同栖的情景，一旦梦醒却仍是孤灯相伴。或以为醒后见双燕，与“西风”“清秋”季节不合；且“一灯”已明言入夜，双燕也应“栖香正稳”了，何以得见？　②罗带鸳鸯：即鸳鸯绣带，一种绣有鸳鸯图案的合欢带。　③整顿：犹言修饰、装扮。　④“瘦应”二句：元稹《莺莺传》载莺莺诗云：“不为旁人羞不起，为郎憔悴却羞郎。”

三　株　媚①

烟光摇缥瓦②。望晴檐多风，柳花如洒。锦瑟横床，想泪痕尘影③，凤弦常下④。倦出犀帷⑤，频梦见、王孙骄马⑥。讳道相思，偷理绡裙，自惊腰衩⑦。　　惆怅南楼遥夜，记翠箔张灯⑧，枕肩歌罢。又入铜驼⑨，遍旧家门巷，首询声价⑩。可惜东风，将恨与、闲花俱谢⑪。记取崔徽模样⑫，归来暗写。

【题解】

毛先舒论词："言欲层深，语欲浑成。"（《蒿庵论词》引）史达祖这首悼念亡妓的词就正体现了这一特点。词的起首三句写重访故妓时所见风急絮飞之景，暗寓凄恻之情。而后以一"想"字贯下，引发联想，写出伊人对作者的拳拳之心。"讳道"三句，一"讳"一"偷"，细腻深刻地揭示了女子的心理活动。过片"惆怅"三句词意又全由上片"锦瑟横床"生发而来，见锦瑟而思"琴瑟合好"，因而引起一番昔日爱情生活的回忆。"又入铜驼"五句笔锋逆转，写遍访旧家门巷情景及结果，与篇首取岭断云连之势。其中"可惜东风"二句，既有对闲花无主而沦落的同情，又有对东风无情摧残的怨恨。最后，借用典故表达了他那深切悼念之情，缠绵悱恻，不尽低回之致。全词通过种种回忆、联想等手法，前后勾连，回环吞吐，使上下片融为一体，竭尽层深之妙。情与景、人与物、初见与死别、昔欢与今悲，皆融于一体，更可见出此词气格之浑成。

【注释】

①此词当写于作者遭黥面流放、遇赦重回临安之后。按词中所写"王孙骄马"的富贵气象，初遇此妓应在词人任职中书省期间。在此之前他还是一个"一钱不直贫相逼"的穷书生。 ②缥瓦：即琉璃瓦。 ③泪痕尘影：她思念词人，回忆共处时的前尘影事，而泪流不止。 ④凤弦常下：意谓知音不在，无心理琴，以至琴弦也常常除下。 ⑤犀帷：对闺帷的美称。 ⑥王孙骄马：指词人骑马赴会情景。 ⑦自惊腰衩：为自己腰围瘦损、裙腰宽松而惊讶。 ⑧翠箔张灯：点上翠箔装饰的华丽的灯。 ⑨铜驼：本指洛阳的一条繁华街道。此借指临安的街道。 ⑩声价：本指名声、身份和地位，这里指消息、下落。 ⑪闲花：本指野花，无主之花，后世喻指妓女。 ⑫崔徽：据《丽情集》载："蒲女崔徽与裴敬中善。敬中去，徽极怨抑，乃托人写真致意曰：'为妾谢敬中，崔徽一旦不及卷中人，徽且为郎死矣。'"

满 江 红

中秋夜潮

万水归阴，故潮信、盈虚因月。偏只到、凉秋半破[1]，斗成双绝[2]。有物揩磨金镜净，何人拏攫银河决[3]？想子胥、今夜见嫦娥，沉冤雪[4]。　光直下，蛟龙穴；声直上，蟾蜍窟[5]。对望中天地，洞然如刷。激气已能驱粉黛，举杯便可吞吴越。待明朝、说似与儿曹，心应折[6]！

【题解】

史达祖被大部分人所接受的，是他那婉丽细密的词风，然而，这首咏中秋夜潮的《满江红》词却写得激昂慷慨，雄浑奔放。词起韵即以议论的笔调，概说了潮与月的关系：水属阴，而月为“太阴之精”，因此潮涨潮落与月紧密相关。“偏只到”二句合写潮月，以“凉秋半破”点题面之“中秋”；以“斗成双绝”惊叹那十五的满月和“连山喷雪”而来的江潮合成了天地壮观的“双绝”奇景。“有物”两句再作分写。词人以惊叹之语来盛赞造化之伟力，并由此联想到有关的神话传说，借言子胥忠愤抒发了词人对岳飞得到平反昭雪一事的感慨。换头四句，写月光直下海底，涛声直上月宫，境界壮阔，气势非凡，各自分写而又互为包容。接着“对望中天地，洞然如刷”二句又合而写之。上面是月光皎洁，下面是白浪喷雪，天地一片澄澈。面对此景，不由得激发起词人一腔豪情，要驱走胸中一切的儿女之情，而以扫清天下为己任。最后，以儿辈听后之“心折”来反托这情景之壮伟。全词紧扣月与潮，分合有致，章法井然；夸张的景物描写与强烈的主观抒情相结合，创造出雄伟壮阔的意境，体现了梅溪词沉郁顿挫中不失激昂慷慨的一面。

【注释】

①凉秋半破：秋天过了一半，即指中秋。 ②斗成双绝：合成双绝奇景。斗：拼合。 ③拏攫（nájué）：意即擎起，举起。 ④沉冤：伍子胥辅佐吴王夫差有大功，然而夫差轻信谗言，竟令子胥自刎，将其尸沉于江中。子胥死后，传说有人见他乘素车白马在潮头之中（见《太平广记》卷二九一）。 ⑤蟾蜍窟：即月宫。古代传说月中有蟾蜍精。 ⑥心折：江淹《别赋》："使人意夺神骇，心折骨惊。"意为心惊。

蝶恋花

二月东风吹客袂。苏小门前①，杨柳如腰细。蝴蝶识人游冶地，旧曾来处花开未？ 几夜湖山生梦寐。评泊寻芳②，只怕春寒里。今岁清明逢上巳③，相思先到溅裙水。

【题解】

这是一首描写冶游情事之作，构思别致，情味隽永。词从作者重返临安都城的所见写起。"二月东风吹客袂"，交待了这次归来的时间是在早春二月，"吹客袂"三字生动地透露了他一路风尘仆仆，急于赶来"寻芳"的迫切心情。果然，他征尘未洗就迫不及待地来到"苏小门前"，眼前呈现的仍然是细柳如丝的初春景象。词人内心里充满了"不见伊人"的担忧，情急之下，便有了下面两句对蝴蝶的痴心一问："蝴蝶识人游冶地，旧曾来处花开未？"过片三句折回到过去，借助梦境抒写他意欲早日得见伊人，与之同游湖山、共赏花月的渴望，以及"只怕"天不作美"寻芳"不成的担忧。透过词人委婉的笔法，从更深一层看，则实际上是写其愿望成空、伊人未见的失望之情。无奈之下只好寄希望于"清明逢上巳"的佳节，在清明踏青、上巳戏水的场景中再寻伊人倩影。词人巧妙地利用"溅裙水以消灾厄"的传统习俗，让自己的相思之意以"溅裙水"的意象出之，含蓄蕴藉，收到了言有尽而意无穷的艺术效果。

【注释】

①苏小：即南齐名妓苏小小。白居易有诗云："若解钱塘寻小小，绿杨深处是苏家。""苏小门前"，泛指当时临安城的青楼妓馆。 ②评泊寻芳：意谓在万花丛中评论哪朵花最美，在游女如云的人群中评论哪位倩女最美。 ③上巳：阴历三月上旬的巳日，旧俗这天妇女要到水滨戏水，或溅裙（洗濯裙子）以消灾厄。

高观国（生卒年不详）

字宾王，山阴（今浙江绍兴）人。与史达祖友善，常相唱和，有《竹屋痴语》一卷。

少 年 游

草

春风吹碧，春云映绿，晓梦入芳裀①。软衬

飞花，远随流水，一望隔香尘。　萋萋多少江南恨，翻忆翠罗裙[②]。冷落闲门，凄迷古道，烟雨正愁人。

【题解】

“咏物虽小题，然极难作，贵有不粘、不脱之妙。”（吴衡照《莲子居词话》）这就是说，既不能只停留于物貌、物性上，又要处处顾及物貌、物性。高观国的这首咏草词，虽通篇未出现一个“草”字，但又句句不离草，将草的神韵融化于词句之中。上片铺叙草的色、形、意，于景中含情。起首三句以春风领起，以春云加以衬托，再以逗人晓梦的芳裀加以比拟，写出了草的形色，也写出了草的神韵。“软衬飞花，远随流水”，继续从旁衬托，写其柔软、绵远的特征，并由“远”字暗渡，引发下句“隔香尘”之感兴，隐含怀人念远之幽情。可谓用笔空灵。换头两句承上片怀人之意绪，见草思人，化用古人词意而能浑融无迹。最后转为正面抒情，写出那凄迷如烟的离愁，颇具幽情远韵。

【注释】

①裀：同“茵”。垫子或褥子，以喻伏草之软。　②“萋萋”二句：秦观《八六子》词“恨如芳草，萋萋刬尽还生”，牛希济《生查子》词“记得翠罗裙，处处怜芳草”，即为此二句所本。

岳　珂（1182—1242）

字肃之，号亦斋，又号倦翁、东儿，汤阴（今属河南）人。岳飞之孙。宁宗朝权发遣嘉兴军府，兼管内劝农事，官至户部侍郎淮东总领。有《玉楮集》八卷，《桯史》十五卷。《全宋词》录其词八首。

祝英台近

北　固　亭

淡烟横，层雾敛，胜概分雄占。月下鸣榔[1]，风急怒涛飐[2]。关河无限清愁，不堪临鉴[3]。正霜鬓，秋风尘染。　漫登览[4]，极目万里沙场，事业频看剑[5]，古往今来，南北限天堑[6]。倚楼谁弄新声，重城正掩。历历数、西州更点[7]。

【题解】

这首感慨忠愤的《祝英台近》，当作于岳珂任淮东总领之时。词人夜登北固亭，江天骋望，层雾渐散，天边尚余一缕轻烟，一轮秋月，耳边只闻“鸣榔”时起，狂涛阵阵。这正是词人敏感到的危机四伏动荡时局的形象描述。“关河无限清愁”致使词人“不堪临鉴”，一则怕满目河只能“献愁供恨”；二则怕秋江临鉴，映见自己功业无成，徒然“尘染霜鬓”。于是，词的意脉自然贯入下片。登高极目，唯见万里沙场，词人不禁“频看剑”，徒悲伤，感叹有志报国，无力回天。“古往今来，南北限天堑。”实际上这正是对南宋统治者妄想凭借“天堑”划江而治的苟且行为的斥责。曲笔达意，借此抒发了一腔忠愤之情。然而，知音恨少，除了远处“重城”中微茫的歌声外，四处一片死寂，连江北扬州一带的更点声也历历可闻。词人借此清幽、寂寥的环境衬托出内心里深沉的孤愤。以景结情，意境深邈，意蕴无穷。

【注释】

①鸣榔：渔人以木条敲打船帮，使鱼受惊而入网。 ②飐（zhān）：风吹使颤动。 ③临鉴：原义为照镜子。此处关合上下文，承上则可解为临水而鉴；联下则用原义。 ④漫：空、徒然。 ⑤“事业”句：由杜甫诗句“勋业频看镜”化出。 ⑥“古往今来”二句：其表层含义并非作者本意，当为对划江为治，偏安一隅的统治者的指斥。 ⑦西州更点：用贺方回《天门谣》：“风满槛，历历数西州更点”成句。西州，胡三省注《通鉴》谓：“扬州治所在台城西，故谓之西州。”

黄 机（生卒年不详）

字几仲，一说几叔，东阳（今属浙江）。尝仕宦州郡，与岳珂常相唱酬，有《竹斋诗余》一卷。

忆 秦 娥

秋萧索，梧桐落尽西风恶。西风恶，数声新雁，数声残角。　　离愁不管人飘泊，年年孤负黄花约。黄花约，几重庭院，几重帘幕。

【题解】

悲秋伤别，这在整个文学领域内已成了一个永恒的主题，而词为尤甚，虽千百人赋之，而自有千百种各异其趣之风情。此词即为游子悲秋怀人之作，也写出了作者特有的风情。首句三字，除了点明节令之外，更主要的还在于以“萧索”二字为上片写景定下了黯淡的基调。接着便写“萧索”之景：梧桐在西风中黄叶落尽，因而，游子对西风深致怨恨。着一“恶”字，而风之势，人之情俱出。又以“西风恶”的叠出，表明西风名恶不仅于此，它还有意地吹送“数声新雁，数声残角”，来刺痛游子那本已悲伤难耐的心。下片由外在秋景的描绘转入内在秋情的抒发。换头首标“离愁”二字，突如其来的表达方式，正说明了这“离愁”抑塞胸中之久，到了不吐不快的境地，更兼以“不管”这样的痴迷之语出之，则愈显得离愁之深重了。“年年孤负黄花约”一句补足一笔，说明离愁之因，并借“黄花约”的叠现，暗作承转，去设想那“几重庭院，几重帘幕”中的心上人又该是如何地孤寂愁苦！词就此打住，闺中情状以不言言之，更显含蓄空灵，余韵悠然。

刘克庄（1187—1269）

字潜夫，号后村居士，莆田（今属福建）人。以荫补官，后因《落梅》诗“讪谤”朝廷，罢职废置多年。后复起用，官至龙图阁学士。其诗属江湖派，宗尚晚唐。词则继承辛派豪放作风，而更趋散文化、议论化，见称于世者多为感愤时世之作。有《后村长短句》五卷。

满　江　红

夜雨凉甚，忽动从戎之兴

金甲雕戈，记当日、辕门初立[①]。磨盾鼻、一挥千纸[②]，龙蛇犹湿[③]。铁马晓嘶营壁冷[④]，楼船夜渡风涛急[⑤]。有谁怜、猿臂故将军[⑥]，无功级[7]。　　平戎策，从军什[8]。零落尽，慵收拾。把《茶经》《香传》[9]，时时温习。生怕客谈榆塞事[10]，且教儿诵《花间集》[11]。叹臣之壮也不如人[12]，今何及。

【题解】

此词重在抒发久遭废退、壮志消沮之恨。上片是对当年入李珏幕府那一段从军经历的回忆。词以“金甲雕戈”三句发端，写出军中的威武气象。“磨盾鼻”三句则展示了自己书生从戎，壮志与才情相互激射的极为得意的精神状态。“铁马”二句，融化陆游名句入词，则又为本词注入了壮阔的场面、亢爽的音调和肃杀的战斗气氛。“有谁怜”二句用李广故事，说明自己终于无功而归，为上片作结。绍定六年（1233），蒙古灭金，宋师北上谋复河南，而此时作者正因“江湖诗案”遭废退，虽有“从戎之兴”，终亦无由参战。下片抒写的就是壮士失意的寂寞与悲哀。无论是昔日的平戎方略、从军诗篇弃置不顾，还是焚香煮茗、消遣度日，或者是教儿诵读《花间集》，都是违心的不得已之举。正话反说，自伤沉沦，其间回荡着一股不平之气。最后化用烛之武语，于自谦之中仍透出自负之意。

【注释】

①“记当日”句：嘉定十年（1217），金兵南侵，激战后为宋军击退。翌年六月，宋下诏伐金时，刘克庄曾入江淮制置使李珏幕府掌文书，军书往来，文不属稿，援笔立就。辕门：军门。初立：开始任职。　②磨盾鼻：在盾鼻上磨墨。指在军中担任文书工作。韩翃《寄哥舒仆射》诗：“群公盾鼻好磨墨，走马为君飞羽书。”盾鼻，盾上的钮。　③龙蛇：形容笔势飞舞的样子。　④铁马：披甲战马。　⑤楼船：高大的战船。　⑥猿臂故将军：

指汉代名将李广。《史记·李将军列传》："广为人长，猿臂，其善射亦天性也。" ⑦无功级：李广身历七十余战而不得封侯，故云。 ⑧什：篇什。 ⑨《茶经》：唐人陆羽嗜茶，著有《茶经》，评说茶叶品种及烹茶方法。《香传》：即《香谱》，记述香的种类及焚香方法、器具等内容。宋人颇多此类著述。 ⑩榆塞：北方边塞。 ⑪《花间集》：唐五代词集，五代蜀人赵崇祚编。集中多香艳之作。 ⑫"叹臣"句：《左传·僖公三十年》载郑大夫烛之武语："臣之壮也，犹不如人；今老矣，无能为也已。"

卜 算 子

片片蝶衣轻，点点猩红小。道是天公不惜花，百种千般巧。 朝见树头繁，暮见枝头少。道是天公果惜花，雨洗风吹了。

【题解】

词中有问答体，或上片问，下片答，或随问随答。此为常见的问答方式。此词上片提出一问，下片复提出一问，两次所问却是针锋相对，互不相容的，终于有问无答，显得非常别致。上下片提问方式相同，都用反证法。若把上下片分开来看，并非有问无答，答案乃包含在所问之中。上片问：如果说天公不爱惜花，那么花片如蝶翅舞动，花朵如猩红照眼，千姿百态，争奇斗艳，岂不都是天公之所作成？其答案自当承认"天公惜花"。但下片又问：如果天公果真惜花，那么无端风雨，断送春花，树头繁英，一夕顿尽，岂不都是天公之所摧残？其答案又当承认"天公不惜花"。而上下片合看，则两个答案竟是排他的、对立的、彼此否定的。正确答案在两者之外。此词虽有点游戏笔墨，但设问甚巧，所问并非无关宏旨的花草小事。作者就冥冥之中的"天公"与花事的关系发出质问，推而广之，世间万物也莫不可作此一问，无异于一篇以花事为题的具体而微的“天问”。其实，“万物兴歇皆自然”，这才是作者要说，而词里未作明说的答案。全词诙谐风趣，令人玩味有得。其作法或仿苏轼《泗州僧伽塔》诗。

贺 新 郎

送陈真州子华[①]

北望神州路[②]，试平章、这场公事[③]，怎生分付[④]？记得太行山百万[⑤]，曾入宗爷驾驭[⑥]。今把作、握蛇骑虎[⑦]。君去京东豪杰喜[⑧]，想投戈、下拜真吾父[⑨]。谈笑里，定齐鲁[⑩]。　两河萧瑟惟狐兔[⑪]。问当年、祖生去后[⑫]，有人来否？多少新亭挥泪客[⑬]，谁梦中原块土？算事业、须由人做。应笑书生心胆怯[⑭]，向车中，闭置如新妇[⑮]，空目送，塞鸿去[⑯]。

【题解】

理宗宝庆兰年（1227）四月，陈韡任真州知州，刘克庄作此词为他送行，表达了渴望收复中原的迫切心情。起三句劈头便提出了北望中原而产生的问题，要与陈韡共同商讨、评论。由此而引起南宋初年太行山义军归顺宗泽，共同抗金的史事，突出他们的实力和声威。而“今把”句，则用《魏书·彭城王勰传》之典，批判了把义军看成长蛇难握、猛虎难骑而不敢纳用的昏愦无能的投降派。两种不同的态度、不同的形象，形成了鲜明强烈的对照，笔力遒健。“君去东京”四句，希望陈韡能够北上与义军取得联系，增强抗金力量，为恢复中原作出贡献。写得酣畅乐观，富于豪情。下片笔调转入跌宕，既满怀悲愤地讽刺了那些只知“新亭挥泪”，而把沦陷的中原置之脑后的达官显贵，又乐观地指出事在人为，勉励陈铧要充满信心。末二句写目送塞鸿情景，紧扣词题，呼应篇首，一气贯注而立意高远。

【注释】

①陈真州子华：陈铧，字子华，曾以仓部员外郎知真州（今江苏仪征）。真州在长江北岸，为当时抗金前线。 ②神州：此指中原沦陷地区。 ③平章：指评论。公事：抗金大事。 ④怎生分付：怎样处理。⑤太行山百万：指活动在太行山一带的抗金义军。熊克《中兴小记》载：“自靖康以来，中原之民不从金者，于太行山相保聚。” ⑥宗爷：指宗泽。宗泽在建炎元年（1127）被任命为开封府兼东京留守，召集义军协助防守，屡败金兵，金人呼为“宗爷爷”，不敢进犯。 ⑦握蛇骑虎：比喻处境艰危，左右为难。语见《北史·彭城王勰传》。 ⑧京东：指汴京以东，包括现在河南东部、山东南部以及江苏北部地区。 ⑨真吾父：唐时回纥入侵，郭子仪以数十骑见大酋说：“诸尹同艰难久矣，何忽亡忠谊而至是耶？”回纥兵下马拜道：“果吾父也。”子仪即召之共饮，并赠锦彩结欢，誓好如初。见《新唐书·郭子仪传》。 ⑩齐鲁：春秋时国名，在今山东一带。 ⑪两河：指河北东路和西路（今河北省大部及河南省的黄河以北地区）。 ⑫祖生：指祖逖，东晋名将，曾率兵北伐，收复豫州地区。 ⑬新亭挥泪客：东晋初年，一些南迁士大夫常登上南京新亭，远望北方失地，相对而泣。 ⑭书生：作者自嘲。 ⑮闭置如新妇：《梁书·曹景宗传》载曹景宗语“今来扬州作贵人，动转不得，路行开车幔，小人辄言不可。闭置车中，如三日新妇，遭此邑邑，使人无气，”喻胆怯如新妇。 ⑯塞鸿：北去的鸿雁。

贺新郎

九　日[1]

湛湛长空黑，更那堪、斜风细雨，乱愁如织。老眼平生空四海，赖有高楼百尺。看浩荡、千崖秋色。白发书生神州泪[2]，尽凄凉、不向牛山滴[3]。追往事，去无迹。　少年自负凌云笔[4]。到而今、春华落尽，满怀萧瑟。常恨世人新意少，爱说南朝狂客。把破帽、年年拈出[5]。若对黄花孤负酒，怕黄花也笑人岑寂。鸿北去，日西匿[6]。

【题解】

此词起首三句很具特色。“湛湛长空”，境界阔大，而接一“黑”字，则又是以阔大之景衬托沉重之情；“斜风细雨”以状“乱愁”，则愁情之绵长无极可知。但紧接以“老眼平生”三句，词情迅速振起。“浩荡”二字妙在一语双关。作者以为，哪怕是“白发书生神州泪”，也比齐景公那贪生怕死的“牛山泪”悲壮得多。其间几次跌宕，极具波澜，有力地抒发了胸中感慨。过片承“白发书生”而作发挥。“少年”三句，今昔对比，喟叹不已。当年满怀豪情，才气纵横，而今却只有满怀家国之恨了。“常恨世人”一句为全篇警策，紧扣登高题意，愤慨于一般文士不顾家国多难只知效法名士风流，爱提孟嘉落帽之典。“若对”二句以痴醉之语写饮酒，意在聊宽萧瑟之怀。篇末以鸿远去、日西沉的广漠阴沉之景呼应开头，不失其雄健悲壮之格调。

【注释】

①九日：即农历九月初九重阳节。我国古代向有重阳节登高饮酒的传统风习。此词以“九日”为题，是登高抒怀之作。　②神州泪：因感慨于神州陆沉而滴下的忧国之泪。　③牛山：在山东临淄，春秋时，其地属齐国。《晏子春秋·内篇谏上》：“景公游于牛山，北临其国城而流涕曰：‘若何滂滂去此而死乎？’”　④凌云笔：杜甫诗：“庾信文章老更成，凌云健笔意纵横。”此处作者借以抒写自己的少年豪情与才气。　⑤破帽：即孟嘉落帽之典。《晋书·孟嘉传》载：“九月九日，（桓）温宴龙山，僚佐毕集。时佐吏并著戎服。有风至，吹嘉帽堕落，嘉不之觉。”　⑥“鸿北”二句：江淹《恨赋》：“摇风忽起，白日西匿。陇雁少飞，代云寡色。”刘词本此。

玉　楼　春

戏呈林节推乡兄①

年年跃马长安市②，客舍似家家似寄③。青钱换酒日无何，红烛呼卢宵不寐④。　易挑锦妇机中字⑤，难得玉人心下事⑥。男儿西北有神州，莫滴水西桥畔泪！⑦

【题解】

这是一首对友人的规劝之作，以诙谐之笔致庄肃之意。词的上片着重描述林氏飞扬之意气、放荡之行为。“年年”二句高度概括了一个久客轻家的浪荡游子形象：他长期奔走于京都的大街小巷，长住青楼而乐不知返；不仅狎妓，且又纵酒赌博，在纵情游乐中打发空虚的岁月。作者对此深为痛惜，但写来却委婉有致，直到下片才和盘托出规谏本意。换头二句对举成文，提醒他妻子之情真实可靠，而妓女之心虚假难测，舍真情于不顾而喜假意之逢迎，岂不荒唐！结尾两句借用辛弃疾词意，热情地勉励林氏友人，做一个堂堂正正的热血男儿，立志为收复中原大业贡献一份力量；“有泪应浇赵州土”，不要再与妓女们缠绵不休、抛洒那种无聊的伤离恨别之泪了。作者对友人的一片赤诚可见。全篇辞谐而意庄，“旨正而语有致”（刘熙载《艺概·词曲概》），尤其是末二句，极具惊顽起懦作用，正如《白雨斋词话》所评：“足以使懦夫有立志。”

【注释】

①林节推：即一个姓林的任节度推官（安抚幕职）的同乡友人。 ②长安：此借汉唐故都以指南宋都城临安（今杭州）。 ③客舍：此借指酒楼妓馆。 ④“青钱”二句：杜甫《偪侧行赠毕四曜》诗：“速宜相就饮一斗，恰有三百青铜钱。”又晏几道《浣溪沙》词：“户外绿杨春系马，床前红烛夜呼卢。”刘词二句即本于此。 ⑤“易挑”句：用苏蕙织锦回文诗故事。《晋书·窦滔妻苏氏传》载：“滔，苻坚时为秦州刺史，被徙流沙。苏氏思之，织锦为回文旋图诗以赠滔，婉转循环以读之，词甚凄婉。” ⑥玉人：容色如玉的美人，指林氏所迷恋的妓女。 ⑦“男儿”二句：化用辛弃疾“我最怜君中宵舞，道男儿到死心如铁”及“贱子亲再拜：西北有神州”诸语意。

吴 潜（1196—1262）

字毅夫，号履斋，宣州宁国（今属安徽）人。宁宗嘉定十一年（1217）进士第一。曾任参知政事，拜右丞相兼枢密使。主张积极抗金，清除奸佞。但却因此受谗，被贬循州（今广东惠阳）而死。与姜夔、吴文英等皆有交往。有《履斋诗余》三卷。

鹊 桥 仙

扁舟昨泊，危亭孤啸，目断闲云千里。前山急雨过溪来，尽洗却、人间暑气。 暮鸦木末[①]，落凫天际[②]，都是一团秋意。痴儿騃女贺新凉，也不道、西风又起[③]。

【题解】

此词当作于词人晚年频繁遭贬的某次赴任途中，抒写其宦海浮沉的孤愤与落寞之情。篇首三句交待行踪，借泊舟与登亭的紧相连续，表现出迫不及待地要一登高台长舒怨气的心情。“目断”云云，既欲借“闲云千里”之景以拓展胸襟，同时又隐约透露了他虽被远贬千里之外，却仍然怀君念国的情怀。词人本欲为君除奸佞，结果反被贾似道之流所陷。这“人间暑气”并非“孤啸”所能驱除，故希望有一场急雨来浇掉这胸中块垒。天解人意，果有“前山急雨过溪来”，不仅夏末秋初的燥热一洗而空，甚至连那多年来的失意、愁苦、怨愤，似乎也“尽洗却”了。这使词人感到了一阵快意。下片转写雨后秋景，情调也转为消沉。眼前暮鸦高栖、鸿雁孤飞的情景又触发起心中“一团秋意”。作者以老迈之躯，却再遭贬，不免顿生萧瑟迟暮之感。于是，借“痴儿騃女”以作反衬，抒发了自己那难以开解的悲凉抑郁之情。

【注释】

①木末：树梢。 ②落凫（fú）：远去的野鸭。 ③：“痴儿”二句：

化用苏轼《洞仙歌》词："但屈指西风几时来，又不道流年，暗中偷换。"痴儿騃女：泛指单纯的年轻人。騃（ái），痴愚。

满 江 红

送李御带珙[①]

红玉阶前[②]，问何事、翩然引去[③]？湖海上、一汀鸥鹭[④]，半帆烟雨。报国无门空自怨，济时有策从谁吐。过垂虹、亭下系扁舟[⑤]，鲈堪煮。　拚一醉，留君住；歌一曲，送君路。遍江南江北，欲归何处？世事悠悠浑未了[⑥]，年光冉冉今如许[⑦]。试举头，一笑问青天，天无语。

【题解】

这首送别词，从送别地点看，当是作者在嘉熙元年（1237）任平江（今苏州）知府时所作。词中通过对友人志行的理解和同情，谴责朝廷的昏聩，表现了忧国忧民的深厚情意。词一起笔便提出了何以辞官的问题，但没有直接回答，先以三个短句去描述了一番友人在湖海烟波中以鸥鹭为伴的隐居生活。而后才以两句工整的对句点出问题的症结：得不到朝廷的理解和重视，济时有策而报国无门。然而国难当头，世事未了，任其漂泊退隐并非良策，"欲归何处？"其实这在那残破现实面前该是无疑而问，答案十分明确："欲归无处"！因此，换头处"留君住"与"送君路"的对举，实际上是作者既送之又留之的矛盾心理的曲折反映。最后以笑问青天而青天无语作结，饶有韵致，既含蓄又凝重。

【注释】

①李御带珙：李珙，字开伯，吴郡（今江苏苏州）人。生平不详。御带，武官名，真宗咸平元年，改称“带御器械”。　②红玉阶：红色玉石砌成的台阶，此指宫殿朝堂。　③翩然：飘然，形容动作轻快。　④汀（tīng）：水边平地。　⑤垂虹：指重虹桥，其上有亭，北宋庆历八年（1048），县尉王廷坚所建。见《吴郡志》。　⑥浑：全，都。　⑦冉冉：形容时间渐渐过去。

淮上女（生卒年不详）

不知名姓。南宋嘉定年间被金人掳掠北上。

减字木兰花

淮山隐隐，千里云峰千里恨。淮水悠悠，万顷烟波万顷愁。　　山长水远，遮断行人东望眼。恨旧愁新，有泪无言对晚春。

【题解】

公元1220年前后，金人屡犯淮、泗一带，大肆杀掠，淮上女就是无数受害妇女之一，在诀别故乡之际，她于泗州壁间题下此词，表达了对故乡亲人的无限眷恋，对敌人的深刻仇恨。词的上阕融情入景，因景寄情。作者面对渐行渐远渐趋模糊的淮山，感到故乡的山也已泪眼蒙眬了，自己的恨与家山共阔；那悠悠东流的淮河，万顷烟波也流不尽苦命人绵长不尽的愁思。四句之中，一山一水，构成词中少见的隔句对。作者且善于运用移情手法，在朦胧暗淡的景物中植入了自己强烈的感情色彩。下阕着重叙事，在叙事中抒情。行踪西去，而她的心却要东归，即使关山阻隔遮断了视线，她也仍然不断回望。在此永别之际，旧恨新愁一齐涌上心头，但作为一个弱女子却又只能默默地面对暮春残景伤心落泪。此词极富民歌特色，山水、愁恨，回环往复，颇有一唱三叹之致。

吴文英（1200—1260）

字君特，号梦窗，晚号觉翁，四明（今浙江宁波）人。一生未第，游幕终老。长期旅居苏、杭等地，足迹未出江、浙二省。其词音律和谐，语言凝练，以秾挚密丽区别于姜夔的清空骚雅。因此，尽管张炎有“七宝楼台，眩人眼目，碎拆下来，不成片段”（《词源》）之讥，却颇为晚清词人所推崇。有《梦窗词集》存世。

八声甘州

灵岩陪庾幕诸公游[1]

渺空烟四远[2]，是何年、青天坠长星。幻苍崖云树[3]，名娃金屋[4]，残霸空城[5]。箭径酸风射眼[6]，腻水染花腥[7]。时靸双鸳响[8]，廊叶秋声[9]。　宫里吴王沉醉，倩五湖倦客[10]，独钓醒醒。问苍天无语，华发奈山青[11]。水涵空[12]、阑干高处，送乱鸦斜日落渔汀[13]。连呼酒，上琴台去[14]，秋与云平[15]。

【题解】

这是一首笔致空灵而托意高远的怀古词。词由咏怀古迹入手来驰骋艺术想象。首二句极言灵岩山高峻雄阔，犹如天上长星坠地而成。接着以一“幻”字直贯而下。“箭径”二句写酸风射眼、流水涨腻，采香径里似乎仍泛着宫女们洗妆后的残脂剩粉，“腥”气扑鼻。“时靸”二句写身边的落叶声，一似宫娃着屐缓步而来。以上所写既有客观之实景，又有主观之幻觉。以幻为真，令人不由得被引入那由怀古而引发的幻境。这种笔法，既打破时空，把历史拉向眼前；又将实地之客观印象强化为主观感受，带有强烈的情绪色彩。下片写夫差、范蠡的一醉一醒，则由正面切入，相互对照，语多感慨。“问苍天”句以下笔锋一转，由“故国神游”跌回现实。结句“秋与云平”，既说秋高，又表示身临绝顶，眼界空阔，与篇首呼应，境界阔大，胸次超然。梦窗词深受李贺诗影响，不仅化用词句，而且学其超现实的幻觉手法，形成了一种奇谲、夸诞、冷隽的风格。

【注释】

①灵岩：山名，在今江苏省苏州市吴中区西，山上有吴王夫差所建馆娃宫、琴台、响屧廊、采香径（箭径）等残址遗迹。山顶有涵空阁，可以远眺烟波浩渺之太湖。庾幕：幕府僚属的美称。此指苏州仓台幕府。据夏承焘《唐宋词人年谱》，吴文英曾为仓台幕僚。 ②渺空烟四远：长空无云，四望无际。 ③幻：化作。 ④娃：美女。名娃：指西施。金屋：用汉武帝金屋藏娇的故事。《汉武故事》载汉武帝为胶东王时，曾对其姑母说：“若得阿娇，当作金屋贮之也。”此处借指吴王在灵岩山上为西施修建的馆娃宫。 ⑤残霸：指吴王夫差，他曾破越败齐，一度与晋争霸中原，后为越国所灭，霸业有始无终，故云。 ⑥箭径：即采香径。范成大《吴郡志》卷八：“采香径在香山之旁，小溪也。吴王种香于香山，使美人泛舟于溪以采香。今自灵岩望之，一水直如矢，故俗又名箭径。”酸风：冷风。李贺《金铜仙人辞汉歌》：“东

关酸风射眸子。” ⑦“腻水”句：意谓花朵也染上了脂粉水的香味。腻水：语出杜牧《阿房宫赋》：“渭流涨腻，弃脂水也。” ⑧靸（sǎ）：拖鞋。此用作动词。双鸳：鸳鸯履，指女鞋。 ⑨廊：指响屧（jī）廊。《吴郡志》卷八：“响屧廊在灵岩山寺。相传吴王令西施辈步屧（木底鞋），廊虚而响，故名。” ⑩倩：请。五湖倦客：指范蠡。赵晔《吴越春秋》卷十《勾践伐吴列传》载：范蠡辅助勾践灭吴后，“乘扁舟，出三江，入五湖，人莫知其所适。” ⑪“华发”句：山色青翠，无奈自己头发花白了。 ⑫水涵空：远水连空。苏轼《更漏子》词：“水涵空，山照市。” ⑬汀：沙洲。渔汀：水边捕鱼的地方。 ⑭琴台：在灵岩山顶，春秋时吴王游乐遗迹。 ⑮秋与云平：意谓秋色满天。

莺啼序

残寒正欺病酒，掩沉香绣户①。燕来晚、飞入西城，似说春事迟暮。画船载、清明过却，晴烟冉冉吴宫树②。念羁情游荡③，随风化为轻絮。 十载西湖，傍柳系马，趁娇尘软雾④。溯红渐、招入仙溪⑤，锦儿偷寄幽素⑥。倚银屏、春宽梦窄⑦；断红湿、歌纨金缕⑧。暝堤空，轻把斜阳，总还鸥鹭⑨。 幽兰旋老⑩，杜若还生⑪，水乡尚寄旅。别后访、六桥无信⑫，事往花委⑬，瘗玉埋香⑭，几番风雨。长波妒盼⑮，遥山羞黛⑯，渔灯分影春江宿。记当时、短楫桃根渡⑰。青楼仿佛⑱。临分败壁题诗⑲，泪墨惨淡尘土⑳。 危亭望极，草色天涯，叹鬓青半苎㉑。暗点检、离恨欢唾[22]，尚染鲛绡[23]，亸凤迷归[24]，破鸾慵舞[25]。殷勤待写，书中长恨，蓝霞辽海沉过雁，漫相思、弹入哀筝柱[26]。伤心千里江南，怨曲重招，断魂在否[27]？

【题解】

此词记叙作者旅居杭州期间的一段恋情，曲折回环，哀艳兼并。作者以情为文，以事为质；又化实为虚，空灵蕴藉，具有优美的境界，在章法安排上也颇费经营。首片为起兴，写伤春怀旧，引起对往事的回忆。伤春兼含伤别，伤怀兼含伤逝，从而带出下文。第二片为记叙正文，追忆十年前在西湖畔与一女子情合欢会的往事，最后还是梦醒人去，怅恨不已。第三片写重访。别后时光匆匆，景物全非，寻访故地而伊人已逝，睹物伤情之际又逆笔倒叙一段上片未写之欢情，使之开合动荡，断续有致，且与上片“春宽梦窄”相绾合。末片以悼亡为全调总结，极写相思之苦以及对逝去情人无限的哀悼。全词情经事纬，左抽右旋，既有主干，又有穿插，明脉暗络。回环相生，典型地体现了梦窗词“密丽”的特色。

【注释】

①沉香：沉香木。沉香绣户：雕花的沉香木窗户。 ②吴宫：泛指南宋宫苑。南宋都城临安旧属吴地。五代时吴越王建都于此，故云。 ③羁情：旅思离情。 ④趁：此指追逐。娇尘软雾：指所恋女子的车尘，此句意谓惊艳后追逐香车而去，欲通情愫。 ⑤“溯红”句：意谓沿着花溪逐渐走入仙境。暗用刘义庆《幽明录》载刘晨、阮肇入天台山遇仙女事。 ⑥锦儿：据洪遂《侍儿小名录》载，锦儿是钱塘妓女杨爱爱的侍婢。这里泛指侍婢。 ⑦银屏：闺房中镂银的屏风。春宽：喻欢情之长。梦窄：喻情缘之短。此句造语奇警，

为吴文英工于研意炼字的显例。其《三姝媚》词："但怪得当年，梦缘能（如此）短"，即与此"梦窄"意同。情长缘短，乍合旋离，觉来正如青楼一梦。⑧断红：形容断续的泪珠。歌纨：歌唱时用的纨扇。金缕：金线绣成的舞衣。⑨"暝堤空"三句：意谓梦醒人去，斜阳空堤，仅余鸥鹭而已。⑩幽兰：即兰花。⑪杜若：香草名。⑫六桥：指西湖的堤桥，西湖外湖有映波、锁澜、望山、压堤、东浦、跨虹六桥，为苏轼所建。⑬花委：即花萎、花谢。⑭瘗玉埋香：此句中的"玉""香"及上句中的"花"都是借指恋人。瘗：埋葬。⑮长波妒盼：意谓水波也妒忌恋人的美目流盼。⑯黛：黛眉。⑰楫：划船的用具。桃根渡：泛指离别之处。晋代王献之与妾桃叶分别时作《桃叶歌》："桃叶复桃叶，渡江不用楫。但渡无所苦，我自迎接汝。"又"桃叶复桃叶，桃树连桃根。相怜两乐事，独使我殷勤。"相传桃根是桃叶的妹妹。⑱青楼仿佛：意谓恋人住过的青楼依稀如旧，暗示人亡楼空。⑲败壁题诗：周邦彦《绮寮怨》词："当时曾题败壁，蛛丝罩、淡墨苔晕青。"⑳"泪墨"句：意谓那和泪磨墨写成的字已蒙上尘土，显得惨淡失色。㉑鬓青半苎：头发半白。白色的苎麻，比喻白发。㉒离恨欢唾：喻指过去的悲欢情事。㉓鲛绡：薄纱手帕。㉔亸（duǒ）：下垂的样子。此句意谓孤凤垂下双翅仿佛迷了归路。㉕鸾：指鸾镜。刘敬叔《异苑·卷三》："罽宾王国王买得一鸾，欲其鸣不可，致饰金繁，飨珍羞，对之愈戚，三年不鸣。夫人曰：'尝闻鸾见类则鸣，何不悬镜照之。'王从其言。鸾睹影悲鸣，冲霄一奋而绝。"故后世称镜为"鸾镜"。此处作者乃以"破鸾"及"亸凤"自喻，抒写失去恋人后的孤独、迷茫和痛苦。㉖哀筝：筝音调凄怨，故称哀筝。柱：用以系弦。㉗"伤心"三句：语本《楚辞·招魂》："目极千里兮伤春心，魂兮归来哀江南。"

齐天乐

与冯深居登禹陵①

三千年事残鸦外②，无言倦凭秋树。逝水移川，高陵变谷③，那识当时神禹④。幽云怪雨，翠萍湿空梁，夜深飞去⑤。雁起青天，数行书似旧藏处⑥。 寂寥西窗久坐，故人悭会遇，同剪灯语⑦。积藓残碑⑧，零圭断璧，重拂人间尘土。霜红罢舞。漫山色青青，雾朝烟暮。岸锁春船，画旗喧赛鼓⑨。

【题解】

这是一首登临怀古词，作者与友人登上禹陵，怀古人之伟业，念今事之日非，抒发了无限沧桑之深慨。起句"三千年事残鸦外"，既启人三千年远古之遐思，又点出往事早已消逝在残鸦断影之外。而反观今事，圣贤不再，举目苍茫，何以托身？故继之以"无言倦凭秋树"。以下追怀夏禹改天换地的伟业、有关他的神奇传说以及他的藏书之所，写足了世变时移的深沉感慨。换头三句始转入写友人，将历史沧桑之感与一己今昔离合之悲融合为一，其间时空跳跃杂糅，互为映带关合，运意深远，用笔幽邃。末二句忽以明年旗鼓之盛的春景作结，在貌似闲散之笔中，暗寓了无限的盛衰更迭之感，含意深远不尽。

【注释】

①冯深居：冯去非，字可迁，号深居。理宗宝祐年间曾为宗学谕，因反

对权臣丁大令而免官。禹陵：在浙江绍兴市东南之会稽山。 ②三千年事：自南宋上溯至夏禹时约已三千四百年，故云。 ③“逝水移川”二句：河道迁移，高山变为深谷，言夏禹治水的丰功伟绩。《诗经·小雅·十月之交》：“高岸为谷，深谷为陵。” ④神禹：神圣的夏禹。《书·大禹谟》：“乃圣乃神。” ⑤“翠蓱（píng）”二句：《大明一统志·绍兴府志》：“梅梁，在禹庙。梁时修庙，忽风雨飘一梁至，乃梅梁也。”又《四明图经》：“禹庙之梁，张僧繇画龙其上，夜或风雨，飞入镜湖与龙斗。后人见梁上水淋漓而萍藻满焉，始骇异之，以铁链锁于柱。”翠蓱：即翠萍。词中“翠蓱”二句时间因果倒置言之，先“夜深飞去”，而后才见“翠蓱湿空梁”。 ⑥“数行书”句：《绍兴府志》载：“后匮山在府城东南一十五里，山形如匮。相传禹治水毕，藏书于此。” ⑦“寂寥”三句：李商隐《夜雨寄北》诗有“何当共剪西窗烛，却话巴山夜雨时。”吴词本此。悭（qiān）：吝啬。 ⑧残碑：指禹葬时下棺之丰碑今已残缺。 ⑨赛鼓：指祭祀夏禹时的锣鼓声。

唐 多 令

何处合成愁？离人心上秋①。纵芭蕉、不雨也飕飕②。都道晚凉天气好，有明月，怕登楼。　　年事梦中休③，花空烟水流。燕辞归、客尚淹留④。垂柳不萦裙带住⑤，漫长是、系行舟⑥。

【题解】

这是一首惜别怀人之作。全词不用丽词辟典。语言舒畅明快，如开篇设为问答之词，分拆“愁”字而为“心上秋”，通俗易懂而又别具一番情趣。乃借鉴南朝民歌写法。清王士祯认为是“《子夜》变体”。此评甚当。以下借芭蕉不雨在风中也自飕飕有声，即使秋凉月明也怕登楼，表现客子漂泊、乡思离愁之苦。下片则直接抒发年事已休而客尚淹留的愁苦之情。全词清空疏快而不质实，在梦窗词中甚为难得。然而陈廷焯却因此词首二句类似于文字游戏，而讥其“几于油腔滑调”（《白雨斋词话》），这实际上是由其对民歌体的偏见所致，实不足以为梦窗病。

【注释】

①心上秋：心与秋叠合则成一“愁”字，借以表现离愁。　②飕（sōu）飕：指风声雨声。　③年事：往年的情事。　④“燕辞归”句：曹丕《燕歌行》诗：“群燕辞归鹄南翔，念君客游多思肠。慊慊思归恋故乡，君何淹留寄他方。”此隐括其诗意。客：作者自指。　⑤萦：绕。　⑥漫：空自，徒然。

贺　新　郎

陪履斋先生沧浪看梅①

乔木生云气，访中兴、英雄陈迹，暗追前事。战舰东风悭借便②，梦断神州故里。旋小筑、吴宫闲地。华表月明归夜鹤③，叹当时、花竹今如此。枝上露，溅清泪。　遨头小簇行春队④，步苍苔、寻幽别墅，问梅开未？重唱梅边新度曲，催发寒梢冻蕊。此心与、东君同意⑤。后不如今今非昔，两无言、相对沧浪水。怀此恨，寄残醉。

【题解】

理宗嘉熙三年（1239）正月，作者陪南宋后期重臣吴潜到沧浪亭赏梅。作此词以述志。词一发端便以突兀雄奇之势高唱“乔木生云气”，突现出沧浪亭以参天古树护卫而雄居山巅的气势。而后点明这次访梅的目的，并非专为赏花，而是为了缅怀中兴英雄。以下七句便追怀韩世忠卓越的战绩与功亏一篑、为避奸佞洛害而被迫隐退的经历，并深致慨叹，表达悼念之情。以上怀古，下片转入伤今。先写这支游春赏梅队伍的活动，并表示“催发寒梅”的愿望是共同的。然后引出“后不如今今非昔”的悲慨。面对当前奸臣当道、国事日非局面，作者深表忧虑；曾居台辅，而今失意的吴潜也只能与作者一起“两无言、相对沧浪水。”词以感慨生哀，激越而又苍凉。

【注释】

①履斋：吴潜，字毅夫，号履斋，淳祐中曾为相，封庆国公。此时正出知平江（今苏州）府。吴文英曾为吴潜之幕客。沧浪：即沧浪亭，在今苏州市南。五代时此处曾为吴越广陵王钱元璙之池馆，后废为寺。北宋时为苏舜钦所得，筑亭其上并为命名。南宋时为韩世忠别墅。 ②“战舰”句：用杜牧《赤壁》诗“东风不与周郎便，铜雀春深锁二乔”句意。高宗建炎四年（1130），韩世忠率八千士兵，驾海船在镇江截住金兵退路，并用大钩搭住敌船，取得了黄天荡大捷。但由于投降派的破坏阻挠，抗金事业最终未能完成。词中即指此事， ③“华表”句：用《搜神后记》所载丁令威得道化鹤归辽止于城门华表之事。慨叹久别家乡重归时所见人世变迁之大。 ④遨头：指太守。《成都记》载，宋时成都正月至四月浣花，太守出游，士女纵观，称太守为“遨头”。此用以称吴潜。 ⑤东君：原指司春之神，门客对主人亦可称“东君”，此借指吴潜。

风 入 松

听风听雨过清明，愁草瘗花铭①。楼前绿暗分携路②，一丝柳，一寸柔情。料峭春寒中酒③，交加晓梦啼莺④。　　西园日日扫林亭，依旧赏新晴。黄蜂频扑秋千索，有当时纤手香凝。惆怅双鸳不到⑤，幽阶一夜苔生⑥。

【题解】

此词为清明怀人之作。词中所提到的西园在吴地，是词人与他的恋人寓居之处。上片追忆昔年伤春惜别的情景。起韵两句既点明季节，又渲染了凄凉的氛围。“楼前”二句写当年依依惜别的深情，“一丝柳、一寸柔情”句，笔触温柔、精细动人。“料峭”二句，更推进一层，极言愁怀难遣、伊人难觅之苦，但语意婉曲。“交加”句复寓难眠之愁于交加啼莺之中。下片转写今日一片痴绝之情。人去园空，作者却依然“日日扫林亭”，盼望恋人重新归来。“黄蜂”二句更入痴境，“见秋千而思纤手，因蜂扑而念香凝，纯是痴望神理”（陈洵《海绡说词》）。结韵写望而不见之惆怅心境，感情凝重温厚，而用“一夜苔生”来表达，更显得含蓄不尽。

【注释】

①瘗（yì）花铭：庾信写有《瘗花铭》。瘗，埋祭品、尸体、随葬品。浑言之即埋葬。铭，古代一种应用文体。　②分携路：分手之地。　③料峭：形容春时的微冷天气。　④交加：形容杂乱繁多。此句暗用唐金昌绪《春怨》“打起黄莺儿，莫教枝上啼，啼时惊妾梦，不得到辽西”诗意。　⑤双鸳：指

女子绣鞋。 ⑥幽阶一夜苔生：因恋人履迹久未到此，石阶上竟长出了青苔。南朝庾肩吾《咏长信宫中草》：“全由履迹少，并欲上阶生。”此化用其意。

高 阳 台

丰乐楼分韵得“如”字①

修竹凝妆②，垂杨驻马，凭阑浅画成图。山色谁题？楼前有雁斜书。东风紧送斜阳下，弄旧寒、晚酒醒余。自消凝、能几花前，顿老相如？ 伤春不在高楼上，在灯前敧枕，雨外熏炉。怕枞游船③，临流可奈清臞④？飞红若到西湖底，搅翠澜、总是愁鱼。莫重来、吹尽香绵⑤，泪满平芜⑥。

【题解】

吴文英在杭州之时，南宋的国运已是岌岌可危，而西湖边仍是歌舞不断，游人繁盛，缙绅雅士们在“宏丽为湖山冠”（周密《武林旧事》）的丰乐楼上置酒高会，吴文英席间分韵得“如”字，触景伤怀，写下此词。篇中伤春之情由开头的浅淡逐渐变为浓郁，且愈演愈烈。其间在写景抒怀的紧要处，巧妙地设下三问，而每一问都使伤春念老之情得到强化。词人对“修竹凝妆，垂杨驻马”的如画之景只轻描一笔，便瞩目于山色，心情突转沉重，“山色谁题”，其实是说山色凄迷，谁解此意？接着以“斜阳”“旧寒”又逼出第二问：“能几花前”。人之将老，国之将亡，种种衰飒紧迫的感伤情绪，有此一问而全出。过片说“伤春不在高楼上”，而在灯前、雨外、泊舟之岸，然则伤春之情无往而不在了。最后以见飞红则“愁鱼”，落絮尽则“泪满平芜”，把愁情推向高潮。这岂止是词人一己身世之感，更多的还是家国之悲。

【注释】

①丰乐楼：在杭州涌金门外。周密《武林旧事》：“丰乐楼，旧为众乐亭，又改耸翠楼，政和（北宋徽宗年号）中改今名。”分韵：一种和诗、和词的方法，数人共赋一题，用抓阄或指定的方法分配各人当用韵字。②凝妆：盛妆，浓妆。王昌龄《闺怨》诗：“闺中少妇不知愁，春日凝妆上翠楼。” ③杈：或作“舣”，泊船靠岸。 ④清臞（qú）：即清癯，意为清瘦。 ⑤香绵：指柳絮。 ⑥平芜：平远的草地。

霜 叶 飞

重 九

断烟离绪关心事，斜阳红隐霜树。半壶秋水荐黄花，香噀西风雨①。纵玉勒、轻飞迅羽②。凄凉谁吊荒台古③。记醉踏南屏④，彩扇咽寒蝉，倦梦不知蛮素⑤。 聊对旧节传杯，尘笺蠹管，断阕经岁慵赋。小蟾斜影转东篱⑥，夜冷残蛩语。早白发、缘愁万缕⑦。惊飙从卷乌纱去⑧。漫细将、茱萸看⑨，但约明年，翠微高处。

【题解】

九九重阳为我国传统的登高佳节，亲友聚会，畅怀欢饮，乃人生一乐。然而，对于生离死别者则又最易触发怀亲悼旧之愁绪。梦窗此词就是重九登高怀念杭州亡妾之作。上片写作者面对断烟、残阳、霜树、秋水以及雨中黄菊等萧索物象，回忆起以往与爱妾醉游南屏山的往事时凄苦沉痛的心境。下片极言伊人逝去之后百无聊赖的情状，以至到了“断阕经岁慵赋”的地步，其中包含了无限伤逝的凄怆。“早白发”二句，意谓反正人亡身老，无一可珍，“缘愁万缕”而满头白发，一切尽随他去吧！体现了极度痛苦之下麻木的心态，非常真切动人。结句表达“现在如此，未来可知，极感怆却极闲冷”（陈洵《海绡说词》）的情感，深沉而又委折。

【注释】

①潠（xùn）：喷水。 ②玉勒：镶玉的马勒，此代指马。 ③荒台：彭城（今江苏苏州）戏马台，为项羽阅兵处，南朝宋武帝曾于重阳日大会宾僚赋诗于此。此处泛指古迹。 ④南屏：山名，“南屏晚钟”为西湖十景之一。山上有吴越王所建雷峰塔。 ⑤蛮素：白居易有姬名樊素，善歌；有妓名小蛮，善舞。白居易有诗赞道：“樱桃樊素口，杨柳小蛮腰。”此处借指爱妾。 ⑥小蟾：上弦月。 ⑦“早白发”句：李白《秋浦歌》：“白发三千丈，缘愁似个长。”此化用其意。 ⑧“惊飙”句：用孟嘉落帽事。《晋书·孟嘉传》载：“九月九日，（桓）温宴龙山，僚佐毕集。时佐吏并著戎服。有风至，吹嘉帽堕落，嘉不之觉。” ⑨“漫细将”句：化用杜甫《九日蓝田崔氏庄》诗：“明年此会知谁健，醉把茱萸仔细看”句意。茱萸（zhūyú）：植物名，生于川谷，其味香烈。旧俗九九重阳日佩之以祛邪避灾。

祝英台近

春日客龟溪游废园①

采幽香，巡古苑，竹冷翠微路。斗草溪根，沙印小莲步②。自怜两鬓清霜，一年寒食，又身在、云山深处。　尽闲度。因甚天也悭春③，轻阴便成雨。绿暗长亭，归梦趁飞絮。有情花影阑干，莺声门径，解留我、霎时凝伫。

【题解】

寒食清明紧相连，是游春的好时节，而作者独游龟溪之废园却触发了一番身世飘零之深慨。当他一边采着野花，一边漫步在幽竹掩映的山间小道时，似乎显得十分悠然自得。然而“斗草溪根”二句以后却笔锋陡转，少女们溪边斗草留下的足印，使他由别人的青春欢乐，联想到自己的两鬓清霜，佳节无欢，漂流失所，因而不胜悲慨。然而，历尽沧桑的词人却又“欲说还休”，不加细述。过片仍借游园抒慨。作者本欲借闲游以遣闲愁，偏偏天不会人意，居然“轻阴便成雨”，这更触动他的客思乡愁。“绿暗”句因见飞絮飘零而做起“归梦”，是以轻灵之笔写浓重的伤春思归之情。最后移情入景，谓“花影”“莺声”俱解人意，以作自我宽慰，在凄苦之辞中稍着一点温馨色彩。词中写景清丽，抒情婉曲，极富韵致。

【注释】

①龟溪：浙江德清县境内的一条小溪。据《德清县志》载：“龟溪，古

名孔愉泽，即余不溪之上流。昔孔愉见渔者得白龟于溪上，买而放之。”故名。 ②莲步：《南史·东昏侯记》：“凿金为莲花以贴地，令潘妃行其上，曰：‘此步步生莲花也。’”此指女子足迹。 ③悭（qiān）：吝啬。

祝英台近

除夜立春

剪红情，裁绿意[①]，花信上钗股[②]。残日东风，不放岁华去。有人添烛西窗[③]，不眠侵晓，笑声转、新年莺语[④]。 旧尊俎[⑤]。玉纤曾擘黄柑，柔香系幽素。归梦湖边，还迷镜中路。可怜千点吴霜[⑥]，寒消不尽，又相对、落梅如雨。

【题解】

“除夜立春”，佳节双逢，本应倍增欢情。然而，对于多情善感而又沧桑历遍的词人来说，新旧时序交替之际，又最易激发怀旧之情。本词上片给人以充满温馨欢乐之感。词人一开始就以婉丽的笔调来描绘佳节里剪戴彩幡的乐事，体现了他与情人“不眠侵晓”、笑语迎春的融融欢情。换头“旧尊俎”三字顿跌，折回眼前现实。原来前面所写皆为词人之幻觉，而眼前实境则是萧萧霜发独对簌簌落梅。虚实有别，欢哀各异，比照悬绝，不胜凄迷哀婉之至。中间几句则又插叙一段伊人往日脉脉柔情的正面回忆，见出上片所写并非毫无现实基础的幻设，而是往日旧情的折光反映。全词以幻觉、回忆、现实三组情境结构全篇，以欢乐场景凸现心底之孤凄感伤，对比鲜明，感人至深。

【注释】

①剪红情”二句：剪彩成红花绿叶，制成春幡戴在女子头上。参见辛弃疾《汉宫春》词中“袅袅春幡”条下注。　②花信：即花信风，花期。此指春幡。　③添烛西窗：李商隐《夜雨寄北》诗：“何当共剪西窗烛，却话巴山夜雨时。”　④新年莺语：杜甫《伤春》五首之二：“莺入新年语，花开满故枝。”此指伊人的娇声软语。又姜夔《踏莎行》：“燕燕轻盈，莺莺娇软。分明又向华胥见。”　⑤尊俎：此处偏指俎，即砧板。　⑥吴霜：指白发。李贺《还自会稽歌》：“吴霜点归鬓，身与塘蒲晚。”

惜黄花慢

次吴江，小泊。夜饮僧窗惜别。邦人赵簿携小妓侑尊，连歌数阕，皆清真词。酒尽已四鼓，赋此词饯尹梅津①

送客吴皋。正试霜夜冷②，枫落长桥。望天不尽，背城渐杳，离亭黯黯，恨水迢迢③。翠香零落红衣老④，暮愁锁、残柳眉梢。念瘦腰。沈郎旧日⑤，曾系兰桡⑥。　　仙人凤咽琼箫⑦，怅断魂送远，《九辩》难招⑧。醉鬟留盼⑨，小窗剪烛，歌云载恨，飞上银霄。素秋不解随船去，败红趁、一叶寒涛。梦翠翘⑩，怨鸿料过南谯⑪。

【题解】

这是一首为送别好友严焕而作的送别词。开篇之句以实叙领起，点明地点、时令，揭出送客主题。而后由实入虚，以景衬情。上片写吴江送别，下片写僧舍夜宴，上下片结尾皆以往日爱情生活和远方恋人情事作结，以情人分手与友人离别互为映衬，黯然消魂的离别情状愈加突出。全词所写幻多于真，隐多于显，虚多于实。但又两相结合，浑化无迹，顿挫转折，灵活动荡，颇具特色。

【注释】

①赵簿：名字不详。簿，主簿，职官名。尹梅津：名焕，字惟晓，山阴人。嘉定十年（1217）进士。曾为《梦窗词》作序。 ②试霜：秋霜初降。 ③恨水迢迢：此句化用欧阳修词《踏莎行》中“离愁渐远无穷，迢迢不断如春水”句意。 ④“翠香”句：李璟《摊破浣溪沙》词：“菡萏香销翠叶残，西风愁起绿波间。还与容光共憔悴，不堪看。”此化用其意。红衣：指荷花。 ⑤沈郎：《南史·沈约传》载沈约与徐勉书云：“老病百日数旬，革带常应移孔。”形容日渐消瘦，后一常用作典故，或称消瘦为“沈腰”。 ⑥兰桡（ráo）：船桨的美称，此指小船。 ⑦“仙人”句：用箫史、弄玉吹箫引凤之典，形容席间歌女唱腔清润，哀婉动人。 ⑧《九辩》：宋玉赋。宋玉为屈原弟子，为悯其忠而放逐，故作《九辩》以述其志。又楚辞《招魂》，旧题宋玉所作，王逸注云：“宋玉怜哀屈原忠而斥弃，愁懑山泽，魂魄散佚，厥命将落，故作《招魂》，欲以复其精神，延其年寿。”（《楚辞章句》） ⑨醉鬟：女子发髻称鬟，此指歌女饮酒微醉。 ⑩翠翘：一种青绿色的雌鸟，亦称“翠鸟”，此代指其情人。 ⑪南谯（qiáo）：南楼。谯，望楼，高楼。

陈人杰（？—1243）

号龟峰，又名经国，字刚父，长乐（今福建福州）人。弱冠随牒江东漕闱，不第，北历淮山，自齐安薄游巴陵，嘉熙四年（1240）回京师。有《龟峰词》一卷。词三十一首皆调寄《沁园春》。

沁园春

诗不穷人[①]，人道得诗，胜如得官[②]。有山川草木，纵横纸上；虫鱼鸟兽，飞动毫端[③]。水到渠成，风来帆速，廿四中书考不难[④]。惟诗也，是乾坤清气[⑤]，造物须悭[⑥]。　金张许史浑闲[⑦]，未必有功名久后看。算南朝将相，到今几姓；西湖名胜，只说孤山[⑧]。象笏堆床[⑨]，蝉冠满座[⑩]，无此新诗传世间。杜陵老，向年时也自，井冻衣寒[⑪]。

【题解】

这首《沁园春》词表达了作者对诗歌创作的基本看法。主要是发挥欧阳修在《梅圣俞诗集序》中提出的“诗穷而后工”的文学观念，但同时也抒发了自己在穷困潦倒中坚持创作的激情，并且以贬低权贵作为陪衬以表明自己的坚定态度。他列举了历代的达官显贵，如金、张、许、史之流，尽管享尽了荣华富贵，却不可能写出好诗来流传后世。字里行间，充满了作为诗人的自豪感。作者还举出了最为他所崇敬的诗圣杜甫，强调杜甫虽然“向年时也自，井冻衣寒”，但却留下了无比丰厚的精神财富。两相对比，更增强了作者诗歌创作的献身精神。词的基调昂扬乐观，气势磅礴。

【注释】

①诗不穷人：意谓诗歌创作不会使人陷入困境。 ②“人道”二句：唐代郑谷《静吟》诗“骚雅荒凉我未安，月和余香夜吟寒。相门相客应相笑，得句胜于得好官。”为此词所本。 ③“有山川”四句：欧阳修《梅圣俞诗集序》：“凡士之蕴其所有，而不得施于世者，多喜自放于山巅水涯之处……盖愈穷则愈工；然则非诗之能穷人，殆穷者而后工也。”此隐括其意。毫端：指笔尖。 ④廿四中书考：引《旧唐书·郭子仪传》：“校中书令，考二十有四，权倾天下。”考，吏部每年对官员进行考察，任满一周年为一考。二十四考，即二十四年。郭子仪一生身系国家安危者三十余年，其中为中书令之时间最长。 ⑤乾坤清气：指天地间的清明灵秀之气。 ⑥造物：指天。 ⑦金张许史：即金日磾、张世安、许伯、史高四人。汉宣帝时，金日磾和张世安皆受宠，官居高位。许伯，宣帝皇后之父；史高，宣帝母舅家之人。二位外戚也显赫一时。《汉书·盖宽饶传》：“上无许史之属，下无金张之托。”此泛指达官贵人。 ⑧“西湖”二句：西湖名胜甚多，而只说孤山，因为北宋著名诗人林逋在此隐居，植梅养鹤，时称“梅妻鹤子”。 ⑨象笏（hù）：象牙做的笏板，古代在朝大臣见皇帝时手中所捧。象笏堆床，意谓在朝当大官的人很多。 ⑩蝉冠满座：蝉冠，即貂蝉冠，以貂尾蝉文为饰，后用作显贵的通称。杜陵老：指杜甫，他曾自称“杜陵布衣”“少陵野老”。 ⑪井冻衣寒：杜甫《空囊》诗：“不爨井晨冻，无衣床夜寒。”

沁园春

予弱冠之年，随牒江东漕闱[①]，尝与友人暇日命酒层楼。不惟钟阜、石城之胜班班在目，而平淮如席，亦横陈尊俎间。既而北历淮山，自齐安溯江泛湖，薄游巴陵，又得登岳阳楼，以尽荆州之伟观。孙、刘虎视遗迹依然[2]；山川草木、差强人意。洎回京师，日诣丰乐楼以观西湖。因诵友人“东南妩媚，雌了男儿”之句[3]，叹息者久之。酒酣，大书东壁，以写胸中之勃郁[4]。时嘉熙庚子秋季下浣也[5]。

记上层楼，与岳阳楼，酾酒赋诗[6]。望长山远水，荆州形胜；夕阳枯木，六代兴衰。扶起仲谋，唤回玄德，笑杀景升豚犬儿[7]。归来也，对西湖叹息，是梦耶非？　　诸君傅粉涂脂[8]，问南北战争都不知。恨孤山霜重，梅调老叶；平堤雨急，柳泣残丝。玉垒腾烟[9]，珠淮飞浪[10]，万里腥风送鼓鼙。原夫辈[11]，算事今如此，安用毛锥[12]！

【题解】

此词小序甚为可观，不仅交代了写作的时间、地点，而且揭示了全词主旨。即所谓“写胸中之勃郁”，而此勃郁之情则又是由江淮、荆湖之形胜，孙、刘虎视之遗迹与西湖妩媚之景色对照中而来。词的上下片组织安排也与此相合。上片叙游历，借“六代兴衰”的议论，扬孙、刘之北向争雄，贬刘琮之屈辱降曹，且巧借曹操之语以讽刺南宋朝廷的软弱无能。过片以“傅粉涂脂”之形象比拟理宗君臣，又是对序中友人诗句“东南妩媚，雌了男儿”的有力呼应，并谴责他们对蒙宋战争不闻不问，只知醉生梦死。接着借景抒情，景中托意，揭示了风雨飘摇，满目衰残的危殆国运。最后，以“原夫辈”自拟，抒发了作为一介书生，请缨无路，报国无门的激愤之情。全词造语遒劲，挥洒自如，使当时的环境气氛与作者的激情得到了鲜明生动的体现。

【注释】

①牒江东漕闱：牒，即牒试，一种特为官员子弟而设的考试，由转运司主办。江东漕，江南东路转运司，治所在建康府（今江苏南京）。闱，亦称铨闱，即考场。 ②孙、刘虎视遗迹：荆州为孙权、刘备争雄中原的要冲之地，故云。 ③东南妩媚，雌了男儿：意谓杭州西湖的妩媚秀丽之景，使南宋君臣都变得女性化了，也即软弱无能了。 ④勃郁：旺盛浓烈的情绪。 ⑤下浣：唐代规定官吏每十天休息沐浴一次称为浣。后引申称每月上中下旬为上浣，中浣，下浣。 ⑥酾（shī）酒：斟酒。 ⑦“扶起”三句。见辛弃疾《南乡子》（何处望神州）词注⑤。 ⑧诸君：指南宋尤其是指理宗君臣。 ⑨玉垒：玉垒山，在四川灌县西。 ⑩珠淮：因淮水产贡珠而称珠淮。 ⑪原夫辈：泛指舞文弄墨的士人。 ⑫毛锥：即毛笔。《五代史·史弘肇传》：“安朝廷，定祸乱，直须长枪大剑，至如毛锥子，焉足用哉？”

文及翁（生卒年不详）

字时学，号本心，绵州（今四川省绵阳市）人，后移居吴兴。宝祐元年（1253）进士。历秘书少监，知袁州。德祐元年（1275），除签书枢密院事。元兵将至，弃官遁。《全宋词》录其词一首。

贺新郎

西　湖

一勺西湖水[①]。渡江来、百年歌舞[②]，百年酣醉。回首洛阳花石尽[③]，烟渺黍离之地[④]。更不复、新亭坠泪[⑤]。簇乐红妆摇画舫[⑥]，问中流、击楫谁人是[⑦]？千古恨，几时洗。　余生自负澄清志[⑧]。更有谁、磻溪未遇[⑨]，傅岩未起[⑩]。国事如今谁倚仗，衣带一江而已[⑪]。便都道、江神堪恃。借问孤山林处士[⑫]，但掉头、笑指梅花蕊[⑬]。天下事，可知矣。

【题解】

这首词是作者登进士第后，与新进士同游西湖时所作。词的起句即以夸张手法，极言西湖之小：就是这“一勺西湖水”竟成了南宋统治者偏安一隅的安乐窝，自渡江以来一百多年，沉湎酒色，酣饮狂舞，不思恢复。接着以“洛阳花石”与“黍离之地”，一盛一衰，两相对照，其讽刺意义十分显豁，令人想见朝中士大夫们已经麻木不仁，无人再为国事而作新亭之泣，更不用说击楫中流了。过片三句表明自己立志救国的决心和要求朝廷起用贤才的希望。词中愤怒地谴责了官僚士大夫们一味安逸享乐，幻想凭仗一衣带水的长江来阻止敌人南下的荒谬做法，并对朝廷之腐败表示了极端的愤慨。全词情调激昂慷慨，确实体现了一个新进士议论风发的风采。

【注释】

①一勺：极言其容量之小。勺：容量单位，十勺为一合。 ②百年：自南宋王朝建立以来，至理宗宝祐元年（1253）作者登第时已一百二十多年。 ③洛阳花石：宋时洛阳以花石著称，多奇花异石。此借指汴京。 ④黍离：见张元幹《贺新郎》词注③。 ⑤新亭：晋室南渡后，士大夫在建康新亭摆宴时，每北望而落泪。 ⑥簇：聚集。簇乐（yuè）：指急管繁弦。⑦中流、击楫：用晋代祖逖渡江北伐事。 ⑧澄清志：指恢复中原，澄清天下之志。 ⑨磻（pán）溪：在今陕西宝鸡市。相传吕尚（姜子牙）在此钓鱼，得遇周文王，后为辅佐大臣，灭了商朝。 ⑩傅岩：在今山西平陆县。相传傅说在此从事版筑，遇殷高宗后得重用，使天下大治。 ⑪衣带一江：形容长江不足为恃，极易渡过。 ⑫林处士：即林逋（和靖）。 ⑬花蕊：花心。

刘辰翁（1232—1297）

字会孟，号须溪，庐陵（今江西吉安）人，宋理宗景定三年（1162）举进士，因廷试对策触犯权臣贾似道，置于丙等。曾任濂溪书院山长。宋亡后隐居不仕。其词多抒发故国之思，山河之恸，不假雕琢而真挚感人，是南宋遗民词中寄情尤深，书愤尤切者。有《须溪词》。

柳梢青

春感

铁马蒙毡①，银花洒泪②，春入愁城。笛里

番腔[3]，街头戏鼓，不是歌声。　　那堪独对青灯。思故国，高台月明。辇下风光[4]，山中岁月，海上心情[5]。

【题解】

刘辰翁有元夕词十余首。宋亡后连续几年的元夕，他都有词志哀。此词上片所展示的便是宋亡后的元夕景象。江山易帜，风月全非，耳目所接竟是元蒙铁骑的横行，北地番腔的喧嚣。团栾（luán）月色，繁华灯市以及满城仕女，满城箫鼓，这些向来被咏叹不绝的元夕风光，竟为之黯然消失。词中以“铁马蒙毡”“笛里番腔”寓沧桑之变，以“银花洒泪”“不是歌声”抒亡国之痛，把星月交辉的元宵佳节，渲染得一片愁云惨雾。上片感时，下片述志。作者“独对青灯”无心赏月。“思故国，高台月明”，除了心怀故国，还含有“月是故乡明”之意。结韵三句互为对句，词曲中称为鼎足对。“辇下风光”，是追念临安故都的风月繁华；“山中岁月”，是表示穷老守节的坚定意志；“海上心情”，是关切崖山君臣的安危存亡。这种句式，既有凝聚力，又有表现力，集中映现了作者此时复杂而丰富的思想感情。

【注释】

①铁马蒙毡：指元兵战马身上蒙有御寒用的毛毡。　②银花：指元宵夜的花灯。苏味道《正月十五夜》诗：“火树银花合，星桥铁索开。”　③番腔：指笛里吹出的蒙古族乐调。　④辇下：帝辇之下，即指京城。　⑤海上心情：临安沦陷后，陆秀夫、文天祥等先后拥立赵昰、赵昺在福建广东一带海上继续抗元，引起作者关切，故云。一说，乃用苏武囚于匈奴，于北海上仗节牧羊事，与前句“山中岁月”意同。亦可通。

永 遇 乐

余自乙亥上元诵李易安《永遇乐》[①]，为之涕下。今三年矣，每闻此词，辄不自堪。遂依其声[②]，又托之易安自喻。虽词情不及，而悲苦过之。

璧月初晴[③]，黛云远淡，春事谁主？禁苑娇寒[④]，湖堤倦暖，前度遽如许[⑤]！香尘暗陌[⑥]，华灯明昼，长是懒携手去。谁知道、断烟禁夜[⑦]，满城似愁风雨。 宣和旧日[⑧]，临安南渡，芳景犹自如故[⑨]。缃帙流离[⑩]，风鬟三五[⑪]，能赋词最苦。江南无路，鄜州今夜[⑫]，此苦又谁知否？空相对、残釭无寐[⑬]，满村社鼓[⑭]。

【题解】

这也是一首元夕词，作于景炎三年（1278），比《柳梢青》词早一年。词借李清照之身世口吻，寄托自己的故国之思。上片叙事，用虚实相间笔法写出家国之恨。其中有些语句本之于易安词，以增强“自喻”的真实感，如“璧月”“禁苑”“香尘”诸句表现临安元夕的帝都风光，皆从实处落笔，逼近李作。但“春事”“前度”“满城”等句，则又由实转虚，感慨良深。其中既包含着“春事依旧，人事全非”之意，也隐隐寓有亡国之痛，藏而不露，意在言外。下片述情，也处处关合双方。“江南无路”是下片词眼，抒发了李清照未曾有过的流离于深山大泽间无路可走的悲哀。结尾三句更是刘辰翁于戊寅元夕流落山村独有的境界。“辞情不及”或为谦辞，“悲苦过之”

则为实情。

【注释】

①乙亥：宋恭帝德祐元年（1275）。上元：元宵节。 ②依其声：按李清照原作的声律。 ③璧月：圆月。璧：圆形的玉。 ④禁苑：皇帝的花园，禁人入游，故称禁苑。娇寒：嫩寒，微寒。 ⑤“前度”句：意谓再度来临安时，竟是局势骤变。 ⑥香尘暗陌：李白《古风》第二十四：“大车扬飞尘，亭午暗阡陌。” ⑦断烟：断绝了炊烟，暗示人烟稀少。禁夜：禁止夜行。 ⑧宣和：宋徽宗年号（1119—1125）。当时汴京以繁华著称。 ⑨“芳景”句：暗寓河山易主之意。《世说新语·言语篇》记周顗语：“风景不殊，正自有山河之异。” ⑩缃帙（xiāngzhì）流离：指李清照所藏书籍在战乱中散失之事。缃帙，浅黄色的书套，此指书籍。 ⑪“风鬟”句：见李清照《永遇乐》词注⑬。 ⑫“鄜（fū）州”句：杜甫《月夜》诗：“今夜鄜州月，闺中只独看。” ⑬残釭（gāng）：残灯。 ⑭社鼓：社日祭神的鼓声。

摸 鱼 儿

酒边留同年徐云屋

怎知他、春归何处？相逢且尽尊酒。少年袅袅天涯恨，长结西湖烟柳。休回首，但细雨断桥[1]，憔悴人归后。东风似旧。问前度桃花，刘郎能记，花复认郎否[2]？ 君且住，草草留君剪韭[3]。前宵正恁时候。深杯欲共歌声滑，翻湿春衫半袖。空眉皱。看白发尊前，已似人人有。临分把手，叹一笑论文[4]，清狂顾曲[5]，此会几时又？

【题解】

题中所言徐云屋（生平不详），是刘辰翁于景定三年（1262）举进士第时的同榜进士。当年相识，正值“西湖烟柳”的暮春时节。多年之后的又一个暮春，两位“同年”再次相逢于临安故都。而友人行色匆匆，正欲离去，作者为他饯行。人世沧桑，感慨系之。词在描述二人作为文朋诗友深挚交谊的同时，抒发了无限的今昔之慨与个人身世飘零之悲。全词语言朴实平易，但所表现的感情却回环曲折。意蕴深沉。词中凡三用问句，强化了感慨意味。尤其是“问前度桃花，刘郎能记，花复认郎否？”说尽了世加之沧桑，人事飘零，而出以一种诙谐轻松语调，举重若轻，读之令人倍感心酸。此词主要以感情之真挚，语意之凄凉取胜，这也是遗民词的共同特色。

【注释】

①断桥：原名宝祐桥，唐时称为断桥，又名段家桥，在杭州西湖之白堤上。“断桥残雪”为西湖十景之一。 ②“问前度”三句：刘禹锡《戏赠看花诸君子》诗：“玄都观里桃千树，尽是刘郎去后栽。”又《再游玄都观》诗：“种桃道士归何处？前度刘郎今又来。”此处翻用其意。 ③草草：随随便便。王安石《示长安君》诗：“草草杯盘供笑语，昏昏灯火话平生。”剪韭：杜甫《赠卫八处士》诗：“夜雨剪春韭，新炊间黄粱。” ④论文：杜甫《春日忆李白》诗：“何时一尊酒，重与细论文。” ⑤顾曲：《三国志·吴志·周瑜传》：“瑜少精意于音乐，虽三爵之后，其有阙误，瑜必知之，知之必顾。故时人谣曰：‘曲有误，周郎顾。’”此指在宴会上听乐。

宝鼎现

红妆春骑①，踏月影、竿旗穿市②。望不尽、楼台歌舞，习习香尘莲步底③。箫声断，约彩鸾归去④，未怕金吾呵醉⑤。甚辇路、喧阗且止，听得念奴歌起⑥。 父老犹记宣和事，抱铜仙、清泪如水⑦。还转盼、沙河多丽。滉漾明光连邸第，帘影冻、散红光成绮⑧。月浸葡萄十里⑨，看往来、神仙才子，肯把菱花扑碎⑩？ 肠断竹马儿童⑪，空见说、三千乐指⑫。等多时春不归来，到春时欲睡。又说向、灯前拥髻⑬。暗滴鲛珠坠⑭。便当日、亲见霓裳，天上人间梦里⑮。

【题解】

“刘辰翁作《宝鼎现》词，时为大德元年，自题曰丁酉元夕，亦义熙旧人（指陶渊明）只书甲子之意。”（《历代诗余》引张孟浩语）这时距南宋亡国已有二十年，每至元宵佳节，词人总是禁不住伤今念昔，心情更感悲凉。然而全词写来却“炼金错采”，极为绚烂，以美丽繁华的景象，对照今日亡国之痛，更显韵味深长，哀婉不已。此词艺术上颇具特色，按词调三叠的结构布局，逐阕写三个时代的元夕景况，在下一阕换头处均作回忆，将上阕情事演为梦幻般的悬想，给人以每况愈下，不堪回首之感。第二阕是“父老”的追忆，第三阕是儿童凭父老闲谈而作的揣想，写来变化无端，不着痕迹。由于将回忆、感慨、痛苦交织在一起，“反反复复，字字悲咽”（张孟浩语），成功地刻画了当日遗民特有的心态。

【注释】

①红妆春骑：指盛妆出游的青年男女。沈佺期《夜游》咏元宵诗：“南陌青丝骑，东邻红粉妆。” ②竿旗穿市：用苏轼《上元夜》诗：“牙旗

夜穿市，铁马响春冰。”　③习习：尘土飞扬的样子。莲步：指美人足。④彩鸾：仙女，此指游女。林坤《诚斋杂记》载：“钟陵西山有游帷观，每至中秋，车马喧阗。十数里若闤闠，豪杰多召名姝善讴者，夜与丈夫间立。握臂连踏而唱，惟对答敏捷者胜。大和（唐文宗年号）末，有书生文箫往观，睹一姝（吴彩鸾）甚妙。……生意其神仙，植足不去，姝亦相眄。……乃与生下山归钟陵为夫妇。”　⑤“未怕”句：古代平日禁夜行，而元宵前后各一日弛禁。金吾：即执金吾，执行警察职务。呵醉：用汉将李广被霸陵尉呵责宿夜事。见《史记·李将军列传》。　⑥念奴：唐代天宝中名倡。事见元稹《连昌宫词》自注。此处泛指著名歌女。甚：正。辇路：皇家车骑经行的道路，泛指京城大街。　⑦“抱铜仙”句：魏明帝时诏宫车西取汉武帝时铸造的铜人，铜人临载竟潸然泪下。事见李贺《金铜仙人辞汉歌》序。刘词即用此事以寓北宋灭亡之痛。　⑧“还转盼”三句：沙河塘在杭州南五里。为繁华地区。田汝成《西湖游览志余》：“沙河宋时居民甚盛，碧瓦红檐，歌管不绝。”又周密《武林旧事》记南宋杭州元夕云：“邸第好事者，……间设雅戏烟火，花边水际，灯烛灿然。”正为三句所写情景。　⑨葡萄：形容碧绿的水色。李白《襄阳歌》：“遥看汉水鸭头绿，恰似葡萄初酦醅。”　⑩菱花扑碎：用乐昌公主事。见朱敦儒《临江仙》注③，袁去华《瑞鹤仙》注②。　⑪竹马儿童：以竹竿当马骑嬉乐无忧的儿童。李白《长干行》：“郎骑竹马来，绕床弄青梅。”　⑫三千乐指：指三百人的大乐队。宋高宗绍兴年间恢复教坊，招待北使“旧例用乐工三百人。”苏轼《送江公著知吉州》诗：“红妆执乐三千指。”　⑬灯前拥髻：用《飞燕外传》伶玄自述其妾樊通德“顾视烛影，以手拥髻，凄然泣下，不胜其悲”语意。　⑭鲛（jiāo）珠：指眼泪。鲛人泣珠事见《博物志》。　⑮天上人间：李煜《浪淘沙令》：“流水落花春去也，天上人间。”此用其意。

周 密（1232—1298）

字公谨，号草窗，又有四水潜夫、弁阳老人等号。其先济南人，南渡后寓湖州。宋末尝为义乌令，宋亡不仕，著述甚多。有《草窗韵语》六卷，《蘋洲渔笛谱》二卷，编选《绝妙好词》七卷。《草窗词》二卷则为后人所辑。

高 阳 台

送陈君衡被召①

照野旌旗，朝天车马，平沙万里天低。宝带金章，尊前茸帽风欹②。秦关汴水经行地，想登临、都付新诗。纵英游、叠鼓清笳，骏马名姬。　　酒酣应对燕山雪，正冰河月冻，晓陇云飞③。投老残年④，江南谁念方回⑤？东风渐绿西湖岸⑥，雁已还、人未南归。最关情、折尽梅花，难寄相思⑦。

【题解】

这首词是作者为送别友人陈允平（字君衡）应召而作，作者是一位有着强烈爱国感情的词人，宋亡后隐居不仕，陶宗仪《辍耕录》称他“独厉岁寒之操”。可以想见他对陈允平应召入元是极为不满的，但友人去意已决，又不能相强，于是作此词以曲笔寄意，以侧笔微讽。词的开篇写出当时“朝天”队伍之雄壮，其中陈允平也是“金章宝带”好不得意，大有独孤信日暮猎还，侧帽入城的潇洒风神。同时又以“秦关汴水经行地”加以提示，希望他别忘根本，用笔极为含蓄蕴藉。接着驰骋想象，写友人在中原大地上登山临水，吟诗作赋等风流旷达之状，但就是只字不提仕宦之事，体现了他希望友人不要屈事新朝的良苦用心。“投老残年”以下内涵极为复杂，既隐含着对友人的担心、不满和责备，又表达了一片真挚的友情，更体现了词人自己的身世之感与家国之痛。全词虚实结合，寓意丰厚而又婉转深沉。

【注释】

①陈君衡：名允平，号西麓，四明（今浙江宁波）人。德祐时，授沿海制置司参议官。宋亡后，曾应召至元大都，不仕而归。有词集《日湖渔唱》。词风和婉平正，少数作品表现了故国之思。　②茸帽风欹：《北史·周书·独孤信传》：“信在秦州，尝田猎，日暮，驰马入城，其帽微侧。诘旦，而吏民有戴帽者，咸慕信而侧焉。”茸帽，皮帽。欹（qī），侧。　③晓陇云飞：柳永《曲玉管》词：“陇首云飞，江边日晚。”　④投老：到老，临老。　⑤方回：北宋词人贺铸，字方回。黄庭坚曾赋诗赞云：“解道江南肠断句，只今惟有贺方回。”此处作者用以自拟。　⑥“东风”句：化用王安石“春风又绿江南岸”句意。　⑦“最关情”二句：盛弘之《荆州记》载：陆凯曾从江南将梅花寄到长安送给他的好友范晔，并赠诗说：“折梅逢驿使，寄与陇头人。江南无所有，聊赠一枝春。”此处化用其意以表怀念之情，更寓有对陈允平得官忘友，忘怀故国的担心。

曲　游　春

禁烟湖上薄游①，施中山赋词甚佳⑦，余因次其韵。

盖平时游舫，至午后则尽入里湖，抵暮始出断桥，小驻而归，非习于游者不知也。故中山亟击节余“闲却半湖春色”之句，谓能道人之所未云。

禁苑东风外[3]，飏暖丝晴絮，春思如织。燕约莺期，恼芳情偏在，翠深红隙。漠漠香尘隔，沸十里、乱丝丛笛。看画船，尽入西泠[4]，闲却半湖春色。　　柳陌。新烟凝碧。映帘底宫眉，堤上游勒。轻暝笼寒，怕梨云梦冷，杏香愁幂[5]。歌管愁寒食，奈蝶怨，良宵岑寂。正满湖、碎月摇花，怎生去得！

【题解】

周密早年曾师事杨缵研习乐律，并在杨氏环碧园参加吟社，这一时期作品多优游湖山、流连光景之什。这首《曲游春》就是当时承平风光的产物。作为他前期的得意之作，在他后来所撰《武林旧事》的“西湖游幸”章中还特加称引。词中描绘了寒食佳节西湖上自午至夜，画船歌管的游春盛况，笔调清丽细腻且富有层次感。“看画船”二句极得时人称赏，以为“能道人之所未云”。其实此二句在词中也并非一枝独秀，前有“暖丝晴絮”“翠深红隙”等写景密丽的词句作铺垫，下片则有“梨云梦冷，杏香愁幂”二句善传梨杏娇姿媚态，更有结韵“满湖碎月摇花”那清幽的意境，前后辉映，使词作更显得姿态横生。

【注释】

①薄游：即游历。薄，发语词，无义。　②施中山：施岳，名仲山，吴人，精于音律。《全宋词》录其词六首，其中包括周密称为“甚佳”的《曲游

春》“清明湖上”词。　③禁苑：皇家园林。南宋都临安，西湖一带因称禁苑。　④西泠：西湖一桥名。　⑤幂（mì）：覆盖、罩。晁补之《洞仙歌》“青烟幂处，碧海飞金镜。”

一萼红

登蓬莱阁有感[①]

步深幽，正云黄天淡，雪意未全休。鉴曲寒沙[②]，茂林烟草，俯仰千古悠悠。岁华晚、飘零渐远，谁念我、同载五湖舟[③]？磴古松斜[④]，崖阴苔老[⑤]，一片清愁。　　回首天涯归梦，几魂飞西浦，泪洒东州[⑥]。故国山川，故园心眼，还似王粲登楼[⑦]。最怜他、秦鬟妆镜[⑧]，好江山、何事此时游。为唤狂吟老监[⑨]，共赋消忧。

【题解】

宋恭帝德祐元年（1275），周密于南宋政权风雨飘摇之际，被起用为婺州义乌县令。次年，元军即攻陷临安。不久，婺州等地也相继沦陷。周密不得不离任北上。途经绍兴时，特意登蓬莱阁一掬吊古伤今之泪。此词即为当时志感之作。词人在一个烟云苍茫、雪意未休的寒冬季节登台，触目所见，尽是一派肃杀惨凄之象，因而本已阴霾密布的心里更感苦涩沉重。词人曾多少回萦念绍兴，谁知今日造访，竟已成异族肆虐之地，顿生故国不堪回首之悲。词中用笔开合动荡，出人意表，造语亦精妙绝伦，悲凉意绪充溢其中，“苍茫感慨，情见乎词”，因此陈廷焯谓此词“当为草窗集中压卷”（《白雨斋词话》）。

【注释】

①蓬莱阁：旧址在今浙江省绍兴市卧龙山下，五代时吴越王建。　②鉴曲：鉴湖边。据《新唐书·贺知章传》："有诏赐镜湖剡川一曲。"镜湖即鉴湖，在绍兴。　③五湖舟：见吴文英《八声甘州》词注⑩。　④磴：石级。　⑤崖阴：山角阴暗处。　⑥"几魂飞"二句：作者自注："阁在绍兴，西浦、东州皆其地。"几：几回，几度。　⑦王粲登楼：建安诗人王粲在荆州避乱期间，作《登楼赋》，抒发其怀乡之情与不遇之感。　⑧秦鬟：绍兴有秦望山，以秦始皇曾登之而得名。山形一似妇女鬟髻，故称秦鬟。妆镜：指鉴湖。因湖水清如妆镜，可照见山影，故云。　⑨狂吟老监：指唐代诗人贺知章。贺知章晚年隐鉴湖。他曾任秘书监，又自号"四明狂客"，故称。

玉　京　秋

长安独客①，又见西风、素月、丹枫，凄然其为秋也，因调夹钟羽一解。

烟水阔，高林弄残照，晚蜩凄切②。碧砧度韵，银床飘叶③。衣湿桐阴露冷，采凉花、时赋秋雪④。叹轻别，一襟幽事，砌蛩能说。　客思吟商还怯⑤，怨歌长、琼壶暗缺⑥。翠扇恩疏⑦，红衣香褪⑧，翻成消歇。玉骨西风，恨最恨、闲却新凉时节。楚箫咽⑨，谁倚西楼淡月⑩。

【题解】

客中逢秋，往往易使游子顿生凄凉萧瑟之感，迟暮之思、离别之恨皆为所发。周密此词当作于宋亡前客居临安之时。上片从秋容、秋声、秋色几个方面描绘了一幅高远而萧瑟的清秋图景，因景传情，传达出作者独客京华的凄凉与相思离别的幽怨心情。下片写其情人恩情断绝，美好往事亦已消歇的凄凉落寞之慨。其中“怨歌长、琼壶暗缺”句，既抒写了词人绵长的离愁别恨，又隐隐地传达出长期沉沦下僚、怀才不遇的喟叹。最后，以侧耳细听远处悲咽的箫声、举头凝望中天一轮朦胧淡月的形象收束全篇，境界凄寂，形象幽独。全词语言清丽精工，风格婉丽骚雅。

【注释】

①长安：此指南宋都城临安。 ②晚蜩（tiáo）：柳永《雨霖铃》词：“寒蝉凄切，对长亭晚，骤雨初歇。”蜩，蝉。 ③银床：井上辘轳架。庾肩吾《九日传宴》诗：“玉醴吹岩菊，银床落井桐。” ④凉花：指菊花、芦花等秋日开放的花。陆龟蒙《早秋》诗：“早藕擎霜节，凉花束紫梢。” ⑤吟商：即吟咏秋天。商，五音之一，《礼记·月令》：“孟秋之月其音商。” ⑥琼壶暗缺：据裴启《语林》载，王敦酒后常吟咏曹操“老骥伏枥，志在千里。烈士暮年，壮心不已”，并以铁如意敲击唾壶来打节拍，结果壶口尽缺。后即以敲壶尽缺表示感情激烈。 ⑦翠扇恩疏：古人习用夏去秋来扇子收藏，比喻恩爱断绝。 ⑧红衣香褪：古代女子有赠衣给情人以为表记的习俗。 ⑨楚箫咽：李白《忆秦娥》词：“箫声咽，秦娥梦断秦楼月。”此化用其意。 ⑩“谁倚”句：我久久地倚楼凝望那一轮淡月。谁：实即词人自指。

花 犯

赋水仙

楚江湄[①]，湘娥乍见[②]，无言洒清泪。淡然春意。空独倚东风，芳思谁寄？凌波路冷秋无际[3]。香云随步起，谩记得、汉宫仙掌[4]，亭亭明月底。　　冰弦写怨更多情[5]，骚人恨，枉赋芳兰幽芷[6]。春思远，谁叹赏、国香风味[7]？相将共、岁寒伴侣[8]。小窗静，沉烟熏翠被。幽梦觉，涓涓清露，一枝灯影里。

【题解】

诗之咏物晚唐为多，词之咏物南宋末为多。大抵皆因无力以挽政治之衰微，借咏物以排遣愁思，寄托某种幽情。此词将水仙比作湘江女神，又似仙非仙，终不离花之特质。上片并未描摹水仙之色相，而是凝神观照，摆脱凡思，写出她不同凡花的清姿、高洁的流品、芳心难寄的幽怨、“香云随步起”的丰神以及月下亭亭玉立的逸韵，笔致十分轻灵雅秀。过片以湘灵鼓瑟故事代水仙抒恨、冷弦弹怨，遗憾屈原未能把她写进诗篇，又感叹世人未赏国香风味。因而，作者要特将她当作有清操厉节的岁寒之友相伴相依。篇末写作者在灯下赏花的别样情味，清逸之韵有余不尽。全词洗尽靡曼，命意清远，隐约表现了作者高蹈尘俗、遗世独立的精神品格。

【注释】

①湄：水滨。《诗经·秦风·蒹葭》：“所谓伊人，在水之湄。” ②湘娥：即湘妃，传说为尧的女儿，舜的夫人。闻帝舜死于苍梧之野，投湘水以自尽，后成为湘水女神。此处比喻水仙。 ③凌波：见贺铸《青玉案》注①。 ④汉宫仙掌：用金铜仙人捧盘承露之典。 ⑤冰弦写怨：用湘灵鼓瑟故事。《楚辞·远游》：“使湘灵鼓瑟兮，令海若舞冯夷。”刘禹锡《潇湘神》词：“斑竹枝，斑竹枝，泪痕点点寄相思。楚客欲听瑶瑟怨，潇湘深夜月

明时。” ⑥“骚人恨”二句：屈原《离骚》：“扈江离与辟芷兮，纫秋兰以为佩。” ⑦国香：《左传·宣公三年》：“以兰有国香，人服媚之如是。”后因称兰为国香，此处称水仙为国香。黄庭坚《次韵中玉水仙花》诗：“可惜国香天不管，随缘流落小民家。” ⑧岁寒伴侣：古人以松、竹、梅为岁寒三友，水仙凌寒着色，流品高洁，故称岁寒伴侣。

文天祥（1236—1283）

初名云孙，字天祥，后改字宋瑞，一字履善，自号文山，吉水（今江西吉安）人。宋理宗朝进士，历知瑞、赣等州。德祐元年（1275），元兵南下，他奉诏起兵勤王。南宋降元后，他组织义军转战于福建、江西、广东等地，终因寡不敌众，兵败被俘，囚于燕京三年余，坚贞不屈，从容就义。其后期诗词慷慨悲壮，表现出凌然不可侵犯的民族气节。有《文山先生全集》十七卷，《指南录》四卷，后录三卷，《文山乐府》一卷。

酹 江 月

和友驿中言别[1]

乾坤能大[2]，算蛟龙、原不是池中物[3]。风雨牢愁无着处[4]，那更寒蛩四壁[5]。横槊题诗[6]，登楼作赋[7]，万事空中雪。江流如此，方来还有英杰[8]。 堪笑一叶飘零，重来淮水，正凉风新发。镜里朱颜都变尽，只有丹心难灭。去去龙沙[9]，江山回首，一线青如发[10]，故人应念，杜鹃枝上残月[11]。

【题解】

这是一首风骨遒劲的唱和之作。上片言旧。“乾坤能大”四句，以蛟龙暂屈池中，终当飞腾为喻，表明自己虽遭囚禁而志向远大。“横槊题诗”三句，追念昔日转战东南的戎马生活，痛惜抗元战斗归于失败。凡此，不只是自抒胸襟，也是兼志同道合的友人而言，是对他们共有的铮铮斗志的激励及共有的漫漫征途的回顾。“江流如此”二句则寄希望于将来，对国家的复兴不抱悲观态度。下片言别。“镜里朱颜”二句，示此心此志至死不渝。“去去龙沙”三句，言人渐北去，心终南向。末二句说死后魂将化为杜鹃，当你听到月夜杜鹃的哀鸣，那便是我“魂兮归来”。生前战斗不息，死后仍眷怀故国，丹心不灭，这是何等赤诚的爱国热肠！其他遗民词悼南宋之亡，虽亦哀伤不已，但常心危词苦，情调低沉，而文天祥词中则国亡而正气犹存，身死而雄心不灭，确乎为辛、陆爱国词之嗣响，为宋词谱写了高唱入云的尾声。

【注释】

①友：指邓剡。邓剡，字中甫，与文天祥同乡，曾任厓山行朝礼部侍郎，被俘后同文天祥一起押解至金陵，并作词送文天祥继续北行。此词为文天祥的和作。　②能：这样，如许。　③蛟龙：喻豪杰。《三国志·周瑜传》：“刘备以枭雄之姿，而有关羽、张飞熊虎之将，恐蛟龙得云雨，终非池中物也。”　④牢愁：忧愁。　⑤那更：犹言况且，兼之，“那”字无义。⑥槊：长矛。元稹《唐故工部员外郎杜子美墓系铭》：“曹氏父子，鞍马间为文，往往横槊赋诗。”　⑦登楼作赋：用王粲作《登楼赋》事。　⑧方来：将来。　⑨龙沙：泛指塞外沙漠之地。　⑩“江山”二句：一作“向江山回首，

青山如发。”苏轼《澄迈驿通潮阁》诗：“杳杳天低鹘没处，青山一发是中原。” ⑪“杜鹃”句：唐代崔涂《春夕旅怀》诗：“蝴蝶梦中家万里，杜鹃枝上月三更。”

满 江 红

和王夫人《满江红》韵，以庶几后山《妾薄命》之意[①]

燕子楼中[②]，又挨过、几番秋色。相思处、青年如梦，乘鸾仙阙。肌玉暗消衣带缓，泪珠斜透花钿侧。最无端、蕉影上窗纱，青灯歇。　曲池合，高台灭[③]。人间事，何堪说！向南阳阡上[④]，满襟清血。世态便如翻覆雨，妾身元是分明月。笑乐昌、一段好风流，菱花缺[⑤]。

【题解】

此词题中自称“以庶几后山《妾薄命》之意”。陈师道作《妾薄命》诗，自喻一生崇拜其师曾巩。文天祥借以说明自己对南宋忠贞不贰的情操。词人用唐代张愔尚书的爱姬关盼盼自比，忆念当年高中状元出仕宋廷的前尘梦影，恰似美人乘鸾上仙阙一般。而今幽囚燕京，香肌暗损，为了国家民族的尊严，忍受这青灯独守的凄苦。虽然宋王朝业已覆亡，而自己对祖国的忠贞不可移易。其中，“世态便如翻覆雨，妾身元是分明月”二句为全词关键。尽管沧桑巨变之后，多少人已弹冠新朝，但作者的精忠不贰，却如皓月经天，澄明可鉴。最后对那些像乐昌公主一样逞风流的新贵们报以蔑视的一笑。词人岸然劲节不可凌犯，而发语却又温婉平和。寓刚于柔，手法高妙。

【注释】

①王夫人：名清惠，南宋宫廷昭仪，宋亡时随恭帝等被俘北去，途经汴京夷山县时，题《满江红》一词于驿壁，抒写亡国之惨痛。文天祥被囚金陵时曾读到此词，因和之。后山：陈师道，号后山居士，曾作《妾薄命》诗以自喻，表示一生崇拜其师曾巩。 ②燕子楼：唐代白居易《燕子楼》诗序："徐州故张尚书有爱妓曰盼盼，善歌舞，雅多风态。……尚书既殁，归葬东洛。而彭城（即徐州）有张氏旧第，第中有小楼，名燕子。盼盼念旧爱而不嫁，居是楼十余年，幽独块然，于今尚在。"后以此典形容女子寡居独处，凄凉悲苦。 ③"曲池合"二句：用桓谭《新论》所载雍门周说孟尝君的话："千秋万岁后，高台既已倾，曲池又已平。"此用以比喻王朝的覆亡。 ④南阳阡：汉代原涉自署墓道为"南阳阡"。陈师道《妾薄命》诗有"相送南阳阡""有泪当彻泉"等句。 ⑤乐昌、菱花：用陈后主妹乐昌公主"破镜重圆"事。菱花：镜子。

邓　剡（生卒年不详）

字光荐，号中斋，庐陵（今江西吉安）人。景定三年（1262）进士。临安失陷后，流亡入闽。祥兴时（1278），任厓山行朝礼部侍郎。厓山兵败，投海殉国，为元兵救起俘获，归张宏范，使教其次子，后放还。有辑本《中斋词》一卷。

唐　多　令

雨过水明霞，潮回岸带沙[①]。叶声寒，飞透窗纱。堪恨西风吹世换，更吹我，落天涯。　　寂寞古豪华，乌衣日又斜。说兴亡、燕入谁家[2]？惟有南来无数雁，和明月，宿芦花。

【题解】

此词作于邓剡劫后余生、只身流落金陵之时。面对秋风中这座曾历经六朝递变的古城，词人吊古伤今，不禁触发起此时此地的流亡之苦和亡国之痛。词以荒凉空漠之景，暗寓孤寂惆怅之情。那秋风落叶的一叶叶、一声声，似乎都在敲打着词人滴血的心。因西风换季而兴起改朝换代的悲哀，由落叶随风而加深亡国飘泊的痛苦。凄情更兼苦景，个人生死与民族危亡连在一起，流亡的感受和亡国的体验交织胸中，哀痛更切，悲愤更深。过片借用刘禹锡《乌衣巷》诗意，以发历代兴亡之感慨。无论是李唐王朝，还是赵宋江山都已成为过去，豪华终归寂寞，衣冠难免凋零。故国自已不堪回首，而眼前凄寂破败之状更令人肠断。由此步步深入，深化了意境，加重了悲凉色调。最后以群雁依旧南飞之景作结，不胜凄凉哀婉之至。

【注释】

①“潮回”句：化用刘禹锡《石头城》诗中“潮打空城寂寞回”句意。　②“寂寞”四句：化用刘禹锡《乌衣巷》“旧时王谢堂前燕，飞入寻常百姓家”诗意。

汪元量（生卒年不详）

字大有，号水云，钱塘（今浙江杭州）人。度宗时以善琴供奉掖庭。宋亡，随三宫入燕，宋少帝迁吐鲁番后，以黄冠放回江南，往来于匡庐、彭蠡间，浪迹江湖以终。有《湖山类稿》五卷，《水云词》一卷。

水龙吟

淮河舟中夜闻宫人琴声

鼓鼙惊破霓裳[①]，海棠亭北多风雨。歌阑酒罢，玉啼金泣[②]，此行良苦。驼背模糊，马头匼匝[③]，朝朝暮暮。自都门燕别，龙艘锦缆，空载得、春归去。　目断东南半壁，恨长淮，已非吾土。受降城下[④]，草如霜白[⑤]，凄凉酸楚。粉阵红围[⑥]，夜深人静，谁宾谁主？对渔灯一点，羁愁一搦[⑦]，谱琴中语。

【题解】

这首词作于恭帝德祐二年（1276），作者随少帝和金太后一同被押解北去的途中。起韵二句借用白居易《长恨歌》“渔阳鼙鼓动地来，惊破霓裳羽衣曲”句意，以安史之乱喻南宋亡国之悲，笔意苍凉。以下便细写北行途中之苦况。“驼背”二句写沿岸监押的元军声势之盛，承上“此行良苦”一句而来，借元人志得意满之状以反衬南宋帝后之凄苦悲凉。“自都门宴别”数句则从不同侧面写“此行良苦”，而又以“载春归去”象征南宋之覆亡，着一“空”字，包含了无限的辛酸。换头“目断”二句，笔势宕开，言东南半壁及淮河两岸皆已非吾土，触景伤怀，哀痛不已。接着更联想到繁华帝都的临安，自受降之后也已“陵庙成焦土，宫墙没野蒿”（《杭州杂诗和林石田》），而眼下这“龙艘”所载的“粉阵红围”，如今不分贵贱都成了异族的“臣妾”，只能借琴声谱写那无尽的哀愁了。苍凉沉郁，哀婉凄绝。“亡国之音哀以思”，此言信然。

【注释】

①“鼓鼙”句：化用白居易《长恨歌》“渔阳鼙鼓动地来，惊破霓裳羽衣曲”句意。鼙（pí）：同“鞞”，军中小鼓。 ②玉啼金泣：金、玉以比贵人。 ③“驼背”二句：杜甫《送蔡希鲁都尉还陇右因寄高三十五书记》诗：“马头金匼匝，驼背锦模糊。”此用以形容押送的元军声势之大。匼匝（kēzā）：环绕四周。 ④受降城：汉武帝筑，在九原北塞外；唐代筑三受降城，皆在黄河以北。这里当指太皇太后谢道清奉表乞降之临安城。 ⑤草如霜白：唐李益《夜上受降城闻笛》诗：“受降城外月如霜。”此指自受降之后临安皇城已一片萧条、满目凄凉。 ⑥粉阵红围：指被掳的妇女身不由己。⑦一搦（nuò）：犹言一握、一把。

王沂孙（生卒年不详）

字圣与，又字咏道，有碧山、中仙、玉笥山人诸号，会稽（今浙江绍兴）人。元至元中，一度为庆元路学正。词多咏物，寄托遥深，哀婉动人。陈廷焯以为“咏物词至王碧山，可绝古今”（《白雨斋词话》）。有《花外集》（一名《碧山乐府》）一卷。

天　香

龙　涎　香[①]

孤峤蟠烟[②]，层涛蜕月，骊宫夜采铅水[③]。汛远槎风[④]，梦深薇露[⑤]，化作断魂心字[⑥]。红瓷候火[⑦]，还乍识，冰环玉指[⑧]。一缕萦帘翠影，依稀海天云气。　几回殢娇半醉[⑨]，剪春灯、夜寒花碎。更好故溪飞雪，小窗深闭。荀令如今顿老[⑩]，总忘却、尊前旧风味。漫惜余熏，空篝素被[⑪]。

【题解】

这是一首著名的咏物词，所咏为世间罕见而极为名贵的“龙涎香”，所指则是胡僧杨琏真伽盗发南宋诸帝后陵寝之事。据周密《癸辛杂识·别集上》记载，元初总管江南浮屠的胡僧杨琏真伽，曾盗发位于会稽的南宋诸帝后陵寝，“因理宗含珠有夜明，倒悬其尸树间，如此三日夜，竟失其首。”这就是词中所写“采铅水”之本事。全词把采集、制作龙涎香的情形写得十分神秘而又凄然神断，极富于神话般的悲剧色彩，引人入胜。词人借此寄托了宋陵被盗和厓山兵败的深沉悲哀，抒发了无限的亡国之痛，其中也织入了词人自己的身世感慨，全词格调沉郁悲怆，意味深长，辞采精丽而又凝练，情调幽咽而略显晦涩。

【注释】

①龙涎（xián）香：一种名贵的香料。《岭南杂记》载："龙涎香于香品中最贵重，出大食国西海之中，上有云气罩护，则下有龙蟠洋中，卧而吐涎，飘浮水面，为太阳所烁，凝结而坚，坚若浮石，用以和众香，能聚香烟。" ②峤（qiáo）：尖而高的山，此指海中礁石。蟠（pán）：盘曲而伏。 ③骊宫：骊（黑）龙的宫殿。铅水：泪水。李贺《金铜仙人辞汉歌》："忆君清泪如铅水。"此处借指龙涎。 ④汛：潮汛。槎（chá）：竹、木筏。张华《博物志》："旧说云天河与海通，近世有人居海渚者，年年八月有浮槎来去不失期，不赍粮乘槎而去，十余日，至天河。" ⑤薇露：蔷薇花制成的香水。《香谱》说制龙涎香时，须取龙涎与蔷薇水共同研和。 ⑥"化作"句：指龙涎被制成心字形盘香。杨慎《词品》："所谓心字香者，以香末篆成心字也。" ⑦红瓷候火：焙制龙涎香时须用文火，掌握好一定的火候，稍干带润，置入瓷盒窨之。 ⑧冰环玉指：把龙涎香制成指环形状。 ⑨殢（tì）娇：指缠着人撒娇。 ⑩荀令：东汉荀彧，字文若，为汉侍中，守尚书令，称荀令。李商隐《韩翃舍人即事》诗："桥南荀令过，十里送衣香。"习凿齿《襄阳记》："荀令君至人家，坐幕三日，香气不歇。"此处为作者自况。 ⑪空篝（gōu）：留有余香的空熏笼。篝，竹制的熏笼。

齐天乐

蝉

一襟余恨宫魂断[①]，年年翠阴庭树。乍咽凉柯，还移暗叶，重把离愁深诉。西窗过雨，怪瑶佩流空，玉筝调柱[②]。镜暗妆残[③]，为谁娇鬓尚如许[④]？　铜仙铅泪似洗，叹移盘去远，难贮零露[5]。病翼惊秋，枯形阅世[6]，消得残阳几度？余音更苦，甚独抱清高，顿成凄楚。漫想熏风[7]，柳丝千万缕。

【题解】

这首咏蝉之作，以鸣蝉比拟南宋后妃，写她化蝉之后和人诉说国破人亡之愁恨。“镜暗妆残”二句，暗指宋帝后陵寝被盗发后，见孟后之髻一事。周密《癸辛杂识》记“一村翁于孟后陵得一髻，发长六尺余，其色绀碧。”过片由蝉餐风饮露，联想到国家覆亡，铜仙携盘远去，秋蝉更无所倚，何况她又“病翼惊秋，枯形阅世”，身世艰危，朝不虑夕。这里既是在写孟后化蝉，又是在写作者自己飘零无寄的感慨。结韵二句顿跌，以追忆当年盛时的欢乐，来反衬眼前“余音更苦”的凄楚境况，更增人世沧桑的故国之悲。全词咏蝉声声悲苦，字字凄恻，千回百折，诉尽了遗民共有的亡国之恨。

【注释】

①“一襟”句：马缟《中华古今注》：“昔齐后忿而死，尸变为蝉，登庭树嘒唳而鸣。王悔恨。故世名蝉为齐女焉。”此处因有宫魂之称。 ②“怪瑶佩”二句：喻凄楚的蝉鸣声在秋空中远播。 ③镜暗妆残：意谓长期未曾对镜梳妆，致使镜面蒙尘而暗淡无光。 ④娇鬓：喻娇美之蝉翼。崔豹《古今注》载魏文帝宫人莫琼树“制蝉鬓，缥缈如蝉”。 ⑤“铜仙”三句：用铜人托盘承露之典。汉武帝时，曾在建章殿前铸铜人，手托承露盘，称捧露仙人。 ⑥枯形：孙楚《蝉赋》：“形如枯槁。” ⑦熏风：即南风。古《南风歌》：“南风之熏兮。”夏天是蝉生长之旺盛季节，此借指南宋盛世。苏轼《阮郎归》词：“绿槐高树咽新蝉，熏风初入弦。”

长亭怨慢

重过中庵故园

泛孤艇、东皋过遍[①]。尚记当日，绿阴门掩。屐齿莓苔[②]，酒痕罗袖事何限。欲寻前迹，空惆怅、成秋苑[③]。自约赏花人，别后总、风流云散[④]。　　水远。怎知流水外，却是乱山尤远[⑤]。天涯梦短。想忘了、绮疏雕槛[⑥]。望不尽、冉冉斜阳，抚乔木、年华将晚[⑦]。但数点红英，犹识西园凄婉。

【题解】

本词抒写重访友人故园所触发的忆旧念远之情，笔墨淡远而感情浓烈。上片叙事，写词人泛舟重访友人故园，触景生情，回忆起以往与友人共度的美好时光，那无限的赏心乐事犹历历在目。然而，眼下却是人去庭空，旧游星散：昔日曾百花同赏，对花共赋的庭院，如今只见一片荒凉，不禁引起无限的今昔盛衰之悲慨。下片抒写离情。友人远在“乱山”之外，山长“梦短”，相见无由，因景寄情，语淡情浓。“天涯”二句对友人的忘怀故国稍加责备，而又略带体恤对方苦衷之意。结拍以花落园空、时过景移的凄婉情调结尾，回映篇首，神完意足，写尽了年华空晚的伤悼之情。

【注释】

①东皋：潘岳《秋兴赋》：“耕东皋之沃壤兮。”李善注：“水田曰

皋，东者，取其春意。”此泛指田野或高地。 ②屐齿：一种木制的鞋，底有两齿以防滑。 ③成秋苑：李贺《三月》诗：“曲水飘香去不归，梨花落尽成秋苑。” ④风流云散：各自分离远去。王粲《赠蔡子笃诗》：“风流云散，一别如雨。” ⑤“水远”三句：化用欧阳修《踏莎行》词中“离愁渐远渐无穷，迢迢不断如春水”“平芜尽处是春山，行人更在春山外”诸句词意。⑥绮疏：镂花的窗格。雕槛：雕花的栏杆。 ⑦抚乔木：王充《论衡》：“睹乔木，知故都。”江淹《别赋》：“视乔木兮故里，决北梁兮永辞。”

高 阳 台

和周草窗寄越中诸友韵[①]

残雪庭阴，轻寒帘影，霏霏玉管春葭[②]。小帖金泥[③]，不知春在谁家。相思一夜窗前梦[④]，奈个人、水隔天遮。但凄然、满树幽香，满地横斜[⑤]。 江南自是离愁苦，况游骢古道，归雁平沙。怎得银笺，殷勤与说年华。如今处处生芳草，纵凭高、不见天涯[⑥]。更消他，几度春风，几度飞花。

【题解】

王沂孙曾与周密等人递相酬唱。周密的湖州故宅毁于兵火之后，寄居临安，在“寄越中诸友”的原作中时而流露出国破家亡之哀感。王沂孙这首和作，也于哀婉含蓄的笔调中写出了亡国后春天来临却毫无知觉的遗民之痛以及深挚的思友之情。其中“但凄然”三句，以初春美景衬托梦醒不见故人的“凄然”之情，尤见深痛。过片直抒离愁。寄寓他乡，无以为家，已自愁苦；友人相思情深，却天各一方，相见无因，其苦更甚，又兼伤春惜花的迟暮之悲，这种种愁怀纠结于胸，令人无法排解，极尽低回掩抑之致。感时伤世之意，而出之以委婉缠绵之语，以有寄托入，而以无寄托出；寄意深远而又深化无迹，愈见其浑厚沉着，感人至深。

【注释】

①周草窗：周密，字公瑾，号草窗，有词《高阳台》“寄越中诸友”给王沂孙等人，故和之。 ②玉管春葭：古代以合于十二律的箫管各一，分别实芦苇（葭）灰于孔中，封闭室内，蒙以罗縠因不同季节的气候变化，某一节气一到则相应之律管葭灰飞出，管通。杜甫《小至》诗“吹葭六管动飞灰”，即言冬至节气。此处则言立春已到。 ③小帖金泥：旧俗，立春日贴宜春帖子。或写“宜春”二字，或写诗句。金泥，即泥金，以金粉粘着于纸上。范成大《代儿童作立春贴门》诗：“剪彩宜春胜，泥春祝寿幡。” ④“相思”句：卢仝《有所思》：“相思一夜梅花发，忽到窗前疑是君。”此化用其意。 ⑤“但凄然”二句：化用林逋《山园小梅》：“疏影横斜水清浅，暗香浮动月黄昏”诗句。 ⑥“如今”二句：用《楚辞·招隐士》：“王孙游兮不归，春草生兮萋萋。”

眉　妩

新　月

渐新痕悬柳①，淡彩穿花②，依约破初暝③。便有团圆意④，深深拜⑤，相逢谁在香径？画眉未稳⑥，料素娥、犹带离恨。最堪爱、一曲银钩小⑦，宝帘挂秋冷。　　千古盈亏休问，叹慢磨玉斧[8]，难补金镜[9]。太液池犹在[10]，凄凉处、何人重赋清景？故山夜永[11]，试待他、窥户端正[12]。看云外山河[13]，还老尽、桂花影[14]。

【题解】

碧山咏物词重在寄托，此篇可谓典型一例。此词上片句句切合纤纤新月。开篇三句“新痕”“淡彩”，一形一色，贴切传神。又以新月之“团圆意”引出拜新月、盼团圆之离人。以离人之眼观月，使新月亦染上离人之情。以“画眉未稳”比拟纤纤新月，已见体物之工；揣想月中嫦娥亦正颦眉伤离，更见运思之巧；又以“银钩”为喻，使之与“宝帘”相联系，则其发想之新奇更令人叹绝。下片别有所指，以月之盈亏寓托世之兴衰，情感深沉而又苍凉；以月缺难补，暗喻山河残破，难以复圆；再用宋太祖临池赏新月之事，烘托浓重的物是人非之感。最后，希望重见圆月和月中桂影，以寄托故国重光之梦想。这也是一个宋末遗民所能有的最为微弱的希望之光了。周济《宋四家词选》谓：“咏物最争托意，隶事处，以意贯串，浑化无痕，碧山胜场也。”

【注释】

①新痕：清辉初露的弯月。　②淡彩：幽淡的月光。　③依约：依稀、隐约。破初暝：划破了初夜时分的黑暗天幕。　④团圆意：团圆的迹象。牛希济《生查子》：“新月曲如眉，未有团圆意。”此处反用其意。　⑤拜：指拜新月。唐代有拜新月的习俗，宋代相沿。唐李端《拜新月》诗：“开帘见新月，即便下阶拜。”　⑥未稳：未妥，未完成。　⑦银钩：银白色的帘钩，此喻指新月。　⑧玉斧：指神话传说中的修月玉斧。见段成式《酉阳杂俎》卷

一“天咫”条。 ⑨金镜：喻月。李贺《七夕》诗：“天上分金镜，人间望玉钩。” ⑩太液池：汉唐宫中池名。此处借指宋朝的宫苑池沼。陈师道《后山诗话》载，宋太祖曾“夜幸后池，对新月置酒”。当直学士卢多逊作应制诗，中有“太液池边看月时，好风吹动万年枝”之句。 ⑪夜永：夜长。 ⑫窥户：月光照进窗户。端正：指圆月。 ⑬云外山河：遥远辽阔的河山，指中原沦陷区。 ⑭桂花影：月影。

徐君宝妻（生卒年不详）

君宝，宋末岳州（今湖南岳阳）人。其妻被元兵掳至临安，其主者数欲犯之，皆以计脱。最后，题《满庭芳》词一阕于壁，投大池死节。

满庭芳

汉上繁华，江南人物[①]，尚遗宣政风流[②]。绿窗朱户，十里烂银钩[③]。一旦刀兵齐举，旌旗拥、百万貔貅[④]。长驱入，歌台舞榭，风卷落花愁。 清平三百载[⑤]，典章人物[⑥]，扫地俱休。幸此身未北，犹客南州[⑦]。破鉴徐郎何在[⑧]？空惆怅、相见无由。从今后，梦魂千里，夜夜岳阳楼[⑨]。

【题解】

这是一曲离乱的悲歌。词人在痛悼南宋王朝覆亡的大背景上来抒写夫妻离散、自身被掳的悲剧，将祖国、个人双重悲剧融为一体，而且以哀国为主，哀己为次，充分体现了女词人那崇高的精神境界。词以回忆汉上、江南之文明起笔，写南宋文明惨遭蹂躏的悲剧，体现了国破家亡的无限悲慨。换头更将词境之时空拓展至两宋三百年之典章文物，慨叹其“扫地都休”，意蕴之深，包容之广，实属罕见。最后以“徐郎何在”的悬思和断魂千里直上岳阳楼之想象煞尾，与文天祥《金陵驿》诗中所写“从今别却江南路，化作啼鹃带血归”同具一种悲剧美的深广意境，意味着女词人那崇高的人格精神的升华。

【注释】

①“汉上”二句：概指南宋文明与人才荟萃。 ②宣政：即宣和、政和，皆宋徽宗年号。风流：遗风流韵。 ③烂银钩：烂，色彩炫丽。银钩，指帘钩，表示房屋之华美。 ④貔貅（píxiū）：猛兽名，喻指凶猛南侵的元兵。 ⑤三百载：北宋建国至南宋灭亡（960—1279），共三百多年。 ⑥典章人物：此概指有宋一代的文化全体。 ⑦南州：南方，此指杭州。 ⑧破鉴徐郎：用陈末乐昌公主事以自况夫妻离散。见朱敦儒《临江仙》注②。 ⑨岳阳楼：在湖南岳阳市岳阳楼区巴丘山下，此指作者故乡。

蒋 捷（生卒年不详）

字胜欲，号竹山，阳羡（今江苏宜兴）人。宋度宗咸淳十年（1274）进士。宋亡不仕，抱节以终。其词多承苏、辛一路而兼有众长，与周密、王沂孙、张炎并称“宋末四大家”。有《竹山词》一卷。

虞 美 人

听 雨

少年听雨歌楼上，红烛昏罗帐。壮年听雨客舟中，江阔云低，断雁叫西风[①]。　　而今听雨僧庐下，鬓已星星也[②]。悲欢离合总无情，一任阶前点滴到天明。

【题解】

此词从“听雨”这一独特视角，表现了少年、壮年、晚年三个人生阶段的不同境遇，不同感受。借助时空的跳跃，依次推出三幅听雨画面，而将一生的悲欢歌哭融会其中。“少年听雨”画面，由“歌楼”“红烛”“罗帐”等绮艳意象交织而成，传达出春风骀荡的欢乐情怀，着力渲染了“不识愁滋味”的青春风华。“壮年听雨”的画面，以“客舟”为中心视点，而于四周点缀以“江阔”“云低”“断雁”“西风”等衰飒意象，映现出在风雨飘摇中颠沛流离的坎坷遭际和悲凉心境。“而今听雨”的画面，则刻意凸现僧庐之冷寂与鬓发之斑白，借以展示晚年历尽离乱后憔悴枯槁之身心。“悲欢”句是追抚一生经历得出的结论，蕴有无限枨触，不尽悲慨。末句虽似心如死水，波澜不惊，但这彻夜听雨本身，就表明他未能超脱，只不过表现为一种饱经忧患后的深沉罢了。三幅画面互为映照，艺术地概括了他由少到老的人生道路和情感历程，其中也分明有着时代的折光，从中可以看出一个时代由盛到衰，由衰到亡的嬗变轨迹，这也正是此词的深刻、独到之处。

【注释】

①断雁：失群的孤雁。 ②星星：形容鬓发斑白。

梅 花 引

荆溪阻雪[1]

白鸥问我泊孤舟，是身留，是心留？心若留时，何事锁眉头？风拍小帘灯晕舞，对闲影，冷清清，忆旧游。 旧游旧游今在否？花外楼，柳下舟。梦也梦也，梦不到，寒水空流。漠漠黄云，湿透木棉裘。都道无人愁似我，今夜雪，有梅花，似我愁。

【题解】

此词写词人回乡途中为雪所阻、泊舟荒野的愁苦怀旧之情。开头即以白鸥的一连串发问，凌空作势，以虚写实，抒发其身阻荒野雪地的无奈。以下，由舟内向舟外，依次描述寒冷凄清之境遇，用以突出一个“愁”字。结韵以雪中梅花似我愁，来体现天气之奇寒，境遇之孤寂，情景合一，情辞畅达，韵味悠然。全词语言流走自然，不论是白鸥的问语，还是下面的抒情写景，多用短句，且一韵到底，韵脚密集，使之节奏明快，音调清越。其间更辅之以重叠手法的运用，上下勾连，回环跌宕，使词愈显曲折有致，风姿绰约。

【注释】

①荆溪：水名，在今江苏宜兴市南，以近荆南山得名。上承永阳江，下注太湖，为游览胜地。

一　剪　梅

舟过吴江[1]

一片春愁待酒浇。江上舟摇，楼上帘招。秋娘渡与泰娘桥[2]，风又飘飘，雨又萧萧。　　何日归家洗客袍？银字笙调[3]，心字香烧[4]。流光容易把人抛，红了樱桃，绿了芭蕉。

【题解】

此词写舟行漂泊途中倦游思归之情。开篇即揭示“春愁”，点明时序，而后接写愁之因及愁苦之况味。“舟摇”以喻动荡漂泊之感；“帘招”以明迫切需要借酒浇愁之情。词人又特地标出秋娘渡与泰娘桥两处地名，以暗示思家之心切。此皆以景托情、含蕴深婉之笔。一结两句更着以萧萧之风雨，使羁旅愁苦之状得到进一步的刻画。过片则以直接抒情的方式，悬想回家团聚之温馨甜美，用想象之乐反衬眼前现实之苦。但以“何日”之问出之，则又显见其归期难卜。故而顿生年华流逝，人生苦短之喟叹。结拍二句不仅色彩鲜明，用词工稳，而且隐隐地于自然物象色彩的变幻中流露出春光难再的迟暮之悲。全词在声韵、节奏上很见特色，既以逐句用韵之格加强音韵的悠扬之美，又以四组排比句式加强词的节奏铿锵之美，增强了作品的表现力与艺术感染力。

【注释】

①吴江：即流经江苏吴江市的吴淞江。　②秋娘渡、泰娘桥：在吴江

上，皆以唐代著名歌女名字命名。　③银字笙：笙上镶有标示音色的银字，故名。　④心字香：制成篆文“心”字状的香。

贺　新　郎

梦冷黄金屋[1]，叹秦筝、斜鸿阵里[2]，素弦尘扑。化作娇莺飞归去，犹认纱窗旧绿[3]。正过雨、荆桃如菽[4]。此恨难平君知否？似琼台、涌起弹棋局[5]。消瘦影、嫌明烛。　　鸳楼碎泻东西玉[6]。问芳踪、何时再展？翠钗难卜。待把宫眉横云样，描上生绡画幅。怕不是新来妆束。彩扇红牙今都在，恨无人、解听开元曲[7]。空掩袖，倚寒竹[8]。

【题解】

此词借一美人形象的描述及作者对她刻骨铭心的思念，写出了一腔难平的亡国之痛。用笔婉曲幽深，多用隐喻象征手法，极尽吞吐之妙。上片写这位美人“化作娇莺飞归去”，但早已繁华梦冷，所见一片空寂凄凉，秦筝蒙尘，纱窗犹绿，抚今念昔，不胜感慨。又见飞雨过处，樱桃如豆，怀旧更兼伤春，一齐涌上心头。词中以“弹棋局”比喻难平的亡国恨，又以“消瘦影，嫌明烛”刻画她极度悲愤的心情，辞情幽曲，形象鲜明。词人着意追寻的这一美人，分明是他怀念的故国的幻化。下片抒写对她的深情思恋与后会无期的怅恨。词人写她依然旧时装束，以此表现爱国孤臣的拳拳忠心。更以无人解听盛时乐曲，抒发了物是人非、时无知音的深沉悲叹。最后以幽独佳人“掩袖倚寒竹”的形象，表现不与世俗同流的高洁情怀。全词兴寄深沉，极宛转迷离之致，词风呈现为密丽的特色。谭献以为“瑰丽处鲜妍自在，然词藻太密”（谭献评《词辨》），确为的评。

【注释】

①黄金屋：见姜夔《疏影》注⑨。此处借指南宋故宫。　②斜鸿阵：古筝弦柱斜列如飞雁成行，故云。　③纱窗旧绿：此化用元稹《连昌宫词》：“舞榭欹倾基尚在，文窗窈窕纱犹绿”句意。　④荆桃如菽（shū）：周邦彦《大酺》词：“红糁铺地，门外荆桃如菽。”荆桃，即樱桃。菽，豆。此处意谓樱桃已长成豆大的果实，说明春意已残。　⑤“此恨”二句：李商隐《无题》诗：“莫近弹棋局，中心最难平。”此用其意，比喻心中幽恨难平。琼台，玉石制成的弹棋局。弹棋，古代博戏。弹棋局中间突起，周围低平，故有此喻。　⑥鸳楼：即鸳鸯楼，楼殿名。东西玉：酒器名。此处以宫中杯碎酒泻暗喻亡国。　⑦开元曲：唐代开元盛世的歌曲，此以唐言宋。　⑧“空掩袖”二句：化用杜甫《佳人》诗：“天寒翠袖薄，日暮倚修竹。”

张　炎（1248—1320？）

字叔夏，号玉田，又号乐笑翁，临安（今浙江杭州）人。他出身世家，早年以湖山清赏、诗酒笑傲为主要生活内容。宋亡后，流落以终。他精于词学，所撰《词源》为论述词律词法的专书。其词远眺清真，近宗白石，持律精严，风格婉丽，尤以咏物词擅名当时。亦有感怀身世之作。清代浙派论词，以其上配姜夔，合称姜、张。有《山中白云词》。

解 连 环

孤 雁

楚江空晚[1]，怅离群万里，恍然惊散[2]。自顾影、欲下寒塘，正沙净草枯，水平天远。写不成书[3]，只寄得、相思一点。料因循误了，残毡拥雪，故人心眼[4]。　　谁怜旅愁荏苒[5]？漫长门夜悄[6]，锦筝弹怨[7]。想伴侣、犹宿芦花，也曾念春前，去程应转。暮雨相呼，怕蓦地、玉关重见[8]。未羞他、双燕归来，画帘半卷。

【题解】

此词咏孤雁，不但工于描摹，长于用事，而且兼寓家国身世之感。因此，历来为人传诵，以至词人也被称为“张孤雁”。上片以寥廓江天为背景，描摹孤雁离群惊散后顾影徘徊，栖止不定的情态，十分传神。其间又以风霜之余的秋景渲染环境气氛，江天萧瑟、四顾苍茫，更令人感到断鸿零雁的凄凉冷落。“写不成书”二句进一步突出其“孤”，巧妙地在遥空“一点”中注入“寄得相思”的深厚情意，并与“残毡拥雪，故人心眼”相连，托物传情，关合人事，尤见精彩。下片“想伴侣”数句呼应开头“离群惊散”，转写孤雁思归。最后以“双燕归来”作结，以之反衬孤雁。全词以孤雁离群始，以切念归群终，密相关联，收纵有致。

【注释】

①楚江：泛指南方的江流。　②怅：失意的样子，一作“悦”。　③写不成书：雁群飞行时，行列整齐如字，故称雁字。此乃孤雁，排不成字，也就“写不成书”，而只能代人传书（暗用《汉书·苏武传》载雁足传书事），故下句云“只寄得相思一点”。　④“料因循”三句：意谓孤雁因循自误，使故人久困胡地，持节而盼。因循：拖延，耽误。残毡拥雪：《汉书·苏武传》：“天雨雪，武卧啮雪与毡毛并咽之。数日不死。”　⑤荏苒（rěnrǎn）：辗转，迁延。　⑥长门：汉宫名，陈皇后被汉武帝弃置之处。见辛弃疾《摸鱼儿》词注⑤。　⑦锦筝：古筝的美称。唐宋时教坊用筝皆十三弦。因音阶递升，弦柱斜列成雁行，故又称雁筝。　⑧蓦地：忽然。玉关：玉门关。

高　阳　台

西湖春感

接叶巢莺[1]，平波卷絮，断桥斜日归船[2]。能几番游？看花又是明年。东风且伴蔷薇住，到蔷薇、春已堪怜。更凄然、万绿西泠[3]，一抹荒烟。　当年燕子知何处[4]？但苔深韦曲[5]，草暗斜川[6]。见说新愁，如今也到鸥边[7]。无心再续笙歌梦，掩重门、浅醉闲眠。莫开帘，怕见飞花，怕听啼鹃[8]。

【题解】

此词是张炎的代表作，借歌咏西湖暮春景色以抒发亡国之哀痛。起调三句即揭破题面。“接叶巢莺”用杜甫诗句而省去“暗”字，但恰恰是这一“暗”字定下了暮春残景、遗民心境的基本色调。“断桥”云云，暗喻家园破碎之惨象；而那残山剩水间之“一抹荒烟”，亦使人“凄然”不堪相对。作者满怀凄怆之情询问燕子踪迹，却只见“苔深韦曲，草暗斜川”的凄迷晚景，从而寄寓了“国破山河在，城春草木深”的无穷感伤。“无心再续笙歌梦”以下则以人物的动态描写和内心独白式的心理刻画，抒写了江山易主后心如死灰的沉痛哀思。全词一气旋折，情调沉郁幽咽，语言清丽工致，因而被推为玉田词的压卷之作。

【注释】

①接叶巢莺：杜甫《陪郑广文游何将军山林》诗：“卑枝低结子，接叶暗巢莺。”此处化用其句意。　②“断桥”句：断桥在孤山侧，西湖十景有断桥残雪。此句意谓：日落黄昏，断桥下游赏终日之画船依次归去。　③西泠：西湖一桥名，在孤山下，为后湖与里湖之界。又名西陵、西林。　④“当年”句：化用刘禹锡《乌衣巷》诗，“旧时王谢堂前燕，飞入寻常百姓家”句意。　⑤韦曲：在长安城南，唐代名门望族韦氏世居于此，因名韦曲。　⑥斜川：在江西省星子和都昌两县间的湖泊中。陶渊明有《游斜川》诗咏其美景。此借指隐沦贫士所居之处。　⑦“见说”二句：意思是说连托迹烟波、忘机世外的鸥鸟，也不得不为新愁所苦，可见亡国之悲无可逃避。　⑧“莫开帘”三句：飞花、啼鹃皆意味着春天已去，暗喻南宋之亡。

月　下　笛

孤游万竹山中①，闲门落叶，愁思黯然，因动黍离之感②。寓甬东积翠山舍③。

万里孤云，清游渐远，故人何处？寒窗梦里，犹记经行旧时路。连昌约略无多柳[4]，第一是难听夜雨。漫惊回凄悄，相看烛影，拥衾谁语？　　张绪归何暮[5]？半零落依依，断桥鸥鹭。天涯倦旅，此时心事良苦。只愁重洒西州泪[6]，问杜曲人家在否[7]？恐翠袖、正天寒，犹倚梅花那树[8]。

【题解】

此词系词人流寓甬东（今浙江定海）时所作。作者虽漫游浙东、浙西多年，但对故都临安的怀念不仅丝毫未减，相反愈来愈强烈。二十年中，他始终怀着深深的亡国隐痛飘零湖海，面对残山剩水，寄寓禾黍之悲，把家国之痛与身世之慨融入词章。此词写自己孤云无着之身世，写故交之零落、故宫之荒凉、故家之残破。无一不寄寓伤悼之情。其感情之沉痛，一如杜鹃啼血，夜猿叫月，令人凄绝。篇末二句赞扬隐居不仕、自持高节之故人，其实也正是自明心志。

【注释】

①万竹山：《赤城志》："万竹山在（浙江天台）县西南四十五里。绝顶曰新罗，九峰回环，道极险隘。岭上丛薄敷秀，平旷幽窈，自成一村。"　②黍离：见姜夔《扬州慢》注⑤。　③甬东：今浙江省舟山市定海区。戴表元《送张叔夏西游序》说张炎曾"东游山阴、四明、天台间。"大约寄寓甬东即在此时。　④连昌：唐别宫名，在河南宜阳，宫中多植柳树。元稹名篇《连昌宫词》极写连昌宫战乱后的荒废景象。此处借指南宋故宫。　⑤张绪：《艺文类聚·木部》载："齐刘悛之为益州刺史，献蜀柳数株，条甚长，状若丝缕，武帝植于太昌云和殿前，常嗟玩之，曰：'杨柳风流可爱似张绪。'"

按张绪，《南齐书》有传，少有文才，喜谈玄理，风姿清雅。此处作者自喻。 ⑥西州泪：西州，古城名，在今南京市西。《晋书》载：谢安抚病入西州门。安死后，他的挚友羊昙行不由西州路，一次大醉，不觉至西州门，于是恸哭而去。此处借指重到故都临安，不胜其悲。 ⑦杜曲：唐代长安城南的名胜地区，意同“韦曲”。时谚云：“城南韦、杜，去天尺五。”此处借指南宋故都临繁庶之地。 ⑧“恐翠袖”二句：杜甫《佳人》诗：“天寒翠袖薄，日暮倚修竹。”此化用其意。

八声甘州

辛卯岁，沈尧道同余北归①，各处杭、越。逾岁，尧道来问寂寞，语笑数日，又复别去。赋此曲，并寄曾心传②。

记玉关、踏雪事清游，寒气脆貂裘。傍枯林古道，长河饮马，此意悠悠。短梦依然江表，老泪洒西州③。一字无题处，落叶都愁④。 载取白云归去⑤，问谁留楚佩，弄影中洲⑥？折芦花赠远，零落一身秋。向寻常、野桥流水，待招来、不是旧沙鸥。空怀感，有斜阳处，却怕登楼⑦。

【题解】

本词作于词人四十五岁寓居绍兴之时，前此一年他曾与沈钦、曾遇同时被召入大都缮写金字《藏金》，不仕而归。此词抒写了北游归来的落寞忧伤、与友人的离别愁情以及深深的亡国隐痛。词以追叙前游起笔，以一“记”字直贯下面五句，一气呵成，雄健峭拔。其中“此意悠悠”句，暗含许多难言之苦衷。“短梦”二句折入眼前，表达凭吊故国山河的沉痛之情。“一字”二句翻用题红之事，极写内心悲愁之深，而又欲吐不能，以致“落叶都愁”，意更凄苦，辞更精警。换头改以疏宕之笔出之，用湘君、湘夫人故事比喻友人离去后的苦闷彷徨。折芦赠远，以示故友情深；沙鸥非旧，以叹故友星散，物是人非。煞尾处翻用古乐府“远望可以当归”之意。怀人自当登高远望，但举目皆非吾土，恐触目更伤故国之情，故而“却怕登楼”，感慨遥深。全词以疏宕之气行之，故流畅而不板滞，亦属玉田词中上乘之作。

【注释】

①沈尧道：沈钦，字尧道。　②心传：曾遇，字心传，又字子敬。元世祖二十七年辛卯（1290），张炎与曾、沈同时被召北上缮写金字《藏金》。　③西州：古城名，在今南京市西。《晋书》载：谢安抚病入西州门。安死后，他的挚友羊昙行不由西州路。一次大醉，不觉至西州门，于是恸哭而去。此处借指重到故都临安，不胜其悲。　④“一字”二句：翻用红叶题诗典故。据范摅《云溪友议》载：唐代诗人卢渥至长安应试，偶由御沟中拾得红叶一片，上有宫女题诗云：“流水何太急，深宫竟日闲。殷勤谢红叶，好去到人间。”后二人巧成婚配。　⑤“载取”句：表示隐居。南朝梁陶弘景《诏问山中何所有赋诗以答》“山中何所有，岭上多白云。只可自怡悦，不堪持赠君。”后以白云深处为隐士所居。　⑥“问谁留”二句：屈原《九歌·湘君》：“君不行兮夷犹，蹇谁留兮中洲？”“捐余玦兮江中，遗余佩兮澧浦。”此化用其意。　⑦“空怀感”三句：古乐府《悲歌》云：“悲歌可以当泣，远望可以当归。”因南宋江山已属他人之手，故曰“有斜阳处，却怕登楼”。

壶 中 天

夜渡古黄河，与沈尧道、曾子敬同赋

扬舲万里[1]，笑当年底事，中分南北。须信平生无梦到，却向而今游历。老柳关河，斜阳古道，风定波犹直[2]。野人惊问：泛槎何处狂客[3]？ 迎面落叶萧萧，水流沙共远，都无行迹。衰草凄迷秋更绿，惟有闲鸥独立。浪挟天浮，山邀云去，银浦横空碧。扣舷歌断，海蟾飞上孤白[4]。

【题解】

此词作于被召北上途中。夜渡黄河，词人感慨万千，故而一起便气势非凡。“笑当年”二句，借追昔以抚今。当年宋金对峙，犹有半壁河山，而今却是寸土全无。词人以歌笑其表来具现痛哭其里，实为“无力回天”之哀叹。“须信”句于下句“却向”为反跌。在南北对峙时，连做梦也想不到会到此夜渡黄河，而今却向北游历来了，但这是怎样的一种“游历”啊！满怀凄凉以曲笔道出。接着“老柳”三句，以雄浑阔大之景向下片过渡。换头承上继续写景，景致依旧萧疏空阔，而嵌以“惟有闲鸥独立”一句，用以反衬人之身不由己及其艰难苦恨。最后化用张孝祥《念奴娇》词意收尾，虽不无寂寥况味，但亦不乏苍劲有力之气势。作为祖述周、姜词风的婉约词人，此词在玉田集中实属别调。

【注释】

①舲万里：化用《楚辞·涉江》“乘舲船予上沅兮”句意。　②风定波犹直：此句极写水流之峻急。直，犹言直泻而下。　③“野人”句：野人：原指朴野之人，此指黄河边上的土著居民。泛槎（chá）：旧说天河与海相通，张华《博物志》卷三：“年年八月有浮槎，去来不失期。”此以天河喻黄河。　④“扣舷”二句：张孝祥《念奴娇·过洞庭》：“尽吸西江，细斟北斗，万象为宾客。扣舷独啸，不知今夕何夕。”此处化用其意。海蟾：即月亮。古人以为月生于海中，又以为月中有蟾蜍居住，故云。孤白：孤寂苍白的光景。

清　平　乐

候蛩凄断[1]，人语西风岸。月落沙平江似练，望尽芦花无雁[2]。　暗教愁损兰成[3]，可怜夜夜关情。只有一枝梧叶，不知多少秋声！

【题解】

这是一首基调沉郁、感慨苍凉的怀人抒情之作。下片“可怜夜夜关情”句原作“多情因为卿卿”，是赠友人陆行直及其家伎之词，后经修改，内涵扩大，境界也更为深远。上片四句写景，以“候蛩”“西风”、澄江及“芦花”等意象传达出深秋的消息，借萧瑟之景写索寞之怀。“望尽”句为上片结穴。谓之“无雁”，意即没有所盼之音讯，盼雁实即怀人。过片更以庾信自拟，在怀人愁思之中，又暗含了家国之痛，二者交融难分，遂使感情色彩转为幽凄缠绵。结韵以梧叶秋声加以渲染，更把词人这种思想感情推入极为深沉之境界。“梧叶”而限以“一枝”，则词人孤苦之状可见；“秋声”却“不知多少”，正见其愁绪如麻，已不堪重负。融情入景，怨怼无端，神余言外。而能以清空之笔写沦落之感、故园之思，更令人拍案叫绝，确实是“精警无匹”（陈廷焯《白雨斋词话》卷二）。

【注释】

①候蛩（qióng）：蛩，即蟋蟀。蟋蟀属于随节候出没的虫类，故称为候蛩。 ②望尽芦花无雁：芦丛本为雁栖之所，作者《解连环·孤雁》就有“想伴侣、犹宿芦花”之句。此处盼雁，表达盼望远方音信而不得的怅惘之情。 ③兰成：南北朝时的庾信，小字兰成，素善诗赋。

无名氏

九 张 机

（九首）[①]

一张机，采桑陌上试春衣。风晴日暖慵无力[②]。桃花枝上，啼莺言语，不肯放人归。

两张机，行人立马意迟迟。深心未忍轻分付[③]。回头一笑，花间归去，只恐被花知。

三张机，吴蚕已老燕雏飞[④]。东风宴罢长洲苑[⑤]。轻绡催趁[⑥]，馆娃宫女[⑦]，要换舞时衣。

四张机，咿哑声里暗颦眉[⑧]。回梭织朵垂莲子[⑨]。盘花易绾[⑩]，愁心难整，脉脉乱如丝。

五张机，横纹织就沈郎诗[11]。中心一句无人会。不言愁恨，不言憔悴，只恁寄相思[12]。

六张机，行行都是耍花儿[13]，花间更有双蝴蝶。停梭一晌，闲窗影里，独自看多时。

七张机，鸳鸯织就又迟疑。只恐被人轻裁剪。分飞两处，一场离恨，何计再相随[14]。

八张机，回纹知是阿谁诗[15]？织成一片凄凉意。行行读遍，厌厌无语[16]，不忍更寻思。

九张机，双花双叶又双枝。薄情自古多离别。从头到底，将心萦系，穿过一条丝。

【题解】

这是一组具有浓郁的民歌风味的抒情小词。其抒情内容，或以为“逐臣弃妇之词”，或以为“《子夜》怨歌”之匹，似皆无不可。仅就桑间陌上之想而言，也已是绝妙之作。词共九首，每首既可独立成章，又可组成一气贯注的有机整体。前三首从采桑、离别写到织锦；第四首以下则从不同的锦纹图案生发出无限的相思之情。整个组词形成一幅色彩绚丽、形象鲜明的生活长卷，作者借助于丰富多彩的艺术手法，抒写了各种不同场景中的春愁春恨、离情别绪。既有“风晴日暖慵无力”那春的陶醉，也有“回头一笑”那心的默契；既有“脉脉乱如丝”的爱的渴望，也有“中心一句无人会”的忧伤；甚至明知“薄情自古多离别”，还是痴情地“将心萦系，穿过一条丝”。从而成功地塑造了一位对爱情无比忠贞，对美满幸福生活执着追求的少女形象。陈廷焯以为“词至此，已臻绝顶，虽美成（周邦彦）、白石（姜夔），亦不能为”（《白雨斋词话》）。虽不免溢美太过，但也说明了这组词感人至深的艺术魅力。

【注释】

①南宋曾慥《乐府雅词》收录《九张机》共两组，此为第二组。在第一组前有小序云：“九张机者，才子之新调。”表明是文人仿民歌而创制的新声。 ②慵：困倦。 ③分付：表示，答应。 ④吴蚕已老：春蚕三眠已过，正在吐丝作茧。吴地（今江苏南部）是养蚕产丝的主要地区。 ⑤长洲苑：吴王夫差游猎的园圃。 ⑥催趁：催促早日把轻丝绡织成。 ⑦馆娃宫：吴王夫差为西施而建的行宫，在苏州灵岩山。 ⑧颦（pín）眉：皱眉。 ⑨垂莲子：此为双关语，以“莲”谐“怜”，意谓垂爱于你。 ⑩绾（wǎn）：盘结回绕。 ⑪沈郎：南朝著名诗人沈约，其《寄范安仁》诗有：“梦中不识路，何以慰相思”之句。 ⑫恁（nèn）：这么。 ⑬要花儿：意为有趣可爱的花儿，当时流行的口语。 ⑭何计：有什么办法。 ⑮阿谁：犹言谁，何人。 ⑯厌（yān）厌：同“恹恹”。形容心中烦闷、愁苦。

鱼游春水①

秦楼东风里②，燕子还来寻旧垒。余寒微透，红日薄罗绮，嫩笋才抽碧玉簪，细柳轻窣黄金蕊。莺啭上林，鱼游春水。 屈曲阑干遍倚，又是一番新桃李。佳人应念归期，梅妆淡洗③。凤箫声杳沉孤雁④，目断澄波无双鲤⑤。云山万重，寸心千里⑥。

【题解】

此词抒写游子思妇之情，而着力描写春日美景，在一片盎然春意的描述中寄寓了主人公深厚的柔情，渗透了对佳人的热烈思念。上片写景，因景寄情。其中无论是“寻旧垒”的双燕，还是曼声轻唱的黄莺，或是春水中的游鱼，都是游子特定心情下对春景的特定感受，是移情及物的结果。从触物生情角度言，则又是“寻旧垒”之燕、“游春水”之鱼触发了游子一片思乡怀亲之情。至于“碧玉簪”“黄金蕊”之形容笋尖与叶芽，也正是融入了词人对佳人形象的悬想。选景设喻可谓精当之极。换头二句转入正面抒情。“佳人”以下，从对方落笔，深翻一层，借佳人念我之设想，写我怀佳人之深情。结韵以“云山万重”与“寸心千里”相对，一景一情，关合双方，把一片思乡情、怀人意写得情思飞动，余韵悠扬。

【注释】

①吴曾《能改斋漫录》载：“政和中，一中贵人使越州回，得词于古碑阴，无名无谱，不知何人作也。录以进御，命大晟府撰腔，因词中声，赐名《鱼游春水》。”政和为宋徽宗年号，可见此词为徽宗以前南方的民间作品。 ②秦楼：借指词人所在之所。 ③梅妆：即梅花妆，用南朝宋武帝之女寿阳公主之典。见姜夔《疏影》注⑤。 ④凤箫声杳：用萧史与秦穆公女弄玉之事，见《列仙传》。此处以“凤箫声杳”借指男子远行他乡。沉孤雁：用《汉书·苏武传》雁足传书之事。此句意谓男子远行久无音信。 ⑤双鲤：古乐府《饮马长城窟行》：“客从远方来，遗我双鲤鱼。呼童烹鲤鱼，中有尺素书。”此借指书信。

水调歌头

建炎庚戌题吴江[1]

平生太湖上，短棹几经过。如今重到，何事愁与水云多。拟把匣中长剑，换取扁舟一叶，归去老渔蓑。银艾非吾事[2]，丘壑已蹉跎。 脍新鲈[3]，斟美酒，起悲歌。太平生长，岂谓今日识兵戈。欲泻三江雪浪，净洗胡尘千里，不用挽天河[4]。回首望霄汉，双泪堕清波。

【题解】

此词作于宋高宗建炎四年（1130），此时正值南宋统治者力主求和之际，而金兵却不断侵扰江南，统治者竟听之任之，不敢反抗。词中对这种卖国投降政策作了明显的斥责。上片用一“愁”字领起，以“长剑”换“扁舟”这样故作旷达舒展之辞，抒写内心壮志难酬之悲愤。“银艾”二句更显示了蔑视权贵、“泥涂轩冕”的高尚人格。过片三句承转无端，顿跌有力。“脍新鲈、斟美酒”，暗用张翰之典，看似归隐之志已定，而接以“起悲歌”句，陡然一转，又揭示了旷达外表下深沉之“悲”。“欲泻”句以下直抒复国壮志，再度发为请缨无路之悲歌。感情跌宕起伏，笔意纵横开阖，唱出了南渡初期志士仁人慷慨悲凉的心声。

【注释】

①据曾敏行《独醒杂志》载，宋高宗绍兴年间（1131—1162），无名氏题此词于吴江长桥。后传入宫中，高宗查访甚急，秦桧顺势别有用心地请降黄榜招之，但终未找到作者。 ②银艾：银是银印；艾是拴印的绶带，因用艾草染成绿色，故称艾。此借指官爵。 ③脍新鲈：见辛弃疾《水龙吟》注④。 ④“净洗”二句：杜甫《洗兵马》诗：“安得壮士挽天河，洗尽甲兵长不用。”此处反用其意。

·历代词精品·

李　白（701—762）

字太白，号青莲居士，蜀中绵州（今四川江油）人。唐代伟大诗人，有《李太白集》。案：宋本《李白集》皆不收词。五代吕鹏《遏云集》录李白词四首。宋初编定的《尊前集》录李白词十二首。南宋初句龙震辑《谪仙集》十卷，“集古今人词，以李白为首”，见《宋史·艺文志》。黄昇《唐宋诸贤绝妙词选》选唐词自李白始，且称其《菩萨蛮》《忆秦娥》二词为“百代词曲之祖”。《全唐诗》录李白词十四首。然上述诸词是否李白所作，后人颇置疑问。《菩萨蛮》《忆秦娥》二词，各种唐宋词选本多置于卷首，亦或信或疑，未有定论。

菩　萨　蛮

平林漠漠烟如织[①]，寒山一带伤心碧[②]。暝色入高楼[③]，有人楼上愁。　　玉梯空伫立[④]，宿鸟归飞急[⑤]。何处是归程，长亭连短亭[⑥]。

【题解】

此词全文始见于南宋邵博《邵氏闻见后录》。上片先远景后近景，用一“入”字，从全景式的平林远山拉到楼头思归的特写镜头，暮色中弥漫着漠漠离愁。下片由凝望转为凝思。宿鸟归飞而行人不返，结句“长亭连短亭”，则不但说明道路几千，归程遥远；同时也说明归期渺茫，相见无日。不露哀怨，语甚蕴藉。韩元吉《念奴娇》

词："尊前谁唱新词，平林真有恨，寒烟如织。"可见南宋初这首《菩萨蛮》犹传唱不绝。

【注释】

①平林：远望中的树林。漠漠：迷蒙貌。烟如织：暮色浓密。清李调元《雨村词话》卷一："词用'织'字最妙，始于太白词'平林漠漠烟如织'，孙光宪亦有词云'野棠如织'，晏殊亦有'心似织'句，此后遂千变万化矣。" ②伤心：极甚之辞，愁苦、欢快均可言伤心。此处极言寒山之青。 ③暝色：暮色。 ④伫立：久立。 ⑤宿鸟：归鸟。 ⑥长亭、短亭：官道上供人歇息之所。白居易《白氏六帖》卷三《馆驿门》引庾信赋称"十里一长亭，五里一短亭"。

忆 秦 娥

箫声咽[①]，秦娥梦断秦楼月。秦楼月。年年柳色，灞陵伤别[②]。 乐游原上清秋节[③]。咸阳古道音尘绝[④]。音尘绝。西风残照，汉家陵阙[⑤]。

【题解】

古时秦地称美女曰娥。秦娥犹秦女。《忆秦娥》为双调，上下片各四仄韵，第三句必叠上三字，押韵多用入声。此词本意当与调名有关。写秦娥即长安女子的秋思。上片咏离情，下片咏秋望。其中情事与唐诗中常见的《从军行》《出塞》以及"白狼河北音书断，丹凤城南秋夜长"之类甚为接近。然下片境界雄浑阔大，蕴含着一种山河兴废之感，后人于此每多感发。《邵氏闻见后录》卷一九说："予尝秋日饯客咸阳宝钗楼上，汉诸陵在晚照中，有歌此词者，一坐凄然而罢。”王国维《人间词话》尤赏结句中的气象，认为“寥寥八字，遂关千古登临之口。”

【注释】

①箫声咽：秦穆公女弄玉嫁萧史，吹箫似凤声，招来凤凰。后来夫妻皆随凤凰飞去。见《列仙传》。咽，指箫声悲凉。 ②灞陵：汉文帝墓，在长安东灞水边。附近为灞桥，唐人送客至此，折柳而别。 ③乐游原：本汉乐游苑，在长安东南，为京城最高处，秋日长安士女于此登临聚会。 ④咸阳：秦时咸阳城，汉唐改称渭城，在长安西北。咸阳古道，即王维《渭城曲》所谓“西出阳关”、远至安西的西域通道。 ⑤汉家陵阙：汉代帝皇的陵墓。渭水北岸有长陵、安陵、阳陵、茂陵、平陵等五陵。

张志和（？—774）

字子同，婺州（今浙江金华）人。十六游太学，以明经擢第，献策肃宗，令待诏翰林，授左金吾卫录事参军，贬南浦尉，因亲丧不复仕，扁舟居江湖间，自谓烟波钓徒，号玄真子。大历八年（773）颜真卿为湖州刺史，志和浮家泛宅，往来苕、霅间，撰《渔歌子》五首。志和复善画山水，“自为《渔歌》便画之，甚有逸气”（张彦远《历代名画记》卷十）。

渔 歌 子

西塞山前白鹭飞[①]，桃花流水鳜鱼肥[②]。青箬笠[③]，绿蓑衣，斜风细雨不须归[④]。

【题解】

子是曲子的简称，《渔歌子》即《渔歌》。唐李德裕《玄真子渔歌记》录张志和《渔歌子》五首，分咏西塞山、钓台、霅溪、松江、青草湖。这里选的是第一首。词中是江乡二月桃花汛期、春江水涨、烟雨迷蒙的图景。雨中青山，江上渔舟，天空白鹭，两岸红桃，整个空间色彩明丽，充满动态，生气盎然。一叶渔舟并不是多余的闯入者，而是与环境气氛十分和谐协调，展示了一切顺其自然的生活本身的浓郁诗意，与《楚辞·渔父》内容情调完全不同。人们从中可感到作者的身心与优美的自然环境完全融合，以及由此而来的一片宁静和摆脱尘俗、任情而行的真正的精神自由。

【注释】

①西塞山：在湖北大冶县长江边。唐皮日休《西塞山泊渔家》："西塞山前终日客，隔波相羡尽依依。"诗，宋初王周《西塞山》诗："西塞名山立翠屏，浓岚横入半江青。"自注："今谓之道士矶，即兴国军大冶县所隶也。"一说西塞山在湖州，不确。 ②鳜鱼：今呼桂鱼，其味鲜美，是一种淡水鱼。 ③箬笠：竹箬做的斗笠。 ④不须归：张志和五首词末句第五字皆用"不"字，即"不须归""不曾忧""不叹穷""不觉寒""不用仙"。日本嵯峨天皇和词五首于此皆用"带"字，智子内亲王二首皆用"送"字，滋野贞主五首皆用"入"字，遵从原作，步武不失。

白居易（772—846）

字乐天，晚号香山居士、醉吟先生。原籍太原，迁居下邽（今陕西渭南）。贞元十六年进士，元和中历左拾遗、左赞善大夫。上书忤执政，贬江州司马。长庆、宝历间，出任杭州、苏州刺史。后以太子少傅分司洛阳，终刑部尚书。主张“文章合为时而著，歌诗合为事而作”。其词开中唐诗人依曲拍填词之风。有《白氏长庆集》七十卷，《尊前集》录白居易词二十六首。

忆 江 南

其 一

江南好，风景旧曾谙[①]。日出江花红似火，
春来江水绿如蓝[②]。能不忆江南。

其 二

江南忆，最忆是杭州。山寺月中寻桂子[③]，
郡亭枕上看潮头[④]。何日更重游。

其 三

江南忆，其次是吴宫[⑤]。吴酒一杯春竹叶[⑥]，
吴娃双舞醉芙蓉[⑦]。早晚复相逢[⑧]。

【题解】

调下作者自注：“此曲亦名《谢秋娘》，每首五句。”王国维《唐写本春秋后语背记跋》定为大和八、九年间所作。任二北《敦煌曲初探》第五章《杂考与臆说·时代》，系白居易、刘禹锡《忆江南》于大和八年。然大和八、九年，刘禹锡在苏州、汝州，开成三年

（838）以太子宾客分司东都，与白居易同居洛阳。朱金诚《白居易年谱》故据此定为开成三年作。词共三首，属联章，写怀念以往出守杭州、苏州的生活。第一首兼苏杭两地而言。在富于江南地方特征的画面上，突出渲染江花、江水红绿相映的明艳色泽。第二首写杭州，摄取了两个秋日胜景：天竺寺的中秋月和钱塘江的八月潮，一个清幽，一个壮美。说月中游寺，亭上观潮，似乎只点到题，未作文章，但作者已坠入无穷回味之中，读者亦不禁神往。第三首写苏州，也选择了两件事：吴酒味美可人与吴娃貌艳舞美，江南风光既明丽迷人，江南人物亦楚楚可爱。三词首尾各具，又前后照应，作者虽身在洛阳，其心早已神驰江南了。

【注释】

①旧曾谙：是回忆语气。长庆二年（822）七月，白居易自中书舍人除杭州刺史，五年，徙苏州，宝历二年（825），病免回洛阳，在苏、杭凡五年。其《咏怀》诗云："两地江山踏得遍，五年风月咏将成。"谙（ān），熟悉。　②蓝：植物名。其叶可制蓝色染料，即靛青。叶如蓼，又称蓼蓝。③山寺：指杭州灵隐寺、天竺寺。宋之问《灵隐寺》诗："桂子月中落，天香云外飘。"白居易《留题天竺灵隐两寺》诗："宿因桂花落。"自注："天竺尝有月中桂子落。"　④郡亭：指杭州郡衙内的虚白亭，位于凤凰山后。白居易《郡亭》诗："况看虚白亭，坐见海门山，潮来一凭栏，宾至一开筵。"海门山乃赫山与龛山，两山对峙，潮水出其间，故曰海门。　⑤吴宫：苏州为春秋时吴之故都。这里即指苏州。　⑥春竹叶：酒名。唐人名酒多带"春"字，如荥阳"土窟春"、富平"石冻春"、剑南"烧香春"，见李肇《国史补》卷下。　⑦吴娃：古时吴地方言称美女曰娃。醉芙蓉：状吴娃之美。白居易《长恨歌》诗："芙蓉如面柳如眉。"芙蓉，荷花。　⑧早晚：多时、何时。

长 相 思

汴水流[①]，泗水流[②]，流到瓜洲古渡头[③]。吴山点点愁[④]。　思悠悠，恨悠悠，恨到归时方始休。明月人倚楼。

【题解】

此词见黄昇《唐宋诸贤绝妙词选》卷一，写思妇的相思和别恨。唐时南北交通，主要依靠水运。汴水、泗水、瓜洲、吴山，就是从洛阳南下到达江南的舟行路线。词中的行人，就是在这条南行线上愈行愈远。思妇的相思和别恨也随汴水、泗水，流到瓜洲，流到江南。此词借水流寄情，含情绵邈，频用叠字韵，句句押韵，声调舒徐悠扬，又极尽行云流水之致。

【注释】

①汴水：水名。一名汴渠、汴河。唐时西通河洛，南达江淮。　②泗水：源今山东泗水，南流注入淮河，经大运河入长江。　③瓜洲：渡口名。在江苏邗江，与镇江隔江相望，是大运河与长江的交汇处。唐开元以来为南北水运要冲。渡头：渡口。　④吴山：泛指江南群山。

皇甫松（生卒年不详）

松一作嵩，字子奇，自称檀栾子，睦州新安（今浙江淳安）人，皇甫湜之子。身后，光化三年（900），韦庄奏请追赠李贺、赵光远、皇甫松等进士及第。《花间集》称之为“皇甫先辈”。著有《醉乡日月》三卷（今佚），为唐人饮酒令。《花间集》录其词十一首，《尊前集》录其词十首，王国维《唐五代二十一家词辑》辑为《槿栾子词》一卷。

梦　江　南

兰烬落①，屏上暗红蕉②。闲梦江南梅熟日③，夜船吹笛雨萧萧④。人语驿边桥。

【题解】

《梦江南》即《忆江南》。皇甫松是江南人。一般人作词怀念江南之春，这首《梦江南》却专写江南之夜——富有江南特色的五月梅雨之夜，清代有人把它画成江南夜雨图。词中除写了夜船、驿桥这些水乡景物外，还写了令人勾起思念的船窗的笛声、篷背的雨声和驿桥依依话别的人语声。这些笛声、雨声和人声无不带有亲切的乡味。梦中人亦即心中人。笛声幽怨，多水乡情调；人语缠绵，是吴侬软语，因此这个江南之梦更使人依恋难舍了。厉鹗《论词绝句》云：“美人香草本《离骚》，俎豆青莲尚未遥。颇爱《花间》断肠句，‘夜船吹笛雨萧萧’。”

【注释】

①兰烬：蜡烛的余烬，结花如兰，故称。　②红蕉：屏风上画的美人蕉。　③梅熟日：江南五月间梅子黄熟时，常阴雨连绵，称“梅雨”。　④萧萧：同“潇潇”，风雨交加声。

梦 江 南

楼上寝，残月下帘旌[①]。梦见秣陵惆怅事[②]，
桃花柳絮满江城。双髻坐吹笙[③]。

【题解】

“楼上”二句，是一境；“桃花”二句，又是一境。前者是入梦之境，后者是梦中之境。前后两境皆堪入画，都是非常优美的画境。但以“梦”字带出，自有今昔之感。梦中之境，在昔日本是充满温馨的情调。然而今日入梦，却又蒙上了凄清的色彩。王国维《檀栾子词跋》云：“黄叔旸称其《摘得新》二首，为有达观之见，余谓不若《忆江南》二阕，情味深长，在乐天（白居易）、梦得（刘禹锡）上也。”

【注释】

①帘旌：帘额，即帘上所绣缀软帘。 ②秣陵：金陵，今江苏南京。 ③双髻：少女的发式。这里代指少女。

温庭筠（812？—866）

原名岐，字飞卿，祖籍太原，寓居鄠县。开成、大中间，数举进士不第。大中十年（856），贬隋县尉，留襄阳为巡官，终国子监助教。才情绮丽，能走笔成万言。诗与李商隐齐名，号“温李”；又与段成式以骈文著称，三人皆排行十六，号“三十六体”。善鼓琴吹

笛，尤“能逐弦吹之音，为侧艳之词”，上播宫廷，流传饮席，传唱甚广。后蜀赵崇祚编《花间集》，首列温词六十六首，盖尊为“花间词”之鼻祖。黄昇《花庵词选》云：“温庭筠词极具流丽，宜为《花间集》之冠。”刘熙载《艺概·词曲概》云：“温飞卿词精妙绝人，然不出乎绮怨。”王国维辑为《金荃词》一卷。

菩萨蛮

小山重叠金明灭[①]，鬓云欲度香腮雪[②]。懒起画蛾眉[③]，弄妆梳洗迟。　照花前后镜，花面交相应[④]。新贴绣罗襦[⑤]，双双金鹧鸪[⑥]。

【题解】

《花间集》录温庭筠《菩萨蛮》十四首（约作于宣宗大中年间），大多景物精美，意境要眇，辞采艳丽，情调幽怨。这是第一首，词中的女子一夜候人不至，翌晨再作打扮，严妆以待。全词写的就是闺中理妆的过程。“小山”二句写宿妆已残，是睡余之态。三、四二句写晨起重新梳妆，曰“懒”曰“迟”，因对方失约而未免没精打采。下片则是整妆之后，五、六二句是簪花照镜，七、八二句是穿上新贴的绣衣。新妆后与上片慵懒之情顿别，容光焕发，明艳照人，但却掩盖不了其内心的孤单与寂寞。权德舆《玉台体十二首》其六云：“罗衣不忍著，羞见绣鸳鸯。”正可作为此词结句的潜台词，盖寓自伤不偶之叹。词中人物始终处于“无言”状态，全词宛如一组连续拉开的无声镜头，从神态、动作、眼饰、景物，层层暗示其内心的复杂感情，不用抒情笔法，而其无限心曲却可以由表及里、由形及神地一一感知，温丽芊绵，深婉不迫。

【注释】

①小山重叠：唐时女子画眉流行十种样式，称十种眉，其二为小山眉，又称远山眉。由于是宿妆，经过一夜辗转无眠，眉黛已狼藉，有深有浅，犹如山峰重叠。金明灭：唐时女子在额上涂黄色，叫作额黄，隔了一夜，额黄或浓或淡，故曰明灭。温庭筠《南歌子》“脸上金霞细”，亦以“金”状女子颜面。 ②“鬓云”句：犹言鬓丝散乱。度：动词，指鬓发飘动。唐时女子把发盘成髻，鬓盛如云。睡后发乱下垂，故曰“欲度”。雪：比喻脸面雪白。 ③蛾眉：形容女子眉毛细长如蚕蛾之触须。《诗·卫风·硕人》：“螓首蛾眉。” ④“照花”二句：指对镜簪花。因有两镜前后对照，故云“交相映”。 ⑤贴：熨帖。王建《田侍郎归镇》诗：“熨帖朝衣抛战袍。” ⑥金鹧鸪：用金线盘绣而成的鹧鸪鸟图案。双鹧鸪与鸳鸯同，取成双成对之义。

菩萨蛮

水精帘里颇黎枕①，暖香惹梦鸳鸯锦②。江上柳如烟，雁飞残月天。 藕丝秋色浅③，人胜参差剪④。双鬓隔香红⑤，玉钗头上风。

【题解】

这首词惝恍迷离，颇多异说，但彼此并不乖违。上片昨宵远梦。“水精”二句极言洞房深闺的华贵温馨，个中人物则娇美可知。“梦”字为联结上下的关键。“江上”二句即转入梦镜，杨柳残月，雁行不已，气氛情调由此一变。前者居处幽深，暖香满室；后者江天旷远，夙夜行役。这个梦境把闺中少妇与远方行人连结起来，盖“梦魂已逐郎行远”矣。下片人日新妆，着笔于衣香鬓影“人胜”点出时令，也正是共惜芳时之节序怀人的时候。隋薛道衡《人日思归》诗：

“入春才七日，离家已二年。人归落雁后，思发在花前。”或谓此词上下片从此诗脱化而来，可以思悟。温庭筠此词也可以说是词中最早的节序词。末句与温庭筠《咏春幡》诗“玉钗风不定，香步独徘徊”、牛峤《菩萨蛮》词“玉钗风动春幡急”意境近似，不让李贺《咏怀》诗“弹琴看文君，春风吹鬓影”专美于前。

【注释】

①水精帘：即水晶帘，用珠串成的珠帘。颇黎枕：用碧玻璃做成的玉枕。两者皆极华贵。水精、颇黎，都是唐时从西域传入的名贵的玉石。②鸳鸯锦：绣有鸳鸯图案的锦被。 ③藕丝：纯白色的丝。秋色浅：喻衣色浃雅。 ④人胜：旧俗人日（正月初七）剪彩作人形，作为妇女首饰。 ⑤“双鬓”句：谓两鬓簪花。香红：花的代称。一说香红指人面。

菩 萨 蛮

玉楼明月长相忆①，柳丝袅娜春无力。门外草萋萋，送君闻马嘶②。 画罗金翡翠③，香烛销成泪④。花落子规啼⑤，绿窗残梦迷。

【题解】

上片言忆，下片言梦，无论是“长相忆”还是“残梦迷”，都反映了词中女子的月夜思念，低回欲绝。忆是清醒的，暮春时节，柳丝袅娜，门外马嘶，送君远行的场面，犹历历在目，不时在眼前显现。梦则是迷茫的，只有香烛泪和子规声，伴随着这个孤独的寻梦者，而一去不归、杳无音讯的情人，在梦里再也找不到，唤不回了。温庭筠还有一首《菩萨蛮》云：“相忆梦难成，背窗灯半明。”张惠言《词选》谓“‘相忆梦难成’，正是‘残梦迷’情事。”

【注释】

①玉楼：装饰华丽的高楼。 ②“门外”二句：江淹《别赋》“春草碧色，春水绿波，送君南浦，伤如之何。……棹容与而讵前，马寒鸣而不息。” ③“画罗”句：谓画有翡翠的帷帐。翡翠，鸟名。 ④“香烛”句：意犹杜牧《赠别》诗：“蜡烛有心还惜别，替人垂泪到天明。” ⑤子规：即杜鹃。此处以其啼声悲切喻伤别之情。

更漏子

玉炉香，红蜡泪。偏照画堂秋思[1]。眉翠薄[2]，鬓云残[3]。夜长衾枕寒。 梧桐树，三更雨。不道离情正苦[4]。一叶叶，一声声。空阶滴到明。

【题解】

这首词在温庭筠《更漏子》六首中列于末章，乃咏秋夜之曲，也是写女子一夜无眠的无穷思念。上片点明“秋思”，下片点明“离情”，两者实为同义。但上片浓丽，下片则变为疏淡明快，集于一词，并不觉有所不合，反而感到相当和谐。“梧桐树”六句，与温词向来重暗示，多浓缩的句法不同，而是放笔纵行，接连六句直流而下，情酣意畅。《古今词统》卷五引徐士俊语云：“‘夜雨滴空阶’（梁何逊《临行与故游夜别》）五字不为少，‘梧桐树’，此二十三字不为多。”陈廷焯《大雅集》卷一且以为“后半阕无一字不妙，沉郁不及上二章，而凄紧特绝。”李冰若《栩庄漫记》推飞卿此词为

“集中之冠”，认为“温词如此凄丽有情致不为设色而累者，寥寥可数也。”北宋都下妓聂胜琼《鹧鸪天》词下片云：“寻好梦，梦难成，况谁知我此时情。枕前泪共阶前雨，隔个窗儿滴到明。”全从温词化出，且加一“泪”字以见离情之苦，但语意过于说尽，反而不如温词之含浑。

【注释】

①偏：正、恰。　②眉翠：眉上画的翠黛色。薄：暗淡。　③鬓云残：鬓发散乱。　④不道：犹云不管或不顾。王昌龄《送姚司法归吴》诗“但公意远扁舟近，不道沧江百尺深”同此例。

梦　江　南

千万恨，恨极在天涯[1]。山月不知心里事，水风空落眼前花。摇曳碧云斜。

【题解】

《梦江南》为《忆江南》的异名。这首词写女子的一腔心事，言简意赅，尺幅千里。“山月”一联，颇具摇曳之致。万千离恨，郁积难申，但眼前山月、水风、落花、碧云，所有一切，都是兴歇自然的自在之物，谁也不会给予关怀顾惜。同时谁也不会理解她的寄情与诉说，盖人自多情而物自无情，彼此本来不相关涉，因此愈觉孤寂凄苦，万千之恨也因而转极了。

【注释】

①天涯：指心中所思之人十分遥远。

梦江南

梳洗罢，独倚望江楼。过尽千帆皆不是，斜晖脉脉水悠悠[1]。肠断白蘋洲[2]。

【题解】

自谢朓《之宣城郡出新林浦向板桥》“天际识归舟，云中辨江树”的名句问世后，唐人以此意入诗者甚多。刘采春《罗唝曲》：“莫作商人妇，金钗当卜钱。朝朝江上望，错认几人船。”子兰《襄阳曲》为忆南游人，移家大堤住。千帆万帆来，尽过门前去。”罗邺《江帆》诗：“别离不独恨啼轮，渡口风帆发更频。何处青楼方凭槛，半江斜日认归人。”这首《梦江南》亦祖其意，但胜于并时诸家之作。有人以为此词末句“肠断白蘋洲”过于显露，不如删此五字更觉意味无穷，不无道理。但词中白蘋洲这个典故，与柳恽《江南曲》有关。《江南曲》结句云：“不道新知乐，但言行路远。”就是此词“肠断”二字的实际内涵。游子不返的原因不在于“行路远”，而是在他乡已有新的相知了。这怎能不使人肠断呢？唐赵征明《古离别》：“为别未几日，去日如三秋。犹疑望可见。日日上高楼。惟见分手处，白蘋满芳洲。”以白蘋洲为情人“分手”之处，以此读温词，亦别具胜韵。

【注释】

①脉脉：含情欲伸貌。 ②白蘋洲：长着白蘋洲的水边小洲。

韦 庄（836？—910）

字端己，京兆杜陵（今陕西西安）人。乾宁元年（894）第进士，授校书郎，迁左补阙。乾宁四年，以两川宣谕使判官入蜀，西川节度使王建留为掌书记。天复七年（907），王建自立，国号大蜀。韦庄定制度号令，官至吏部侍郎同平章事，二年后，卒。有《浣花集》。《花间集》录其词四十八首，王国维辑为《浣花词》一卷。韦庄词情深语秀，能运密入疏，寓浓于淡，与温庭筠齐名，然温浓而韦淡，各极其妙。前人论韦庄词且有“初日芙蓉，晓风杨柳”之喻。

浣 溪 沙

夜夜相思更漏残[①]，伤心明月凭栏干，想君思我锦衾寒。 咫尺画堂深似海[②]，忆来唯把旧书看[③]，几时携手入长安。

【题解】

这首词写相思之苦。“想君”句转向对方，想到对方也在今夜此刻思念自己，其中当然有悬想成分，但这是一种心心相印的心灵的感通，语虽淡而情弥深。后来姜夔《鹧鸪天》词说：“谁教岁岁红莲夜，两处沉吟各自知。”不用悬想，各自感知，则更是心灵间永久的默契了。“忆来”二句，是明知相见无缘，唯以旧书慰藉，但心中依然存有一线希望之光，惓惓不已。韦庄是京兆杜陵人，自中和二年（882）离开长安后，再也未能回家。“几时”一句，则把重逢与回乡两个愿望连结为一了。

【注释】

①“夜夜”句：谓每夜相思，直至天明。更漏残：犹云夜尽。 ②“咫尺”句：唐崔郊恋姑之婢，后鬻与连帅于頔，思慕不已，因寒食偶出相遇，崔遂赠诗云：“侯门一入深似海，从此萧郎是路人。” ③忆来：忆时。旧书：旧时书信。

菩　萨　蛮

红楼别夜堪惆怅，香灯半掩流苏帐①。残月出门时，美人和泪辞。　琵琶金翠羽②，弦上黄莺语③。劝我早归家，绿窗人似花。

【题解】

《花间集》录韦庄《菩萨蛮》五首，内容连贯，彼此声息相通，是同时所作的一组联章。张惠言《词选》定为蜀中所作。韦庄入蜀时已六十二岁，词意与之不合。据其末章，当作于洛阳，其时约为光启三年。此词是第一首，记离别之始。“香灯”句，是夜别光景，画面上一片温馨，使人流连。“残月”二句，不说我辞美人，而说“美人和泪辞”，化直为曲，突出美人泪眼莹莹的凄楚状态，是最令人消魂的时刻。下片补叙临别有美人所弹的一曲琵琶，其内容就是“劝我早归家，绿窗人似花”。唐五代词多琵琶曲，有《思归乐》《还乡曲》等多种。韦庄听到的就是这种曲调。“早归”二字是本篇主脑。“早归家”犹云“早归来”，“似花”之人就是“和泪辞”之人，叮嘱他早归来，不要辜负了青春年少。“绿窗”也与上片“红楼”“香灯”

相应复合，使上下片连成一气。姜夔《长亭怨慢》云：“韦郎去也，怎得玉环分付：第一是早早归来，怕红萼无人为主。”可为此词下片注脚。此词居于五章之首，等于在说思念的由起。俞平伯《读词偶得》谓此首“闲闲说出，正合开篇光景，其中淡处皆妙境也。”

【注释】

①流苏帐：用彩色丝线作为穗子的帷帐。 ②金翠羽：嵌金点翠的捍拨，安置于琵琶槽上。 ③“弦上”句：形容琵琶美妙的乐声，犹如春莺鸣啭。唐王仁裕《荆南席上咏胡琴妓二首》其一：“寒敲白玉声偏婉，暖逼黄莺语自娇。”

菩 萨 蛮

人人尽说江南好①，游人只合江南老②。春水碧于天，画船听雨眠。 垆边人似月，皓腕凝霜雪③。未老莫还乡，还乡须断肠。

【题解】

这首词说别后，言不合离去而为之肠断。“只合江南老”，如同刘禹锡《曹纲》诗：“一听曹纲弹《薄媚》，人生不合出京城。”张祜《纵游淮南》诗：“人生只合扬州死，禅智山光好墓田。”说得斩绝，别无选择。此时已不须“劝我”而决然作断了。“春水”二句，一幅春江图画，雨丝风行，随波容与，诗情荡漾。许昂霄《词综偶评》谓“此景此情，生长雍冀（泛指北地）者，实未曾梦见。”皮日休诗有云：“汉水碧于天，南荆廓然天。”就缺乏这种神韵。“垆边”二句，是不同于红楼美人的酒家女，唐人诗中屡见。此词却不涉风情，以“月”和“霜雪”为喻，写出一种端庄的明丽丰腴之美。“须断肠”之“须”与上片“只合”相应，再次加强语气，实已追悔莫及矣。

【注释】

①江南：唐时江南包括江南东道和江南西道。 ②合：合应、合该。 ③“垆边”二句：谓酒家女。垆：酒店里用土砌成放酒瓮的地方。汉卓文君曾当垆卖酒。人似月，如月一样明丽照人。凝霜雪：指两腕明净洁白。

菩萨蛮

如今却忆江南乐[1]，当时年少春衫薄。骑马倚斜桥，满楼红袖招[2]。　　翠屏金屈曲[3]，醉入花丛宿[4]。此度见花枝，白头誓不归。

【题解】

第二首言“江南好”，极写江南景色之丽与江南人物之美。这一首言江南乐，则专涉冶游，追叙艳遇。在吴声西曲与诸多唐人诗中，江南本为风流渊薮。“骑马倚斜桥，满楼红袖招”二句，风情如画，且有春风得意，风流自赏之意。起句“却忆”直贯六句，“此度”则与“如今”相接，因却忆而生悬想。“花丛宿”犹是泛说，“见花枝”则是意中人，情专于一。“白头誓不归”，意为至死不归，且为此立誓，较之前阕“只合江南老”，主观意念加强了，语气也愈发决绝，对当年的轻别怀着深深的悔恨。这五首词多次说到“老”字，其实作词时并非真的已老，“白头誓不归”，就是设想于未来之辞。

【注释】

①却忆：回忆、反想。李白《对酒忆贺监》诗："金龟换酒处，却忆泪沾巾。" ②红袖：杜牧《南陵道中》诗："正是客心孤迥处，谁家红袖凭江楼。"与本词所写相同，可参看。 ③翠屏：嵌有翡翠的屏风。屈曲，指屏风上用以屈伸折叠的环纽。 ④花丛：指游冶之地。

菩 萨 蛮

劝君今夜须沉醉，珍前莫话明朝事。珍重主人心，酒深情亦深。　　须愁春漏短①，莫诉金杯满②。遇酒且呵呵③，人生能几何。

【题解】

选韦庄《菩萨蛮》者，这一首每弃而不取。其实在"却忆江南乐"之后，必然有一种无可奈何的悲哀，"今夜须沉醉""人生能几何"，就是此时极为自然而正常的心态。所谓"明朝事"，正包括上阕结尾所说"此度见花枝，白头誓不归"在内。但这些本是悬想，并无实现之可能，所以说"莫话"，不必再提了。"遇酒且呵呵"二句，是聊以排遣、暂为欢笑的口吻，看似十分浅俗，内心却是相当沉痛的。

【注释】

①春漏短：犹云春夜短。 ②诉：辞酒曰诉。诉酒就是辞酒。 ③呵呵：笑声。

菩萨蛮

洛阳城里春光好，洛阳才子他乡老①。柳暗魏王堤②，此时心转迷③。　桃花春水渌④，水上鸳鸯浴。凝恨对残晖⑤，忆君君不知。

【题解】

这首词表明《菩萨蛮》五首作于洛阳。“洛阳才子”是韦庄自谓，韦庄多次在洛阳居住，洛阳可以说是他的第二故乡。又第二首开头两句叠用“江南”，此处首两句叠用“洛阳”，犹如歌谣，非常流畅。此词从洛阳之春想到从前的江南之春，“红楼别夜”以及“江南好”“江南乐”的一幕幕，重又在眼前展现，因而“心转迷”而“凝恨”不已了。“忆君君不知”一句，正是对首章“劝我早还家，绿窗人似花”遥致的回答，也是这五首词的主旨和总结。五首词就贯串着一个“忆”字，从而使江南的景色人物历历在目，耿耿不忘。韦庄生平详见夏承焘先生《韦端己年谱》，但有关韦庄早年的资料甚少，韦庄寓居越中、金陵，漫游江西及湖湘十余年，这五首词就留下了他的一些侧影。当时正值中原大乱，江南却依然承平故态，或许“劝君今夜须沉醉”一首，稍稍透露出一点乱世的气息。

【注释】

①洛阳才子：西汉贾谊是洛阳人，潘岳《西征赋》说“贾生（谊）洛阳之才”。这里是韦庄自指。　②魏王堤：唐时洛水流入城内，经尚善、旌善二坊之北，南益为池，为都城之胜，贞观中以赐魏王泰，故名。池上有堤，多植柳。白居易《魏王堤》诗：“何处未春先有思，柳条无力魏王堤。”　③心

转迷：心更迷。 ④“桃花”句：据《礼记·月令》，二月桃花开时，春水渐盛，称为“桃花水”。渌，水清貌。 ⑤凝恨：犹云积恨，即令所谓“发痴”“发怔”“出神”“失魂”。

女 冠 子

四月十七，正是去年今日。别君时。忍泪佯低面[①]，含羞半敛眉[②]。 不知魂已断，空有梦相随。除却天边月，没人知。

【题解】

女冠即女道士，子是曲子的简称。《花间集》中作《女冠子》者。不少咏调名本意。韦庄《女冠子》两首为联章，写双方同在一夜梦中相遇，已与调名无涉。这一首说女方，“忍泪”二句是别时情景，此后愈离愈远，则梦魂相随。“除却”二句犹如说“忆君君不知”，略带怨恨之意。而“四月十七”这个去年离别的日子，开头就特予标明，则可能还有重要意义。广明元年（880）韦庄在长安应举，值黄巢攻长安，身陷兵中，可能就是韦庄告别长安的日子，所以说得那么郑重。韦庄《出关》诗：“正是灞陵春酬绿，仲宣何事独辞家。”此后又有《长安旧里》诗：“满目墙垣春草深，伤时伤事更伤心。车轮马迹今何在，十二玉楼何处寻。”读此词时，皆可用作参考。

【注释】

①佯：假装。 ②敛眉：皱眉。

女冠子

昨夜夜半，枕上分明梦见。语多时。依旧桃花面[1]，频低柳叶眉[2]。　半羞还半喜，欲去又依依。觉来知是梦[3]，不胜悲。

【题解】

前一首说女方，这一首则说男方。梦中情景一一“分明”。“依旧”与“去年今日”相应，“半羞”二句，则宛然是第一首别君时的情状。“语多时”与“欲去又依依”则关合双方。唐五代的联章体形式多样，这两首犹如相隔千里的男女月下对唱。实际上彼此不通音讯，并非真的互诉梦境。两首词中，一方是实情，一方是虚拟，不能一概坐实。

【注释】

①“依旧”句：用崔护故事。　②柳叶眉：白居易《长恨歌》诗：“芙蓉如面柳如眉，对此如何不泪垂。”　③觉来：觉后。

思帝乡

春日游，杏花吹满头。陌上谁家年少，足风流[1]。妾拟将身嫁与，一生休[2]。纵被无情弃，不能羞[3]。

【题解】

唐五代文人笔下的恋情词，大都用比兴手法，隐约含蓄。这首词却直用赋体，写一个怀春少女对爱情的表白：敢于说出自己的爱，敢于以身相许，甚至不计后果，即使将来遭到遗弃也在所不惜。这种不顾一切的特别炽热的爱情，在春天、杏花、不相识的风流少年等外界环境的触发下突然爆发出来。最后以仅三字的誓言般的短语作结，尤显得干脆决绝，志不可夺。《皱水轩词筌》引贺裳语曰：“小词以含蓄为佳，亦有作决绝语而妙者，如韦庄‘陌上谁家年少（以下从略）’之类是也。牛峤‘须作一生拚，尽君今日欢’，抑亦其次。柳耆卿‘衣带渐宽终不悔，为伊消得人憔悴’，亦即韦意，而气加婉矣。”

【注释】

①足风流：犹云十分风流。 ②一生休：这一辈子就算了。 ③“纵被”二句：即使被无情的人遗弃，也不以为羞。

欧阳炯（896—971）

炯或作迥、回，皆误。益州华阳（今四川双流）人。仕前蜀为中书舍人，后蜀时累官至门下平章事，入宋授左散骑常侍。宋开宝四年卒，年七十六。《宋史》卷四七九谓其“性坦率，无检操，雅善长笛”，吴任臣《十国春秋》卷五六：“欧阳炯善文章，尤工诗辞。”后蜀广政三年（940），赵崇祚编成《花间集》，收炯十七首，炯为此集作序，阐述《花间集》之编选宗旨，是最早的词集序。张宗橚《词林纪事》卷一称炯词“大抵婉约轻和，不欲强作愁思者也。”《尊前集》复录其词三十一首，王国维《唐五代二十一家词辑》辑为《欧阳平章词》一卷。

南乡子

画舸停桡[1]，槿花篱外竹横桥[2]。水上游人沙上女，回顾，笑指芭蕉林里住。

【题解】

李冰若《栩庄漫记》云："欧阳炯《南乡子》八首，多写炎方风物，不知其以何因缘而注意及此。炯蜀人，岂曾南游？然其词写物真切，朴而不俚，一洗绮罗香泽之态，而为写景纪俗之词，与李珣可谓笙磬同音者矣。"这一首描绘的是从船上眺望岸上的景象，章法颇似李白《陌上赠美人》诗："骏马骄行踏落花，垂鞭直拂五云车。美人一笑褰朱箔，遥指红楼是妾家。"但呈现在幅面上的，岸边的槿篱、竹桥和稍远的芭蕉林，都是岭南的风物。"笑指芭蕉林里住"的"沙上女"，又充满了天真活泼、纯朴大方的情趣。领略着这派独特的风土人情，从外地来的"水上游人"不禁深感新鲜而心旷神怡了。

【注释】

①画舸（gě）：彩色的大船。桡：船桨。 ②槿花篱：即木槿花。《玉篇》"槿，木槿，华朝生夕陨，可食。"又称槿篱。

南乡子

岸远沙平，日斜归路晚霞明。孔雀自怜金翠尾[1]，临水，认得行人惊不起[2]。

【题解】

这首词写晚霞下孔雀临水照影，雀屏全开，见了行人，也因本与人混得很熟，既不惊起，也不避开，悠闲自在。谭献评《词辨》卷一云：“‘认得行人惊不起’，顿挫语似直下。”将孔雀的神态栩栩如生地描绘出来。陈廷焯《云韶集》卷一云：“遣词用意，俱有别致。”

【注释】

①孔雀：鸟名。雄鸟颈部羽毛呈绿色，多带有金属光泽。尾羽延长成巨大尾屏，上具五色金翠钱纹，开屏如彩扇，尤为艳丽。　②惊不起：“不惊起”的倒装。

南　乡　子

路入南中①，桄榔叶暗蓼花红②。两岸人家微雨后，收红豆③，树底纤纤抬素手④。

【题解】

汤显祖评《花间集》卷三称欧阳炯《南乡子》八首：“短词之难，难于起得不自然，结得不悠远。诸起句无一重复，而结语皆有余思，允称合作。”这八首词以观光者的身份和笔调，逐一写景纪俗，合起来犹如一篇风土志或一部风光片。此首“路入南中”，展现了南国少女雨后采摘红豆的画面，色彩明丽，富有情趣。陈廷焯《云韶集》卷一云：“好在‘收红豆’三字，触物生情，有如此者。”《古今词统》卷一引徐士俊曰：“致极清丽，入宋不可复得。”

【注释】

①南中：犹言南国，指岭南。 ②桄榔（guāngláng）：唐刘恂《岭表录异》卷中："桄榔树生广南山谷，枝叶并蕃茂，与枣、槟榔等树小异。然叶下有须，如粗马尾。广人采之，以织巾子。其须尤宜咸水浸渍，即粗胀而韧，故人以此比缚舶，不用钉钱。本性如竹，紫黑色，其文理而坚，工人解之，以制博弈局。其木刚，作犁锄，利如铁，中石更利，惟中蕉方致败耳。此树皮中有屑如面，可为饼食之。" ③红豆：产于岭南，秋日开花，其实成荚，子大略小于豌豆，色鲜红，故名红豆。 ④素手：犹言雪白的手。纤纤抬素手，即指少女。

孙光宪（？—968）

字孟文，自号葆光子，陵州贵平（今四川仁寿）人。唐末为陵州判官，后唐天成元年（926），为荆南高季兴掌书记，累官荆南节度副使，检校秘书少监兼御史大夫，宋建隆四年（963），劝高继冲归宋，授黄州刺史，乾德六年，宰相荐其为学士，未及召而卒。著作颇丰，今仅存《北梦琐言》二十卷。《花间集》录其词六十一首，《尊前集》录二十三首，数量之多，在"花间"词人中居首位。王国维《唐五代二十一家词辑》辑为《孙中丞词》一卷。陈廷焯《云韶集》卷一云："孟文词在五代最见气格，风致亦复不泛，出韦端己之上。"吴梅《词学通论·概论》"余谓孟文之沉郁处，可与李后主并美。"

浣 溪 沙

蓼岸风多桔柚香[①]，江边一望楚天长[②]，片帆烟际闪孤光[3]。　　目送征鸿飞杳杳[4]，思随流水去茫茫，兰红波碧忆潇湘[5]。

【题解】

唐五代词人对词调的运用，往往有所偏好。温庭筠作《菩萨蛮》词就有二十首（今存十四首），孙光宪《浣溪沙》词，《花间集》录九首，《尊前集》录十首，也有十九首之多。这首词写在荆南为人送行。全词通过一个“望”字，把江边红蓼桔柚的特写镜头拉向寂廓江天、天长水远的全景与远景，而别离之情弥漫于飞鸿杳杳，流水茫茫之中。“片帆烟际闪孤光”，则是这个全景与远景中渐行渐远，以至于无的一个焦点。陈廷焯《云韶集》评谓“‘片帆’七字，压遍古今词人”。“‘闪孤光’三字警绝，无一字不为炼，绝唱也”。王国维《人间词话·附录》亦称“片帆”一句，“尤有境界”，不让谢朓《之宣城郡出新林浦向板桥》“天际识归舟，云中辨江树”、李白《黄鹤楼送孟浩然之广陵》“孤帆远影碧空尽，惟见长江天际流”等佳句专美于前。“兰红碧波”四字，善于设色，唯“潇湘”足以当之。

【注释】

①蓼：红蓼，秋日开花，紫红色，多生水边，亦名泽蓼。桔柚（yòu）：两种果树，多生南方，其味香甜。　②楚天：泛指南方的天空。　③孤光：指帆影。　④杳杳：深远幽暗貌。　⑤兰红：即红兰，秋日开花。江淹《别赋》：“见红兰之受露，望青楸之离霜。”潇湘：二水名。在今湖南省境内，于零陵纳潇水入江，合称潇湘。

谒 金 门

留不得，留得也应无益。白纻春衫如雪色①。扬州初去日。　　轻别离，甘抛掷。江上满帆风疾。却羡彩鸳三十六②，孤鸾还一只③。

【题解】

这首词写离情。上片言对男子的一去不归，本有所觉。下片则未甘离异孤栖，因而重生怨恨。起笔“留不得，留得也应无益”和结句“却羡彩鸳三十六，孤鸾还一只”，都为词中本色语。宋石孝友《谒金门》的发端“归不去，归去又还春暮”，即用此词作法。陈廷焯《大雅集》卷一则谓：“却羡”二句，以彩鸳起兴，以孤鸾自况，倾吐目前的孤栖独宿，是“不遇之感，自叹语，亦是自负语”。而“白纻”二句，尤为传神，向称名句。一个玉树临风的美哉少年，去扬州的风月繁华之地，既是“留不得，留得也应无益”的主要原因，也是最后“孤鸾还一只”的根本原因。把意中人写得如此风度翩翩，容貌甚都，可见其倾心相慕的程度。爱之恨之，两种感情实在交结在一起，爱中带着泪，恨罢更感到爱。“甘抛掷”的“甘”字，就是明证。清周之琦《十六家词录附题》咏孙光宪词云：“一庭疏雨善言愁，《佣笔》《金台》耐薄游。最是相思忘不得，春衫如雪去扬州。”

【注释】

①白纻：白麻布，细而洁白，以纻麻织成。古乐府《白纻歌》：“质如轻云色如银，制以为衫馀作巾。”　②鸳：喻指情侣、美人。三十六：即三十六对。　③孤鸾：喻指失伴的人。徐陵《鸳鸯赋》：“山鸡映水那相得，

孤鸾舞镜不成双。”鸾，鸟名，常与凤为偶。

鹿虔扆（生卒年不详）

一作禄虔扆，初读书古祠，见画壁有周公辅成王图，期以此见志。天复（901—903）中，为永泰军节度使，后进检校太射，加太保，因称鹿太保。一说后蜀孟昶时为“五鬼”之一，不确。张宗橚《词林纪事》卷二引倪瓒云：“鹿公高节，偶尔寄情倚声，而曲折尽变，有无限感慨淋漓处。”李冰若《栩庄漫记》云：“鹿太保词不多见，其在《花间集》中（共六首），约有二种风格：一为沉痛苍凉之词；一为秀美疏朗之词。不惟人品之高，其词格亦高。由此可知虽处变乱之世，人格高尚者终有以自立。”

临 江 仙

金锁重门荒苑静[①]，绮窗愁对秋空[②]。翠华一去寂无踪[③]。玉楼歌吹，声断已随风[④]。　烟月不知人事改[⑤]，夜阑还照深宫[⑥]。藕花相向野塘中。暗伤亡国，清露泣香红[⑦]。

【题解】

鹿虔扆《临江仙》共二首，这是第一首。哀悼感愤，寄托深远，历来论词者都极为推许。许昂宵《词综偶评》：“曰‘不知’，曰‘暗伤’，无情有恨，各极其妙。”陈廷焯《云韶集》云：“深情苦调，有《黍离》《麦秀》之悲。”况周颐《餐樱庑词话》谓鹿虔扆

"孟蜀遗臣，坚持雅操"，此词"含思凄惋"，不减李煜《浪淘沙》"晚凉天净月华开。想得玉楼瑶殿影，空照秦淮"之句。俞陛云《五代词选释》："周道黍离之感，唐宋以来，多见于诗歌，在词中，惟南唐后主，亡国失家，语最沉痛，虔扆词亦善感尔。诵'露泣红香'句与'独与铜人相对泣，凄凉残月下金盘'，其音皆哀以思也。"李冰若《栩庄漫记》："太白诗（李白《苏台览古》）'只今惟有西江月，曾照吴王宫里人'已开鹿词先路。此阕之妙，妙在以暗伤亡国托之藕花。无知之物，尚且泣露啼红，与上句'烟月还照深宫'相衬，而愈觉其悲惋。其全词布置之密，感喟之深，实出后主（李煜《浪淘沙》）'晚凉天净'一词之上，知音者当不河汉斯言。"

【注释】

①重门：宫门。《文选》谢朓《观潮雨》诗："平明振衣坐，重门犹未开。"荒苑：指前蜀后主王衍所建宣华苑。欧阳修《新五代史·前蜀世家》谓王衍"起宣华苑，苑有重光、太清、延昌、会真之殿，清和、迎仙之宫，降真、蓬莱、丹霞之亭，飞鸾之阁，瑞兽之门，又作怡神亭，与诸狎客妇人日夜酣饮其中。" ②绮窗：指镂刻有精致的花格子的窗子。《古诗十九首》："交疏结绮窗，阿阁三重阶。" ③"翠华"句：此句指唐庄宗同光三年（925）九月，发兵攻蜀，蜀主王衍面缚舆榇，出降于成都北五里升仙桥。四年（926）四月，王衍奉诏入洛阳，行至秦川驿，庄宗用伶人景进计，遣宦者向延嗣诛其族。详见欧阳修《新五代史·前蜀世家》。翠华：指天子仪仗中以翠羽为饰的旗帜或车盖。 ④"声断"句：是"随风声断"的倒装。 ⑤人事改：指前蜀亡国。 ⑥夜阑：夜深、夜尽。 ⑦香红：指藕花。

李 珣（生卒年不详）

字德润，其先为波斯人，居梓州（今四川三台）。李珣少小苦学，有诗名，以秀才预宾贡，事蜀主王衍，国亡不仕。所《琼瑶集》（已佚），《茅亭客话》称其“多感慨之音”。《鉴诫录》亦谓其“所吟诗句，往往动人”。《花间集》录李珣词三十七首，《尊前集》十八首（内一首与《花间》相复），王国维《唐五代二十一家词辑》辑为《琼瑶词》一卷。李冰若《栩庄漫记》云：“李德润词大抵清婉近端己，其写南越风物，尤极真切可爱，在《花间集》词人中，自当比肩和凝，而深秀处且似过之。”《历代词人考略》卷五引况周颐曰：“李秀才词，清疏之笔，下开北宋人词格。”

南 乡 子

相见处，晚晴天。刺桐花下越台前[①]。暗里回眸深属意[②]。遗双翠[③]，骑象背人先过水[④]。

【题解】

这首词写恋情。陈廷焯《闲情集》卷一谓“情态可想”。首三句写相见的时间和地点，后四句言少女深爱对方，却不敢大胆表露，只是通过临去时的“回眸”留下一往深情；又佯遗首饰，“骑象背人”，渡水而去，暗示相约再见。俞陛云《五代词选释》称李珣《南乡子》十七首“萦以艳情”，此为一例。但这首词写少女的恋情较之《花间集》中的其他艳情之作，格调迥然有别，而且它通过少女的这种内心活动和求爱方式，更多地展示了岭南的风俗民情，令人感到赏心悦目。夏承焘先生《瞿髯论词绝句》云："李家兄妹锦城中，小阕宫词并此工。传唤周（昉）韩（干）商画境，淡眉骑象上屏风。"是为的评。

【注释】

①刺桐：宋吴处厚《青箱杂记》卷六："刺桐花深红，每一株数十蓓蕾，而叶颇大，类桐，故谓之刺桐。唯闽中有之。"越台：越王台，故址在今广州市越秀山上，汉时南越王赵佗所筑。 ②属意：犹言钟情。 ③遗双翠：丢下一双翠羽制作的首饰。 ④背人：背着人，犹言不让人知道而去。

敦煌曲子词

清光绪二十六年（1900），在甘肃敦煌鸣沙山藏经洞，发现了大批珍贵的手写的卷子，总数凡二万余卷。其中有不少沉埋已久的属于唐五代俗曲的曲子词。《云谣集杂曲子》一卷三十首，据任二北《敦煌曲初探》考证，其编集年代，或许有早于历来认为第一部词的总集《花间集》，其余则散见于各种写卷。现整理成集的已有：王重民《敦煌曲子词集》，收词一百六十四首；饶宗颐《敦煌曲》，收三百八十首；任二北初编《敦煌曲校录》，兼及《五更转》等俗曲佛曲，五百四十五首，之后又编定《敦煌歌辞总编》，扩大到凡入乐者一概采录，计一千三百余首。这些曲子词，除六首标明作者外，皆作者无考，概属无名氏的作品。它们的写作时间大致以晚唐五代直至宋初者为多。敦煌曲子词的内容甚为广泛，其题材往往超出文人所作的"诗客曲子词"之外，语言自然，风格或清新或质朴，甚至俚俗拙塞，词体也并非定型，呈现出多样化的状态，较多地保持着词的早期状态和民间状态。

凤归云

闺怨

征夫数载，萍寄他邦[①]。去便无消息，累换星霜[②]。月下愁听砧杵[③]，拟塞雁行。孤眠鸾帐里[④]，枉劳魂梦[⑤]，夜夜飞飏。　想君薄行[⑥]，更不思量。谁为传书与，表妾衷肠。倚牖我言垂血泪，暗祝三光[⑦]。万般无那处[⑧]，一炉香尽，又更添香[⑨]。

【题解】

词见《云谣集杂曲子》、敦煌写卷斯一四四一、伯二八三八。《凤归云》凡四首，这是第一首，调下注曰“闺怨”，写征夫一去数载，音讯全无，思妇夜夜孤眠，空劳梦想。“想君薄行”，是又爱又恨之辞，所以接着说传书不成，则暗祝上天保佑了。

【注释】

①“萍寄”句：以浮萍寄迹水面比喻征夫行止无定。唐张乔《寄弟》诗：“故里行人战后疏，青崖萍寄白云居。”　②星霜：星一年一周转，霜每年因时而降，因以星霜喻年岁。张九龄《与弟游家园》诗：“星霜屡尔别，兰麝为谁幽。”　③砧杵（zhēnchǔ）：捣衣石与棒槌，喻捣练浣洗。古人每于秋夜捣练，制寒衣以寄远。白居易《八月三日夜作》诗：“月明砧杵动，夜夜捣秋凉。”　④鸾帐：绣有双鸾的帷帐。帐，原卷误作“怅”。　⑤枉劳：

徒劳。枉，原卷误作“往”。敦煌写卷“往”“枉”常通用。 ⑥薄行：是说品行恶薄。《世说新语·文学》：“郭象者，为人薄行，有隽才。”则六朝已有此语。 ⑦“暗祝”句：用以排遣忧闷兼祷上苍保佑征人早日平安归来。三光，指日、月、星。汉班固《白虎通·封公侯》：“天有三光，日、月、星，地有三形，高、下、平。” ⑧无那：无奈，无可奈何。王昌龄《从军行》诗：“更吹羌笛关山月，无那金闺万里愁。” ⑨“一炉”二句：香尽添香，坐以待旦，意谓愁极无奈，彻夜不寐。

凤 归 云

闺 怨

绿窗独坐，修得君书①。征衣裁缝了，远寄边隅②。想得为君贪苦战，不惮崎岖③。终朝沙碛里④，止凭三尺⑤，勇战奸愚⑥。 岂知红脸⑦，泪滴如珠⑧。枉把金钗卜，卦卦皆虚⑨。魂梦天涯无暂歇，枕上长嘘。待公卿回故日⑩，容颜憔悴，彼此何如。

【题解】

此首与上首一样，也写闺怨。词中说丈夫边庭征战，无从得知归期，即使他日功成一归来，彼此也都垂垂老矣，言下不胜为自己的青春叹息。王国维《唐写本〈云谣集杂曲子〉跋》：“郭茂倩《乐府诗集·近代曲辞》中有滕潜《凤归云》二首，皆七言绝句，此则为长短句。此犹唐人乐府见于各家文集，《乐府诗集》者多近体诗，而同调之见于《花间》《尊前》者则多为长短句。盖诗家务尊其体，而乐家只倚其声，故不同也。《天仙子》唐人皇甫松所作者不叠，此则有二叠，《凤归云》二首句法与用韵各自不同，然大体相似，可见唐人词律之宽。”王国维还有《题敦煌所出唐人杂书六绝句》，其一云：“虚声乐府擅缤纷，妙语新安迥出群。茂倩漫收双绝句，教坊原有《凤归云》。”其意与上引跋文中说的相同。

【注释】

①修得：写成。君：指夫君、征夫。　②边隅：边庭、边疆。隅，原卷作“虞”，音近致误。　③“想得”二句：谓征夫不怕艰难，为国奋战。君：指君王、国君。惮：怕、畏惧。原卷误作“旦”，同音致误。《倾杯乐》：“一但娉得狂夫。”“一但”即“一旦”。　④终朝：整天。“终”原卷误作“中”。沙碛：沙漠。这里指沙场、战场。　⑤止：同“只”。三尺：指剑。《汉书·高祖本纪》：“吾以布衣三尺取天下。”颜师古注：“三尺，剑也。”　⑥奸愚：指顽敌。　⑦红脸：代指女子，这里是征妇自称。　⑧滴：原卷误作“的”，音同致误。　⑨“枉把”二句：因不知丈夫的归期，故以金钗卜问，然而卦卦失灵。枉：徒然。金钗：首饰。这里以金钗代占卜的金钱。刘采春《啰唝曲》：“莫作商人妇，金钗当卜钱。”　⑩公卿：功名之极。这里为想象之辞，指丈夫立功跻身公卿。故：与“顾”通用。回故，即是返回的思。

破　阵　子

其　一

风送征轩迢递①，参差千里余②。目断妆楼相忆苦，鱼雁百水鳞迹疏③。和愁封去书④。　春色可堪孤枕⑤，心憔梦断更初。早晚三边无事了[6]，香被重眠比目鱼[7]。双眉应自舒。

其　二

年少征夫堪恨，从军千里余[8]。为爱功名千里去，携剑弯弓沙碛边[9]。抛人如断弦[10]。　迢递可知闺阁[11]，吞声忍泪孤眠。春去春来庭树老，早晚王师归却还[12]。免教心怨天。

【题解】

《破阵子》，唐大型歌舞曲《破阵子》中的一段，子是曲子的简称。《云谣集杂曲子》录《破阵子》两首，同抄于一卷，从内容看，无疑为联章，都是征夫、思妇之辞。第一首征夫赴边，音讯全无，思妇寄书，祝愿丈夫战后平安归来，重新团聚。第二首思妇怨恨丈夫为了功名，弃家远征，但也祝愿王师奏捷，丈夫平安归来。“早晚三边无事了”“早晚王师归却还”，正前后呼应，同一口吻。

【注释】

①征轩：远行的车。唐岑参《题永乐韦少府壁》：“故人是邑尉，过客驻往轩。”　②参差：倾刻，很短的时间。　③“鱼雁”句：“迹”原误作“积”。“百水”费解，敦煌变文《韩朋赋》（见刘复《敦煌掇琐》）曰：“鱼鳖百水，不乐高堂，燕若群飞，不乐凤凰。”一本“百水”作“在水”。此词“百水”亦“在水”之误。全句以文当作“鱼鳞在水雁迹疏”，意为音讯断绝。　④书：书信。　⑤可堪：哪堪，不堪。　⑥早晚：犹云总有一天。三边：泛指边疆。　⑦“香被”句：指夫妻重新团聚。比目鱼：即鲽。《尔雅·释地》：“东方有比目鱼焉，不比不行，其名谓之鲽。常喻夫妻

形影不离。　⑧“余”字失韵，也当作“从军年复年”。“千里余”乃涉上首首二句为“风送征轩迢递，参差千里余”致误。　⑨沙碛：沙漠，犹云边地。　⑩抛人：指抛却妻子。断弦：旧时夫丧妻曰“断弦”，言如琴瑟之断其弦也。　⑪“迢递”句：承上谓你戍边千里之外，可知道为妻的心情？迢递，遥远貌。闺阁，这里代指妻子。王昌龄《变行路难》诗：“封侯取一战，岂复念闺阁。”　⑫王师：指守边的军队。却：即。

拜　新　月

荡子他州去[①]，已经新岁未还归。堪恨情如水，到处辄狂迷。不思家国，花下遥指祝神祇[②]。直至于今，抛妾独守空闺。　上有穹苍在[③]，三光也合遥知[④]。倚屏帏坐，泪流点滴[⑤]，金粟罗衣[⑥]。自嗟薄命，缘业至于斯[⑦]。乞求待见，誓不辜伊[⑧]。

【题解】

唐代妇女有拜新月的习俗，以为向新月诉说真情，可以得称心如意之事。唐人所作《拜新月》，多为五言仄韵绝句，这首为词体。全词通篇用第一人称的口吻，都是女子拜月时，向月诉说心事的话，这些本来都是内心郁积的隐秘的感情，在月光之下却尽情倾吐，和盘托出，毫不隐瞒。词中纯用口语，如丸走坂，如水倾注，真是“如怨如慕”，如泣如诉。最后二句，是对月的祷辞，“乞求待见面，誓不辜伊”，精诚之至，又皎如浴月。关于唐人拜新月的情形，吉中孚夫人张氏《拜新月》诗，有具体描绘：“拜新月，拜月出堂前。暗魄初笼桂，虚弓未引弦。拜月妆楼上，鸾镜始安始，蛾眉已相向。拜月不胜情。庭花风露清，月临人自老，人望月长明。东家阿母为拜月，一拜一悲声断绝。昔年拜月逞容辉，如今拜月双泪垂。回看众女拜新月，却忆红闺年少时。”

【注释】

①荡子：流荡不归的男子《古诗十九首》其二：“荡子行不归，空床难独守。” ②神祇：原作“神明”，失韵。从冒广生校改。神祇：神灵。 ③穹苍：苍穹，指天。 ④三光：见前《凤归云》（征夫数载）注⑦。这里主要指月。 ⑤滴：原误作“的”。 ⑥金粟：二字费解。饶宗颐《敦煌曲》据原卷作“粟”字，疑为“缕”字之误。“粟”“缕”一声之转。 ⑦缘业：佛家语。大乘《法华经·序品》：“诸世界中六道众生，生死所趣，善恶业缘，受报好丑，于此悉见。缘即因缘，业分善恶。在人生去、来、今三世中，有苦有乐，有善有恶，皆属因缘关系。因善业缘生善果，因恶业缘生恶果。”业往往偏指恶业，并引申为罪孽。这里的“缘业”便专指罪孽而言。意谓我今世的罪孽，缘往世的种因而来。故“自嗟薄命”。斯：原误作“思”。敦煌写卷常以“思”为“斯”，盖同音借用。 ⑧“乞求”二句：为拜月时祈祷的话。辜：辜负。伊：第二人称，犹云君、你。这里指当头的新月，意谓必然有所报答。

抛 球 乐

珠泪纷纷湿绮罗①。少年公子负恩多②。当初姊姊分明道，莫把真心过与他③。子细思量着④，淡薄知闻解好么⑤。

【题解】

词见《云谣集杂曲子》。《抛球乐》，唐教坊曲名，唐时用于饮席酒令，又歌又舞。这首词写当初真心相许，结果却遭“负恩”的情场曲折，结以自思自悟、自恨自悔，是沦落风尘的女子被欺骗后的幽怨和创痛，反映了封建社会妓女以色事人的悲剧。

【注释】

①纷纷：原卷作“芬芬”。②恩：原误作“思”。③过与：给、送、交给。敦煌写卷佚名变文：“娑婆国内且无贫，拾得金珠乱过与人。”④子细：同“仔细”。⑤“淡薄”句：意谓薄情的朋友能懂得人的好心么。淡薄知闻，意同“相知不深的朋友”，指上文的“少年公子”。知闻：唐宋口语，朋友的意思。白居易《黄石岩下》诗：“教他远亲故，何处觅知闻。”

菩　萨　蛮

枕前发尽千般愿，要休且待青山烂①。水面上秤锤浮②，直待黄河彻底枯。　白日参辰现③，北斗回南面④。休即未能休，且待三更见日头⑤。

【题解】

词见敦煌写卷斯四三三二。林玫仪《由敦煌曲看词之起源》定此词录于贞元十八年（802）。词是向对方立誓，借六个无法实现的事为喻，表示不断绝彼此的私情。但这种“枕前”的誓言，究竟有多少真诚，是值得怀疑的。“枕前”发愿，居然可以如此熟练地发尽“千般愿”，未免过多过滥，显得近于随口而出，有口无心。立誓决不是愈多愈好。如果双方没有裂痕，就无须用这种方式来换取信任。海枯石烂，三更日出之类的誓言，早已成为一种随处可用的俗套，不断加以重复，不会使人感到其中有多少真诚的感情分量。热恋中的人，对听来入耳的甜言蜜语，往往容易轻信，但真正要分辨这些话中所含情感的轻重虚实，却是不容易的。词中这个立誓的人，最后是否实现了用“发尽千般愿”立的誓言，恐怕是没有人知道了。俞平伯《唐宋词选释》云：“虽发尽千般愿，却毕竟负了心，却是不曾说破。”

【注释】

①休：休弃、断绝。 ②锤：原作埵。秤锤：秤砣。 ③参辰：二星名，参星属参宿，居西方，辰星属心宿，居东方。彼此出没，互不相见。 ④北斗回南面：是北斗转南向之意。北斗，由天枢、天璇、天玑、天权、玉衡、开阳、摇光七星组成，排列为斗形，位于北天，故名。面，向。 ⑤三更见日头：犹言半夜出太阳。

浣 溪 沙

五两竿头风欲平①。张帆举棹觉船行②。柔橹不施停却棹，是船行。　　满眼风波多闪灼③。看山恰似走来迎。子细看山山不动④，是船行。

【题解】

词见敦煌写卷伯三一二八、斯二六〇七。这首词与梁元帝《早发龙巢》“不疑行舫动，唯看远树来”、苏轼《江行看山》“船上看山如走马，倏然过去数百群”所写的情景相同。这种动静的转化，固然是一种物理现象和心理错觉，但从创作角度看，却是从景到情，由情到景的转化过程的一个侧面表现。船夫眼中出现的青山“走来迎”，就是张帆启航、乘破浪时轻快欢愉的心情使然。在诗歌中，这种以动写静、化静为动的手法，十分常见，在词中却不常有。词中的这首船夫曲写得较早，值得看重。

【注释】

①五两竿头：原作“五里竿头”，或校作“五里滩头”。蒋礼鸿《（敦煌曲子词集）校议》：“‘五里’应作‘五量’，即五两，是船上候风的用具。”《文选》郭璞《江赋》：“觇五两之动静。”五两，亦称统统（huán）。《淮南子注》：“统，候风也。楚人谓之五两。”王维《送宇文太守赴宣城》诗：“何处寄相思，南风吹五两。” ②张帆：原作“长帆”。任二北《敦煌曲校录》校改。举棹：打桨。 ③闪灼：原误作“陕汋”“殃汋”。王重民《敦煌曲子词集》引阴鲁法校改为“闪灼”，即“闪烁”，波光明灭不定貌。林玫仪《敦煌曲子词斠证初编》谓“陕”乃“峡”字之讹，汋，泽也，“峡汋”正成义，可备一说。 ④子细：仔细。

捣 练 子

“孟姜女，杞梁妻[1]，一去燕山更不归[2]。”“造得寒衣无人送[3]，不免自家送寒衣。” “长城路，实难行，乳酪山下雪雰雰[4]。”“吃酒只为隔饭病[5]，愿身强健早还归。”

【题解】

见敦煌写卷伯三九一一、二八〇九及三三一九，题云“曲子捣练子”，凡两首。《捣练子》多为单片，此为双叠。另一首写离家的杞梁拜辞父母妻，上片与父母对话，下片为夫妇对话。这一首则是孟姜女拜辞公婆。上片“造得”二句，是告别公婆的话，下片“长城”二句，是公婆劝阻，“吃酒”二句，则决意而行，祝愿公婆年老强健，送罢寒衣，早日回来侍奉。张籍有《送衣曲》诗云：“织素缝衣独苦辛，远因回使寄征人。官家亦自寄衣去，贵从妾手著君身。高堂姑老无待子，不得自到边城里。殷勤为看初著时，征夫身上宜不宜。”反映了唐代征人与家人的情况，为认识这首词提供了背景和线索。

【注释】

①孟姜女：汉刘向《列女传》卷四记齐杞梁殖战死，其妻哭于长城下，十日而城崩。又唐人所编《琱玉集》记秦时有燕人杞良，娶孟超女仲姿为妻，因杞良遣筑长城为官吏击杀，仲姿哭于长城下，城即崩倒。梁亦作良。 ②燕山：山名。原卷“燕”误作“烟”。燕山，自河北蓟县蜿蜒而东，至海滨，延袤数百里。这里泛指北方边地。 ③造：制作。造得，犹言制成。寒衣：冬天所穿的衣服。 ④乳酪山：即祁连山，在今甘肃西部嘉峪关以南。《太平御览》卷五引《凉州记》：“祁连山，张掖、酒泉二界之上，东西二百里，南北百余里。山中冬温夏凉，宜牧牛。乳酪良好。夏泻酪，不用器物，刈草，著其上，不散。酥特好，酪一斛，得升馀酥。”故又名乳酪山。 ⑤“吃酒”句：未详其义。任二北《敦煌歌辞总编》卷三谓“隔饭病”即“宿食不消”之一种，饮酒能疗之，可备一说。

望 江 南

天上月，遥望似一团银。夜久更阑风渐紧①，
与奴吹散月边云②。照见负心人③。

【题解】

书于罗振玉藏《春秋后语》卷子背后，有《菩萨蛮》《望江南》三首此首为其中之一。王国维《唐写本〈春秋后语〉背后记跋》谓

“此背记书于咸通间（唐懿宗年号860—874），已有此二调，虽别字声病满纸皆是，可见沙州一隅自大中（唐宣宗年号847—859）内，属后，又颇接近中原之文化也。”这首词写望月怀人，末以“照见负心人”，中间藏有多少曲折。语言十分单纯，心情复杂。说对方是“负心人”，并不是决绝的话，这一点，不可误解。

【注释】

①更阑：更残。即深夜。一夜凡五更。原误作“风阑”，王国维校改。 ②与奴：原作“以奴”，王国维校改。蒋礼鸿《〈敦煌曲子词集〉校议》：“敦煌写本里‘以’，和‘与’，常常通用，‘以奴’，就是‘与奴’。”云，原误作“银”，盖涉上文而误。 ③负：原误作“附”，王国维校改。

望 江 南

莫攀我，攀我太偏心。我是曲江临池柳[①]，
者人折了那人攀[②]，恩爱一时间。

【题解】

词见敦煌写卷伯二八〇九、三九一一，写妓女的自白。妓女的话，总是虚情假意的多。可这首词却面对现实，十分冷静，不是曲意笼络，不是虚与委婉，更倒是说得实心实意。说这些话来拒绝别人，看似无情，实际上是一片真情，其中包含着多少辛酸。如果与前面所选的《菩萨蛮》（枕前发尽千般愿）相比，彼是外热内冷，热面冷心，此却是外冷内热，冷面热心。《花草粹编》卷五引杨湜《古今词话》二词云：“这痴騃，任恁泪涟涟。他是霸陵桥畔柳。千人攀了到君攀，刚甚别离难。”“落上露，莫把作珠穿。水性本是无定度。这

边圆了那边圆，终是不心坚。”拿来和这首词比较，更可以看出虚情假意与真心实意之别。

【注释】

①曲江：在长安东南，唐时为京师名胜。康骈《剧谈录》卷下：“曲江池，本秦世隑洲，开元中疏凿，遂为胜境。其南有紫云楼，芙蓉苑。其西有杏园、慈恩寺。花卉环周，烟水明媚。都人玩游，盛于中和、上巳之节，彩幄翠帱，匝于堤岸，鲜车健马，比肩击毂……” ②者：同“这”。

鹊 踏 枝

叵耐灵鹊多瞒语[1]。送喜何曾有凭据[2]。几度飞来活捉取，锁上金笼休共语[3]。　比拟好心来送喜[4]。谁知锁我在金笼里。欲他征夫早归来[5]，腾身却放我向青云里。

【题解】

词见罗振玉《敦煌零拾》，注云：“此小曲三种，《鱼歌子》写小纸上，《长相思》及《雀踏枝》写《心经》纸背，伪字甚多，未敢臆改。姑仍其旧。”此《鹊踏枝》与又名《蝶恋花》之《鹊踏枝》不同。这首词写思妇与喜鹊的对话。上片说喜鹊报喜不准，把对丈夫不归来的怨恨，迁怒到鹊身上。“几度”二句，说得实在没有道理，但却符合思妇的心理，可谓“无理而妙”。下片喜鹊用了善意的嘲讽口吻，但思妇内心的真正愿望，却借喜鹊的话说出，果然是善解人意，懂得体贴的灵鹊。唐王建《祝鹊》诗云：“神鹊神鹊好言语，行人早回多利赂。我言庭中栽好树，与汝作巢当报汝。”说要在庭中栽树作巢，以答谢神鹊报喜的“好言语”，与本词正好相反相成，可以互为补充。词中有衬字，上下片用韵不同，而且不避重韵，平仄亦多不拘，这在敦煌民间词中较为常见。

【注释】

①“叵耐”句：指灵鹊报喜不真。灵鹊报喜之说最早见于《禽经》，旧题晋张华注云：“鹊噪则喜生”。旧题晋葛洪《西京杂记》卷三记陆贾对樊哙论“瑞应”也有“乾鹊噪而行人至”的说法。后世代代相传。叵：“不可”二字的合音。叵耐，不可耐。瞒语：谎话。瞒，原误作“满”。王重民《敦煌曲子词集》引孙楷第校作“谩”，任二北《敦煌曲校录》校作“瞒”。　②凭据：义同凭准。无凭据，谓不可靠。王灼《七娘子》词：“花明雾暗非花雾，似春屏、短梦无凭据。　③休共语：不要与它说话、不要理睬它。　④比：唐人俗语，意谓本来。元稹《酬乐天武关南见微之题山石榴花》诗：“比因酬赠为花时，不为君行不复知。”比拟，犹言本来打算，亦可引申为正准备。⑤欲：任二北《敦煌曲校录》校作“愿”。

李　璟（916—961）

字伯玉，初名景通，改名瑶，又改名过，后因避周讳去“玉”傍作“景”。南唐烈祖李昪长子，徐州（今属江苏）人。初在庐山读书。保大元年（943），嗣位称帝。保大三年后，出兵福建灭闽，但后遭败绩，九年，出兵灭楚。十三年，后周出兵攻南唐，至交泰元年（958），南唐战败，失淮南之地，下令去帝号，称国主，奉后周正朔。李璟在位十九年，卒年四十六，庙号元帝，又称中主。性儒懦，而多才艺，书法学羊欣，善八分书，诗歌出入风骚。清管效先编有《南唐中主文集》一卷，收文十七篇，其中部分为臣僚代作。其词传世者仅四首，宋时将此四词与李煜词合刻，曰《南唐二主词》。冯煦《宋六十一家词选·例言》云词至南唐，二主作于上，正中和于下，诣微造极，得未曾有。宋初诸家，靡不祖述二主，宪章正中，譬之欧、虞、褚、薛之书，皆出逸少。”

浣 溪 沙

手卷真珠上玉钩[①]，依前春恨锁重楼。风里落花谁是主，思悠悠。　　青鸟不传云外信[②]，丁香空结雨中愁[③]。回首绿波三楚暮[④]，接天流。

【题解】

此调在原《浣溪沙》上下片末各增三言一句，韵全同，故又称《摊破浣溪沙》《南唐浣溪沙》，又名《山花子》。这首词从时空的交错中写幽闺春恨。“手卷真珠上玉钩”，一开帘就满怀春恨，高楼上的春恨还同往年一样，其来已久。“风里落花”言外见意，落花无主，随风飘荡，一无归宿，人的命运何尝不如此，因而愁心更为悠悠不已了。下片写远方行人音讯全无，愁恨愈发固不可解，只能对着广漠的天空寄托浩渺的怀思而已。“青鸟”二句，王世贞《艺苑卮言》激赏之，谓“非律诗俊语乎？然天成一段词也，著诗不得”。“思悠悠”“接天流”二个短语，是《摊破浣溪沙》的特有句式，既申足前意，又出于荡漾，较之七言句式的《浣溪沙》尤为余韵悠长。黄苏《蓼园词选》称此词“清和宛转，词旨秀颖。然以帝王为之，则非治世之音矣。”前二句说得恰当，后二句则欲于小词中就求帝王气度，持论就失之苛求了。

【注释】

①真珠：即珍珠帘。《漫叟诗话》云："李璟有曲云：'手卷真珠上玉钩。'或改为'珠帘'，非所谓知音者。" ②青鸟：信使。据《汉武故事》，青鸟是神话中为西王母传递书信的使者。云外：指遥远的地方。 ③"丁香"句：丁香的花蕾叫丁香结，诗词中常用来比喻愁心。空：徒然的意思，表示无人理会。 ④三楚：一作"三峡"，一作"春色"。秦汉时分西楚、东楚、南楚，合称三楚。《汉书·高帝纪》颜师古注引孟康曰："旧名江陵为南楚，吴为东楚，彭城为西楚。"这里泛指长江中下游一带。

浣溪沙

菡萏香销翠叶残[①]，西风愁起绿波间[②]。还与韶光共憔悴[③]，不堪看。 细雨梦回鸡塞远[④]，小楼吹彻玉笙寒[⑤]。多少泪珠无限恨，倚阑干。

【题解】

据胡仔《苕溪渔隐丛话》前集卷五引《雪浪斋日记》，王安石曾问黄庭坚：李后主小词"何处最好"？黄庭坚以"一江春水向东流"为对。王安石说："未若'细雨梦回鸡塞远，小楼吹彻玉笙寒'最好。"（王安石误此词为李煜作）此词亦抒写满怀愁恨，上片感秋，下片怀远，两者都郁积于心，遂致无穷怨恨、无限珠泪了。《草堂诗馀》正集卷一引沈际飞曰："'塞远''笙寒'二字，字字秋矣。少游'指冷玉笙寒，吹彻小梅春透'，翻入春词，不相上下。"《草堂诗馀评林》卷五引李廷机曰："布景生思，因思得句，可人处不在多言。"黄苏《蓼园词选》云："'细雨梦回'二句，意兴情幽，自是名句。"都从不同角度说明了这联名句的好处王国维《人间词话》又云："南唐中主'菡萏香销翠叶残，西风愁起绿波间'，大有众芳芜秽，美人迟暮之感，乃古今独赏其'细雨梦回鸡塞远，小楼吹彻玉笙寒'，故知解人正不易得。"

【注释】

①菡萏（hàndàn）：荷花的别名。 ②绿波：一作"碧波"。 ③还与：已与。韶光：美好的时光。一作"容光"。 ④鸡塞：即鸡鹿塞，亦称鸡禄山。《汉书·匈奴传》送单于出朔方鸡鹿塞。"颜师古注："在朔方窳浑县（今陕西横山）西北。"这里泛指边塞。鸡塞远，一作"清漏永"。 ⑤吹彻：吹尽到最后一遍。"彻"本为大曲最后一遍，故可释为曲终。玉笙寒：笙凡十三管，依次装置在一个圆匏里面，管底安放薄叶，吹之能够发声，寒是指笙簧潮湿，吹之不能应律。《香研居词麈》："吹多，则簧有水气，亦不应律，须以微火烘之。"陆龟蒙《赠远》诗："妾思冷如簧，时时望君暖。"这里似用陆诗意。

冯延巳 (903—960)

又名延嗣，字正中，广陵（今江苏扬州）人。南唐中主李璟时，以藩邸旧臣致显，官至中书侍郎、左仆射、同平章事。延巳有辞学，多技艺，工诗。其论徐铉曰："凡人为文，皆事奇语，不尔则不足观。惟徐公率意而成，自造精极。诗冶衍遒丽，具元和风律，而无澁涩纤语之习。"可见其论诗蕲向。尤喜为乐府，"以清商自娱，为之歌诗以吟咩情性，飘飘乎才思何其清也。"词百余阕，见称于世。宋陈世修《阳春集序》谓其"思深辞丽，均律调新，真清奇飘逸之才也"。王国维《人间词话》云："冯正中词虽不失五代风格，而堂庑特大，开北宋一代风气。"

《阳春集》编于宋嘉祐三年（1058），其中互见于《花间集》、晏殊《珠玉词》、张先《张子野词》、欧阳修《欧阳文忠公近体乐府》者甚多。另元丰间有崔公度所藏名《阳春录》，已佚。四印斋本《阳春集》一卷，附有王鹏运所辑补遗七首。

鹊 踏 枝

萧索清秋珠泪坠。枕簟微凉，展转浑无寐①。残酒欲醒中夜起，月明如练天如水②。　阶下寒声啼络纬③。庭树金风④，悄悄重门闭⑤。可惜旧欢携手地，思量一夕成憔悴。

【题解】

这首词上、下片的结句，都是名句。词中笼罩着一种凄清孤独的气氛，使“思量一夕成憔悴”成了必然的、可信的结果。俞陛云《五代词选释》谓此词“写景句含宛转之情，言情句带凄凉之景，可谓情景两得。”

【注释】

①展转：翻身貌，形容愁思不寐，卧不安席。浑：全然。　②如练：像白绢一样洁白。　③络纬：虫名，即莎鸡。俗称络丝娘、纺织娘。李白《长相思》诗：“络纬秋啼金井阑，微霜凄凄簟色寒。”　④金风：秋风。《文选》张协《杂诗》之三：“金风扇素节，丹霞启阴期。”李善注：“西方为秋而主金，故秋风曰金风。”　⑤重门：层层设门。

采 桑 子

小堂深静无人到，满院春风。惆怅墙东，一树樱桃带雨红。　　愁心似醉兼如病，欲语还慵[1]。日暮疏钟，双燕归栖画阁中。

【题解】

冯延巳《采桑子》凡十三首。陈秋帆《阳春集笺》说，这十三首词“情采足媲《花间》，然玩其词旨，流丽中有沉着气象，实轶过之”。这是第五首，写闺中春愁。小堂昼静，春风满院，墙东樱桃，雨中火红，双燕归来，并栖画阁，但此中人却深感孤独，泛起了一阵青春期的感情涟漪，而且愁心如醉似病，眼前的美好春光反而都使她惆怅不已，枨触无端。这种涉及内心隐秘而微妙的复杂心情，是欲语未能的。词中常说“愁心可醉”，此词还进一步说愁心如病，则愁更深矣。盖醉尚易醒，病却难治，“欲语还慵”，至少就是病已三分的症状。

【注释】

①慵：懒。

清 平 乐

雨晴烟晚，绿水新池满。双燕飞来垂柳院，小阁画帘高卷。　　黄昏独倚朱阑，西南新月眉弯。砌下落花风起，罗衣特地春寒[1]。

【题解】

这首词上、下片分别由远及近，展现春夏之交小阁登眺的黄昏景象。上片写雨后新绿初涨，池塘水满，柳院燕归，画帘高卷，都是阁中闲眺所见。下片“黄昏独倚朱阑，西南新月眉弯”，天朗气清，一片纯净，情景堪画。最后写到入夜风起，砌下落花，寒意袭人，芳心微感，掀起了心底的阵阵微澜，令人自警。通篇俱以景物烘托人情，景中见人，写法很为高妙。或谓“花落春寒”句，“论词则秀韵珊珊，窥词意或有忧谗自惊之思”，则不免深文周纳，反而使这种珊珊秀韵遭到破坏了。

【注释】

①特地：特别。

谒 金 门

风乍起，吹皱一池春水[①]。闲引鸳鸯香径里，手挼红杏蕊[②]。　斗鸭阑干独倚[③]，碧玉搔头斜坠[④]。终日望君君不至，举头闻鹊喜[⑤]。

【题解】

陈振孙《直斋书录解题》据《阳春录》，谓此词乃成幼文作，朱彝尊《词综》从之，不确。马令《南唐书·冯延巳传》载，李璟曾戏冯延巳曰：“‘吹皱一池春水’，干卿何事？”冯答曰：“未若陛下‘小楼吹砌玉笙寒’。”这与王安石论晏殊“为宰相而作小词，可乎”、柳永回答晏殊责问他为何作词时所云“只如相公亦作曲子”，意极相似，反映了词体在当时人们心目中的地位。这首词点缀风物，兴起感情。首句以春风骀荡、吹皱池水比喻女子感情上的涟漪，自然贴切，耐人寻味。“闲引”四句，写女子摘下红杏花蕊，抛入水中，引鸳鸯为戏，表示情有所属，与下片“终日望君”关合。下片写阑干独倚，云鬓不整，透露出孤独的心境，失望中忽闻喜鹊报喜，重聚有望，因而稍得宽慰，蜜意痴情，宛转如见。清龚自珍应顺天试未果，出都时作《金缕曲》述怀：“我又南行矣。笑今年、鸾飘凤泊，情怀何似。纵使文章惊海内，纸上苍生而已。似春水、干卿何事。暮雨忽来鸿雁杳，莽关山、一派秋声里。催客去，去如水。”全用冯语入词，却沉郁苍凉，情味顿别。

【注释】

①“风乍起”二句：陈霆《渚山堂词话》卷一：“晚秋曲寄《谒金门》，刘伯温（基）作也。首云：‘风嫋嫋。吹绿一庭秋草。’为语亦佳。然即‘风乍起。吹皱一池春水’格耳。以二言细较，刘公当退避一舍。”乍起：聚起。　②挼（ruó）：用手揉搓。手搓杏花，引逗鸳鸯，为倒装倒句法。　③斗鸭阑干：古人养鸭于栏，使斗以为游戏。　④碧玉搔头：即碧玉簪。斜坠：形容发髻蓬松，玉簪插不紧，并非真的掉下。　⑤“终日”二句：贺裳《皱水轩词筌》：“‘无凭谙鹊语，犹得暂心宽”，韩偓语也。冯延巳去偓不多时，其用语曰：‘终日望君君不至，举头闻鹊喜虽窃其意，而语加蕴藉。”沈际飞《草堂诗馀正集》卷一：“闻鹊报喜，须知喜中还有疑在。无非望泽希宠之心，而语自清隽。”

李　煜（937—978）

字重光，初名从嘉，号钟隐，又称莲峰居士。李璟第六子，因文献太子弘冀早卒（959），封为吴王，以尚书令知政事居东宫，二十五时（961）为南唐国主。在位十五年。开宝八年（975）宋将曹彬攻破金陵，李煜被执入汴，封违命侯，四十二岁被毒卒，史称后主。李煜美风仪，好读书，工诗词，为文有汉魏风，兼擅书画，知音律，其词尤为世所重。胡应麟《诗薮·杂编》卷四云："南唐中主、后主皆有文，后主一目重瞳子，乐府为宋人一代开山祖。盖温、韦虽藻丽，而气颇伤促，意不胜辞，至此君才是当行作家，清便宛转，词宗王、孟。"王国维《人间词话》云："词至李后主而眼界始大，感慨遂深，遂变伶工之词为士大夫之词。"有文集三十卷，《杂说》百篇，今佚。《全唐诗》录其诗十八首。南宋长沙书肆所刻《百家词》有《南唐二主词》一卷，又《尊前集》收李煜词十四首。王国维《唐五代二十一家词辑》辑为《南唐二主词》一卷、补遗一卷。今人王仲闻《南唐二主词校订》、詹安泰《李璟李煜词》，征引尤详。

相 见 欢[①]

林花谢了春红[②]，太匆匆。无奈朝来寒雨晚来风。　胭脂泪[③]，留人醉，几时重[④]？自是人生长恨水长东[⑤]！

【题解】

这首词写伤春伤别，沉哀入骨。上片言春归，春去春来，本是一种无关人事的自然现象，但在有情人眼中，则怪其来去为何如此匆匆，欲留不住。"匆匆"二字之前，著一"太"字，乃苦恨春短，不禁为之深长叹息。春去时且兼以无情风雨的横加摧残，在"朝来寒雨晚来风"之前，复出以"无奈"二字，则叹息之中又寓有无穷尽的愤慨。上片三句中的"谢""太""无奈"诸字，均非普通字眼，萦绕着作者百转千回的伤感情怀。下片进而言分别。分离时美人情重，暗暗垂泪。“留人醉”之“醉”，不是说酒醉，而是说悲凄之甚，心如迷醉。“几时重”，则极盼重逢，然而重逢的希望却极为渺茫。春无不归，人无长聚，人生中最美好的东西无不为时短暂，末句就伤春伤别转为深沉的人生思考，从自身的领悟中，肯定“人生长恨水长东”的新论。言浅意深，短语情长，故而在后世读者中往往引起心灵的震撼。

【注释】

①相见欢：唐教坊曲名，又名《乌夜啼》。②谢：衰退。③胭脂泪：美人的眼泪，指别泪，又“脂脂泪”，盖承首句“林花谢了春红”而来。杜甫《曲江对雨》诗：“林花著雨燕脂湿，水荇牵风翠带长。”用之于此，语意双关。④重：重逢。⑤自是：本是，本来。

捣练子[①]

深院静，小庭空。断续寒砧断续风[②]。无奈夜长人不寐，数声和月到帘栊[③]。

【题解】

俞陛云《五代词选释》云：“曲名《捣练子》，即以咏之，乃唐词本体。首二句言闻捣练之时，院静庭空，已写出幽悄之境。三句赋捣练。四、五句由闻砧者说到砧声之远递。通首赋捣练，而独夜怀人情味，摇漾于寒砧继续之中，可谓极此题之能事。杨升庵（慎）谓旧本以此曲为《鹧鸪天》之后半首，尚有上半首云：‘塘水初澄似玉容，所思还在别离中。谁知九月初三夜，露似珍珠月似弓。’案《鹧鸪天》调，唐人罕填之。况‘塘水’，四句，全于捣练无涉，升庵之说未确。”又王国维《南唐二主词》校勘记云：“‘可怜九月初三夜，露似珍珠月似弓，’此乐天《暮江吟》后二句，见《白氏长庆集》卷十九。后主不应全袭之。且《鹧鸪天》下半阕，平仄亦与《捣练子》不合，显系明人赝作（指杨慎所谓的上半首）。”

【注释】

①捣练子：唐教坊曲名，因此词有“深院静”“数声和月到帘栊”句，又名《深院月》。 ②断续寒砧：谓捣衣声断断续续。砧，砧石，用于捣衣。 ③帘栊：挂着竹帘的格子窗。

清 平 乐

别来春半，触目愁肠断。砌下落梅如雪乱[①]，拂了一身还满[②]。 雁来音信无凭，路遥归梦难成[③]。离恨恰如芳草，更行更远还生[④]。

【题解】

这首词写离愁。俞平伯《读词偶得》谓“砌下落花”二句，“善状花前痴立，怅怅何之，低徊几许之神，似画而实画不到，诗情而兼有画意者。”“‘路遥’句虚虚地说，似梦之不成，乃路远为之，何其微微软。读之觉赵德麟《锦堂春》‘重门不锁相思梦，随意绕天涯’，便有伧夫气息。彼语岂不工巧，然而后主远矣。”“于愁则喻春水，于恨则喻春草，颇似重复，而‘恰似一江春水向东流’，以长句一气直下，‘更行更远还生’以短语一波三折，句法之变换，直与春水春草之姿态韵味融成一片，外体物情，内抒心象，岂独妙肖，谓之入神可也。”

【注释】

①砌下：阶下。落梅：指白梅花，开较迟，故春半还有落梅。　②“拂了”句：当作四、二读，一句两折。　③“路遥”句：俞平伯《唐宋词选释》：“梦的成否原不在乎路的远近，却说路远以致归梦难成，词婉而意悲。”　④“更行”句：二字一折，一句三折，更有不论怎样的意思，言不论怎样行得远，终是到处生长春草。

相　见　欢[1]

无言独上西楼，月如钩。寂寞梧桐深院锁清秋。　剪不断，理还乱，是离愁。别是一般滋味在心头。

【题解】

这是一首写离愁的词。诗词中写离愁别恨，往往借助于生动的艺术形象，化抽象为具体，或写愁之深，如李白《远别离》：“海水直下万里深，谁人不言此离苦。”或写愁之长，如李白《秋浦歌》：“白发三丈长，缘愁似个长。”或写愁之重，如李清照《武陵春》：“只恐双溪舴艋舟，载不动许多愁。”或写愁之多，如秦观《千秋岁》：“春去也，飞红万点愁如海。”这首词则写出愁之味：“别有一般滋味在心头。”这是一种独特而真切的感受，可谓味在咸酸之外，但根植于人们的内心，是心之深处所感到的滋味。因此不用诉诸人们的视觉，而直接诉诸人们的心灵，读后使人自然结合自身的体验而产生同感，在写法上有其深至之处。

【注释】

①《词谱》卷三于本调下注曰："南唐李煜词有'无言独上西楼，月如钩'句，更名《秋夜月》，又名《上西楼》，又名《西楼子》。"

浪 淘 沙[①]

往事只堪哀，对景难排[②]。秋风庭院藓侵阶[③]。一桁珠帘闲不卷[④]，终日谁来！　金锁已沉埋[⑤]，壮气蒿莱[⑥]。晚凉天静月华开[⑦]。想得玉楼瑶殿影[⑧]，空照秦淮[⑨]。

【题解】

这首词作于入宋以后。据王铚《默记》卷上，李煜在汴京时，所居有老卒守门，太宗有旨，"不得与人接"，不准李煜见客，也不准有人造访，过的完全是囚徒般的生活。此词上片写囚居苦寂和在此境遇中无可排遣的悲哀，下片则思念故国，不胜"金锁沉埋"的亡国之痛。陈廷焯《云韶集》卷一云："起五字凄婉，却来得突兀，故妙。凄恻之词而笔力精健，古今词人谁不低首。"

【注释】

①浪淘沙：唐教坊曲名，刘禹锡、皇甫松等所作均七言绝句，从李煜开始改为长短句双调小令。《古今词统》题下注云："在汴京念秣陵作。"　②难排：难以排遣悲哀。　③藓侵阶：藓是生长在阴湿地方的一种隐花植物，本不应生在阶上，藓侵阶表示久无人迹来往，连阶上都长上了苔藓。　④一桁：通作"一行"，即一挂、一列。　⑤金锁：锁通"琐"，王逸《楚辞·离骚章句》："琐，门镂也，文如连琐。"金锁即雕锁在宫门上的金色连琐花纹，

这里作为南唐宫阙的代称。“金锁已沉埋”，指想象中殿宇荒凉，已为尘封土掩。一说金锁即铁锁，用三国时吴国以铁锁链横断长江，抵御敌军而归于失败的典故。俞陛云《五代词选》：“‘金锁’二句，有铁锁沉江，王气黯然之慨。” ⑥壮气：犹言“王气”。蒿莱：野草。壮气蒿莱，反用陈子昂《感遇》之三五“感时思报国，拔剑起蒿莱”之意。 ⑦天静：一作“天净”。月华：月光。 ⑧玉楼瑶殿：指金陵的南唐旧宫。 ⑨秦淮：河名，纵横金陵城。

浪淘沙

帘外雨潺潺①，春意阑珊②。罗衾不耐五更寒③。梦里不知身是客，一晌贪欢④。 独自莫凭阑，无限江山。别时容易见时难。流水落花春去也，天上人间。

【题解】

李煜归宋后被封为违命侯，实际上处于严密禁闭的囚居状态，“此中日夕只以眼泪洗面（王铚《默记》）”。这首词写雨声惊梦，晓寒袭人，梦里片时欢聚，醒后更倍感身居异地的冷落，想到家山万里，梦中人今世断难重见，往日的欢乐，如同落花流水，一去不复返；今昔相比，真有天上人间之别了。虽言伤春伤别，实却寄托着作者于囚居之中抚今追昔的亡国之思。王国维《人间词话》云：“词至李后主而眼界始大，感慨遂深，遂变伶工之词而为士大夫之词。周介存置诸温韦之下，可谓颠倒黑白矣。‘自是人生长恨水长东’‘流水落花春去也，天上人间’，《金荃》《浣花》能有此气象耶？”

【注释】

①潺潺：雨声。　②阑珊：衰残、将尽。　③罗衾：被子。不耐：受不了。　④一晌：一会儿。贪欢：指梦中相会。

虞　美　人

春花秋月何时了[①]，往事知多少[②]？小楼昨夜又东风[③]，故国不堪回首月明中。　　雕阑玉砌应犹在[④]，只是朱颜改[⑤]。问君能有几多愁，恰似一江春水向东流。

【题解】

王铚《默记》卷上载，一日太宗准原南唐旧臣徐铉见李煜，两人“相持大哭”，李煜“忽长吁叹曰：‘当时悔杀了潘佑、李平。’铉既去，乃有旨再对，询后主何言。铉不敢隐，遂有秦王赐牵机药之事。牵机药者，服之前即数十回，头足相就如牵机状也。又后主在赐第，因七夕命故妓作乐，声闻于外，太宗闻之大怒；又传‘小楼昨夜又东风’及‘一江春水向东流’之句，并坐之，遂被祸云。”据此，这首词似为李煜绝笔。首句中的“春花秋月”，人多以为美好，却怨问其“何时了”；小楼东风带来了春的信息，却反而引起“不堪回首”之念，因为它们都触动了往事，引起伤感，用以描写一个失去了欢乐的人的心情，是真切而深刻的，也正是作为一个阶下囚的心理的写照。“一江春水向东流”是以水喻愁的名句，含蓄地显示出愁思的沛然莫御，长流不断，无穷无尽。词境亦极深邃。夏承焘先生《瞿髯论词绝句》论李煜云：“泪泉洗面枉生才，再世重瞳遇可哀。唤起温韦看境界，风花挥秋春江来。”

【注释】

①了：了结，完结。 ②知多少：犹言记得很多。 ③又东风：春天又来临了。 ④雕阑玉砌：指远在金陵的南唐故都。 ⑤朱颜改：指所怀念的人已衰老。

徐昌图（生卒年不详）

莆田（今属福建）人。唐末诗人徐寅曾孙，与兄昌嗣并有才名。初仕闽、南唐。江南平，清源节度使陈洪进命昌图等奉表归宋，为国子博士，累迁殿中丞。《尊前集》录其词三首。

临 江 仙

饮散离亭西去[①]，浮生长恨飘蓬[②]。回头烟柳渐重重。淡云孤雁远，寒日暮天红。 今夜画船何处，潮平淮月朦胧。酒醒人静奈愁浓。残灯孤枕梦，轻浪五更风[③]。

【题解】

这首词写羁旅行役的愁苦。上片写别时情景，下片设想别后境况。俞陛云《五代词选释》云："写江行夜泊之景，'暮天'二句，晚霞如绮，远雁一绳。'轻浪'二句，风起深宵，微波拍舵，淰淰有声，状水窗风景宛然，千载后犹想见客中情味也。"过片"今夜画船何处，潮平淮月朦胧"，悬揣别后旅途的冷寞悲凉，柳永《雨霖铃》"今宵酒醒何处，杨柳岸、晓风残月"、秦观《柳梢青》"行人一棹天涯，酒醒处、残阳乱鸦”，与此同一境界，前后有承。

【注释】

①离亭：路旁的饯别之亭。宋之问《送沙门弘景道俊委庄还荆州应制》诗：“就日离亭近，弥天别路长。” ②浮生：人生、一生。飘蓬：喻飘泊无定的生活。刘孝绰《答何记室》诗：“游子倦飘蓬，瞻途杳无穷。” ③五更风：黎明前夕的寒风。

吴 激（1085？—1142）

字彦高，自号东山，建州（今福建建瓯）人。吴栻之子，米芾之婿。靖康末，使金被留，任翰林侍制。金熙宗皇统二年（1142）出知深州（今属河北），到官之日卒。元好问《中州集》卷一谓其工诗，能文，字画得米芾笔意，并推其乐府“自当为国（金）朝第一手”。有《吴彦高词》一卷，久佚。赵万里辑本《东山乐府》，存词十首。

人 月 圆

宴北人张侍御家有感

南朝千古伤心事，犹唱后庭花[①]。旧时王谢，堂前燕子，飞向谁家[②]？ 恍然一梦，仙肌胜雪[③]，宫髻堆鸦[④]。江州司马，青衫泪湿，同是天涯[④]。

【题解】

据金刘祁《归潜志》卷八，吴激仕金后，一日会饮于燕山张侍御家，席间歌妓本是宋宗室女（《容斋题跋》卷二《跋吴激小词》谓是宣和殿小宫女），诸人感叹，皆作乐章。宇文虚中作《念奴娇》，有“干戈浩荡，事随天翻地覆”之语。吴激继作《人月圆》，宇文虚中览之大惊。此后凡是请他作词就批云：吴郎近以乐府名天下，可往求之。吴激此词虽多用前人诗句，然剪裁点缀，皆若天成，被称为“奇作”。刘祁父云：“诗不宜用前人语，若夫乐章，则剪裁古人语亦无害，但要能使用尔。如彦高《人月圆》，半是古人句，其思致含蓄甚远，不露圭角，不犹胜于宇文自作者哉。”厉鹗《论词绝句》（其八）“若向词家论风雅，锦袍翻是让吴儿”，即指吴激此词。

【注释】

①“南朝”二句：杜牧《泊秦淮》诗：“商女不知亡国恨，隔江犹唱后庭花。”南朝：西晋灭亡后建都于建康（今南京）的东晋、宋、齐、梁、陈，统称南朝，当日金称宋亦旧南朝，此处双关。后庭花：乐曲《玉树后庭花》的简称，南朝陈后主就在耽于这类艳曲中亡国的。　②“旧时”三句：刘禹锡《乌衣巷》诗：“旧时王谢堂前燕，飞入寻常百姓家。”王导、谢安历任东晋宰相，权倾一时。刘诗悼前代兴亡，这里飞向谁家则谓沦入异域。　③肌胜雪：言肌肤洁白。　④堆鸦：指秀发高卷、乌黑，堆积如鸦。　⑤“江州”三句：唐元和十一年（816），白居易被贬为江州司马，一夕送客浔阳江边，闻商妇船上琵琶声，邀其弹奏，作《琵琶行》诗，诗中有“同是天涯沦落人，相逢何必曾相识。”“座中泣下谁最多，江州司马青衫湿。”但吴激与白居易不同，不但沦落天涯，而且沦落异国，所以益增其悲。

党怀英（1134—1211）

字世杰，号竹溪，原籍冯翊（今陕西大荔），先人宦于泰安军，遂为奉符（今山东泰安）人。少与辛弃疾同师刘瞻。金世宗大定十年（1170）进士，章宗时累擢至翰林学士承旨，卒谥文献。著有《竹溪集》，不传，词见《中州乐府》，仅五首。《中州乐府》谓其“文似欧阳，不为奇险语。诗如陶、谢，奄有魏晋风”。

鹧 鸪 天

云步凌波小凤钩，年年星汉踏清秋[①]。只缘巧极稀相见，底用人间乞巧楼[②]？　　天外事，两悠悠。不应也作可怜愁！开帘放入窥窗月，且尽新凉睡美休[③]。

【题解】

传说织女心灵手巧，织得一手好云锦。后嫁与牛郎，恩爱幸福，不再织锦。天帝大怒，将她召回，只准她与牛郎在七月七日相会一次。这个日子遂成民间女儿向织女乞巧祈福的一个节日，也为汉魏以来的诗和宋词常咏不衰的题材，所咏大率盛赞牛郎织女的不渝的爱情，或同情其良宵苦短的缠绵的相思，至秦观《鹊桥仙》（金风玉露一相逢）一词出，尽翻前人旧意。党怀英这首七夕词又出新警之思。上片揭示造成这一爱情悲剧的原因，在于织女的灵巧多才，所以人间儿女不必向她乞巧，下片规劝人们不必为天上的“凌波”之人担忧，更不必作虚幻的祈求和祝愿，还是转向人间，“且尽新凉睡美休”，趁凉爽的天气，睡个好觉。于七夕词中，别开生面。

【注释】

①“云步”二句：七月七日织女渡银河与牛郎会面的情状。云步凌波：凌虚而行如踏水波，飘然欲仙的姿态。凤钩：形容织女的纤足。年年：指一年一度的七月七日夜。星汉：指星河，即银河、天河。 ②底用：何须，哪那里用得到？乞巧楼：指民俗每年七月七日夜的乞巧活动。孟元老《东京梦华录》卷八《七夕》：“贵家多结彩楼于庭，谓之乞巧楼，铺陈磨喝乐、花、瓜、酒、炙、笔、砚、针、线，或儿童裁诗，女郎呈巧，焚香列拜，谓之乞巧。妇女望月穿针，或以小蜘蛛安合子内，次日看之，若网圆正，谓之‘得巧’。”并以为得巧者爱情幸福，生活美满。 ③休：语助词，每用于句末，意为“罢了”“算了”。李清照《玉楼春》词：“要来小酌便来休，未必明朝风不起。”

元好问（1190—1257）

字裕之，号遗山，太原秀容（今山西忻县）人。少从郝天挺学，淹贯经传百家。金宣宗兴定五年（1221）进士，历官至行尚书省左司员外郎。金亡不仕，筑“野史亭”，以故国文献自任。采金源君臣遗言往行，裒辑纪录至百余万言。又编《中州集》，附《中州乐府》，金人诗词多赖是以传。其所自作，则诗文有《遗山集》，词有《遗山乐府》。诗多慷慨悲凉之作，有如实录，人以“诗史”目之。古文绳尺严密，众体兼备。其词，元人郝经《祭遗山先生文》以为“情致之幽婉，足以配稼轩。”

水调歌头

赋三门津[1]

黄河九天上，人鬼瞰重关[2]。长风怒卷高浪，飞洒日光寒。峻似吕梁千仞，壮似钱塘八月，直下洗尘寰[3]。万象入横溃[4]，依旧一峰闲[5]。　仰危巢，双鹄过，杳难攀[6]。人间此险何用，万古秘神奸[7]。不用燃犀下照[8]，未必佽飞强射[9]，有力障狂澜[10]。唤取骑鲸客[11]，挝鼓过银山[12]。

【题解】

这首词上片写三门津“万象入横溃”的险峻雄壮，想落天外，气势汪洋恣纵，下片抒“有力障狂澜”的奇情壮志，又兴会激荡，气概豪迈非凡。上下呼应回合，情景相映成趣，读之令人亢奋不已。况周颐《蕙风词话》卷三云：“遗山之词，亦浑雅，亦博大。有骨干，有气象。以比坡公（苏轼），得其厚矣，而雄不逮焉者。豪而后能雄，遗山所处不能豪，尤不忍豪。牟端明《金缕曲》云：‘扑面胡尘浑未扫，强欢讴、还肯轩昂否？’知此，可与论遗山矣。设遗山虽坎坷，犹得与坡公同，则其词之所造，容或尚不止此。其《水调歌头·赋三门津》‘黄河九天上’云云，何尝不奇崛排奡。坡公之所不可及者，尤能于此等处不露筋骨耳。《水调歌头》当是遗山少作。晚岁鼎镬余生，栖迟零落，兴会何能飙举。”

【注释】

①三门津：即三门峡。在今河南三门峡市东北黄河上。黄河流经此处峡谷。被水中石岛分成三股急流，南曰鬼门，中曰神门，北曰人门。《陕州志》：“惟人门修广可行舟。鬼门尤险，舟筏入者罕得脱。”今因修水库，三门之险已不复存。 ②“黄河”二句：谓三门津之险。九天上：极言峡上黄河来势之高。九天，高天。人鬼：人门与鬼门，代指三门峡。重关：“层层关塞。此句为“重关瞰人鬼”之倒装。 ③“峻似”二句：借吕梁山和钱塘潮形容三门的峻和壮。”吕梁：吕梁山，在今山西省西部，东北、西南走向，北接恒山、南至禹门口。《列子·黄帝》：“孔子观于吕梁，悬水三十仞，流沫三十里，鼋鼍鱼鳖之所不能游也。”钱塘八月：指杭州钱塘江入海口在仲秋时壮阔的潮水。尘寰：人世间。 ④万象：万物。横溃：横溢泛滥的黄河之水。此句谓万物被急流所冲决吞没。 ⑤一峰：指三门峡中屹立中流的砥柱山，现已炸毁。 ⑥“仰危巢”三句：反用苏轼《后赤壁赋》“攀栖鹘之危巢”句意，言其高远。危巢：悬崖高处的鸟巢。危，高。鹄（hú）：天鹅。杳（yǎo）：此指高远。 ⑦“万古”句：谓三门津险要如有神鬼控制，奥秘不可测。秘：秘藏。神奸：神物鬼怪。 ⑧燃犀下照：相传晋人温峤至牛渚矶（今安徽当涂长江边），点燃犀牛角以照江水，见到了水底奇形怪状之物。见《晋书·温峤传》。 ⑨佽（cì）飞：春秋时楚国勇士，亦作佽非，曾入江刺杀蛟龙。西汉时以其为职官名，掌管弋射鸟兽，取其勇武之意。 ⑩有力障狂澜：韩愈《进学解》：“障百川而东之，回狂澜于既倒。”障，阻挡。 ⑪骑鲸客：指豪勇之士。 ⑫挝（zhuā）鼓：击鼓。银山：喻指洪涛巨浪。

临　江　仙

自洛阳往孟津道中作①

今古北邙山下路，黄尘老尽英雄②。人生长

恨水长东[3]。幽怀谁共语，远目送归鸿。 盖世功名将底用[4]。从前错怨天公。浩歌一曲酒千钟[5]。男儿行处是，未要论穷通[6]。

【题解】

元好问怀抱匡世救时之志，但当时金源在蒙古的侵逼下，日见腐朽，贞祐二年（1214）蒙古兵大举南侵，忻州沦陷，死十万余人，其兄元好古也遇难。贞祐四年，奉母举家离乡，南迁河南福昌。兴定二年（1218），移居登封；又于兴定五年第三次赴京应举，虽登第却未能授官，失意还家。这首词就作于此年回登封途中。词以浩叹古今英雄皆尘土的悲剧命运起，以穷通得失置之度外结，正是对国势日蹙、功业难就时的心境的写照。所以越说"盖世功名将底用"，越是"浩歌一曲酒千钟"的诗酒放任，越见其内心的幽怨悲抑。陈廷焯《词则》称此词"壮浪语正自沉郁"，可谓一语中的。

【注释】

①孟津：黄河渡口名，一名盟津，在今河南孟津县东，洛阳市东北。 ②"今古"二句：北邙山，即邙山，古称郏山，在洛阳北，黄河南，为崤山支脉，王公贵胄多葬于此，亦为兵家要地。元好问另有《北邙》诗云："贤愚同一尽，感叹增悲歔。""焉知原上冢，不有当年吾。"写面对北邙山引起的富贵浮云，人生难久的悲叹，可与此二句参看。 ③"人生"句：用李煜《乌夜啼》词中成句。 ④将底用：犹言将何用。底，何。 ⑤钟：一种圆壶形的盛酒器。千钟，形容酒量之大。 ⑥穷通：困顿与发迹。

段克己（1196—1254）

字复之，号遁庵，绛州稷山（今属山西）人。金末尝举进士，入元不仕，与弟成己避地龙门山（在今山西河津西黄河边），时人目为“儒林标榜”。段氏兄弟幼有才名，赵秉文称之为“二妙”，书“双飞”二字名其里。故后人汇编二人诗词为《二妙集》。其词集单行者名《遁斋乐府》。况周颐《蕙风词话》卷三谓其词“清劲能树骨”。

西　江　月

久雨新霁，秋气益清，与二三子登高赋之

人与寒林共瘦，山和老眼俱青①。琤然一叶不须惊②。叶本无心入听。　气爽云天改色，潦收烟水无声③。夕阳洲外片霞明。涵泳一江秋影。

【题解】

这首词登高望秋，观林而叹“瘦”，望山则生“青”，人生虽如处木叶脱落、枝柯扶疏的萧条之秋，但却清癯硬朗，青眼自然，形象脱俗。“琤然”二句，意同作者《仲坚见和复用韵以答》诗：“道在山林胜，心闲岁月迁。”听落叶而不惊，处寒秋而不悲，泰然自若。最后以“涵泳一江秋影”收拾登高望秋的感受，在由静卧的江水、清空的水烟、明净的晚霞连同清寒的山林组成的无限秋韵中，浑然融化了阔大的胸襟和洒脱的气度，意境顿觉高远。段克己在金元之际，谢绝仕进，隐于龙门，自比陶潜，身世微寒而守节蹈厉。这首秋词，正是其人格和情怀的具体写照。

【注释】

①“山和老眼”句：用阮籍典故。刘孝标注《世说新语·简傲》引《晋百官名》：“嵇喜字公穆，历扬州刺史，康兄也。阮籍遭丧，往吊之。籍能为青白眼，见凡俗之士，以白眼对之。及喜往，籍不哭，见其白眼，喜不怿而退。康闻之，乃赍酒挟琴而造之，遂相与善。”后遂以“青眼”表示喜爱人或事物。黄庭坚《送王郎》诗：“骨肉十年眼终青。”这里谓寒山喜爱人，人喜爱寒山。　②“琤然”句：反用“一叶惊秋”意。琤然：形容秋天树叶落地如玉相击而有声。　③潦（lǎo）：雨后地面上的积水。

陈　孚（1240—1303）

字刚中，号笏斋，台州临海（今属浙江）人。至元二十二年（1285），以布衣上《大一统赋》，署上蔡书院山长，后历官翰林国史院编修、翰林待制、台州路总管府治中，任上多有善政。性任侠，为诗尚意气，不事雕斫。著有《观光稿》《交州稿》《玉堂稿》。

太　常　引

端阳日当母诞不得归[1]

短衣孤剑客乾坤[2]，奈无策、报亲恩。三载隔晨昏③。更疏雨、寒灯断魂。　　赤城霞外④，西风鹤发，犹想倚柴门⑤。蒲醑漫盈尊⑥。倩谁写、青衫泪痕⑦？

【题解】

陈孚同题《太常引》共二首，约作于至元二十九年（1292）扈从世祖巡视上都时。二词均写客居思母，诚挚感人。这是第二首。“赤城”三句，一如浦起龙评杜甫《月夜》诗所云：“心已神驰到彼，诗从对面飞来。”思绪遥驰故乡，以想象中鹤发老母于西风劲吹之日倚门望子归来，写自己对母亲的思念，尤为令人动容。“至今读之，如见青衫泪痕也”（蒋一葵《尧山堂外记》）；“读之天性油然”（沈雄《柳塘词话》），不让孟郊《游子吟》专美于前。

【注释】

①至元二十九年（1292），陈孚曾随从元世祖至上都（故址在今内蒙古闪电河北）巡视。此年所写《出建德门赴上都分院》诗中有“三年去乡井”之句，与词中“三载隔晨昏”语意相契，可证词也作于当年端阳日。端阳日：端午节。　②短衣：即短后衣，古代剑客的装束。此指旅途所穿的衣装。　③晨昏：《礼记》规定，人子昏定而晨省。此指侍奉母亲。　④赤城：山名，在浙江天台县北。孙绰《天台赋》有“赤城霞起而建标”句，此代指家乡。　⑤“西风”二句：指母亲盼望儿子归来。鹤发：白发。倚柴门《战国策》载，贾母谓子曰：“汝朝出而晚来，则吾倚门而望。”　⑥蒲醑：即菖蒲酒，古人在端午节时把菖蒲浸在酒中，传说饮之可以避邪。　⑦青衫泪痕：形容居官在外的愁怀。语出白居易《琵琶行》诗：“座中泣下谁最多，江州司马青衫湿。”

刘 壎 (1240—1319)

字起潜，江西南丰（今江西南丰）人。元武宗至大四年（1311）为南剑州学官，后为延平（今福建南平市）教授，年八十卒。著有《隐居通议》《水云稿》《英华录》。

菩 萨 蛮

和詹天游[①]

故园青草依然绿[②]，故宫废址空乔木[③]。狐兔入岩城[④]，悠悠万感生。　　胡笳吹汉月[⑤]，北语南人说[⑥]。红紫闹东风[⑦]，湖山一梦中。

【题解】

这首小令作于元蒙攻陷南宋都城临安以后，写亡国后的“悠悠万感”。况周颐《蕙风词话》卷三评此词“仅四十许字，而黍离麦秀之感，流溢行间。所谓满心而发，颇似包举一长调于小令中，与天游《齐天乐·赠童瓮天兵后归杭》阕，各极慷慨低回之致。”

【注释】

①詹天游：詹正，字可大，号天游，郢（今湖北钟祥）人。生约与刘壎同时。入元后官至翰林学士。著有《天游词》，其词亦多故国之思。②故园：指南宋都城临安（今杭州市）。 ③乔木：高而大的树木。 ④“狐

兔”句：本指故园荒凉，野兽公然出没于城中，这里借指元兵盘踞，恣意横行。岩城：高城，也指都城临安。 ⑤“胡笳”句：意谓汉族地区，夜空中响起了元蒙人的胡笳声。胡笳：古代北方少数民族的一种乐器，三孔，翘头，长二尺余。 ⑥“北语”句：邓剡于宋亡后作《鹧鸪词》有“南音渐少北语多，肉飞不起可奈何”之句，又郑天祐《遂昌杂录》载郑思肖“自宋亡，矢不与北人接，于友朋坐间，见语音异者（指说北方语），辄引起”。可与此参看。 ⑦“红紫”句：语意双关，既指春日花朵姹紫嫣红，争妍斗丽，也暗喻新贵们红袍紫绶，竞名逐利。红紫：原指各种花色。韩愈《晚春》诗：“道边草木红，红紫相低昂。”闹：喧闹、旺盛。

张　埜（生卒年不详）

字埜夫，邯郸（今属河北）人。元世祖至元前后在世，曾官翰林学士。著有《古山乐府》。词风清劲明爽，有苏辛意味。

水龙吟

酹辛稼轩墓，在分水岭下①

岭头一片青山，可能埋得凌云气②？遐方异域，当年滴尽，英雄清泪③。星斗撑肠，云烟盈纸，纵横游戏④。漫人间留得，阳春白雪⑤，千载下，无人继。　　不见戟门华第⑥。见萧萧竹枯松悴⑦。问谁料理，带湖烟景⑧，瓢泉风味⑨？万里中原，不堪回首，人生如寄。且临风高唱，逍遥旧曲，为先生酹。

【题解】

辛弃疾在南宋词坛上异军突起，不可一世，并在南宋政坛上居一方之重，是集政治、军事才干与文学才华于一身的杰出的历史人物，又是“报国欲死无战场”、饮恨以终的悲剧性的人物。这首凭吊之词，以无限崇敬之心、深沉感慨之情，将辛弃疾的凌云气概、英雄悲泪、纵横词篇以及故居风物，熔铸笔底，大气包举，既抉出了辛弃疾的英灵精魂与辛词心迹，又深得辛词的笔意与神髓，堪称辛弃疾的异代知音。

【注释】

①酹：以酒洒地而祭奠。辛稼轩：见本书辛弃疾小传。分水岭：又称大关，在江西铅山县东南，临福建崇安县界。 ②可能：推论之辞，犹云何至、难道。凌云气：叱咤风云的气概。《史记·司马相如传》：“飘飘有凌云之气，似游天地之间意。”这里指辛弃疾抗金复国的壮志豪气。 ③“遐方”三句：意谓辛弃疾恢复中原的理想无法实现。遐方异域：远方成了异国。辛弃疾生于金人统治下的北方，起义南归后，中原仍为金人所占。英雄清泪：辛弃疾复国的壮志难酬，常痛心疾首，悲泪沾衣，其词也多次写到痛心落泪，如《水龙吟·登建康赏心亭》：“倩何人、唤取红巾翠袖，揾英雄泪。”《木兰花慢·席上送张仲固帅兴元》：“追亡事、今不见，但山川满目泪沾衣。” ④“星斗”三句：评赞辛弃疾将一腔悲愤之情倾诸笔下，成为纵横驰骋的挥洒词篇。星斗：形容辞章灿烂。杜牧《华清宫》诗：“雷霆驰号令，星斗焕文章。”撑肠：形容文思满肚。苏轼《试院煎茶》诗：“不用撑肠拄腹文字五千卷，但愿一瓯常及睡足日高时。” ⑤阳春白雪：宋玉《对楚王问》客有歌于郢中者，……其为阳春白雪，国中属而和者不过数十人。”这里指其词高妙。 ⑥戟门华第：形容辛弃疾当时府第的气派。戟门，唐代制度，官、

阶、勋都是三品的官员，可以在门外立戟。　⑦萧萧竹枯松悴：形容辛弃疾墓地景象凄凉。悴，枯萎。　⑧带湖：位于上饶城北龙卫亭与茶山之间，背倚灵山。　⑨瓢泉：距铅山旧城二十余里瓜山下，辛弃疾得而名之。辛弃疾于四十二岁卜居带湖，五十七岁徙居瓢泉。

卢　挚（1242？—1314？）

字处道，一字莘老。号疏斋，又号嵩翁。先世涿郡（今河北涿州）人，后迁居河南。元世祖至元五年（1268）进士，累官集贤学士、翰林学士、翰林承旨。诗与刘因齐名，世称“刘卢”，文与姚燧齐名，世称“姚卢”，尤擅散曲，风格妩媚，词俊逸清朗，富有情致。著有《疏斋集》，今佚。赵万里《校辑宋金元人词》辑为《疏斋词》十四首，周泳先《唐宋金元词钩沉》补辑一首，唐圭璋《全金元词》又据《永乐大典》增补四首，共存词二十二首。

清　平　乐

行郡歙城寒食日伤逝有作①

年时寒食，直到清明日。草草杯盘聊自适②，不管家徒四壁③。　　今年寒食无家，东风恨满天涯。早是海棠睡去④，莫教醉了梨花⑤。

【题解】

这是一首悼亡词。上片言昔，下片言今。“草草”句，化用王安石《示长安君》诗“草草杯盘供语笑，昏昏灯火话平生”句意，往昔虽然家徒四壁，生活清贫，但与亡妇共悲欢，夫妻情笃，以反衬今日的伤情。结拍二句以海棠喻逝者，以梨花拟素魂，并在“早是”“莫教”的折叠之间，写清明祭奠之心，飘游“无家”之情，又悲哀深惋之致。

【注释】

①歙城：今安徽歙县。卢挚曾任江东道提刑按察副使，元时皖南属江东道，沿宋时江南东路之建置，其行郡在歙城。寒食日：在冬至后一百零五天，即在清明前一日或二日，此日不举火，只吃冷食，故云。伤逝：即悼亡。 ②草草杯盘：胡乱简单地弄些酒菜，指生活十分俭朴。 ③家徒四壁：《汉书·司马相如传》：“家徒四壁立。”空无所有，家境清贫，后亦用以指家计、生计。黄庭坚《寄黄复几》诗：“持家但有四立壁，治病不蕲三折肱。” ④海棠：二月开花，开时色深红，后转粉淡色而凋谢。此化用苏轼《海棠》诗：“只恐夜深花睡去，故烧高烛照红妆。” ⑤梨花：色白，望之如雪。春二、三月间开花。温庭筠《鄠杜郊居》有：“寂寞游人寒食后，夜来风雨送梨花”句。

虞　集（1272—1348）

字伯生，号道园，又号邵庵，临川崇仁（今属江西）人，宋丞相虞允文五世孙。元成宗大德初年至京，授大都路儒学教授，累官翰林直学士、奎章阁侍书学士。纂修《经世大典》，参与制定朝廷典策。著有《道园学古录》。诗与杨载、范梈、揭傒斯齐名，号元诗四大家。陈廷焯《云韶集》卷十一云：”道园诗宗少陵，为一代之冠。词不多，然即此寥寥数篇，而风骨峻嶒，自足雄跨一时。”《彊村丛书》辑为《道园乐府》一卷，三十首，《全金元词》据《花草粹编》增补一首。

风　入　松

寄柯敬仲[①]

画堂红袖倚清酣，华发不胜簪[②]。几回晚直金銮殿[③]，东风软、花里停骖[④]。书诏许传宫烛[⑤]，轻罗初试朝衫[⑥]。　御沟冰泮水挼蓝[⑦]。飞燕又呢喃[⑧]。重重帘幕寒犹在，凭谁寄、银字泥缄[⑨]。为报先生归也，杏花春雨江南。

【题解】

陶宗仪《辍耕录》卷十四云："吾乡柯敬仲先生九思，际遇文宗，起为奎章阁鉴书博士，以避言路居吴下。时虞邵庵先生在馆阁，赋《风入松》长短句寄博士（词从略），词翰兼美，一时争相传刻，而此曲遂遍满海内矣。"据《元史·文宗纪》、宗典《柯九思年谱》，文宗曾特设奎章阁学士院，以翰林直学士虞集兼侍学士，用柯九思为鉴书博士，但柯、虞二人均因此遭人嫉恨。至顺三年（1332），柯忧谗畏讥，请补外官，权臣又从中作梗，遂落职，流寓于吴（今苏州）。次年三月，虞集即作此词遥寄相思之情，亦寄寓了逃避言路的心理。瞿佑《归田诗话》云："虞邵庵在翰林，有诗云：'屏风围坐鬓毵毵，银烛烧残照暮酣。京国多年情尽改，忽听春雨忆江南。'又作《风入松》词云云，盖即诗意也，但繁简不同尔。曾见机坊以词织成帕，为时所贵重如此。张仲举（翥）词云：'但留意、江南杏花春雨，和泪在罗帕。’即指此也。”虞集作此词的当年八月，就谢病辞，退归江南临川了。陈廷焯《云韶集》卷十一谓此词“写柯在禁中数语，已极工雅。好句天然。神韵在唐宋间。”

【注释】

①柯敬仲：柯九思（1290—1343），字敬仲，号丹丘，台州（今浙江台州市）人。博学善画，工诗，精于金石之学。虞集与他情趣相投，结为忘年交。 ②“华发”句：白发稀少，不能插住簪子。不胜：承担不起。 ③晚直：即夜间值班。直，同“值”。金銮殿：皇帝宝殿，学士待诏在此。《文献通考·学士院》：“故事，学士掌内廷书诏，故学士院常在金銮殿侧，……前朝因金銮坡以为门名，与翰林院相接。故为学士者，称金銮以美之。” ④停骖：把车停住。骖，用三匹马驾一车。 ⑤传宫烛：传呼宫人秉烛为其照明。这里用金莲烛送学士归院故事。见《唐书·令狐楚传》等。 ⑥“轻罗”句：谓文宗赐给轻罗朝衫。柯九思《退直赠月》诗亦云：“西华门外玉骢骄，新赐衣退晚朝。”朝衫：即朝服。 ⑦御沟：流经皇宫内的河流或排水沟。冰泮：冰融化，指春天。挼：摩挲，摩擦。 ⑧呢喃：燕子的叫声。 ⑨银字泥缄：指书信。银字，谓字如银钩。泥缄，即泥封。古代书信封以黏土，上盖印章，故云。

李齐贤（1287—1387）

字仲思，号益斋，高丽（今朝鲜）人，曾任西海道安廉使。二十八岁起，多次奉使入元，广游大江南北，与元代学士姚燧和赵孟頫等人交往，在朝官至右政丞、鸡林府院君，谥文忠。著有《益斋乱稿》《栎翁稗说》。《彊村丛书》辑为《益斋长短句》五十四首。况周颐《蕙风词话》卷三谓益斋词“写景极工”“不愧名家”。

太常引

暮行

栖鸦去尽远山青。看暝色、入林坰[①]。灯火小于萤。人不见、苔扉半扃[②]。　照鞍凉月，满衣白露，系马睡寒厅。今夜候明星[③]。又何处、长亭短亭。

【题解】

宿鸟归林，大地浸入暝色之中，独行其间，已见孤寂，何况又是人迹罕至的荒野，只有眼前门庭长满青苔的驿站透出一缕“小于萤”的微弱灯光。投宿荒驿，尽管是凉月白雪，寒意袭人，但多少可以缓解长日跋涉之累，无奈明日还有漫长的旅程，故须时时察看天色而断难熟睡了，则不仅见出其孤寂冷寞，疲惫愁苦的情态也尽溢于笔端。李齐贤喜爱旅游，其词也善状行旅途中的见闻和感受。这首词写暮行投宿，平平道来，自然真切，又细致入微，尤为出色。

【注释】

①林坰（jiōng）：林外荒野。　②“灯火”二句：况周颐《蕙风词话》卷三云：“置之两宋名家词中，亦庶几无愧色。”萤：萤火虫，时闪微光。小于萤：指灯光比萤火还要微弱。苔扉：长满青苔的院门。扃（jiōng）：关闭。半扃：半掩着门。　③明星：指启明星。

张 翥（1287—1368）

字仲举，世称蜕庵先生，晋宁（今属云南）人。早年居杭州，受业于理学家李存，又从仇远学诗法。至元初，召为国子助教，不久退居淮东。会修宋、辽、金三史，起为翰林国史院编修宫，累迁翰林学士承旨。著有《蜕庵集》《蜕岩词》。张德瀛《词徵》卷六云："《蜕岩词》无自制腔，其词腴于根而盎于华，直接宋人，步武于元之一代，诚足以度越诸子，可谓海之明珠，鸟之凤凰也。"陈廷焯《白雨斋词话》卷三云："元词日就衰靡，愈趋愈下。张仲举规模南宋，为一代正声。高者在草窗、西麓之间，而真气稍逊。"

多 丽

西湖泛舟夕归，施成大席上，以"晚山青"为起句，各赋一词

晚山青。一川云树冥冥①。正参差、烟凝紫翠，斜阳画出南屏②。馆娃归、吴台游鹿③；铜仙去、汉苑飞萤④。怀古情多，凭高望极，且将尊酒慰飘零。自湖上、爱梅仙远，鹤梦几时醒⑤。空留得、六桥疏柳⑥，孤屿危亭⑦。 待苏堤、歌声散尽⑧，更须携妓西泠⑨。藕花深、雨凉翡翠；菰蒲软、风弄蜻蜓⑩。澄碧生秋，闹红驻景⑪，采菱新唱最堪听。见一片、水天无际，渔火两三

星[12]。多情月，为人留照，未过前汀。

【题解】

这首词写游览杭州西湖的观感。开篇四句刻画泛舟夕归时“烟凝紫翠”的暮山景色，引出“馆娃”以下九句的怀古抚今的情思。下片以“待”字领起，转出新的景致，最后以隐隐渔火、多情明月，点缀湖中夜景，遥应开篇。

【注释】

①冥冥：阴暗的样子。　②南屏：山名，正对西湖苏堤。山麓有净慈寺。每寺钟初动，山谷皆应，逾时乃息。所谓南屏晚钟，列为“西湖十景”之一。　③“馆娃”句：指吴国灭亡，繁华已逝。馆娃：即西施。越王勾践为了灭吴，将西施送给吴王夫差，吴王在姑苏灵岩上为她建了一座宫馆。　④“铜仙”句：指汉亡。铜仙：汉武帝于神明台上作承露盘，立铜人掌接甘露，以为饮之可以延年。魏明帝时，下诏迁承露铜人于洛阳。　⑤“自湖上”二句：谓林逋早已逝去，鹤梦几时醒来。林逋生前隐居西湖孤山，一生爱梅爱鹤，人称“梅妻鹤子”。　⑥六桥：西湖苏堤上的六座桥，其名为：映波、锁澜、望山、压堤、东浦、跨虹。　⑦孤屿：指孤山。　⑧苏堤：在西湖，苏轼浚疏西湖时筑。　⑨西泠：桥名，在孤山西唤渡处。周密《武林旧事·湖山胜概》“西陵桥一名西林桥，又名西泠桥，又名西村。”　⑩菰蒲：植物名，生于陂泽。菰叶如蒲苇，蒲即蒲草。　⑪闹红：指荷花。姜夔《念奴娇》词，“闹红一舸，记来时、常与鸳鸯为伴。”　⑫渔火两三星：夜间渔船灯火，远看只有两三点，如天上星星在闪烁。

倪　瓒（1301—1374）

字元镇，自号云林居士，无锡（今江苏无锡市）人。先世为吴中豪富。至正初（1341），乃散家财，扁舟往来于太湖与泖湖之间。张士诚多次延请他为官，均避而不就。入明后，黄冠野服，混藉编氓以终。倪瓒所居清閟阁，多藏书画秘籍。工画，史称逸品，董其昌《容台别集》将其画与吴镇、黄公望、王蒙并称为“元四大家”。其诗文不屑苦吟，而神思散朗，品格高远，词亦同一机杼。著有《清閟阁集》，词有《清閟阁遗稿词》一卷，存词仅十七首。

人　月　圆

伤心莫问前朝事，重上越王台①。鹧鸪啼处，东风草绿，残照花开。　怅然孤啸②，青山故国，乔木苍苔。当时明月，依依素影③，何处飞来？

【题解】

许昂霄《词综偶评》云：“此词前段全用窦巩《南游感兴》诗（“伤心欲问南朝事，惟见江流去不回。日暮东风春草绿，鹧鸪飞上越王台”）语，后段则用刘禹锡《石头城》诗（“淮水西边旧时月，夜深还过女墙来”）语意。”但如同己出，自成高境。况周颐《蕙风词话续编》卷一云：这首《人月圆》词与李煜《浪淘沙》“晚凉天净月华开。想得玉楼瑶殿影，空照秦淮”，“同一不堪回首”。陈廷焯

《云韶集》卷十一云："元镇品极清高，词如其人。此种笔墨，悲壮风流，独有千古。情景兼到，神味无穷，虽令白石（姜夔）执笔，亦不过是。"又《白雨斋词话》卷三云："南宋诸巨手为之，亦无以过。词岂以时代限耶？"

【注释】

①越王台：台名。越王勾践登高眺望之处，故址在今浙江绍兴市西。　②啸：魏晋文人常以登高而啸抒发胸臆，表达对当时社会的不满和超然世外的追求。　③依依：隐约。素影：皎洁的月影。

刘　基（1311—1375）

字伯温，浙江青田人。元末进士，曾任江西高安县丞、江浙儒学副提举、浙都行省参事，后弃官归隐。朱元璋起兵反元，聘至金陵，恩礼有加，遂襄赞军务，佐定天下，任御史中丞兼太史令，为明代开国功臣之一。明初各种典章制度多由其主持制定，封诚意伯。晚年被胡惟庸谮毁，郁愤而终，年谥文诚。著有《诚意伯文集》《写情集》。陈霆《渚山堂词话》卷一云："《写情集》，皆词曲也。惜其大阕颇窒滞，惟小令数首，觉有风味。"赵尊岳《惜阴堂丛书》录为《诚意伯词》一卷。

临　江　仙

予在江西时，与李爟以庄善。以庄尝赋诗，有曰："泪如霜后叶，摵摵下庭柯。"郑君希道深爱赏之。今郑君已卒，以庄与予别亦二十年，梦中相见道旧好，觉而忆其人，不知今存与亡。因记其诗，属为词，以写其悲。

街鼓无声更漏咽[①]，不知残夜如何。玉绳历落耿银河[②]。鹊惊穿暗树，露坠滴寒莎[③]。　梦里相逢还共说，五湖烟水渔蓑[④]。镜中绿发渐无多[⑤]。泪如霜后叶，摵摵下庭柯[⑥]。

【题解】

上片夜景，下片人事。“梦里”二句，在梦中与李爟相逢于烟水缥缈的湖边，身披蓑衣，执竿垂钓，逍遥闲适，情趣盎然，以反衬身处宦海的不自在。用友人诗句作结，与全篇气氛和谐一致，既寄托了“不知今存与亡”的怀念友人的凄迷情思，又将自悲“镜中绿发渐无多”的年华衰老的心情，写得格外深沉。

【注释】

①街鼓：即更鼓。古时设置在街衢要道口，以作警夜或报时之用。更漏：漏是计时器，夜晚以漏传更，故云。 ②玉绳：星名，在玉衡星以北，共两颗。历落：参差不齐。耿：明亮。 ③莎：莎草，又名香附子，多年生草本植物。 ④五湖：太湖。相传春秋时，范蠡助越王灭吴后，泛五湖，不知所终。这里泛指湖泊。 ⑤绿发：黑发。绿发渐无多，喻年华衰老。 ⑥摵（sè）摵：同“瑟瑟”，象声词，指落叶声。庭柯：庭中的树。柯，树干。

高　启（1336—1374）

字季迪，号青丘子，长洲（今江苏苏州）人。元末一度为张士诚幕僚，明洪武二年（1369），应诏纂修《元史》，授翰林编修，次年七月，擢户部侍郎，旋即辞官归田。洪武六年（1373），牵累于魏观之案，次年腰斩于金陵。高启与杨基、张羽、徐贲称“吴中四杰”，诗为明代巨擘。著有《扣舷词》后并入《高青丘集》。王国维《人间词话删稿》云：“有明一代，乐府道衰，《写情》《扣舷》，尚有宋、元遗响。”

江　城　子

芙蓉裙衩最宜秋[①]。柳边头，自撑舟。一道眼波，斜共晚波流。蓦地逢人回首笑，不识恨，却知羞。　　夕阳犹在水西楼。漫归休，欲相留。教唱弯弯[②]，月子照湖舟。不怕鸳鸯惊起了，怕江上，有人愁。

【题解】

“芙蓉裙衩最宜秋”，秋色、芙蓉、女子三者浑然一体，既堪入画，又树立了芳华高洁、超俗脱尘的“不识恨，却知羞”的少女美的风范，下片以虚拟的手法烘托其美感效应，也十分动人。

【注释】

①芙蓉：莲花。这里指裙衩上绣芙蓉图案，象征其品质高洁。　②教唱弯弯：犹言唱一曲“月儿弯弯照湖舟”。弯弯，指月亮。

文徵明（1470—1559）

字徵仲，号衡山居士，长洲（今江苏苏州）人。正德末、嘉靖初，以岁贡生荐试吏部，授翰林院待诏，三年即辞归。以书画名世，工行草，尤精小楷；擅山水，亦善花卉人物，从学者甚众，遂成“吴门画派”，后人将其与沈周、唐寅、仇英合称为“明四家”。诗文词均精粹，唯为画名所掩。著有《甫田集》。

满 江 红

拂拭残碑，敕飞字、依稀堪读[1]。慨当初，倚飞何重，后来何酷[2]！岂是功成身合死，可怜事去言难赎[3]。最无端、堪恨又堪悲，风波狱[4]。　岂不念，封疆蹙[5]！岂不惜，徽钦辱[6]？念徽钦既返，此身何属[7]？千载休谈南渡错，当时自怕中原复。笑区区、一桧亦何能[8]，逢其欲[9]。

【题解】

对于岳飞惨遭冤杀之事，人多集恨于秦桧。秦桧固足堪恨，高宗赵构之罪更难逃脱。《宋史·岳飞传论》便指出：“高宗忍自弃其中原，故忍杀飞。”这首词则以新近出土的刻有高宗手敕岳飞之字的残碑发端，进一步抉开了高宗杀害岳飞的心迹，独具只眼。文徵明另有《题宋高宗敕岳忠武书》云：“后仅署日月，而不纪年，按此当在忠武（岳飞赠封之号）讨兀术获胜时所降者，故文内犹寓嘉励之意。嗟乎！倘高宗始终不为桧贼所惑，三字之狱不成，将见妖氛荡扫，何难奏凯于旦夕哉！”（见《壮陶阁书画录》卷五）也为高宗“手敕”而发。由此可知，作者是在掌握了关于岳飞被害的直接的历史依据后，发而为词的。不过，词与跋文相比，文语气舒缓，有《春秋》笔意，责兼君臣，重心在秦桧；词却“笑区区、一桧亦何能，逢其欲”，矛头直指宋高宗的肺腑，议论风生而感情沛然，读之更令人感慨无限。

【注释】

①“拂拭”三句：徐釚《词苑丛谈》卷八引《词统》曰：“夏侯桥沈润卿掘地，得宋高宗赐岳侯手敕刻石。文徵明待诏题《满江红》词云。”“残碑”所指即此。敕：皇帝亲手写的诏书。绍兴三年（1133），高宗赵构曾手书“精忠岳飞”四字以赐岳飞。依稀：隐约可见。 ②“慨当初”三句：赵构称帝后，北有金兵压境，南有群盗骚乱。岳飞率师，破李成、平刘豫、斩杨幺，扫平了闽粤赣等地的内患，深为高宗倚重，故赐“精忠”以褒奖，事见《宋史·岳飞传》。绍兴十年（1140），岳飞在朱仙镇（今河南开封市南）力破金兵，以图收复中原。然高宗于一天之内令秦桧连发十二道金牌，召还岳飞。次年张罗诬陷入狱，将岳飞杀害。 ③“岂是”二句：意谓岳飞大功告成就该死了吗？事过情迁，即便为岳飞说尽了好话，也枉然了。合死：该死。难赎：难以挽回损失。 ④风波狱：岳飞入狱后，大理评事皆言飞无罪。韩世忠质言问秦桧，秦桧谓岳飞之罪，“其事体莫须有”。韩世忠曰：“‘莫须有’三字何以服天下？”然高宗一意孤行，将岳飞处死。莫须有，或许有。风波狱因此亦称“三字狱”。风波，大理寺亭名，为岳飞遇害处。 ⑤封疆蹙：指国土减少。蹙，缩。 ⑥徽钦：宋徽宗赵佶、宋钦宗赵桓，是高宗赵构的父兄，靖康二年（1127）被金兵掳去。 ⑦此身何属：意谓如果徽、钦二帝回来，自己就不能安居帝位。 ⑧区区：小小、不足道。一桧：一个秦桧。 ⑨逢其欲：迎合高宗的愿望。

夏 言（1482—1548）

字公瑾，江西贵溪人。正德十二年（1517）进士。累迁吏部尚书，参预机务，位居首辅，后为严嵩所诬，陷害至死。工诗词，其词尤为世所重。邹祗谟《远志斋词衷》引《虞山诗选》曰：“夏贵溪喜为长短之句，诗余小令，草稿未削，已传播都下，互相传唱……求如前代所谓曲子相公，亦不可得。”王国维《人间词话删稿》卷一云：“有明一代，乐府道衰。《写情》《扣舷》，尚有宋元遗响。仁、宣以后，兹事几绝。独文愍（夏言）以魁硕之才，起而振之。豪壮典丽，与于湖、剑南为近。”著有《桂洲集》《桂洲近体乐府》（亦名《赐闲堂词》）等。

浣 溪 沙

春 暮

庭院沉沉白日斜。绿阴满地又飞花。瞢腾春梦绕天涯[①]。　帘幕受风低乳燕[②]，池塘过雨急鸣蛙。酒醒明月照窗纱。

【题解】

这首词写暮春初夏之景。“帘幕受风低乳燕，池塘过雨急鸣蛙”二句，尤为警策。乳燕展翅，但因无力穿风而不能高飞，池塘青蛙在一阵骤雨后，发出阵阵共鸣，正是春深夏浅时的特有景象，也生动地传达了春去夏来的信息的感受，与谢灵运《登池上楼》诗“池塘生春草，园柳变鸣禽”异曲同工。

【注释】

①瞢腾：睡梦迷糊的状态。晁冲之《如梦令》词：“墙外辘轳金井，惊梦瞢腾初省。” ②受风低乳燕：语本杜甫《伤春》诗：“轻燕受风斜。”

徐 灿（生卒年不详）

字深明，又字明霞，号湘蘋，又号紫箮，江南长洲（今江苏）人。徐子懋次女，嫁陈子遴（1605—1666）为继室。陈子遴，明崇祯十年（1637）进士，官中允，入清累官至弘文院大学士，后坐事免死流徙辽东，灿随夫谪迁塞外。历十二年，始扶夫榇南归。能诗工词，兼精书画。陈维崧《妇人集》云：“徐湘蘋才锋遒丽，生平著小词绝佳，盖南宋以来，闺房之秀，一人而已。”周铭《林下词选》云其词“得北宋风格，绝去纤佻之习；其冠冕处，即李易安亦当避席。”著有《拙政园诗集》《拙政园诗馀》。

踏莎行

初 春

芳草才芽，梨花未雨①。春魂已作天涯絮。晶帘宛转为谁垂②？金衣飞上樱桃树③。 故国茫茫，扁舟何许？夕阳一片江流去。碧云犹叠旧山河，月痕休到深深处④。

【题解】

明亡后，陈子遴出仕新朝，徐灿随夫北上，有《满江红·将至京寄素庵》云："满眼河山旧恨，茫茫何处藏舟壑？"又《永遇乐·舟中有感》云："无恙桃花，依然燕子，春景多别……逝水残阳，龙归剑杳，多少英雄泪"满怀易代之悲。这首词即作于这次渡江北上舟中。开篇"芳草"二句，初春景象，"春魂"句，则为主观感受，虽时值初春，但由于沧桑巨变，一片春魂已经成为暮色飞絮，飘荡无主了。以下晶帘垂空，金衣樱桃，夕阳江流，碧云遮蔽，月痕深隐，又无一不触动着心头的旧恨新愁。陈廷焯《白雨斋词话》卷五谓"碧云"二句，"既超逸，又和雅，笔意在五代北宋之意。"

【注释】

①梨花未雨：化用白居易《长恨歌》诗"梨花一枝带春雨"句意，谓梨花未开放。　②晶帘：水晶帘。　③金衣：指黄莺鸟。《开元天宝遗事》："明皇每禁苑中见黄莺，常呼之为金衣公子。"　④"碧云"二句：意犹辛弃疾《念奴娇》词："旧恨春江流不断，新恨云山千叠。"月痕：月光，

陈子龙（1608—1647）

字人中，一字卧子，号大樽，松江华亭（今上海松江）人。明崇祯十年（1637）进士，选绍兴府推官，擢兵科给事中，未及赴任而明亡，乃事南明福王朱由崧于南京，为马士英、阮大铖等权奸所嫉，乞归。旋受鲁王部院职，结太湖义师，欲图谋举事，不幸事泄，被俘，押解途中，投水殉国。陈子龙早年与夏允彝齐名，为"几社"领袖，文宗两汉，诗振"七子"宗唐之风，词尊晚唐五代，为"云间派"领

袖。《明词综》卷六引王士祯曰："大樽诸词，神韵天然，风味不尽，如瑶台仙子独立却扇时。而《湘真》一刻，晚年所作，寄意更绵邈凄恻。"著有《陈忠裕公全集》。词集有《湘真阁》《江篱槛》均佚。王昶编《陈忠裕公全集》所收《诗余》一卷，为陈子龙弟子王沄辑的部分词作。

浣 溪 沙

五 更

半枕清寒泪暗流，愁时如梦梦时愁，角声初到小红楼[①]。　风动残灯摇绣幕，花笼微月淡帘钩[②]，陡然旧恨上心头。

【题解】

这首词写五更梦醒后的情怀。"愁时如梦梦时愁"，是说无时无刻不愁，不只如此，醒后耳闻远处传来的军营的号角声，目睹黎明前夕窗外月下的花丛，又"陡然旧恨上心头"，新愁又与往日的伤心恨事相交织，更折磨人心。这种旧恨新愁，显然不属于闺阁范围，而是身际沧桑巨变中的时代感。所以，其缠绵婉丽虽如唐五代的花间词，内容则迥然相异。

【注释】

①角：即号角，军中乐器名，用以警昏晓，振士气。　②花笼微月：花枝笼罩着淡淡的月色。

山 花 子

春 恨

杨柳凄迷晓雾中，杏花零落五更钟。寂寂景阳宫外月[①]，照残红。　　蝶化彩衣金缕尽，虫衔画粉玉楼空[②]。惟有无情双燕子，舞东风。

【题解】

题曰“春恨”，实为亡国之恨。以已逝之春、已残之景喻大明故国，哀伤之极，亦恨之极。陈廷焯说这首词“凄丽近南唐二主，词意亦哀以思矣”（《白雨斋词话》卷三），又云“惟有”二句与《江城子》“凭燕子，骂东风”，“同一用笔用意之妙”（《云韶集》卷一三），深中肯綮。陈子龙主张作词应“境由情生，辞随意启，天机偶发，元音自成”（《幽兰草·题词》），此词寓意深远，哀感无穷，纯情自然，格调高浑，正是在这种主张下的一个成功的创作实例。

【注释】

①景阳宫：南朝宫殿名。《南齐书·皇后传》：“置钟于景阳楼上，宫人闻钟声早起妆饰。”　②“蝶化”二句：喻繁华消歇，殿宇颓残。蝶化彩衣：《罗浮山志》：“山有蝴蝶洞，在云峰岩下，古木丛生，四时出彩蝶，世传葛仙遗衣所化”。金缕：金色的丝线。虫衔画粉：指楼宇画栋为虫所蛀蚀。

江 城 子

病起春尽

一帘病枕五更钟，晓云空，卷残红。无情春色，去矣几时逢？添我千行清泪也，留不住，苦匆匆。　　楚宫吴苑草茸茸[1]，恋芳丛，绕游蜂。料得来年，相见画屏中。人自伤心花自笑，凭燕子[2]，骂东风。

【题解】

病起晨望，满目风卷残红，即便是滴尽千行清泪，苦苦求留春光，也无奈春色无情，匆匆归去，给晨望的病者心头重重地划上一道伤痕，增添了难以药疗的心病。预料来年与春光相逢于楚宫画屏之中，是一种热望，也是自我抚疗，然而一想到将依然是“留不住，苦匆匆”，不免伤痛十分。“人自伤心花自笑，凭燕子，骂东风”，正透露出这种心病难疗的苦闷与哀怨。所以陈廷焯《白雨斋词话》卷三说此词与前首《山花子》一样“绵邈凄恻”，同一意趣。

【注释】

①楚宫吴苑：泛指旧时宫苑。茸茸：柔密丛生貌。　②凭：任凭，任由。

吴伟业（1609—1672）

字骏公，号梅村，江南太仓（今属江苏）人。明崇祯四年（1631）进士，官至南京国子监司业，甲申后，福王授少詹事。清顺治十年（1653）被迫出仕，累官国子监祭酒，乞病辞归。因屈节事清，每悔恨于心。临终遗命以僧服殓，题“诗人吴梅村之墓”。著有《梅村集》《梅村家藏稿》等。工诗，号“梅村体”，与钱谦益、龚鼎孳合称“江左三大家”。亦工词，有《梅村诗馀》二卷。陈廷焯《白雨斋词话》卷三云：“吴梅村词，虽非专长，然其高处，有令人不可捉摸者，此亦身世之感使然。”又云：“梅村高者，有与老坡（苏轼）神似处。”

临江仙

过嘉定感怀侯研德[1]

苦竹编篱茅覆瓦[2]，海田久废重耕[3]。相逢还说廿年兵。寒潮冲战骨[4]，野火起空城。　门户凋残宾客在[5]，凄凉诗酒侯生。西风又起不胜情。一篇《思旧赋》[6]，故国与浮名。

【题解】

这首词作于明亡后不久。吴伟业词早年属香艳一路，以富瞻的才华写缱绻的情爱是其当行本色。但经历了沧桑巨变后，词风骤变，在清初词苑风气的嬗变中，成了启其端倪的一家，这首小令以平淡的语言，写战争留下的满目疮痍、触目惊心的近世时事，以及在追怀亡友中凄凉沉痛的情调，就很有代表性。

【注释】

①嘉定：今属上海市。侯研德：名泓，后改名涵，字中德，嘉定人。德行高尚，以布衣终，乡党私谥为贞宪先生。著有《掌亭集》。 ②苦竹：竹的一种，杆矮小，节长于他竹，多野生，四月中出笋，味苦不中食。苦竹编篱：经过战火，竹木无存，只能用丛杂野生的苦竹来编排篱笆。茅覆瓦：意谓屋顶被毁坏，无瓦修复，权以茅草替之。 ③海田：海边的田。嘉定地处东海之滨，濒海的田地盐碱成分很高，久废重耕，调理困难。 ④战骨：在战争中死去的人的尸骨。 ⑤门户凋残：指侯研德家园。宾客：作者自谓。 ⑥《思旧赋》：晋向秀过山阳嵇康旧居，作《思旧赋》怀念亡友嵇康和吕安，文中有“栋宇存而弗毁兮，形神逝其焉如”之句，意即旧居虽存，而人已永逝。这里取其意。

贺新郎

病中有感

万事催华发①。论龚生、天年竟夭②，高名难没。吾病难将医药治，耿耿胸中热血。待洒向、西风残月。剖却心肝今置地，问华佗解我肠千结③？追往恨，倍凄咽。　　故人慷慨多奇节④。为当年、沉吟不断，草间偷活⑤。艾炙眉头瓜喷鼻⑥，今日须难决绝。早患苦、重来千叠。脱屣妻拏非易事[⑦]，竟一钱不值何须说[⑧]。人间事，几完缺[⑨]。

【题解】

陈廷焯《白雨斋词话》卷三云："此梅村绝笔也。悲慨万端，自怨自艾。千载下读其词，思其人，非其志，固与牧斋不同，亦与芝麓辈有别。"称此词为绝笔，盖袭尤侗《艮斋杂说》。其实此词为谈迁《北游录》所载。谈迁卒于顺治十三年（1656），《北游录》是他于顺治十年至十三年旅京期间的见闻录，据此"绝笔"之说难以成立。词固非"临终绝笔"，但在顺治十年陷入"一身事二姓"之境起，吴伟业就宣判了自己已是"不值一钱"的"草间偷活"者，这也是另一种意义的"临终"。再观其真正的绝笔《临终》诗："胸中恶气久漫漫，触事难平任结蟠。块垒怎消医怎识，惟将痛苦付汍澜。"与此词的思想一脉相通，只是在自愧自责中，词的情思更怫郁，更感人罢了。故题中之"病"字，语意双关，而更侧重于心病。心病无形，即使华佗转世，也难识难治。词的上片与古代完人龚胜相对照，下片又与"慷慨多奇节"的故人相对照，深化了"高名难没"与"草间偷活"者的反差，也突出了心病之重。

【注释】

①华发：斑白的头发。 ②龚生：龚胜，西汉人，官中大夫。《汉书·龚胜传》载：王莽篡政，遣使拜胜为讲学祭酒，胜称疾不应征，后对门人"吾受汉家厚恩亡以报，今年老矣，旦暮入地，谊岂以一身事二姓，下见故主哉？"遂绝食而死，年七十九岁。有老父来吊，哭甚哀，既而曰："嗟乎！薰以香自烧，膏以明自销，龚生竟夭天年，非吾徒也。"夭：犹尽。 ③华佗：三国时名医。肠千结：喻不治之症，此指心病。 ④故人：朋友、旧友，指明亡时抗清慷慨死节的陈子龙、杨文骢、夏允彝等， ⑤"为当年"二句：

谓明亡后自己苟且偷生，未能以身殉国。沉吟：犹豫不决、游移不定。草间：相对于朝廷。朝廷倾圮，草间苟活。 ⑥“艾灸”句：中医传统治病方法的一种。燃艾叶于针灸穴位，可止头痛等病；瓜蒂味苦寒，嗅之喷鼻，以通关，可解热毒上壅。《隋书·麦铁杖传》载，辽东战役中，麦铁杖请为先锋，对医生说：“大丈夫性命自有所在，岂能艾炷灸頞，瓜蒂喷鼻，治黄不差，而卧死儿女手中乎？”意谓大丈夫应该死得其所。这里反用其意，说自己身卧病床，只能以艾炷、瓜蒂治病，终将“卧死儿女手中”。 ⑦“脱屣”句：《史记·孝武纪》：“天子曰：‘嗟乎！吾诚得如黄帝，吾视去妻子如脱躧耳’。”躧：同“屣”，鞋子。这里说自己不忍心抛弃妻儿，故应召身事异姓。其《与子暻疏》云：“吾以草茅诸生，蒙先朝巍科拔擢，世运既更，分宜不仕，而牵恋骨肉，逡巡失身，此吾万古惭愧，无面目以见烈皇帝及伯祥诸君子，而为后世儒者所笑也。”可参看。 ⑧一钱不值：《史记·魏其武安侯列传》“（灌）夫乃骂临汝侯（灌贤）曰：生平毁程不识不直一钱。” ⑨完缺：完，指“慷慨多奇节”的人，是完人。缺，缺损，指名节有亏、晚节不终的人，此作者自谓。

龚鼎孳（1615—1673）

字孝升，号芝麓，安徽合肥人，明崇祯七年（1634）进士，官兵科给事中。李自成进京，留任直指使。清以原官起用，屡起屡仆，官至礼部尚书。诗与钱谦益、吴伟业并称“江左三大家”。词为清初京苑词盟宗主。词集初刻为《香严斋词》一卷，附词话一卷，后收入《定山堂全集》者，为《定山堂诗余》四卷。彭孙遹称其长调“芊绵温丽，无美不臻，直夺宋人之席。”

贺 新 郎

和曹实庵舍人赠柳叟敬亭①

鹤发开元叟②。也来看、荆高市上③，卖浆屠狗④。万里风霜吹短褐⑤，游戏侯门趋走⑥。卿与我、周旋良久。绿鬓旧颜今改尽⑦，叹婆娑、人似桓公柳⑧。空击碎，唾壶口⑨。　江东折戟沉沙后⑩。过青溪⑪，笛床烟月⑫，泪珠盈斗。老矣耐烦如许事，且坐旗亭呼酒⑬。判残腊、销磨红友⑭。花压城南韦杜曲⑮，问球场、马弰还能否。斜日处，一回首。

【题解】

柳敬亭是明清之际著名的说书艺人，有“谈天口”之誉。性格傲岸，游戏侯门，康熙十年（1672），再至京师，公卿争相邀致，曹贞吉作二词以赠，曹尔堪、陈维崧、汪懋麟、龚鼎孳相继和作。龚鼎孳历仕两朝，经历巨变，在新朝的京城接待来自旧国故都的老友，其感情是复杂而深沉的。词中突出柳敬亭是个嵚崎磊落的侠义人物，历尽风霜而风貌如昔。在相对欷歔之后，对秦淮旧梦不胜缱绻，但实在难以唤起昔日豪情了。

【注释】

①实庵：曹贞吉的号，贞吉生平，见本书小传。柳敬亭：泰州人，本姓曹，漂泊江湖，为人说书。晚明时，客左良玉幕，人称“柳将军”。清初，与故明遗民颇多交往，事详黄宗羲《柳敬亭传》。　②开元：唐玄宗李隆基

年号。开元（713—741）为盛世。这里喻指柳敬亭是经历前朝盛衰的老人。鹤发：白发。 ③荆高：荆轲与高渐离。《史记·刺客列传》，荆轲、高渐离日饮于燕市，酒酣，高渐离击筑，荆轲和而歌，乐而后泣，旁若无人。 ④卖浆屠狗：藏于社会下层的侠义之士。战国时公子无忌的门客藏于卖浆（一种味酸的酒）家，荆轲、高渐离结交的就有以屠狗为业者。 ⑤短褐：古时贫贱者所服粗质短衣衫。 ⑥侯门：柳敬亭先后游左良玉及松江提督马逢知幕。 ⑦绿鬓：年轻时的黑发。 ⑧婆娑：形容柳枝纷披。桓公柳：晋时桓温自江陵北伐，行经金城，见少时所种柳皆已十围，慨然曰："木犹如此，人何以堪！"这里喻人凋残衰老。 ⑨"空击碎"二句：晋时王敦酒后辄咏："老骥伏枥，志在千里。烈士暮年，壮心不已。"以如意打唾壶，壶口尽缺。唾壶：承唾之壶。 ⑩江东：指南明王朝。杜牧《赤壁》诗："折戟沉沙铁未销，自将磨洗认前朝。"这里指南明覆亡。 ⑪青溪：在南京，自钟山西南流入秦淮河，曲折十余里，亦名九曲青溪。这里指南明故都南京。 ⑫笛床烟月：指笛步，在青溪桥右。晋王徽之邀桓伊于此吹笛。桓伊踞胡床作三调。明末，笛步为南都歌妓聚居之所。 ⑬旗亭：酒店，亭上挂酒旗，故云。 ⑭残腊：腊月之末。红友：江苏宜兴出产的一种名酒。 ⑮城南韦杜曲：唐时长安城南有杜曲、韦曲，为显贵所居，时有"城南韦杜，去天尺五"之谣。曲，坊曲，这里指北京城郊。

王夫之（1619—1692）

字而农，号薑斋，湖南衡阳人，崇祯年间中举。清兵南下时，于衡山组织义军，予以阻击。战败，退往肇庆（今属广东），为南明桂王朝行人司行人，南明覆灭后，隐匿转移于湘西地区，后归居衡阳石船山，筑土室曰砚生居，闭门读书，潜心研究，人称船山先生。谭嗣同认为“五百年来，其通天人之故者，船山一人而已”。对天文、历法、数学、地理均有研究，尤精于哲学、史学和文学。其哲学思想总结中国传统的朴素唯物主义而有所发展，史学长于见识，文学则诗文词曲兼擅，并主张文学创作应“即景会心”，要有真挚的感情，反对“齐梁绮语”和“泥古过高，而菲薄方今”。平生著述多达百余种，清初列为禁书，至道光、同治年间，始传于世，湘乡曾氏汇刊为《船山遗书》，附有词集《鼓棹初集》《鼓棹二集》及《潇湘怨词》。朱孝臧《望江南·杂题我朝诸名家词集后》题船山词云：“苍梧恨，竹泪已平沉。万古湘灵闻乐地，云山韶濩入凄音。字字楚骚心。”

更漏子

本　意

斜月横，疏星炯[①]。不道秋宵真永[②]。声缓缓，滴泠泠[③]，双眸未易扃[④]。　霜叶坠，幽虫絮[⑤]，薄酒何曾得醉？天下事，少年心，分明点点深。

【题解】

《花间集》中，《更漏子》一调咏入夜深宵的闺阁儿女情事。这首词题曰“本意”，也写秋宵由于漏壶滴水，辗转反侧，难以入睡，虽得前人婉曲跌宕之妙，但已非本意。“天下事，少年心，分明点点深”，在淅淅泠泠，点点滴滴的漏声下，重温的是少年怀抱，系念的是眼前国事，时空极为宽广，意境也极深邃，于婉曲之中见刚劲之气。

【注释】

①炯：明亮。 ②不道：不料。永：长。 ③“声缓缓”二句：状计时器漏壶滴水的声音。泠泠：清脆的水声。陆机《文赋》：“文徽徽以溢目，声泠泠而盈乐。” ④“双眸”句：两眼未易闭合，谓失眠。扃：关闭、合上。 ⑤幽虫絮：角落里的秋虫鸣声不断，犹如叨叨絮语。

张煌言（1620—1664）

字玄著，号苍水，浙江鄞县（今浙江宁波）人，明崇祯时中举。南明弘光元年（1645），于邑中起兵抗清，官至权兵部尚书。永历十三年（1659），与郑成功联师北伐，遂克南京外围二十余县，威震江南，后兵败退居悬岙岛（今浙江象山南）。康熙三年（1664），被俘不屈而死。诗文词皆慷慨激昂，孤杯忠愤。有《张苍水集》，存词六首。

柳 梢 青

锦样河山，何人坏了，雨瘴烟峦。故苑莺花，旧家燕子，一例阑珊[1]。 此身付与天顽[2]。休更问、秦关汉关。白发镜中，青萍匣里[3]，和泪相看。

【题解】

上片感慨时事，指斥明王朝昏庸无能，致使国势衰败，山河破碎，其千秋罪名，咎不容辞。下片转写自身，表明身为明臣，死为明魂的决心。通篇抒忠愤之情，悲壮高亮，激扬蹈厉，令人须眉皆张。

【注释】

①“旧家燕子”二句：化用刘禹锡《乌衣巷》“旧时王谢堂前燕，飞入寻常百姓家”句意。一例：无例外。阑珊：凋零衰落。 ②天顽：顽强，矢志不变。谓自己不迎合潮流，意即不肯向清兵投降。 ③青萍：古代宝剑名。《抱朴子·博喻》：“青萍、豪曹，剡锋之精绝也。”

陈维崧（1625—1682）

字其年，号迦陵，宜兴（今属江苏）人，明末四公子陈贞慧之子，幼有神童之誉。诸生。康熙十八年（1679），荐试博学鸿词科，以一等第十名授翰林院检讨，参修《明史》，越三年，卒于官。品性真率诚挚，交游遍南北。诗文造诣皆深，骈文称大家，尤以词雄称一世，为清初阳羡词派领袖。一生作词一千六百余首之多，为古今词家所未有。陈廷焯《白雨斋词话》卷三云：“国初词家，断以迦陵为巨擘。”“迦陵词沉雄俊爽，论其气魄，古今无敌手，若能加以浑厚沉郁，便可突过苏（轼）、辛（弃疾），独步千古。”著有《湖海楼全集》。《湖海楼词》单行，另有《迦陵词》《乌丝词》《陈检讨词钞》等名目，又尝与朱彝尊合刊《朱陈词》。

点 绛 唇

夜宿临洺驿①

晴髻离离②，太行山势如蝌蚪③。稗花盈亩④，一寸霜皮厚⑤。　赵魏燕韩⑥，历历堪回首⑦。

悲风吼，临洺驿口，黄叶中原走⑧。

【题解】

康熙七年（1668），陈维崧结束了“京师弹铗”的生涯，取道去河南商丘其四弟陈宗石入赘的侯方域家。农历十月间，途经临洺投宿时，写了这首词。词设想奇特，笔力雄健，太行山势和北方草地风光写得既苍莽雄浑，又质感毕现，月色下荒凉芜野的景感在“一寸厚”中给人以沉重感，“霜皮”的寒意也即沦肌夹体而入。陈廷焯《白雨斋词话》卷三云：“其年诸短调，波澜壮宽，气象万千，是何神勇。如《点绛唇》云云。”

【注释】

①临洺驿：在河北永年县西，为古时冀、晋、豫重要通道，设驿站甚早。　②晴髻：晴空中山峰如女子发髻。辛弃疾《水龙吟·登建康赏心亭》：“遥岑远目，献愁供恨，玉簪螺髻。”离离：排列状，形容月夜晴空下远处如女子发髻的峰影密集清晰。　③太行山：河北、山西交界处南北走向的山脉，由临洺西望即见。蝌蚪：蛙类的幼体，游弋水中，动势不定。　④稗花：南方稻田或沼泽中杂草。北方则多旱稗，俗称光头稗，无芒，这里的“花”，当作视觉形象解之。　⑤“一寸”句：谓大片稗花在月光下变成白色如霜的草皮。　⑥赵魏燕韩：战国时四个诸侯国，在今山西、河南、河北等地。　⑦历历：往事分明。　⑧黄叶：崔华有佳句云：“丹枫江冷人初去，黄叶声多酒不辞。”

南 乡 子

邢州道上作[①]

秋色冷并刀[②]，一派酸风卷怒涛[③]。并马三河年少客[④]，粗豪，皂栎林中醉射雕[⑤]。　　残酒忆荆高[⑥]，燕赵悲歌事未消[⑦]。忆昨车声寒易水[⑧]，今朝，慷慨还过豫让桥[⑨]。

【题解】

这首词与前首《点绛唇》同作于自京往河南商丘途中，为怀古之作。词从邢州道上雄浑的自然风貌和“三河年少”粗豪的射雕行动切入，在自然、人事与历史的密合之中，写出燕赵自古多慷慨悲歌之士。上片叙自然与人事，刚劲有力，豪气淋漓，下片叙荆轲、高渐离、豫让为国报仇的行动，不加评论，而意气轩昂，“自令读者怦怦心动”（陈廷焯《词则·放歌集》卷四）。陈维崧身经改朝易代的国家巨变，继承家教，具有强烈的民族意识。这首词在对燕赵壮士的怀念中，就隐约曲折地泄露了内心深处的这种意识。

【注释】

①邢州：今河北邢台市。　②并（bīng）刀：并，山西太原古称并州。并州以产锋利的剪刀而闻名。杜甫《戏题画山水图歌》诗：“焉得并州快剪刀，剪取吴淞半江水。”　③酸风：令人酸目的冷风。李贺《金铜仙人辞汉歌》诗：“东关酸风射眸子。”　④三河：王应麟《小学绀珠》：“三河：河南、河北、河东。”《史记·货殖列传》以河东、河内、河南为三河。邢州在

河北，故云。 ⑤“皂栎”句：化用杜甫《北游》“呼鹰皂栎林，逐兽云雪冈”诗意。皂栎：柞树。 ⑥荆高：荆轲与高渐离。见龚鼎孳《贺新郎·和曹实庵舍人赠柳叟敬亭》注③。 ⑦燕赵悲歌：《汉书·地理志》：“赵、中山地薄人众，丈夫相聚游戏，悲歌慷慨。”韩愈《送董邵南序》：“燕赵古称多感慨悲歌之士。” ⑧车声寒易水：《史记·刺客列传》，荆轲前往刺秦王，燕太子丹与高渐离送至易水，饯行，高渐离击筑，荆轲慷慨悲歌，“风萧萧兮易水寒，壮士一去兮不复还。” ⑨豫让：春秋末刺客。《史记·刺客列传》：豫让为晋国智伯家臣，智伯为赵襄子所杀，豫让欲为智伯报仇，漆身变容，以谋行刺。一日，赵襄子出行，豫让伏于桥下。当赵襄子至桥上，坐马受惊，豫让为赵襄子所执，后伏剑自杀。豫让桥，在山西太原市西南二十四公里赤桥村。

虞 美 人

无 聊

无聊笑撚花枝说，处处鹃啼血①。好花须映好楼台，休傍秦关蜀栈战场开②。 倚楼极目添愁绪，更对东风语。好风休簸战旗红，早送鲥鱼如雪过江东③。

【题解】

这首词作于康熙十三年（1674），时值“三藩”战乱，两湖告急，陕、甘、川各省原系吴三桂部属之提镇大员纷纷倒戈反清，清政府采取大规模军事行动，人民复陷水火之中。对此，陈维崧深感厌恶和愤怼。题曰“无聊”，正是用冷嘲语表现厌恶和愤怼之情。词的上下片组成对偶复叠形态，反复咏叹好花休傍战场，好风休簸战旗，厌战反战之意昭然可见。

【注释】

①“无聊”二句：前句花枝是美的象征，后句杜鹃是泣血凄苦的化身。而杜鹃又为花名，故词人同名联类地展开联想，联想中的“处处鹃啼血”一经“说”出，那个“笑撚的“笑”影陡然淡化隐去，而哀苦之情油然而起。撚：用手指搓物。这里指用手指轻拈略带转动。鹃啼血：鹃即杜鹃，传说杜鹃鸟啼鸣时有血水流出。白居易《琵琶行》诗有“其间旦暮闻何物，杜鹃啼血猿哀鸣”之句。 ②“好花”二句：以极美好的景象，反衬极混乱的局面；以极和平的生活，反衬极残酷的现实。秦关：指陕西一带的关隘。如大散关、潼关等。蜀栈，指汉中到四川的栈道。 ③“好风”二句：与“好花”二句意同。好风：即前句东风，东风乃春风。簸：上下动摇，这里作吹拂讲。簸战旗：即指战争。江东：古时江东概念屡有变易。此指长江芜湖段以东地域。鲥鱼：每年春三四月间，由江海交汇处溯江洄游，密集于江阴一线以下。其鳞细密银白，故游动时有“雪白”之感。

醉　落　魄

咏　　鹰

寒山几堵①，风低削碎中原路②。秋空一碧无今古③。醉袒貂裘，略记寻呼处④。　男儿身手和谁赌⑤？老来猛气还轩举⑥。人间多少闲狐兔⑦？月黑沙黄⑧，此际偏思汝⑨。

【题解】

陈维崧喜欢写鹰，往往以鹰自比。如《赠吴默岩先生》诗："我生偪侧不称意，角鹰失势鸣饥肠。"《地震行》诗："欲归未归不称意，攫翅学作饥鹰呼。"这首词又借鹰抒怀。词题曰"咏鹰"，却不正面描绘其形，而是总摄其神，句句切题，却不粘皮着骨，笔触空灵。画面生动，措辞激烈，表现了作者疾恶如仇的性情和气概。陈廷焯《白雨斋词话》卷三谓此词"声色俱厉，较杜陵（杜甫）'安得尔辈开其群，驱出六合枭鸾分'之句，更为激烈"。可谓一语中的。

【注释】

①堵：本指墙壁，这里用以说山。几堵：犹言几座，暗示山势壁立千仞。 ②"风低"句：意谓雄鹰掠地迅飞而过，双翅拍击，扇起一阵挟带沙土的劲风。 ③无今古：无古无今，从来如此。 ④"醉袒"二句：乘醉跨马，袒开貂裘，一声胡哨，召鹰寻猎的情景，如今还依稀记得。袒：袒露。古人行猎，往往栖鹰于臂，袒开貂袍，臂便露出。 ⑤赌：比试，较量。 ⑥轩举：飞举，意气飞扬。 ⑦闲狐兔：以鹰所要猎击的动物，暗指奸猾贪残的各种各样的衣冠禽兽、邪恶势力。闲，有不务正业、不干好事之意。 ⑧月黑沙黄：黑夜荒野，是狐兔猖獗的时地。这里用来暗喻社会政治黑暗险恶的环境。 ⑨汝：指鹰。

贺 新 郎

秋夜呈芝麓先生①

掷帽悲歌发。正倚幌、孤秋独眺，凤城双阙②。一片玉河桥下水，宛转玲珑如雪③。其上有、秦时明月④。我在京华沦落久，恨吴盐、只点离人发[5]。家何在？在天末[6]。　　凭高对景心俱折。关情处、燕昭乐毅[7]，一时人物。白雁横天如箭叫[8]，叫尽古今豪杰。都只被、江山磨灭。明到无终山下去，拓弓弦、渴饮黄麞血[9]。《长杨赋》[10]，竟何益？

【题解】

用此调呈送龚鼎孳共二首，这是第一首，作于康熙十年（1671）旅京时。鼎孳接读这二首词后，随即用原韵作《贺新郎·和其年秋夜旅怀韵》二首以酬，其中有云："只有穷交堪对酒，况是江东人杰。"又云："羁官薄游俱失意。""江东人杰"包括了陈维崧，"失意"也就是这曲"掷帽悲歌"的主旋律。上片于秋夜月色悲歌饥驱四方的沦落潦倒，下片随横天白雁长啸被江山破灭的豪杰心声，激荡奔突，张扬勃发。通篇驰骋古今，扣弦陶泻抑郁，直吐苦情，击缶而发哀痛，具有令人惊悸的震撼力。

【注释】

①芝麓先生：见本书龚鼎孳小传。　②凤城：帝都，这里指北京。双阙：指帝宫。　③"一片"二句：玉河，在北京城西，源出玉泉山，流经大内出都城东，故亦称御河。在秋故月光的映照下，玉河水显得格外清澈明亮，故云"如雪"。　④"其上有"句：用唐王昌龄《出塞》"秦时明月汉时关，万里长征人未还"诗意，注入怀古之情。　⑤"恨吴盐"句：唐肃宗时，盐铁铸钱使第五琦改变盐法，所煮盐以洁白著名。后称两淮生产的盐为吴盐。周邦彦《少年游》有"并刀如水，吴盐如雪"句。这里用以指沦落京华多年，抑郁不得志，一腔愁恨已化为点点白发。　⑥天末：犹言天边。　⑦燕昭乐毅：战国时的著名人物。燕昭，即燕昭王，曾招贤纳士，师事郭隗，而天下之士争相

奔从，乐毅自魏至燕，与燕人同甘共苦，燕国日益富强。后以乐毅为上将军。与秦、楚、赵、韩、魏合力攻齐，攻下了齐国都城临淄。燕昭王死后，惠王继位，齐将田单等大破燕军，尽复故土。见《史记·燕召公世家》。 ⑧白雁：白色的雁。彭乘《续墨客挥犀》卷七：“北方有白雁似雁而小，色白，秋深则来。白雁至则霜降。”横天：满天。 ⑨“明到”二句：化用《汉书·王莽传》：“饥食虏肉，渴饮其血。”写雄心豪气。无终山：一名翁同山，在河北蓟县北。麞（zhāng）：即“獐”。 ⑩《长杨赋》：长杨为汉行宫名，在今陕西周至县东，因宫中有杨树数亩而得名。扬雄曾随从汉成帝羽猎。其时农民因帝王游猎而不得收获，扬雄便作《长杨赋》以讽。

朱彝尊（1629—1709）

字锡鬯，号竹垞，晚号小长芦钓师，别署金风亭长，浙江秀水（今嘉兴）人，明大学士朱国祚曾孙。顺治二年（1645）清兵入浙，一度参与抗清。康熙十七年（1678）五十岁时，以布衣应博学鸿词召，授翰林院检讨。中经被劾罢官，六十四岁（1692）时告归故里，著述以终。室名曝书亭，有《曝书亭集》八十卷，博通经史，擅长诗词。诗与王士祯齐名，称为“南朱北王”。词与陈维崧、纳兰性德并称“词家三绝”，况周颐还推为清初词人之冠。绵延百余年的浙西词派，就是由朱彝尊开创的。词集有《眉匠词》一卷，《静志居琴趣》一卷、《江湖载酒集》三卷，《茶烟阁体物词》二卷、《蕃锦集》一卷。他论词主张小令宜师五代北宋，慢词宜师南宋，尤其推尊姜夔、张炎一派的清空醇雅。他选辑唐宋金元明词为《词综》二十六卷（汪森增补十卷），即以此为指归，在当时起了起衰振弊的作用。

桂 殿 秋

思往事，渡江干[①]。青蛾低映越山看[②]。共眠一舸听秋雨，小簟轻衾各自寒[③]。

【题解】

这首词写夜雨渡江二人同舟时的一段恋情，双方彼此思慕，辗转难眠，而不能倾心相与，互诉衷曲，尽管一路同行，但只能把这种初相暗恋的感情深深压在心底，与姜夔《鹧鸪天》“谁教岁岁红莲夜，两处沉吟各自知”，词境相似。或谓结联本诸李商隐《代赠二首》（其二）：“芭蕉不展丁香结，同向东风各自愁。”

【注释】

①渡江干：指渡钱塘江至浙东。干，岸、江边。 ②青蛾：形容女子眉黛。越山：钱塘江对岸的山。“青蛾”与“越山”两相映照，时时在看青山，实则时时在看她。 ③“共眠”二句：恋人近在咫尺，心许神接，却如远隔天涯，犹如“隔花阴，人远天涯近”（王实甫《西厢记》）。舸：小船。簟：竹席。衾：被褥。

消 息

度雁门关[①]

千里重关，凭谁踏遍，雁衔芦处[②]。乱水滹沱，层霄冰雪，鸟道连勾注[③]。画角吹愁[④]，黄沙拂面，犹有行人来去。问长途、斜阳瘦马，又穿入，离亭树[5]。　　猿臂将军，鸦儿节度[6]，说尽英雄难据。窃国真王，论功醉尉[7]，世事都如许。有限春风，无多山店，酹酒徒成虚语[8]。垂杨老，东风不管[9]，雨丝烟絮。

【题解】

雁门关山岩峭拔，形势雄胜，为历代戍守重地。康熙三年（1664），朱彝尊北上大同，次年二月，随同山西按察副使曹溶西出雁门关，秋，再度雁门至太原。此词作于初度雁门关时。上片突出关势雄峻和陈迹荒凉，两者并存共容，展现了千年古关在迭经战乱之余的特有风貌。下片怀古抚今，怆然感叹“世事都如许”的人世沧桑，在客程寂寞，旅况萧条中，告别雁门关。陈廷焯《云韶集》云“淋淋漓漓，以吊古之情写旅人眼中之景，只‘有限’‘无多’四字，有多少感慨。”

【注释】

①雁门关：在山西代县北部雁门山上，为长城要口之一。两山夹峙，形势雄壮，古时重兵戍守，为征战之地。　②“千里”三句：极言雁门山的险峻高危，人迹罕至。重关：险关。凭谁踏遍：犹云无人踏遍。《代州志》谓，雁门山岭高峻，飞鸟不度，“唯有一缺，雁往来向此中过，号雁门。山中多鹰。雁至此皆相待，两两随行，衔芦一枝，鹰惧芦，不敢捉。”又《古今注》谓，归雁“每至还河北，体肥不能高飞，恐为虞人（猎者）所获，尝衔芦长数寸，以防矰缴焉”。　③“乱水”三句：言雁门山上有重霄冰雪，下有滹沱乱注。滹沱：河名。源自山西繁县，流经雁门东南。勾注：山名，即雁门山。　④画角：军中的号角。　⑤离亭：路旁驿站，供行人休息。　⑥“猿臂”二句：

指西汉名将李广和晚唐藩镇李克用。李广长臂如猿，伸展自如，天性善射，曾为雁门、代郡、云中等地太守，皆以战功闻名。李克用少骁勇，军中号“李鸦儿”。中和元年（881），任代州刺史、雁门以北行营节度使，故戏称曰“鸦儿节度”。 ⑦“窃国”二句：《庄子·胠箧》有“彼窃钩者诛，窃国者为诸侯”句；《史记·淮阴侯列传》记韩信平齐后，求为假王。刘邦说：“大丈夫定诸侯，即为真王耳，何以假为！”遂封韩信为齐王。这里用上述两个典故，合成“窃国真王”，用于褒贬李克用。乾宁二年（895），李克用以讨李茂贞为名，进兵直至长安渭桥，唐昭宗因而出奔南山。此后李克用破王长渝，入邠州，唐昭宗遂封李克用为晋王。李克用死后葬雁门。论功：指李克用论功请赏，封为晋王。醉尉，谓李广遭遇。光元六年（前129），李广以卫尉为将军，出雁门，击匈奴，因罪贬为庶人，居蓝田山时，以夜行遭到霸陵醉尉的呵责，见《史记·李将军列传》。 ⑧酹酒：以酒洒地而祭。 ⑨东风不管：语本吴文英《诉衷情》词：“东风不管，燕子初来，一夜春寒。”

解 佩 令

自题词集

十年磨剑，五陵结客，把平生、涕泪都飘尽①。老去填词，一半是、空中传恨②。几曾围、燕钗蝉鬓③。 不师秦七④，不师黄九⑤，倚新声、玉田差近⑥。落拓江湖，且分付、歌筵红粉⑦。料封侯、白头无分。

【题解】

康熙十一年（1672），《江湖载酒集》刻成，有曹尔堪、叶舒崇序，词集取名本于杜牧《遣怀》诗“落魄江湖载酒行”。此词为自题词集之作，自述作词经历和词风蕲向。丁绍仪《听秋声馆词话》卷三：“太史（竹垞）于南北宋词，兼收并采，蔚为一代词宗，顾仅以玉田自拟耳。”吴衡照《莲子居词话》卷二引项鸿祚曰：“竹垞自云‘倚新声，玉田差近’，其实玉田词疏，竹垞谨厚；玉田词淡，竹垞精微，殊不相类。窃谓小长芦撮有南宋人之胜，而其圆转浏亮，应得力于乐笑翁（张炎之号）。”

【注释】

①“十年”三句：语本贾岛《剑客》诗：“十年磨一剑，霜刃未曾试。”五陵：见前李白《忆秦娥》注⑤。结客：少年时结交的气节豪杰之士。 ②空中传恨：《冷斋夜话》记法云师谓黄庭坚曰：“诗多作无害，艳歌小词可罢之。”黄庭坚曰：“空中语耳，非杀非偷，终不坐此坠恶道”。这里用以指词集中若干言情之作，本差无故实，无非是空中语耳，但这句话不过用以自解，而且只限于“老去填词”。 ③燕钗蝉鬓：代指女子。燕钗，妇女头饰，蝉鬓，女子发式，望之缥缈如蝉翼。 ④秦七：宋秦观排行第七。 ⑤黄九：宋黄庭坚排行第九。 ⑥倚新声：指倚曲填词。玉田：张炎的号。朱彝尊《词综·发凡》：“填词最雅无过石帚（姜夔）。”又《水调歌头·送纽玉樵宰项城》：“吾最爱姜（夔）史（达祖）。”此处则仅举张炎，但朱彝尊实非专宗张炎一家。 ⑦“且分付”句：付与席间歌女歌唱侑酒。

卜　算　子

残梦绕屏山①，小篆消香雾②。镇日帘栊一片垂③，燕语人无语。　　庭草已含烟，门柳将飘絮。听遍梨花昨夜风，今夜黄昏雨。

【题解】

这首词写闺情。上片室内昼静，下片室外景凄，不着情语而凄苦的思慕之情自现。“燕语”一句，尤为警策。厉鹗《论词绝句十二首》（其十）云：“寂寞湖山尔许时，近来传唱六家词。偶然‘燕语人无语’，心折小长芦钓师。”陈廷焯《云韶集》卷十五评云：“字字幽秀，风雨送春，有心人何以为情？”

【注释】

①屏山：屏风。 ②小篆：即篆香。苏轼《宿临安净土寺》：“闭门群动息，香篆起烟缕。” ③镇日：长日、整日。

屈大均（1630—1696）

初名绍隆，字翁山，又字介子，自号入泉翁，广东番禺人。明末诸生。南明，桂王永历二年（1648），在广州随陈邦彦起义军，抗击清兵。永历四年（1650）清兵再陷广州时，入海云寺削发为僧，名今种，字一灵。康熙元年（1662），又蓄发还俗，遂历游东北、东南、西北等地，联络志士，密谋恢复，但均无结果。屈大均早年即以诗名，与梁佩兰、陈恭尹合称“岭南三大家”。其《六莹堂诗集序》自谓作诗“颠倒日月，鼓舞风雷，奔五岳而走四渎，使天才万句皆听命于吾笔端”，慷慨雄奇。词亦豪健悲壮，多故国情思。朱孝臧《彊村语业》卷三题其词集云：“湘真老，断代殿朱明。不信明珠生海峤，江南哀怨总难平，愁绝庾兰成。”著有《九歌草堂集》《广东新语》《成仁录》等多种，词集有《道援堂词》（亦名《骚屑》）。

长 亭 怨

与李天生冬夜宿雁门关作[①]

记烧烛、雁门高处。积雪封城，冻云迷路。添尽香煤[②]，紫貂相拥夜深语[③]。苦寒如许！难和尔[④]，凄凉句。一片望乡愁，饮不醉、垆头驼乳。　　无处。问长城旧主，但见武灵遗墓[⑤]。沙飞似箭，乱穿向、草中狐兔。那能使、口北关南[⑥]，更重作、并州门户[⑦]？且莫吊沙场，收拾秦弓归去[⑧]。

【题解】

康熙五年（1666）秋，屈大均自陕西至山西代州（今代县），寄居于清雁平兵备道副使陈上年家中，因李因笃的撮合，娶故明榆林都督王壮猷之女为妻。这首词即作于此时。同时另有《客雁门》诗云："三年作客傍滹沱，听尽哀笳出塞歌。白发不惊明镜满，秋霜只怨雁门多。"凄凉哀怨，诗词相同，但不徒"三年作客"的"一片望乡愁"。此时，屈大均复明之志尚未消歇，上片与李因笃夜寒饮乳，下片相与谈论，体现的是故国之情，携"秦弓归去"，则显然又为誓死矢志、百折不挠的悲凉之意；写"紫貂相拥"的塞上苦寒，"沙飞似箭"的大漠风云以及"口北关南"的议论，也气势纵横，雄豪而有风神，与其情志相表里。叶恭绰《广箧中词》卷一评云："纵横排荡，稼轩神髓。"

【注释】

①李天生：名因笃（1631—1692），字子德，陕西富平人。康熙十八年（1679）举鸿博，授检讨。雁门关：长城要隘之一，位于山西代县北雁门山上。 ②香煤：煤炭。古代女子用以画眉，故云。 ③紫貂：指紫貂皮毛所制的裘衣。貂，兽名，皮毛珍贵。 ④难和尔：和，唱和。尔，你。 ⑤武灵遗墓：战国时赵国第一代王赵雍之墓。雍号武灵王。墓在代州灵丘县。相传这段城是他始建的。 ⑥口北关南：指张家口以北、雁门关以南。 ⑦并州：即今山西太原地域。 ⑧秦弓：北方的利器。《九歌·国殇》："带长剑兮挟秦弓。"归去：指南归。

夏完淳（1631—1647）

原名复，字存古，号小隐，别号灵胥，华亭（今上海松江）人。才情早熟，年甫十二，即已"博览群书，为文千言立就，如风发泉涌；谈军国事，凿凿奇中"（王弘《夏孝子传》）。十五岁时，便随父夏允彝和师陈子龙起兵抗清，鲁王朱以海遥授予中书舍人职。后被清廷捕获，坚贞不屈，从容就义。死时年仅十六岁。著有《玉樊堂集》等，存词四十一首，今人黄白坚有《夏完淳集笺校》十卷，录词一卷。《柳塘词话》云："夏存古《玉樊堂词》，向得之曹顾庵五集中，见其词致慷慨淋漓，不须易水悲歌；一时凄感，闻者不能无怀。"

一 剪 梅

咏　　柳

无限伤心夕照中。故国凄凉，剩粉馀红。金沟御水日西东[①]。昨岁陈宫[②]，今岁隋宫[③]。　往事思量一饷空[④]。飞絮无情，依旧烟笼。长条短叶翠濛濛。才过西风，又过东风。

【题解】

韦庄《台城》诗云："无情最是台城柳，依旧烟笼十里堤。"这首词咏柳，也寄托了词人哀伤家国沦亡的一片深情苦恨。上下片叠句的运用，似断而续，绵悠深长，余意曲包。

【注释】

①金沟：御沟、御河。上有金鳌玉蛛桥，故云。　②陈宫：陈朝宫殿。③隋宫：隋朝宫殿。隋炀帝曾筑长堤植万柳。　④一饷：一刹那、一会儿。

吴兆骞（1631—1684）

字汉槎，江苏吴江人。少有隽才，名闻遐迩，与陈维崧、彭师度号称"江左三凤"。顺治十四年（1657），以丁酉科场案被仇人诬告，流放宁古塔（今黑龙江省宁安市），身陷绝域二十三年。康熙二十年（1681），经顾贞观、纳兰性德、徐乾学、徐元文等人合力营救，遂得逋例放归，为大学士明珠子揆叙授读，旋南归省母，未半年北行，病卒。工诗，自称其师为吴伟业，传伟业法乳。亦能词，多写塞外风光及乡思情绪，凄怨中有悲壮。有《秋笳集》。

念　奴　娇

家信至有感

牧羝沙碛[1]。待风鬟、唤作雨工行雨[2]。不是垂虹亭子上[3]，休盼绿杨烟缕。白苇烧残，黄榆吹落，也算相思树[4]。空题裂帛[5]，迢迢南北无路。　　消受水驿山程，灯昏被冷，梦里偏叨絮[6]。儿女心肠英雄泪，抵死偏萦离绪。锦字闺中[7]，琼枝海上[8]，辛苦随穷戍[9]。柴车冰雪[10]，七香金犊何处[11]。

【题解】

吴兆骞于顺治十六年（1659）达到戍地宁古塔后，师友及亲人常在他怀念之中。李兴盛《吴兆骞年谱》谓十八年（1661）二月初一，有家书一封，此词题云“家信至有感”，当作于此年，上片以“牧羝沙碛”“白苇烧残”“黄榆吹落”的绝塞荒凉之景与家乡垂虹亭、绿杨丝相对照，危苦凄怨、抑塞磊落之情溢见纸端。下片通过怀人梦、闺中书以及柴车与金犊的对比，将“儿女心肠英雄泪”和盘托出。全词用典纯熟自然，词意宛转曲折，所谓“心中幽约怨悱，不能直言，必低回要眇以出之，而后可感动人”（沈祥龙《论词随笔》），正可评此词。

【注释】

①牧羝（dī）沙碛：化用苏武牧羊故事。《汉书·苏武传》，苏武出使匈奴，被扣留，誓不投降。匈奴“乃徙武北海上无人处，使牧羝（公羊），羝乳乃得归”。公羊不能产子，匈奴故设此语以绝苏生还之念。沙碛，沙漠。 ②“待风鬟”句：用唐传奇小说中柳毅遇牧羊龙女的故事。柳毅应举下第，归途中遇一妇人“牧羊于野，风鬟雨鬓”，问之，知是龙女，又问她牧羊何用，龙女答曰：“非羊也，雨工也。”时龙女为泾阳龙君所贬谪。于是柳毅为龙女传书于其父洞庭君，终于解救了龙女的困厄，见《太平广记》卷四一九引《异闻集》。这里也有期待放归之意。 ③垂虹亭：在吴江。宋庆历八年，王廷坚在江苏吴江建利往桥，桥有亭曰垂虹，见《吴郡图经续志》。 ④相思树：即红豆。又名相思子，传说古时有人客死在外，其妻哭于树下，化为红豆。 ⑤裂帛：割裂丝帛作书信。 ⑥叨絮：说话不停、不断。 ⑦锦字：前秦苏惠，字若兰，因其夫窦滔被徙流沙，织锦为回文旋图诗以赠，极其凄婉，见《晋书·窦滔妻苏氏传》。后世以妻寄夫的书信为锦字。 ⑧琼枝：相传昆仑流沙滨，有琼树，大三百围，高万仞，其花食之长生。后人假托李陵《别苏武》诗有“思得琼树枝，以解长渴饥”之句。苏武居北海牧羝，宁古塔亦北方极远穷边之地，近鱼皮岛，故亦称之为海上。 ⑨穷戍：穷荒戍所。随穷戍，谓家信及寄诗，常随着我在戍地。 ⑩柴车：粗陋的车。冰雪：《研堂见闻杂记》：“宁古塔在辽东极北，……其地重冰积雪，非复世界。” ⑪七香金犊：华丽之车。曹操《与太尉杨彪书》：“今赠足下画轮四望通幰七香车一乘。”韦庄《延兴门外作》诗：“芳草五陵道，美人金犊车。”古人用牛拉车。金犊，指毛色金黄之牛，俗称黄牛。这句谓闺人所乘华丽之车，不知在何处。

王士祯（1634—1711）

原名士正（避雍正讳改），字贻上，号阮亭，又号渔洋山人，新城（今山东桓台）人。顺治十五年（1658）进士，初授扬州府推官，调内累官至刑部尚书，谥文简。王士祯为清初诗坛宗师，倡“神韵说”，领袖一代。擅长各体，尤工七绝。词为前期所作，调离扬州后，即绝口不言词。著有《带经堂集》《衍波词》。唐允甲《衍波词序》云：“极哀艳之深情，穷倩盼之逸趣。其旖旎而秾丽者，则璟、煜、清照之遗也；具芊绵而俊爽者，则淮海、屯田之匹也。”

浣 溪 沙

红桥同籜庵、茶树、伯玑、其年、秋崖赋[①]

北廓青溪一带流[②]，红桥风物眼中秋。绿杨城郭是扬州。

西望雷塘何处是[③]？香魂零落使人愁，淡烟芳草旧迷楼[④]。

【题解】

康熙元年（1662），王士祯与袁于令诸人同游扬州红桥时，作《浣溪沙》二阕，这是第一首。扬州是座历史名城，有不少佳丽的自然风光和令人感慨的历史风物。这首小令摄取了清远平淡的北廓清流、红桥杨柳和如梦似雾的雷塘香魂、淡烟迷楼，就很能体现这座名城的个性和神韵，对盛衰兴替、悲欢哀乐的历史的愁叹，又极淡雅，故谭献《箧中词》卷一评曰：“名贵”。朱孝臧《彊村语业》卷三云：“见说绿杨城郭畔，游人争唱冶春词，把笔尽凄迷。”指的就是此词。

【注释】

①红桥：在扬州城西北二里处，朱红桥栏，故名。王士祯《红桥游记》云：“出镇淮门，循小秦淮折而北，陂岸起伏多态，竹木蓊郁，清流映带。人家多因水为园，亭榭溪塘，幽窈而明瑟，颇尽四时之美。拏小舟，循河西北行，林木尽处，有桥，宛然如垂虹下饮于涧，又如丽人靓妆袪服，流照明镜中，所谓红桥也，游人登平山堂，率至法海寺，舍舟而陆，径必出红桥下。桥四面皆人家荷塘，六七月间，菡萏作花，香闻数里，青帘白舫，络绎如织，良谓胜游矣。予数往来北郭，必过红桥，顾而乐之。登桥四望，忽复徘徊感叹。当哀乐之交乘于中，往往不能自喻其故。王谢冶城之语，景晏牛山之悲，今之视昔，亦有然耶？壬寅季夏之望，与箨庵、茶村、伯玑诸子偶然漾舟，酒阑兴极，援笔成小词二章，诸子倚而和之。箨庵继成一章，予亦属和。嗟呼！丝竹陶写，何必中年？山水清音，自成佳话。予与诸子聚散不恒，良会易遘，而红桥之名，或反因诸子而得传于后世，增怀古凭吊者之徘徊感叹，如予今日，未可知也。”箨庵：袁于令之号，江苏吴江人，著名的戏曲家。茶村：杜濬（1611—1687），字于皇，号茶村，湖北黄冈人。明亡后，流寓江南，诗法杜甫，有《变雅堂集》。伯玑：陈允衡之字，江西建昌人，有《古人几部》《国雅初集》。其年，即陈维崧，见本书小传。秋崖：朱克生（1613—1679）之号，江苏宝应人，有《秋崖诗文赋钞》等。 ②北廓：城北。外城称廓。③雷塘：扬州西北地名，曾改葬隋炀帝杨广于此，汉唐时称雷陂，至宋代已湮废。 ④迷楼：在扬州西北观音山上。炀帝晚年，沉迷女色，浙人项升为造迷楼，所筑幽房曲室，以贮美女。

曹贞吉（1634—1698）

字升六，号实庵，山东安丘人。康熙三年（1664）进士，官至礼部郎中，以疾辞归。早年以诗名都下，系“金台十子”之一，后以词著称于世。著有《珂雪词》，辑入《四库全书》，陈廷焯《白雨斋词话》卷三云：“珂雪词在国初诸老中，最为大雅，才力不逮朱（彝尊）陈（维崧），而取径较正。国初不乏词家，《四库》独收珂雪，良有以也。”

百字令

咏史

田光老矣[①]，笑燕丹宾客、都无人物。马角乌头千载恨，匕首匣中如雪[②]。落日苍凉，羽声慷慨，壮士冲冠发[③]。咄哉孺子，武阳色怒而白[④]。　试问击筑渐离，此时安在，何不同车发？负剑祖龙惊掣袖，六尺屏风堪越[⑤]。贯日长虹，绕身铜柱，天意留秦劫[⑥]。萧萧易水，至今犹为呜咽。

【题解】

张山来《珂雪词评》谓曹贞吉“才具闳博，学殖渊邃，举平生所诵习子史百家古文奇书，含咀酝酿而出之。”这首词就是含咀史事，臧否人物的力作之一。全词以刺秦王的历史事件为线索，贯穿了五位历史人物。对田光尤其是荆轲视死如归、义无反顾的刺秦壮举，深致敬意，对高渐离未能与荆轲同车而行，却置怀疑并致惋惜，对燕丹的冒险行为，表示理解和同情，而对秦舞阳的怯懦无能，深表愤慨和遗恨。有史有论，有声有色，爱憎分明，且语多奇气，意能创新，格极雄浑，是咏史词中不可多得的佳作。

【注释】

①田光：战国时燕人。为人多智谋而深沉。秦灭韩、赵，燕太子丹恐惧，谋刺杀秦王政。大傅鞠武因荐光。光辞年老，转荐荆轲。因命轲过太子，欲自杀以激柯，遂自刎。见《史记·刺客列传》。 ②“马角”二句：相传燕太子丹质于秦，受到非礼的待遇。燕丹求归，秦王“乌头白，马生角，乃许耳。”后燕丹逃归，设法以报秦怨；在得到荆轲刺秦的许诺后，不惜以百金购得徐夫人的匕首，“使工以药淬之，以试人，血濡缕，人无不立死者”。见《史记·刺客列传》。 ③“落日”三句：荆轲前往秦国行刺，宾客皆白衣冠送至易水之上，歌“风萧萧兮易水寒，壮士一去兮不复还”。高渐离为之击筑（筑为乐器），“复为羽声慷慨，士皆瞋目，发尽上指冠”。见《史记·刺客列传》。 ④“咄哉”二句：武阳：即秦舞阳。这里化用《史记正义》所引《燕丹子》“舞阳骨勇之人，怒而面白。光所知荆轲，神勇之人，怒而色不变。”《史记·刺客列传》：“何太子之遣！往而不返者，竖子也！”“荆轲奉樊於期头函，而秦舞阳奉地图匣，以次进。至陛，秦舞阳色变震恐。” ⑤“负剑”二句：祖龙：指秦始皇。负剑：指将剑移到肩上，言剑柄太长，一时拨不出鞘，故“左右乃曰：‘王负剑！’负剑，遂拨以刺荆轲”。见《史记·刺客列传》。六尺：应为“八尺”之误。《史记正义》引《燕丹子》：“（荆轲）左手揕其胸，秦皇曰：‘今日之事，从子计耳。乞听瑟而死。’召姬人鼓琴，琴声曰：‘罗縠单衣，可裂而绝；八尺屏风，可超而

越，超屏走之。’”　⑥“贯日”三句：谓刺秦王之事不成，是上天要降浩劫于人间。《史记·鲁仲连邹阳列传》载，荆轲入秦时，曾出现过“白虹贯日”的天象。绕身铜柱：指“荆轲逐秦王，秦王环柱而走”之事。

顾贞观（1637—1714）

字华峰，号梁汾，江苏无锡人，晚明东林党领袖顾宪成曾孙。顺治中与同里严绳孙等结“云门社”。康熙初入京，以诗受知于大学士魏裔介，考选秘书院典籍，康熙十年（1671）落职归里。十五年（1676）复进京，馆明珠家，与纳兰性德为挚友。纳兰性德卒，还里中著述三十年以终。著有《弹指词》。陈廷焯《白雨斋词话》云：“顾华峰词，全以情胜，是高人一著处。至其用笔，亦甚圆朗，然不悟沉郁之妙，终非上乘。”

青　玉　案

天然一帧荆关画[①]，谁打稿[②]、斜阳下？历历水残山剩也[③]！乱鸦千点，落鸿孤咽，中有渔樵话。　　登临我亦悲秋者[④]，向蔓草平原泪盈把。自古有情终不化。青娥冢上，东风野火，烧出鸳鸯瓦[⑤]。

【题解】

这是一首登临凭吊词，作于去湖北楚黄官署探其姊顾贞立时，约在顺治末、康熙初。上片写登临所见，景色苍茫，下片写登临所感，心语沉重。“历历水残山剩也”，是所见的伤心处，“自古有情终不化”，是所感的集焦点。偌好河山历经战火，变得残破一片，惨不忍睹，所以别有怀抱的“悲秋者”百感交集而“情终不化”了。明亡时，顾贞观的祖父与淳、父枢均殉节，叔柄死于乙酉起义，康熙初，他虽然入京夤缘魏裔介“沾微禄”，之后又作宾明珠家，但全系为生死骨肉交吴兆骞事奔突斡旋，并没有愧对父祖。因此，词中这份由凭吊引起的深沉悲伤的情思，并不觉得突然，而是十分自然真实。词的结尾用青娥冢、鸳鸯瓦烘托内心化不了的情思，显得更凄厉，也使全词平添了一份凄艳之美。

【注释】

①帧：画一幅，称一帧。荆关：荆浩、关仝，唐末五代画家，工山水。 ②谁打稿：犹言这幅画出于谁的手笔。打稿，起草诗文称打稿，这里指绘画。 ③历历：分明。水残山剩：意谓山河破碎。杜甫《陪郑广文游何将军山林》诗有“剩水沧江破，残山碣石开”句。 ④悲秋者：伤心的人。语出《楚辞·九辨》“悲者秋之为气也”。 ⑤“青娥”三句：化用白居易《赋得古原草送别》“野火烧不尽，春风吹又生”与温庭筠《懊恼曲》“野土千年怨不平，至今烧出鸳鸯瓦”诗句，为怨情不化的意象。青娥冢：相传大漠多白草，唯昭君墓独青。鸳鸯瓦：由两片俯一仰的瓦合成者称鸳鸯瓦。

金 缕 曲

寄吴汉槎宁古塔，以词代书。丙辰冬寓京师千佛寺冰雪中作①

其 一

季子平安否[2]？便归来、平生万事，那堪回首？行路悠悠谁慰藉[3]？母老家贫子幼。记不起、从前杯酒。魑魅搏人应见惯[4]，总输他、覆雨翻云手[5]。冰与雪，周旋久[6]。 泪痕莫滴牛衣透[7]。数天涯、依然骨肉[8]，几家能够[9]？比似红颜多命薄，更不如今还有。只绝塞、苦寒难受[10]。廿载包胥承一诺，盼乌头、马角终相救[11]。置此札，君怀袖[12]。

其 二

我亦飘零久。十年来、深恩负尽，死生师友。宿昔齐名非忝窃[13]，试看杜陵消瘦[14]。曾不减、夜郎僝僽[15]。薄命长辞知己别[16]，问人生、到此凄凉否？千万恨，为君剖。 兄生辛未吾丁丑[17]。共些时、冰霜摧折，早衰蒲柳[18]。词赋从今须少作，留取心魂相守[19]。但愿得、河清人寿[20]。归日急翻行戍稿[21]，把空名、料理传身后。言不尽，观顿首。

二词容若见之[22]，为泣下数行，曰：河梁生别之诗[23]，山阳死友之传[24]，得此而三。此事三千六百日中，弟当以身任之，不俟兄再嘱也。余曰：人寿几何？请以五载为期。恳之太傅[25]，亦蒙见许，而汉槎果以辛酉入关矣[26]。附书志感，兼志痛云。

【题解】

吴兆骞于顺治十四年（1657）科场案横遭冤屈后，被谪绝塞二十余年。顾贞观与吴交谊笃厚，情同手足，康熙十五年（1676），在京求援于纳兰性德，以助吴兆骞生还，未获即许，遂作此《金缕曲》词相寄。词后“附书”，为后来补写，可视作这两首词的组成部分。第一首写吴兆骞被冤流放、远处绝塞的艰苦和自己以身相救的承诺，第二首追叙与吴兆骞的生死交情，倾吐两人的凄凉身世，并深致安慰。语语发自真情，感人肺腑。前首以“季子平安否”开篇，后首以“言不尽，观顿首”作结，合起来又成完整的书信体，为词苑创格。谢章铤《赌棋山庄词话》卷七云：“浓挚交情，艰难身世，苍茫离情，愈转愈深，一字一泪。……后来效此体者极多，然平铺直叙，率觉嚼蜡，由无深情真气为之干，而漫云‘以词代书’也。”陈廷焯《白雨斋词话》卷三云：“只如家常说话，而痛快淋漓，宛转反复；两人心迹，一一如见。……二词纯以性情结撰而成，悲之深，慰之至，丁宁告诫，无一字不从肺腑流出，可以泣鬼神矣！”

【注释】

①吴汉槎：见本书吴兆骞小传。宁古塔：地名。满语谓“六”为“宁古”、“个”为“塔”，宁古塔即六个之意，相传清皇族远祖兄弟六人曾居于此，旧址在今黑龙江省宁安市西海林河南岸。顺治十六年（1659），巴海镇守此地，统辖黑龙江地区。康熙元年（1662），改为宁古塔将军。康熙五年（1666），迁建新城，即今宁安市。丙辰：康熙十五年（1676）。千佛寺：北京戒坛寺有千佛阁，故名。这组《金缕曲》词是康熙十五年十二月托苗焦冥所

寄，并于词后附一短柬云：塞外恐未必有词谱，望我汉槎之暇，按调为之，便中寄我。万里唱酬，真词场佳话也。”见《秋笳韵语》卷上。又据李兴盛《吴兆骞年谱》，吴兆骞收到词与短札在次年三月。　②季子：春秋吴季札称延陵季子，兆骞吴姓，且又行四，故以之指代称之。　③悠悠：遥远、漫长。慰藉：安慰依靠。　④魑魅（chīmèi）搏人：这里指吴兆骞于顺治十四年（1657）科场案中，为鬼蜮小人陷害。搏，此处有袭击、偷袭之意。据吴兆骞之子吴桭臣《秋笳集跋》等，大抵可知当年诬陷吴兆骞者为“慎交社”中同人，嫉恨所致。　⑤覆雨翻云手：杜甫《贫交行》诗：“翻手作云覆手雨，纷纷轻薄何须数。”比喻反复无常，诡谲难测。　⑥“冰与雪”二句：指被陷结局，以收束上片。　⑦牛衣：粗乱之麻所编织的衣服。　⑧“数天涯”句：吴兆骞妻葛采真于康熙二年（1663）到宁古塔随戍，在塞外十余年，生一子四女。故云。　⑨几家能够：宽慰语。意为更有惨于你的，与下句“更不如今还有”相承。丁酉科场案以及二年后“通海案”遭祸人数既多，际遭惨酷。　⑩“只绝塞”句：吴兆骞《与计甫草书》：“塞外苦寒，四时冰雪。陶陶孟夏，犹著敝裘。身是南人，何能堪此。每当穹庐夜起，服匿晨持，鸣镝呼风，哀笳带雪，萧条一望，泣下沾衣。”可与此参看。　⑪“廿载”二句：为以身营救吴兆骞的誓言。包胥：申包胥，春秋时楚大夫，与伍员（子胥）交好。伍员为报父仇，决意灭楚，包胥则表示“我必存之”。后楚危，申包胥誓践诺言，泣请秦援，以诚感动秦哀公，出师救楚。这里以“包胥”表示自己信守相救的诺言。乌头马角：乌头白，马生角。本指不可能实现的事情，此处表示决心，虽难为，仍誓言之，百折不挠。　⑫“置此札”二句：意为置此信物，必践所诺，从精神上支撑吴兆骞。　⑬“宿昔”句：言往昔与吴兆骞始交。顾、吴早年齐名，始结识于顺治十一年（1654）。忝窃：凑合、虚假。　⑭杜陵消瘦：杜甫自称杜陵。消瘦，李白曾戏赠杜甫诗说杜甫“别来太生瘦”。这里作者自指，与下句相对应，谓两人交谊如李杜。　⑮夜郎僝僽：李白曾从事永王李璘，后永王谋乱兵败，李白被流放夜郎。僝僽，烦恼、折磨。这里指吴兆骞。 ⑯薄命长辞：指作者自己悼亡之事。《弹指词》中《金缕曲·悼亡》词，编次在这两首词后。知己别：指与吴兆骞远隔长别。⑰辛未：明崇祯四年（1631）。丁丑：明崇祯十年（1637）。 ⑱“共些时”二句：谓你我在不同时空里共受折磨，都早衰之甚。些，表示不定的量词。共些时：意谓这些年来。蒲柳：出自《世说新语·言语》“蒲柳之姿，望秋而落”之语，蒲柳即水杨，摇落最早。 ⑲“词赋”二句：劝勉珍摄语，意谓不要多伤神。吴兆骞早工词赋。 ⑳河清人寿：祝祈语。黄河清，是祥瑞，喻指生还。 ㉑行戍稿：指写在戍地的诗文词赋。今传吴兆骞《秋笳集》八卷，取名即与行戍边地，长闻悲笳的心境相关， ㉒容若：著名词人纳兰性德的字，事见纳兰性德小传。 ㉓“河梁”句：汉李陵《与苏武诗》：“携手上河梁，游子暮何之。徘徊蹊路侧，悢悢不能辞。”这里借指顾贞观《金缕曲》两词。 ㉔山阳死友：向秀《思旧赋》：“经山阳之旧居，……践二子之遗迹兮。”李善注：“《汉书》，河内郡有山阳县。”“二子”，谓吕安、嵇康也。”死友，谓交情至死不变，可以托死的朋友。这里指顾贞观与吴兆骞。 ㉕太傅：指纳兰明珠，性德之父。袁枚《随园诗话》记顾贞观求救吴兆骞时，“太傅方宴客，手巨觥谓曰：‘若饮满，为救汉槎。’华峰素不饮，至是一吸而尽。太傅笑曰：‘余直戏耳。即不饮，余岂不救汉槎耶？虽然，何其壮也！’” ㉖辛酉：康熙二十年（1681）。辛酉入关：事详吴兆骞小传。

纳兰性德（1654—1685）

初名成德，字容若，号楞伽山人，满洲正黄旗人，太傅明珠之子。康熙十五年（1676）进士，选授三等侍卫，寻晋为一等。善射骑，好读书，爱宾客，与吴兆骞、顾贞观、陈维崧等汉族名士交游契厚。于词推尊南唐后主李煜，曾云："花间之词，如古玉器，贵重而不适用；宋词适用而少贵重。李后主兼有其美，更饶烟水迷离之致"（《渌水亭杂识》）。其气质、才性亦近于李煜，故历来称之为"得南唐二主之遗"（陈维崧语）、"南唐李重光后身也"（周之琦语）。词风清新俊逸，蕴藉自然，颇多感伤情调，哀感顽艳，别有怀抱。况周颐《蕙风词话》云：纳兰"天分绝高，适元明词敝，甚欲推尊斯道，一洗雕虫篆刻之讥。独惜享年不永，力量未充，未能胜起衰之任。其所为词，纯任性灵，纤尘不染，甘受和，白受采，进于沉著浑至何难矣。"著有《通志堂集》，后附《通志堂词》。词先有《侧帽》一集，后增补为《饮水词》，清季许增汇集诸家刊本为《纳兰词》。

浣 溪 沙

谁念西风独自凉，萧萧黄叶闭疏窗[①]。沉思往事立残阳。　　被酒莫惊春睡重[②]，赌书消得泼茶香[③]，当时只道是寻常。

【题解】

这首词为悼念亡妻卢氏而作。纳兰元配卢氏，乃两广总督卢兴祖之女，于康熙十三年（1674）成婚，与纳兰伉俪情笃，然婚后第三年，死于难产。叶舒崇《卢氏墓志》谓纳兰"抗情尘表，则视浮云，抚操闺中，则志存流水，于其殁也，悼亡之吟不少，知己之恨尤多。"《饮水词》中，追思亡妻、忆念旧情者，达四十余首之多，足见纳兰与卢氏深具琴瑟音通的心谊。此词上片是丧偶后的凄婉孤单的心境，下片是往日与伊共处的温馨清雅的情事。结句化用黄东甫《眼儿媚》“当时不道春无价，幽梦费重寻”句，写追忆后的心情。往昔诗书共赏，茶酒共与，为寻常生活琐事，然伊人既逝，一切皆如尘梦；虽历历在目，却已不可追挽。语气虽轻淡，而情味则极酸苦，使全词平添了无限落寞惘然之感，但其意已超越了悼亡的范畴。在生活中，当时以为寻常的事，事后追忆起来，才觉得它是值得珍视！不是人皆有之的通感吗？

【注释】

①疏窗：刻镂空疏的窗棂。《古诗》：“交疏结绮窗，阿阁三重阶。” ②被酒：醉酒。 ③“赌书”句：以宋赵明诚、李清照夫妻生活的情事自喻。李清照《金石录后序》：“余性偶强记，每饭罢，坐归来堂烹茶，指堆积书史，言某事在某书某卷第几页第几行，以中否角胜负，为饮茶先后。中，即举杯大笑，至茶倾覆怀中，反不得饮而起。”此言“泼茶”即“茶倾覆怀中”之意。消：消受。

金缕曲

亡妇忌日有感[①]

此恨何时已[②]。滴空阶、寒更雨歇[③]，葬花天气[④]。三载悠悠魂梦杳[⑤]，是梦久应醒矣。料也觉、人间无味。不及夜台尘土隔[⑥]，冷清清、一片埋愁地[⑦]。钗钿约[⑧]，竟抛弃。　重泉若有双鱼寄[⑨]。好知他、年来苦乐，与谁相倚？我自中宵成转侧，忍听湘弦重理[⑩]。待结个、他生知己。还怕两人俱薄命，再缘悭、剩月零风里[⑪]。

清泪尽，纸灰起⑫。

【题解】

康熙十九年（1680）五月三十日，是纳兰之妻卢氏逝去三周年的忌日。此词就是在这个忌日祭奠时悼亡之吟。实际上，卢氏卒后不久，纳兰已续娶了，但对亡妻依然魂牵梦萦，痴情裹缠，与北宋苏轼相似。苏轼在元配王氏亡去的第十年，苦心驱笔，唱出了“十年生死两茫茫”的悼亡曲《江城子》，而纳兰此吟的重心却落在“料也觉人间无味”和“待结个他生知己”上。三年的苦苦思念，切望在梦中与亡妻重逢，然而三载魂杳，连梦也不能企及。于是久梦初醒，代妻解释一去不复返的原因：人间无味，不及夜台，故宁肯抛开死生不弃的钗钿之约！其实是说生不如死，死者明智，生者迷失。所以启起了下阕的一片心祭语，热切企盼“他生知己”。但因不知夜台九泉之下的情状，又惶恐“他生”之缘仍将命薄无福。词情至此，哀痛之极，又深刻之极，构成了有别于历来悼亡词的独特意境，也昭示了纳兰独特的内心世界。

【注释】

①忌日：指卢氏亡故三周年祭日。 ②“此恨”句：李之仪《卜算子》词：“此水几时休，此恨何时已。” ③寒更：卢氏忌日是农历五月三十日，此时天气应甚暖，曰“寒”，则系作者长夜哀悼时的凄凉心境的表现。 ④葬花天气：五月三十日，值夏至前之初夏，为绿肥红瘦之时节，落花与人之“摇落”相似，故云。 ⑤悠悠：漫长。杳：一去无音讯、无影踪。 ⑥夜台：指墓穴。 ⑦埋愁地：用仲长统《述志》诗“寄愁天上、埋忧地下”意。⑧钗钿约：生死约。金钗与装置钗饰的钿盒，象征生死盟合，故云。钿，珠宝镶嵌的金盒。 ⑨重泉：即黄泉、九泉、地下阴府。双鱼：指书信。古代传说有鱼腹藏信能远寄的故事。汉代乐府诗有“遗我双鲤鱼”“中有尺素书”

之句。 ⑩湘弦重理：古时悼亡每用“湘弦”故事。传说帝舜的二个妃子死于湘江，而湘灵鼓瑟。这里“重理”有二义：一是当年共托之琴。顾贞观有和纳兰《采桑子》云：“分明抹丽开时候，琴静东厢。”知卢氏在日，夫妇常于东厢理琴，理琴即弹琴；二是人间再也没有此般琴瑟和谐可续，不忍重理再续，悼亡世称“断弦”，故重理有“续”之意。是为纳兰心誓之语。 ⑪悭：吝啬，缺憾。从上苍命运安排言是吝啬，从你我福分讲是没福再团圆的缺憾。剩月：残月。零风：萧瑟之风。此句谓双方都可能成为孤魂飘荡于凄风苦月之夜。 ⑫纸灰：坟前祭奠所烧纸钱之灰。

金缕曲

赠梁汾①

德也狂生耳②。偶然间、缁尘京国③，乌衣门第④。有酒惟浇赵州土⑤，谁会成生此意⑥。不信道、遂成知己⑦。青眼高歌俱未老⑧，向尊前、拭尽英雄泪。君不见，月如水。 共君此夜须沉醉。且由他、蛾眉谣诼⑨，古今同忌。身世悠悠何足问，冷笑置之而已。寻思起、从头翻悔。一日心期千劫在⑩，后身缘、恐结他生里⑪。然诺重⑫，君须记。

【题解】

清初，满汉之防甚严，成见甚深，作为满族贵公子的纳兰性德，却与不少汉族名士相结交。徐乾学《通议大夫一等侍卫进士纳兰君墓志铭》云：“君所交游，皆一时俊异，于世所称落落难合者，若无锡严绳孙、顾贞观、秦松龄、宜兴陈维崧、慈溪姜宸英，尤所契厚。吴江吴兆骞，久徙绝域，君闻其才名，赎而还之。坎坷失职之士，走京师，生馆死殡，于赀财无所计惜。”这首词作于康熙十五年（1676），就是与顾贞观道义订交之作。上片服膺战国时赵国贤公子平原君赵胜的为人，也是一幅自画像。下片倾吐缔交信言，一片侠胆义肠，与“落落难合者”相交游的行实相表里。纳兰词以小令最佳，曾有清词冠冕之誉，但其长调也不乏动人之处。这首慢词便以肝胆相见，真情奇采，情辞兼备，超迈有神。徐釚《词苑丛谈》云：“词旨嵚崎磊落，不啻坡老（苏轼）、稼轩（辛弃疾），都下竞相传写。”

【注释】

①梁汾：顾贞观号梁汾。 ②“德也”句：纳兰性德自谓。 ③缁尘京国：谓在京城奔走供职，衣裳为风尘染黑。陆机《为顾彦先赠妇》诗：“京洛多风尘，素衣化为缁。”缁，黑色。 ④乌衣门第：这里用以指自己出生于贵族之家。乌衣，巷名，在南京，晋贵族王导、谢安居此，其子弟皆乌衣，故名。 ⑤“有酒”句：意同李贺《浩歌》诗：“买丝绣作平原君，有酒惟浇赵州土。”赵国自古多慷慨之士，平原君赵胜又为贤公子，《史记》称他“喜宾客，宾客盖至者数千人”，有名的毛遂，便出其门下。故纳兰性德亦向往之。 ⑥“谁会”句：以平原君自居。成生：性德自指。性德原名成德，后因避讳改性德。 ⑦不信道：表示惊怪之意。遂成知己：谓与顾贞观遂成知己朋友。 ⑥“青眼”句：晋阮籍能为青白眼，见俗士，以白眼对之，嵇康赍酒挟琴来访，籍大悦，乃见青眼，见《晋书·阮籍传》。此句亦翻用杜甫《短歌行赠王郎司直》诗“青眼高歌望吾子，眼中之人吾老矣”语意。 ⑨蛾眉谣诼：谓遭人妒忌。《离骚》：“众女嫉余之蛾眉兮，谣琢谓余以善淫。” ⑩“一日”句：谓一日心期相许，成为知己，其情谊虽经历千劫，仍然存在。千劫：即千万年。劫，佛经言天地之一成一坏为一劫。此谓时期长久。 ⑪“后身缘”句：到来生还要成为知己朋友。后身缘：即身后因缘，亦佛家语。

⑫然诺重：重然诺。犹言答允了的话，不再食言。

长 相 思

山一程，水一程，身向榆关那畔行[①]。夜深千帐灯。　　风一更，雪一更，聒碎乡心梦不成。故园无此声。

【题解】

据《康熙起居注》，清圣祖玄烨于康熙二十一年（1682）二月，自京出山海关，至辽东巡视，三月初四，至盛京（今沈阳市）。此词即作于这次御驾亲卫途中。词写深苦的“乡心”，实则是对扈从侍卫生涯的厌弃。这颗“乡心”就是在“一程”又“一程”的跋山涉水中，不断延伸，又在“一更”又”一更”的风声雪声的交织中，不断加深。上片“夜深千帐灯”，是驻营夜宿。千军万帐，灯火通明，景观壮伟，但却是思乡失眠，心烦意乱的写照。下片“故园无此声”，则又因难入乡梦转而怨怼眼前瀚海的阵阵刺骨的风雪声了，看似无理，则反见出愈显幽苦的心境。

【注释】

①榆关：亦作渝关，即山海关。在今河北秦皇岛市。

如 梦 令

万帐穹庐人醉[①]，星影摇摇欲坠。归梦隔狼河[②]，又被河声搅碎。还睡，还睡，解道醒来无味。

【题解】

这首词与前《长相思》同作于扈从辽东途中。首两句夜宿。王国维《人间词话》云“‘明月照积雪’‘大江流日夜’‘中天悬明月’‘长河落日圆’，此种境界，可谓千古壮观。求之于词，惟纳兰容若塞上之作如《长相思》之‘夜深千帐灯’、《如梦令》之‘万帐穹庐人醉，星影摇摇欲坠’差近之。”在千军万帐中，酣歌豪饮，看似一种英雄豪气，实却是乡思愁情的流露，埋头于杯盏之中，是为了圆一个归家的梦。然在归梦中，白狼河挡住了去路，拍岸的河水又将归梦搅碎打断，身不能回家，连归梦也不能圆了。尽管如此，还是强迫自己再睡。“解道醒来无味”，则醒来的滋味比归梦被打断的懊恼更难受。

【注释】

①穹庐：毡帐。《史记·匈奴列传》：“匈奴父子乃同穹庐而卧。”万帐穹庐，指扈从出巡的军队夜宿的帐幕。 ②狼河：白狼河，即今大凌河，在辽宁朝阳市南，流入渤海湾。

厉 鹗（1692—1752）

字太鸿，又字雄飞，号樊榭，又号花隐。浙江钱塘（今杭州）人。康熙五十九年（1720）举人，乾隆元年（1736）被荐举博学鸿词，未取。后无意仕进，潜心著述。著有《樊榭山房集》二十卷、《湖船录》一卷、《南宋画院》八卷、《宋诗纪事》一百卷、《南宋杂事诗》一卷，又与查为仁合作《绝妙好词笺》。熟于辽史、两宋朝章典故，并诗词兼工。词宗南宋姜夔、张炎，窈曲幽深，娴雅修洁，每成高境，是继朱彝尊以后的浙西词派的重要作家。陈廷焯《白雨斋词话》云：“厉樊榭词，幽香冷艳，如万花谷中，杂以芳兰，在国朝词人中，可谓超然独绝者矣。”

忆旧游

辛丑九月既望[1]，风日清霁，唤艇自西堰桥[7]，沿秦亭[3]、法华[4]，湾洄以达于河渚[5]。时秋芦作花，远近缟目。回望诸峰，苍然如出晴雪之上。庵以“秋雪”名[6]，不虚也。乃假僧榻，偃仰终日，唯闻棹声掠波往来，使人绝去世俗营竞所在。向晚宿西溪田舍[7]，以长短句纪之。

溯溪流云去，树约风来，山翦秋眉[8]。一片寻秋意，是凉花载雪[9]，人在芦碕[10]。楚天旧愁多少[11]，飘作鬓边丝[12]。正浦溆茫茫[13]，闲随野色，行到禅扉[14]。　　忘机[15]。悄无语，坐雁底焚香，蕉外弦诗[16]。又送萧萧响[17]，尽平沙霜信，吹上僧衣。凭高一声弹指，天地入斜晖[18]。已隔断尘喧，门前弄月渔艇归。

【题解】

这首词于康熙六十年（1721）秋游西溪时作。西溪的芦花为杭州秋日胜景之一，因芦花而名的“秋雪庵”，又是秋芦盛开时骚人墨客的雅会之所。厉鹗这次泛舟西溪，驻足秋雪庵，就是特地为了观赏芦花而来。词就是以寻秋起，以感秋结，洋溢着一片特为浓重的萧瑟秋意。这片秋意隐透在最能体现楚天秋色的芦花背后，在秋芦秋空组成的凉秋境域和气氛中传出，显得格外幽远清空，尤其是“又送萧萧响”五句，都是象外之象，无迹可寻，意境甚高，谭献《箧中词》评曰：“白石却步。”这种超乎一般感觉之上，物外求之的秋意，与词人发自内心的秋感，已经混然一气，茫然莫辨了。

【注释】

①辛丑：康熙六十年（1721）。既望：农历十五日为望，十六日为既望。　②西堰桥：在杭州西北。　③秦亭：山名。法华山一支脉。《杭州府志》：“相传祖龙（秦始皇）驻马于此。又云：秦少游筑亭其上。”　④法华：山名。《西湖梵隐志》：“西湖北山一支，其阳为竺国灵鹫，其阴为法华。”　⑤河渚：在杭州西溪。《钱塘县志》：“本名南漳湖，又名蒹葭深处。……沙屿萦回，秋深荻花如雪。”　⑥秋雪：庵名，明陈继儒题。厉鹗《秋雪庵》诗自注：“庵在水中，四面皆芦，深秋花时，弥望如雪，故云。”　⑦西溪：在杭州西湖西北、武林山西。旧志谓全长三十六里，“群山回绕，曲水湾环，沙溆芦汀，重重间隔。”　⑧“溯溪流云去”三句：写一路溪行所见。“溪流云去”本指云影照水，伴舟而行，“树约风来”本指秋风拂野，疏林作响，“山翦秋眉”本指远山明净，如眉初画，但用“流”“约”“翦”三个动词，赋予了“溪”“树”“山”以主体意识，显示出特定的灵动之势，强化了清幽野色的审美情趣。　⑨凉花：指芦花。凉花载雪，指秋凉时芦花如雪，如载一层雪。　⑩芦碕：长遍芦荻的河堤溪岸。　⑪楚天：杭州一带，战国时代属楚，故云。　⑫“飘作”句：鬓丝谓白发。案康熙六十年厉鹗正三十岁。这里的“鬓边丝”非指自己的双鬓已白，而是说置身于一片秋雪之中，芦花不但飘散空际，而且还点染上了自己的鬓影，写出了“人在芦碕”中的情绪感染和景物气氛。　⑬浦溆：水滨。　⑭禅扉：佛寺之门，指秋雪庵。　⑮忘机：忘掉巧诈之心，与人无争，即词序所云：“绝去世俗营竞所在。”　⑯蛬：同“蛩”，蟋蟀的别名。弦：弦歌，作动词用。

⑰萧萧响：指西溪的芦苇，发出萧萧之声。 ⑱“凭高”二句：《吕氏春秋》：“二十瞬为一弹指。”又《大方广佛华严经》有“弹指出声，其门即开”语，此处兼用其意，切合“禅扉”环境气氛。弹指：顷刻间。斜晖：夕阳落照。

百 字 令

月夜过七里滩，光景奇绝。歌此调，几令众山皆响①。

秋光今夜，向桐江、为写当年高躅②。风露皆非人世有，自坐船头吹竹③。万籁生山④，一星在水⑤，鹤梦重续⑥。拏音遥去⑦，西岩渔父初宿。　心忆汐社沉埋⑧，清狂不见⑨，使我形容独。寂寂冷萤三四点，穿过前湾茅屋。林净藏烟，峰危限月，帆影摇空绿⑩。随风飘荡，白云还卧深谷⑪。

【题解】

康熙六十年（1721）秋，厉鹗从杭州乘舟前往永康，途经七里滩时，写了这首词。词的上片说今夜桐江月色，正照着当年严光高隐的遗踪。舟过钓台，船头吹笛，寄情一曲，与冥冥中的东汉高士有着心灵的交契。星月在天，秋声满山，小楫横江，风露浩然，恍如进入了若仙若幻的梦境。远岸传来了渔家归棹之声，才打破了月夜的沉静与诗人的遐想。钓台有东西二台。东台相传为严光垂钓之处，西台则是南宋遗民谢翱恸哭文天祥殉国之地。下片“心忆汐社”就是追怀不忘故宋、歌哭钓台的谢翱诸人。从心怀严光到心忆汐社，心情有所变化。“寂寂”二句的幽冷笔调，就含有伤悼“汐社沉埋”的意味，为全词恬静清旷的气氛平添了一层波澜。最后以深山白云，悠悠世外，不落尘缘之境结束全词，既与开端的“当年高躅”前后呼应，又表明作者告别七里滩之际犹恋恋不已。气格奇高，清寒绝俗，创造了一个孤峭幽深、倏然而远的词中高境。

【注释】

①七里滩：又名七里泷、七里濑，为富春江上游段，起自建德境，止于桐庐严子陵钓台。是浙江最佳山水地之一。 ②桐江：七里滩所在段富春江的别称。高躅：高人足迹，指东汉严光（子陵）。光少与汉光武帝刘秀同学，秀即帝位，遣使聘严光，三遣三返，坚拒。后至京，光武授以谏议大夫，不受而归，耕钓于桐江之滨。 ③吹竹：竹指笙、箫、笛、管之类。 ④万籁：各种声响。籁，天籁，自然界的声响，此处即指各类大自然声响。 ⑤一星：兼暗喻严光。《后汉书·严光传》载，光与刘秀共床，一足压刘秀腹，“明日太史奏客星犯御座甚急”，故后人每以“客星”，喻指严光。 ⑥鹤梦：喻高人隐逸清高的精神境界。唐卢纶诗有“鹤梦不离云”句。 ⑦拏音：船桨拨打水的声响，语出《庄子·渔父》。苏轼诗有“苇间闻拏音”句。 ⑧汐社：南宋遗民谢翱在钓台之南度地为“文冢”，又把他与友朋诗酒聚会之所，称为“汐社”。汐是晚潮，潮汐有信。取名“汐社”，即表示“期晚而信”，不变心志。 ⑨清狂：谢翱哭西台，与阮籍哭穷途，都属“清狂”之类。谢翱《登西台恸哭记》：“呜呼！阮步兵死，空山无哭声且千年矣。” ⑩空绿：出自《西洲曲》“卷帘天自高，海水摇空绿”。此处指一江澄碧、两岸叠翠的七里滩之景象。 ⑪白云：是严光所代表的山林岩穴隐逸高风的象征。

张惠言（1761—1802）

原名一鸣，字皋文，号茗柯，江苏武进人。嘉庆四年（1799）进士，改庶吉士，授翰林院编修。是著名的经学家，专治《周易》《仪礼》，著有《周易虞氏义》《仪礼图》等。又工古文，与恽敬齐名，为阳湖派宗师之一。亦以词学名家，是常州词派的开山祖。嘉庆二年（1797），与弟张琦合辑《词选》，选唐宋词四十四家一百十六首，示人以准则，并以经学见解论词，强调比兴寄托、意内言外之旨，上接《风》《骚》，推崇以温庭筠为极致的唐五代北宋深美闳约的词风。清词至此，体格一变，其影响直至清后期。惟其于前人词索隐过甚，动辄勾稽所谓微言大义，开主观附会之风，要是一弊。有《茗柯文集》《茗柯词》。

水调歌头

春日赋示杨生子掞

东风无一事，妆出万重花。闲来阅遍花影，惟有月钩斜。我有江南铁笛[①]，要倚一枝香雪[②]，吹彻玉城霞[③]。清影渺难即，飞絮满天涯。　　飘然去，吾与汝，泛云槎[④]。东皇一笑相语[⑤]：芳意在谁家？难道春花开落，又是春风来去，便了却韶华[⑥]。花外春来路，芳草不曾遮。

【题解】

张惠言《水调歌头·春日赋示杨生子掞》共五首，作于嘉庆元年（1769）。这是第一首。上片花团锦簇，点明盛春。“我有”三句，写通常的惜春赏春之情，却不落俗套。下片共泛云槎，访问春神，在春神的一番笑语中，含有自遣之意，也颇具情致，题曰“赋示杨生子谈”，显为词课，属示范之作，但词笔娴熟，意境旷远优美。谭献《箧中词》卷三曰：“胸襟学问，酝酿喷薄而出，赋手文心，开倚声家未有之境。”可谓的评。陈廷焯《白雨斋词话》卷四云：“既沉郁，又疏快，最是高境。陈（维崧）、朱（彝尊）虽工词，究曾到此地步否？”又云：“热肠郁思，……自《风》《骚》变出。”则推誉过当，也未免深文周纳之嫌。

【注释】

①铁笛：朱熹《铁笛亭诗序》：“侍郎胡明仲，尝与武夷山隐者刘君兼道游，刘善吹铁笛，有穿云裂石之声，故胡公诗有‘更烦横铁笛，吹与众仙听’之句。”　②香雪：指花。温庭筠《春江花月夜歌》有“万枝破鼻团香雪”之句。　③玉城霞：犹言万重春花仿佛构成了万顷仙境。玉城，周密《癸辛杂识》引《异闻录》曰：“开元中，明皇与申天师、洪都客夜游月中，见所谓广寒清虚之府，下视玉城，嵯峨若万顷琉璃田。”　④云槎：云中的仙舟。槎，编竹木代舟。　⑤东皇：司春之神。《尚书纬》：“春为东皇，又为青帝。”　⑥韶华：盛春之景，亦指人的青春时期。

浣　溪　沙

山气清人远梦甦[1]，海天摇白转空虚，马蹄不碍岭云孤。　杨柳官桥通碧水[2]，桃花小市卖黄鱼，东风未起早阴初。

【题解】

这首早行词，犹如一幅清远的风物画，线条简劲，色彩明快。“杨柳官桥通碧水，桃花小市卖黄鱼”，红与绿相应，冷与暖相间，尤为清新悦目，与王士稹《真州杂诗》“好是日斜风定后，半江红树卖鲈鱼。江干都是钓人居，柳陌菱塘一带疏”同一意趣。张惠言论词强调比兴寄托，以见“微言大义”，但《茗柯词》中不纯以此胜，此词便极自然率直，略无滞相。

【注释】

①甦（sū）：同“苏”，苏醒，　②官桥：官府修建的桥。

邓廷桢（1776—1846）

字维周，号嶰筠，江苏江宁人。嘉庆六年（1801）进士，改庶吉士，授翰林院编修。道光十五年（1835）任两广总督。十九年（1839）力助林则徐禁鸦片，六次挫英舰入侵。旋调闽浙总督。二十一年（1841）与林则徐同被谪戍伊犁，两年后召还，卒于陕西巡抚任上，著有《青嶰堂文集》《双砚斋词》等。宋翔凤序其词集云：“于音律殆由夙授，分刌节度，有顾曲风，而于古人之词，靡不博综。其自制词则雍容和谐，……虽所存无多，而所托甚远。”

酷 相 思

寄怀少穆[①]

百五佳期过也未[②]？但笳吹、催千骑。看珠濒盈盈分两地[③]。君住也，缘何意？侬去也[④]，缘何意？　　召缓征和医并至[⑤]。眼下病、肩头事。怕愁重如春担不起。侬去也，心应碎。君住也，心应碎。

【题解】

这首词寄怀林则徐，作于道光二十年（1840）春闽浙总督任上。去年，邓廷桢于林则徐在广州同心协力，禁焚鸦片，初获胜利，然于当年十二月，忽降旨调邓北行。临行时，邓廷桢作《换巢鸾凤》词，对自己被调任比作“新妇无端置车帷”，而“情怀应恼”，怅惘无限。此词“缘何意”二问，则更是心事浩茫。作者深感道光帝起初征召自己和林则徐，本是为医鸦片“国病”，而今却是“肩头事，怕愁重如春担不起”，阻碍重重，有志难伸，不禁忧心忡忡。谭献《箧中词续》评曰：“三事大夫，忧生念乱‘敦我’之叹，其气已馁。”所谓“气已馁”，不是作者气怯，而是指使人“心应碎”的时世，故其《复堂日记》又说：“似新亭之泪，可以觇世变也。”

【注释】

①少穆：林则徐（1785—1850），字少穆，福建侯官人。鸦片战争中，任两广总督，痛击来犯的英军。　②百五佳期：即寒食节，冬至后一百五日，

清明前二天。 ③珠澥：珠海。珠江别称珠海。盈盈：水清貌。《古诗十九首》有"盈盈一水间，脉脉不得语"句。 ④侬：我。 ⑤"召缓"句：缓、和：均系春秋战国时的良医。缓，全称郑丘缓，原晋臣，见《左传·成公十年》。和，为秦国医士，见《左传·昭公元年》。此谓道光帝召用主张禁止鸦片的大臣林则徐、邓廷桢等，要他们出谋划策，对付英国，医治鸦片给中国人带来的祸害。

周 济 (1781—1839)

字保绪，号未斋，又号止庵，别号介存居士，江苏荆溪（今宜兴）人。嘉庆十年（1805）进士，曾官淮安府教授。后隐居南京春水园，潜心著述。通经世之学和史学，著有《晋略》八十卷，也以词与词论名世，是张惠言之后常州词派的又一重要作家和理论家。所论强调"词非寄托不入，专寄托不出"，崇尚雅正，标榜周邦彦、辛弃疾、吴文英、王沂孙四家。辑《宋四家词选》《词辨》，附《介存斋论词杂著》，独具手眼，为世所重。自作为词，谭献《箧中词》评为"精密纯正，与茗柯（张惠言）把臂入林"。有《介存斋诗》，词有《止庵词》《味隽斋词》《存审轩词》等不同名目版本。

渡 江 云

杨 花

春风真解事①，等闲吹遍，无数短长亭②。一星星是恨③，直送春归，替了落花声。凭阑极目，荡春波、万种春情。应笑人、春粮几许，便要数征程[4]。　　冥冥。车轮落日，散绮余霞[5]，渐都迷幻景，问收向、红窗画箧[6]，可算飘零？相逢只有浮云好，奈蓬莱东指，弱水盈盈[7]。休更惜，秋风吹老莼羹[8]。

【题解】

上片写杨花飘零，但杨花怀恨扮演了收拾春天的角色后，“应笑人、春粮几许，便要数征程”，随风万里，高举远游，与人相比，杨花因此感到自豪，与杨花相比，人似乎觉得可笑，则将杨花的飘零由不得已之恨事想象为一件随心所欲的乐事了。下片写杨花归宿，归向红窗画箧，以博取世人的赏爱。与浮云一起驻足东瀛蓬莱，以羽化登仙？都不失为美好的去处，也都具有吸引力。何弃何从，似难自决。最后词人为之指点迷津，“休更惜，秋风吹老莼羹”，及时归隐，才是最理想的归宿！北宋以来，咏杨花的词极多，又大抵怜惜其飘零遭遇。这首词却别开生面，于“怨断之中，豪宕不减”（谭献《箧中词》评语），创造了一个崭新的杨花形象，要在词人寄托了自我的胸襟和理想。

【注释】

①解事：懂事，晓明事理。　②短长亭：短亭长亭，古代路边设立的官亭，专供行人歇脚。　③一星星：一点点。　④“应笑人”二句：《庄子·逍遥游》：“适百里者宿舂粮，适千里者三月聚粮。”此取其意，谓杨花随风而行，飘荡万里，不必做任何准备，而人打算出门就要舂粮做准备。舂（chōng）：捣米。　⑤散绮余霞：谢朓《晚登三山还望京邑》诗：“余霞散成绮，澄江净如练。”　⑥红窗：代指闺阁。画箧（qiè）：绘画工具。这句

谓杨花被美人藏于画箧，写入丹青。 ⑦“奈蓬莱”二句：传说海上有三神山，蓬莱即其一，蓬莱山环绕着盈盈弱水，连鸿毛都飞不起来。弱水：本指浅水，这里指弥漫于空中的雾水。盈盈：充积貌。 ⑧“休更惜”二句：意谓及时命驾归隐，不要让秋风转眼间取代了春风而吹老了莼菜。莼羹：以莼菜做的佳肴。相传晋吴人张翰在洛阳因见西风起，思家乡莼菜，遂弃官而归。见《世说新语·识鉴》。

蝶恋花

柳絮年年三月暮。断送莺花，十里湖边路。万转千回无落处。随侬只恁低低去[①]。 满眼颓垣欹病树[②]。纵有余英，不直封姨妒[③]。烟里黄沙遮不住。河流日夜东南注。

【题解】

这首词咏杨花，又与前首《渡江云》不尽相同。开篇“柳絮年年三月暮”，含有唐刘希夷《代悲白头吟》“年年岁岁花相似，岁岁年年人不同”之感，结以“烟里黄沙遮不住。河流日夜东南注”，将飘转无定的杨花推向了宽广宏大的时空背景，溶入了滔滔东流的黄河水，则在通过杨花这一微小轻飘的生灵，感叹老病交侵、生命无几的人生的同时，又蕴含了对整个社会时局的浩叹。故谭献《箧中词》卷三谓此词“浑灏”，也典型地体现了“重”“大”“拙”的特色。

【注释】

①“随侬”句：此句谓柳絮随风，只能这样低低地飘去。侬：他，这里指风。只恁（nèn）：只好这样。 ②颓垣：破墙、坏墙。欹：歪斜。欹病树：谓病树斜倚在残破的墙上。 ③不直：同“不值”。封姨：风神。郑还古《博异记》载，崔元徽夜遇数美人，其中有封家十八姨，一女曰：诸女伴皆住

苑中，每被恶风所挠，常求十八姨相庇，处士每岁旦作一幡，图日月五星，则免矣。崔许之，其日立幡，东风刮地，折木飞花，而苑中花不动。崔方悟众花之精，封家姨乃风神也。

龚自珍 (1792—1841)

一名巩祚，字尔玉，后字璱人，号定盦，又署羽琌山民，浙江仁和（今杭州市）人。道光九年（1829）进士，官至礼部主事。通经学、小学和史地学。经学主公羊学派，讲究经世致用；在政治上要求改革。又通佛学，崇尚天台宗。沈曾植《书龚定盦文集后》谓“定盦之才，数百年所仅有也”。谭献《复堂日记》谓其“词绵丽飞扬，意欲合周（邦彦）辛（弃疾）而一之，奇作也”。著有《定盦全集》，其中自定词集凡五种，题名《无著词选》《怀人馆词选》《影事词选》《小奢摩词选》《庚子雅词》各一卷。

湘　　月

壬申夏，泛舟西湖，述怀有赋。时予别杭州盖十年矣[①]。

天风吹我，堕湖山一角，果然清丽。曾是东华生小客[②]，回首苍茫无际。屠狗功名，雕龙文卷，岂是平生意[③]？乡亲苏小[④]，定应笑我非计。　　才见一抹斜阳，半堤香草[⑤]，顿惹清愁起。罗袜音尘何处觅[⑥]？渺渺予怀孤寄[⑦]。怨去吹箫，狂来说剑[⑧]，两样消魂味。两般春梦，橹声荡入云水。

【题解】

嘉庆十七年（1812），龚自珍由副榜考充武英殿校录。三月，侍其父自京出任徽州知府。四月，随母至苏州外祖父段玉裁家探亲，与表妹段美贞结为伉俪，婚后同返杭州。泛湖时，作此词抒怀。词以游湖写入，并由对过去的忆恋和眼前实景的观照，将思绪推向广袤的空间和身世际遇，不禁怅然若失；再观“一抹斜阳，半堤香草”，又顿生清愁，哀柔缠绵的萧心与排奡激荡的剑气交并而至。游湖的感情历程抑扬跌宕，时而哀怨，时而轩昂，极尽沉郁顿挫之妙。十年以后，龚自珍为此词作记云：“是词出，歙洪子骏题词序曰：‘龚璱人近词有云：‘怨去吹箫，狂来说剑’。二语是难兼得，未曾有也。’”又云：“吴山人文徵为作《箫心剑态图》。”

【注释】

①壬申：嘉庆十七年（1812），作者年二十一。据郭延礼《龚自珍年谱》，龚自珍于嘉庆八年（1803）七月自杭州赴京。嘉庆八年至十七年，首尾恰十年。 ②东华：北京清宫东门名东华门。这里代称京都。生小客：龚自珍六岁时随母首次至京，十岁时随母返杭，故云。 ③“屠狗”三句：时龚自珍乡试还未中试，此年春离京时仅由副榜贡生考充武英殿校录。故有此叹。屠狗，藏于社会下层的侠义之士，见前龚鼎孳《贺新郎》（鹤发开元叟）注③。雕龙文卷：《史记·孟子荀卿列传》：“雕龙奭。”裴骃《集解》引刘向《别录》：“驺奭修（驺）衍之文饰，若雕镂龙文，故曰雕龙。”此即李贺《南园》诗“寻章摘句老雕虫”之意，指充武英殿校录事。 ④乡亲苏小：清袁枚有闲章曰：“钱塘苏小是乡亲。”龚自珍即承此意。苏小：南齐时钱塘名妓苏小小。钱塘：即杭州。 ⑤半堤香草：半堤指西湖白堤。白居易《钱塘湖春行》诗有“浅草才能没马蹄”“绿杨阴里白沙堤”诸句。 ⑥罗袜音尘：语本

曹植《洛神赋》："凌波微步，罗袜生尘。" ⑦渺渺予怀：苏轼《前赤壁赋》："渺渺兮予怀，望美人兮天一方。" ⑧"怨去"二句：箫，象征柔怨之情与文才；剑，象征雄壮之志与武略。箫与剑，在龚自珍诗词中，常对举出现。如《又忏心一首》诗："来何汹涌须挥剑，去尚缠绵可付箫。"《己亥杂诗》："少年击剑更吹箫，剑气箫心一例消。"

金 缕 曲

癸酉秋，出都述怀有赋[①]

我又南行矣！笑今年、鸾飘凤泊，情怀何似？纵使文章惊海内[②]，纸上苍生而已[③]。似春水、干卿何事[④]，暮雨忽来鸿雁杳，莽关山、一派秋声里。催客去，去如水。 年年心绪从头理。也何聊、看潮走马，广陵吴市？愿得黄金三百万，交尽美人名士，更结尽、燕邯侠子[⑤]。来岁长安春事早，劝杏花、断莫相思死。木叶怨，罢论起[⑥]。

【题解】

龚自珍于嘉庆十八年（1813）应顺天试未果，出都时作此词述怀。上片将漂泊的个人身世与事业成为纸上苍生的心绪，化入莽莽关山的一派深秋暮雨之中，下片的黄金、美人、名士和侠客，是幻想，也是希望的寄托，其中有兼济天下的豪情壮志，也有离经叛道式的悲慨激愤，透露了一代启蒙思想家的内心世界。这首词把失意与希望、奋厉与悲愤、心境与环境交织在一起，沉郁苍凉，又不失潇洒豪脱。

【注释】

①癸酉：嘉庆十八年（1813）。 ②“纵使”句：化用杜甫《有客》诗：“岂有文章惊海内，漫劳车马驻江干。” ③苍生：百姓、民众。《晋书·谢安传》：“中丞高崧戏之曰：‘卿屡违朝旨，高卧东山，诸人每相与言，安石（谢安字）不肯出，将如苍生何？苍生今亦将如卿何？’”纸上苍生，反用谢安典故，谓不能经世济民。 ④“似春水”句：马令《南唐书·冯延巳传》：“元宗（南唐中主李璟）尝戏延巳曰：‘“吹皱一池春水”，干卿何事？’” ⑤燕邯：犹言燕、赵。燕、赵多侠士。邯，赵国国都。 ⑥“木叶怨”二句下：作者自注：“店壁上有‘一骑南飞’四字，为《满江红》起句，成如干首，名之曰‘木叶词’，一时和者甚众，故及之。”

鹊 踏 枝

过人家废园作

漠漠春芜春不住[①]。藤刺牵衣，碍却行人路。偏是无情偏解舞。濛濛扑面皆飞絮[②]。 绣院深沉谁是主？一朵孤花，墙角明如许。莫怨无人来折取[③]，花开不合阳春暮。

【题解】

这首词是嘉庆二十年（1815）在徽州时作。龚自珍时怀大志，欲革时弊，但在晚清燕巢危幕的衰世之中，理想难以实现，也不被人所理解。词以暮春里的人家废园为背景，写生不逢境、开不逢时、无所赏识的墙角“孤花”，正是其生不逢世、不合时宜、志向才能无法施行的苦闷心境的写照。

【注释】

①漠漠春芜：茫茫一片春草。 ②濛濛”句：晏殊《踏莎行》词有“春风不解禁杨花，濛濛乱扑行人面”句。 ③“莫怨”句：化用唐杜秋娘《金缕衣》“花开堪折直须折，莫待无花空折枝”诗意。

项鸿祚（1798—1835）

原名继章，又改名廷纪，字莲生，浙江钱塘（今杭州）人。道光十二年（1832）举人，应进士不第。著有《忆云词》。其《忆云词》甲稿自序云：“生幼有愁癖，故其情艳而苦，其感于物也郁而深。”又丙稿自序云：“不为无益之事，何以遣有涯之生。”谭献《箧中词》卷五以为可与纳兰性德、蒋春霖于“三百年中，分鼎三足”，不免推誉太过。

清 平 乐

池上纳凉

水天清话[①]，院静人消夏。蜡炬风摇帘不下[②]，竹影半墙如画。 醉来扶上桃笙[③]，熟罗扇子凉轻[④]。一霎荷塘过雨，明朝便是秋声。

【题解】

夏夜纳凉，是一件悠闲自得的事，况且仰卧凉榻，手执纨扇，背后是竹影婆娑的墙壁，前面是一池芳香的碧荷，一幅天然图画，境界幽谧静美，还带有一份飘逸之感。但在一霎清凉的风雨过后，却敏锐地感到瑟瑟秋声即将来临，心也随之泛起了一阵莫可名状的哀愁。由此观之，项鸿祚自谓“有愁癖”“感于物也郁而深”，并非虚语。

【注释】

①水天清话：李商隐有《水天闲话旧事》诗题。这里取用其语。 ②蜡炬：蜡烛。 ③桃笙：左思《吴都赋》刘逵注：“桃笙，桃枝簟也。吴人谓簟为笙。”簟，即凉席。 ④熟罗：罗，轻软而有疏孔的丝织品。织罗的丝有练与不练二种，练者称熟罗，不练者称生罗。

湘　月

壬午九月①，避喧于南山之甘露院②，就泉分茗，移枕看山，相羊浃旬③，尘念都净。出院不百步，越小岭，即虎跑也④。尝月夜独游，清寒特甚，赋《念奴娇》鬲指声一阕记之⑤。

绳河一雁⑥，带微云淡月，吹堕秋影。风约疏钟，似唤我、同醉寺桥烟景。黄叶声多，红尘梦断，中有檀栾径⑦。空明积水，诗愁浩荡千顷。　　乘兴欲叩禅关⑧，残云几点，飐寒星不定⑨。清夜湖山，肯付与、词客闲来消领？跨鹤天高，盟鸥缘浅⑩，心似塘蒲冷。朔风狂啸，满林宿鸟都醒。

【题解】

这首词作于道光二年（1822），写避喧于杭州南山甘露院时的一次月下独游。上片寺内，下片寺外。寺内外的景象一半是实写，一半是想象，运笔虚灵，但情思不薄。“诗愁浩荡千顷”，就是这次独游的感受。这浩荡的“诗愁”，在孤峭幽深，又倏然而远，清寒入骨的空间变换中层层传出，富有盘旋跌宕之势。最后以“朔风狂啸，满林宿鸟都醒”的强劲动势作结，凄紧的愁味变得更加浓烈了。谭献《箧中词》说：“莲生，古之伤心人也。荡气回肠，一波三折。”此词就很有代表性。

【注释】

①壬午：道光二年（1822），这一年，项鸿祚二十四岁。 ②甘露院：杭州南山的小僧寺。 ③相羊：同“徜徉”，徘徊。浃旬：一旬，即十天。 ④虎跑：在杭州西湖南隅的大慈山下。传说唐元和十四年（819）高僧寰中居此，苦于无水。一日，有二虎跑地作穴，泉水涌出，故名虎跑。其泉甘洌醇厚，有天下第三泉之称。 ⑤《念奴娇》鬲指声：姜夔自度曲，即《湘月》。鬲指声，音乐中的过腔。 ⑥绳河：即天河。 ⑦檀栾径：竹径。檀栾，秀美貌，多喻竹。 ⑧禅关：僧寺的大门。 ⑨飐：风吹物动。这里形容夜星闪闪。 ⑩“盟鸥”句：黄庭坚《登快阁》诗“此心吾与白鸥盟”。取《列子》海上之人好鸥鸟的故事。

顾 春（1799—1877）

字子春，号太清，本姓西林觉罗氏，鄂尔泰曾孙女，镶蓝旗人。幼经变故，为荣恪郡王绵亿府上一顾姓包衣（奴仆）所收养，遂姓顾氏，后嫁乾隆玄孙贝勒奕绘（1799—1838）为侧室。丰才美貌，工词翰，为世所重。有诗集《天游阁集》五卷、词集《东海渔歌》四卷。

早春怨

春夜

杨柳风斜。黄昏人静，睡稳栖鸦。短烛烧残，长更坐尽，小篆添些[①]。　红楼不闭窗纱。被一缕、春痕暗遮[②]。淡淡轻烟，溶溶院落，月在梨花[③]。

【题解】

这首词写春夜景象。上片从户外人静鸦睡写到室内篆香袅袅，一片幽静，下片写院中月光投洒洁白的梨花，一片纯净，与室中“小篆添些”的馨香融和一气。通篇以景物烘托人情，景中见人，写法很为高妙。

【注释】

①小篆：即小篆香，盘屈如篆文，故名。亦可指香烟上袅似小篆，苏轼《宿净土寺》诗：“闭门群动息，香篆起烟缕。”些：一点儿、少许。　②春痕：春的气息，春意影痕。　③“淡淡”三句：晏殊《无题》诗：“梨花院落溶溶月，柳絮池塘淡淡风。”溶溶：形容月光如水。

蒋春霖（1818—1868）

字鹿潭，江苏江阴人。少时侍父荆门州任所，登黄鹤楼赋诗，一时有“乳虎”之目，然屡不得志于闱试。咸丰二年（1852）权知富安场盐课大使，七年（1857）以母逝弃官，挈家居东台，后猝死于吴江垂虹桥舟中。著有《水云楼词》二卷、补遗一卷。谭献《箧中词》卷五云：“《水云楼词》，固清商变徵之声，而流别甚正，家数颇大，与成容若（纳兰性德）、项莲生（廷纪），二百年中，分鼎三足。”王国维《人间词话删稿》云：“然《水云楼词》小令颇有境界，长调唯存气格。《忆云词》精实有余，超越不足，皆不足与容若比。然视皋文（张惠言）、止庵（周济）辈，则倜乎远矣！”

木兰花慢

江行晚过北固山①

泊秦淮雨霁，又灯火、送归船。正树拥云昏，星垂野阔，暝色浮天②。芦边。夜潮骤起，晕波心、月影荡江圆③。梦醒谁歌楚些④？泠泠霜激哀弦⑤。　婵娟⑥。不语对愁眠⑦。往事恨难捐⑧。看莽莽南徐⑨，苍苍北固，如此山川。钩连。更无铁锁⑩，任排空、樯橹自回旋。寂寞鱼龙睡稳⑪，伤心付与秋烟。

【题解】

蒋春霖另有《浪淘沙》（叠砌苔深）一阕，谭献《箧中词》卷五引郑湛侯曰：“此词本事，盖感兵事之连结，人才之情窳而作。”“兵事之连结”，即指咸丰、同治年间太平军于长江中下游勇击清军事。这首词也缘此而发，同样站在腐败的清廷的立场上，悲叹“如此山川”“伤心付与秋烟”，但较《浪淘沙》，其感慨尤为沉郁顿挫。谭献评曰：“子山（庾信）、子美（杜甫），把臂入林”（同上）。陈廷焯《词则·大雅集》卷六云：“‘圆’字警绝，不减‘平沙（长河）落日圆，也。‘看莽莽南徐’以下，淋漓大笔。”

【注释】

①北固山：在今江苏镇江市北，濒临大江，形势险要，梁武帝萧衍曾誉之为“天下第一江山”。当年太平军于此击败清军后攻陷南京的。 ②“正树拥”三句：写夜景。杜甫《返照》诗：“归云拥树失山村。”又《旅夜书怀》诗：“星垂平野阔，月涌大江流。”暝色：夜色。暝色浮天，谓水天相接。 ③晕：月亮周围的灰白色光带。 ④楚些（suò）：《楚辞·招魂》句尾皆有“些”字，后因以“楚些”泛指《楚辞》或楚地乐调。 ⑤泠泠：清凉、凄清。 ⑥婵娟：指月亮。 ⑦对愁眠：张继《枫桥夜泊》诗：“江枫渔火对愁眠。”这里谓月亮与作者相对两无言。 ⑧捐：消除、抛弃。 ⑨南徐：今镇江市的古称。 ⑩“钩连”二句：江面上无铁锁钩连，意为江防松弛。《晋书·王濬传》：“吴人于江险碛要害之地并以铁锁横截之。 ⑪“寂寞”句：杜甫《秋兴八首》（其四）：“鱼龙寂寞秋江冷，故国平居有所思。”

柳　梢　青

芳草闲门。清明过了，酒滞香尘①。白楝花

开[2]，海棠花落，容易黄昏。 东风阵阵斜曛[3]。任倚遍、红阑未温。一片春愁，渐吹渐起，恰似春云。

【题解】

这首写春愁。前人言愁之多，常借物象作譬。杜甫《自京赴奉先县咏怀五百字》诗："忧端齐终南，澒洞不可掇。"李煜《虞美人》词"问君能有几多愁，恰似一江春水向东流。"此词以东风渐吹渐起的春云喻愁之浓重深广，机杼同而构思新，读来仍觉醰醰有味。

【注释】

①滞：滞留。香尘：春天里芬芳的气息。 ②白楝：楝树暮春开花，色白。楝花风是谷雨节最后的花信风。 ③曛：夕阳的余辉。

庄 棫（1830—1879）

一名忠棫，字希祖，号中白，又号蒿庵，江苏丹徒人。少时以输饷得部主事，后家道中落，客游京师，不遇。曾国藩延至淮南书局勘定群书。有《蒿隐遗稿》《蒿庵词》（一名《中白词》）。吴梅《词学通论》第九章云："中白与谭复堂（献）并称。其词穷极高妙，为道、咸间一作手。"

蝶 恋 花

绿树阴阴晴昼午[1]。过了残春，红萼谁为主[2]？

宛转花幡勤拥护[3]，帘前错唤金鹦鹉。　　回首行云迷洞户[4]。不道今朝，还比前朝苦。百草千花羞看取[5]，相思只有侬和汝[6]。

【题解】

庄棫《蝶恋花》一组共四首，这是第三首。陈廷焯《白雨斋词话》卷六云："蒿庵《蝶恋花》四章，所谓托志帷房，眷怀身世者。"并谓此首"词殊怨慕。次章盖言所谋有可成之机，此则伤所遇之卒不合也。故下云：'回首行云迷洞户。不道今朝，还比前朝苦。'悲怨已极。结云：'百草千花羞看取，相思只有侬和汝。'怨慕之深，却又深信而不疑。想其中或有谗人间之，故无怨当局之语。然非深于《风》《骚》者，不能如此忠厚。"纯以"寄托"说释之，不免穿凿。陈匪石《旧时月色斋词谭》云："填小令而欲避《花间》途径者，尚有二派：其一，取语淡意远之致，以古乐府之神行之，庄蒿庵《蝶恋花》四阕此其选也。"

【注释】

①绿树阴阴：晏殊《踏莎行》词有"高台树色阴阴见"句。　②红萼谁为主：姜夔《长亭怨慢》词："第一是早早归来，怕红萼无人为主。"　③花幡勤拥护：见前周济《蝶恋花》（柳絮年年三月暮）注③。　④"回首"句：欧阳修《蝶恋花》词："几日行云何处去？"贺铸《浣溪沙》词："笑捻粉香归洞户。"洞户：互相通达之户。　⑤百草千花：欧阳修《蝶恋花》词："百草千花寒食路，香车系在谁家树。"　⑥侬：我。汝：你。

谭 献（1832—1901）

初名廷献，字涤生，更字仲修，号复堂，浙江仁和（今杭州）人。同治六年（1867）举人。历知歙县、全椒、合肥等县。归隐后，锐意著述，于词学用力尤深。曾评点周济《词辨》，又选清人词为《箧中词》六卷、续三卷。其论词文字散见于《箧中词》及《复堂日记》中，其中“作者之用心未必然，而读者之用心何必不然”，最为著名。自著《复堂词》三卷。叶恭绰《广箧中词》卷二云：“仲修先生承常州派之绪，力尊词体，上溯《风》《骚》，词之门庭，缘是益广，遂开三十年之风尚，论清词者，当在不祧之列。”

渡 江 云

大观亭同阳湖赵敬甫、江夏郑赞侯

大江流日夜，空亭浪卷，千里起悲心[①]。问花花不语[②]，几度轻寒，恁处好登临？春幡颤袅[③]，怜旧时、人面难寻[④]。浑不似、故山颜色，莺燕共沉吟。 销沉。六朝裙屐，百战旌旗，付渔樵高枕[⑤]。何处有、藏鸦细柳，系马平林[⑥]？钓矶我亦垂纶手[⑦]，看断云、飞过荒浔。天未暮，帘前只是阴阴。

【题解】

大观亭在安徽怀宁县西正观门外的长江边。登亭远望，上游有武昌、九江，下游有安庆、铜陵，都是历代兵家必争之地。咸丰、同治年间，太平军在这一带大战清军。谭献游大观亭在同治年间（1862—1874），同游者赵熙文（字敬甫），又曾于咸丰五年（1855）入清军江南大营幕，在营多年，对当时战争甚是了解。所以，登临送目，更加深了时衰世变的感慨。词的发端，突兀而起，就笼罩了特为浓烈的悲凉之气。这种令人“起悲心”的气氛，则是在“我亦垂纶手”，理想远大，不甘消沉的心志与雨横风狂，鸦难藏身，马无系处的时世的冲突中，交织而成的。全词远眺滚滚长江，吊古怀今，寄托了深沉的家国身世之感。刘熙载《艺概·词概》将寄托之词分为“寄深于浅，寄厚于轻，寄劲于婉，寄直于曲，寄实于虚，寄正于馀”等多种。叶恭绰《广箧中词》认为此词属于“曲而有直体”一类。

【注释】

①“大江”三句：化用谢朓《夜发新林至京邑赠西府同僚》诗意：“大江流日夜，客心悲未央。”　②“问花”句：欧阳修《蝶恋花》词：“雨横风狂三月暮，门掩黄昏，无计留春住。泪眼问花花不语，乱红飞过秋千去。”这里截取其中的成句，下配“几度轻寒”，巧妙含蓄地寄寓了对时世的哀伤。　③春幡：春天里的小旗。　④人面难寻：用唐崔护“人面桃花”的故事。　⑤“六朝”三句：意谓长江两岸，自三国六朝以来，出现过不少风流人物，但无论是装饰华美的裙屐少年，还是鏖战江上的雄兵猛将，而今都已成渔人樵夫的高卧之处。　⑥“何处有”二句：谓鸦难藏身，马无系处。细柳：地名，在今陕西咸阳市西南。汉代名将周亚夫屯军于此，军令严明，事见《史记·绛侯周勃世家》。后因以“细柳”或“细柳营”称纪律严明的军队。平林：本指平原上的树林。李白《菩萨蛮》词：“平林漠漠烟如织，寒山一带伤心碧。”据此，“藏鸦细柳，系马平林”，是互文见义。　⑦垂纶手：用周太

公望（姜太公）垂钓渭滨的故事，表示抱负远大。

王鹏运（1848—1904）

字幼遐，自号半塘，晚号鹜翁，原籍浙江山阴（今绍兴），其先人宦游落藉广西，遂为临桂（今桂林）人。同治九年（1870）举人。历官内阁中书、侍读学士、江西道监察御史、礼科给事中。值谏垣十年，直声遍朝野。光绪二十八年（1902）南归，主讲扬州仪董学堂。殚精于词，被誉为“清季四大词人”之首。又曾汇刻自《花间集》以迄宋、元诸家词为《四印斋所刻词》，校刊精审，开词家校刊学之先河。自作词有《袖墨》《虫秋》《味梨》《鹜翁》《庚子秋词》等集，晚年删定为《半塘定稿》二卷、《剩稿》一卷，叶恭绰《广箧中词》卷二云：“幼遐先生于词学独探本源，兼穷蕴奥，转移风会，领袖时流，吾常戏为桂派先河，非过论也。……清季能为东坡（苏轼）、片玉（周邦彦）、碧山（王沂孙）之词者，吾于先生无间焉。”

念 奴 娇

登旸台山绝顶望明陵[①]

登临纵目，对川原绣错[②]，如接襟袖。指点十三陵树影，天寿低迷如阜[③]。一霎沧桑，四山风雨，王气销沉久[④]。涛生金粟[⑤]，老松疑作龙吼。　惟有沙草微茫，白狼终古[⑥]，滚滚边墙走[7]。野老也知人世换[8]，尚说山灵呵守[9]。平楚苍凉[10]，乱云合沓[11]，欲酹无多酒[12]。出山回望，夕阳犹恋高岫[13]。

【题解】

这首词凭吊明十三陵，作于光绪十九年（1893）。“一霎沧桑”“王气销沉”，言明代兴亡，人世变化之速；“沙草微茫，白狼终古”，则言自然风景，永恒不变。野老虽早知现在是清代江山，但仍然坚信十三陵有山神呵守，这一执着也反衬了风景不殊而“人世换”的悲凉。朱孝臧《半塘定稿序》谓王鹏运“天性和易，而多忧戚”“故郁伊无聊之慨，一于词陶写之。”写这首词的第二年，便爆发了中日甲午战争。所以词中凭吊，不乏对现实的忧戚，蕴含着深沉的思想内容。

【注释】

①旸台山：在北京西郊，山麓有大觉寺，为游览胜地。明陵：即十三陵。在今北京西北约五十公里天寿山下的小盆地上，埋葬着明朝自成祖朱棣至思宗朱由检十三个皇帝。　②川原绣错：旸台山花团锦簇，是探春胜地。黄濬《花随人圣庵摭忆》：“国中花时讨春最胜之地，以旧都旸台山杏花为最。连塍漫谷，三四十万株，亘可二十余里。”又作诗云：“青山如浪绣堆成。”又云：“瑶台真倾城，绣谷更旁侍。”　③天寿：山名。十三陵所在地。据说明永乐五年（1407），成祖朱棣命礼部、工部和术士为徐皇后择吉地下葬。术士廖均卿以为昌平县北的黄土山有“吉壤”，可做“万年寿城”。于是，朱棣将黄土山改名天寿山。此后便成了明朝帝后的陵寝之地。阜：土山、丘陵。④王气销沉：象征帝王运数的祥瑞之气销亡。　⑤金粟：山名。唐玄宗泰陵，在陕西省蒲城县东北的金粟山。山因有碎石如金粟得名。玄宗见金粟山冈有龙盘虎踞之势，遂选定为陵墓之地。这里代指天寿山。　⑥白狼：十三陵北面有

白河、白河堡，西有狼山。 ⑦边墙：长城的城墙。 ⑧野老：乡野之间的老人。 ⑨山灵：山神。呵守：呵止和守护。 ⑩平楚：丛木。 ⑪合沓：重叠。 ⑫酹：用酒洒地以示祭奠。 ⑬岫：峰峦。

满 江 红

送安晓峰侍御谪戍军台①

荷到长戈②，已御尽、九关魑魅③。尚记得、悲歌请剑，更阑相视④。惨淡烽烟边塞月，蹉跎冰雪孤臣泪⑤。算名成、终竟负初心⑥，如何是。 天难问⑦，忧无已。真御史、奇男子。只我怀抑塞⑧，愧君欲死。宠辱自关天下计，荣枯休论人间世。愿无忘、珍惜百年身，君行矣。

【题解】

在光绪二十年（1894）中日甲午战争期间，清廷主战大臣以光绪帝和瑾、珍二妃为支柱，与以慈禧太后和李鸿章为首的投降派展开了激烈的斗争，结果主战人士纷遭打击。十月，瑾妃和珍妃降为贵人，其兄志锐远放乌里雅苏台（今蒙古人民共和国扎布汗省会布哈郎特）；十一月，安维峻因上疏痛斥李鸿章不思抗战，并有微词讽慈禧，被革职发往张家口军台。志锐临行时，王鹏运与盛昱、沈曾植、文廷式四人分别作《八声甘州》词相送。况周颐《蕙风词话续编》卷一云："伯愚（志锐）此行虽之官，犹迁谪也。""此等词略同杜陵（甫）诗史，关系当时朝局，非寻常投赠之作可同日语。"此词为送安维峻而作，尤见抑塞磊落之怀。而且王、安二人是御史同事，曾同劾李鸿章。“尚记得、悲歌请剑，更阑相视”，就是二人同为“真御史，奇男子”的相知和契合。所以这首赠别之词更不同于寻常。

【注释】

①安晓峰：安维峻（？—1926），字晓峰，甘肃秦安人。光绪六年（1880）进士，改庶吉士，授编修，十九年（1893）转福建道监察御史。中日甲午战争期间，上疏光绪，痛斥李鸿章不思抗战，丧权辱国。疏中又有“皇太后既归政我皇上矣，若犹遇事牵制，将何以上对祖宗，下对臣民乎”诸语。慈禧太后览奏，勃然大怒，立即将其革职，谪发张家口军台。一时震动朝野。事见《清史稿》本传、冯煦《蒿庵随笔》卷四。侍御：清代称御史为侍御。军台：清代西北两路传达军报和官署文书的机构。 ②荷到：扛起。长戈：长矛。 ③“已御尽”句：已将朝中奸小御之门外。御：抵御。九关：犹言天门九重，指朝廷。《楚辞·招魂》“虎豹九关，啄害下人些。”魑魅：林野中的妖魔。此指朝中奸小。 ④“尚记得”二句：光绪十九年七月，王鹏运任江西道监察御史，与安维峻同事，曾联名弹劾李鸿章。请剑：典出《汉书·朱云传》：成帝时，槐里令朱云上书，请借尚方宝剑，斩安昌侯张禹。成帝大怒，欲诛朱云。朱云攀住殿槛不放，槛折。后世以“请剑”形容敢以直言切谏。更阑相视，谓与安维峻志同道合，深夜共商谏草情事。 ⑤蹉跎：虚度岁月。 ⑥“算名成”句：虽然成就了个人直谏的好名声，但原来要除掉权奸，挽救国运的愿望没有实现，因此觉得辜负了初衷。 ⑦天难问：汉王逸注《楚辞·天问》：“天高不可问。”这里以“天”指代天子、朝廷。 ⑧抑塞：心情压抑、苦闷。

浪 淘 沙

自题《庚子秋词》后

华发对山青[①]，客梦零星。岁寒濡呴慰劳生[②]。断尽愁肠谁会得？哀雁声声[③]。　　心事共疏檠[④]。歌断谁听？墨痕和泪渍清冰[⑤]。留得悲秋残影在[⑧]，分付旗亭[⑦]。

【题解】

光绪二十六年即庚子年（1900）七月二十日，英、美、德、法、俄、日、意、奥八国联军攻占北京，慈禧挟光绪西逃。王鹏运与朱孝臧、刘福姚三人“痛世运之凌夷”，在北京宣武门外教场头条胡同寓宅，“发愤叫呼，相对太息，既不得他住，乃约为词课”（朱孝臧《半塘定稿序》），成《庚子秋词》二卷，并作此词为题序。《庚子秋词》的内容或指责那拉氏，非难光绪，或谴责入侵者，描写山河破碎，长歌当哭，悲凉哀怨。这首《浪淘沙》，交代当时相约填词的心境和环境气氛，总结其动机和作品价值，言近旨远，语短情长，尤为感人。

【注释】

①华发：白发。吴文英《八声甘州·灵岩陪庾幕诸公游》词：“问苍波无语，华发奈青山。”　②濡呴：吐沫以相济，比喻人同处困境而互相帮助。濡，湿润。呴，吐出。劳生：辛劳的生活。　③哀雁声声：指八国联军侵略时流离失所的难民。　④疏檠：雕花灯架，代指灯。　⑤渍：沉浸。　⑥悲秋：

宋玉《九辩》：“悲哉！秋之为气。” ⑦旗亭：酒店。唐薛用弱《集异记》载有歌妓于旗亭唱王昌龄、高适、王之焕三人诗歌的故事。这一句谓《庚子秋词》可以交给酒店里的歌者去传唱。

郑文焯（1856—1918）

字俊臣，一字叔问，号小波，又号大鹤山人、冷红词客，奉天铁岭（今属辽宁）人。隶汉军正黄旗藉。光绪元年（1875）举人，官内阁中书。十四年（1898）后，旅食苏州，为巡抚幕客四十余年。精音律，工词，兼擅书画。俞樾《瘦碧词序》云：“论其身世，微类玉田（张炎），其人与词，则雅近清真（周邦彦）、白石（姜夔）。”“君词体洁旨远，句妍韵美。”有《绝妙好词校释》《词源斠律》，批校《花间集》《东坡乐府》《乐章集》《清真集》《梦窗词》《白石道人歌曲》等，自作词有《冷红词》《比竹余音》《苕雅馀集》《瘦碧词》，晚年删定为《樵风乐府》。

月 下 笛

戊戌八月十三日，宿王御史宅，夜雨，闻邻笛感音而作，和石帚[①]。

月满层楼[②]，秋声变了[③]，乱山飞雨。哀鸿怨语[④]，自书空、背人去[⑤]。危阑不为伤高倚[⑥]，但肠断、衰杨几缕[⑦]。怪玉梯雾冷，瑶台霜悄，错认仙路[⑧]。 延伫[⑨]。销魂处。早漏泄幽盟，隔帘鹦鹉[10]。残花过影，镜中情事如许。西风一夜惊庭绿。问天上、人间见否？漏谯断[11]，又梦闻孤管[12]，暗向谁度？

【题解】

这首词作于“戊戌六君子”遇难的当天，记录了一场政变惨剧。词在“秋声变了”的一阵愕然惊悸之后，对这场惨剧中的生者与死者、君与臣、正与逆各个侧面的人事作了铺叙，在铺叙这些人事中，盘旋着难解的哀愁与愤慨、忧虑与谴责、怅惘与伤苦。以事遣情，以情叙事，撼人心魂，深得向秀《思旧赋》闻邻笛而思亡友的神理。

【注释】

①戊戌：光绪二十四年（1898）。此年八月十三日，刘光第、谭嗣同、杨锐、林旭、杨深秀、康广仁“六君子”被杀。王御史：王鹏运。邻笛：暗用向秀《思旧赋》闻邻笛而思亡友嵇康、吕安被害的故事。石帚：指姜夔。姜夔字白石，姜石帚为另一人，清人每误为一，夏承焘先生《石帚非白石辨》已辨证。　②层楼：指京城。《水经注》云：“昆仑之山三级”，上一级名“层楼，一名天庭，是谓太帝之居”。　③秋声变了：喻指事变突起。　④哀鸿：失群之鸿雁。这里比喻丧悼遇难者的人，包括作者自己。　⑤书空：《世说新语·黜免》：“殷中军（浩）被废，在信安，终日恒书空作字，扬州吏民寻义逐之，窃视唯作‘咄咄怪事’四字而已。”后每用以表示悲愤之极，无以言语。　⑥危阑：高处栏杆。　⑦“但肠断”句：以几缕衰杨喻伤怀“六君子”的心绪。　⑧“怪玉梯”三句：喻指光绪帝被囚禁的地方。玉梯：仙梯。曹唐《游仙》诗：“羽客争升碧玉梯。”瑶台：传说，仙人所居处。　⑨延伫：心绪不宁地徘徊。　⑩“早漏泄”二句：指“六君子”被袁世凯出卖。谭嗣同曾密访统率新建陆军的袁世凯，请他在阅兵时击杀后党直隶总督荣禄，救光绪帝出险，并有派兵包围颐和园之议。八月初五，袁世凯却向荣禄告密。荣禄即日

入见慈禧太后。初六日，太后从颐和园赶回紫禁城，囚禁光绪于瀛台，自己临朝训政。十三日，便屠杀“六君子”。 ⑪漏湛：漏，古代计时器名滴漏或漏壶；谯，谯楼，城门上的望楼，亦即鼓楼。断：报更声歇。 ⑫管：笛。闻孤管：即题中“闻邻笛”。

谒金门

行不得，黦地衰杨愁折①。霜裂马声寒特特②，雁飞关月黑③。　目断浮云西北④，不忍思君颜色。昨日主人今日客⑤，青山非故国。

【题解】

这首词是庚子年（1900）八国联军入寇时，在苏州怀念京城作，同调凡三首，这里是第一首。赵椿年《书大鹤山人〈谒金门〉词后》云：“樵风自戊戌后出都，旋卜筑吴门。庚子秋，彊村、半塘、伯崇诸君留滞都下，围城中相约填词遣日，日限一阕。脱稿后，彊村即分笺抄示夏孙桐闰枝，收入《刻烛零音》，后刊为《庚子秋词》一卷，顾无樵风和章。吟读斯阕，每阕均有‘不忍思君颜色’‘问君踪迹’‘问君消息’之句，沉郁悲凉，如《伊州》之曲，殆即此时乱中问讯之作。”

【注释】

①黦（yuè）：黄黑色。这里作动词用，指秋风秋雨中柳条上长出黑斑。 ②特特：马蹄声。温庭筠《常林欢歌》诗：“马声特特荆门道，总教三径卧蓬蒿。” ③“雁飞”句：卢纶《塞下曲》诗：“月黑雁飞高，单于夜遁逃。”温庭筠《菩萨蛮》词：“雁飞残月天。” ③目断：望尽。浮云西北：

《古诗十九首》："西北有高楼，上与浮云齐。"西北：指八国联军攻占京师，慈禧挟光绪帝逃亡西安。 ⑤"昨日"句：谓八国联军未侵占北京时，清帝光绪为主人，现在却反主为客。

文廷式（1856—1904）

字道希，号云阁，一作芸阁，又号罗香山人、纯常子，江西萍乡人。光绪十六年（1890）进士，授翰林院编修，官至侍读学士。戊戌（1898）变法前，劾李鸿章畏葸懦怯，丧心误国；支持康有为发起强学会，思变图强；赞助光绪亲政，请罢慈禧生日庆典，被慈禧革职。光绪二十六年（1900）春，避祸东走日本，归国后，卒于故里。学问渊博，尤长于史部。词于浙、常二派之外独树一帜。《评云起轩词钞》谓其词"意气飙发，笔力横恣，诚可上拟苏、辛，俯视龙洲（刘过）。其令词秾丽婉约，则又直入《花间》之室。盖其风骨道上，并世罕睹……"平生著述宏富，有《纯常子枝语》二十余种，词集有《云起轩词钞》。今人赵铁寒编有《文芸阁先生全集》。

蝶 恋 花

九十韶光如梦里①。寸寸关河，寸寸销魂地。落日野田黄蝶起，古槐丛荻摇深翠②。　惆怅玉箫催别意。蕙些兰骚③，未是伤心事。重叠泪痕缄锦字④，人生只有情难死。

【题解】

这首词作于光绪十二年（1886）四月二十八日。作者《南旋日记》说：这一天出都城，“早起发行李，巳刻开车。到志仲鲁（钧）家稍坐。剃头，吃饭，下棋。长乐初（善）都统出谈，谓余何以急行，自言身衰发白，恐不再见，颇凄然也。午尽，伯愚（锐）回，知仲鲁留饭，颇可喜。知今日朝考题亦太泄漏矣。……出东便门，得词一首：‘九十韶光如梦里……’。”前一年，文廷式客长善幕府，与长善及其嗣子志锐、侄志钧情谊甚笃。这次因事南还，临行时与他们依依话别，又不料长善如此凄然，益增离情别绪，乃作此词赠别。词从离情写入，但不为之所限。“寸寸”二句，便旋将愁苦的离情引向整个关河，“落日”二句，寄慨于凄迷苍茫的空间，忧患衰颓的家国现状的意识，愈趋深广；因此，个人虽有类“蕙些兰骚”的际遇，但未足以成为伤心事。这种胸怀家国命运的情志，又以充满哀怨清艳的情爱意象“玉箫”“锦字”出之，化刚为柔，刚柔互济，愈见百转回叠，绵绵无已。结以“人生只有情难死”，既寓永难磨灭的朋友之情，关合赠别，又言超越生死的忠爱家国之情，强化了心志。

【注释】

①九十韶光：春天。春季凡九十天。 ②深翠：深绿色。 ③蕙些兰骚：《离骚》及楚辞其他篇章，经常写到兰、蕙之类的香草，以喻行芳德美的君子；写薋、菉之类的恶草，盈室满朝，使君子受到排挤，不得重用。文廷式本年出都前，由于考卷为人所抑，会试不第，壮志尚难一伸，亦属怀才不遇之列。但在文廷式看来，尽管如此，相对于家国的命运来说，算不了什么，故下句云“未是伤心事”。些（suò）：古代楚地人常用的语气词。骚：指《离骚》。 ④锦字：指书信。

水 龙 吟

落花飞絮茫茫，古来多少愁人意。游丝窗隙，惊飙树底[1]，暗移人世。一梦醒来，起看明镜，二毛生矣[2]。有葡萄美酒，芙蓉宝剑[3]，都未称，平生意。 我是长安倦客[4]，二十年、软红尘里[5]。无言独对，青灯一点，神游天际。海水浮空，空中阁楼，万重苍翠。待骖鸾归去[6]，层霄回首，又西风起[7]。

【题解】

惊叹“落花飞絮”“暗移人世”，时序如梭，光阴如箭，是因为平生雄心大志尚未实现，厌倦“软红尘里”的仕途，则是因为现实难以使之施展抱负。悲愤之余，向往“空中阁楼，万重苍翠”的美好壮丽的幻想境界，以求解脱，但“层霄回首，又西风起”，高空回首，令人牵挂的颓败不振的现实世界，又不忍离去，与屈原《离骚》“陟陞皇之赫戏兮，忽临睨夫旧乡。仆夫悲余马怀兮，蜷局顾而不行”同一心境。全词在壮志与悲愤、超脱与执着的交织中，摅写自我人格和爱国情怀，骨采奇壮，神气飞扬。王瀣手批《云起轩词钞》评曰：“思涩笔超，后片字字奇幻，使人神寒。”叶恭绰《广箧中词》卷一云：“胸襟兴象，超越凡庸。”

【注释】

①惊飙：急风。 ②二毛：人老后头发黑白相间。《左传·僖公二十二年》：“君子不重伤，不禽二毛。” ③芙蓉宝剑：春秋越人薛烛善于鉴别

宝剑，越王勾践取宝剑使相之，薛手振拂扬，其华捽如芙蓉始出，见《越绝书·第十一卷·越绝外传记宝剑第十三》。这里与上句“葡萄美酒”，指拥有名贵的地位，享受珍奇美好的物质享受。 ④长安：指京都。 ⑤软红尘：指京都繁华。苏轼《次韵蒋颖叔、钱穆父从驾景灵宫》诗：“软红犹恋属车尘。”自注：“前辈戏语，有西湖风光，不及东华（汴京）软红香土。” ⑥骖鸾：指骑凤成仙而去。刘向《列女传》载，秦穆公时萧史善吹箫，娶穆公之女弄玉，日教之作凤鸣，引来凤凰，二人即随凤飞去。 ⑦西风：秋风。西风起，则万木摇落，此喻国家时局的衰败。

朱孝臧（1857—1931）

原名祖谋，字古微，一字藿生，号沤尹，又号彊村。浙江归安（今湖州市）人。光绪九年（1883）进士，选庶吉士，授翰林院编修，官至礼部侍郎。三十年（1904）出任广东学政、与总督龃龉，遂引疾去，归寓苏州。辛亥革命后，寓居上海，以遗老终。朱孝臧始以诗名，及官京师，结识王鹏运，弃而专攻词。初宗吴文英，幽秀深涩，后取法苏轼，多苍老沉着，晚年所作，多遗民思想。叶恭绰《广箧中词》云：“彊村翁词，集清季词学之大成。”著有《彊村语业》。又校刻唐宋金元词集一百七十三种为《彊村丛书》，自立义例，校雠精审，为词学者所宗。另辑有《湖州词徵》《国朝湖州词录》《沧海遗音集》等。

乌 夜 啼

同瞻园登戒坛千佛阁[①]

春云深宿虚坛，磬初残[②]。步绕松阴[③]，双引出朱栏[④]。　　吹不断，黄一线，是桑干[⑤]。又是夕阳无语下苍山。

【题解】

上片游戒坛寺，春云松阴，寺磬余声，景幽心闲，下片登临遥望，苍茫高远，千里之势，尽在尺幅之中。陆游《过灵石三峰》诗云："奇峰迎马骇衰翁，蜀岭吴山一扫空。拔地青苍九千仞，劳渠蟠屈小诗中。"此词写望中所见，则大气包举，且举重若轻，于平淡轻点之中见奇雄苍劲。

【注释】

①瞻园：张仲炘字慕京，号瞻园，湖北江夏人。光绪三年（1877）进士，官至通政司参议，著有《瞻园词》。戒坛：寺名。在北京西郊门头沟区马鞍山，依山势高低而建。千佛阁：建筑宏伟，登高可俯视浑河，今已拆除。　②磬：僧院乐器。　③松阴：戒坛寺内多古松，著名者如抱塔松、卧龙松、活动松、自在松、九龙松等。　④双引：两人携手同行。　⑤桑干：河名。源出山西马邑县桑干山，流经河北西部及北京郊外，下注永定河。因水浊而浑，又称浑河。

鹧 鸪 天

九日，丰宜门外过裴村别业①

野水斜桥又一时，愁心空诉故鸥知。凄迷南郭垂鞭过②，清苦西峰侧帽窥③。　新雪涕④，旧弦诗⑤。愔愔门馆蝶来稀⑥。红萸白菊浑无恙，只是风前有所思⑦。

【题解】

光绪二十四年（1898）八月十三日，刘光第、谭嗣同等“戊戌六君子”被害。这首词作于当年九月九日重阳节。刘光第受重刑之后，其门馆冷落，交亲罕至，连粉蝶也很少前来光顾。在这种悸怖的时局氛围中，朱孝臧却心怀崇仰之情，过而“窥”之，吊祭故友，“垂鞭”不忍快骑而去。面对亡友旧物，留下的仅仅是对往昔秉烛夜语、相对弦歌而咏的回忆，相约遍插茱萸，把盏对饮的情事，不再重现。所以，南郭凄迷，西峰清苦，难禁辛酸悲慨之泪了。

【注释】

①丰宜门：北京南门。裴村：刘光第，字裴村，四川富顺人，光绪九年（1883）进士，授刑部主事。“戊戌六君子”之一。别业：别墅。　②南郭：南门外。垂鞭：垂着马鞭。　③西峰：北京西山。侧帽：歪斜着帽子。典出《北史·独孤信传》：“信在秦州，尝因猎，日暮，驰马入城，其帽微侧。诘旦而吏人有戴帽者，咸慕信而侧帽焉。”这里有敬仰、仰慕意。　④雪涕：拭泪。　⑤弦诗：歌吟诗句。　⑥愔（yīn）愔：静寂。　⑦“红萸”二句：物

在人亡意。古代重九日有插茱萸、饮菊花酒的风习。萸：乔木名。

况周颐（1859—1926）

原名周仪，字夔笙，一作葵孙，号蕙风，又号玉梅词人，广西临桂（今桂林）人。光绪五年（1879）举人，官内阁中书。曾入张之洞、端方幕府，晚居上海，以遗老终。性嗜倚声，以此为专业，致力五十年，曾与王鹏运、朱孝臧切磋词艺。有词集九种，合刊为《第一生修梅花馆词》后删定为《蕙风词》。王国维《人间词话》云："蕙风词小令似叔原（晏几道），长调亦在清真（周邦彦）、梅溪（史达祖）间，而沉痛过之。彊村（朱孝臧）虽富丽精工，犹逊其真挚。"有《蕙风词话》，标举"重、大、拙"" 三字之旨，最为著名。

苏武慢

寒夜闻角[①]

愁入云遥，寒禁霜重，红烛泪深人倦[②]。情高转仰，思往难回，凄咽不成清变[③]。风际断时，迢递天涯，但闻更点。枉教人回首，少年丝竹，玉容歌管[④]。　凭作出、百绪凄凉，凄凉惟有，花冷月闲庭院。珠帘绣幕，可有人听？听也可曾肠断？除却塞鸿，遮莫城乌，替人惊惯[⑤]。料南枝明日[⑥]，应减红香一半[⑦]。

【题解】

况周颐《水龙吟》题序云："己丑秋夜赋角声《苏武慢》一阕，为半塘所击赏。""己丑"是光绪十五年（1889），为感时之作。上片极力渲染"凄咽"之音，是为了衬托下片的"可有人听？听也可曾肠断？"表现了愁者自愁，乐者自乐，"珠帘绣幕"中人麻木不仁处于危急之际无动于衷。叶恭绰《广箧中词》云："'珠帘绣幕'三句，乃夔翁所最意之笔。"赵尊岳《蕙风词史》云："自谓'当时笔力千钧，百炼刚化为绕指柔，极词家明转之说，与早岁所作又不相侔矣'。盖早岁《落花词》有云：'拥衾不听雨，算作一宵晴。'为硬转法也。"王国维《人间词话》云："境似清真（周邦彦），集中他作，不能过之。"

【注释】

①角：古代吹奏乐器，多用于军中。 ②红烛泪深：谓夜深烛泪堆残。杜牧《赠别》诗："蜡烛有心还惜别，替人垂泪到天明。" ③"凄咽"句：变：变声，古时七音之一称"变徵变宫"，夏侯湛《夜听笳赋》："放《鹍鸡》之弄音，散《白雪》之清变。"这里反用其意，谓角声凄抑梗塞，吹奏不出像笳声的清变之音。 ④玉容：指美人。 ⑤"除却"三句：温庭筠《更漏子》词："惊雁起，起城乌。画屏金鹧。"塞鸿：边塞的鸿雁。遮莫：俗语，义同尽教。杜甫《书堂饮既夜复邀李尚书下马月下赋绝句》"久判野鹤如霜发，遮莫邻鸡下五更。" ⑥南枝：《白孔六帖》："大庾岭上梅，南枝落，北枝开。" ⑦红香：有类红梅的秋花。

减字浣溪沙

听歌有感

惜起残红泪满衣[①]，它生莫作有情痴，人生无地着相思。　　花若再开非故树，云能暂驻亦哀丝[②]，不成消遣只成悲。

【题解】

况周颐《蕙风词话》卷一云："吾听风雨，吾览江山，常觉风雨江山外有万不得已者在。此万不得已者，即词心也。而能以吾言写吾心，即吾词也。此万不得已者，由吾心酝酿而出，即吾词之真也。"这首小令写听歌后的感受，可谓至情，写情则又以笔重思刻出之，结以"不成消遣只成悲"，虽始终没有明言歌声的内容，但作为人生体验中的某种"万不得已"的"情痴"之感，表现得还是极为真挚，特为浓重的。

【注释】

①残红：落花。　②云能暂驻：谓歌声使行云停止了飘动。典出《列子·汤问》："薛谭学讴于秦青，未穷青之枝，自谓尽之，遂辞归，秦青弗止。饯于效衢，抚节悲歌，声振林木，响遏行云。"哀丝：同"哀思"，丝与思谐音。

王国维（1877—1927）

字静安，亦作静庵，号观堂，又号永观，浙江海宁人。早年以诸生留学日本，光绪二十九年（1903）起，任通州、苏州师范学堂教习，三十二年（1906）赴京，旋任学部所属图书局编译名词馆协修。辛亥（1911）冬，避居日本。1916年回国，1923年充溥仪南行书房行走。后任清华大学研究院教授，不久，自沉于颐和园昆明湖。王国维为一代学术大师，精通经、史、音韵、甲骨诸学，成就卓著，早期治词曲小说之学，亦俱有新见。曾撰《人间词话》，提倡“境界”说，主张“自然”，其词能践其说。樊志厚序其词集云：“君自作为词，则诚往复幽咽，动摇人心。快而能沉，直而能曲，不屑于言词之末，而名句间出，殆往往度越前人。至其言近而旨远，意决而辞婉，自永叔以后，殆未有工如君者也。”辛亥后，不复作词。生平著作共六十二种，收入《海宁王静安先生遗书》者凡四十二种。其《人间词》甲、乙稿，初刊于光绪三十二年及次年，后朱孝臧删定为《观堂长短句》。

蝶恋花

昨夜梦中多少恨。细马香车①，两两行相近。对面似怜人瘦损，众中不惜搴帷问②。　陌上轻雷听渐隐③。梦里难从，觉后那堪讯④。蜡泪窗前堆一寸⑤，人间只有相思分。

【题解】

王国维致力填词，主要在光绪三十年（1904）至三十三年（1907）间。这首词是三十二年（1906）辞家初至北京的忆内之作。上片梦中凄境，下片梦觉情怀，低回委婉，一往情深。樊志厚《人间词甲乙稿序》评曰："意深于欧（阳修）。"

【注释】

①细马香车：分指男女双方。男骑细马，女乘香车。细马：小马。香车：染香的车。　②不惜：不顾。搴（qiān）：撩起，揭起。　③轻雷：喻车声。　④"梦里"二句：意同晏几道《蝶恋花》词："睡里消魂无说处，觉来惆怅消魂误。"　⑤"蜡泪"一句：即杜牧《赠别》诗"蜡烛有心还惜别，替人垂泪到天明"之意。

蝶　恋　花

百尺朱楼临大道。楼外轻雷，不问昏和晓。独倚阑干人窈窕，闲中数尽行人小。　一霎车尘生树杪。陌上楼头，都向尘中老。薄晚西风吹雨到，明朝又是伤流潦①。

【题解】

路上的行者不问昏晓地艰难跋涉，楼上的居者悠闲地数着一个个驰车而过的行人，这不是一时一地、一人一事的离情别绪，而是象征着普泛化的人类生活的舞台。在这个舞台上，无论是疲惫的行者，抑或是悠闲的居者，都难免"向尘中老"的结局，难逃风吹雨打，与尘埃一道被冲刷掉的悲剧命运。而且今天的人如此，明朝的人也不例外，一幕接一幕，一轮接一轮，循环往复，运行不断。王国维这种对人的命运的伤感，显然是人生是苦海的悲观哲学在心中醇化的产物。词中所创造的，不是“无我之境”，而是澎湃着浓烈的愁苦情绪的“有我之境”。

【注释】

①“明朝”句：周邦彦《大酺》词：“行人归意速，最先念、流潦妨车毂。”流潦：地面积水。这里兼有流水无情，冲刷一切，与上句好景不长，青春难驻相承接。